PEQUEÑAS GRANDES COSAS

Jodi Picoult

Pequeñas grandes cosas

Traducción de Antonio-Prometeo Moya

Umbriel Editores

Argentina • Chile • Colombia • España
Estados Unidos • México • Perú • Uruguay

Título original: *Small great things*
Editor original: Ballantine Books, New York
Traducción: Antonio-Prometeo Moya

Esta es una obra de ficción. Todos los acontecimientos y diálogos, y todos los personajes, son fruto de la imaginación de la autora. Por lo demás, todo parecido con cualquier persona, viva o muerta, es puramente fortuito.

Dado que el lenguaje juega un papel crucial en la conformación del poder, el estatus y los privilegios, el tratamiento de determinados términos relacionados con la identidad en la presente novela es una opción deliberada de la autora. Las mayúsculas empleadas en palabras como «Negro»,«Negra» o «Blanco», «Blanca», tanto en plural como en singular, son intencionales.

1.ª edición Junio 2019

ISBN: 978-84-16517-18-3
E-ISBN: 978-84-17545-80-2
Depósito legal: B-14.115-2019

Fotocomposición: Ediciones Urano, S.A.U.
Impreso por Romanyà-Valls, S.A. – Verdaguer, 1 – 08786 Capellades (Barcelona)

Impreso en España – *Printed in Spain*

Para Kevin Ferreira, cuyas ideas y hechos hacen del mundo un lugar mejor y que me enseñó que todos somos personas en evolución. Bienvenido a la familia.

PRIMERA FASE

Parto prematuro

«No habrá justicia hasta que los no afectados
se indignen tanto como los afectados.»

BENJAMIN FRANKLIN

Ruth

El milagro tuvo lugar en la calle Setenta y Cuatro Oeste, en la casa donde trabajaba mamá. Era un gran edificio de piedra rojiza, rodeado por una verja de hierro labrado, y sobre cuya ornamentada puerta se veían dos gárgolas cuyos rostros de granito parecían salidos de mis pesadillas. Me aterrorizaban, así que no me importaba el hecho de que siempre entráramos por la puerta lateral, menos impresionante, cuyas llaves mamá llevaba en el bolso de mano, atadas con una cinta.

Mamá trabajaba para Sam Hallowell y su familia desde antes de que mi hermana y yo naciéramos. Aunque puede que ustedes no hayan reconocido su nombre, seguro que lo reconocerían en el momento en que dijera hola. Era el dueño de la inconfundible voz que a mediados de los años sesenta anunciaba antes de cada emisión televisiva: «¡El siguiente programa se emite a todo color en la NBC!» En 1976, cuando ocurrió el milagro, era el jefe de programación de la cadena. El timbre que había bajo aquellas gárgolas tenía el famoso sonido de tres notas agudas que todo el mundo asocia con la NBC. A veces, cuando iba a trabajar con mi madre, me deslizaba fuera, pulsaba el timbre y tarareaba las notas.

La razón de que estuviéramos con mamá aquel día fue que estaba nevando. Se habían suspendido las clases, pero éramos demasiado pequeñas para quedarnos solas en casa mientras mamá iba al trabajo, y ella iba con nieve o aguanieve, y probablemente también con terremotos y en el fin del mundo. Mientras nos embutía en los trajes invernales y nos calzaba las botas, murmuraba que no importaba si tenía que cruzar una ventisca, pero no quisiera Dios que la señora Mina tuviese que untar la mantequilla de cacahuete en su pan. De hecho, la única vez que recuerdo a mamá tomándose un poco de tiempo libre fue veinticinco años después, cuando le hicieron un doble reemplazo de cadera, operación que pagaron generosamente los Hallowell. Se quedó en casa una semana. Transcurrida esta, aunque aún no estaba del todo bien, se empeñó en volver al trabajo, pero Mina le buscó tareas que pudiera realizar sin estar de pie. Pero cuando yo era pequeña, durante las vacaciones escolares, los brotes de fiebre y los días nevados como aquel, mamá nos llevaba con ella al centro en el metro de la Línea B.

El señor Hallowell estaba en California aquella semana, lo que ocurría a menudo, y eso significaba que la señora Mina y Christina necesitaban a mamá con más urgencia. También la necesitábamos Rachel y yo, pero supongo que nosotras sabíamos cuidarnos solas mejor que la señora Mina.

Cuando al fin salimos a la calle Setenta y Dos, el mundo era blanco. No solo era que Central Park estuviera encerrado en un globo de nieve. Los rostros de los hombres y las mujeres que tiritaban bajo la tormenta camino del trabajo no se parecían en nada al mío, ni a los de mis primos y vecinos.

La única casa de Manhattan en la que yo había estado era la de los Hallowell, así que no sabía lo extraordinario que era que una familia viviera sola en aquel enorme edificio. Pero recuerdo haber pensado que no tenía sentido que Rachel y yo tuviéramos que dejar los abrigos y las botas en el diminuto y atestado armario de la cocina, cuando había multitud de perchas libres y espacios vacíos en la entrada principal, donde estaban colgados los abrigos de Christina y de la señora Mina. Mamá también se quitaba el abrigo y su pañuelo de la suerte, ese tan suave que olía como ella y que Rachel y yo nos peleábamos por ponernos en nuestra casa porque era como acariciar con los dedos una cobaya o un conejo. Esperaba a que mamá cruzara las habitaciones a oscuras como Campanilla y encontrara un interruptor, un picaporte o un pomo para que la casa, como un animal dormido, volviera gradualmente a la vida.

—Vosotras estad calladas —dijo mamá— y os prepararé un chocolate caliente de la señora Mina.

Era importado de París y sabía a cielos. Así que, mientras mamá se ataba el delantal blanco, yo cogí un papel de un cajón de la cocina y un estuche de lápices de colores que había llevado de casa y me puse a dibujar en silencio. Hice una casa tan grande como esta.

Puse una familia dentro: yo, mamá y Rachel. Traté de dibujar nieve, pero no me salió. Los copos que hacía con el lápiz blanco eran invisibles sobre el papel. La única forma de verlos era inclinando el papel para que le diera la luz de la lámpara y resaltara el brillo donde había puesto el lápiz.

—¿Podemos jugar con Christina? —preguntó Rachel. Christina tenía seis años, una edad que estaba casi en la mitad exacta entre la de Rachel y la mía. Christina tenía el mayor dormitorio que había visto en mi vida y más juguetes que nadie que yo conociera. Si ella estaba en casa y nosotras íbamos con nuestra madre al trabajo, jugábamos a la escuela con ella y sus ositos de peluche, bebíamos agua de unas tacitas de auténtica cerámica y peinábamos el cabello sedoso de sus muñecas. A menos que hubiera una amiga suya de visita, en cuyo caso nos quedábamos en la cocina coloreando dibujos.

Pero antes de que mamá respondiera, sonó un grito tan penetrante y agudo que se me clavó en el pecho. Supe que a mamá le ocurrió lo mismo porque casi se le cayó en la pila el cazo de agua que tenía en la mano.

—Quedaos aquí —dijo, y antes de terminar la frase ya estaba subiendo la escalera.

Rachel fue la primera en levantarse de la silla; no era de las que obedecían órdenes. Yo fui pisándole los talones, como un globo atado a su muñeca. Mi mano volaba por encima de la barandilla de la curvada escalera, sin tocarla.

La puerta del dormitorio de la señora Mina estaba abierta de par en par y la mujer se retorcía en la cama en medio de las revueltas sábanas de raso. Su barriga redonda sobresalía como una luna; el brillante blanco de sus ojos me hizo pensar en los caballos de un tiovivo congelados en el aire.

—Es demasiado pronto, Lou —gimió.

—Eso díselo al niño —respondió mamá, con el teléfono en la mano. La señora Mina le cogía la otra mano, apretándosela con fuerza—. Deja de empujar por ahora —dijo—. La ambulancia llegará en cualquier momento.

Me pregunté con qué rapidez podía llegar una ambulancia en medio de la nevada.

—¿Mami?

Hasta que oí la voz de Christina no me di cuenta de que el ruido la había despertado. Se quedó entre Rachel y yo.

—Vosotras tres, id a la habitación de Christina —ordenó mamá con voz de hierro—. Ya.

Pero las tres seguimos paralizadas mientras mamá nos olvidaba rápidamente, perdida en un mundo dominado por el dolor y el miedo de la señora Mina, tratando de ser el mapa que la yacente pudiera usar para salir de él. Vi las venas del cuello de la señora Mina tensarse con sus gemidos; vi a mamá arrodillarse en la cama, entre sus piernas, y levantarle el camisón por encima de las rodillas. Vi fruncirse los labios rosados que había entre los muslos de la señora Mina, luego hincharse y abrirse. Entonces apareció el casquete redondo de una cabeza, un hombro nudoso, un chorro de sangre y fluidos, y, de repente, había un niño acunado en las manos de mamá.

—Mírate —dijo, con el amor escrito en el rostro—. Qué prisa tenías por venir a este mundo.

En aquel momento ocurrieron dos cosas: sonó el timbre y Christina rompió a llorar.

—Oh, cariño —graznó la señora Mina, que ya no estaba asustada pero sí sudada y con la cara roja. Alargó la mano, pero Christina estaba demasiado espantada por lo que había visto y se acercó más a mí. Rachel, siempre práctica, fue a abrir la puerta. Volvió con dos enfermeros, que entraron y se hicieron cargo de todo, de manera que lo que mamá había hecho por la señora Mina fue como todo lo demás que ella hacía por los Hallowell: perfecto e invisible.

Los Hallowell llamaron Louis al niño, por mamá. Estaba sano, aunque había nacido un mes antes de la fecha, una víctima de la tormenta, por así decirlo, pues la caída de la presión atmosférica había causado la ruptura prematura de las membranas. Por supuesto, eso yo no lo sabía entonces. Solo sabía que un día que nevaba en Manhattan yo había visto nacer a un ser humano. Yo había estado con ese niño antes de que nadie ni nada de este mundo estuviera en condiciones de decepcionarlo.

La experiencia de ver nacer a Louis nos afectó de distinta forma. Christina tuvo a su hijo con una madre de alquiler. Rachel tuvo cinco. Y yo me hice matrona, enfermera especializada en partos.

Cuando cuento esta historia, la gente supone que el milagro al que me refiero durante aquella antigua tormenta fue el nacimiento de un niño. Cierto, fue sorprendente. Pero aquel día fui testigo de una maravilla mayor. Mientras Christina sujetaba mi mano y la señora Mina la de mamá, hubo un momento, un latido, un suspiro, en que todas las diferencias de educación, dinero y color de piel se evaporaron como espejismos en el desierto. Un momento en el que todos éramos iguales y allí solo había una mujer que ayudaba a otra.

Esperé treinta y nueve años para ver otro milagro igual.

PRIMERA FASE

Inicio del parto

«No todo lo que afrontas puede cambiarse.
Pero nada cambia si no lo afrontas.»

JAMES BALDWIN

Ruth

El niño más hermoso que he visto en mi vida nació sin cara.

De cuello para abajo era perfecto: cinco dedos en cada mano, cinco en cada pie, barriga abombada. Pero donde debería haber estado la oreja, había unos labios torcidos y un diente. En lugar de cara, había un amasijo de piel sin rasgos.

Su madre —mi paciente— era una primípara de treinta años que había recibido atención prenatal, incluida una ecografía, pero el niño estaba en una postura que no permitía verle el rostro. La columna vertebral, el corazón, los órganos, todo estaba bien, así que nadie esperaba algo así. Quizá por esa razón ella misma eligió dar a luz en el Mercy-West Haven, nuestro pequeño hospital, y no en el Yale-New Haven, que está mejor equipado para casos urgentes. La paciente llegó cuando había salido de cuentas y tardó dieciséis horas en dar a luz. El médico levantó al niño y se hizo un silencio sepulcral. Un silencio sordo y vibrante.

—¿Está bien el niño? —preguntó la madre, aterrorizada—. ¿Por qué no llora?

A mi lado tenía una estudiante en prácticas que dio un grito.

—Sal —dije, empujándola fuera del cuarto. Cogí al recién nacido de brazos del obstetra y lo puse en la cuna radiante para limpiarle la vérnix de las extremidades. El doctor hizo un rápido examen, me miró en silencio y luego se volvió hacia los padres, que ya sabían que algo iba muy mal. Con palabras suaves, el doctor les dijo que su hijo tenía profundos defectos de nacimiento que eran incompatibles con la vida.

En la sala de maternidad, la muerte es un paciente más habitual de lo que se cree. En los casos de anencefalia o en los de muerte fetal, sabemos que los padres aún tienen un vínculo con el niño y llorarán por él. El recién nacido, durante el tiempo que vive, sigue siendo el hijo de la pareja.

Así que lo limpié y lo vestí igual que habría hecho con cualquier recién nacido, mientras a mi espalda la conversación entre los padres y el doctor se interrumpía y reanudaba como el motor de un coche en invierno. «¿Por qué?» «¿Cómo?» «¿Y si…?» «¿Cuánto tiempo hasta…?» Preguntas que nadie quiere formular y que tampoco nadie quiere responder.

La madre seguía llorando cuando coloqué al niño en sus brazos. Sus diminutas manos se agitaban. Ella le sonrió, con el corazón en la mirada.

—Ian —susurró—. Ian Michael Barnes.

La madre tenía una expresión que yo solo había visto en los museos, una expresión de amor y dolor tan intensos que los dos sentimientos se fundieron para crear una emoción nueva y salvaje.

Me volví al padre.

—¿Le gustaría coger a su hijo?

Parecía a punto de vomitar.

—No puedo —murmuró, y salió corriendo de la habitación.

Fui tras él, pero se interpuso la enfermera en prácticas, que se deshizo en disculpas, muy alterada.

—Lo siento —dijo—. Es que… era un monstruo.

—Es un niño —la corregí, empujándola para pasar.

Abordé al hombre en la sala de espera de los padres.

—Su mujer y su hijo lo necesitan.

—Eso no es mi hijo —balbució—. Esa… cosa…

—No va a pasar mucho tiempo en este mundo. Lo que significa que haría mejor en darle ahora mismo todo el amor que le reservaba para toda su vida. —Esperé a que me mirase a los ojos y entonces giré sobre mis talones. No tuve que volverme para saber que me seguía con la mirada.

Cuando entramos en la habitación, su mujer seguía acariciando al niño y apretaba los labios contra la lisa piel de su frente. Cogí el pequeño envoltorio de sus brazos y se lo tendí al marido, que respiró hondo y apartó la manta del lugar donde debería haber estado el rostro de la criatura.

He reflexionado sobre mis actos, entiéndanme. Si hice lo que debía cuando obligué al padre a enfrentarse a su hijo moribundo, si me correspondía hacerlo como enfermera. Si mi supervisor me lo hubiera preguntado entonces, le habría dicho que había estudiado para dar consuelo a unos padres apenados. Si aquel hombre no admitía que había ocurrido algo realmente horrible o, peor aún, si seguía fingiendo durante el resto de su vida que no había ocurrido, se abriría un agujero en sus entrañas. Diminuto al principio, el pozo crecería, se haría cada vez grande, hasta que el día menos pensado se daría cuenta de que todo él estaba hueco.

Cuando el padre rompió a llorar, los sollozos sacudieron su cuerpo como un huracán sacude un árbol. Se desplomó en la cama del hospital, al lado de su mujer, y esta le puso una mano en la espalda y otra sobre la cabeza del recién nacido.

Durante diez horas tuvieron al pequeño por turnos. La madre incluso lo instaba a que lo acunara. Yo no podía dejar de mirar: no porque el espectáculo fuera desagradable o indebido, sino porque era la cosa más notable que había visto en mi vida. Era como mirar al sol de frente: cuando apartaba la mirada, estaba ciega a todo lo demás.

En un momento dado me encerré con la estúpida estudiante, aparentemente para comprobar los signos vitales de la madre, pero en realidad para hacerle ver con sus propios ojos que el amor no tiene nada que ver con lo que miramos y tiene todo que ver con el que mira.

Cuando el niño murió, fue en paz. Hicimos moldes de escayola de la mano y el pie del recién nacido para que lo guardaran los padres. Me enteré de que aquella misma pareja volvió dos años después y tuvo una hija sana, aunque yo no estaba de servicio cuando ocurrió.

Esto solo sirve para demostrar lo siguiente: todas las criaturas nacen hermosas.

Es lo que proyectamos sobre ellas lo que las hace feas.

Inmediatamente después de dar a luz a Edison en este mismo hospital, hace ya diecisiete años, no me preocupaba la salud de mi hijo, ni cómo iba a arreglármelas sola con un hijo mientras mi marido estaba en el extranjero, ni en qué sentido iba a cambiar mi vida ahora que era madre.

Estaba preocupada por mi pelo.

En lo último que piensas cuando estás de parto es en tu aspecto, pero si fueras como yo, es lo primero que te pasa por la cabeza una vez que ha llegado la criatura. El sudor que apelmaza y pega el pelo a la frente de todos mis pacientes blancos, en mi caso, en cambio, hacía que las raíces se ensortijaran y se despegaran del cráneo. Si me cepillaba el pelo cada noche, me lo peinaba en espiral y me lo envolvía en un pañuelo como un cucurucho, al día siguiente, cuando me quitaba el pañuelo, estaba liso. Pero ¿qué enfermera blanca sabía eso o estaba al tanto de que el pequeño frasco de champú que proporcionaba la asociación auxiliar del hospital solo conseguía rizarme aún más el pelo? Estaba segura de que, cuando mis bienintencionados colegas se acercaran para conocer a Edison, se quedarían estupefactos al ver la maraña que tenía encima de la cabeza.

Al final, me lo envolví en una toalla y decía a las visitas que acababa de darme una ducha.

Conozco enfermeras de quirófano que me cuentan que hay hombres que nada más salir de una operación se ponen el tupé antes de que lleguen sus esposas. Y no sabría decir el número de veces que una paciente que ha pasado la noche gimiendo, gritando y pariendo, con el marido al lado, echa a este a patadas de la habitación para que yo pueda ayudarla a ponerse un bonito camisón y una bata.

Entiendo la necesidad que tiene la gente de presentar un aspecto concreto al resto del mundo. Por eso, cuando llego a las seis cuarenta de la mañana para empezar mi turno, ni siquiera entro en la sala de personal, donde la enfermera jefe nos informa sobre lo que ha ocurrido durante la noche. Por el contrario, voy por el pasillo hasta la paciente con la que había estado el día anterior antes de terminar el turno. Se llamaba Jessie; era una persona diminuta que había entrado en la sala de maternidad con más aspecto de ser la Primera Dama en campaña que una mujer a punto de parir: llevaba el pelo perfectamente peinado y el rostro maquillado, e incluso las ropas premamá le quedaban bien y tenían estilo. Era un detalle delator, ya que muchas futuras madres, durante las cuarenta semanas de embarazo, suspiraban por ponerse una tienda de campaña. Analicé su gráfica (primer embarazo, primer parto) y sonreí. Lo último que le había dicho a Jessie antes de dejarla en manos de una colega para irme a casa fue que la próxima vez que la viera, ella tendría una criatura en brazos y yo, por supuesto, otra paciente. En efecto, mientras yo dormía, Jessie dio a luz a una niña sana de tres kilos y medio.

Abro la puerta y veo a Jessie adormilada. La niña yace arropada en la cesta que hay al lado de la cama; el marido de Jessie está despatarrado en un sillón, roncando. Jessie se despereza cuando entro y yo me llevo un dedo a los labios. *Silencio.*

Saco del bolso de mano un espejo y un pintalabios rojo.

Hablar forma parte del parto; es la distracción lo que hace que el dolor disminuya, y es el pegamento que une a enfermera y paciente. ¿Qué otra situación hay en la que un profesional de la medicina llega a pasar doce horas de consulta con una misma persona? Como resultado, la conexión que establecemos con esa mujer es intensa y rápida. En unas horas llego a conocer cosas de ellas que ni siquiera sus amigas más íntimas saben: que conoció a su pareja en un bar cuando estaba ya muy borracha; que su padre no había vivido lo bastante para ver a este nieto; que teme ser madre porque de adolescente detestaba hacer de niñera. La noche anterior, en las difíciles horas anteriores al parto, cuando estaba con ánimo llorón, y agotada, y gritándole a su marido, sugerí a este que fuera a la cafetería a tomarse un café. En cuanto se fue, el aire de la habitación fue más fácil de respirar y ella se recostó sobre aquellas horribles almohadas de plástico que tenemos en la sala de maternidad.

—¿Y si este niño lo cambia todo? —sollozó. Me confesó que nunca iba a ningún sitio sin su «cara seria», que su marido nunca la había visto sin maquillar; y ahora allí estaba él, viendo cómo se contorsionaba, ¿cómo iba a mirarla igual que antes?

—Escucha —le había dicho yo—. Déjame a mí eso de preocuparse.

Me gustaría pensar que el hecho de quitarle aquel peso de encima fue lo que le dio fuerzas para dar a luz.

Es extraño. Cuando le digo a la gente que hace más de veinte años que soy matrona, les impresiona el hecho de que haya ayudado a practicar cesáreas, que sea capaz de insertar un catéter medio dormida, que pueda distinguir entre una bajada normal del ritmo cardíaco de un feto y otra que requiere intervención. Pero, para mí, ser matrona es sobre todo conocer a la paciente y sus necesidades. Una caricia en la espalda. Una inyección epidural. Un poco de maquillaje.

Jessie mira a su marido, aún muerto para el mundo. Luego coge el pintalabios que le tiendo.

—Gracias —susurra, y nos miramos a los ojos. Sujeto el espejo mientras ella se reinventa una vez más.

El jueves tengo turno de siete de la mañana a siete de la tarde. Lo normal en el Mercy-West Haven es que durante el día haya dos enfermeras en la sala de maternidad, tres si ese día sobran recursos humanos. Mientras recorro la sala me voy fijando en cuántas habitaciones están ocupadas: ahora mismo hay tres, un bonito comienzo del día a ritmo lento. Cuando entro yo, la enfermera encargada, que se llama Marie, ya está en la habitación donde celebramos la reunión matutina, pero Corinne, la otra enfermera del turno, no está.

—¿Qué será lo de hoy? —pregunta Marie mientras hojea el periódico.

—Una rueda pinchada —respondo. Este juego de suposiciones es una rutina. ¿Qué excusa alegará Corinne hoy por llegar tarde? Es un hermoso día otoñal de octubre, así que no puede echarle la culpa al clima.

—Eso fue la semana pasada. Yo apuesto por la gripe.

—Hablando de eso —digo—. ¿Cómo está Ella? —La hija de ocho años de Marie había pillado un malestar estomacal que parecía contagioso.

—Hoy ha vuelto a la escuela, gracias a Dios —responde Marie—. Ahora lo tiene Dave. Calculo que tengo unas veinticuatro horas antes de que me toque a mí. —Levanta la vista de la sección local del periódico—. He visto otra vez el nombre de Edison aquí —añade.

Mi hijo figura todos los semestres en la lista de los más premiados desde que empezó el instituto. Pero, como le dije a él, ese no es motivo para fanfarronear.

—Hay muchos chicos brillantes en esta ciudad —digo.

—Aun así —dice Marie—. Que un muchacho como Edison tenga éxito…, bueno. Deberías estar orgullosa, eso es todo. Ojalá Ella fuera tan buena estudiante.

«Un muchacho como Edison.» Sé a qué se refiere, aunque ella se guarde mucho de decirlo en voz alta. No hay muchos chicos Negros en el instituto y, por lo que yo sé, Edison es el único de la lista de máximos premios. Comentarios como este me sientan como pinchazos con agujas, pero llevo trabajando más de diez años con Marie, así que intento que no me duela. Sé que su intención no es hacerme daño. Después de todo, es amiga mía; el año pasado, para la cena de Pascua, vino a casa con toda su familia y con algunas otras enfermeras, y de vez en cuando salimos juntas a tomar una copa o al cine, y una vez fuimos a un balneario, solo mujeres. Aun así, Marie no tiene ni idea de cuántas veces tengo que respirar hondo y seguir adelante. Los blancos no tienen ni idea de las cosas tan ofensivas que a veces salen de su boca, así que procuro no tomármelo a mal.

—Lo mejor sería que Ella pasara el día en la escuela sin tener que visitar otra vez la enfermería —respondo, y Marie se echa a reír.

—Tienes razón. Lo primero es lo primero.

Corinne irrumpe en la habitación.

—Siento llegar tarde —dice, y Marie y yo nos miramos. Corinne es quince años más joven que yo y siempre tiene algún problema: un carburador estropeado, una pelea con su novio, un accidente en la 95N. Corinne es de esas personas para las que la vida solo es un intervalo entre una crisis y otra. Se quita el abrigo y derriba una maceta con una planta que hace meses que murió y que nadie se ha molestado en retirar.

—Maldita sea —murmura, enderezando la maceta y echándole de nuevo la tierra que ha caído al suelo. Se limpia las manos frotándoselas y luego se sienta con las manos unidas—. Lo siento mucho, Marie. Esa estúpida rueda que cambié la semana pasada tiene un pinchazo o algo parecido; he tenido que venir sin poder pasar de treinta todo el camino.

Marie se mete la mano en el bolsillo, saca un dólar y me lo pasa por encima de la mesa. Me río.

—Muy bien —dice Marie—. Informe de planta. La habitación dos tiene gemelos. Jessica Myers, primer embarazo, primer parto, a las cuarenta semanas y dos días. Tuvo un parto vaginal esta madrugada a las tres, sin complicaciones, sin calmantes. La niña está mamando bien; ha hecho pis, pero aún no ha hecho caca.

—Yo me ocuparé —decimos Corinne y yo a la vez.

Todos queremos la paciente que ya ha dado a luz; es el trabajo más fácil.

—Yo la atendí durante el preparto —señalo.

—Cierto —dice Marie—. Ruth, es tuya. —Se empuja las gafas de leer nariz arriba—. En la habitación tres está Thea McVaughn, primer embarazo, ningún parto, con cuarenta y una semanas y tres días, está en fase de preparto, ha dilatado cuatro centímetros y la membrana está intacta. La media de latidos del corazón del feto está bien, el niño está activo. Se le ha pedido una epidural y se le administra medicamento por catéter.

—¿Se ha avisado a Anestesia? —pregunta Corinne.

—Sí.

—Yo me hago cargo.

Solo nos ocupamos de una paciente en fase de preparto a la vez, lo que significa que la tercera paciente, la última de esta mañana, será mía.

—En la habitación cinco hay un postparto. Brittany Bauer es primer embarazo y primer parto a las treinta y nueve semanas y un día; le pusieron la anestesia epidural y tuvo un parto vaginal a las cinco y media de la madrugada. El recién nacido es un niño; quieren circuncisión. La madre tuvo diabetes mellitus gestacional A uno; al niño se le administra glucosa en sangre cada tres horas durante veinticuatro horas. La madre quiere darle de mamar. Siguen en contacto cutáneo.

En la recuperación hay aún mucho trabajo, es una relación personal enfermera-paciente. Cierto que el parto ya ha terminado, pero hay limpieza que hacer, ayuda física para el recién nacido y mucho papeleo.

—Entendido —digo, y me alejo de la mesa en busca de Lucille, la enfermera de noche, que estuvo con Brittany durante el parto.

Fue ella quien me encontró a mí en la sala de personal, lavándome las manos.

—Vaya, estás aquí —dice, pasándome el expediente de Brittany Bauer—. Veintiséis años, embarazos uno, ahora partos uno, parto vaginal esta madrugada a las cinco y media, perineo intacto. Ella es 0 positivo, inmune a la rubeola, hepatitis B y VIH negativos, EGB negativo. Diabetes gestacional, dieta controlada, por lo demás sin complicaciones. Aún tiene un catéter en el brazo izquierdo. Yo desaconsejaría la epidural, pero aún no ha abandonado la cama, así que pregúntale si tiene que levantarse para orinar. El sangrado ha sido bueno, el extremo del útero es firme.

Abro el expediente y estudio las notas, memorizando los detalles.

—Davis —leo—. ¿Es el niño?

—Sí. Sus signos vitales son normales, pero su nivel de azúcar a la hora de nacer era de cuarenta, así que tratamos de alimentarlo. Ha mamado algo de cada teta, pero babea mucho, está adormilado y ha comido poco.

—¿Le has mirado los ojos y los muslos?

—Sí, y ha hecho pis, pero no caca. Aún no le he bañado ni le he hecho la evaluación del recién nacido.

—No hay problema —digo—. ¿Ya está todo?

—El padre se llama Turk —responde Lucille con voz titubeante—. Hay algo…, algo raro en ese hombre.

—¿Como Papá Repulsivo? —pregunto. El año anterior tuvimos un padre que estuvo flirteando con la estudiante durante el parto de su mujer. Cuando hubo que hacerle una cesárea, en lugar de quedarse junto a su esposa, detrás de la cortina, cruzó el paritorio y dijo a la estudiante: «¿Hace calor aquí o eres tú?»

—No de esa forma —dice Lucille—. Se porta bien con la madre. Es… raro. No sabría definirlo.

Siempre he creído que, si no fuese matrona, habría sido una parapsicóloga genial. Tenemos la habilidad de entender a nuestros pacientes, así que sabemos lo que necesitan antes incluso de que ellos se den cuenta. Y también tenemos el don de notar vibraciones extrañas. Sin ir más lejos, el mes pasado mi radar se puso en marcha cuando una disminuida psíquica llegó con una anciana ucraniana que había conocido en la tienda de comestibles donde trabajaba. Había algo extraño en la dinámica que había entre ellas, obedecí a mi instinto y llamé a la policía. Resultó que la ucraniana había estado encerrada en Kentucky por robar la criatura de una mujer con síndrome de Down.

Así que, cuando entro por primera vez en la habitación de Brittany Bauer, no estoy preocupada. Estoy pensando: «Esto es pan comido».

Llamo con suavidad y empujo la puerta.

—Soy Ruth —digo—. Hoy voy a ser su enfermera. —Me acerco directamente a Brittany y sonrío al niño que tiene en brazos—. ¡Qué niño tan guapo! ¿Cómo se llama? —pregunto, aunque ya lo sepa. Es para empezar una conversación y conectar con la paciente.

Brittany no responde. Mira a su marido, un tipo muy corpulento que está sentado en el borde de su silla. Lleva el pelo cortado a lo militar y golpea el suelo con el tacón de una bota como si no pudiera estarse quieto. Ahora entiendo lo que Lucille vio en él. Turk Bauer me hace pensar en un cable eléctrico que se suelta durante una tormenta y espera que alguien tropiece con él para echar chispas.

Por tímida o modesta que sea una persona, nadie que acaba de tener un niño se queda callado mucho tiempo. Quiere compartir este momento que tanto ha cambiado su vida. Quiere revivir el parto, el nacimiento, la belleza de su hijo. Pero Brittany, bueno, es como si necesitara el permiso de su marido para hablar. «¿Maltrato doméstico?», me pregunto.

—Davis —balbucea—. Se llama Davis.

—Vaya, hola, Davis —murmuro, acercándome a la cama—. ¿Le importa si le ausculto el corazón y le compruebo la temperatura?

La mujer aprieta contra sí al recién nacido.

—Puedo hacerlo aquí mismo —añado—. No tiene por qué soltarlo.

Hay que dar un poco de cuerda a los padres, sobre todo cuando les han dicho que el nivel de azúcar de su hijo es demasiado bajo. Así que pongo el termómetro en la axila de Davis y veo que la temperatura es normal. Le miro los remolinos del pelo, ya que un mechón blanco puede significar pérdida auditiva; una diferencia en el crecimiento del pelo puede ser un síntoma de problema metabólico. Pongo el estetoscopio en la espalda del niño para escuchar sus pulmones. Deslizo la mano entre él y su madre para escuchar su corazón.

Cuidado.

Los latidos son tan débiles que creo que debe de haber un error.

Escucho de nuevo, para estar segura de que no ha sido una casualidad, pero la débil vibración sigue ahí, detrás del ritmo cardíaco.

Turk se pone en pie junto a mí y se cruza de brazos.

El nerviosismo se manifiesta de un modo diferente en los padres. Se vuelven combativos a veces. Como si pudieran alejar cualquier mal con bravuconerías.

—Oigo un soplo muy ligero —digo con delicadeza—. Pero puede que no sea nada. En este período inicial hay partes del corazón que aún se están desarrollando. Aunque sea de verdad un soplo, podría desaparecer en unos pocos días. De todas formas, tomaré nota; le diré al pediatra que venga a auscultarlo. —Mientras hablo, tratando de parecer lo más calmada posible, le hago otra prueba del nivel de glucosa. La hago con un Accu-Chek, o sea que el resultado es instantáneo, y esta vez da cincuenta y dos—. Uf, menos mal —digo, tratando de dar a los Bauer algo positivo a lo que aferrarse—. El nivel de glucosa ha mejorado mucho. —Voy al lavabo y abro el grifo de agua caliente, lleno un cuenco de plástico y lo pongo en la cuna radiante—. Davis está mejorando, desde luego, y probablemente empiece a comer en seguida. ¿Qué tal si lo lavo y lo arreglo un poco y tratamos de darle de comer otra vez?

Me inclino para levantar al niño. De espaldas a los padres, pongo a Davis en la cuna radiante y comienzo el examen. Oigo a Brittany y a Turk susurrar agitadamente mientras palpo las fontanelas del cráneo del bebé, buscando las líneas de sutura, para comprobar que los huesos no se superponen. Los padres están preocupados, y es normal. Hay muchos pacientes a los que no les gusta aceptar la opinión de la enfermera en los temas médicos; necesitan oírselo decir al doctor para creerlo, aunque las matronas seamos a menudo las primeras en notar una anomalía o un síntoma. Su pediatra es

Atkins; iré a verla cuando haya terminado el examen y le diré que ausculte el corazón del niño.

Pero en estos momentos toda mi atención está concentrada en Davis. Busco moraduras faciales, hematomas o formas anormales en el cráneo. Compruebo las rayas de sus diminutas manos y la posición de las orejas en relación con los ojos. Mido la circunferencia de su cabeza y la longitud de su movedizo cuerpo. Busco fisuras en la boca y las orejas. Palpo las clavículas y le introduzco el meñique en la boca para comprobar sus reflejos de succión. Observo el movimiento de su pequeño pecho para comprobar que no le cuesta respirar. Le aprieto la barriga para comprobar que está blanda, le miro los dedos de las manos y los pies y lo examino en busca de sarpullidos, lesiones o marcas de nacimiento. Me aseguro de que sus testículos hayan descendido y miro si hay hipospadias, para comprobar que la uretra está donde debe estar. Luego le doy la vuelta con suavidad y observo la base de la columna vertebral en busca de granos, brotes de pelo o algún otro indicador de posibles defectos del tubo neural.

Me doy cuenta de que los susurros han enmudecido a mi espalda. Pero, en lugar de sentirme más cómoda, me parece un mal augurio. ¿Qué piensan que estoy haciendo mal?

Cuando vuelvo a darle la vuelta, Davis está empezando a cerrar los ojos. Los niños a menudo se duermen un par de horas después del parto, esa es la razón de darle el baño ahora…, porque lo despertará el tiempo suficiente para alimentarlo otra vez. Hay muchas toallitas en la cuna radiante; con movimientos prácticos y seguros, sumerjo una en el agua tibia y limpio al niño de la cabeza a los pies. Luego le pongo un pañal, lo envuelvo en una manta como si fuera un rollo de primavera y le lavo el pelo en la pileta con champú infantil Johnson's. Lo último que hago es ponerle una pulsera de identificación, igual que la que llevan sus padres, y un diminuto brazalete electrónico de seguridad en el tobillo, que disparará una alarma si el niño se acerca demasiado a alguna de las salidas.

Noto los ojos de los padres clavados en mi espalda. Me vuelvo esbozando una sonrisa.

—Ya está —digo, entregándole el niño a Brittany—. Limpio como una patena. Ahora veamos si conseguimos que se alimente.

Me agacho para colocar al bebé en posición, pero Brittany se encoge.

—Apártese de ella —dice Turk Bauer—. Quiero hablar con su jefe.

Son las primeras palabras que me dirige en los veinte minutos que llevo en esta habitación con él y su familia, y tienen un timbre de descontento. Estoy segura de que no quiere decirle a Marie que he hecho un trabajo estelar. Pero asiento rígidamente y salgo de la habitación, rememorando cada palabra y gesto que he hecho desde que me presenté a Brittany Bauer. Voy al mostrador de enfermeras y encuentro a Marie rellenando un impreso.

—Tenemos un problema en la cinco —digo, procurando que no se me altere la voz—. El padre quiere verte.

—¿Qué ha pasado? —pregunta Marie.

—Absolutamente nada —digo, sabiendo que es verdad. Soy una buena enfermera. A veces, extraordinaria. Me he ocupado de ese niño del mismo modo que me habría ocupado de cualquier otro recién nacido en esta sala—. Les dije que había oído una especie de soplo y que se lo diría al pediatra. Y bañé al niño y le hice un reconocimiento.

Debo de haber hecho un gran esfuerzo para ocultar mis sentimientos, porque Marie me mira con simpatía.

—Quizá estén preocupados por el corazón del niño —dice.

Estoy detrás de ella cuando entra en la habitación, así que puedo ver el alivio en los rostros de los padres cuando ven a Marie.

—Creo que quiere hablar conmigo, ¿no es así, señor Bauer? —dice.

—Esa enfermera —dice Turk—. No quiero que vuelva a tocar a mi hijo.

Noto el calor que me sube por el cuero cabelludo desde el cuello del uniforme. A nadie le gusta ser reprendido delante de su supervisora.

Marie se pone rígida.

—Puedo asegurarle que Ruth es una de las mejores enfermeras que tenemos, señor Bauer. Si hay una queja formal…

—No quiero que ella ni nadie como ella toque a mi hijo —interrumpe el padre, cruzándose de brazos. Se ha remangado la camisa mientras yo estaba fuera del cuarto. Veo una bandera confederada tatuada entre el codo y la muñeca de un brazo.

Marie deja de hablar.

Durante un momento, no entiendo nada y lo digo con franqueza. Y entonces caigo en la cuenta como si recibiera un golpe: no tienen ningún problema con lo que he hecho.

Solo con quién soy.

Turk

El primer negrazo que conocí en mi vida mató a mi hermano mayor. Yo estaba sentado con mis padres en un juzgado de Vermont, con una camisa de cuello duro que me ahogaba, mientras unos hombres trajeados discutían y señalaban unos diagramas de coches y huellas de neumáticos. Yo tenía once años y Tanner dieciséis. Se había sacado el carnet de conducir dos meses antes. Para celebrarlo, mi madre le hizo un pastel decorado con una carretera de láminas afrutadas y uno de mis viejos coches de juguete Matchbox. El tipo que lo mató era de Massachusetts y más viejo que mi padre. Su piel era más oscura que la madera del estrado de los testigos y sus dientes eran casi fosforescentes en comparación. No podía dejar de mirarlo.

El jurado no consiguió alcanzar un veredicto (inconcluso, lo llamaban) y aquel hombre quedó en libertad. Mi madre perdió por completo los papeles, chillaba y balbuceaba sobre su hijo y la justicia. El asesino estrechó la mano de su abogado y dio media vuelta para venir hacia donde estábamos, separados solo por una barandilla.

—Señora Bauer —dijo—. Siento muchísimo su pérdida.

Como si él no tuviera nada que ver.

Mi madre dejó de llorar, frunció los labios y escupió.

Brit y yo hemos estado esperando este momento desde siempre.

Sujeto el volante del camión con una mano y apoyo la otra en el asiento, en el espacio que hay entre nosotros; ella la aprieta cada vez que nota una contracción. Estoy seguro de que duele una barbaridad, pero Brit se limita a entornar los ojos y a apretar la mandíbula. No es una sorpresa…, o sea, la he visto saltarle los dientes a un latino que le abolló el coche en el Stop & Shop con un carro sin control…, pero creo que nunca me ha parecido tan hermosa como en este momento, fuerte y silenciosa.

Miro de reojo su perfil cuando nos detenemos ante un semáforo en rojo. Aunque llevamos dos años casados, todavía no me creo que Brit sea mía. Es la chica más guapa que he visto en mi vida, eso para empezar, y en el Movimiento está tan cerca de la realeza como se puede estar. El cabello negro le cae en una trenza por la espalda; sus mejillas están arreboladas. Jadea, respira con rapidez y brevedad, como si estuviera corriendo una maratón. De repente se vuelve, con ojos brillantes y azules, como el centro de una llama.

—Nadie me avisó que sería tan difícil —dice con voz entrecortada.

Le aprieto la mano, hasta donde puedo, porque ella aprieta la mía hasta hacerme daño.

—Este guerrero —le digo— va a ser tan fuerte como su madre.

Durante años me han enseñado que Dios necesita soldados. Que somos ángeles en esta guerra de razas y, sin nosotros, el mundo volvería a ser Sodoma y Gomorra. Francis, el heroico padre de Brit, se levantaría de la tumba y predicaría a todos los recién pelados la necesidad de incrementar nuestro número para poder contraatacar. Pero ahora que Brit y yo estamos aquí, en este momento, a punto de traer un niño al mundo, estoy lleno por igual de gloria y de terror. Porque, por mucho que nos esforcemos, este mundo sigue siendo un pozo negro. En este preciso momento mi niño es perfecto. Pero desde el momento en que nazca estará condenado a la contaminación.

—¡Turk! —grita Brittany.

Sin darme cuenta, he doblado a la izquierda y casi dejo atrás la entrada del hospital.

—¿Qué te parece Thor? —pregunto, centrando la conversación en nombres masculinos, desesperado porque Brit olvide el dolor. Un tipo al que conozco de Twitter acaba de tener un hijo y lo ha llamado Loki. Algunos veteranos saben mucho de mitología nórdica, y aunque la organización se ha dividido en células más pequeñas, las viejas costumbres son difíciles de erradicar.

—¿Y por qué no Batman o Linterna Verde? —salta Britney—. No voy a ponerle a mi hijo el nombre de un personaje de tebeo. —Hace una mueca al sentir otra contracción—. ¿Y si es una niña?

—Wonder Woman —sugiero—. Por su madre.

Todo se vino abajo tras la muerte de mi hermano. Fue como si aquel juicio nos hubiera arrancado la piel y de mi familia no quedara más que una masa de sangre y entrañas sin envoltura que la mantuviera unida. Mi padre se marchó de casa y se fue a vivir a una urbanización donde todo era verde, las paredes, la moqueta, el baño, la cocina, y cada vez que yo lo visitaba se me revolvía el estómago. Mi madre empezó a beber, primero un vaso de vino con la comida y luego la botella entera. Perdió el empleo de profesora no titular de primaria porque se quedó dormida en el patio de recreo y un niño con síndrome de Down se cayó de las barras metálicas y se rompió la muñeca. Una semana después, metimos todas nuestras pertenencias en un camión de mudanzas y nos fuimos a vivir con mi abuelo.

El abuelo era un veterano que nunca había dejado de combatir. Yo no lo conocía mucho, porque nunca se llevó bien con mi padre, pero ahora que ese obstáculo había desaparecido, se propuso educarme de la forma que él pensaba que deberían haberme educado desde pequeño. Decía que mis padres habían sido demasiado blandos conmigo y que era un mariquita. Él me endurecería. Los fines de semana me despertaba al amanecer y me arrastraba al bosque para lo que él llamaba Instrucción Básica. Aprendí a distinguir las bayas venenosas de las que se podían comer. Conseguí identificar excrementos para poder seguir la pista de determinados animales. Sabía la hora que era por la posición del sol. Habría sido como estar en los Boy Scouts si no hubiera sido porque las lecciones de mi abuelo iban acompañadas de anécdotas sobre los *vietcong* contra los que combatió en Vietnam, sobre junglas que te habrían devorado si lo hubieras permitido, sobre el olor que despide un hombre quemado vivo.

Un fin de semana decidió llevarme de acampada. No importó que la temperatura exterior fuera de seis grados ni que amenazara nieve. Fuimos en coche hasta el límite del Northeast Kingdom, cerca de la frontera con Canadá. Fui al baño y, cuando volví, mi abuelo había desaparecido.

Su camión, que había aparcado al lado de un surtidor, ya no estaba. Las únicas pruebas de que había estado realmente allí eran las huellas de las ruedas en la nieve. Se había ido con mi mochila, mi saco de dormir y la tienda. Entré en la gasolinera y pregunté a la empleada si sabía qué había pasado con el tipo del camión azul, pero se limitó a negar con la cabeza.

—*Comment?* —dijo, fingiendo que no hablaba inglés, aunque técnicamente aún estaba en Vermont.

Yo llevaba el abrigo puesto, pero ni gorro ni guantes, que se habían quedado en el camión. En el bolsillo tenía sesenta y siete centavos. Esperé a que llegara algún cliente a la gasolinera y entonces, cuando la cajera estaba ocupada, robé un par de guantes, un gorro de cazador naranja y una gaseosa.

Tardé cinco horas en encontrar el rastro de mi abuelo: me estrujé el cerebro para recordar qué había estado refunfuñando el viejo sobre formas de orientarse aquella misma mañana, cuando yo estaba medio dormido, y recorrí la carretera en busca de indicios, como el envoltorio del tabaco que solía masticar y uno de mis guantes. Cuando encontré su camión aparcado en la cuneta y pude seguir sus huellas en la nieve hasta el bosque, ya había dejado de tiritar. Sudaba como una caldera. Por lo visto, la ira es una fuente de energía renovable.

El abuelo estaba agachado junto a una hoguera cuando llegué al claro. Sin pronunciar palabra, me acerqué y lo empujé de manera que casi cayó sobre las ardientes brasas.

—Hijo de puta —grité—. No puedes abandonarme así.

—¿Por qué no? Si no te hago un hombre yo, ¿quién diablos va a hacerlo? —me preguntó.

Aunque era el doble de corpulento que yo, lo cogí del cuello del chaquetón y lo obligué a ponerse en pie. Eché atrás el brazo para darle un puñetazo, pero él detuvo mi mano antes de que pudiera descargar el golpe.

—¿Quieres pelea? —dijo mi abuelo, retrocediendo y rodeándome.

Mi padre me había enseñado a dar puñetazos. El dedo pulgar fuera del puño y torcer la muñeca en el momento del golpe. Pero era pura palabrería; no había golpeado a nadie en toda mi vida.

En aquel momento eché atrás el brazo y lancé el puño como una flecha, pero el abuelo me retorció el brazo en la espalda. Su aliento me quemaba la oreja.

—¿Eso te enseñó el maricón de tu padre? —Forcejeé, pero me tenía inmovilizado—. ¿Quieres aprender a pelear? ¿O quieres aprender a ganar?

Apreté los dientes.

—Quiero… aprender a… ganar —gruñí.

Aflojó poco a poco la presión, sin dejar de atenazarme el hombro izquierdo con una mano.

—Eres pequeño, así que te acercas volando bajo. Ofreces poco blanco, y yo espero que me golpees la cabeza. Si te esquivo para darte con el puño en la cara, tendré que seguir erguido y con el cuerpo totalmente expuesto. Lo último que estaré esperando es que me ataques por encima del hombro, así.

Levantó el puño derecho y trazó con él un arco desconcertante que me cortó la respiración incluso antes de estamparse contra mi pómulo. Bajó el brazo y dio un paso atrás.

—Ahora tú.

Me quedé mirándolo.

Esto es lo que se siente cuando se golpea a alguien: es como una goma que estiras tanto que duele, y te tiembla el brazo. Y luego, cuando asestas el puñetazo, cuando sueltas la goma, el chasquido es eléctrico. Estás ardiendo y ni siquiera te habías dado cuenta de que eras combustible.

De la nariz de mi abuelo manó sangre que salpicó la nieve; le bañó la sonrisa.

—Así se hace —dijo.

Cada vez que Brit se incorpora durante el parto, las contracciones son tan fuertes que la enfermera, una pelirroja llamada Lucille, le dice que se tienda. Pero cuando se tiende, las contracciones cesan y Lucille le dice que dé un paseo. Es un círculo vicioso, y ya lleva siete horas así, y empiezo a preguntarme si mi hijo será ya adolescente cuando venga a este mundo.

Claro que a Brit no le digo nada de esto.

La sujeto con firmeza mientras el anestesista le pone la epidural, algo que suplicaba Brit y que me sorprendió por completo, ya que habíamos planeado un parto natural sin fármacos. Los angloamericanos como nosotros nos mantenemos alejados de ellos; casi todo el personal del Movimiento menosprecia a los adictos. Cuando Brit se dobló en la cama para que el doctor le palpara la columna, le pregunté en voz baja si creía que era una buena idea.

—Cuando tengas que parir tú —dijo Brit—, decidirás tú.

He de admitir que lo que le introdujeron en las venas, fuera lo que fuese, funcionó. Ahora está atada a la cama, pero ya no se retuerce. Me dijo que no sentía nada por debajo de la cintura. Que, si no estuviera casada conmigo, se declararía al anestesista.

Lucille entra y comprueba los datos de la máquina a la que está conectada Brit, que mide los latidos del corazón del niño.

—Lo está haciendo muy bien —dice, aunque apuesto a que eso se lo dice a todas. Dejo de escuchar cuando habla con Brit, no porque no me importe, sino porque son datos mecánicos en los que no quieres ni pensar si esperas volver a ver deseable a tu mujer…, y entonces oigo decir a Lucille que ha llegado la hora de empujar.

Brit me mira fijamente.

—¿Nene? —dice, pero la siguiente palabra se le atraganta y no puede decir lo que quiere.

Me doy cuenta de que está asustada. Esta mujer intrépida está realmente asustada de lo que está por llegar. Enlazo mis dedos con los suyos.

—Estoy aquí —digo, aunque yo estoy igual de aterrorizado.

¿Y si esto lo cambia todo entre Brit y yo?

¿Y si cuando nazca el niño no siento nada en absoluto por él?

¿Y si soy un modelo de conducta detestable? ¿Un padre detestable?

—Cuando note la próxima contracción —dice Lucille—, quiero que empuje con fuerza. —Levanta la vista para mirarme—. Papá, póngase detrás de ella y, cuando tenga la contracción, ayúdela a doblarse para que pueda empujar.

Agradezco la orden. Esto sí sé hacerlo. Cuando el rostro de Brit enrojece y su cuerpo se comba como un arco, le cojo los hombros con las manos. Ella emite un ruido bajo, gutural, como si fuera el último estertor.

—Respire hondo —ordena Lucille—. Está en la cima de la contracción…, ahora pegue la barbilla al pecho y haga fuerza hacia abajo.

Entonces, ahogando una exclamación, Brit se queda fláccida, se aparta de mí como si no soportara que la toque.

—Aléjate —me ordena.

—No habla en serio —me dice Lucille.

—Y una mierda que no —vocifera Brit en medio de otra contracción.

Lucille me mira arqueando las cejas.

—Venga aquí —sugiere—. Yo cogeré la pierna izquierda de Brit y usted le sujetará la derecha…

Es un maratón, no una prueba de velocidad. Una hora después, Brit tiene el pelo pegado a la frente; la trenza se le ha desordenado. Sus uñas han dejado pequeños cuartos crecientes en el dorso de mi mano y, cuando habla, lo que dice no tiene ningún sentido. No sé cuánto podremos aguantar los dos. Pero entonces los hombros de Lucille se encogen durante una larga contracción y su expresión cambia.

—Esperen un momento —dice, y avisa a la doctora con el buscapersonas—. Quiero que respire despacio, Brit…, y prepárese para ser madre.

Solo transcurren dos minutos hasta que la obstetra irrumpe en el paritorio y se pone unos guantes de látex. Pero tratar de ayudar a Brit a no empujar es como si te dicen que detengas el agua que penetra por el dique con un saco de arena.

—Hola, señora Bauer —dice la doctora—. Ese niño tiene que nacer.

Se sienta en un taburete cuando el cuerpo de Brit vuelve a tensarse. Le sujeto la rodilla con el brazo para que pueda apoyarse y, cuando bajo los ojos, la frente de nuestro hijo aparece como la luna en el valle de sus piernas.

Es azul. Donde no había nada hace un parpadeo ahora hay una cabeza perfectamente redonda del tamaño de una pelota de *softball*, y es azul.

Aterrorizado, miro el rostro de Brit, pero tiene los ojos cerrados por el esfuerzo que está haciendo. La ira, que siempre parece estar vibrando en mi sangre, empieza a revolverse. Quieren engañarnos. Están mintiendo. Estos malditos…

Y entonces el niño llora. En medio de un chorro de sangre y fluido, se desliza hacia este mundo, gritando, golpeando el aire con los diminutos puños, adquiriendo un color rosado. Ponen a mi niño, mi hijo, sobre el pecho de Brit y lo limpian con un paño. Brit llora y yo también. Brit tiene la mirada fija en el niño.

—Mira lo que hemos hecho, Turk.

—Es perfecto —susurro con la boca pegada a su piel—. Tú eres perfecta.

Rodea con la mano la cabeza de nuestro recién nacido, como si fuéramos un circuito eléctrico que por fin se ha cerrado. Como si pudiéramos iluminar el mundo.

Cuando tenía quince años, mi abuelo se desplomó en la ducha como un saco de patatas y murió de un ataque al corazón. Yo reaccioné como reaccionaba a todo en aquella época: metiéndome en problemas. Nadie sabía muy bien qué hacer conmigo, y menos que nadie mi madre, que se había apagado tanto que a veces se confundía con las paredes y yo pasaba a su lado sin darme cuenta de que estaba en la habitación; ni mi padre, que vivía en Brattleboro y vendía coches en una concesionaria de Honda.

Conocí a Raine Tesco cuando fui a pasar un mes con mi padre el verano siguiente a mi primer año de instituto. Un amigo de mi padre, Greg, estaba al frente de una cafetería alternativa (¿Qué diablos quería decir eso? ¿Que servían té en vez de café?) y me había ofrecido un trabajo a media jornada. Técnicamente, yo no tenía edad para trabajar, así que Greg me pagaba en negro por tareas como reordenar el almacén y hacer recados. Raine era un camarero con muchos tatuajes que aprovechaba todos los descansos para fumar un cigarrillo tras otro. Tenía un chihuahua de tres kilos llamado *Meat* al que también había enseñado a fumar.

Raine fue la primera persona que realmente me comprendió. La primera vez que lo vi allí detrás, cuando fui a tirar la basura al contenedor, me ofreció un cigarrillo…, aunque yo solo era un niño. Fingí que sabía lo que estaba haciendo y cuando tosí hasta quedarme sin pulmones, no se burló de mí.

—Debe de ser frustrante ser tú, chico —dijo, y yo afirmé con la cabeza—. Quiero decir, ¿con un padre así? —Torció la cara e hizo una imitación perfecta de mi padre cuando pedía un café sin cafeína ni espuma y con leche desnatada de soja.

Cada vez que yo iba a visitar a mi padre, Raine sacaba un poco de tiempo para verme. Yo le hablaba sobre lo injusto que era haber sido detenido por pegarle a un crío que había llamado borracha a mi madre. Él decía que el problema no era yo, sino mis maestros, que no se daban cuenta de todo el potencial que yo tenía ni de lo inteligente que era. Me daba libros para leer, como *Los diarios de Turner*, para demostrarme que yo no era el único que se sentía como si hubiera una conspiración para reprimirnos. Me prestaba compactos de grupos de blancos con ritmos que eran como martillos clavando clavos. Íbamos por ahí en su coche y me contaba cosas, como que todos los jefes de las principales cadenas de televisión tenían apellidos judíos, Moonves, Zucker, y eran los que daban todas las noticias, para que creyéramos todo lo que ellos querían que creyéramos. Las cosas de las que hablaba eran las cosas que probablemente pensaba todo el mundo, pero que nadie tenía el valor de decir en público.

Si a alguien le parecía extraño que un tipo de veinte años quisiera ir por ahí con un crío de quince, nadie comentaba nada. Seguro que mis padres se sentían aliviados al saber que cuando estaba con Raine no estaba peleándome con nadie, ni faltando a clase, ni metiéndome en problemas. Así que, cuando me invitó a ir a un festival con unos amigos, di un salto de alegría.

—¿Y allí habrá conjuntos? —pregunté, suponiendo que sería uno de esos festivales musicales que abundan en Vermont en julio.

—Sí, pero es más como un campamento de verano —explicó Raine—. Le he dicho a todo el mundo que vas a venir. Están locos por conocerte.

Nadie había estado nunca loco por conocerme, así que estaba muy animado. Aquel sábado preparé una mochila y un saco de dormir y me senté en el asiento del copiloto, con *Meat* el chihuahua en las rodillas, mientras Raine recogía a tres amigos, y todos ellos me conocían de nombre, como si después de todo Raine realmente les hubiera estado hablando de mí. Todos llevaban camisetas negras con un logotipo sobre el pecho: EMAN.

—¿Qué significa? —pregunté.

—Escuadrones de la Muerte de América del Norte —informó Raine—. Es lo nuestro.

Me entraron ganas de tener una camiseta como aquellas.

—¿Y cómo se puede formar parte de eso? —pregunté con toda la indiferencia que pude.

Uno de los recién llegados se echó a reír.

—Ya te lo propondrán —dijo.

En aquel momento decidí que haría todo lo posible para que me invitaran.

Viajamos durante cerca de una hora y Raine tomó finalmente una salida, doblando a la izquierda al ver un rótulo escrito a mano, apoyado en un palo, y que solo decía IE. Vimos más rótulos así que indicaban cambios de dirección en senderos que atravesaban maizales. Pasamos por delante de graneros destartalados, incluso por un prado con vacas pastando. Cuando subimos a una colina, vi cerca de cien coches aparcados en un barrizal.

Parecía una feria. Había un escenario y una banda que tocaba tan alto que el corazón me latió como un tambor. Había familias que iban de aquí para allá, comiendo salchichas rebozadas con harina de maíz, niños de pocos meses con camisetas en cuya pechera ponía ¡SOY EL HIJO BLANCO CON EL QUE FORTALECÉIS LA RAZA! y que cabalgaban sobre los hombros de sus padres. *Meat* se movía a mis pies con la correa puesta, enredándose en ella cuando quería recoger las palomitas de maíz que sembraban el suelo. Un individuo dio una palmada en el hombro a Raine y lo saludó al estilo de las grandes reuniones. Yo me acerqué al campo de tiro que había a pocos metros de allí.

Un gordo con unas cejas que le cruzaban la frente como orugas me sonrió.

—¿Quieres probar, muchacho?

Había un chico de mi edad disparando a una diana colocada sobre un pedestal de troncos. Le entregó el Browning semiautomático al gordo y fue a recoger la diana, que era el perfil de un hombre con una exagerada nariz ganchuda.

—Parece que has matado a ese judío, Gunther —dijo el gordo sonriendo. Luego cogió a *Meat* en brazos y señaló una mesa—. Yo me encargo del chucho —dijo—. Elige el que quieras.

Había multitud de dianas: más perfiles judíos, pero también de negros, con boca bezuda y frente en ángulo agudo. Había una diana de Martin Luther King Jr., en la parte superior de la cual ponía: MI SUEÑO SE HA HECHO REALIDAD.

Durante unos momentos se me revolvió el estómago. Aquellas imágenes me recordaban las caricaturas políticas que habíamos estudiado en clase de historia, burdas exageraciones que condujeron a las guerras mundiales. Me pregunté qué empresas fabricarían dianas como aquellas, porque era evidente que no se vendían en lugares como la sección de caza de Wal-Mart. Era como si hubiera toda una sociedad secreta de la que nunca había oído hablar y me hubieran susurrado la contraseña para ser admitido.

Escogí una diana con un afro peludo cuyo perfil desbordaba los círculos concéntricos. El gordo lo sujetó a una cuerda inserta en un sencillo sistema de poleas.

—Ni siquiera sé si es una silueta —dijo con aire burlón. Dejó a *Meat* en la mesa para que olisqueara las dianas mientras él tiraba de una cuerda y la diana se deslizaba por la corredera hasta el borde del montón de leña—. ¿Sabes manejar un arma? —preguntó.

Yo había disparado algún tiro con la pistola de mi abuelo, pero nunca había usado nada como lo que tenía delante. Escuché las explicaciones del hombre sobre su funcionamiento; luego me puse los auriculares y las gafas de protección, hice presión con la culata contra el hombro, cerré un ojo y apreté el gatillo. Hubo una ráfaga de disparos, como un ataque de tos. El sonido atrajo la atención de Raine, que aplaudió impresionado cuando recuperó la diana con tres agujeros limpios en la frente.

—¿Qué decía yo? Un fenómeno —proclamó.

Raine dobló la diana y se la guardó en el bolsillo trasero, para enseñar a sus amigos más tarde la prueba de mi buena puntería. Volví a coger la correa de *Meat* y recorrimos la zona de reunión. En el escenario había un hombre gesticulando. Su presencia era tan imponente que su voz era como un imán, y me sentí atraído hacia allí para verlo con más claridad.

—Quiero contaros a todos una breve anécdota —dijo el hombre—. Había un negrazo en Nueva York, un indigente, por supuesto. Iba paseando por Central Park y varias personas lo oyeron despotricar, decir que en sueños le asestaba un puñetazo a un Blanco. Pero esas personas no se daban cuenta de que estamos librando una guerra. Que estamos protegiendo nuestra raza. Así que no hicieron nada. No hicieron caso de las amenazas, las tomaron por necedades de loco. ¿Y qué ocurrió? Esa alimaña se acercó a un angloamericano Blanco, un hombre como vosotros, o como yo, que no estaba haciendo nada salvo vivir la vida que Dios le había dado, un hombre que cuidaba de su madre de noventa años. Ese alimaña le propinó un puñetazo a este hombre y el hombre cayó derribado, se golpeó la cabeza contra el suelo y murió. Este hombre Blanco, que solo había salido a dar un paseo por el parque, recibió una herida mortal. Y bien, yo os pregunto…, ¿qué le ocurrió al negrazo? Bien, hermanos y hermanas…, absolutamente nada.

Pensé en el que mató a mi hermano, que había salido libre del juzgado. Vi que la gente que me rodeaba asentía y aplaudía, y pensé: «No estoy solo».

—¿Quién es ese? —pregunté.

—Francis Mitchum —murmuró Raine—. Es de la vieja guardia. Pero es una especie de leyenda. —Pronunció el nombre del orador como un hombre piadoso hablaría de Dios, medio susurrando, medio rezando—. ¿Ves la telaraña de su codo? Solo puedes hacerte ese tatuaje cuando hayas matado a alguien. Por cada muerte puedes tatuarte una mosca. —Raine hizo una pausa—. Mitchum tiene diez.

—¿Por qué los negrazos nunca son acusados de esos crímenes? —preguntó Francis Mitchum, una pregunta retórica—. ¿Por qué se les deja en libertad? Ni siquiera estarían domesticados si no hubiera sido con la ayuda de los Blancos. Mirad su lugar de origen, África. No hay un gobierno civilizado. Se están matando unos a otros en Sudán. Los hutus matan a los tutsis. Y lo mismo hacen en nuestro país. Las bandas de nuestras ciudades… solo son guerras tribales entre negrazos. Y ahora van detrás de los angloamericanos.

Porque saben que sus actos quedan impunes—. Su voz se elevó cuando miró a la multitud—. Matar a un negrazo es como matar a un ciervo. —Calló unos instantes—. Bueno, retiro esto último. El ciervo, al menos, se puede comer.

Muchos años después, caí en la cuenta de que la primera vez que fui al campamento Imperio Invisible —fue la primera vez que oí hablar a Francis Mitchum—, Brit también debía de estar allí, con su padre. Me gustaba pensar que ella había estado al otro lado del escenario, viendo cómo su padre hipnotizaba a la multitud. Que quizá nos habíamos cruzado en el puesto del algodón de azúcar, o habíamos estado uno al lado del otro mientras las chispas de la cruz en llamas saltaban al cielo nocturno.

Que estábamos donde debíamos estar.

Durante una hora Brit y yo lanzamos nombres como pelotas de béisbol: Robert, Ajax, Will. Garth, Erik, Odin. Cada vez que se me ocurre algo contundente y ario, Brit recuerda a un chico de su clase que se llamaba así y que comía pasta o que vomitaba en su propia tuba. Cada vez que ella sugiere un nombre que le gusta, me recuerda a algún gilipollas con el que me he cruzado.

Cuando por fin se me ocurre, con la sutileza de un rayo, miro el rostro de mi hijo dormido y lo susurro: Davis. El apellido del presidente de la Confederación.

Brit da vueltas al nombre en la boca.

—Es diferente.

—Diferente es bueno.

—Davis, pero no Jefferson —aclara.

—No, porque entonces sería Jeff.

—Y Jeff es un tipo que fuma marihuana y vive en el sótano de su madre —añade Brit.

—Pero Davis —digo—, bueno, Davis es el chico en el que se fijan otros chicos.

—No Dave. Ni Davy ni David.

—Le dará una paliza al que lo llame así por error —prometo.

Toco el borde de la manta del niño, porque no quiero despertarlo.

—Davis —digo, saboreándolo. Sus diminutas manos se agitan, como si ya conociera su nombre.

—Deberíamos celebrarlo —susurra Brit.

Le sonrío.

—¿Crees que tendrán champán en la cafetería?

—¿Sabes lo que me apetece de verdad? Un batido de chocolate.

—Creía que los antojos eran antes del parto…

Se echa a reír.

—Estoy segura de poder jugar la carta de las hormonas al menos otros tres meses…

Me pongo en pie, preguntándome si la cafetería seguirá abierta a las cuatro de la madrugada. Pero no quiero irme. Es decir, Davis acaba de llegar.

—¿Y si me pierdo algo? —pregunto—. Ya sabes, algún momento histórico.

—Bueno, no creo que vaya a echar a andar o a decir su primera palabra —responde Brit—. Si te pierdes algo, será su primera caca y, la verdad, eso es algo que querrás evitarte. —Me mira con esos ojos azules que unas veces son tan oscuros como el mar y otras tan pálidos como cristal, y que siempre consiguen que haga cualquier cosa—. Son solo cinco minutos —dice.

—Cinco minutos. —Miro una vez más al niño y siento como si mis botas estuvieran atascadas en un pozo de brea. Quiero quedarme aquí y contarle los dedos otra vez, y esas diminutas uñas. Quiero ver cómo sus hombros suben y bajan cuando respira. Quiero ver cómo frunce los labios como si estuviera besando a alguien en sueños. Es una locura mirarlo, verlo en carne y hueso, y saber que Brit y yo fuimos capaces de construir algo auténtico y sólido con un material tan borroso e intangible como el amor.

—Crema batida y una cereza —añade Brit, interrumpiendo mi ensoñación—. Si tienen.

Salgo al pasillo a regañadientes, paso por delante del mostrador de enfermeras y voy al ascensor. La cafetería está abierta, atendida por una mujer con redecilla que está resolviendo una sopa de letras.

—¿Tiene batidos? —pregunto.

Ella levanta la vista.

—No.

—¿Y helados?

—Sí, pero se nos han acabado. El camión de reparto viene por la mañana.

No parece muy dispuesta a ayudarme y vuelve a centrar la atención en el juego.

—Acabo de tener un hijo —digo.

—Bien —dice sin entusiasmo—. Un milagro médico, en mi modesta opinión.

—Bueno, mi esposa ha tenido un hijo —corrijo—. Y quiere un batido.

—Yo quiero que me toque la lotería y el amor eterno de Benedict Cumberbatch, pero he tenido que quedarme con esta vida glamurosa. —Me mira como si la estuviera haciendo perder el tiempo, como si detrás de mí hubiera una cola de cien personas esperando—. ¿Quiere mi consejo? Llévele dulces. A todo el mundo le gusta el chocolate. —Alarga la mano hacia su espalda, sin mirar, y pone en el mostrador una caja de chocolatinas Ghirardelli. La cojo y miro la etiqueta.

—¿Esto es todo lo que tiene?

—Los Ghirardelli están de oferta.

Le doy la vuelta y veo el símbolo OU de la Unión Ortodoxa, el signo que prueba que es *kosher*, que estás pagando un impuesto a la mafia judía. La dejo en el estante y cojo en su lugar un paquete de Skittles que pongo sobre el mostrador, con dos dólares.

—Puede quedarse el cambio —le digo.

Pasadas las siete de la mañana, se abre la puerta y automáticamente me pongo en alerta total.

Desde que llegó Davis, Lucille ha entrado dos veces, para examinar a Brit y al niño, y para ver qué tal estaba alimentándose. Pero esta…, esta no es Lucille.

—Soy Ruth —anuncia—. Hoy voy a ser su enfermera.

Lo único que se me ocurre es: «Por encima de mi cadáver».

Tengo que hacer acopio de toda mi fuerza de voluntad para no apartarla a empujones de mi esposa, de mi hijo. Pero el servicio de seguridad está a un timbre de distancia y, si me expulsan del hospital, ¿qué tendría de bueno para nosotros? Si no puedo estar aquí para proteger a mi familia, habré perdido.

Así que me siento en el borde de la silla, con todos los músculos preparados para reaccionar.

Brit abraza con tanta fuerza a Davis que creo que el niño va a ponerse a gritar.

—¡Qué niño tan guapo! —dice la enfermera negra—. ¿Cómo se llama?

Mi mujer me mira preguntándose de qué va todo esto. Tiene tantas ganas de tener una conversación con esta enfermera como de tenerla con una cabra o cualquier otro animal. Pero, al igual que yo, es consciente de que los Blancos son ahora una minoría en este país y que siempre estamos amenazados; tenemos que disimular.

Bajo la barbilla una vez, de un modo tan imperceptible que me pregunto si Brit lo habrá visto.

—Se llama Davis —contesta a regañadientes.

La enfermera se acerca a nosotros diciendo que va a examinar a Davis y Brit retrocede.

—No tiene por qué soltarlo —concede la negra.

Empieza a mover las manos sobre mi hijo, como si fuera una especie de hechicera loca. Aprieta el estetoscopio contra su espalda y luego lo introduce en el espacio que hay entre él y Brit. Dice algo sobre el corazón de Davis, que apenas puedo oír porque me lo impide el rugido de la sangre que siento en los oídos.

Entonces lo coge en brazos.

Brit y yo estamos tan conmocionados por el hecho de que se haya llevado al niño (solo hasta la cuna radiante, para limpiarlo, pero aun así) que durante un instante ninguno de los dos puede hablar.

Doy un paso hacia ella, hacia donde está inclinada sobre mi hijo, pero Brit me coge del faldón de la camisa.

—No hagas una escena.

—¿Se supone que tengo que quedarme quieto?

—¿Quieres que se dé cuenta de que estás enfadado y la tome con él?

—Quiero que vuelva Lucille. ¿Qué ha pasado con Lucille?

—No lo sé. Quizá se marchó.

—¿Cómo puede hacer eso, estando su paciente aquí?

—No tengo ni idea, Turk, yo no dirijo este hospital.)

No aparto los ojos de la enfermera negra mientras limpia a Davis, le lava el pelo y lo envuelve otra vez en una manta. Le pone un pequeño brazalete electrónico en el tobillo, como el que les ponen a los delincuentes que están en libertad provisional. Como si el sistema lo estuviera castigando ya.

Miro tan fijamente a la enfermera negra que no me sorprendería que estallara en llamas. Me sonríe, pero la sonrisa no llega a sus ojos.

—Limpio como una patena —anuncia—. Ahora veamos si conseguimos que se alimente.

Se acerca para retirar el cuello de la bata de Brit y mi paciencia se acaba.

—Apártese de ella —digo en voz baja y certera como una flecha—. Quiero hablar con su jefe.

Un año después de haber ido al campamento Imperio Invisible, Raine me preguntó si quería formar parte del Escuadrón de la Muerte de América del Norte. No bastaba con creer en lo que creía Raine, que los Blancos son una raza superior. No bastaba con haber leído *Mi lucha* tres veces. Para ser realmente uno de ellos, tenía que demostrarlo, y Raine me prometió que sabría dónde y cuándo sería el momento oportuno.

Una noche que estaba en casa de mi padre, me levanté al oír que daban golpes en la ventana de mi dormitorio. No había peligro de que despertaran al resto de los habitantes de la casa; mi padre estaba en una cena de trabajo en Boston y no tenía previsto llegar antes de medianoche. En cuanto levanté la ventana de guillotina, Raine y otros dos se colaron dentro, ninjas vestidos de negro. Raine me tiró directamente al suelo y me inmovilizó poniéndome el antebrazo en el cuello.

—Norma número uno —dijo—, no abras si no sabes quién va a entrar. —Esperó a que viera las estrellas y entonces me soltó—. Norma número dos: no se hacen prisioneros.

—No lo entiendo —repliqué.

—Esta noche —dijo— somos custodios, Turk. Vamos a limpiar la suciedad de Vermont.

Encontré un pantalón negro de deporte y una camiseta estampada con serigrafía a la que di la vuelta para que fuera también negra. Como no tenía gorro negro, Raine me dejó el suyo y él se recogió el pelo formando una coleta. Fuimos a Dummerston en el coche de Raine, pasándonos una botella de Jägermeister y con música punk atronando por los altavoces.

Yo no había oído hablar de la Rainbow Cattle Company, pero en cuanto llegamos entendí qué clase de lugar era. Había hombres que iban del aparcamiento al bar cogidos de la mano, y cada vez que se abría la puerta se entreveía un escenario brillantemente iluminado y un hombre vestido de mujer cantando en *playback*.

—Si no llevas calzoncillos de lata, no te dobles por la cintura —dijo Raine con tono burlón.

—¿Qué hacemos aquí? —pregunté, no muy seguro de por qué me habían llevado a un bar de maricas.

En aquel momento salieron dos hombres enlazados por la cintura.

—Esto —dijo Raine, saltando sobre uno de ellos y estrellándole la cabeza contra el suelo. Su pareja echó a correr en dirección contraria, pero uno de los amigos de Raine lo atrapó.

La puerta se abrió de nuevo y otra pareja de hombres salió a la noche. Se reían de algo que solo ellos sabían. Uno metió la mano en el bolsillo para sacar las llaves y, al volverse hacia el aparcamiento, su rostro quedó iluminado por los faros de un coche que pasaba.

Debería haber unido las piezas antes: la afeitadora eléctrica que había en el botiquín, cuando mi padre siempre usaba navaja; el rodeo que todos los días daba mi padre para tomar café en el local de Greg cuando iba y venía del trabajo; el hecho de que hubiera abandonado a mi madre sin dar explicaciones; el hecho de que a mi abuelo nunca le gustara. Me calé el gorro y me subí el calientacuellos que me había dado Raine para no ser reconocido.

Jadeando, Raine asestó otro puntapié a su víctima y dejó que escapara corriendo en la oscuridad. Se irguió, me sonrió y ladeó la cabeza, como esperando a que yo tomara la iniciativa. Y así me di cuenta de que, aunque yo no tuviera ni idea, Raine había sabido lo de mi padre desde el principio.

Cuando tenía seis años, nuestra caldera explotó en un momento en que no había nadie en casa. Recuerdo haber preguntado por las causas al perito del seguro que vino a comprobar los daños. Dijo algo sobre válvulas de seguridad y corrosión, y luego giró sobre sus talones y dijo que, cuando hay demasiado vapor y la estructura no es lo bastante fuerte para contenerlo, es muy posible que ocurran cosas así. Durante dieciséis años yo había estado acumulando vapor, porque no era mi hermano muerto y porque nunca lo sería; porque no pude mantener unidos a mis padres; porque no era el nieto que mi abuelo habría querido; porque era demasiado estúpido o colérico o raro. Cuando recuerdo aquel momento, todo es furia ciega: asir a mi padre por el cuello, golpearle la frente contra el suelo, retorcerle el brazo en la espalda, darle de puntapiés hasta que escupió sangre. Ponerlo boca arriba y llamarlo maricón mientras le daba puñetazos en la cara hasta cansarme. Forcejear con Raine cuando me arrastró para ponerme a salvo porque se acercaban las sirenas y los destellos azules y rojos se reflejaban ya en el aparcamiento.

La noticia se propaló como suelen propalarse las noticias, y por el camino se hinchó y modificó: el miembro más reciente del Escuadrón de la Muerte de América del Norte, o sea yo, se había enfrentado a seis tipos a la vez. Con un tubo de plomo en una mano y un cuchillo en la otra. A uno le había arrancado la oreja con los dientes y me había tragado el lóbulo.

Por supuesto, nada de eso era verdad. Pero esto sí: había dado tal paliza a mi propio padre que fue hospitalizado, y tuvo que alimentarse con una pajita durante meses.

Y, gracias a eso, fui leyenda.

—Queremos que vuelva la otra enfermera —digo a Mary o Marie, o como se llamara la enfermera jefe—. La que estuvo aquí anoche.

Dice a la enfermera negra que se vaya y nos quedamos solos con ella. Aunque he vuelto a bajarme las mangas, no deja de mirarme el brazo.

—Puedo asegurarles que Ruth lleva con nosotros más de veinte años —dice.

—Creo que tanto usted como yo sabemos que no pongo objeciones a su experiencia —respondo.

—No podemos cambiar a una cuidadora por una cuestión de raza. Es discriminatorio.

—Si pidiera que el ginecólogo fuese una mujer en lugar de un hombre, ¿sería discriminación? —pregunta Brit—. ¿O un doctor en lugar de un estudiante de medicina? Ustedes toleran esas cosas todo el tiempo.

—Es diferente —dice la enfermera.

—¿Exactamente en qué sentido? —pregunto—. Que yo sepa, ustedes ofrecen un servicio al cliente y yo soy el cliente. Y usted tiene que tener al cliente satisfecho. —Me levanto y respiro hondo, me pongo cerca de ella, casi encima de ella, intimidándola aposta—. No puedo ni imaginar lo desagradable que sería para todas las madres y todos los padres que hay aquí que, en fin, entiéndame, que las cosas se descontrolaran. Si, en lugar de sostener esta simpática y tranquila conversación, discutiéramos a gritos. Si los otros pacientes empezaran a pensar que quizá se están descuidando también sus derechos.

La enfermera aprieta los labios.

—¿Me está amenazando, señor Bauer?

—No creo que sea necesario —respondo—. ¿Y usted?

Hay una jerarquía del odio y es diferente en cada cual. Personalmente, odio a los hispanos más que a los asiáticos, odio a los judíos más aún, y en el pico más alto de la gráfica, desprecio a los negros. Pero a los que más odio en todo momento, más aún que a cualquiera de estos grupos, es a los Blancos antirracistas. Porque son unos renegados.

Durante un momento espero a ver si Marie pertenece a esta categoría. En el cuello le palpita un músculo.

—Estoy segura de que podemos encontrar una solución que nos satisfaga a todos —murmura—. Pondré una nota en el expediente de Davis expresando sus… deseos.

—Creo que es un buen plan —respondo.

Cuando sale de la habitación, Brit se echa a reír.

—Chico, impresionas cuando te pones firme. Pero sabes que esto significa que escupirán en mi mermelada antes de servírmela.

Me inclino sobre la cesta y cojo a Davis. Es tan pequeño que apenas tiene la lontitud de mi antebrazo.

—Pues te traeré gofres de casa —digo a Brit. Acerco los labios a la frente de mi hijo y susurro a su piel un secreto solo para nosotros—. Y en cuanto a ti —prometo—, en cuanto a ti, yo te protegeré mientras viva.

Un par de años después de entrar en el Movimiento del Poder Blanco, cuando ya dirigía el EMAN de Connecticut, el hígado de mi madre finalmente pudo con ella. Volví a casa para arreglar los papeles y vender la casa de mi abuelo. Mientras ordenaba las pertenencias de mi madre, encontré la transcripción del juicio de mi hermano. No sé por qué la tenía ella; en algún momento debió de hacer algo especial para conseguirla. Me senté en el suelo de madera de la sala, rodeado de cajas que irían a parar a Goodwill y a la basura, y la leí entera, página por página.

Me dio la impresión de que no reconocía el contenido de muchas declaraciones, como si no hubiera vivido todos y cada uno de los momentos. No sabría decir si es que era demasiado joven para recordar o si lo había olvidado adrede, pero los indicios se centraban en la mediana de la carretera y en las pruebas toxicológicas. No del acusado, sino de mi hermano. Era el coche de Tanner el que iba en dirección prohibida, porque el conductor había tomado drogas. Estaba en todos los diagramas del derrape de las ruedas: la prueba de que el hombre acusado de homicidio por imprudencia había hecho todo lo posible por no chocar con un coche que se había desviado hacia su carril. Y el jurado no podía asegurar, por encima de toda duda razonable, que el culpable exclusivo del accidente de tráfico hubiera sido el acusado.

Me quedé sentado un buen rato con la transcripción en las rodillas. Leyendo. Releyendo.

Pero así es como yo lo veo: si el negrazo no hubiera estado al volante esa noche, mi hermano no habría muerto.

Ruth

En mis veinte años de historia laboral solo me había rechazado una paciente, aunque la crisis duró solo dos horas. La mujer gritaba como si la estuvieran matando y me tiró un jarrón de flores a la cabeza en medio del parto. Pero volvió a aceptarme cuando le llevé los calmantes.

Cuando Marie me dice que salga, me quedo en el pasillo unos momentos, cabeceando.

—¿Qué ha pasado? —pregunta Corinne, levantando la vista de una gráfica en el mostrador de enfermeras.

—El padre, que es un triunfador —dije, poniendo cara de póker.

Corinne hace una mueca.

—¿Peor que el tipo de la vasectomía?

Una vez tuve una parturienta cuyo marido se había hecho una vasectomía dos días antes. Cada vez que mi paciente se quejaba del dolor, él se quejaba también. En un momento dado, me llevó al baño y se bajó los pantalones para enseñarme su escroto inflamado mientras mi paciente bufaba y resoplaba. «Le dije que fuera a ver al médico», dijo ella.

Pero Turk Bauer no es ni tonto ni egoísta; a juzgar por la forma en que exhibe el tatuaje de la bandera confederada, supongo que no aprecia mucho a la gente de color.

—Peor aún.

—Bien —dice Corinne, encogiéndose de hombros—. Marie es buena tranquilizando a la gente. Estoy segura de que solucionará el problema, sea el que sea.

«Sospecho que no, a menos que pueda volverme blanca», pienso.

—Voy a la cafetería cinco minutos. ¿Me cubres?

—Si me traes trenzas de goma afrutada. Twizzlers —dice Corinne.

En la cafetería me quedo unos minutos ante la barra, pensando en el tatuaje que lleva Turk Bauer en el brazo. No tengo ningún problema con los blancos. Vivo en una comunidad blanca; tengo amigos blancos; envío a mi hijo a una escuela donde predominan los blancos. Los trato como me gusta que me traten a mí, basándome en sus méritos individuales como seres humanos y no en el color de su piel.

Y los blancos con los que trabajo y almuerzo, y dan clases a mi hijo, no parecen tener prejuicios.

Cojo los Twizzlers para Corinne y un café para mí. Voy con la taza a la mesa de los condimentos, donde hay leche, azúcar, edulcorantes sintéticos. Una anciana forcejea con la tapa de un recipiente de nata que no puede abrir. Tiene el bolso sobre el mostrador, pero cuando me ve, se lo acerca y se envuelve el brazo con la correa.

—Oh, ese bote es muy traicionero —digo—. ¿Quiere que la ayude?

Me da las gracias y sonríe cuando se lo devuelvo abierto.

Estoy segura de que ni siquiera se ha dado cuenta de que cogió el bolso cuando me acerqué.

Pero yo sí.

«Olvídalo, Ruth», me digo. No soy de esas personas que ven el mal en todo el mundo; mi hermana Adisa sí. Subo al ascensor para volver a mi planta. Cuando llego, le tiro los Twizzlers a Corinne y voy hacia la puerta de Brittany Bauer. Su gráfica y la del pequeño Davis están fuera; cojo la del niño para asegurarme de que se avisará al pediatra del soplo cardíaco. Pero, cuando abro la carpeta, hay un adhesivo rosa en el informe:

CUALQUIER MIEMBRO AFROAMERICANO
DEL PERSONAL ABSTENERSE DE TRATAR
A ESTE PACIENTE

Las mejillas me arden. Marie no está en el mostrador de enfermeras; me pongo a buscarla por la planta hasta que la encuentro hablando con uno de los pediatras en la sala de neonatos.

—Marie —digo, plantándome una sonrisa en la cara—. ¿Tienes un minuto?

Me sigue hasta el mostrador de enfermeras, aunque yo no quiero tener esta conversación en público, así que entro en la sala de descanso.

—¿Me estás tomando el pelo?

No finge que no sabe de qué hablo.

—Ruth, no pasa nada. Imagina que una familia tiene creencias religiosas y quiere que la paciente sea tratada de acuerdo con ellas. Pues tómatelo igual.

—No estarás comparando esto con las creencias religiosas, ¿verdad?

—Es solo una formalidad. El padre es un exaltado; y me pareció la forma más fácil de calmarlo para que no cometiera ninguna barbaridad.

—¿Y esto no es una barbaridad? —pregunto.

—Mira —dice Marie—. Piensa que te estoy haciendo un favor. Así no tendrás que tratar con ese tipo nunca más. Sinceramente, esto no tiene nada que ver contigo, Ruth.

—Si tú lo dices… —replico con apatía—. ¿Cuántos afroamericanos trabajan en esta sala?

Ambas sabemos la respuesta. Únicamente yo.

La miro directamente a los ojos.

—¿No quieres que toque a ese niño? —digo—. Muy bien. Hecho.

Cierro la puerta con tanta fuerza que se queda temblando.

La religión se entrometió en mi trabajo en cierta ocasión. Una pareja de musulmanes llegó al hospital para tener a su hijo y el padre explicó que él tenía que ser la primera persona que hablara con el recién nacido. Cuando me lo dijo, le expliqué que haría todo lo posible para cumplir su petición, pero que si había alguna complicación en el parto, mi prioridad era salvar a la criatura…, lo cual exigía comunicación, y significaba que no sería probable ni posible guardar silencio en la sala de partos.

Dejé solos a los futuros padres para que lo hablaran entre ellos y, finalmente, el padre me dijo que entrara.

—Si hay complicaciones —dijo—, espero que Alá lo entienda.

Al final, la mujer tuvo un parto de libro. Poco antes de que naciera la criatura, recordé al pediatra la petición del paciente y el doctor dejó de anunciar en voz alta la aparición de la cabeza, el hombro derecho, el izquierdo, como si radiara un partido de fútbol. El único sonido de la sala fue el del llanto del niño. Cogí al recién nacido, resbaladizo como un pececillo, y lo puse en los brazos de su padre envuelto en una manta. El hombre se inclinó sobre la diminuta cabeza de su hijo y le susurró unas palabras en árabe. Luego colocó al niño en los brazos de su mujer y el paritorio volvió a llenarse de ruido.

Aquel mismo día, poco más tarde, cuando fui a examinar a mis dos pacientes, los encontré dormidos. El padre estaba en pie ante la cunita, mirando a su hijo como si todavía no entendiera cómo había ocurrido aquello. Era una mirada que veía a menudo en los padres, para los que el embarazo no era real hasta aquel preciso momento. Una madre tiene nueve meses para acostumbrarse a compartir el espacio donde está su corazón; para un padre llega de repente, como una tormenta que cambia el paisaje para siempre.

—Qué niño tan guapo tiene —dije, y él tragó saliva.

He aprendido que hay sentimientos para los que no se han inventado las palabras oportunas. Vacilé y luego le pregunté lo que me había estado rondando la cabeza desde el parto.

—Si me permite la pregunta, ¿podría decirme qué le ha susurrado a su hijo?

—La llamada a la oración —explicó el padre—. *Dios es grande; no hay más dios que Alá. Mahoma es el mensajero de Alá.* —Levantó la vista y me sonrió—. En el islam, queremos que las primeras palabras que oye un niño sea una plegaria.

Me parecía lo más indicado, teniendo en cuenta que cada niño es un milagro.

La diferencia entre la petición del padre musulmán y la de Turk Bauer era como la que hay entre el día y la noche.

Entre el amor y el odio.

Es una tarde atareada, así que no tengo tiempo de hablar con Corinne sobre la nueva paciente que ha heredado hasta que nos ponemos el abrigo y vamos hacia el ascensor.

—¿Qué ha pasado? —pregunta Corinne.

—Marie me sustituyó porque soy Negra —le digo.

Corinne arruga la nariz.

—Eso no parece propio de Marie.

Me vuelvo a ella con las manos en las solapas del abrigo.

—Claro que no. Estoy segura de que ha ocurrido algo más.

Es un error descargar mi frustración sobre Corinne, que ahora tiene que ocuparse de esa horrible familia. Es un error que me enfade con ella, cuando en realidad estoy enfadada con Marie. Corinne siempre es mi cómplice, no mi adversaria. Pero creo que, aunque hablara hasta reventar, ella no entendería realmente qué se siente ante algo así.

Quizá debería hablar hasta reventar. Quizá así fuera aceptable para los Bauer.

—Sea lo que sea —digo—, ese niño no significa nada para mí.

Corinne ladea la cabeza.

—¿Te apetece un vino antes de ir a casa?

Relajo los hombros.

—No puedo. Edison está esperándome.

Suena la campanilla del ascensor y se abren las puertas. Está lleno, porque es el cambio de turno. Delante de mí hay un mar de rostros blancos que me miran.

Normalmente ni siquiera lo pienso. Pero de repente es lo único que puedo ver.

Estoy harta de ser la única enfermera Negra de la sala de maternidad.

Estoy harta de fingir que no me importa.

Harta.

—¿Sabes qué? —digo a Corinne—. Creo que voy a bajar por la escalera.

Cuando tenía cinco años, no podía pronunciar grupos de consonantes. Aunque había aprendido a leer a los tres años (resultado de las clases que mi diligente madre me daba cada noche al llegar de su trabajo), cuando llegaba el momento de pronunciar, por ejemplo, la palabra «trío», me salía «río». Incluso mi apellido,

Brooks, se convertía en «rooks». Mamá fue a una librería, compró un libro sobre grupos consonánticos y me dio clases durante un año. Luego me hizo examinarme para un programa de superdotados, y en lugar de ir a la escuela en Harlem, que era donde vivíamos, mi hermana y yo cogíamos el autobús cada mañana con ella durante una hora y media para ir a una escuela pública del Upper West Side, cuyos estudiantes eran en su mayoría judíos. Ella me dejaba ante la puerta del aula y luego cogía el metro hasta la casa de los Hallowell.

Pero mi hermana Rachel no era tan buena estudiante como yo y el viaje en autobús nos agotaba a todas. Así que, en el segundo curso, volvimos a nuestra vieja escuela de Harlem. En un año se apagaron todas mis cualidades y mamá quedó desolada. Cuando se lo contó a su jefa, la señora Mina me consiguió una entrevista en Dalton. Era la escuela privada a la que asistía su hija Christina y les interesaba la diversidad étnica. Me dieron una beca completa, fui la primera de la clase, recibí premios en todas las reuniones de profesores y trabajé como una loca para recompensar la fe que mi madre tenía en mí. Mientras Rachel hacía amistad con los chicos de nuestro barrio, yo no conocía a nadie. No acababa de encajar en Dalton y, definitivamente, tampoco encajé en Harlem. En consecuencia solo fui una estudiante que consiguió matrículas, pero no era capaz de pronunciar grupos de consonantes.

Algunas alumnas me invitaban a sus casas, chicas que decían cosas como «¡No hablas como los Negros!» o «¡No imaginaba que fueras así!» Por supuesto, ninguna de esas chicas iba a visitarme a Harlem. Siempre había una clase de baile, un compromiso familiar, demasiados deberes. A veces las imaginaba con su sedoso cabello rubio y su aparato dental pasando por delante del banco de la esquina de la calle donde vivía. Era como imaginar un oso polar en el trópico, y nunca me permití pensarlo durante mucho rato por si era la forma en que me veían a mí en Dalton.

Cuando me aceptaron en Cornell, como muchos de mi instituto no lo consiguieron, fue inevitable oír rumores. «Es porque es Negra.» Daba igual que tuviera una nota media alta y que hubiera destacado en la prueba de selectividad. Dio igual que al final no pudiera permitirme el lujo de ir a Cornell y en su lugar me conformara con la caminata que representaba ir a la Universidad Estatal de Nueva York en Plattsburgh.

—Cariño —dijo mi madre—, no es fácil para una chica Negra desear algo. Tienes que demostrarles que no eres una chica Negra, sino Ruth Brooks. —Me apretaba la mano—. Vas a conseguir todo lo bueno que se te presente…, no porque lo supliques, y no por el color que tienes. Sino porque te lo mereces.

Sé que no habría llegado a ser enfermera si mi madre no hubiera trabajado denodadamente para proporcionarme una buena educación. También sé que hace tiempo decidí sortear algunos de los problemas que tenía cuando se trató de mi propio hijo. Así que, cuando Edison tenía dos años, mi marido y yo optamos por mudarnos a un barrio blanco con mejores escuelas, aunque eso significara ser unas de las escasas familias de color de la zona. Dejamos nuestro apartamento, que estaba al lado de las vías del tren en New Haven, y tras ver cómo se nos iban de las manos muchas ofertas cuando el agente inmobiliario descubría nuestro aspecto, finalmente encontramos una casita en la comunidad más próspera de East End. Matriculé a Edison en un parvulario para que empezara al mismo tiempo que los otros niños y nadie lo considerase un extraño. Fue uno de ellos desde el principio. Cuando queríamos que vinieran sus amigos a pasar la noche en nuestra casa, ningún padre podría decir que era una zona demasiado peligrosa para un niño. Después de todo, también era su barrio.

Y funcionó. Madre mía si funcionó. Al principio tuve que encomiar sus cualidades, asegurarme de que los profesores vieran su inteligencia además del color de su piel, pero el resultado es que Edison está entre los tres primeros de su clase. Es becario por méritos académicos. Irá a la universidad y será lo que quiera ser.

He dedicado mi vida a conseguirlo.

Cuando llego a casa, Edison está haciendo los deberes en la mesa de la cocina.

—Hola, cariño —digo, inclinándome para estamparle un beso en la coronilla. Eso solo lo puedo hacer cuando está sentado. Aún recuerdo el momento en que me di cuenta de que era más alto que yo; la sensación tan extraña de levantar los brazos en lugar de bajarlos, el saber que alguien a quien había estado cuidando toda la vida estaba en situación de cuidarme a mí.

No levanta los ojos.

—¿Qué tal el trabajo?

Planto una sonrisa en mi cara.

—Ya sabes. Lo de siempre. —Me quito el abrigo, recojo la cazadora de Edison de encima del sofá y cuelgo ambas prendas en el armario—. Aquí no tenemos servicio de limpieza —protesto.

—¡Pues entonces déjala donde estaba! —salta Edison—. ¿Por qué todo tiene que ser culpa mía? —Se aparta de la mesa con tanta premura que casi tropieza con la silla. Deja allí el ordenador y el cuaderno abierto y sale apresuradamente de la cocina. Oigo el portazo de su dormitorio.

Este no es mi hijo. Mi hijo es el que le sube la bolsa de la compra a la señora Laska hasta el tercer piso sin que tenga que pedírselo siquiera. Mi hijo es el que siempre le abre la puerta a una señora, que dice por favor y gracias, que guarda en su mesita de noche todas las tarjetas de cumpleaños que le he escrito.

A veces, una madre reciente se vuelve hacia mí, con un niño chillón en los brazos, y pregunta cómo podrá adivinar lo que necesita su hijo. En general, tener un adolescente no es muy diferente de tener un recién nacido. Aprendes a interpretar las reacciones, porque son incapaces de decir exactamente qué es lo que les duele.

Así que, aunque lo único que quiero es ir a la habitación de Edison y abrazarlo con fuerza y mecerlo como solía hacer cuando era pequeño y sufría, respiro hondo y me quedo en la cocina. Edison me ha dejado la cena, un plato cubierto con papel de plata. Sabe preparar exactamente tres comidas: macarrones con queso, huevos fritos y bocadillos de carne picada con salsa de tomate. El resto de la semana recalienta los guisos que preparo en mis días libres. Esta noche hay pastel de carne con judías y queso, pero Edison también ha preparado unos guisantes, porque hace años le enseñé que un plato no es una comida si no hay más de un color en él.

Me sirvo vino de una botella que me regaló Marie la Navidad pasada. Está agrio, pero lo bebo a pesar de todo hasta que noto que los músculos de mis hombros se relajan, hasta que puedo cerrar los ojos y no ver la cara de Turk Bauer.

Al cabo de diez minutos, llamo con suavidad a la puerta de Edison. La habitación es suya desde que cumplió trece años; yo duermo en el sofá-cama de la salita. Giro el pomo y lo encuentro acostado en la cama, con los brazos doblados bajo la cabeza. Con la camiseta tirante a la altura de los hombros y la barbilla levantada, veo tanto de su padre en él que por un momento tengo la sensación de que he retrocedido en el tiempo.

Me siento a su lado en la cama.

—¿Vamos a hablar o vamos a fingir que no pasa nada? —pregunto.

Edison tuerce la boca.

—¿Tengo elección?

—No —digo sonriendo—. ¿Es por el examen de cálculo?

Frunce el entrecejo.

—¿El examen de cálculo? Eso fue fácil; saqué un noventa y seis. Es que hoy he discutido con Bryce.

Bryce ha sido el mejor amigo de Edison desde quinto curso. Su madre es juez de un tribunal de asuntos familiares y su padre profesor de clásicas en Yale. En su salón hay una caja de cristal, como las vitrinas de los museos, con una urna griega auténtica. Han llevado a Edison de vacaciones a Gstaad y Santorini.

Es bueno que Edison me pase esta carga, que por un rato me involucre en sus dificultades con otros. Eso es lo que me molestó en el incidente del hospital: yo soy la que lo arregla, la que encuentra una solución. Yo no soy el problema. Nunca soy el problema.

—Estoy segura de que pasará —digo a Edison, acariciándole el brazo—. Sois como hermanos.

Se pone de costado y se cubre la cabeza con la almohada.

—Eh —digo—. Eh. —Tiro de la almohada y veo el rastro de una lágrima que le ha oscurecido la piel de la sien—. Cariño —murmuro—. ¿Qué ha pasado?

—Le dije que iba a pedirle a Whitney que fuera conmigo a la fiesta de la escuela.

—Whitney... —repito, tratando de identificar a la chica en la multitud de amigos de Edison.

—La hermana de Bryce —dice.

Me viene a la memoria una chica con trenzas que conocí años antes, cuando fui a recoger a Edison en una reunión infantil.

—¿La chica regordeta con el aparato dental?

—Sí. Ya no lleva aparato. Y ya no está gorda, desde luego que no. Ahora tiene… —La mirada de Edison se suaviza y me imagino lo que está viendo mi hijo.

—No tienes que terminar la frase —digo en el acto.

—Bueno, es fantástica. Ya está en segundo año. La conozco de siempre, pero últimamente, cuando la miro ya no es la hermana pequeña de Bryce, ¿sabes? Yo lo tenía todo planeado. Uno de mis amigos la esperaría a la puerta del aula después de cada clase, con una nota. La primera nota diría TÚ. La segunda diría QUIERES. Y luego, IR, A, LA, FIESTA, CON. Y por último, al final del día, estaría esperándola yo con un cartel con mi nombre, para que finalmente supiera quién se lo estaba pidiendo.

—¿Es la moda de ahora? —interrumpo—. ¿En lugar de pedirle a una chica que vaya contigo a una fiesta…, tienes que organizar una obra de Broadway para que se entere?

—¿Qué? Mamá, ese no es el problema. El problema es que le pedí a Bryce que fuera él quien llevara el rótulo de FIESTA y se puso furioso.

Respiro hondo.

—Bueno —digo, escogiendo cuidadosamente las palabras—, a veces es difícil para un chico ver a su hermana pequeña como la posible novia de alguien, por muy encariñado que esté con el que quiere salir con ella.

Edison pone los ojos en blanco.

—No es eso.

—Puede que Bryce necesite tiempo para acostumbrarse a la idea. Quizá le sorprendió que pensaras en su hermana, ya sabes…, de esa manera. Porque tú eres como de la familia.

—El problema es… que no lo soy. —Mi hijo se incorpora y deja caer las largas piernas por el borde de la cama—. Bryce se echó a reír. Dijo: «Tío, una cosa es que nosotros hagamos cosas juntos. Pero ¿tú y Whit? Mis padres se cagarían por la pata abajo». —Desvía la mirada—. Perdona el lenguaje.

—No pasa nada, cariño —digo—. Continúa.

—Así que le pregunté el motivo. Para mí no tenía ningún senti-do. Es decir, he ido a Grecia con su familia. Y él dijo: «No te ofen-das, pero a mis padres no les parece guay que mi hermana salga con un Negro». Como si estuviera bien tener un amigo Negro que va de vacaciones con la familia, pero no estuviera bien que ese amigo se enrollara con la hija.

He trabajado tanto para impedir que Edison conozca la exis-tencia de esa frontera que nunca pensé que cuando ocurriese, por-que supongo que era inevitable, sería más doloroso por no haberlo esperado.

Le cojo la mano y se la aprieto.

—Whitney y tú no seríais la primera pareja que se encuentra en lados opuestos de la montaña —digo—. Romeo y Julieta, Ana Ka-renina y Vronsky. María y Tony. Jack y Rose.

Edison me mira horrorizado.

—¿Te das cuenta de que, en todos los ejemplos que me pones, muere como mínimo uno de los dos?

—Lo que intento decirte es que, si Whitney ve lo especial que tú eres, querrá estar contigo. Y si no lo ve, no merece la pena luchar por ella.

Le rodeo los hombros con el brazo; Edison se apoya en mí.

—Eso no significa que esto apeste menos.

—Esa lengua —protesto—. Y no, tienes razón.

No es la primera vez que deseo que Wesley siga vivo. Ojalá no hubiera vuelto a Afganistán; ojalá no hubiera estado al volante de uno de los vehículos del convoy cuando explotó la bomba caminera; ojalá hubiera podido conocer a Edison, no solo de niño, sino de adolescente y joven prometedor. Ojalá estuviera aquí para decirle a su hijo que cuando una chica te hace hervir la sangre, solo es la primera entre muchas veces.

Ojalá estuviera aquí, sin más.

«Si al menos pudieras ver lo que hicimos», pienso. «Es el mejor de nosotros dos.»

—¿Y qué ha sido de Tommy? —pregunto de repente.

—¿Tommy Phipps? —Edison frunce el entrecejo—. Creo que lo expulsaron el año pasado por traficar con heroína detrás de la escuela. Está en el reformatorio.

—¿Recuerdas cuando ibas al parvulario y ese pequeño delincuente dijo que parecías una tostada quemada?

Una débil sonrisa ilumina el rostro de Edison.

—Sí.

Fue la primera vez que un chico dio a entender a Edison que era diferente del resto de la clase: y lo había hecho de manera que hacía que pareciera algo malo. Quemado. Chamuscado. Estropeado.

Es posible que Edison lo hubiera notado antes de aquello, pero también es posible que no. Pero aquella fue la primera vez que tuve que hablar con mi hijo sobre el color de la piel.

—¿Recuerdas lo que te dije?

—Que mi piel era oscura porque tenía más melanina que los otros alumnos de la escuela.

—Exacto. Porque todo el mundo sabe que es mejor tener más de algo que menos. Y la melanina protege tu piel de las radiaciones del sol, y ayuda a tener mejor vista, y a Tommy Phipps siempre le faltará. Así que, en realidad, tú eres el afortunado.

Lentamente, como agua en suelo reseco, la sonrisa desaparece del rostro de Edison.

—No me siento tan afortunado en este momento —dice.

Cuando éramos pequeñas, mi hermana mayor y yo no nos parecíamos en nada. Rachel era del color del café recién hecho, igual que mamá. Y aunque yo había salido del mismo frasco, me habían añadido tanta leche que ya ni se podía percibir el sabor.

El hecho de tener la piel color canela me otorgaba privilegios que yo no entendía, y que enfurecían a Rachel. Los cajeros de los bancos me daban piruletas y luego, como si quisieran rectificar algo, ofrecían otra a mi hermana. Los maestros me llamaban la Brooks guapa, la Brooks buena. En las fotos de clase, a mí me ponían en la fila delantera; Rachel se quedaba escondida detrás.

Rachel me decía que mi verdadero padre era blanco. Que yo no formaba parte de la familia. Un día, mi hermana y yo nos peleamos y la emprendimos a gritos, y yo hablé de irme a vivir con mi verdadero padre. Aquella noche mi madre me enseñó fotos de mi padre, que también era el padre de Rachel, un hombre de piel color canela, como la mía; yo acababa de nacer y él me tenía en brazos. La fecha de la foto era de un año antes de que nos abandonara a las tres para siempre.

Desde pequeñas, Rachel y yo fuimos tan diferentes como es posible entre dos hermanas. Yo soy baja y ella es alta como una reina. Yo era una estudiante ávida; ella era por naturaleza más inteligente que yo, pero detestaba la escuela. A los veinte años se entregó a lo que ella llamaba sus «raíces étnicas», cambió legalmente su nombre por Adisa y empezó a llevar el pelo con rizos naturales. Aunque hay muchos nombres étnicos en suajili, *Adisa* viene del yoruba, que ella os dirá que es un idioma del África Occidental, «la verdadera patria de nuestros antepasados y el lugar de donde los traían como esclavos». Adisa significa «La que es clara». Ya véis, incluso su nombre juzga al resto del mundo por no conocer las verdades que ella conoce.

Ahora Adisa vive junto a las vías del ferrocarril de New Haven, en un barrio donde los traficantes de drogas campan a sus anchas por el día y los jóvenes se fríen a tiros entre ellos por la noche; tiene cinco hijos y ella y el padre de sus hijos trabajan por el salario mínimo y apenas tienen para vivir. Aunque quiero a mi hermana lo que nadie sabe, no entiendo las decisiones que ha tomado, como tampoco ella entiende las mías.

Como es lógico, me hago preguntas. Por ejemplo, si la voluntad de ser enfermera, el deseo de querer más, de conseguir más para Edison, tendrán algo que ver con el hecho de que, a pesar de ser Negras las dos, yo contara con alguna ventaja al principio. Me pregunto si la razón de que Rachel quisiera ser Adisa fue porque necesitaba alimentar ese fuego que tenía dentro para creer que de ese modo se ponía a mi altura.

El viernes, mi día libre, había quedado con Adisa para hacernos la manicura. Estábamos sentadas juntas, con las manos metidas en el secador ultravioleta. Adisa miró el frasco de esmalte de uñas marca OPI que yo había elegido y sacudió la cabeza.

—No puedo creer que elijas el esmalte «Bar de Zumos» —dice—. Debe de ser el color más blanco del mundo.

—Es naranja —señalo.

—Me refería al nombre, Ruth, al nombre. ¿Has visto alguna vez a un negrata en un bar de zumos? No. Porque nadie va a un bar a tomar zumos. Al igual que nadie pide un biberón de tequila.

Pongo los ojos en blanco.

—¿En serio? Acabo de contarte que me han prohibido acercarme a un paciente ¿y tú quieres hablar del color con que me pinto las uñas?

—Estoy hablando del color que has elegido para vivir tu vida, chica —dice Adisa—. Lo que te ha pasado a ti nos pasa a todos cada día. A todas horas. Pero estás tan acostumbrada a jugar con las normas de los blancos que has olvidado que todo va del color de la piel. —Hace una mueca—. Bueno, tu piel es más clara, pero aun así.

—¿Qué se supone que significa eso?

Se encoge de hombros.

—¿Cuándo fue la última vez que le dijiste a alguien que mamá aún trabaja de criada?

—Ella apenas trabaja ya. Lo sabes. Básicamente, Mina es para mamá una institución de beneficiencia.

—No has respondido a mi pregunta.

Le contesto frunciendo el entrecejo.

—No sé cuándo lo mencioné por última vez. ¿Es eso lo primero que se te ocurre decir en una conversación? Además, no importa el color de mi piel. Soy buena en mi trabajo. No merecía que me rechazaran de ese modo.

—Y yo no merezco vivir en Church Street South, pero hace falta algo más que mi persona para cambiar doscientos años de historia.

A mi hermana le gusta hacerse la víctima. Ya habíamos tenido acaloradas discusiones por la misma cuestión. Yo creo que, si no quieres que te consideren un estereotipo, la solución estriba en no comportarse como tal. Pero para mi hermana, eso significa aceptar las reglas del hombre blanco y ser quien *ellos* quieren que seas, en lugar de ser ella misma sin perdir perdón ni permiso. Adisa habla de la *asimilación* con tanta mala uva que pensarías que todo aquel que la acepta, como yo, está tragando veneno.

También es muy propio de mi hermana hacer suyo un problema mío y convertirlo en pretexto para despotricar.

—Nada de lo que ha pasado en el hospital es culpa tuya —dice, pillándome por sorpresa. Pensaba que iba a decir que yo lo había provocado por haber fingido ser quien no soy y haber olvidado la verdad en algún momento de la comedia—. Es su mundo, Ruth. Nosotras solo vivimos en él. Es como si te fueras a vivir al Japón. Podrías volver la espalda a las costumbres locales y no aprender el idioma, aunque te iría mucho mejor si te adaptaras, ¿no? Pues aquí es lo mismo. Cada vez que pones la televisión o la radio, ves y oyes historias sobre gente blanca que va al instituto y a la universidad, que cena, trabaja en sus cosas y bebe vino de marca. Te enteras de cómo es su vida, y hablas su idioma lo bastante bien para mezclarte con ellos. Pero ¿a cuánta gente blanca conoces que mueva un dedo por ver las películas de Tyler Perry, para aprender a comportarse con los Negros?

—Esa no es la cuestión...

—No, la cuestión es que puedes *hacerte la romana* todo lo que quieras, pero eso no significa que el emperador vaya a dejarte entrar en palacio.

—La gente blanca no dirige el mundo, Adisa —respondo—. Hay mucha gente de color que ha tenido éxito. —Nombro los tres primeros que se me ocurren—: Colin Powell, Cory Booker, Beyoncé...

—... y ninguno de ellos es tan negro como yo —replica—. Ya sabes lo que dicen: cuanto más carbón tocas, más tiznado acabas.

—Clarence Thomas —digo—. Es más negro que tú y está en el Tribunal Supremo.

Mi hermana se echa a reír.

—Ruth, ese es tan conservador que seguro que tiene blanca hasta la sangre.

Mi teléfono suena y lo saco del bolso con cuidado para no estropearme las uñas.

—¿Edison? —pregunta Adisa inmediatamente. Mi hermana será lo que sea, pero quiere a mi hijo tanto como yo.

—No. Es Lucille, del trabajo. —Solo con ver su nombre en la pantalla del teléfono se me seca la boca; ella fue la enfermera presente en el parto de Davis Bauer. Pero la llamada no tiene nada que ver con esa familia. Lucille tiene diarrea y necesita que alguien la sustituya esta noche. Me propone a cambio que en lugar de trabajar todo el sábado, acabe el turno a las once. Aunque significa hacer un turno doble, ya estoy pensando en lo que podré hacer el sábado con todo ese tiempo. Edison necesita un abrigo nuevo para el invierno; juro que ha crecido diez centímetros este verano. Podría invitarlo a comer después de hacer la compra. Es posible que haya alguna película de estreno a la que podamos ir. Últimamente no dejo de pensar en que, si aceptan a mi hijo en una universidad, me quedaré sola—. Quieren que trabaje esta noche.

—¿Quiénes lo quieren? ¿Los nazis?

—No, una enfermera que está enferma.

—Otra enfermera blanca —especifica Adisa. Ni siquiera le respondo. Se retrepa en la silla—. A mí me parece que no están en condiciones de pedirte favores —añade.

Estoy a punto de defender a Lucille, que no tiene absolutamente nada que ver con la decisión de Marie de poner una nota en el expediente del niño, pero la manicura nos interrumpe para comprobar si el esmalte se ha secado.

—Muy bien —dice—. Todo listo.

Adisa agita unos dedos coronados por un escandaloso rosa intenso.

—¿Por qué seguimos viniendo aquí? Odio este salón —dice en voz baja—. No me miran a los ojos, y cuando me dan el cambio, no me lo ponen en la mano. Como si mi Negrura las fuera a manchar.

—Son coreanas —señalo—. ¿No se te ha ocurrido pensar que ninguno de esos actos se considera educado en su cultura?

Adisa enarca una ceja.

—Muy bien, Ruth —dice—. Sigue diciéndote que no tiene nada que ver contigo.

No habían pasado ni diez minutos cuando ya estaba arrepentida de haber aceptado el cambio de turno. Hay una tormenta que ningún hombre del tiempo ha previsto y el barómetro ha caído en picado, lo que significa que las membranas se romperán antes de tiempo y habrá partos prematuros y pacientes que se retorcerán de dolor en los pasillos porque no tendremos suficiente espacio para ellas. Yo voy de un lado para otro como un pollo decapitado, lo que por otro lado me viene bien, porque así no pienso en Turk, en Brittany Bauer ni en su niño.

Pero no tanto como para no mirar su gráfica cuando entro a trabajar. Me digo que solo quiero comprobar si alguien —un *blanco*— ha programado la consulta con el cardiólogo infantil antes de dar de alta al niño. Y sí, está en el expediente, junto con un informe de Corinne, que el viernes por la tarde pinchó al niño en el talón y le extrajo sangre para hacerle la analítica. Pero entonces alguien dice mi nombre y de repente estoy en la órbita de una parturienta que llega de urgencias en camilla. Su pareja está aterrorizada, el típico hombre acostumbrado a solucionarlo todo y que de repente se da cuenta de que aquello no está en su puente de mando.

—Soy Ruth —digo a la mujer, que parece más encogida con cada nueva contracción—. Voy a estar aquí con usted todo el tiempo.

Se llama Eliza y tiene contracciones cada cuatro minutos, según su marido, George. Es su primer embarazo. Instalo a la paciente en la última sala de partos que tenemos disponible y le tomo una muestra de orina, y luego la conecto al monitor y observo los datos de la pantalla. Apunto sus constantes vitales y empiezo a hacer preguntas: «¿Son muy fuertes las contracciones? ¿Dónde las nota..., delante o detrás? ¿Pierde líquido? ¿Tiene hemorragias? ¿Cómo se mueve la criatura?»

—Si está lista, Eliza —digo—, le comprobaré el cuello del útero. —Me pongo unos guantes, voy a los pies de la cama y le toco la rodilla.

Veo que hace una mueca y me detengo. Bien, casi todas las parturientas harían cualquier cosa para expulsar a la criatura. Hay miedo en el proceso de dar a luz, sí, pero es diferente del miedo a ser tocada. Y eso es lo que veo en la expresión de Eliza.

Tengo en la punta de la lengua una docena de preguntas. Eliza se ha cambiado en los lavabos con la ayuda del marido, así que no he visto si tiene moretones que indiquen malos tratos. Miro a George.

Parece un futuro padre normal..., nervioso, fuera de lugar, no de los que se dejan llevar por la ira.

Claro que Turk Bauer también me pareció bastante normal hasta que se remangó la camisa.

Sacudo la cabeza para despejarme, me vuelvo hacia George y oculto mis instintos con una sonrisa.

—¿Le importaría ir a la cocina y traer unos cubitos de hielo para Eliza? —digo—. Serían de gran ayuda.

No importa que sea el cometido de una enfermera... George parece aliviado por tener algo que hacer. En cuanto sale de la habitación me vuelvo hacia Eliza.

—¿Va todo bien? —pregunto, mirándola a los ojos—. ¿Tiene algo que decirme que no pueda hacer con George en la habitación?

Niega con la cabeza y rompe a llorar.

Me quito los guantes (el examen del útero puede esperar) y le cojo la mano.

—Eliza, puede hablar conmigo.

—El embarazo es resultado de una violación —dice entre sollozos—. George ni siquiera sabe lo que pasó. Está tan contento con este niño... que no he podido decirle que probablemente no es suyo.

La historia se va articulando entre susurros en medio de la noche, cuando la dilatación de Eliza se detiene cuando llega a siete centímetros y George va a buscar algo de comer a la cafetería. Los partos son así, un lazo traumático compartido, un catalizador que fortalece las relaciones. Así que, aunque soy poco más que una extraña para Eliza, me deja ver su alma, como si se hubiera caído por la borda y yo fuera la única tierra firme en su horizonte. Estaba en un viaje de trabajo, celebrando el cierre de un trato con un cliente importante y esquivo. El cliente la invitó a cenar con un grupo y le sirvió una bebida, y lo siguiente que recuerda Eliza es que despertó en la habitación del hotel con dolor en todo el cuerpo.

Cuando termina, nos quedamos en silencio, para que las palabras adquieran peso específico.

—No podía decírselo a George —dice Eliza, asiendo con fuerza las bastas sábanas del hospital—. Habría ido a hablar con mi jefe, pero créame, la empresa no se habría arriesgado a perder este contrato simplemente a causa de algo que me ocurrió a mí. En el mejor de los casos me habrían dado un buen finiquito para que tuviera la boca cerrada.

—Entonces, ¿nadie lo sabe?

—Solo usted —dice mirándome—. ¿Y si no soy capaz de amar a la criatura? ¿Y si recuerdo lo que ocurrió cada vez que la mire?

—Quizá debería hacerse una prueba de ADN —le sugiero.

—¿Y eso de qué serviría?

—Bueno, al menos lo sabría.

Niega con la cabeza.

—¿Y luego qué?

Es una buena pregunta, una pregunta que me llega a lo más hondo. ¿Qué es mejor, no conocer una verdad desagradable y fingir que no existe, o afrontarla, aunque el conocimiento pueda ser un peso con el que haya que cargar siempre?

Estoy a punto de dar mi opinión cuando Eliza sufre otra contracción. De repente, ambas estamos en la trinchera, luchando por una vida.

Pasan tres horas hasta que Eliza trae al mundo a la criatura a fuerza de empujones. Finalmente se echa a llorar, como muchas madres recientes, aunque sé que no por las mismas razones. El obstetra me pasa al neonato y me quedo mirando el proceloso mar de sus ojos. No importa cómo se concibió. Lo que importa es que ha llegado.

—Eliza —digo, poniéndole la criatura sobre el pecho—, tenga a su hija.

Eliza no la mira ni siquiera cuando George se inclina sobre el hombro de su mujer para acariciar el manchado muslo de la niña. Levanto a la criatura y la acerco al rostro de Eliza.

—Eliza —digo con firmeza—. Su hija.

La mujer desvía la mirada hacia la niña que tengo en brazos. Ve lo que yo veo: los ojos azules de su esposo, la nariz idéntica. La barbilla hendida como la de él. La niña es un clon diminuto de George.

La tensión desaparece de los hombros de Eliza. Rodea a su hija con los brazos, acercándosela tanto que no queda sitio para dudas.

—Hola, pequeña —susurra.

Esta familia construirá su propia realidad.

Ojalá fuera tan fácil para el resto de nosotros.

A las nueve de la mañana siguiente daba la impresión de que todo New Haven había ido a parir al hospital. Yo no paraba de beber café mientras me movía entre tres mujeres que ya habían dado a luz y rezaba fervientemente para que no se pusiera de parto ninguna otra antes de las once, momento en que acabaría mi turno. Además del parto de Eliza, tuve dos pacientes más esa noche: una con un historial de tres embarazos y tres partos que, la verdad sea dicha, habría podido parir ella sola, y casi lo hizo; y otra con cuatro embarazos previos a la que hubo que practicarle una cesárea de urgencia. Su retoño, de solo veintisiete semanas, está ya en la incubadora.

Cuando Corinne llega a las siete, estoy en el paritorio en plena cesárea, así que no nos cruzamos hasta las nueve de la mañana, cuando me encuentro en la sala de neonatos.

—He oído que has tenido doble turno —dice, entrando con una cuna de ruedas—. ¿Qué haces aquí?

La sala de neonatos era el lugar donde se dejaba provisionalmente a los recién nacidos para que las madres tuvieran una noche decente de sueño, antes de trasladar a los neonatos a las habitaciones de las madres. Así que ahora se utiliza sobre todo como almacén, y para procedimientos rutinarios como la circuncisión, que ningún padre quiere ver.

—Me escondo —digo, sacando una barrita de cereales del bolsillo para devorarla en dos bocados.

Corinne se echa a reír.

—¿Qué diablos pasa hoy? ¿Me he perdido las instrucciones para el Apocalipsis?

—Cuéntamelo a mí. —Miro al niño por primera vez y siento un escalofrío en la espina dorsal. BAUER, VARÓN, reza la tarjeta de la cuna. Sin siquiera pensarlo, doy un paso atrás.

—¿Qué tal va? —pregunto—. ¿Come mejor?

—El nivel de glucosa le ha subido, pero sigue adormilado —dice—. No ha comido durante las dos últimas horas porque Atkins tiene que circuncidarlo.

Como si Corinne hubiera invocado a la pediatra, la doctora Atkins entra en la sala de neonatos.

—Justo a tiempo —dice al ver la cuna—. La anestesia ya ha tenido tiempo de hacer efecto y ya he hablado con los padres. Ruth, ¿le diste los dulces al niño?

«Los dulces» son un poco de agua con azúcar con que se les frotan las encías para calmarlos y distraerlos de las molestias. De haber sido su enfermera, se los habría dado antes de la circuncisión.

—Yo ya no me ocupo de este niño —digo con frialdad.

La doctora Atkins enarca una ceja y abre el historial del paciente. Veo la nota y, cuando la lee, se hace un silencio incómodo que absorbe todo el aire de la habitación.

Corinne tose.

—Se los di yo hace unos cinco minutos.

—Estupendo —dice la doctora Atkins—. Pues vamos a empezar.

Me quedo un momento y veo que Corinne aparta la manta y prepara al niño para la operación. La doctora Atkins se vuelve hacia mí. Hay solidaridad en su mirada, pero eso es lo último que quiero ver. No necesito compasión solo porque Marie tomó una decisión estúpida. No necesito compasión por tener la piel que tengo.

Así que hago un chiste.

—Ya que estás en ello —sugiero—, podrías esterilizarlo.

Hay pocas cosas que den más miedo que una cesárea de urgencia. El aire se electriza cuando el doctor la pide y la conversación se vuelve escrupulosa y vital: «Le he puesto el catéter; ¿puedes buscarle cama? Que alguien coja el botiquín y registre el caso». Le dices a la paciente que algo va mal y que tenemos que actuar sin pérdida de tiempo. Se envía un mensaje desde el hospital a todos los del equipo que están fuera del edificio, mientras tú y la enfermera jefe lleváis a la paciente al quirófano. Mientras la enfermera jefe saca los instrumentos de la bolsa esterilizada y pone en marcha el equipo de anestesia, tú pones a la paciente sobre la mesa, le descubres el vientre, corres las cortinas y lo dejas todo a punto. En cuanto el doctor y el anestesista entran por la puerta, hacen el corte y sacan al niño. Se tarda menos de veinte minutos. En los hospitales grandes como Yale-New Haven, pueden hacerlo en siete.

Veinte minutos después de la circuncisión de Davis Bauer, otra paciente de Corinne rompe aguas. Por entre las piernas le sale un fragmento de cordón umbilical y Corinne recibe un mensaje en la sala de neonatos para atender la urgencia.

—Vigila al niño por mí —dice mientras corre a la habitación de la otra mujer. Un momento después veo a Marie en la cabecera de la cama de la paciente, que es empujada hacia el ascensor por un camillero. Corinne está agachada entre las piernas de la paciente, con la mano enguantada en las sombras, tratando de mantener el cordón umbilical dentro.

«Vigila al niño por mí.» Quiere decir que me ocupe de Davis Bauer. El protocolo dice que un niño circuncidado tiene que estar bajo observación por si sangra. Con Marie y Corinne ocupadas en una cesárea, no queda nadie más para hacerlo.

Entro en la sala de neonatos, donde Davis está durmiendo tras la intervención.

Solo serán veinte minutos hasta que Corinne vuelva, me digo, o hasta que Marie me releve.

Me cruzo de brazos y miro al recién nacido. Los niños son páginas en blanco. No vienen a este mundo con los prejuicios de sus padres, ni con las promesas que les hará su iglesia, ni con capacidad para clasificar a las personas en atractivas e indeseables. En realidad no vienen a este mundo con nada, solo con necesidad de consuelo. Y lo aceptarán de cualquiera, sin juzgar a quien lo da.

Me pregunto cuánto tarda la educación en borrar el barniz de la naturaleza.

Cuando vuelvo a mirar la cuna, Davis Bauer ya no respira.

Me inclino para mirarlo más de cerca, convencida de que, simplemente, he pasado por alto el movimiento ascendente y descendente de su pecho. Pero desde donde estoy ahora veo que su piel se está poniendo azul.

Inmediatamente le pongo el estetoscopio sobre el corazón, le doy golpecitos en los talones, le quito la manta. Muchos niños tienen apnea del sueño, pero si los mueves un poco, los pones boca arriba o de costado, se reanuda la respiración automáticamente.

Pero entonces mi cabeza entra en colisión con mis manos: CUALQUIER MIEMBRO AFROAMERICANO DEL PERSONAL ABSTENERSE DE TRATAR A ESTE PACIENTE.

Miro por encima del hombro la puerta de la sala de neonatos y me vuelvo para que solo me vean de espaldas si entra alguien. Para que no puedan ver qué estoy haciendo.

¿Estimular al niño es lo mismo que reanimarlo? ¿Tocar al niño es técnicamente intervenir en su caso?

¿Podría perder el empleo por esto?

¿Es importante buscarle tres pies al gato?

¿Importan estas sutilezas si el niño vuelve a respirar?

Mis pensamientos vuelan como un huracán: tiene que ser una parada respiratoria; los recién nacidos nunca tienen problemas cardíacos. Un niño podría no respirar durante tres minutos y seguir teniendo cien pulsaciones por minuto, porque la velocidad normal es de ciento cincuenta…, lo que significa que, aunque la sangre no llegue al cerebro, sigue regando el resto del cuerpo, y en cuanto consigas oxigenar al niño, el ritmo cardíaco se acelerará. Por esta razón, es menos importante oprimirle el pecho a un bebé que respirar por él. Es el tratamiento inverso del que necesita una persona adulta.

Pero aunque desecho las dudas y pruebo todos los recursos clínicos a mi alcance, el niño sigue sin respirar. Normalmente utilizaría un pulsioxímetro para medir su nivel de oxígeno y los latidos del corazón. Buscaría una mascarilla de oxígeno. Haría llamadas.

¿Qué *debo hacer?*

¿Qué *no debo hacer?*

Corinne o Marie podrían entrar en la sala de neonatos en cualquier momento. Podrían verme atendiendo a este niño, ¿y entonces qué?

El sudor me corre por la columna vertebral mientras vuelvo a tapar rápidamente al niño con la mantita. Me quedo mirando su diminuto cuerpo. Noto latidos en los tímpanos, un metrónomo del fracaso.

No estoy segura de si han pasado tres minutos o solo treinta segundos cuando oigo la voz de Marie detrás de mí.

—Ruth —dice—. ¿Qué haces?

—Nada —respondo, paralizada—. No hago nada.

Mira por encima de mi hombro, ve las mejillas azuladas del niño y durante un momento nuestras miradas se cruzan.

—Tráeme un resucitador manual —ordena Marie. Le quita la manta el niño, le golpea los pies, le da la vuelta.

Hace exactamente lo que ya he hecho yo.

Marie acopla la mascarilla del resucitador manual a la cara del niño y empieza a apretar la bolsa para hincharle los pulmones.

—Marca el código…

Sigo sus órdenes; marco el 1500 en el teléfono de la sala de neonatos.

—Código azul en la sala de neonatos —digo, y me imagino al equipo de emergencia interrumpiendo sus faenas habituales: un anestesista, una enfermera de cuidados intensivos, una enfermera para tomar nota de todo, una asistente de otra planta. Y la doctora Atkins, la pediatra que vio a este niño hace solo unos minutos.

—Empieza las compresiones —me dice Marie.

Esta vez no vacilo. Oprimo con dos dedos el pecho del niño, doscientas compresiones por minuto. Cuando llega el carro de paradas cardiorrespiratorias a la sala de neonatos, busco los cables con la mano libre y fijo los electrodos al niño para que podamos ver los resultados de mis esfuerzos en el monitor cardíaco. De repente, la pequeña sala se llena de personas, todas empujándose para ver en primera fila a un paciente que no mide ni cincuenta centímetros.

—A ver si podemos entubarlo —grita el anestesista a la enfermera de la UCI que intenta encontrar una vena superficial.

—Es que no puedo encontrarle una vena en el brazo —dice.

—Me aparto —dice el anestesista, echándose atrás para dejar más libertad de movimientos a la enfermera, que palpa mientras yo aprieto con más fuerza, con la esperanza de encontrar una vena, cualquier vena, que sobresalga mínimamente.

El anestesista mira el monitor.

—Detened compresiones —dice, y levanto las manos como si me hubieran pillado cometiendo un delito.

Todos miramos la pantalla, pero el ritmo del niño está en 80.

—Las compresiones no son efectivas —dice, así que aprieto con más fuerza la caja torácica. Es una línea delicadísima. No hay músculos abdominales protegiendo los órganos bajo la diminuta barriga; si aprieto con demasiada fuerza o me desvío del centro, puedo reventarle el hígado al niño.

—El niño no cambia de color —dice Marie—. ¿Está puesto el oxígeno?

—¿Alguien puede hacer una gasometría arterial? —pregunta el anestesista, cuya voz se funde con la de Marie sobre el cuerpo del niño.

La enfermera de la UCI pone la mano en la entrepierna del niño buscando latidos, buscando la arteria femoral para tomarle una muestra de sangre y ver si el niño tiene acidosis. Un corredor —otro miembro del equipo de urgencias— corre con el frasco al laboratorio. Pero no tendremos los resultados hasta pasada media hora y entonces ya no importarán los resultados. Este niño estará respirando de nuevo por entonces.

O no.

—Maldita sea, ¿por qué no tenemos una vena ya?

—¿Quieres intentarlo tú? —dice la enfermera de la UCI—. Adelante.

—Parad compresiones —ordena el anestesista, y obedezco. El ritmo del corazón en el monitor es de 90.

—Traedme atropina. —Le dan una jeringuilla al doctor, que aprieta el émbolo, aparta el resucitador y le inyecta la droga en los pulmones por el tubo. Luego sigue apretando la bolsa, introduciendo oxígeno y atropina por los bronquios y las membranas mucosas.

En medio de una crisis, el tiempo es una sustancia viscosa. Nadas en él tan lentamente que no sabes si vives o revives cada horrible momento. Puedes ver que tus manos hacen el trabajo, obran con precisión como si no te pertenecieran. Oyes voces que alcanzan el timbre del pánico y se convierten en una única nota ensordecedora y discordante.

—¿Y si lo entubamos por el ombligo? —dice la enfermera de la UCI.

—Ha pasado demasiado tiempo desde el parto —dice Marie.

Esto va cada vez peor. Instintivamente, aprieto con más fuerza.

—No tan fuerte —me dice el anestesista—. Afloja.

Pero lo que me altera el ritmo es el grito. Brittany Bauer ha entrado en la habitación y está gritando. La enfermera encargada de registrarlo todo la aleja mientras la madre forcejea por acercarse al niño. Su marido, inmóvil, atónito, mira mis dedos apretando el pecho de su hijo.

—¿Qué le pasa? —grita Brittany.

No sé quién los ha dejado entrar. Claro que tampoco había nadie disponible para retenerlos fuera. La sala de maternidad ha estado atestada y con poco personal desde la noche anterior. Corinne sigue en el quirófano con la cesárea y Marie está aquí conmigo. Los Bauer habrán oído las llamadas de emergencia. Habrán visto personal médico corriendo hacia la sala de neonatos, donde se suponía que estaría su hijo recién nacido, durmiendo a causa de la anestesia administrada en la intervención.

Yo también habría echado a correr.

La puerta se abre de golpe y la doctora Atkins, la pediatra, avanza entre el personal y se acerca a la cabecera de la cuna.

—¿Qué ocurre?

No hay respuesta, y me doy cuenta de que se supone que soy yo quien tiene que darla.

—Estaba aquí con el niño —digo, ajustando las sílabas al ritmo de las compresiones que sigo haciendo—. Se puso ceniciento y dejó de respirar. Lo estimulamos, pero no hubo respuesta ni respiración espontánea, así que comenzamos la reanimación cardiopulmonar.

—¿Cuánto tiempo ha transcurrido? —pregunta la doctora Atkins.

—Quince minutos.

—Está bien, Ruth, por favor, detente un mom… —La doctora Atkins mira el monitor de cardio. La lectura está ahora en 40.

—Lápidas —murmura Marie.

Es el témino que usamos cuando vemos en el cardiograma que los complejos QRS se dilatan, que la parte derecha del corazón responde demasiado lentamente a la parte izquierda; no hay rendimiento cardíaco.

No hay esperanza.

Pocos segundos después, el corazón se detiene del todo.

—Me lo temía —dice la doctora Atkins, respirando hondo. Esto nunca es fácil, pero es peor aún cuando es un recién nacido. Desconecta el ambú del tubo y lo tira a la basura—. ¿Hora?

Todos miramos el reloj.

—No —exclama Brittany, cayendo de rodillas—. Por favor, no paren. Por favor, no se rindan.

—Lo siento mucho, señora Bauer —dice la pediatra—. Pero no podemos hacer nada más por su hijo. Se ha ido.

Turk se suelta de su mujer y saca el ambú de la basura. Aparta al anestesista de su camino y trata de acoplar de nuevo el ambú al tubo de respiración de Davis.

—Dígame cómo es —suplica—. Ya lo hago yo. No deben abandonar.

—Por favor…

—Puedo conseguir que respire. Sé que puedo…

La doctora Atkins le pone la mano en el hombro y Turk se desploma, se desinfla, es una implosión de dolor.

—Es imposible recuperar a Davis —dice la doctora, y el hombre se cubre la cara con la mano y empieza a llorar.

—¿Hora? —repite la doctora Atkins.

Parte del protocolo del fallecimiento es que todos los presentes en la habitación estén de acuerdo en el momento en que ocurre.

—Diez horas, cuatro minutos —dice Marie, y todos murmuramos formando un coro sombrío: «De acuerdo».

Doy un paso atrás y me miro las manos. Tengo los dedos entumecidos a causa de las compresiones. Incluso el corazón me duele.

Marie le toma la temperatura al niño: 35 grados centígrados. Turk está ahora al costado de su mujer, manteniéndola en pie. Sus rostros están vacíos, petrificados por la incredulidad. La doctora Atkins les habla suavemente, tratando de explicar lo imposible.

Corinne entra en aquel momento en la sala de neonatos.

—¿Ruth? ¿Qué demonios ha pasado?

Marie envuelve a Davis en la manta y le cubre la cabeza con una punta. El único indicio de lo que le ha sucedido es un pequeño tubo, semejante a una pajita, que le sale de la arrugada boca. Marie coge al niño en brazos, como si la ternura aún pudiera surtir efecto. Se lo da a su madre.

—Disculpa —digo a Corinne, cuando quizá lo que quiero decir es «perdóname». La hago a un lado, sorteo a los consternados padres y al niño muerto y apenas llego a la sala de descanso cuando siento unas náuseas violentas. Aprieto la frente contra el frío borde de loza del inodoro y cierro los ojos, e incluso así puedo sentirlo: la caja torácica bajo mis dedos, el rumor de su sangre en mis oídos, la ácida verdad en mi lengua: si no hubiera dudado, ese niño podría seguir vivo.

Una vez tuve una paciente, una adolescente, cuya criatura nació muerta por culpa de un desprendimiento prematuro de la placenta, que se había separado del revestimiento uterino dejando al niño sin oxígeno; por culpa de la gravedad de la hemorragia casi perdimos a la madre, además del recién nacido. El niño fue trasladado a nuestro depósito para que se le hiciera la autopsia, que es obligatoria en Connecticut tras la muerte de un neonato. Doce horas después, llegó de Ohio la abuela de la chica. Quería abrazar a su bisnieto, solo una vez.

Fui al depósito, donde los niños muertos se conservan en un vulgar refrigerador Amana, envueltos en bolsas de plástico y colocados en los estantes. Cogí al niño, lo saqué de la bolsa y estuve un minuto mirando sus perfectos y diminutos rasgos. Parecía un muñeco. Parecía dormido.

No tuve valor para enseñarle a aquella mujer un niño congelado, así que lo metí otra vez en la bolsa y fui a la sala de urgencias a buscar mantas eléctricas. Volví al depósito y envolví al niño con ellas, una tras otra, para eliminar el frío de su piel. Cogí uno de los gorros de punto que solemos poner a los recién nacidos y le cubrí la cabeza, que presentaba manchas amoratadas a causa de la sangre asentada.

Si un niño muere, tenemos que seguir un protocolo: nunca lo apartamos de la madre. Si esa apenada mujer quiere abrazar a su hijo durante veinticuatro horas, dormir con él apretado contra su corazón, cepillarle el pelo y bañarlo y tener con la criatura todos esos momentos que ya nunca tendrá, se lo permitimos. Esperamos hasta que la madre está preparada para separarse.

Aquella abuela tuvo a su bisnieto en brazos durante toda la tarde. Luego me lo devolvió. Me puse una toalla sobre el hombro, como si lo estuviera alimentando, y fui al ascensor para llevarlo de nuevo al sótano del hospital, que es donde tenemos el depósito de cadáveres.

Tal vez se piense que el momento más difícil de una experiencia como esta es cuando la madre nos da a su criatura, pero no es así. Porque, en ese momento, para ella sigue siendo su hijo. Lo más difícil es quitarle el pequeño gorro de punto, la manta que lo envuelve. Cerrar la cremallera de la bolsa de cadáveres. Cerrar la puerta del frigorífico.

Una hora más tarde estoy en la sala de personal, recogiendo el abrigo de la taquilla. Marie asoma la cabeza.

—¿Todavía estás aquí? Bien. ¿Tienes un minuto?

Asiento y me siento a la mesa, enfrente de ella. Alguien ha echado un puñado de caramelos encima. Cojo uno, lo deslío, dejo que se me deshaga en la boca. Espero que me impida decir lo que no debería decir.

—Menuda mañana —suspira Marie.

—Menuda noche —respondo.

—Es verdad, has doblado turno. —Sacude la cabeza—. Esa pobre familia.

—Es horrible. —Que no comulgue con sus creencias no significa que crea que merecen perder un hijo.

—Hemos tenido que sedar a la madre —dice Marie—. El niño está en el sótano.

Prudentemente, no me menciona al padre.

Marie pone un formulario sobre la mesa.

—Esto es simple rutina, ya lo sabes. Tengo que hacer un informe sobre lo que ocurrió cuando Davis Bauer sufrió la parada respiratoria. ¿Estabas en la sala de neonatos?

—Estaba sustituyendo a Corinne —respondo. Mi voz es firme, suave, aunque cada sílaba parece tan peligrosa como un puñal en mi cuello—. La llamaron de repente al paritorio. Al hijo de los Bauer le habían hecho la circuncisión a las nueve y no se le podía dejar solo. Como tú estabas en una cesárea, yo era la única persona disponible para atenderlo.

El boli de Marie resbala por el formulario; todo lo que le digo es algo que ya sabe o espera.

—¿Cuándo te diste cuenta de que el niño había dejado de respirar?

Envuelvo el caramelo con la lengua. Lo aprieto contra la pared interior de la boca.

—Un momento antes de tu llegada —digo.

Marie se dispone a hablar y luego se muerde el labio. Da un par de golpecitos al bolígrafo y lo deja sobre la mesa.

—Un momento —repite, como si estuviera sopesando la forma y tamaño de esa palabra—. Ruth..., cuando entré, estabas allí de pie, sin más.

—Estaba haciendo lo que se suponía que debía hacer —rectifico—. No estaba tocando al niño. —Me levanto de la mesa y me abrocho el abrigo, esperando que no vea el temblor de mis manos—. ¿Algo más?

—Ha sido un día difícil —dice Marie—. Tienes que descansar.

Asiento y salgo de la sala de descanso. En lugar de coger el ascensor hasta la calle, me hundo en las entrañas del hospital. Parpadeo para adaptar los ojos a las intensas luces fluorescentes del depósito de cadáveres. Me pregunto por qué la claridad es siempre tan condenadamente blanca.

Es el único niño muerto que tenemos. Sus miembros aún se pueden doblar, su piel aún no está congelada. Hay manchas en sus mejillas y pies, pero ese es el único indicio de que es algo más de lo que parece a simple vista: un niño querido por otras personas.

Me apoyo en una camilla de acero y lo cojo en brazos. Lo cojo de la forma en que lo habría hecho antes si me lo hubieran permitido. Susurro su nombre y rezo por su alma. Le doy la bienvenida a este deshecho mundo y, sin detenerme a respirar, le digo adiós.

Kennedy

Ya era entrada la mañana.

Primero, nos habíamos dormido todos porque yo pensé que Micah había puesto la alarma y él pensó que la había puesto yo. Luego nuestra hija de cuatro años, Violet, se negó a comerse un tazón de Cheerios y lloró hasta que Micah accedió a freírle un huevo, pero Micah quiso avanzar tanto por el camino de la fusión nuclear que Violet volvió a estallar en lágrimas cuando le pusieron el plato delante.

—¡Quiero un puto cuchillo! —gritó, y aquello fue posiblemente lo único capaz de detener el frenético ir y venir de Micah y yo.

—¿Ha dicho lo que creo que ha dicho? —preguntó Micah.

Violet gritó de nuevo, esta vez con más claridad:

—¡Quiero un cuchillo y un tenedor!

Me eché a reír, lo que hizo que Micah me fulminara con la mirada.

—¿Cuántas veces te he dicho que no digas palabras soeces? —Me reprende—. ¿Te parece divertido que nuestra hija de cuatro años hable como un marinero?

—Técnicamente no lo ha dicho. Técnicamente, has oído mal.

—No me vengas con esas —murmuró Micah.

—No me sermonees —repliqué.

Así que cuando salimos de casa, Micah para llevar a Violet al parvulario antes de dirigirse al hospital para hacer seis operaciones consecutivas, yo en dirección contraria, a mi despacho, el único miembro de la familia que estaba de buen humor era Violet, que había desayunado con todos sus cubiertos y llevaba sus zapatos de lentejuelas porque sus padres no habían tenido energía suficiente para reñirla por eso.

Una hora más tarde, mi jornada seguía empeorando. Porque había estudiado en la Facultad de Derecho de Columbia, porque al licenciarme figuraba en el cinco por ciento de los mejores de mi promoción y porque había trabajado en la oficina de un juez federal durante tres años, pero aquel día mi jefe, director del Distrito Judicial de New Haven, de la División de Abogados de Oficio del Estado de Connecticut, me había enviado a parlamentar sobre sujetadores.

El alcaide Al Wojecwicz, director de política de rehabilitación de la cárcel de New Haven, está sentado en una asfixiante sala de reuniones conmigo, con su subdirector y con un abogado del sector privado, Arthur Wang. Yo soy la única mujer de la sala, con perdón. Esta reunión de lo que yo he dado en llamar Comisión de las Tetas se ha convocado aprisa y corriendo porque, hace dos meses, a las abogadas se nos prohibió entrar en prisión si llevábamos sujetadores con refuerzos metálicos. Porque disparaban las alarmas de los detectores de metales.

La prisión no se conformaba con un cacheo normal, sino que insistía en ver a la mujer desnuda, lo que era ilegal y hacía perder mucho tiempo. Siempre llenas de recursos, empezamos a ir al lavabo de señoras para dejar allí el sujetador, con objeto de que nos dejaran entrar y visitar a nuestros clientes. Pero entonces la prisión dijo que no podíamos entrar sin sujetador.

Al se frota las sienes.

—Señora McQuarrie, tiene usted que entender que todo esto es para reducir los riesgos.

—Alcaide —respondo—, a usted le dejan entrar con llaves. ¿Qué cree que voy hacer? ¿Sacar a alguien de la cárcel con un artículo de corsetería?

El subdirector no es capaz de mirarme a los ojos. Se aclara la garganta.

—Yo fui a Target y miré los sujetadores que tienen a la venta…

Mis cejas salen disparadas hacia la línea del pelo y me vuelvo para encararme con Al.

—¿Lo ha enviado a hacer investigación de campo?

Antes de que el alcaide pueda responder, Arthur se recuesta en la silla.

—Saben, eso nos lleva a la cuestión de si no debería revisarse toda la indumentaria policial —musita—. El año pasado estaba intentando ver a un cliente poco antes de irme de vacaciones. Llevaba sandalias y me dijeron que no podía entrar en la cárcel con ellas. El otro calzado que tenía era unas zapatillas de golf, que fueron perfectamente aceptables.

—Zapatillas de golf —repito—. ¿Esas que tienen púas en la suela? ¿Por qué puede entrar una persona con ese calzado y no con chancletas?

El director y el subdirector cambiaron una mirada.

—Bueno, es por los chupadedos —dice el subdirector.

—¿Acaso temen que alguien vaya a chuparnos los dedos del pie?

—Sí —dice el subdirector con rostro inexpresivo—. Créame, es por su seguridad. Es como una «comunicación íntima» con el pie.

Durante un breve instante, imagino la vida que podría haber llevado si me hubiera incorporado a un bufete con poco dinamismo, de esos en que solo quieres pasar de asociado a socio. Imagino que me habría encerrado con los clientes en una sala de reuniones con paneles de madera y no en trasteros reconvertidos que huelen a lejía y a orina. Imagino que las manos que estrecharía no temblarían…, ni por el síndrome de abstinencia ni por el terror visceral a un sistema judicial en el que no se confía.

Pero siempre hay compensaciones. Cuando conocí a Micah, él estudiaba oftalmología en Yale-New Haven. Me hizo una revisión y dijo que tenía los colobomas más bonitos que había visto nunca. En nuestra primera cita le dije que yo creía firmemente que la justicia era ciega y él dijo que eso era solo porque aún no había tenido la ocasión de operarla. Si no me hubiera casado con Micah, lo más seguro es que hubiera ido a parar con el resto de abogados a oficinas de acero cromado de grandes ciudades. Lejos de ello, él empezó las prácticas y yo dejé el trabajo para dar a luz a Violet. Cuando estuve lista para volver a ejercer, Micah fue el que me recordó la clase de ley que yo solía defender. Gracias a su sueldo, pude practicarla. «Yo ganaré dinero —me decía—. Tú marcarás la diferencia.» Como abogada de oficio nunca me haría rica, pero podría mirarme en el espejo sin avergonzarme.

Y como vivimos en un país donde se supone que la justicia ha de ser igual para todos, sin que importe el dinero que tienes, ni la edad, ni la raza, ni el género, ¿no podían ser los abogados de oficio tan inteligentes, emprendedores y creativos como los demás profesionales del ramo?

Así que pongo las manos sobre la mesa.

—Verá, alcaide. Yo no juego al golf. Pero sí llevo sujetador. ¿Sabe quién más lo lleva? Mi amiga Harriet Strong, que es abogada de la Unión por las Libertades Civiles. Fuimos juntas a la Facultad de Derecho y nos vemos una vez al mes para comer. Creo que le fascinaría oír hablar de esta reunión, sobre todo porque Connecticut prohíbe la discriminación por orientación sexual o identidad de género, y porque solo las abogadas o los abogados transexuales son los únicos que pueden llevar sujetador cuando visitan a los clientes en esta institución. Lo que significa que su política infringe los derechos de los letrados y nos impide dar consejo legal. También estoy casi segura de que a Harriet le encantaría hablar con la Asociación de Abogados de las Mujeres de Connecticut para saber cuántas otras abogadas se han quejado. En otras palabras, nuestro problema entra de lleno en la categoría de *Estás jodido si la prensa se entera*. Así que, la próxima vez que vaya a visitar a un cliente, llevaré puesto un Le Mystère talla treinta y cuatro C, de media copa y, perdón por la metáfora, supongo que no habrá efectos secundarios. ¿Supongo bien?

El alcaide aprieta los labios.

—Confío en que podemos replantearnos la prohibición de los sujetadores con refuerzo metálico.

—Bien —digo, recogiendo mi maletín—. Gracias por su tiempo, pero tengo que ir al juzgado.

Salgo de la pequeña sala con Arthur pisándome los talones. En cuanto estamos fuera de la cárcel, bajo la cegadora luz del sol, sonríe:

—Recuérdame que no me enfrente a ti en los tribunales.

Niego con la cabeza.

—¿De veras juegas al golf?

—Lo hago si tengo que hacerle la pelota a un juez —dice—. ¿De veras usas una talla treinta y cuatro C?

—Nunca se sabe, Arthur —digo riéndome, y cada cual se dirige a su coche en el aparcamiento para ir a dos mundos muy diferentes.

Mi marido y yo no nos enviamos mensajes de texto. Por el contrario, nuestras conversaciones telefónicas consisten en un repaso de nacionalidades: vietnamita, etíope, mexicano, griego. Por ejemplo: «¿Dónde pedimos la cena esta noche?» Pero cuando salgo de la reunión en la cárcel, veo que tengo un mensaje de Micah: «Siento haber sido un gilipollas esta mañana».

Sonrío y le contesto: «No m xtraña k nuestra hija diga takos».

«¿Cenms fuera?», escribe Micah.

Mis pulgares vuelan sobre el teléfono. «Tuya desde gilipollas. ¿Indio?»

«Curryendo», responde Micah.

¿Entienden ya por qué nunca puedo enfadarme con él?

Mi madre, que fue presentada en sociedad en Carolina del Norte, cree que no hay nada que no pueda arreglarse con un suavizador de cutículas y una crema para el contorno de ojos. Hasta el día de hoy ha intentado convencerme de que debo cuidarme, lo que en clave significa que he de hacer un esfuerzo para estar más guapa, lo que es totalmente absurdo, dado que tengo una hija pequeña y cerca de unos cien clientes que pueden necesitarme en cualquier momento, y todos ellos se merecen mi tiempo más que la peluquera que podría ponerme reflejos en el pelo.

El año pasado, por mi cumpleaños, mi madre me hizo un regalo que he evitado conscientemente hasta el día de hoy: un vale para un masaje de noventa minutos en un *spa*. Puedo hacer un montón de cosas en noventa minutos. Mirar un par de expedientes, argumentar una moción, preparar y dar el desayuno a Violet, incluso (si he de ser sincera) darme un revolcón entre las sábanas con Micah. Si tengo noventa minutos, lo último que quiero es pasarlos desnuda sobre una mesa con un extraño frotándome aceite por todo el cuerpo.

Pero, como dice mi madre, caduca dentro de una semana y todavía no lo he usado. Así que, como ella sabe que estoy demasiado ocupada para reparar en detalles como este, se ha tomado la libertad de concertarme una cita en Spa-ht On, un *spa* de día que se encarga de las profesionales demasiado ocupadas, al menos eso dice el logotipo. Me siento en la sala de espera hasta que me llaman, preguntándome si realmente han meditado bien el nombre que se han puesto. ¿Spa-ht on? ¿O Es Pastón?

Ambos me parecen igual de infumables.

Me pone nerviosa no saber si debería o no quedarme en bragas y luego lucho por averiguar cómo abrir la taquilla y cerrarla bien. Quizá ese sea el gran plan, que los clientes estén tan frustrados por el tiempo que pierden con el masaje que no les quede más remedio que salir en un estado mejor del que entraron.

—Soy Clarice —me dice la masajista con una voz tan suave como un gong tibetano—. Voy a salir un momento para que se ponga cómoda.

La habitación está a oscuras, iluminada con velas. Suena una música insípida. Me quito la bata y las zapatillas y me tiendo bajo la sábana, encajando la cara en la pequeña abertura que hay en la camilla de masajes. Al poco rato, llaman a la puerta con suavidad.

—¿Estamos listas?

No lo sé. ¿Lo estamos?

—Ahora relájese —dice Clarice.

Lo intento. O sea que lo intento de veras. Cierro los ojos durante unos treinta segundos. Luego los abro de golpe y por la abertura para la cara veo sus pies enfundados en unas cómodas zapatillas. Sus manos firmes empiezan a recorrer mi columna vertebral.

—¿Hace mucho que trabaja aquí? —pregunto.

—Tres años.

—Apuesto a que habrá clientas a las que, por su aspecto, desearía no tener que tocar —reflexiono—. Por ejemplo, con pelo en la espalda. ¡Uf!

No responde. Sus pies se mueven sobre el suelo. Me pregunto si ahora estará pensando que yo soy una de esas clientas.

¿Verá mi cuerpo como lo vería un médico…, como un objeto de trabajo? ¿O estará viendo la celulitis de mi trasero y la lorza que escondo bajo el elástico del sujetador y pensando que la mamá yogui a la que masajeó hace una hora estaba en mejor forma que yo?

Clarice, ¿no era ese el nombre de la chica de *El silencio de los corderos*?

—Habas y un buen Chianti —murmuro.

—¿Disculpe?

—Lo siento —murmuro, con la barbilla apretada contra la camilla—. Es difícil hablar en este aparato. —Tengo la nariz tapada. Me pasa cuando estoy demasiado tiempo boca abajo. Y luego tengo que respirar por la boca y creo que la masajista lo puede oír y a veces incluso me cae la baba, que se cuela por la depresión. Más razones para que no me gusten los masajes.

—A veces pienso en lo que pasaría si tuviera un accidente con el coche y me encontrara atascada boca abajo, como estoy ahora —comento—. No en el coche, entiéndame, sino en el hospital, con uno de esos collarines que nos meten por la cabeza para que no movamos las vértebras. ¿Y si los médicos me ponen boca abajo y me congestiono como ahora y no lo puedo decir? ¿O si cayera en ese tipo de coma en el que estás atrapado dentro de tu cuerpo y no puedes hablar, y necesitas desesperadamente sonarte la nariz? —Por estar en esta postura, siento latidos en la cabeza que parecen ya patadas—. Ni siquiera tiene por qué ser tan complicado. ¿Y si vivo hasta los ciento cinco años y estoy en una residencia y pillo un resfriado y a nadie se le ocurre traerme unas gotas de descongestionador nasal?

Los pies de Clarice desaparecen de mi campo visual y noto una corriente de aire fresco en las piernas cuando empieza a masajearme la pantorrila izquierda.

—Mi madre me ha regalado este tratamiento por mi cumpleaños —digo.

—Qué bonito…

—Es una gran aficionada a la hidratación. Me dijo que no me mataría no tener una piel de dinosaurio si quería que mi marido siguiera a mi lado. Yo le dije que, si la loción era lo que iba a mantener unido mi matrimonio, tenía un problema mucho mayor que el de tener tiempo o no para darme un masaje…

—¿Señora McQuarrie? —interrumpe la masajista—. Creo que nunca he tenido una clienta que necesitara un masaje tanto como usted.

Por alguna razón, me siento orgullosa de eso.

—Y, a riesgo de quedarme sin propina, tampoco creo que haya tenido nunca una clienta a quien le pareciera tan mal darse un masaje.

Esto me pone aún más orgullosa.

—Gracias.

—Quizá debería... relajarse. Dejar de hablar. Dejar la mente en blanco.

Cierro los ojos otra vez. Y empiezo a repasar mentalmente mi lista de tareas pendientes.

—Por si sirve de algo —murmuro—, también soy fatal haciendo yoga.

Los días en que trabajo hasta tarde y Micah sigue en el hospital, mi madre recoge a Violet en la escuela. Son todo ventajas. No tengo que pagar una niñera, mi madre pasa un rato con su única nieta y Violet la adora. Nadie prepara el momento del té como mi madre, que se empeña en utilizar su vieja cerámica de la boda, con servilletas de lino, y en servir el té dulce desde la tetera. Cuando llego a casa, sé que Violet estará bañada, con el cuento contado y acostada. Quedarán restos de limón o de galletas de pasas de la merienda de la tarde, todavía calientes en un Tupperware. Mi cocina estará más limpia que cuando salí de ella por la mañana.

Además, mi madre saca a Micah de sus casillas.

—Ava tiene buenas intenciones —le gusta decir—. Pero también Joseph McCarthy.

Micah dice que mi madre es una excavadora disfrazada de belleza sureña. En cierto modo, tiene razón. Mi madre tiene la capacidad de conseguir lo que quiere antes de que te des cuenta de que te ha manipulado.

—Hola —saludo, tirando el maletín en el sofá cuando Violet corre a mis brazos.

—He pintado con los dedos —anuncia, levantando las manos para que las vea. Todavía están ligeramente azules—. No he podido traer el dibujo a casa porque aún está húmedo.

—Hola, cariño —saluda mi madre, saliendo de la cocina—. ¿Qué tal el día? —Su voz siempre me hace pensar en heliotropos y en paseos en descapotable, con el sol quemándote la coronilla.

—Bueno, lo normal —respondo—. Ningún cliente ha querido matarme hoy y eso ha sido una ventaja. —La semana pasada, un hombre al que representaba en un caso de agresión con agravantes trató de estrangularme en la mesa de la defensa porque el juez le puso una fianza inusualmente alta. Todavía no sé si mi cliente estaba furioso o lanzando una indirecta para alegar enajenación mental. Si era esto último, tendré que hacerle algunas sugerencias para que las medite.

—Kennedy, delante de la NIÑA no. Vi, cariño, ¿puedes ir a buscar el bolso de la abuela? —Dejé a Violet en el suelo y la pequeña salió corriendo hacia el recibidor—. Sabes que cuando dices cosas así me dan ganas de comprarte calmantes —suspira mi madre—. Pensaba que ibas a buscar un trabajo de verdad cuando Violet empezara la escuela.

—Primero, tengo un trabajo de verdad; y segundo, tú ya tomas calmantes, así que tu amenaza cae en saco roto.

—¿Es que tienes que discutirlo todo?

—Sí, soy abogada. —Entonces me fijo en que mi madre lleva el abrigo puesto—. ¿Tienes frío?

—Te dije que hoy no podía quedarme hasta muy tarde. Darla y yo vamos a ir a un baile de sala a conocer señores maduritos de buen ver.

—Querrás decir baile de salón —corrijo—. En primer lugar, uf. En segundo lugar, no me habías dicho nada.

—Te lo conté. La semana pasada. Pero preferiste no escucharme, querida. —Violet entra en la habitación y le da el bolso—. Buena chica —le dice—. Ahora dame un beso.

Violet rodea a mi madre con sus brazos.

—Pero no puedes irte —suplico—. Tengo una cita.

—Kennedy, estás casada. Si alguien necesita una cita, soy yo. Y Darla y yo tenemos grandes planes para eso.

Sale por la puerta y me siento en el sofá.

—Mami —pregunta Violet—, ¿podemos cenar pizza?

Miro sus zapatos con lentejuelas.

—Tengo una idea mejor —propongo.

—¡Vaya! —dice Micah al verme sentada a la mesa del restaurante indio con Violet, que nunca ha estado en un sitio más moderno que una hamburguesería—. Qué sorpresa.

—Nuestra niñera ha huido de la ciudad —le digo, mirando de reojo a Violet—. Y estábamos llegando a DEFCON 4, así que ya he pedido.

Violet está coloreando el mantel de papel.

—Papá —anuncia—. Quiero pizza.

—Pero Vi, si te encanta la comida india —protesta Micah.

—No, no me gusta. Quiero pizza —insiste la pequeña.

En aquel momento llega el camarero con la comida.

—En el momento justo —murmuro—. ¿Ves, cariño?

Violet levanta la cara para mirar al camarero y al ver su turbante sij abre sus azules ojos como platos.

—¿Por qué lleva una toalla en la cabeza?

—No seas grosera, cariño —intervengo—. Se llama turbante, y lo llevan algunos indios.

La niña arruga la frente.

—Pero no se parece a Pocahontas.

Quiero que la tierra se abra bajo mis pies y me trague, pero consigo sonreír vagamente.

—Lo siento mucho —digo al camarero, que nos reparte los platos tan rápido como puede—. Violet…, mira, tu favorito. Pollo *tikka masala*. —Le sirvo un poco en el plato, tratando de distraerla hasta que se vaya el camarero—. Santo Dios —susurro a Micah—. ¿Y si piensa que somos unos padres horribles? ¿O personas horribles?

—Culpa a Disney.

—¿Crees que debería haber dicho algo diferente?

Micah coge una cucharada de curry y la pone en su plato.

—Sí —lamenta—. Podrías haber elegido un italiano.

Turk

Estoy en el centro del cuarto que mi hijo ya no ocupará nunca.

Mis puños son sendos yunques que penden a mis costados; quiero blandirlos. Quiero perforar las paredes. Quiero reducir a escombros esta maldita habitación.

De repente noto una mano firme en el hombro.

—¿Listo?

Francis Mitchum, mi suegro, está detrás de mí.

La doble vivienda es suya; Brit y yo vivimos en un lado y él vive en el otro. Francis cruza la habitación y arranca las cortinas decoradas con motivos de Peter Rabbit. Luego echa pintura en una pequeña bandeja y se pone a repintar las paredes de blanco con el rodillo, ocultando el amarillo claro con el que Brit y yo las hemos pintado hace menos de un mes. La primera capa apenas cubre la pintura de debajo y el color asoma en algunos puntos, como algo atrapado bajo el hielo. Respiro hondo y me pongo debajo de la cuna. Empuño la llave Allen y empiezo a aflojar los tornillos que tan cuidadosamente había apretado, porque no quería que fuera la causa de que mi hijo sufriera un accidente.

¿Quién es nadie para decir qué es una causa y qué no lo es?

Dejé a Brit dormida con un sedante, mucho más tranquila ya que como estaba por la mañana en el hospital. Pensaba que no habría nada peor que aquel llanto incesante, que era como el sonido que produjera el alma de Brit haciéndose pedazos. Pero alrededor de las cuatro de la madrugada cesó todo. Brit ya no emitía ningún sonido. Solo miraba la pared con expresión ausente. No me respondía cuando decía su nombre, ni siquiera me miraba. Los médicos le dieron pastillas para dormir. Dormir, me dijeron, es la mejor manera de curarse que tiene un cuerpo.

Yo no había dormido nada en absoluto. Ni una cabezada. Pero sabía que no era el sueño lo que me haría sentir mejor. Iba a necesitar alguna salvajada, algún momento de destrucción. Necesitaba aplastar el dolor que tenía dentro, alojarlo en alguna otra parte.

Doy la última vuelta a la llave, la cuna se desploma y el pesado colchón me cae sobre el pecho. Francis se vuelve al oír el estrépito.

—¿Estás bien?

—Sí —digo, casi sin aire. Duele, pero es un dolor que entiendo. Me saldrá un cardenal, pero desaparecerá. Salgo de debajo de las tablas y listones, dándoles patadas con la bota—. De todas formas ya no es más que mierda.

Francis frunce el entrecejo.

—¿Qué vas a hacer con eso?

No puedo guardarlo. Sé que Brit y yo podríamos tener otro hijo algún día, si tenemos suerte, pero volver a montar esta cuna en un cuarto infantil sería como hacer que el nuevo hijo durmiera con un fantasma.

Como no respondo, Francis se limpia las manos con un trapo y empieza a reunir los trozos de madera.

—La Liga de Mujeres Arias se lo quedará —asegura. Brit había ido a algunas reuniones de aquellas señoras. Eran antiguas cabezas rapadas que se presentaban con carnés falsos en el Programa de Ayudas a la Maternidad y la Infancia y conseguían leche de fórmula gratis, que se daba a las mujeres cuyos hombres sacrificaban su tiempo para luchar por la causa.

A Francis no se le ve mucho últimamente. Es el capataz de la cuadrilla de estucadores en la que trabajo, está bien considerado en Angie's List, la página web de servicios domésticos, y vota al Tea Party. (Los viejos cabezas rapadas no mueren. Antes se integraban en el KKK, pero ahora se unen al Tea Party. ¿No me creen? Escuchen a un viejo orador del Klan y compárenlo con un discurso de un miembro del Tea Party Patriots. En lugar de decir «judíos», ahora dicen «gobierno de la nación». En lugar de decir «maricones», dicen «lacra social de nuestro país». En lugar de «negros» dicen «seguridad social».) Pero en los años ochenta y noventa, este hombre era una leyenda. Su Ejército de la Alianza Blanca tenía tanta influencia como la Resistencia Aria Blanca de Tom Metzger, la Iglesia Mundial del Creador de Matt Hale, la Alianza Nacional de William Luther Pierce y las Naciones Arias de Richard Butler. En aquella época se encargaba de criar él solo a Brit y su batallón del terror deambulaba por las calles de New Haven con martillos, palos de hockey recortados, porras y tubos de plomo, apaleando a negrazos, maricones y judíos, mientras Brit, todavía una niña pequeña, dormía en el coche.

Pero cuando a mediados de los noventa las cosas empezaron a cambiar y el gobierno cargó contra las bandas de cabezas rapadas, los líderes como Francis se vieron cogidos por los huevos y metidos en la cárcel. Francis entendió que, si no quieres romperte, tienes que doblarte. Él fue el que cambió la estructura del Movimiento del Poder Blanco, organizándolo en pequeñas células de amigos de tendencias políticas comunes. Nos dijo que nos dejáramos crecer el pelo. Que fuéramos a la universidad. Que nos introdujéramos en el ejército. Que nos mezcláramos. Con mi ayuda, creó y dirigió una página web y un foro para intercambio de mensajes. «Ya no somos bandas —me decía una y otra vez—. Somos bolsas de descontento dentro del sistema.»

Y es que saber que nos movemos y vivimos entre la gente sin identificarnos resulta más aterrador.

Pienso en la Liga de Mujeres Arias que se llevará la cuna. En el cambiador que compré en un mercadillo dominical y luego lijé. En las ropas del niño que Brit adquirió en Goodwill, que están dobladas en el armario. En los polvos de talco, el champú, los biberones. Pienso en que otro niño, un niño vivo, hará uso de todas estas cosas.

Me levanto tan aprisa que me mareo, y cuando me doy cuenta me estoy mirando en un espejo con pequeños globos pintados en el marco. Un día volví del trabajo y encontré a Brit en la mesa, con un pincel en la mano, y me burlé de ella diciendo que se parecía a Martha Stewart. Ella dijo que lo único que tenía en común con Martha Stewart era un disco, pero se echó a reír. Me pintó un globo en la mejilla y la besé, y en aquel momento, abrazándola con el niño en gestación entre nosotros, todo era perfecto.

Ahora tengo unas profundas ojeras; tengo la barba crecida, el pelo apelmazado. Parece que esté huyendo de algo.

—A tomar por culo —susurro, y salgo de la habitación dando un portazo y entro en el cuarto de baño.

Allí cojo la afeitadora eléctrica. La enchufo y, con un movimiento limpio y rotundo, despejo un camino en el centro de mi cabeza. Luego me afeito los laterales, mientras los mechones de pelo me caen sobre los hombros y en la pila. Como por arte de magia, conforme el pelo desaparece, se revela una imagen que abarca la bóveda craneal, más allá del nacimiento del pelo: una gruesa esvástica negra, con mis iniciales y las de Brit en el cruce central.

Me lo hice cuando me dio el sí y dijo que se casaría conmigo.

Yo tenía veintiún años y era más feo que Picio.

Cuando le enseñé a Brit este testimonio de mi amor, ni siquiera tuvo oportunidad de comentarlo, porque en aquel preciso instante entró Francis y me atizó con fuerza en el cogote.

—¿Eres tan estúpido como pareces? —preguntó—. ¿Qué parte de *clandestino* no entiendes?

—Será mi secreto —respondí a Francis, y me volví para sonreír a Brit—. Nuestro secreto. Cuando me crezca el pelo, nadie sabrá que está ahí, solo nosotros.

—¿Y si te quedas calvo? —preguntó Francis.

Por la cara que puse, comprendió que no se me había ocurrido aquella eventualidad.

Francis no me dejó salir de su casa durante dos semanas, hasta que lo único que se veía bajo el pelo era una sombra negra que se parecía un poco a la sarna.

Cojo una navaja y crema de afeitar y termino el trabajo. Me paso la mano por el liso cráneo. Siento más ligera la cabeza. Noto el movimiento del aire tras las orejas.

Vuelvo al cuarto infantil, que ya no es un cuarto infantil. La cuna ha desaparecido y el resto del mobiliario está amontonado en el pasillo. Francis ha metido en cajas todo lo demás. Antes de que den a Brit el alta esta tarde, habré colocado una cama y una mesita de noche, y ella la verá como la habitación de invitados que era hace unos meses.

Miro a Francis, retándolo a que me cuestione. Sus ojos recorren las líneas de mi tatuaje, como si estuviera palpando una cicatriz.

—Lo entiendo, muchacho —dice suavemente—. Vas a la guerra.

No hay nada peor que dejar el hospital sin el niño que has ido a tener allí. Brit está en una silla de ruedas (normativa del hospital), conducida por un camillero (otra normativa). Yo he sido relegado a ir detrás, con un gorro de punto calado sobre la frente. Brit no aparta los ojos de sus manos, dobladas en el regazo. ¿Soy yo o todo el mundo nos mira? ¿Se están preguntando qué problema médico tiene la mujer que no está calva, ni va con escayola, ni tiene nada visible que parezca ir mal?

Francis ya ha acercado el coche a la puerta del hospital. Un guardia de seguridad abre la puerta trasera mientras yo ayudo a Brit a bajar de la silla. Me sorprende lo ligera que es, y me pregunto si no se irá volando cuando sus manos suelten los brazos de la silla de ruedas.

Durante un momento veo en su cara una expresión de puro pánico. Se encoge y creo que se niega a entrar en la cueva oscura del asiento trasero, como si hubiera un monstruo dentro del coche.

O un asiento infantil.

Le rodeo la cintura con el brazo.

—Cariño —susurro—. No pasa nada.

Endereza la columna y se arma de valor antes de agacharse para entrar en el coche. Cuando se da cuenta de que no está sentada al lado de una silla de bebé, se relaja y se recuesta en el asiento con los ojos cerrados.

Yo me siento delante. Francis me mira a los ojos y enarca las cejas.

—¿Cómo te sientes, bichito? —pregunta, utilizando el término cariñoso con que la llamaba de niña.

Ella no responde. Se limita a mover la cabeza, mientras una gruesa lágrima se desliza por su mejilla.

Francis da marcha atrás y sale de la calzada del hospital, como si pudiera rebobinar todo lo que ha pasado allí.

En alguna parte, en una cámara frigorífica del sótano, está mi hijo. O quizá ya no esté allí y lo estén destripando en la mesa de operaciones del forense, como a un pavo el día de Acción de Gracias.

Podría contarle a él lo que ha pasado. Podría contarle el Horror que veo cada vez que cierro los ojos: a aquella zorra negra golpeando el pecho de mi hijo.

Ella estuvo sola con Davis. Oí a las enfermeras comentarlo en el pasillo. Estaba sola cuando se suponía que no debería haber estado. Quién sabe qué pasó cuando nadie miraba.

Vuelvo la cabeza hacia Brit. Cuando la miro a los ojos, están vacíos.

¿Y si lo peor no es que he perdido a mi hijo? ¿Y si resulta que también he perdido a mi mujer?

Al acabar la secundaria me mudé a Hartford y conseguí un trabajo en Colt's Manufacturing. Asistí a unas cuantas clases en la escuela de formación profesional de allí, pero la mierda liberal que los profesores impartían me ponía tan enfermo que desistí. Pero no dejé de rondar por la escuela. Mi primer recluta fue un monopatinador, un crío flacucho con el pelo largo que se coló en el comedor de estudiantes y se puso delante de un tío negro. El negrazo le dio un empujón y el melenudo se lo devolvió y dijo: «Si tanto odias esto, vuélvete a África». A continuación se organizó una pelea de comida que alcanzó cotas épicas y en la que acabé interviniendo para ayudar al melenudo y apartarlo de la refriega.

—¿Sabes? —le dije cuando estuvimos fuera, fumando un pitillo—, no tienes por qué ser la víctima.

Entonces le di un ejemplar de *The Final Call*, el boletín informativo de Nation of Islam que yo había colocado en los tablones de anuncios de todo el campus.

—¿Ves esto? —dije, echando a andar, sabiendo que me seguiría—. ¿Quieres decirme por qué nadie va a la asociación de estudiantes negros y los detiene por incitar al odio? Y además, ¿cómo es que no hay una asociación de estudiantes *Blancos*?

El melenudo dio un bufido.

—Porque eso sería discriminación —argumentó.

Lo miré como si fuera el mismísimo Einstein.

—Exacto.

Después de aquello, fue fácil. Buscábamos muchachos maltratados por chicos abusadores e interveníamos, para que supieran que tenían protectores. Los invitábamos a salir con nosotros después de clase y, mientras paseábamos con el coche, yo ponía una selección de canciones de Skrewdriver, No Remorse, Berzerker y Centurion. Bandas de Poder Blanco que sonaban como diablos rugientes, que te incitaban a querer acabar con el mundo.

Los convencí de que valían mucho solo por el color de piel con el que habían nacido. Cuando se quejaban de cualquier cosa que sucedía en el campus, desde la matriculación hasta la comida, les recordaba que el presidente de la institución era judío, y que todo formaba parte de un gran plan del Gobierno Sionista de Ocupación para suprimirnos. Les enseñé que «Nosotros» significaba «Blancos».

Les quité la marihuana y el éxtasis y lo tiré todo a la basura, porque los adictos acaban siendo confidentes. Los moldeé a mi imagen y semejanza.

—He conseguido unas buenas Doc Martens —dije al Melenas—. Son de tu número. Pero no pienso dárselas a un tío que lleva una coleta de pelo grasiento.

Al día siguiente apareció con el pelo bien cortado y el careto afeitado. Al poco tiempo tenía mi propio escuadrón salvaje: la recién fundada división Hartford del EMAN.

Apuesto a que enseñé a los estudiantes de aquel colegio mucho más que cualquier profesor superdotado. Les enseñé las diferencias básicas entre las razas. Les demostré que no eres el depredador, sino la presa.

Despierto en un charco de sudor, bregando por salir de una pesadilla. Inmediatamente, alargo el brazo en busca de Brit, pero no hay nadie en la cama.

Me levanto y echo a andar, abriéndome paso en la oscuridad como si estuviera en medio de una multitud. Podría ser perfectamente un sonámbulo por la forma en que me acerco a la habitación en la que Francis y yo hemos trabajado con ahínco antes de que volviera Brit del hospital.

Está en el vano de la puerta, enderezándose con las propias manos, como si necesitara ayuda para seguir de pie. La luna entra por la ventana y ella está atrapada en su propia sombra. Cuando mis ojos se adaptan a la oscuridad, intento ver lo que ella ve: el viejo sillón con un tapete en el respaldo; el somier de la cama doble para los invitados. Las paredes, otra vez blancas. Aún huelo la pintura fresca.

Carraspeo.

—Pensamos que ayudaría —murmuro.

Se vuelve, pero solo a medias, y por un segundo parece que esté hecha de luz.

—¿Y si no ha ocurrido? —susurra—. ¿Y si solo fue una pesadilla?

Lleva una de mis camisas de franela, le gusta dormir con ellas, y tiene las manos sobre el vientre.

—Brit. —Doy un paso hacia ella.

—¿Y si nadie lo recuerda?

La cojo en brazos, siento el círculo cálido de su aliento en mi pecho. Es como fuego.

—Cariño, no lo olvidará nadie —le prometo.

Tengo un traje. En realidad, Francis y yo tenemos un traje que compartimos. No hay mucha necesidad de tener ropa elegante cuando trabajas de estucador por el día y por la noche llevas una página web del Poder Blanco. Pero la tarde siguiente me pongo el traje (negro, de raya diplomática, con el que imagino que Al Capone se habría visto impecable), una camisa blanca y corbata, y Brit y yo vamos en coche al hospital para reunirnos con Carla Luongo, la abogada de Gestión de Riesgos que ha accedido a vernos.

Pero cuando salgo del cuarto de baño recién afeitado, con el tatuaje de mi cabeza visible e inconfundible, me sorprende encontrar a Brit hecha un ovillo en la cama, con mi camisa de franela y un pantalón de chándal.

—Cariño —le recuerdo—. Tenemos una reunión con la abogada. —Se lo he dicho hace media hora. Es imposible que lo haya olvidado.

Sus ojos se vuelven hacia mí como si fueran bolas de cojinete, perdida en su cabeza. Su lengua expulsa palabras como si fueran bocados de comida.

—No… quiero… volver.

Se da la vuelta, se tapa con las frazadas y entonces es cuando veo el frasco que hay en la mesita de noche: las pastillas para dormir que el doctor le dio para ayudarla durante la recuperación. Respiro hondo y la obligo a levantarse. Es como un saco de arena, pesada e inmóvil. Una ducha, pienso, pero eso requeriría que entrara con ella, y no tenemos tiempo. Así que cojo el vaso de agua de la mesita y le echo el contenido a la cara. Escupe, pero consigo que se mantenga erguida. Le quito el pijama y cojo lo primero que encuentro en su cómoda con aspecto decente, unos pantalones negros y una chaquetilla de punto. Mientras la visto, me viene a la cabeza una imagen repentina: yo haciendo lo mismo con mi hijo. Termino de vestirla tirándole tan fuerte del brazo que da un grito y le doy un beso en la muñeca.

—Lo siento, cariño —murmuro y, con más suavidad, le paso un peine por el pelo y hago lo posible por recogérselo en una cola de caballo. Le calzo unos zapatos negros que bien podrían ser zapatillas de andar por casa y finalmente la cojo en brazos y la llevo al coche.

Cuando llegamos al hospital, está casi catatónica.

—Mantente despierta —le suplico, sujetándola contra mi costado mientras entramos—. Por Davis.

Quizá esto último le haya tocado una fibra interior, porque mientras nos acompañan al despacho de la abogada, abre los ojos un poco más.

Carla Luongo es latina, como ya supuse al ver su nombre. Se sienta en un sillón y nos ofrece un sofá. Veo que casi se traga la lengua cuando me quito el gorro de lana. Que sepa desde el principio con quién está tratando.

Brit está apoyada en mí.

—Mi mujer —explico— aún no se encuentra bien.

La abogada mueve la cabeza con aire comprensivo.

—Señor y señora Bauer, permítanme decirles lo mucho que siento su pérdida. —No respondo—. Estoy segura de que tendrán preguntas que formular —añade.

Me inclino hacia delante.

—No tengo preguntas. Ya sé lo que pasó. Esa enfermera negra mató a mi hijo. La vi con mis propios ojos, dándole golpes en el pecho. Yo le había dicho a su supervisora que no quería que ella tocara a mi hijo, ¿y qué pasó? Que mis peores temores se hicieron realidad.

—Estoy segura de que se dará usted cuenta de que la señora Jefferson solo estaba haciendo su trabajo…

—Ah, ¿sí? ¿Era su trabajo desobedecer las órdenes de su jefa? Estaba todo en el historial de Davis.

La abogada se pone en pie para recoger una carpeta que hay encima del escritorio. Tiene unos pequeños adhesivos de colores que imagino que son un código secreto. La abre y desde donde estoy sentado veo la nota adjunta. Se le ensanchan las ventanas de la nariz, pero no dice nada.

—Esa enfermera no podía ocuparse de mi hijo —le recuerdo—, y la dejaron sola con él.

Carla Luongo me mira.

—¿Cómo sabe eso, señor Bauer?

—Porque el personal de ustedes no es capaz de tener la boca cerrada. La oí decir que estaba sustituyendo a la otra enfermera. El día anterior se puso hecha un basilisco solo porque yo solicité que la mantuvieran apartada de mi hijo. ¿Y qué pasó? Que estaba dando puñetazos a mi hijo. Yo la vi —insisto, con los ojos llenos de lágrimas. Me las limpio sintiéndome un idiota, sintiéndome débil—. ¿Sabe qué? Que se jodan. Voy a llevar a este hospital a la ruina. Ustedes han matado a mi hijo y ustedes van a pagar por ello.

Sinceramente, no tengo ni idea de cómo funciona el sistema legal; he hecho todo lo posible por impedir que me detenga la poli. Pero he visto en televisión suficientes reportajes para pensar que, si puedes conseguir dinero en una demanda judicial por sufrir una enfermedad pulmonar derivada del trabajo con amianto, seguro que cae algo si tu hijo muere cuando se supone está recibiendo una esmerada atención médica.

Recojo la chaqueta del traje con una mano y medio arrastro a Brit hasta la puerta del despacho. Acabo de abrirla cuando oigo la voz de la abogada a mis espaldas.

—Señor Bauer —pregunta—, ¿por qué quiere demandar al hospital?

—Está de broma, ¿verdad?

Da un paso al frente y cierra la puerta del despacho, sin brusquedad pero con firmeza.

—¿Por qué quiere demandar *al hospital* —repite—, si todo sugiere que fue Ruth Jefferson la persona concreta que mató a su hijo?

Después de dirigir durante un año el escuadrón Hartford del EMAN, teníamos unos ingresos fijos. Estaba en condiciones de sacar armas de Colt's falsificando el inventario y venderlas luego en la calle. Las vendíamos sobre todo a los negros, porque de todas formas iban a matarse entre sí, y también porque pagaban por un arma tres veces más que los italianos. Melenas y yo dirigíamos la operación y, una noche en que volvíamos a casa después de cerrar un trato, un coche de policía se puso detrás mío con las luces destellando.

Melenas casi se caga encima.

—Joder, tío. ¿Qué hacemos?

—Detenernos —respondí. Al menos ya no llevábamos ningún arma robada en el coche. De cara a la policía, Melenas y yo acabábamos de salir de una fiesta que se celebraba en el apartamento de un colega. Pero cuando los policías nos ordenaron que bajáramos del coche, Melenas sudaba como un minero. Parecía más culpable que un pecado, y ese debió de ser el motivo por el que la policía registró el coche. Yo esperé, porque sabía que no tenía nada que ocultar.

Pero Melenas, por lo visto, no opinaba del mismo modo. La pistola vendida no había sido la única transacción de la noche. Mientras yo estaba negociando, Melenas había comprado para sí unos gramos de metanfetamina.

Pero, como estaban en mi guantera, me hicieron responsable a mí.

Lo bueno de cumplir condena es que era un mundo que yo entendía, un mundo donde estábamos agrupados por razas. Me cayeron seis meses por posesión de drogas y me propuse pasar cada minuto planeando mi venganza. Melenas había consumido drogas antes de integrarse en el EMAN; era parte de la cultura del monopatín. Pero en mi escuadrón no se tocaban las drogas. Y, tan cierto como que hay un infierno, ni de coña se guardaban en mi guantera.

Las bandas de negros de la cárcel superaban en número a todos, así que a veces se unían las bandas de latinos y de Blancos. Pero dentro de la celda tratas básicamente de mantener la cabeza erguida y de no meterte en problemas. Sabía que, si por casualidad había encerrado alguien del Movimiento del Poder Blanco, me encontraría tarde o temprano, pero esperaba que los negrazos no me encontraran antes.

Así que pasaba el tiempo con la nariz metida en una Biblia. Necesitaba a Dios en mi vida, porque mi abogado era de oficio, y cuando tienes un abogado de oficio, más te vale tener a Dios de tu parte. Pero no leía la parte de las Escrituras que ya había leído, cuando estaba aprendiendo la teología de la Identidad Cristiana. Lejos de ello, me dediqué a devorar las páginas que hablan de sufrimiento, salvación y esperanza. Ayunaba, porque había leído algo así en la Biblia. Y durante mi ayuno, Dios me dijo que me rodeara de personas que fueran como yo.

Así que al día siguiente me presenté al grupo de estudio de la Biblia de la cárcel.

Era el único del grupo que no era negro.

Al principio nos limitamos a mirarnos. Luego, el tipo que dirigía el grupo hizo una seña a un chico que no debía de ser mucho mayor que yo y me hizo sitio a su lado. Nos cogimos todos de la mano y, cuando cogí la suya, era tan suave como lo habían sido las manos de mi padre. No sé por qué me vino esa imagen a la cabeza, pero pensaba en eso cuando empezaron a rezar el Padrenuestro y, de repente, yo estaba rezándolo con ellos.

Acudí todos los días al estudio de la Biblia. Cuando terminábamos de leer las Escrituras, decíamos «amén», y luego Big Ike, que era el que dirigía el grupo, preguntaba:

—¿Quién tiene juicio mañana?

Normalmente, alguien contestaba que tenía una vista preliminar o que el agente que lo había detenido iba a testificar, o algo así, y Big Ike decía:

—Muy bien, entonces recemos para que el agente no te tire bajo las ruedas de un autobús. —Y buscaba en la Biblia un pasaje que hablara de redención.

Twinkie era el chico negro de mi edad. Hablábamos mucho de chicas y de como echábamos de menos enrollarnos con ellas.

Pero, se crea o no, de lo que más hablábamos era de la comida que más nos gustaba cuando estábamos fuera. Yo habría matado por ir a un Taco Bell; Twinkie solo quería latas de Chef Boyardee. En cierto modo importaba muy poco cuál fuera el color de su piel. Si me lo hubiera encontrado en las calles de Hartford, le habría pateado el culo. Pero en la cárcel era diferente. Formábamos equipo cuando jugábamos a las cartas con otros reclusos y hacíamos trampas con señas manuales y moviendo los ojos de un modo que habíamos inventado en privado, porque nadie esperaba que el tipo del Poder Blanco y el chico negro hicieran cosas juntos.

Un día que estaba sentado en la sala común con un puñado de tipos Blancos, vimos en las noticias del mediodía que había habido un tiroteo entre bandas. El presentador de televisión habló de balas perdidas que habían alcanzado a algunos transeúntes por casualidad.

—Por esa razón —comenté—, si alguna vez nos metemos con alguna banda, ganaremos nosotros. No hacen ejercicios de tiro como nosotros. No saben empuñar un arma, es como si se estuvieran haciendo una paja. Todos los negrazos son unos mierdas.

Twink no estaba sentado con nosotros, pero pude verle al otro lado de la sala. Su mirada resbaló sobre mí y luego volvió a lo que estaba haciendo. Aquel mismo día, más tarde, nos jugamos unos cigarrillos a las cartas y le hice una seña para que echara diamantes, porque yo estaba sustituyendo las picas por diamantes. Pero echó tréboles y perdimos. Cuando salíamos de la sala común, me volví hacia él.

—¿Qué ha pasado, tío? Te hice una seña.

Me miró a los ojos.

—Quizá sea porque los negrazos somos todos unos mierdas —dijo.

Pensé: «Joder, he herido sus sentimientos». Y después: «Bueno, ¿y qué?»

No es que haya dejado de usar la palabra «negrazo», pero he de admitir que a veces, cuando la pronuncio, se me queda un momento atascada en la garganta, como una espina de pescado.

Francis llega en el momento en que estampo la bota contra la ventana delantera de nuestra casa, para arrancar el viejo marco, que revienta en el porche con una lluvia de astillas y cristales. Se cruza de brazos y enarca una ceja.

—El alféizar está podrido —explico—. Y no tenía a mano una pata de cabra.

Con aquel agujero en la pared, el aire frío se mete en la casa. Sienta bien, porque estoy ardiendo.

—Entonces no tiene nada que ver con la reunión —apunta Francis con un tono que sugiere que tiene muchísimo que ver con la última media hora que he pasado en la comisaría de policía local. Fue mi siguiente parada al salir del hospital. Había dejado en casa a Brit, que se arrastró hasta la cama de nuevo, y luego fui directamente allí.

La verdad es que la reunión ni siquiera fue una reunión. Allí solo estuve yo, sentado delante de un poli gordo llamado MacDougall, que llenó el formulario de denuncia contra Ruth Jefferson.

—Dijo que harían una breve investigación —susurro—. Lo que significa que nunca volveré a saber de él.

—¿Qué le contaste?

—Que esa puta mató a mi hijo.

MacDougall no sabía nada de mi hijo ni de lo que había pasado en el hospital, así que tuve que contarle toda la historia de principio a fin. MacDougall me preguntó qué quería de él, como si no fuera evidente.

—Quiero enterrar a mi hijo —dije—. Y quiero que ella pague por lo que ha hecho.

El poli me preguntó si no estaría influido por el dolor. Si no habría malinterpretado lo que vi.

—No se limitaba a hacer reanimación cardiopulmonar —expliqué a MacDougall—. Estaba haciéndole daño a mi hijo. Incluso uno de los médicos le dijo que se contuviera.

Le aclaré que lo había hecho porque me tenía inquina. El poli me miró los tatuajes inmediatamente.

—No me diga —espetó.

—Es un puto delito de odio, eso es lo que es —digo a Francis—. Pero Dios nos libre de defender a los angloamericanos, aunque ahora seamos minoría.

Mi suegro se pone junto a mí y arranca con las manos un trozo de cristal de la ventana.

—Es como predicar en el desierto, Turk —sentencia.

Puede que Francis no haya hablado en público sobre el Poder Blanco desde hace años, pero me he enterado casualmente de que en un almacén situado a cinco kilómetros de allí está acumulando armas para iniciar la guerra santa racial.

—Espero que estés pensando en cerrar esto —sugiere. Yo finjo que no he entendido que se refiere a la ventana.

En aquel preciso momento suena mi teléfono. Lo saco del bolsillo, pero no reconozco el número que aparece en la pantalla.

—¿Sí?

—¿Señor Bauer? Soy el sargento MacDougall. Hemos hablado hoy.

Cierro la mano sobre el teléfono y me vuelvo de espaldas, levantando así un muro de intimidad.

—Quería decirle que he hablado con Gestión de Riesgos del hospital y también con el patólogo. Carla Luongo ha corroborado la versión de usted. El patólogo me explicó que su hijo murió debido a un ataque por hipoglucemia, lo que condujo a una parada respiratoria y luego cardíaca.

—¿Y eso qué significa?

—Bien —dice—, ya han enviado el certificado médico al hospital. Puede usted enterrar a su hijo.

Cierro los ojos y, por un momento, ni siquiera se me ocurre una respuesta.

—Muy bien —consigo decir.

—Hay otra cosa, señor Bauer —añade MacDougall—. El patólogo ha confirmado que había contusiones en la caja torácica de su hijo.

Todo mi futuro pende de un hilo entre esa frase y la siguiente.

—Hay indicios de que Ruth Jefferson pudo haber tenido alguna responsabilidad en la muerte de su hijo. Y que esto podría haber sido un incidente con motivación racial —añade MacDougall—. Voy a llamar a la oficina del fiscal de distrito.

—Gracias —digo con brusquedad, y cuelgo el teléfono. Entonces me fallan las rodillas y aterrizo pesadamente frente a la ventana rota. Noto la mano de Francis en mi hombro. Aunque no hay ninguna barrera entre el exterior y yo, tengo que esforzarme para respirar.

—Lo siento, Turk —dice Francis, malinterpretando lo que me ocurre.

—No lo sientas. —Me levanto y corro al dormitorio a oscuras donde Brit hiberna bajo un montón de mantas. Abro las cortinas y dejo que la luz del sol inunde la habitación. La veo darse la vuelta, parpadear, entornar los ojos. La cojo de la mano.

No puedo devolverle a nuestro hijo. Pero puedo darle lo mejor que hay a continuación.

Justicia.

Mientras planeaba la venganza contra Melenas durante los seis meses que pasé en la cárcel, él también había estado ocupado. Se había aliado con unos moteros que se denominaban Los Paganos. Eran unos matones corpulentos que imaginé que estarían relacionados de un modo u otro con la metanfetamina, lo mismo que él. Y estaban encantadísimos de tenerlo otra vez en sus filas, si eso significaba poder acabar con el cabecilla de los EMAN de Hartford. Los méritos de la calle pueden llegar muy lejos.

Pasé mi primer día de libertad tratando de reunir a los antiguos miembros del escuadrón, pero todos sabían lo que iba a pasar y todos dieron excusas.

—Lo dejé todo por vosotros —dije mientras hablaba con el último cabeza rapada del escuadrón—. ¿Y así es como me lo pagáis?

Desde luego, no iba a permitir que nadie pensara que el haber estado a la sombra me había limado las uñas. Así que aquella noche fui a la pizzería que había sido el cuartel oficioso del escuadrón y esperé hasta que oí llegar una docena de motos. Tiré la cazadora, me apreté los nudillos hasta que crujieron y salí al callejón que hay detrás del restaurante.

El hijoputa del Melenas estaba escondido detrás de un muro de músculos. Hablando en serio, el Pagano más pequeño medía uno noventa y pesaba cerca de ciento cincuenta kilos.

Puede que yo fuera más canijo, pero era rápido. Y ninguno de aquellos tipos había crecido esquivando los puños de mi abuelo.

Ojalá pudiera contar lo que ocurrió aquella noche, pero lo único que sé es lo que he oído decir a otros. Que corrí como un loco hacia el tipo más corpulento y le salté todos los dientes delanteros de un puñetazo. Que levanté a otro tío del suelo y lo lancé sobre los otros con la fuerza de un cañonazo. Que me puse a castigar a un motero en los riñones con tanta furia que estuvo meando sangre durante un mes. Que la sangre corrió por el callejón como si fuera lluvia.

Lo único que sabía es que no tenía nada que perder salvo mi reputación, y eso es suficiente para declarar una guerra. No recuerdo nada de aquello, salvo levantarme a la mañana siguiente en la pizzería, con una bolsa de hielo en la mano rota y un ojo hinchado.

No recuerdo nada de lo que pasó, pero la historia circuló de boca en boca. No recuerdo nada, pero una vez más fui leyenda.

El día que entierro a mi hijo, el sol brilla en el cielo. El viento viene del oeste y tiene dientes. Estoy delante del pequeño hoyo abierto en la tierra.

No sé quién ha organizado todo el funeral. Alguien tuvo que llamar para reservar una parcela, para decir a la gente dónde se celebraría el servicio. Supongo que fue Francis, que ahora está delante del ataúd, leyendo un versículo de las Escrituras.

—«Recé por este hijo y el Señor me concedió lo que le pedí» —recita Francis—. «Ahora se lo doy ahora al Señor, para que sea siempre del Señor por todos los días de su vida. Y él adoró allí al Señor.»

Veo hombres de la cuadrilla de estucadores y algunos amigos de Brit que pertenecen al Movimiento. Pero también hay gente que no conozco, que han venido a presentar sus respetos a Francis. Uno de ellos es Tom Metzger, el hombre que fundó la Resistencia Aria Blanca. Ahora tiene setenta y ocho años, y es un solitario como Francis.

Cuando Brit rompe a llorar durante la lectura del salmo, le tiendo la mano, pero ella se aparta y se vuelve hacia Metzger, al que llamaba tío Tommy cuando era pequeña. Tom la rodea con el brazo y yo trato de no sentir su ausencia como una bofetada.

Hoy he oído muchas frases hechas: «Está en un lugar mejor. Es un soldado caído. El tiempo cura todas las heridas». Lo que nadie me ha dicho a propósito del dolor es lo solitario que es. Al margen de que otros sufran también, tú estás en tu pequeña celda. Incluso cuando la gente trata de consolarte, eres consciente de que ahora hay una barrera entre ellos y tú, construida por esa cosa horrible que ha ocurrido y que te aísla. Yo había pensado que, por lo menos, Brit y yo sufriríamos juntos, pero ella apenas soporta mirarme. Me pregunto si será por la misma razón por la que yo la he evitado: porque la miro a los ojos y los veo en la cara de Davis; porque veo el hoyuelo de su barbilla y pienso que mi hijo también lo tenía. Ella, que antes era todo lo que yo quería, es ahora un recuerdo constante de todo lo que he perdido.

Me concentro en el ataúd, que están bajando a la fosa. Mantengo los ojos muy abiertos, porque de ese modo las lágrimas no brotarán y no pareceré un alfeñique.

Empiezo a hacer una lista mental de todas las cosas que nunca podré hacer con mi hijo: verlo sonreír por primera vez. Celebrar su primera Navidad. Comprarle una pistola de perdigones. Darle consejos para cuando quiera decirle a una chica que salga con él. Momentos clave. Pero la paternidad, para mí, ya no tiene momentos.

De repente veo a Francis delante de mí, con una pala. Trago saliva, la tomo y soy la persona que empieza a enterrar a mi hijo. Después de echar una paletada de tierra en la fosa, clavo la pala en tierra. Tom Metzger ayuda a Brit a levantarla, sus manos tiemblan y ella cumple su papel.

Se supone que tengo que mantenerme despierto mientras todos los demás echan tierra sobre Davis. Pero estoy demasiado ocupado conteniendo los deseos de lanzarme de cabeza a la fosa. De sacar toda la tierra con las manos desnudas. De levantar el ataúd, abrirlo y salvar a mi pequeño. Procuro seguir inmóvil, con tanto empeño que mi cuerpo vibra a causa del esfuerzo.

Y entonces ocurre algo que difumina toda esa tensión. Ese giro de la válvula de escape que hace que todo el vapor que tengo dentro desaparezca. Brit desliza su mano en la mía. Su mirada aún está vacía a causa de los medicamentos y el dolor; su cuerpo está alejado de mí, pero me ha tendido la mano. Me necesita.

Por primera vez en toda la semana empiezo a pensar que, quizá, podamos sobrevivir.

Cuando Francis Mitchum te convoca, vas.

Un día después de mi pelea con los Paganos, recibí una nota manuscrita de Francis diciendo que había oído los rumores y quería saber si eran ciertos. Me invitó a reunirme con él el sábado siguiente en New Haven y había incluido una dirección. Al llegar allí con el coche, me llevé una ligera sorpresa al ver que se trataba de una urbanización, pero supuse que era una reunión de su escuadrón porque vi coches aparcados delante. Cuando llamé al timbre, no respondió nadie, pero como oí ruidos en el patio trasero, rodeé la casa y entré por la abertura de una valla, que estaba sin cerrar.

Casi de inmediato se me echó encima un enjambre de niños. Andaban por los cinco años y la verdad es que yo no tenía mucha experiencia con humanos de ese tamaño. Corrían hacia una mujer que empuñaba un bate de béisbol y trataba de dirigir al rebelde grupo para que formara en columna.

—Es mi cumpleaños —dijo uno de los pequeños—. ¡Me toca a mí primero! —Cogió el bate y empezó a golpear una piñata: un negro de cartón piedra colgado de una soga.

Bueno, al menos sabía que estaba en el lugar indicado.

Me volví en dirección contraria y me di de bruces con una chica que llevaba estrellas en las manos. Tenía el pelo largo y rizado y sus ojos eran del azul más claro que había visto en mi vida.

Me habían impresionado cientos de veces en ocasiones anteriores, pero nunca de aquella manera. No podía ni recordar la palabra «hola».

—Vaya —dijo—, es usted un poco mayor para jugar, pero si quiere puede ponerse en la cola.

Me quedé mirándola, confuso, hasta que me di cuenta de que se refería a un cartel pegado en el lateral de la casa en que se veía una nariz ganchuda de perfil. Quería jugar, sí, pero no estaba pensando precisamente en «Clávale la estrella al judío».

—Busco a Francis Mitchum —informé—. Me dijo que viniera a verlo aquí.

Me miró entornando los ojos.

—Usted debe de ser Turk —repuso—. Lo está esperando. —Giró sobre los talones y entró en la casa con la gracia de quien tiene por costumbre llevar gente detrás.

Cruzamos la cocina, llena de mujeres que saltaban del frigorífico a los armarios y de estos a aquel, como palomitas en una sartén caliente, dando órdenes por turno: «¡Coged los platos! ¡No olvidéis el helado!» Había más chicos dentro, pero eran mayores, creo que preadolescentes, porque me recordaban a mí mismo no mucho tiempo atrás, y estaban a las órdenes de un hombre situado delante de ellos. Francis Mitchum era más bajo de lo que recordaba, claro que yo lo había visto subido a una tribuna. Su cabello plateado brillaba, lo llevaba peinado hacia atrás, y estaba dando una charla sobre la teología de la Identidad Cristiana.

—La serpiente —explicaba— tuvo relaciones sexuales con Eva. —Los chicos se miraron entre sí al oír la expresión «relaciones sexuales», como si dicha en voz alta y pronunciada con tanta naturalidad fuera su iniciación en el santuario de la madurez—. ¿Por qué si no iba a decirle Dios que no podía comer la manzana? Estaban en un jardín, caramba. La manzana es un símbolo y la caída del hombre es echar un polvo. El Diablo se aparece a Eva en forma de serpiente, que la engaña para que flirtee y ella se queda embarazada. Y entonces ella vuelve con Adán y lo engatusa para tener comercio carnal con él. Y da a luz a Caín, que nace con la marca del Diablo, el 666, que es la Estrella de David. Eso es cierto, Caín es el primer judío. Pero ella también alumbra a Abel, que es el hijo de Adán. Y Caín mata a Abel porque tiene celos, y él es la semilla de Satanás.

—¿Usted se cree todas esas tonterías? —preguntó la hermosa muchacha que tenía al lado. Su voz era tan tenue como una costura. La pregunta me pareció una trampa.

Unos miembros del Poder Blanco eran seguidores de la Identidad Cristiana y otros no. Raine Tesco lo era. Francis lo era. Yo también. Creíamos que éramos la auténtica Casa de Israel, los elegidos de Dios. Los judíos eran impostores y serían eliminados durante la guerra de razas.

Sonreí.

—Cuando tenía la edad de estos pequeños, pasaba mucha hambre y robé un perrito caliente en una gasolinera. No me preocupaba mucho el hecho de robar, pero durante dos semanas estuve convencido de que Dios me iba a castigar por comer cerdo.

Cuando nuestras miradas se cruzaron, fue como el espacio que media entre el momento en que enciendes el piloto de una cocina de gas y el momento en que se pone azul y brota la llama. Fue como la posibilidad de una explosión.

—Papi —anunció—. Tu invitado está aquí.

¿Papi?

Francis Mitchum me miró, desviando la atención de los preadolescentes a los que había estado hablando y que ahora también me miraban a mí.

Pasó por encima de la red de extremidades juveniles y me dio una palmada en el hombro.

—Turk Bauer. Gracias por venir.

—Es un honor que me lo pidiera —respondí.

—Veo que ya has conocido a Brittany —dijo Francis.

Brittany.

—Oficialmente no —dije, alargando la mano—. Hola.

—Hola —repitió Brit riendo. Me retuvo la mano demasiado tiempo, pero no tanto como para que alguien se diera cuenta.

Salvo Mitchum que, al parecer, se daba cuenta de casi todo.

—¿Damos un paseo? —propuso, y regresé con él al patio trasero.

Hablamos del tiempo (el tardío comienzo de la primavera de aquel año) y del viaje de Hartford a New Haven (demasiadas obras en la Interestatal 91S). Cuando llegamos a un rincón del patio, al lado de un manzano, Mitchum se sentó en una silla y me indicó con la mano que hiciera lo mismo. Desde allí teníamos una vista panorámica del juego de la piñata. El chico que cumplía años iba a golpear con el bate otra vez, pero hasta el momento no había caído ningún caramelo.

—Ese es mi ahijado —dijo Mitchum.

—Me preguntaba por qué me habían invitado a una fiesta infantil.

—Me gusta hablar con la generación futura —confesó—. Hace que me sienta importante.

—Oh, no sé nada de eso, señor. Yo diría que ya es usted bastante importante.

—Bien, hablemos de ti —dijo Mitchum—. Últimamente te has hecho muy famoso.

Me limité a asentir. No estaba seguro de por qué quería verme Francis Mitchum.

—He oído que a tu hermano lo mató un negro —prosiguió—. Y que tu padre es un mariconazo…

Agaché la cabeza con las mejillas encendidas.

—Ya no es mi padre.

—Tómatelo con calma, chico. Nadie puede elegir a sus padres. Lo que importa es lo que pensamos de ellos. —Me miró—. ¿Cuándo fue la última vez que lo viste?

—El día que lo dejé inconsciente de una paliza.

Me sentí de nuevo como si me estuvieran haciendo un examen; y debí de responder correctamente, porque Mitchum siguió hablando.

—Has fundado tu propio escuadrón y, según dicen muchos, eres el mejor reclutador de la Costa Este. Cargaste con las culpas de tu lugarteniente, y luego le diste una lección nada más salir de la cárcel.

—Solo hice lo que tenía que hacer.

—Bien —respondió Mitchum—, hoy en día, no hay muchos como tú. Pensaba que el honor era un artículo en vías de extinción.

En aquel momento, un niño golpeó el cuello de la piñata y los caramelos cayeron en cascada sobre la hierba. Los niños se lanzaron al ataque, cogiendo dulces con las manos.

La madre del niño que cumplía años salió de la cocina con una bandeja de magdalenas.

—¡Cumpleaños feliz…! —comenzó a cantar, y los niños se apelotonaron alrededor de la mesa de pícnic.

Brittany salió al porche. Tenía los dedos azules de glaseado.

—Cuando yo mandaba un escuadrón —prosiguió Mitchum—, no habrían sorprendido con drogas a ninguno del Movimiento. Ahora, por el amor de Dios, los chicos arios se compinchan con los pieles rojas para fabricar metanfetamina en las reservas, donde los federales no pueden intervenir.

¡Cumpleaños feliz!

—No se compinchan —dije a Mitchum—. Se alían con ellos para enfrentarse a los enemigos comunes: los mexicanos y los negros. No defiendo lo que hacen, pero entiendo por qué llegan a establecer alianzas inusuales.

¡Te deseamos, Jackson!

Mitchum entornó los ojos.

—Alianzas inusuales —repitió—. Por ejemplo, un viejo con experiencia... y un joven con los cojones bien puestos. Un hombre que conoce a la anterior generación de angloamericanos y otro que podría dirigir a la siguiente. Un tipo que creció en las calles... y otro que ha crecido con la tecnología. Vaya, formarían un buen dúo.

¡Cumpleaños feliz!

Brit estaba al otro lado del patio, vio que la miraba y se ruborizó.

—Escucho —dije.

Acabado el funeral, todo el mundo vuelve a la casa. Hay estofado, empanadas y bandejas de diversas viandas, pero no pruebo bocado. La gente sigue diciéndome que me acompaña en el sentimiento, como si tuvieran algo que ver con ello. Francis y Tom están sentados en el porche, donde aún quedan algunos cristales rotos de la ventana que rompí. Beben de una botella de whisky que ha traído Tom.

Brit está sentada en un sofá, como si fuera la corola de una flor, rodeada por los pétalos de sus amistades. Cuando se acerca demasiado alguien a quien ella no conoce bien, se cierran a su alrededor. Finalmente se van diciendo cosas como «Llámame si me necesitas» y «Cada día se irá haciendo un poco más fácil». O sea, mentiras.

Acompaño al exterior al último invitado cuando llega un coche. Se abre la portezuela y se apea MacDougall, el policía que atendió mi denuncia. Sube los peldaños del porche hasta donde aguardo con las manos en los bolsillos.

—Todavía no tengo ninguna información para usted —anuncia torpemente—. He venido a darle el pésame.

Advierto que Brit aparece detrás de mí como una sombra.

—Cariño, este es el agente que va a ayudarnos.

—¿Cuándo? —pregunta ella.

—Bueno, señora, las investigaciones de estas cosas requieren tiempo…

—Estas cosas —repite Brit—. Estas *cosas*. —Me empuja para adelantarse y se pone a la altura del policía—. Mi hijo no es una *cosa*. No lo *era* —rectifica con algún titubeo—. No *era* una cosa.

Luego gira sobre sus talones y desaparece dentro de la casa. Miro al policía.

—Es un día difícil.

—Lo entiendo. En cuanto el fiscal se ponga en contacto conmigo, entraré en…

Pero no termina la frase. Lo ha interrumpido un ruido que ha sonado detrás de mí.

—Tengo que ir —le digo, dándole con la puerta en las narices.

Se oye otro estampido antes de llegar a la cocina. Nada más entrar, un plato lleno de comida pasa volando junto a mi cara y se estrella contra la pared.

—Brit —exclamo, dirigiéndome hacia ella, y me lanza un vaso a la cabeza. Me da en la frente y, durante unos momentos, veo las estrellas.

—¿Hará eso que me sienta mejor? —grita Brit—. Odio los putos macarrones con queso.

—Cariño. —La cojo por los hombros—. Solo querían ser amables.

—No quiero que sean amables —exclama con lágrimas corriéndole por las mejillas—. No quiero compasión. No quiero nada, solo quiero a esa puta que mató a mi niño.

La rodeo con los brazos, aunque sigue rígida entre ellos.

—Esto todavía no ha terminado.

Me empuja tan repentinamente y con tanta fuerza que trastabillo.

—Pues debería —dice, con tanto veneno en la voz que me quedo paralizado—. Debería, si fueras un hombre de verdad.

La mandíbula se me crispa y aprieto los puños, pero no reacciono. Francis, que en algún momento ha entrado en la cocina, se pone detrás de Brit y le pasa un brazo por la cintura.

—Vamos, bichito. Vamos arriba —dice, llevándosela de la cocina.

Sé lo que está diciendo ella: que un soldado no es un soldado si combate detrás de un ordenador. Es verdad: que el movimiento pasara a la clandestinidad fue idea de Francis, y es un plan brillante y sutil, pero Brit tiene razón. Hay una gran diferencia entre la gratificación intantánea que proporciona asestar un puñetazo y el orgullo a largo plazo de sembrar el pánico a través de Internet.

Cojo las llaves del coche de la encimera y minutos después estoy atravesando el centro de la ciudad, cerca de las vías del tren. Durante un instante pienso en buscar la dirección de la enfermera negra. Tengo la experiencia tecnológica suficiente para hacerlo en menos de dos minutos.

Que sería el tiempo aproximado que tardaría la policía en identificarme si le pasara algo a ella o a sus propiedades.

Así que aparco bajo un puente del ferrocarril y bajo del coche. El corazón me va a cien por hora, tengo el nivel de adrenalina por las nubes. Hace tanto tiempo que no doy rienda suelta al salvajismo que he olvidado la euforia que produce, una sensación muy superior a la que producen el alcohol o el deporte, incluso el enamoramiento.

La primera persona que se pone en mi camino está inconsciente. Un indigente, está borracho, drogado o dormido, tirado sobre un cartón, bajo una montaña de bolsas de plástico. Ni siquiera es negro. Solo es… fácil.

Lo cojo por el cuello y el sujeto pasa de una pesadilla a otra.

—¿Qué miras? —le grito a la cara, aunque lo tengo levantado por el cuello y solo puede mirarme a mí—. ¿Cuál es tu puto problema?

Entonces le doy en la boca un cabezazo que le rompe los dientes. Lo arrojo contra el suelo y oigo con placer el crujido de su cráneo al chocar con el pavimento.

Con cada golpe que asesto respiro un poco mejor. Hace años que no practico este ejercicio, pero es como si hubiera sido ayer… Mis puños tienen memoria propia. Le doy tal paliza que lo dejo irreconocible, porque es la única manera de recordar quién soy yo.

Ruth

Cuando eres enfermera, sabes mejor que la mayoría de la gente que la vida sigue. Hay días buenos y días malos. Hay pacientes que se quedan contigo y otros a los que quieres olvidar en seguida. Pero siempre hay otra madre a punto de parir, o pariendo ya, que te incita a seguir adelante. Siempre hay una nueva cosecha de diminutos humanos que ni siquiera han escrito la primera frase de la historia de sus vidas. Venir al mundo es en realidad como una cadena de montaje, siempre me sorprende y me obligo a detenerme para mirar dos veces..., como cuando una niña a la que ayudé a nacer ayer es hoy mi paciente, a punto de tener su propio hijo. O cuando suena el teléfono y el abogado del hospital pregunta si podría ir a su despacho para *hablar*.

No estoy segura de si he hablado alguna vez con Carla Luongo. En realidad, no estoy segura de saber siquiera que la abogada del hospital, perdón, el *enlace de Gestión de Riesgos*, se llamaba Carla Luongo. Claro que nunca había tenido problemas. Nunca había representado un riesgo que necesitara ser gestionado.

Han pasado dos semanas de la muerte de Davis Bauer, catorce días en que he ido al hospital y he cumplido con mis obligaciones poniendo catéteres, diciendo a las parturientas que empujen, enseñándoles a dar de mamar a un recién nacido. Y lo más importante de todo: han pasado catorce noches en que me he despertado sobresaltada, reviviendo, no la muerte del niño, sino los momentos anteriores. Repasándolos a cámara lenta, retrocediendo momento a momento, suavizando los detalles en mi cabeza para empezar a creer lo que me digo a mí misma. Lo que he dicho a los demás.

Lo que le digo a Carla Luongo por teléfono cuando me llama.

—Estaré encantada de ir a verla —respondo, cuando lo que quiero decir es: «¿Hay algún problema conmigo?»

—Estupendo —responde—. ¿Qué tal a las diez?

Hoy mi turno empieza a las once, así que le digo que perfecto. Estoy anotando el número de planta en que está su despacho cuando entra Edison en la cocina. La cruza, abre la nevera y saca el zumo de naranja. Parece que está a punto de beber directamente de la botella, pero enarco una ceja y cambia de idea.

—¿Ruth? —dice Carla Luongo por el auricular—. ¿Sigue ahí?

—Sí. Disculpe.

—¿Estará aquí entonces a esa hora?

—Sin falta —respondo con animación, y cuelgo.

Edison se sienta y echa un puñado de cereales en un tazón.

—¿Estabas hablando con un blanco?

—¿Qué clase de pregunta es esa?

Se encoge de hombros y se sirve leche en el tazón, enroscando la respuesta alrededor de la cuchara que se lleva a la boca.

—Es que te cambia la voz.

Carla Luongo tiene una carrera en los pantis. Debería pensar en muchas otras cosas, por ejemplo en por qué es necesaria esta reunión, pero sin querer me concentro en la rotura de sus pantis y pienso que, si fuera otra persona, una mujer a quien tuviera por amiga, se lo diría para evitarle una situación embarazosa.

El caso es que, aunque Carla no deja de decir que está de mi parte (¿hay partes?) y que es una formalidad, me resulta muy difícil creerla.

He pasado los últimos veinte minutos explicando con todo detalle cómo me quedé sola en la sala de neonatos con el niño de los Bauer.

—Así pues, le habían dicho que no tocara al niño —repite la abogada.

—Sí —respondo por vigésima vez.

—Y no lo tocó hasta que…, ¿cómo ha dicho? —dice, apretando el tope del bolígrafo.

—Hasta que me lo dijo Marie, la enfermera jefe.

—¿Y qué dijo ella?

—Me dijo que empezara a hacerle compresiones —suspiro—. Mire, ya ha escrito todo esto. No puedo contarle más de lo que ya le he contado. Y mi turno está a punto de empezar. ¿Hemos terminado con esto?

La abogada se inclina y apoya los codos en las rodillas.

—¿Había hablado con los padres?

—Brevemente. Antes de que me apartaran del cuidado del niño.

—¿Estaba enfadada?

—¿Disculpe?

—¿Estaba usted enfadada? Es decir, la dejaron a cargo del niño, sola, cuando ya le habían ordenado que no se acercara a él.

—No había personal suficiente. Sabía que no pasaría mucho tiempo hasta que Corinne o Marie vinieran a relevarme —respondo, y entonces me doy cuenta de que no he respondido a la pregunta—. No estaba enfadada.

—Pero la doctora Atkins dijo que hizo un comentario que no venía a cuento sobre esterilizar al niño —apunta la abogada.

Me quedo boquiabierta.

—¿Ha hablado con la pediatra?

—Mi trabajo consiste en hablar con todo el mundo —dice.

Levanto los ojos para mirarla.

—Es obvio que los padres creen que soy una pervertida —expongo—. Solo fue una broma estúpida. —Una broma que no habría significado nada en absoluto si no hubiera sucedido todo lo demás. *Si no. Si no. Si no.*

—¿Estaba vigilando al niño? ¿Lo miraba?

Vacilo, y en ese breve instante me doy cuenta de que este es el meollo de la cuestión, el momento sobre el que volveré una y otra vez mentalmente hasta que esté tan asimilado y adaptado que no podré recordar ningún pelo ni señal ni detalle. No puedo decir a la abogada que desobedecí las órdenes de Marie, porque podría costarme el empleo. Pero tampoco puedo decirle que traté de reanimar al niño, porque entonces las órdenes en cuestión parecerían justificadas.

Porque toqué al niño y el niño murió.

—El niño estaba bien —digo con cautela—. Y entonces oí que jadeaba.

—¿Y qué hizo?

La miro.

—Cumplir las órdenes. Me habían ordenado que no hiciera nada —respondo a Carla Luongo—. Así que no hice nada. —Titubeo—. Entiéndame, cualquier otra enfermera en mi situación habría mirado la nota del expediente del niño y la habría considerado… discriminatoria.

Sabe lo que implica mi comentario. Podría demandar al hospital por discriminación. O al menos eso es lo que quiero que piense, aunque presentar una demanda significaría contratar a un abogado que me costaría un dinero que no tengo, así como mis amistades y mi empleo.

—Naturalmente —dice Carla con suavidad—, esa no es la clase de personal que queremos en nuestro equipo. —En otras palabras: *sigue amenazando con demandarnos y tu trabajo aquí será historia.* Anota algo en su cuaderno de piel negra y luego se pone en pie—. Bien —concluye—. Gracias por su tiempo.

—No hay problema. Ya sabe dónde encontrarme.

—Desde luego —dice, y mientras me dirijo a la sala de maternidad trato de quitarme de encima la sensación de que esas dos simples palabras son una amenaza.

Pero cuando llego a mi planta, no tengo tiempo de divagar con dudas. Marie me ve salir del ascensor y me coge el brazo con alivio.

—Ruth —dice—. Te presento a Virginia. Virginia, esta es Ruth, una de nuestras enfermeras de maternidad con más experiencia.

Observo a la mujer que tengo delante y que mira con los ojos muy abiertos una camilla cuya ocupante tiene todas las trazas de ir a una cesárea de urgencia. Es todo lo que necesito para saber qué está ocurriendo.

—Virginia —digo amablemente—, Marie tiene mucho trabajo ahora, ¿por qué no vienes conmigo?

Marie me da las gracias en silencio y corre tras la camilla.

—Bien —digo a Virginia—. ¿Ingresaste por el plan de mayores de veinticinco años?

A diferencia de la mayoría de candidatas con rostro infantil que desfilan por aquí, Virginia está ya en la treintena.

—Empecé tarde —explica—. O pronto, según cómo se mire. Tuve hijos muy joven y antes de empezar los estudios formales qui-

se que estuvieran ya fuera de casa. Probablemente creas que estoy
loca por volver a estudiar a mi edad.

—Más vale tarde que nunca —respondo—. Además, ser madre
tendría que contar como experiencia para trabajar en maternidad,
¿no te parece?

Hablo con la enfermera que termina el turno ahora para saber
de qué habitaciones me encargo: un par, una con DMG, G1, ahora
con P1 a las cuarenta semanas y cuatro días, parto vaginal a las
cinco de la madrugada; el recién nacido necesita prueba de glucosa
C3 durante veinticuatro horas; la otra es un G2, P1 a las treinta y
ocho semanas, y lleva dos días de parto.

—Es como la sopa de letras —observa Virginia.

—Es como la taquigrafía —digo riendo—. Ya te acostumbra-
rás. Pero te lo traduzco: nos vamos a hacer cargo de dos habitaciones.
En una hay una madre primeriza con diabetes mellitus gestacional
que ha dado a luz esta mañana y cuyo hijo necesita que se le haga la
prueba de glucosa cada tres horas. La otra es una mujer a punto de
parir que ya tuvo un hijo, así que al menos ya ha hecho esto antes.
Solo tienes que seguirme.

Y diciendo esto, la introduzco en la habitación.

—Hola, señora Braunstein —digo a la paciente, que aprieta
con fuerza sobrehumana la mano de su pareja—. He oído decir que
repite usted con nosotros. Me llamo Ruth y ella es Virginia. Virginia, parece que al señor Braunstein le vendría bien una silla. ¿Puedes acercársela? —No dejo de hablar con calma mientras examino
a la paciente y le palpo el vientre—. Todo tiene buen aspecto.

—No lo siento yo así —exclama la mujer.

—Vamos a ocuparnos de eso —digo con dulzura.

La señora Braunstein se vuelve hacia Virginia.

—Quiero un parto en agua. Esa es mi idea.

Virginia asiente, sin mucha convicción.

—Está bien.

—Cuando la hayamos monitorizado durante unos veinte minutos, veremos cómo está el niño y, si es posible, la pondremos en la
bañera —le indico.

—Y lo otro es que, si es niño, no queremos que lo circunciden aquí
—ordena la señora Braunstein—. Lo haremos en una ceremonia.

—No es problema —respondo—. Lo anotaré en el expediente.

—Estoy casi segura de que he dilatado seis centímetros —sugiere—. Cuando tuve a Eli, di a luz cuando había dilatado diez, y empiezo a sentirme mareada…

Cojo la batea y se la entrego a Virginia.

—Veamos si podemos examinarla antes de que eso ocurra —sugiero, poniéndome unos guantes de látex y levantando la sábana de la cama por los pies.

La señora Braunstein se dirige a Virginia:

—¿Está segura de que es buena idea?

—Mmm. —Virginia se vuelve hacia mí—. ¿Sí?

Bajo la sábana.

—Señora Braunstein —digo—. Virginia es estudiante de enfermera. Yo llevo en este oficio veinte años. Si usted quiere, estoy segura de que ella estará encantada de aumentar sus conocimientos viendo cuántos centímetros ha dilatado. Pero si se siente incómoda y prefiere que no lo haga, la complaceré con mucho gusto.

—¡Oh! —La paciente se pone colorada como un tomate—. Solo supuse…

Que ella es la jefa. Porque, aunque Virginia tenga diez años menos que yo, es blanca.

Expulso el aire de la misma forma que aconsejo a las madres a punto de serlo que lo expulsen, y, como ellas, con ese aire expulso también la contrariedad. Apoyo la mano en la rodilla de la señora Braunstein y le dedico una sonrisa profesional.

—Limitémonos a sacar a este niño —propongo.

Mi madre aún trabaja para Mina Hallowell en la casa de ladrillo rojo del Upper West Side. Desde que el señor Sam falleció, es a la señora Mina a quien se supone que tiene que cuidar. Su hija Christina vive cerca, pero hace su propia vida. Su hijo Louis vive en Londres con su marido, un director del West End. Al parecer, soy la única persona a quien le parece irónico que mamá tenga tres años más que la mujer a la que tiene que cuidar. Cada vez que hablo con mi madre sobre su jubilación, se encoge de hombros y dice que los Hallowell la necesitan. Yo diría que mi madre necesita también a los Hallowell, aunque solo sea para sentir que tiene un objetivo en la vida.

Mi madre solo libra los domingos, y como ese día yo suelo estar dormida tras el largo turno de noche del sábado, tengo que ir a visitarla a la casa de los Hallowell. Aunque no la visito muy a menudo. Me digo a mí misma que es por el trabajo, o por Edison, o por mil otras razones más importantes, pero en realidad es porque un trocito de mí muere cada vez que entro en la casa de ladrillo rojo y veo a mi madre con el informe uniforme azul y un delantal blanco anudado a la cintura. Lo lógico sería que, después de tanto tiempo, la señora Mina hubiera autorizado a mamá a vestirse como le dé la gana, pero no es así. Quizá esa sea la razón por la que, cuando voy de visita, me empeño en utilizar la entrada principal, con el portero, y no el ascensor de servicio que hay en la parte posterior del edificio. Hay una parte perversa en mí a la que le gusta saber que seré anunciada como cualquier otra invitada. Que el nombre de la hija de la doncella se escribirá en un registro.

Cuando hoy voy a visitar a mi madre, me da un fuerte abrazo nada más abrir la puerta.

—¡Ruth! ¡Es la mejor sorpresa que podían darme! Sabía que hoy iba a ser un buen día.

—Ah, ¿sí? —inquiero—. ¿Por qué?

—Bueno, me he puesto el abrigo grueso porque el tiempo está cambiando y, aunque no te lo creas, he encontrado en el bolsillo un billete de veinte dólares que estaba allí desde que me lo puse por última vez el otoño pasado. Y me he dicho: «Lou, esto es un buen augurio o el principio del Alzheimer». —Sonríe—. Me he quedado con lo primero.

Me encanta cómo las arrugas han marchitado su sonrisa. Me encanta creer que algún día mi cara envejecerá del mismo modo.

—¿Ha venido también mi nieto? —pregunta, mirando tras de mí en el pasillo—. ¿Lo has traído para una de esas visitas a universidades?

—No, mamá, está en clase ahora. Tendrás que apañártelas solo conmigo.

—Solo contigo —se burla—. Como si eso no fuera suficiente.

Cierra la puerta tras ella mientras me desabrocho el abrigo. Alarga la mano para cogerlo pero, en lugar de dárselo, busco una percha en el armario y lo cuelgo. Lo último que voy a permitir es que mi madre me haga de criada a mí también. Pongo mi abrigo al lado del suyo y, en recuerdo de los viejos tiempos, acaricio el suave tejido del pañuelo de la suerte de mamá antes de cerrar la puerta del armario.

—¿Dónde está la señora Mina? —pregunto.

—De compras en el centro, con Christina y el niño —responde.

—No quiero entretenerte si estás ocupada...

—Para ti siempre tengo tiempo, hija. Ven al comedor. Estaba limpiando un poco. —Echa a andar por el pasillo y yo voy detrás de ella, fijándome en que se apoya en la rodilla derecha porque en la izquierda tiene bursitis.

En la mesa del comedor se ha extendido una sábana blanca y las ristras de cuentas de cristal de la inmensa lámpara del techo están colocadas encima como regueros de lágrimas. En el centro hay un cuenco con una solución de amoniaco de olor penetrante. Mi madre se sienta y continúa limpiando cada ristra y dejando que la seque el aire.

—¿Cómo las has bajado del techo? —pregunto, mirando la araña.

—Con mucho cuidado —responde mi madre.

La imagino subida en una silla, o en la mesa.

—Estas cosas son demasiado peligrosas para ti...

Hace un gesto de indiferencia.

—Llevo cincuenta años haciéndolas —aduce—. Podría limpiar los cristales incluso en coma.

—Bueno, tú sigue subiéndote a la lámpara y a lo mejor lo consigues —replico, frunciendo la frente—. ¿Fuiste al ortopeda que te recomendé?

—Ruth, deja de hacer de madre. —Empieza a rellenar el espacio que nos separa preguntando por las notas escolares de Edison. Dice que Adisa teme que a su hijo de dieciséis años lo expulsen del instituto (algo que no me contó en la manicura). Mientras hablamos, la ayudo a estirar las ristras de cuentas y a meterlas en la solución de amoniaco. El líquido me quema la piel y el orgullo me quema la garganta.

Cuando mi hermana y yo éramos pequeñas, mamá solía llevarnos a la casa a trabajar los sábados. Nos lo presentaba como una gran oportunidad, un privilegio («¡No todos los niños están tan bien educados como para ayudar a sus padres en el trabajo!» «¡Si te portas bien, podrás pulsar el botón del montaplatos que baja las bandejas del comedor a la cocina!») Pero lo que empezó siendo un juego pronto se volvió intolerable para mí. Cierto que a veces jugábamos con Christina y sus muñecas, pero cuando estaba con alguna amiga que había llegado de visita, a Rachel y a mí nos encerraban en la cocina o en la lavandería, donde mamá nos enseñaba a planchar los puños y los cuellos de la ropa. Finalmente, a los diez años me rebelé.

—Quizá a ti te parezca bien todo esto, pero yo no quiero ser la esclava de la señora Mina —dije a mi madre con voz suficientemente alta para que pudieran oírme fuera de allí, y ella me dio una bofetada.

—Ni se te ocurra usar esa palabra para referirte a un trabajo honrado y pagado —replicó mi madre para corregirme—. Un trabajo que ha puesto ese jersey en tu cuerpo y esos zapatos en tus pies.

En aquel momento no me daba cuenta de que nuestro aprendizaje tenía un objetivo más elevado. Durante aquel tiempo aprendimos a poner bien las sábanas en una cama, a quitar manchas de yeso o a preparar una salsa. Mi madre nos había estado enseñando a ser autosuficientes, para que nunca estuviéramos en la misma situación en que estaba la señora Mina, incapaces de hacer las cosas por nosotras mismas.

Terminamos de limpiar las cuentas de cristal y me subo a una silla mientras mi madre me las pasa para que las vuelva a colgar de la araña. Son de una belleza cegadora.

—Bien —dice cuando casi hemos terminado—. ¿Vas a contarme qué va mal o tendré que sacártelo a la fuerza?

—Nada va mal. Es solo que te echaba de menos.

Es cierto. He ido a Manhattan porque quería verla. Quería ir a un sitio donde sabía que se me valoraba.

—¿Qué ha pasado en el trabajo, Ruth?

Cuando era niña, la intuición de mi madre era tan asombrosa que tardé muchos años en darme cuenta de que no era una adivina. No es que conociera el futuro, es que me conocía a mí.

—Normalmente no paras de hablar de unos trillizos o de un suegro que le dio un puñetazo a un nuevo padre en la sala de espera. Hoy ni siquiera has mencionado el hospital.

Bajé de la silla y me crucé de brazos. Las mejores mentiras son las que ocultan una verdad. Así que sin mencionar en ningún momento a Turk Bauer, ni al niño muerto, ni a Carla Luongo, le hablo de la nueva enfermera en prácticas y de la paciente que dio por sentado que la jefa era ella y no yo. Las palabras brotan en tropel, con más fuerza de la que esperaba. Cuando termino, ambas estamos sentadas en la cocina y mi madre me ha puesto una taza de té en la mesa.

Frunce los labios, como si sopesara indicios.

—Quizá sean imaginaciones tuyas.

Me pregunto si será ese el motivo de que sea como soy, la razón de que tienda a disculpar a todo el mundo menos a mí y de que por todos los medios procure ocupar un lugar sin crear problemas. Mi madre ha modelado esa conducta durante años.

Pero ¿y si tiene razón? ¿Y si mi reacción es exagerada? Revivo el momento en mi cabeza. No es lo mismo que el incidente con Turk Bauer, ya que la señora Braunstein ni siquiera mencionó el color de mi piel. ¿Y si mi madre tiene razón y estoy siendo demasiado quisquillosa? ¿Y si soy yo quien imagina que los comentarios de la paciente eran debidos a que Virginia es blanca y yo no? ¿No me convierte eso en persona incapaz de ver más allá de la raza?

Oigo la voz de Adisa en mi cabeza, clara como una campanilla: «Eso es exactamente lo que quieren: que dudes de ti misma. Mientras puedan hacerte creer que no vales nada, te tendrán encadenada».

—Estoy segura de que esa señora no lo dijo con segundas intenciones —opina mamá.

«Pero no por eso me sentí menos pequeña.»

No lo digo en voz alta, pero lo pienso, y siento un escalofrío por todo el cuerpo. Esta no soy yo. Yo no acuso; no creo que la mayoría de los blancos me juzguen por ser Negra o se imaginen superiores a mí. No voy por el mundo buscando una excusa para pelear. Eso se lo dejo a Adisa. Yo hago todo lo posible por pasar inadvertida. Claro que sé que el racismo existe y que hay gente como Turk Bauer que enarbola esa bandera, pero yo no juzgo a todos los blancos por lo que hacen o han hecho unos pocos.

Mejor dicho, nunca lo he hecho.

Es como si la pequeña nota pegada al expediente de Davis Bauer hubiera pinchado una arteria vital y no supiera detener la hemorragia.

De repente oímos el tintineo de unas llaves y la señora Mina, su hija y su nieto entran en la casa. Mamá corre al vestíbulo para ayudarlos con los abrigos y las bolsas con las compras, y yo voy detrás de ella. Christina abre los ojos de par en par al verme y me da un abrazo mientras mamá le quita el abrigo a su hijo de cuatro años, Felix.

—¡Ruth! —exclama—. Es el destino. Mamá, ¿no te estaba hablando ahora mismo del hijo de Ruth?

La señora Mina me mira.

—Desde luego que sí. Ruth, querida, qué guapa estás. Ni una sola arruga en esa piel. Te lo juro, es que no envejeces.

De nuevo oigo la voz de Adisa en mi cabeza: «Los Negros no tienen arrugas». Hago un esfuerzo para silenciar la voz y doy un abrazo a la diminuta señora Mina.

—Usted tampoco, señora Mina —digo.

—Oh, sigue mintiéndome, aduladora —responde, dando un manotazo al aire para invalidar mis palabras y sonriendo tímidamente—. No, en serio. Sigue con tus mentiras. Me encanta oírlas.

Miro a mi madre para transmitirle un mensaje mudo.

—Debería irme… —murmuro.

—No acortes la visita por nosotras —dice la señora Mina, cogiendo a Felix de los brazos de mamá—. Quédate todo el tiempo que quieras. —Se vuelve a mi madre—. Lou, tomaremos el té en la sala dorada.

Christina me coge de la mano.

—Ven conmigo —ordena, arrastrándome escaleras arriba, hasta la habitación donde jugábamos de pequeñas.

Es como una especie de santuario, con los mismos muebles que tenía de niña, aunque ahora hay una cuna y una capa de juguetes en el suelo. Piso algo que casi me hace caer y Christina entorna los ojos.

—Ay, caramba, los Playmobil de Felix. ¿No es absurdo gastar cientos de dólares en cosas de plástico? Pero ya conoces a Felix. Le encantan sus piratas.

Me agacho para mirar el extraño barco mientras Christina rebusca en el armario. Hay un capitán con un abrigo rojo y un sombrero negro con una pluma, y varios piratas enredados en las jarcias de plástico. Sobre cubierta hay un personaje con la piel de plástico de un color marrón anaranjado y un pequeño anillo de plata alrededor del cuello.

Santo Dios, ¿se supone que es un esclavo?

Sí, históricamente es preciso. Pero aun así, es un juguete. ¿A qué viene esta estampa del pasado? ¿Qué será lo siguiente, un campo de prisioneros de guerra japonés? ¿El Lego del destierro de los indios cheroquis? ¿El juego de la caza de las brujas de Salem?

—Quería contártelo antes de que lo leas en el periódico —anuncia Christina—. Larry está pensando presentarse al Congreso.

—Vaya, no es moco de pavo —comento—. ¿Y tú qué opinas?

Christina me echa los brazos al cuello.

—Gracias. ¿Te das cuenta de que eres la primera amiga a quien se lo cuento y no reacciona como si fuera el primer paso hacia la Casa Blanca ni empieza a decir que deberíamos buscar casa en Bethesda o en Arlington? Eres la primera persona, punto, a quien se le ocurre que yo tengo voz y voto en el asunto.

—Bueno, ¿no es así? Parece que es un cambio muy brusco para toda la familia.

—Sí —dice Christina—. No estoy segura de tener la fortaleza necesaria para ser esposa de un político.

Me echo a reír.

—Tienes fortaleza para dirigir el país tú sola.

—A eso es a lo que me refiero. Al parecer, he de olvidar que me gradué *summa cum laude* y he de aprender a posar junto a mi bonito hijo y a sonreír como si lo único que tuviera en la cabeza es qué tono de pintalabios hace juego con mi blusa. —Da un suspiro—. Prométeme una cosa. Si alguna vez me corto el pelo y me dejo esas melenitas que parecen cascos, ¿me harás la eutanasia?

«¿Lo ves? —me digo—. Aquí está la prueba.» Conozco a Christina de toda la vida. Y sí, quizá haya diferencias entre nosotras, socioeconómicas, políticas y raciales, pero eso no significa que no podamos conectar como seres humanos, como amigas.

—Parece que ya has tomado una decisión —observo.

Me mira con aire indefenso.

—No puedo decirle que no —murmura con aire resignado—. Por eso me enamoré de él.

—Lo sé —digo—. Pero podría ser peor.

—¿Cómo?

—Los parlamentarios están en el cargo dos años —digo—. Dos años es un abrir y cerrar de ojos. Imagina que quisiera ser senador.

Se estremece y luego sonríe.

—Si llega a la Casa Blanca —dice Christina—, te contrataré como jefa de personal.

—Mejor directora general de sanidad —propongo a mi vez.

Enlaza el brazo con el mío mientras volvemos al salón dorado, donde mi madre está colocando una bandeja con tazas, la tetera y un plato de galletas caseras de almendra. Felix está sentado en el suelo, jugando con un tren de madera.

—Mmmm, Lou, sueño con esas galletas —exclama Christina, abrazando a mi madre antes de coger una—. Es una suerte que seas de la familia.

«A la familia no se le paga un salario», pienso.

Sonrío. Pero cuando te pones algo que te queda pequeño, aprieta.

Durante uno de aquellos sábados en que mi madre nos llevaba a casa de los Hallowell, estaba jugando al escondite con Christina y con Rachel y entré por error en una habitación que estaba fuera de los límites del territorio permitido. El estudio del señor Hallowell solía estar cerrado con llave, pero cuando giré el pomo, desesperada por ocultarme del agudo chillido de Christina, que repetía «Ya te vi, ya te vi, y voy a por ti», me colé en aquel santuario secreto.

Rachel y yo habíamos pasado mucho tiempo imaginando lo que habría tras aquella puerta cerrada. Ella creía que había un laboratorio, con filas y filas de miembros humanos en salmuera. Yo creía que había caramelos, porque, en mi mente de siete años, eso era lo más valioso que se podía guardar bajo llave. Pero cuando caí de bruces en la alfombra oriental del estudio del señor Hallowell, la realidad fue decepcionante: había un sofá de cuero y multitud de estantes llenos de ruedas plateadas. Y una pantalla de cine portátil. Y colocando la película en los engranajes del proyector estaba Sam Hallowell en persona.

A mí siempre me había parecido que el señor Hallowell parecía un actor de cine, y mamá decía que prácticamente lo era. Cuando se volvió y me vio, traté de inventar una excusa por haber violado aquel territorio prohibido, pero me despistó la imagen granulada de Campanilla que lanzaba en la pantalla fuegos artificiales sobre un castillo.

—Es lo único que llegamos a conocer —murmuró, y me di cuenta de que hablaba de un modo muy raro, encadenando confusamente las palabras. Se llevó un vaso a la boca y oí tintinear los cubos de hielo—. No tienes ni idea de lo que es ver cómo cambia el mundo delante de tus narices.

En la pantalla hablaba un hombre que no conocía.

«El color da brillo a las cosas, ¿verdad?», decía, mientras una pared con fotos en blanco y negro que tenía detrás se iluminaba con los colores del arco iris.

—Walt Disney era un genio —musitó el señor Hallowell. Se sentó en el sofá y dio una palmada a su lado para que yo también tomara asiento.

Un pato con gafas y con voz cascada metía la mano en unas latas de pintura y derramaba el contenido en el suelo. «Lo mezclas todo y se forma una pasta… y así consigues el negro», decía el pato, mezclando la pintura con las patas hasta que la pasta se volvía del color del ébano. «Así eran exactamente las cosas al principio de los tiempos. Negras. El hombre era totalmente ciego al color. ¿Por qué? Porque era estúpido.»

El señor Hallowell estaba tan cerca de mí que podía olerle el aliento…, agrio, como el de mi tío Isaiah, que se había perdido la Navidad del año anterior porque mamá dijo que había ido a un sitio a desintoxicarse.

—Christina, Louis, tu hermana y tú no conocéis nada diferente. Para vosotros siempre ha sido así. —De repente se puso en pie y se volvió hacia mí y las imágenes, una serie de brillantes siluetas danzantes, se proyectaron sobre su rostro —. ¡El siguiente programa se emite a todo color en la NBC! —exclamó, abriendo tanto los brazos que el líquido de su vaso se derramó y fue a parar a la alfombra—. ¿Tú qué opinas, Ruth? —preguntó.

Yo quería que se moviera para ver qué hacía el pato a continuación.

El tono del señor Hallowell se suavizó.

—Yo decía eso antes de cada programa —me contó—. Hasta que la televisión en color fue tan común que nadie necesitó que le recordaran que era un milagro. Pero antes de eso, antes de eso, yo era la voz del futuro. Yo. Sam Hallowell. «¡El siguiente programa se emite a todo color en la NBC!»

No le dije que se apartara para que me dejase ver los dibujos animados. Me quedé sentada con las manos en el regazo, porque sabía que a veces, cuando la gente hablaba, no era porque tuviera algo importante que decir. Era porque tenía mucha necesidad de que alguien escuchara.

Aquella noche, cuando mamá nos llevó a casa y nos acostó, tuve una pesadilla. Abrí los ojos y todo tenía un tono gris, como el hombre de la pantalla antes de ponerse rosa y que la pantalla estallara en colores. Me vi corriendo por el piso del edificio de ladrillo rojo, empujando puertas cerradas, hasta que la del estudio del señor Hallowell se abrió. La película que habíamos visto seguía en el proyector, pero la imagen era ahora en blanco y negro. Me puse a gritar y mi madre entró corriendo, y Rachel, y la señora Mina, y Christina, incluso el señor Hallowell, pero cuando les conté que tenía mal la vista y que todo el color del mundo se había desvanecido, se rieron de mí. «Ruth —dijeron—, así es como ha sido siempre. Y siempre lo será.»

Cuando mi tren llega a New Haven, Edison ya está en casa, haciendo los deberes en la mesa de la cocina.

—Hola, cariño —digo, besándolo en la cabeza cuando entro y dándole un pellizco de regalo—. Esto es de parte de la abuela Lou.

—¿No tendrías que estar trabajando?

—Me quedaba media hora y he preferido pasarla contigo a quedarme en medio del tráfico.

Levanta los ojos para mirarme.

—Llegarás tarde.

—Tú lo mereces —le digo. Cojo una manzana de un frutero que hay en la mesa de la cocina, donde siempre tengo comida sana, porque Edison se come todo lo que pilla, y le doy un bocado mientras alargo la mano para coger uno de los papeles que mi hijo tiene delante—. Henry O. Flipper —leo—. Perece el nombre de un fantasma.

—Fue el primer afroamericano que se graduó en West Point. Todos los alumnos de historia tenemos que dar una clase sobre un héroe americano, y estoy tratando de decidir cuál será el mío.

—¿Cuáles son los otros?

Edison levanta la vista.

—Bill Pickett, un vaquero Negro, estrella del rodeo. Y Christian Fleetwood, un soldado Negro de la Guerra de Secesión que ganó la Medalla de Honor.

Miro las fotos granuladas de aquellos hombres.

—No conozco a ninguno.

—Sí, ese es el problema —dice Edison—. Tenemos a Rosa Parks, al Dr. King y sanseacabó. ¿Has oído hablar de un hermano llamado Lewis Latimer? Diseñó algunas partes del teléfono que patentó Alexander Graham Bell, y trabajó como delineante y experto en patentes para Thomas Edison. Pero no me bautizaste con su nombre porque no conocías su existencia. Cuando la gente como nosotros hace historia solo se dice en las notas a pie de página.

Lo dijo sin resentimiento, igual que si anunciara que nos hemos quedado sin salsa de tomate o que sus calcetines se han decolorado al lavarse…, como si fuera algo que no importara mucho, pero que no se puede pasar por alto, porque es imposible cambiar el resultado en este momento en particular. Vuelvo a pensar en la señora Braunstein y en Virginia. Es como una astilla que se me hubiera quedado clavada en la mente y Edison la estuviera hundiendo. ¿De veras no había notado estas cosas hasta aquel momento? ¿O había cerrado los ojos deliberadamente para no verlas?

Edison consulta la hora en su reloj.

—Mamá —dice—, vas a llegar muy tarde.

Tiene razón. Le explico qué puede calentarse para cenar, a qué hora debe irse a la cama y a qué hora termina mi turno. Luego corro al coche y me dirijo al hospital. Aunque cojo todos los atajos que puedo, llego diez minutos tarde. Subo por la escalera en lugar de esperar el ascensor y, cuando llego a la sala de maternidad, estoy sin aliento y sudando. Marie está en el mostrador de enfermeras, como si me estuviera esperando.

—Lo siento —digo inmediatamente—. Estaba en Nueva York con mi madre, y luego hubo un atasco, y...

—Ruth..., no puedo dejarte trabajar esta noche.

Me quedo atónita. Corinne llega tarde casi siempre, ¿y van a castigarme a mí por una única infracción?

—No volverá a pasar —replico.

—No puedo dejarte trabajar —repite Marie, y me doy cuenta de que no me ha mirado a los ojos ni una sola vez—. En Recursos Humanos me han informado de que tu licencia ha sido suspendida.

Me quedo petrificada.

—¿Qué?

—Lo siento mucho —susurra—. Seguridad te acompañará a la puerta cuando hayas vaciado la taquilla.

—Espera —protesto, fijándome entonces en los dos gorilas que hay detrás del mostrador de enfermeras—. Te burlas de mí. ¿Por qué han suspendido mi licencia? ¿Y si la han suspendido, cómo se supone que voy a trabajar?

Marie respira hondo y se vuelve hacia los guardias de seguridad, que dan un paso al frente.

—¿Señora? —dice uno, señalando la sala de descanso, como si después de veinte años no conociera el camino.

La pequeña caja de cartón que llevo al coche contiene un cepillo de dientes, el dentífrico, un frasco de Advil, una chaqueta de punto y una colección de fotos de Edison. Es todo lo que guardaba en la taquilla. La coloco en el asiento trasero y no dejo de mirarla por el espejo retrovisor, sorprendida, como si fuera un pasajero que no esperase.

Antes incluso de salir del aparcamiento llamo al abogado del sindicato. Son las cinco de la tarde y la probabilidad de que esté en el despacho es mínima, así que, cuando responde, rompo a llorar. Le cuento lo de Turk Bauer y el niño, y él me tranquiliza y dice que investigará y que me llamará después.

Debería irme a casa. Debería asegurarme de que Edison está bien. Pero eso daría pie a una conversación sobre por qué no estoy trabajando, y no estoy segura de poder afrontar eso en este momento. Si el abogado del sindicato hace su trabajo, quizá pueda reincorporarme antes de mañana por la noche.

Suena el teléfono.

—¿Ruth? —dice Corinne—. ¿Qué está pasando?

Me recuesto en el asiento y cierro los ojos.

—No lo sé —confieso.

—Espera —dice, y oigo ruidos ahogados—. Estoy en el maldito armario de las escobas, para que no me oigan. Te he llamado en cuanto me he enterado.

—¿Enterado de qué? Yo no sé nada, excepto que por lo visto me han suspendido la licencia.

—Bueno, esa zorra de abogada del hospital dijo algo a Marie sobre mal comportamiento profesional...

—¿Carla Luongo?

—¿Quién es?

—La zorra de abogada del hospital. Me ha tirado al foso de los leones —digo con amargura. Carla y yo habíamos echado un vistazo a las cartas de la otra y yo pensaba que eso había sido suficiente para llegar a la conclusión de que ambas teníamos ases. Pero no esperaba que ella jugara su mano tan rápidamente—. Ese padre racista debe de haber amenazado con una demanda y me sacrifican para salvar el hospital.

Hay una pausa. Es tan breve que si no hubiera estado atenta no la habría percibido. Y entonces Corinne, mi colega, mi amiga, dice:

—Estoy segura de que no fue intencionado.

En el comedor de Dalton había una mesa a la que se sentaban todos los niños Negros menos yo. Una vez, un alumno de color me invitó a unirme a ellos para comer. Le di las gracias y le dije que normalmente pasaba ese tiempo ayudando a una amiga blanca que no entendía la trigonometría. Era mentira. La verdad era que la mesa de los Negros ponía nerviosos a mis amigos blancos, porque, aunque se sentaban conmigo, en aquella mesa habrían sido tolerados, pero no bien recibidos. En un mundo en el que siempre encajaban, les irritaba el único lugar en el que no era así.

La otra verdad era que si me sentaba con los otros chicos de color no podría fingir que yo era diferente de ellos. Cuando el señor Adamson, mi profesor de historia, empezó a hablar de Martin Luther King y no dejaba de mirarme, mis amigos blancos no le dieron importancia: «No lo hacía por eso». En la mesa de los Negros, si una alumna comentaba que el señor Adamson la miraba durante la misma clase, otro alumno afroamericano habría confirmado la experiencia: «Eso mismo me pasó a mí».

Yo tenía tantas ganas de pasar inadvertida en el instituto que me rodeé de gente que me convencía de que si pensaba que me señalaban por el color de mi piel era porque tomaba el rábano por las hojas, le daba demasiadas vueltas a las cosas, tenía ideas absurdas.

En la cafetería del hospital no había mesa para los Negros. Había unos cuantos conserjes de color, un par de médicos y yo.

Me dan ganas de preguntar a Corinne cuándo fue ella Negra, porque entonces y solo entonces tendría derecho a decirme si los movimientos de Carla Luongo han sido intencionados o casuales. En cambio le digo que tengo cosas que hacer y cuelgo dejándola con la palabra en la boca. Luego salgo del hospital en el que llevo dos decenios escondiéndome y paso por debajo de la carretera por la que, como si fuese una arteria, retumba el tráfico que avanza hacia Nueva York. Dejo atrás un pequeño campamento de veteranos sin techo y alguna que otra compraventa de droga y aparco delante del complejo de viviendas subvencionadas donde vive mi hermana, que abre la puerta con un niño en la cadera, una cuchara de madera en la mano y una cara que sugiere que lleva años esperándome.

—¿De qué te extrañas? —pregunta Adisa—. ¿Qué creías que iba a pasar cuando te mudaste a Villablanca?

—A East End —corrijo, y me fulmina con la mirada.

Estamos sentadas a la mesa de su cocina. Si tenemos en cuenta los muchos niños que viven en la casa, esta está notablemente limpia. Hay páginas de libros de colorear pegadas a la pared, y una cazuela de macarrones en el horno. La hija mayor de Adisa, Tyana, está allí mismo, en la cocina, dando de comer a una niña sentada en la trona. Dos pequeños varones juegan con una consola Nintendo en la salita. Su otro hijo ha desaparecido en combate.

—Detesto decir que ya te lo dije…

—No, mentira —murmuro—. Has estado esperando a decírmelo desde siempre.

Adisa se encoge de hombros, dando a entender que está de acuerdo.

—Tú eras la que no dejaba de decir: «Adisa, no sabes de qué estás hablando. El color de la piel no tiene importancia». Y, mira por dónde, resulta que no eres exactamente como ellos, ¿verdad?

—Oye, no soy un saco de boxeo, para eso me habría quedado en el hospital. —Me llevo las manos a la cara—. ¿Qué voy a decirle a Edison?

—¿La verdad? —sugiere Adisa—. No hay nada vergonzoso. No es como si hubieras hecho algo malo. Es mejor que aprenda antes que su madre que puede ir con los blancos, sí, pero que eso no lo hace menos Negro.

Cuando Edison era más pequeño, Adisa le hacía de niñera cuando yo salía tarde del trabajo, hasta que él mismo me pidió que prefería quedarse solo en casa. Sus primos le tomaban el pelo porque no entendía su jerga, y cuando empezó a conocerla, sus amigos blancos de la escuela lo miraban como si tuviera dos cabezas. Incluso a mí me costaba entender a mis sobrinos, que se daban codazos en el sofá y se reían hasta que Tyana les atizaba con un paño de cocina para poder dormir al niño. («Vamos a darnos un garbeo», oí decir a uno de los niños, y tardé unos minutos en darme cuenta de que quería decir: «Vamos a dar un paseo» y de que Tabari se estaba burlando de su hermano por pensar que era muy bueno por haber ganado una ronda del juego.) Puede que Edison no congeniara con los chicos blancos de la escuela, pero al menos podía culpar al color de su piel. Tampoco congeniaba con sus primos, y tenían el mismo aspecto.

Adisa se cruza de brazos.

—Tienes que buscar un abogado y demandar al hospital en seguida.

—Eso cuesta dinero —rezongo—. Lo único que quiero es que todo esto pase.

El corazón se me acelera. No puedo perder la casa. No puedo echar mano de la cartilla de ahorros, que es para la universidad de Edison, y dejarla vacía para poder comer, pagar la hipoteca y comprar gasolina. No puedo lanzar por la borda las oportunidades de mi hijo solo porque las mías me han explotado en la cara.

Adisa se ha debido de dar cuenta de que estoy al borde de una crisis, porque me coge de la mano.

—Ruth —dice con dulzura—. Puede que tus amigos se hayan vuelto contra ti. Pero ¿sabes lo mejor de tener una hermana? Que es para siempre.

Me mira fijamente a los ojos; los suyos son tan oscuros que apenas se nota la diferencia entre el iris y la pupila. Pero son firmes y no se apartan de los míos, y lenta, muy lentamente, empiezo a respirar.

Cuando vuelvo a casa son las siete y Edison viene corriendo a la puerta de la escalera.

—¿Qué haces en casa? —pregunta—. ¿Va todo bien?

Me planto una sonrisa en la cara.

—Estoy bien, hijo. Ha habido un error con los turnos y Corinne y yo hemos ido a cenar a Olive Garden.

—¿Has traído las sobras?

Bienaventurados los adolescentes, que no ven más allá de su apetito.

—No —respondo—. Tomamos un plato principal a medias.

—Vaya, qué oportunidad perdida —gruñe.

—¿Has decidido escribir sobre Latimer?

Niega con la cabeza.

—No. Creo que prefiero a Anthony Johnson. El primer Negro que fue propietario de tierras —informa—. Allá por 1651.

—Ahí va —respondo—. Es impresionante.

—Sí, pero hay una pega. Verás, era un esclavo que llegó a Virginia procedente de Inglaterra y trabajó en una plantación de tabaco hasta que fue atacada por los indios y murieron todos menos cinco. Su mujer, que se llamaba Mary, y él se trasladaron y reclamaron unas cien hectáreas de tierra. El caso es que tuvo esclavos. Y no sé si me apetece mucho contar eso a mi clase, ¿sabes? Porque es algo que podrían usar contra mí en una discusión futura. —Sacude la cabeza, absorto en sus pensamientos—. O sea, ¿cómo puedes hacer una cosa así después de haber sido un esclavo tú mismo?

Pienso en todas las cosas que he hecho para creer que pertenezco a la élite: educación, matrimonio, esta casa, levantar una barrera entre mi hermana y yo.

—No sé —respondo lentamente—. En su mundo, la gente con poder era dueña de otra gente. Quizá creía que eso era lo que tenía que hacer para sentirse poderoso.

—Eso no significa que estuviera bien —alega Edison.

Le rodeo la cintura y lo abrazo con fuerza, ocultando el rostro en su hombro para que no pueda ver mis lágrimas.

—¿A qué viene esto?

—A que haces de este mundo un lugar mejor —murmuro.

Edison también me abraza.

—Imagina lo que podría hacer si me hubieras traído pollo a la parmesana.

Cuando se va a la cama, me pongo a mirar el correo. Facturas, facturas y más facturas, además de un delgado sobre del Departamento de Sanidad que revoca mi licencia de enfermera. Lo miro durante cinco minutos seguidos, pero las palabras no se materializan en algo distinto de lo que son: la prueba de que esto no es una pesadilla de la que despertaré, asombrada de mi loca imaginación. Me siento en la salita, porque los pensamientos que me pasan por la cabeza corren demasiado para pensar en acostarme. Es un error, eso es todo. Lo sé, y solo necesito hacérselo comprender a los demás. Soy enfermera. Cuido a la gente. Doy consuelo. Arreglo cosas. Puedo arreglar esto.

El teléfono vibra en mi bolsillo. Miro el número: es el abogado del sindicato.

—Ruth —dice cuando respondo—. Espero que no sea demasiado tarde.

Casi me echo a reír. Como si pudiera pegar ojo esta noche.

—¿Por qué me ha retirado la licencia el Departamento de Sanidad?

—Por una acusación de posible negligencia —explica.

—Pero yo no hice nada mal. Llevo veinte años trabajando allí. ¿Pueden despedirme a pesar de todo?

—Tienes problemas más graves que conservar el trabajo. Hay una querella criminal contra ti, Ruth. La fiscalía dice que eres responsable de la muerte de ese niño.

—No lo entiendo —digo, y la frase me corta la lengua como un cuchillo.

—Ya han convocado al gran jurado. Mi consejo es que contrates un abogado. Esto queda fuera de mi ámbito.

Esto no es real. No puede ser real.

—Mi supervisora dijo que no tocara al niño, y no lo toqué. ¿Por qué se me castiga entonces?

—A la fiscalía no le importa lo que dijera tu supervisora —responde el abogado del sindicato—. La fiscalía solo ve un niño muerto. Te señalan a ti porque creen que fallaste como enfermera.

—Estás equivocado. —Niego con la cabeza en la oscuridad y digo las palabras que llevo tragándome toda mi vida—. Me acusan porque soy Negra.

A pesar de todo, me quedo dormida. Lo sé porque cuando oigo el martillo neumático en mi puerta a las tres de la madrugada creo que es parte de mi sueño, que estoy atascada en un embotellamiento, que llego tarde al trabajo y que una brigada de obreros abre un barranco entre mi coche y el lugar en el que me esperan. Toco el claxon en el sueño. El martillo neumático insiste.

Y entonces, en el momento en que salgo a la superficie de la conciencia, el martillo neumático explota y la policía arranca la puerta de sus bisagras para irrumpir en mi salita con las armas en la mano.

—¿Qué hacen? —grito—. Pero ¿qué hacen?

—¿Ruth Jefferson? —brama uno, y yo no consigo encontrar mi

voz, no puedo hablar, así que bajo la barbilla varias veces: sí. Inmediatamente, me pone el brazo a la espalda y me tira de bruces al suelo, apoyando la rodilla en mi trasero y esposándome con una brida de plástico. Los demás se ponen a dar la vuelta a los muebles, a vaciar cajones en el suelo y a sacar los libros de las estanterías.

—El gran jurado la ha acusado de asesinato y homicidio involuntario —dice el policía—. Está usted detenida.

Otra voz atraviesa el diminuto eco de estas palabras.

—¿Mamá? —pregunta Edison—. ¿Qué pasa?

Todas las miradas se vuelven hacia la puerta del dormitorio.

—¡No se mueva! —grita otro policía, apuntando a mi niño con su arma—. ¡Manos arriba!

Empiezo a gritar.

Van todos hacia Edison y tres agentes lo tiran al suelo. Lo han esposado, como a mí. Lo veo intentando acercarse a mí con el pánico reflejado en cada músculo de su cuello, sus globos oculares se agitan mientras trata de ver si estoy bien.

—Dejadlo en paz —digo entre sollozos—. ¡Él no tiene nada que ver con esto!

Pero ellos no lo saben. Lo único que ven es un chico negro de uno ochenta de estatura.

—Haz lo que dicen, Edison —grito—. Y llama a tu tía.

Me crujen las articulaciones cuando el policía que me está sujetando en el suelo me endereza de golpe tirando de las muñecas, empujándome hacia donde mi cuerpo se resiste a ir. Los otros policías se ponen detrás, desparramando el contenido de los armarios de mi cocina, de mis estanterías y mis cajones.

Ya estoy totalmente despierta, arrastrada en camisón y zapatillas por los peldaños del porche, tropezando y arañándome la rodilla en el pavimento antes de ser empujada con la cabeza por delante al interior de un coche patrulla. Ruego a Dios que alguien se acuerde de cortar la brida que sujeta las muñecas de mi hijo. Ruego a Dios que mis vecinos, que se han despertado con el alboroto organizado en nuestra tranquila calle a las tres de la madrugada, y que están en la puerta de sus casas con el blanco rostro reflejando la luz de la luna, se pregunten algún día por qué se quedaron en silencio, y por qué ni uno solo preguntó si podía hacer algo para ayudarnos.

He estado anteriormente en una comisaría. Acudí a una cuando le dieron un golpe a mi coche en el aparcamiento del supermercado y el tipo que lo hizo se largó sin decir nada. Tuve cogida de la mano a una paciente que había sido violada y no tuvo valor suficiente para contarlo a las autoridades. Pero ahora me meten en la comisaría por la puerta de atrás, donde la brillante luz de los fluorescentes me hace parpadear. Me entregan a otro agente, un muchacho aún, que me obliga a sentarme y me pregunta mi nombre, mi dirección, mi fecha de nacimiento y mi número de la Seguridad Social. Hablo tan bajo que tiene que decirme un par de veces que alce la voz. Luego me llevan ante algo que parece una fotocopiadora, pero no lo es. Me ponen los dedos, uno por uno, encima de la superficie de cristal y las huellas aparecen en una pantalla.

—Impresiona, ¿verdad? —dice el muchacho.

Me pregunto si mis huellas estarán ya en el sistema. Cuando Edison iba a la guardería, había ido con él a la celebración anual del Día de la Seguridad Ciudadana y le tomaron las huellas. Como estaba asustado, lo hice yo primero. Por aquel entonces creía que lo peor que podía pasarme era que me lo arrebataran.

Nunca se me ocurrió pensar que acabarían arrebatándome a mí.

Luego me ponen ante una pared de piedra artificial y me hacen una foto de frente y otra de perfil.

El joven policía me lleva al único calabozo que hay en nuestra comisaría, que es pequeño y oscuro y está helado. Hay un inodoro en un rincón y una pila redonda.

—Disculpe —digo, carraspeando cuando se cierra la puerta detrás de mí—. ¿Cuánto tiempo voy a estar aquí?

Me mira con cierta simpatía.

—El que haga falta —dice crípticamente, y se va.

Me siento en el banco. Es de metal y el frío me atraviesa el camisón. Tengo que mear, pero me da mucha vergüenza hacerlo aquí, sin puerta, porque, ¿y si me vienen a buscar en ese momento?

Me pregunto si Edison habrá llamado a Adisa, si ya estará intentando sacarme de aquí. Me pregunto si Adisa lo habrá puesto al corriente de todo, si le habrá contado lo del niño muerto. Me pregunto si mi propio hijo me considerará culpable.

De repente me veo doce horas antes, introduciendo lágrimas de cristal de una lámpara en una solución de amoniaco mientras suena música clásica en la casa de los Hallowell. La incongruencia hace que me atragante de la risa. O quizá sea un sollozo. Ya no aprecio la diferencia.

Si Adisa no puede sacarme de aquí, tal vez puedan los Hallowell. Ellos conocen a gente que conoce a gente. Pero antes habría que contarle a mi madre lo que ha pasado, y aunque ella me defendería hasta la muerte, sé que en algún momento pensará: «¿Cómo se ha llegado a esto? ¿Cómo es que esta chica, por cuya afortunada vida me rompí la espalda, ha terminado en un calabozo?»

Y yo no sabría responder. En un platillo de la balanza está mi educación. Mi título de enfermera. Mis veinte años de servicio en el hospital. Mi pequeña y limpia casita. Mi impecable Toyota RAV4. Mi hijo, que es miembro de la Sociedad Nacional de Estudiantes Distinguidos. Todos estos méritos componen mi existencia y, no obstante, el único factor que hay en el otro plato de la balanza es tan abultado y pesado que la inclina siempre: mi piel oscura.

Bueno.

No he trabajado con tanto ahínco para nada. Aún puedo usar mi bonito título universitario y los años que he pasado en compañía de gente blanca para darle la vuelta a la situación, para que la policía entienda que es todo un malentendido. Al igual que los agentes, vivo en esta ciudad. Como ellos, pago mis impuestos. Tienen mucho más en común conmigo que con el fanático rabioso que ha precipitado este desastre.

No tengo ni idea de cuánto tiempo ha pasado hasta que alguien reaparece en el calabozo; no tengo reloj de pulsera ni hay ninguno en la pared. Pero ha transcurrido tiempo suficiente para que en mi pecho se encienda una chispa de esperanza. Así que, cuando oigo el chasquido de la cerradura, levanto la vista con una sonrisa de gratitud.

—Voy a sacarla de aquí para interrogarla —dice el agente joven—. Tengo que, ejem, ya sabe. —Me señala las manos.

Me pongo en pie.

—Debe de estar agotado —le digo—. Por estar despierto toda la noche.

Se encoge de hombros, pero también se ruboriza.

—Apuesto a que su madre estará orgullosa de usted. Yo lo estaría. Creo que mi hijo solo tiene un par de años menos que usted. —Pongo las manos juntas delante de mí, con actitud inocente y los ojos muy abiertos, y él me mira las muñecas.

—Sabe, creo que no hará falta ponérselas —dice tras reflexionar un segundo. Me coge del brazo y me conduce con firmeza.

Oculto la sonrisa. Me tomo esto como una victoria.

Me dejan sola en una habitación en la que hay un espejo grande que estoy convencida de que es una ventana por la que me ven desde el otro lado de la pared. Hay una grabadora en la mesa y un ventilador girando en el techo, aunque aquí también hace frío. Apoyo las manos en el regazo y espero. No miro mi reflejo porque sé que estarán observando, y debido a esto solo echo un rápido vistazo. Con el camisón, podrían tomarme perfectamente por un fantasma.

Se abre la puerta y entran dos agentes, un hombre que parece un toro y un duendecillo diminuto.

—Soy el detective MacDougall —dice el hombre—. Y ella es la detective Leong.

La mujer me sonríe. Trato de leer sus pensamientos. «Tú también eres una mujer —pienso, esperando que haya telepatía—. Eres de origen asiático. Has estado en mis zapatos, metafóricamente, incluso es posible que literalmente.»

—¿Quiere que le traiga agua, señora Jefferson? —pregunta Leong.

—Se lo agradecería —digo.

Mientras sale a buscar el agua, el detective MacDougall me explica que no estoy obligada a decir nada, pero que si respondo a sus preguntas, todo lo que diga podrá ser utilizado en mi contra en un juicio. Y luego señala que, si no tengo nada que ocultar, es preferible que les cuente mi versión de la historia.

—Sí —digo, aunque he visto suficientes series de policías para saber que se supone que tengo que callar. Pero eso es ficción; esto es la vida real. No he hecho nada ilícito. Y si no lo explico, ¿cómo van a saberlo? Si no lo explico, ¿no pareceré culpable?

Pregunta si me parece bien que ponga en marcha la grabadora.

—Por supuesto —digo—. Y gracias. Muchas gracias por querer escucharme. Me temo que todo esto es un tremendo malentendido.

La detective Leong ha vuelto y me da el agua, que bebo de un tirón, el vaso entero. No sabía lo sedienta que estaba hasta que empecé a beber.

—Sea como sea, señora Jefferson —dice MacDougall—, tenemos pruebas sólidas que contradicen lo que está diciendo. ¿No niega que estaba presente cuando murió Davis Bauer?

—No —respondo—. Estaba allí. Fue horrible.

—¿Qué estaba haciendo en aquel momento?

—Era parte del equipo de urgencias. El niño se puso muy enfermo, muy aprisa. Hicimos todo lo que pudimos.

—Pero yo acabo de ver unas fotos del médico forense que sugieren que el niño recibió maltrato físico…

—Pues ahí lo tiene —barboto—. Yo no toqué a ese niño.

—Acaba de decir que formaba parte del equipo de urgencias —señala MacDougall.

—Pero no toqué al niño hasta que se dio la alarma.

—Y en aquel momento empezó a golpear al niño en el pecho…

La cara me arde.

—¿Qué? No. Le hice reanimación cardiopulmonar…

—Con demasiado entusiasmo, según los testigos —añade el policía.

«¿Qué testigos?», pienso, repasando mentalmente la cara de todas las personas que estaban conmigo. ¿Quién pudo ver lo que estaba haciendo sin comprender lo que era: tratamiento médico de urgencia?

—Señora Jefferson —pregunta la detective Leong—, ¿habló con algún miembro del hospital sobre sus sentimientos por aquel niño y su familia?

—No. Me habían apartado del caso y eso fue todo.

MacDougall entorna los ojos.

—¿No tuvo un problema con Turk Bauer?

Respiro hondo haciendo un esfuerzo.

—No teníamos el mismo punto de vista.

—¿Tiene esa misma actitud con todos los blancos?

—Algunos de mis mejores amigos son blancos —digo, mirándolo a los ojos.

MacDougall me sostiene la mirada durante tanto tiempo que veo encogerse sus pupilas. Sé que está esperando a que yo parpadee primero. Lejos de ello, levanto la barbilla.

El policía se aparta de la mesa y se pone en pie.

—Tengo que hacer una llamada —dice, saliendo de la habitación.

Esto también lo tomo como una victoria.

La detective Leong se ha sentado en el borde de la mesa. Lleva la placa en la cadera; brilla como un juguete nuevo.

—Debe de estar muy cansada —dice, y advierto en su voz el mismo juego que yo puse en práctica con el joven policía del calabozo.

—Las enfermeras estamos acostumbradas a trabajar con pocas horas de sueño —digo con voz monocorde.

—Y usted es enfermera desde hace tiempo, ¿no?

—Veinte años.

Se echa a reír.

—Vaya, yo llevo en esto nueve meses. No me imagino hacer algo durante tanto tiempo. Supongo que si le gusta no le supondrá mucho sacrificio, ¿verdad?

Asiento, todavía recelando. Pero si alguna oportunidad hay de hacer entender a estos policías que me han acusado injustamente, ha de ser con ella.

—Es cierto. Y me encanta lo que hago.

—Debió de sentirse fatal cuando su supervisora le dijo que ya no podía atender a aquel niño —dice—. Sobre todo dado su nivel de experiencia.

—No fue el mejor día de mi vida, no.

—Yo, en mi primer día de trabajo, hice polvo un coche patrulla. Lo estampé contra la barrera de unas obras. En serio. Saqué las mejores notas en el examen, pero en la calle era una nulidad. Los de mi clase aún me llaman Accidentes. Es decir, seamos sinceras, una mujer policía tiene que trabajar dos veces más que los hombres, pero lo único por lo que me recuerdan es por un simple error. Quedé muy afectada. Aún lo estoy.

La miro con la verdad en la punta de la lengua, como un caramelo que se derrite. «Me habían ordenado que no tocara al niño. Pero lo toqué a pesar de que podía causarme problemas. Sin embargo, no fue suficiente.»

—Mire, Ruth —añade—, si fue un accidente, ahora es el momento de decirlo. Puede que se sintiera usted herida en lo más íntimo. Sería muy comprensible, dadas las circunstancias. Cuéntemelo y haré todo lo que pueda para facilitarle las cosas.

Entonces comprendo que me cree culpable.

Que no me cuenta su historia para ser amable conmigo, sino que intenta manipularme.

Que las series de la tele tienen razón.

Trago saliva para esconder la sinceridad en el fondo del estómago y pronuncio tres palabras con una voz que no reconozco:

—Quiero un abogado —digo.

PRIMERA FASE

Transición

«Las teclas del piano son negras y blancas,
pero evocan un millón de colores en la mente.»

Maria Cristina Mena

Kennedy

Cuando llego al despacho, Ed Gourakis, uno de mis colegas, está echando pestes del nuevo compañero. Una de nuestras abogadas de oficio se fue para dar a luz y ha comunicado a Recursos Humanos que no iba a volver. Sabía que nuestro jefe, Harry, había estado haciendo entrevistas, pero no me entero de que ya ha tomado una decisión hasta que Ed me arrincona en mi cubículo.

—¿Lo has visto ya? —pregunta Ed.

—¿A quién?

—A Howard. El novato.

Ed es de esos que se hicieron abogados de oficio porque podían. En otras palabras, le espera una herencia tan abultada que le da igual la mierda de sueldo que tenemos. Y aun así, a pesar de haber crecido con todos los privilegios imaginables, nada es nunca bastante bueno para él. ¿El café del Starbucks que hay al otro lado de la calle? Lo sirven demasiado caliente. ¿Ha habido un accidente en la Interestatal 95N? Pues llega veinte minutos tarde. Por si fuera poco, la máquina de chucherías que hay en el juzgado ya no tiene Skittles.

—He llegado hace cuatro segundos justos. ¿Cómo voy a tener tiempo de ver a nadie?

—Bueno, es evidente que está aquí para cumplir con la política de integración. Solo tienes que ver los charcos del suelo. A ese tipo le sudan tanto las orejas que va dejando un rastro.

—En primer lugar, la metáfora no cuela. A nadie le sudan las orejas. Segundo, ¿y qué si es joven? Entiendo que a alguien de tu avanzada edad le cueste recordar…, pero tú también fuiste joven alguna vez.

—Había candidatos —dice Ed bajando la voz— con más méritos.

Busco entre los papeles de mi mesa los expedientes que necesito. Hay esperándome un montón de papelitos con mensajes telefó-
nicos, pero no les hago el menor caso.

—Siento oír que no eligieron a tu sobrino —respondo.

—Muy graciosa, McQuarrie.

—Mira, Ed, tengo trabajo. No tengo tiempo para chismes de
oficina.

Me inclino sobre el ordenador y finjo estar muy absorta en mi
primer correo, que es una petición de Nordstrom Rack.

Por fin Ed se da cuenta de que no voy a seguir hablando con él
y se va a la sala de descanso, donde, sin duda, el café no estará a su
gusto y nos habremos quedado sin la leche que prefiere. Cierro los
ojos y me recuesto en la silla.

De repente oigo ruido al otro lado de mi cubículo y un joven
negro alto y delgado se pone en pie. Lleva un traje barato, pajarita y
gafas de montura de concha. Está claro que es el nuevo empleado y
ha estado sentado allí todo el tiempo, oyendo los comentarios de Ed.

—Mi *hashtag* es «torpe» —dice—. Soy Howard, por si te quedaba alguna duda flotando en el cráneo.

Sonrío tan ampliamente que pienso en las marionetas de *Barrio
Sésamo* que ve Violet y en las bisagras de sus mandíbulas, que se
abren y cierran cuando desbordan emoción.

—Howard —repito, poniéndome en pie de un salto y alargándole la mano—. Soy Kennedy. Es un placer conocerte.

—Kennedy —dice—. ¿Como John F.?

Siempre me preguntan lo mismo.

—¡O como Robert! —replico, aunque Howard tiene razón.
Preferiría que me hubieran bautizado así por el político que tanto
hizo por los derechos civiles, pero lo cierto es que mi madre adoraba a su desdichado hermano y toda aquella mitología política de
Camelot.

Haré todo lo que pueda para que este pobre muchacho se dé
cuenta de que hay al menos una persona en el bufete que se alegra
de que esté aquí.

—¡En fin, bienvenido! —digo con animación—. Si necesitas
algo, cualquier pregunta sobre cómo hacemos las cosas aquí, por
favor, cuenta con mi ayuda.

—Estupendo. Gracias.

—Y quizá podamos comer juntos.

Howard asiente.

—Me gustaría.

—Bien. Tengo que ir al juzgado. —Vacilo, y entonces meto el elefante en la cacharrería—. Y no hagas caso a Ed. Nadie de aquí piensa como él. —Le sonrío—. Por ejemplo, yo creo que es extraordinario que hayas vuelto a tu comunidad.

Howard me devuelve la sonrisa.

—Gracias, pero… me crié en Darien.

Darien. Una de las ciudades más ricas del estado.

Dicho lo cual, se sienta y deja de ser visible tras la partición que nos separa.

Todavía no me he tomado la segunda taza de café y ya estoy harta de tanto tráfico y de tanto periodista. No hago más que preguntarme qué estará pasando en el tribunal superior, en la sala en la que yo no estoy, ya que la única razón de que un equipo de televisión cubra una comparecencia es adormecer a los insomnes. Hasta ahora hemos ganado tres casos: una violación de una orden de alejamiento, con un acusado que no hablaba inglés; una reincidente de pelo oxigenado y muchas ojeras que supuestamente entregó un cheque sin fondos por valor de mil doscientos dólares para comprar un bolso de diseño; y un hombre de escasas luces que suplantó a otro y, no contento con utilizar sus tarjetas de crédito y su cuenta corriente, fue en persona al encuentro de una muchacha llamada Cathy sin comprender que iban a descubrirlo.

Claro que, como a menudo me digo a mí misma, si mis clientes fueran inteligentes, mi trabajo estaría obsoleto.

Cuando hay comparecencias en el Tribunal Superior de New Haven y se lleva ante el juez a alguien que no tiene abogado pero lo necesita, uno de los que formamos parte de la oficina de Letrados de Oficio se encarga de su defensa. Es como quedar atrapado en una puerta giratoria, y cada vez que entras en el edificio, hay una decoración y un diseño totalmente nuevos y se supone que tienes que saber adónde te diriges y cómo moverte por él. Por lo general no conozco a mis clientes hasta que llego a la mesa de la defensa, y a partir de entonces tengo el tiempo que dura un suspiro para enterarme de los hechos que han motivado su detención y para tratar de que salgan en libertad bajo fianza.

¿He dicho ya que no soporto el día de las comparecencias? Básicamente, se necesita que una sea Perry Mason con percepción extrasensorial y, aunque haga un trabajo estelar y consiga la libertad bajo fianza para un cliente que de lo contrario habría sido encerrado hasta la celebración del juicio, hay bastantes posibilidades de que yo no sea la persona que defienda su causa el día de la vista. Los verdaderamente jugosos que me gustaría defender en un juicio, o me los quita de las manos alguien del bufete con más experiencia o pasan a ser competencia de un abogado particular (o sea, de pago).

Seguro que es eso lo que va a pasar con el siguiente acusado.

—Siguiente —lee el secretario—: el Estado contra Joseph Dawes Hawkins III —lee el secretario.

Joseph Dawes Hawkins es tan joven que tiene acné. Parece aterrorizado, que es el efecto que produce pasar una noche en el calabozo cuando la experiencia como delincuente de un ciudadano se reduce a atracarse de episodios de *The Wire.*

—Señor Hawkins —pregunta el juez—, ¿puede identificarse para que conste en acta?

—Mm. Joe Hawkins —responde el muchacho con voz quebrada.

—¿Dónde vive?

—Ciento treinta y nueve de Grand Street, Westville.

El secretario lee la acusación: tráfico de drogas.

Tengo que suponer, basándome en su caro corte de pelo y en su asombrada reacción, que pasaba algún producto como la oxicodona, no metanfetamina ni heroína. El juez da por sentado automáticamente que se declara no culpable.

—Joe, ha sido usted acusado de tráfico de drogas. ¿Entiende lo que significa eso? —El muchacho asiente—. ¿Tiene algún asesor legal que esté hoy presente en esta sala?

El joven mira por encima del hombro, palidece un poco más y dice que no.

—¿Le gustaría hablar con el abogado de oficio?

—Sí, Señoría —dice, y es mi turno de intervenir.

La intimidad queda limitada al llamado cono de silencio de la mesa de la defensa.

—Soy Kennedy McQuarrie —digo—. ¿Cuántos años tienes?

—Dieciocho. Estoy estudiando en el Hopkins, en último curso.

El instituto privado. Pues claro.

—¿Cuánto hace que vives en Connecticut?

—¿Desde los dos años?

—¿Es una pregunta o una respuesta? —pregunto.

—Respuesta —dice, tragando saliva. Su nuez es del tamaño del nudo marinero llamado «barrilete», y pensar en marineros me hace pensar en los tacos que suelta Violet.

—¿Trabajas?

Vacila.

—¿Aparte de vender oxicodona?

—No he oído eso —respondo inmediatamente.

—Ah, he dicho...

—*Que no lo he oído.*

Levanta la vista y asiente.

—Entiendo. No. No, no trabajo.

—¿Con quién vives?

—Con mis padres.

Estoy preparando una lista mentalmente, condimentándola con una batería de preguntas.

—¿Tienen tus padres medios para contratar a un abogado? —pregunto finalmente.

Mira mi traje, que es de Target y tiene una mancha de la leche del tazón de cereales de Violet.

—Sí.

—Calla y deja que hable yo —ordeno, volviendo hacia el banco—. Señoría —digo—, el joven Joseph solo tiene dieciocho años y es su primer delito. Está en el último curso del instituto y vive con su padre, que es presidente de un banco, y su madre, que es profesora de guardería. Son propietarios del inmueble en que viven. Pedimos que Joseph sea puesto en libertad sin fianza.

El juez se vuelve hacia mi compañera de baile, la fiscal que está en pie ante una mesa idéntica a la de la defensa. Se llama Odette Lawton y viene a ser tan alegre como la pena de muerte. Aunque la mayoría de fiscales y abogados de oficio reconoce que somos caras de una misma y asquerosa moneda pagada por el Estado, que podemos dejar la animosidad en el juzgado y ser amigas fuera de él, Odette opta por ser reservada.

—¿Qué opina el Estado, señora fiscal?

Odette levanta la cabeza. Lleva el pelo muy corto y sus ojos son tan oscuros que no se distinguen las pupilas. Tiene un aspecto descansado y como si se acabara de hacer una limpieza de cutis; su maquillaje es impecable.

Me miro las manos. Las cutículas están mordisqueadas y o tengo pintura verde bajo las uñas o estoy empezando a pudrirme por dentro.

—Es una acusación grave —dice Odette—. Al señor Hawkins no solo se le encontraron estupefacientes encima, sino que hubo un intento de venta. Dejarlo libre en la comunidad sería una amenaza y un grave error. El Estado solicita una fianza de diez mil dólares.

—Se acepta la fianza de diez mil dólares —repite el juez, y Joseph Dawes Hawkins III sale de la sala arrastrado por un ujier.

Bueno, no se puede ganar siempre. La buena noticia es que la familia de Joseph puede permitirse la fianza, aunque eso signifique que tendrá que olvidarse de pasar las Navidades en Barbados. Lo mejor de todo es que nunca más volveré a ver a Joseph Dawes Hawkins III. Puede que su padre haya querido darle una lección no enviándole al abogado de la familia para que Joey pasara la noche en una celda, pero estoy segura de que ese abogado no tardará en llamar a mi despacho para hacerse cargo del caso de Joey.

—El Estado contra Ruth Jefferson —oigo.

Levanto la cabeza y veo que entra una mujer esposada, todavía en camisón y con un pañuelo cubriéndole la cabeza. Sus ojos observan salvajemente el fondo de la sala, y por primera vez me doy cuenta de que está más concurrida de lo habitual en las comparecencias de los martes. Atestada, incluso.

—¿Puede identificarse para que conste en acta? —pregunta el juez.

—Ruth Jefferson —contesta.

—¡Asesina! —grita una mujer. Entre la multitud se levanta un murmullo que pronto se convierte en rugido. Ruth hace un amago.

Veo que vuelve la cara hacia el hombro y me doy cuenta de que se está limpiando la saliva que alguien le ha escupido por encima de la barandilla.

Los ujieres se llevan ya al individuo que ha escupido, un animal de considerable tamaño que solo llego a ver de espaldas. En la cabeza lleva tatuada una esvástica con unas letras.

El juez llama al orden. Ruth Jefferson se mantiene erguida y sigue mirando a su alrededor, en busca de alguien, o de algo, que al parecer no encuentra.

—Ruth Jefferson —lee el secretario—, está acusada de dos cargos: primero, asesinato; segundo, homicidio involuntario.

Estoy tan ocupada tratando de adivinar qué pasa que no me doy cuenta de que todo el mundo me está mirando, y debe de ser porque la acusada le ha dicho al juez que necesita un abogado de oficio.

Odette se pone en pie.

—Se trata de un crimen abyecto cometido en la persona de un niño de tres días de edad, Señoría. La acusada expresó su animosidad y animadversión contra los padres de este niño, y el Estado demostrará que obró intencionada y deliberadamente, con premeditación y alevosía, con irresponsable indiferencia hacia la seguridad del recién nacido, que murió a causa de sus torpes manipulaciones.

¿Esta mujer mató a un recién nacido? Construyo mentalmente varias posibilidades: ¿es la niñera? ¿Se trata de un niño maltratado? ¿O ha sido una muerte súbita?

—Esto es de locos —explota Ruth Jefferson.

Le doy un suave codazo.

—Este no es el momento.

—Déjeme hablar con el juez —insiste.

—No —le digo—. Yo hablaré con el juez en su nombre. —Me vuelvo hacia el estrado—. Señoría, ¿me permite hablar unos momentos con ella?

La acompaño hasta la mesa de la defensa, que está a pocos pasos de donde nos encontramos.

—Soy Kennedy McQuarrie. Hablaremos de los detalles de su caso más tarde, pero ahora necesito hacerle algunas preguntas. ¿Cuánto tiempo lleva viviendo aquí?

—Me han esposado —dice con voz apagada y vehemente—. Vinieron a mi casa en mitad de la noche y me esposaron. Esposaron a mi hijo…

—Entiendo que esté alterada —explico—. Pero tengo unos diez segundos para conocerla y ayudarla en esta comparecencia.

—¿Cree que puede conocerme en diez segundos? —inquiere.

Retrocedo. Si esta mujer quiere sabotear su propia comparecencia, no es culpa mía.

—Señora McQuarrie —dice el juez—. Si puede ser antes de mi jubilación, por favor…

—Sí, Señoría —respondo, volviéndome hacia él.

—El Estado reconoce la naturaleza insidiosa y desagradable de este crimen —dice Odette. Está mirando directamente a Ruth. La diferencia entre estas dos mujeres de color es fascinante: el elegante traje, los tacones de aguja y la camisa almidonada de la fiscal contrastan brutalmente con el camisón arrugado y el pañuelo en la cabeza de Ruth. Es algo más que una imagen fotográfica, es todo un informe, un caso que podría estudiarse en un curso en el que no recuerdo haberme matriculado.

—Dada la magnitud de los cargos, la fiscalía solicita que la acusada sea encerrada sin fianza.

Puedo oír el aire que brota de los pulmones de Ruth.

—Señoría —digo, y me detengo.

No tengo nada con que trabajar. No sé cómo se gana la vida Ruth Jefferson. No sé si tiene una casa o si se mudó a Connecticut ayer. No sé si colocó una almohada sobre el rostro de ese niño hasta que dejó de respirar o si está enfadada con razón por una acusación falsa.

—Señoría —prosigo—. La fiscalía no ha presentado pruebas de sus cargos. Es una acusación muy seria sin prácticamente ninguna prueba. Teniendo esto en cuenta, pediría al tribunal que dictamine una fianza razonable de veinticinco mil dólares.

Es lo mejor que puedo hacer, dada la poca información que ella me ha dado. Mi trabajo es acompañar a Ruth Jefferson en su comparecencia, con tanta eficacia y justicia como sea posible. Miro el reloj. Seguro que hay diez comparecientes más después de ella.

De repente noto un tirón de la manga.

—¿Ve a ese muchacho? —murmura Ruth, mirando al público. Sus ojos se posan en un joven que hay al fondo, que se pone en pie como si un imán tirase de él—. Es mi hijo —dice Ruth, volviéndose hacia mí—. ¿Tiene usted hijos?

Pienso en Violet. Me pregunto qué sería si el mayor problema de nuestra vida no fuera ver a nuestros hijos contrariados, sino verlos esposados.

—Señoría —digo—, quiero rectificar.

—¿Disculpe, abogada?

—Antes de mencionar la fianza, me gustaría tener la oportunidad de hablar con mi cliente.

El juez frunce el entrecejo.

—Acaba de tenerla.

—Me gustaría tener la oportunidad de hablar con mi cliente durante más de diez segundos —especifico.

El juez se pasa la mano por la cara.

—Bien —concede—. Puede hablar con su cliente en el receso y revisaremos la cuestión en una segunda vista.

Los ujieres le sujetan los brazos a Ruth. Estoy segura de que esta mujer no tiene ni idea de lo que está pasando.

—En seguida estoy con usted —consigo decirle, y se la llevan de la sala y, antes de darme cuenta, estoy defendiendo a un joven de veinte años que dice que su nombre es el símbolo de la almohadilla, # («Como Prince, pero otro», me dice), y que ha dibujado un pene gigante con spray en un paso elevado de carretera y no entiende que eso sea un delito y no arte.

Tengo diez comparecencias más y, durante todas ellas, estoy pensando en Ruth Jefferson. Doy gracias a Dios por el convenio colectivo de los taquígrafos, que obliga a una pausa de quince minutos para mear, durante la cual me meto en las oscuras y sucias entrañas del juzgado hasta el calabozo donde tienen a mi cliente.

Levanta la vista desde el banco de metal en el que está sentada, frotándose las muñecas. Ya no lleva las cadenas que le pusieron en la sala del juzgado, como es reglamentario con todos los acusados de asesinato, pero es como si no hubiera notado que ya no las tiene.

—¿Dónde ha estado? —pregunta con aspereza.

—Haciendo mi trabajo —respondo.

Ruth me mira a los ojos.

—Eso mismo estaba haciendo yo —dice—. Soy enfermera.

Empiezo a reunir las piezas del rompecabezas: algo debió de ir muy mal mientras Ruth cuidaba al niño, algo que la fiscalía cree que no fue un accidente.

—Necesito que me dé algunos datos sobre usted. Si no quiere estar encerrada hasta el juicio, tenemos que trabajar juntas.

Ruth guarda silencio un buen rato, lo cual me sorprende. Casi todas las personas en su situación se agarrarían al salvavidas que le ofrece un abogado de oficio. Pero esta mujer parece estar decidiendo si yo estaré a la altura de las circunstancias.

Es una sensación bastante incómoda, he de confesarlo. Mis clientes no tienden a juzgar; son personas acostumbradas a que las juzguen… y las consideren faltas de juicio.

Finalmente, asiente.

—Muy bien —digo, expulsando el aire que había contenido inconscientemente—. ¿Cuántos años tiene?

—Cuarenta y cuatro.

—¿Está casada?

—No —dice Ruth—. Mi marido murió en Afganistán durante su segunda misión. Explotó una bomba caminera. Fue hace diez años.

—Su hijo… ¿es único? —pregunto.

—Sí. Edison estudia secundaria —me cuenta—. Actualmente envía solicitudes a las universidades. Esos animales entraron en mi casa y esposaron a un alumno que obtiene matrículas de honor.

—Volveremos sobre eso —prometo—. ¿Tiene usted el título de enfermera?

—Fui a la Universidad Estatal de Nueva York en Plattsburgh y luego a la Escuela de Enfermería de Yale.

—¿Tiene trabajo?

—Llevo veinte años trabajando en el Hospital Mercy-West Haven, en la sala de maternidad. Pero ayer me despidieron.

Lo anoto en un cuaderno.

—¿Qué ingresos tiene usted ahora?

Sacude la cabeza.

—La pensión de viudedad del ejército, supongo.

—¿Es propietaria de su vivienda?

—Una casa en East End.

Es la zona donde vivimos Micah y yo. Es un barrio de blancos. Los negros que veo suelen circular por allí en coche propio. La violencia es escasa y, cuando hay un atraco o asaltan al conductor de un coche, los comentarios *online* de la edición digital del *New Haven Independent* son de vecinos de East End que lamentan que «elementos» de barrios pobres como Dixwell y Newhalville se hayan infiltrado en su perfecta comunidad.

Con «elementos» quieren decir negros, por supuesto.

—Parece sorprendida —comenta Ruth.

—No —respondo rápidamente—. Es que yo también vivo allí y nunca la he visto por el barrio.

—Trato de no llamar la atención —dice escuetamente.

Me aclaro la garganta.

—¿Tiene parientes en Connecticut?

—Mi hermana Adisa. Es la que estaba sentada con Edison en la sala. Vive en Church Street South.

Es un complejo de viviendas de renta baja del Hill, entre Union Station y el distrito médico de Yale. Alrededor del 97 por ciento de los adolescentes vive en la pobreza, yo he tenido muchos clientes de allí. Está solo a unos kilómetros de East End, y sin embargo es otro mundo: niños vendiendo droga para sus hermanos mayores, hermanos mayores vendiendo droga porque no tienen oficio ni beneficio, chicas que se venden por dinero o drogas, tiroteos entre bandas todas las noches. Me pregunto cómo consiguió Ruth llevar una vida tan diferente de la de su hermana.

—¿Viven todavía sus padres?

—Mi madre trabaja en el Upper West Side de Manhattan. —Ruth aparta sus ojos de los míos—. ¿Recuerda a Sam Hallowell?

—¿El tipo de la tele? ¿No murió?

—Sí, pero mi madre sigue siendo la criada de la familia.

Abro el expediente que ostenta el nombre de Ruth y en el que están los cargos presentados por el gran jurado y que motivaron su detención. Hasta este momento no he tenido tiempo de ver nada más que los cargos, pero ahora lo repaso con ese superpoder que tenemos los abogados de oficio para detectar ciertas palabras y ponerlas en un lugar destacado de la memoria.

—¿Quién es Davis Bauer?

Ruth baja la voz.

—Un niño —musita—, el que murió.

—Cuénteme lo que ocurrió.

Ruth empieza a tejer una historia. Por cada negro y contundente detalle que presenta hay un plateado destello de vergüenza. Me cuenta lo de los padres y la nota que pegó la supervisora en la ficha del niño, y la circuncisión, y la cesárea de urgencia, y el ataque del recién nacido. Dice que el hombre con la esvástica tatuada que la escupió en la sala era el padre del niño. Los hilos se ovillan a nuestro alrededor, como la seda de un capullo.

—… y cuando me di cuenta —concluye Ruth—, el niño estaba muerto.

Miro la declaración de la policía.

—¿No llegó a tocarlo? —pregunto.

Me mira largamente, como si dudara en confiar. Luego niega con la cabeza.

—No hasta que la enfermera jefe me dijo que empezara con las compresiones.

Me inclino hacia ella.

—Si consigo sacarla de aquí, para que pueda volver a casa con su hijo, tendrá que depositar un porcentaje de la fianza. ¿Tiene dinero ahorrado?

Endereza los hombros.

—Los fondos para la universidad de Edison, pero no quiero tocarlos.

—¿Estaría dispuesta a poner su casa como aval?

—¿Qué significa eso exactamente?

—Que permite al Estado que se la pueda embargar —explico.

—¿Y luego qué? ¿Si pierdo el juicio significará que Edison no tendrá un lugar donde vivir?

—No. Se trata de una medida para que las autoridades se aseguren de que no huirá de la ciudad si la dejan en libertad.

Aspira una profunda bocanada de aire.

—Está bien. Pero tiene que hacerme un favor. Tiene que decirle a mi hijo que estoy bien.

Asiento y ella hace lo propio.

En ese momento no somos blanca y negra, ni abogada y acusada. No estamos separadas por lo que yo sé sobre el sistema legal y lo que ella tiene que aprender todavía. Somos dos madres sentadas juntas.

Esta vez, cuando atravieso la sala, me siento como si me hubiera puesto unas gafas graduadas. Me fijo en los miembros del público a los que no había prestado atención antes. Aunque no lleven el tatuaje que lleva el padre del niño, son todos blancos. Solo unos pocos llevan Doc Martens; el resto calza zapatos deportivos. ¿Serán también cabezas rapadas? Unos portan pancartas con el nombre de Davis, otros lazos azules prendidos en la camisa, como muestra de solidaridad. ¿Cómo no me había fijado en todo esto al entrar en la sala la primera vez? ¿Se han congregado para apoyar a la familia Bauer?

Pienso en Ruth andando por las calles de East End y en cuántos residentes se preguntaban lo que estaba haciendo allí, aunque nunca se lo dijeran en la cara. «Qué fácil es esconderse tras una piel blanca», me digo, mientras miro a los hipotéticos supremacistas. Gozas del beneficio de la duda. No eres sospechoso.

Los pocos rostros negros de la sala destacan formando un crudo contraste. Me acerco al muchacho que Ruth reconoció antes y se pone en pie de inmediato.

—¿Edison? —aventuro—. Me llamo Kennedy.

Es casi treinta centímetros más alto que yo, pero aún tiene la cara de un niño.

—¿Está bien mi madre?

—Está bien, y me ha encargado que te lo diga.

—Vaya, pues ha tardado usted lo suyo —dice la mujer que hay a su lado. Tiene largas trenzas con reflejos rojos y su piel es mucho más oscura que la de Ruth. Sorbe un refresco de cola, aunque no se permite introducir comida ni bebida en la sala, y cuando me ve mirando la lata, enarca una ceja como si me desafiara a decir algo.

—Usted debe de ser la hermana de Ruth.

—¿Por qué? ¿Porque soy la única negraza de la sala?

Retrocedo ante aquella palabra despectiva. Sin duda es la reacción que esperaba. Si Ruth parecía sentenciosa o susceptible, su hermana es un erizo con problemas para controlar la cólera.

—No —digo en el mismo tono que uso con Violet cuando trato de hacerla entrar en razón—. En primer lugar, no es usted la única… persona de color… que hay aquí. Y en segundo lugar, su hermana me dijo que estaba con Edison.

—¿Puede sacarla de aquí? —pregunta Edison.

Centro mi atención en él.

—Voy a intentarlo con todas mis fuerzas.

—¿Puedo verla?

—Ahora mismo no.

Se abre la puerta del despacho del juez y aparece el secretario, que dice que nos pongamos en pie y anuncia el regreso de Su Señoría.

—Tengo que irme —digo al chico.

La hermana de Ruth me mira fijamente.

—Haz tu trabajo, chica blanca —dice.

El juez se sienta en el estrado y reanuda el caso de Ruth, a quien vuelven a sacar de las entrañas del edificio, y que toma asiento a mi lado. Me lanza una mirada interrogadora y asiento: «El muchacho está bien».

—Señora McQuarrie —llama el juez con un suspiro—. ¿Ha tenido tiempo suficiente para hablar con su cliente?

—Sí, Señoría. Hace unos días, Ruth Jefferson era enfermera en el hospital Mercy-West Haven, atendía a mujeres de parto y a sus recién nacidos, cosa que ha venido haciendo durante los últimos veinte años. Hubo una urgencia médica con un niño y Ruth trabajó con el resto del personal del hospital para salvar la vida del pequeño. Trágicamente, no pudieron hacer nada. Durante la investigación sobre lo que había ocurrido, Ruth fue suspendida de empleo. Tiene un título universitario; su hijo es un estudiante que obtiene las calificaciones más altas. Su marido es un héroe militar que dio su vida por nuestro país en Afganistán. Tiene familia en la comunidad y es propietaria del inmueble en que vive. Pido al tribunal que dicte una fianza razonable. No hay riesgo de que mi cliente huya; no tiene antecedentes; está dispuesta a atenerse a las condiciones que el tribunal acuerde para su fianza.

He retratado a Ruth como a una ciudadana modelo que ha sido víctima de un malentendido. Prácticamente, solo me ha faltado sacar una bandera con los colores nacionales y agitarla delante de todos.

El juez se vuelve hacia Ruth.

—¿De qué cantidad estamos hablando?

—¿Perdón?

—¿Cuál es el valor de la hipoteca de su casa? —pregunto.

—Cien mil dólares —responde Ruth.

El juez asiente.

—Voy a dictar una fianza de cien mil dólares. Aceptaré la escritura de la casa como aval de la fianza. Siguiente caso.

Los supremacistas blancos que hay entre el público empiezan a abuchear. Creo que no habrían quedado satisfechos con ningún veredicto que no fuera un linchamiento público. El juez llama al orden y da golpes con el mazo.

—Despejen la sala —dice finalmente, y los ujieres empiezan a moverse por los pasillos.

—¿Qué pasará ahora? —pregunta Ruth.

—Que saldrá de aquí.

—Gracias a Dios. ¿Cuándo?

La miro a los ojos.

—Dentro de un par de días.

Un ujier coge a Ruth del brazo para conducirla de nuevo a la celda. Cuando se la llevan, se descorre la cortina que oculta sus ojos y por primera vez veo pánico en ellos.

No es como en la televisión o en las películas; no sales libre del juzgado inmediatamente. Hay que rellenar papeles y tratar con fiadores. Lo sé porque soy abogada de oficio. Casi todos mis clientes lo saben porque suelen ser reincidentes.

Pero Ruth no es como la mayoría de mis clientes.

Ni siquiera es uno de mis clientes, si vamos a ello.

Llevo casi cuatro años en el despacho del abogado de oficio y hasta ahora no he hecho más que litigar por delitos menores. He defendido a tantos acusados de allanamiento de morada, de causar daños y perjuicios, de usurpar la identidad de otros y de extender cheques sin fondos que a estas alturas podría defenderlos incluso dormida. Pero aquí hay una acusación de asesinato y habrá un juicio con mucha publicidad que me arrebatarán de las manos en cuanto se fije la fecha de la vista. Se lo quedará alguien del bufete que tenga más experiencia que yo, o que juegue al golf con mi jefe, o que tenga pene entre las piernas.

Al final no seré la abogada defensora de Ruth. Pero en este preciso momento aún lo soy, y puedo ayudarla.

Doy las gracias en silencio a los supremacistas blancos que han producido tanto alboroto. Luego recorro el pasillo central de la sala hasta donde está Edison con su tía.

—Escuche. Tiene que conseguir una copia certificada de la escritura de la casa de Ruth —digo a su hermana—. Y una copia certificada de la declaración de impuestos, y una copia del último pago de la hipoteca de su hermana, donde figure la cantidad que queda por pagar, y tiene que llevarlo todo a la oficina del secretario...

Veo que la hermana de Ruth me mira como si le estuviera hablando en húngaro. Pero claro, ella vive en Church Street South; no es propietaria de su casa. Para ella, esto debe de ser un idioma extranjero.

Entonces me doy cuenta de que Edison está anotando todo lo que digo en el dorso de un recibo que ha sacado de la billetera.

—Lo conseguiré —promete.

Le doy mi tarjeta.

—Este es mi número de móvil. Si tienes alguna pregunta, puedes llamarme. Pero yo no seré la única implicada en el caso de tu madre. Otra persona del bufete se pondrá en contacto contigo cuando ella salga en libertad.

Este comentario pone en marcha a la hermana de Ruth.

—¿Así que es eso? Ha entregado su casa para sacarla de la cárcel, ha hecho su buena obra y ya está, ¿no? Supongo que, como mi hermana es negra, es obvio que cometió el crimen y usted no querrá ensuciarse las manos, ¿verdad?

Su protesta es ridícula se mire como se mire, y el menor de los motivos no es que casi todos mis clientes son afroamericanos. Pero Edison interviene antes de que tenga ocasión de explicarle la política del turno de oficio.

—Tía, cálmate. —Luego se vuelve a mí—. Lo siento.

—No —respondo—. Lo siento yo.

Cuando por fin llego a casa esa noche, mi madre está en el sofá, con los pies descalzos recogidos debajo de ella, viendo Disney Junior en la tele, con un vaso de vino blanco en la mano. Todas las noches, desde que tengo memoria, se toma un vaso de vino blanco. Cuando era pequeña, lo llamaba medicina. En el sofá, encogida junto a ella y profundamente dormida, se encuentra Violet.

—No he tenido valor para moverla —se justifica mi madre.

Me siento con cautela al lado de mi hija, cojo la botella de vino que hay sobre la mesa de centro y bebo directamente de ella. Mi madre arquea las cejas.

—¿Tan mal ha ido? —pregunta.

—No tienes ni idea —digo, acariciando el pelo de Violet—. Has debido de agotarla.

—Bueno —titubea—. Tuvimos una pequeña discusión durante la cena.

—¿Fue por los palitos de pescado? No quiere comerlos desde que se enamoró de La Sirenita.

—Qué va, si se los comió, y te alegrarás de saber que Ariel se ha ido del edificio. En realidad fue eso lo que la puso rabiosa y molesta. Empezamos a ver *Tiana y el sapo* y Violet me explicó que quiere ser Tiana en Halloween.

—Gracias a Dios —digo—. Hace una semana estaba empeñada en ponerse un sostén de concha y solo podía llevarlo con ropa interior larga.

Mi madre enarca las cejas.

—Kennedy —dice—. ¿No crees que Violet estaría mejor de Cenicienta? ¿O de Rapunzel? ¿O de esa nueva de pelo blanco que todo lo convierte en hielo?

—¿Elsa? —digo—. ¿Por qué?

—No me hagas decirlo en voz alta, cielo —responde mi madre.

—¿Es porque Tiana es negra? —sugiero. Pienso automáticamente en Ruth Jefferson, en los supremacistas blancos que abucheaban en el juzgado.

—No creo que Violet esté más preocupada por la igualdad racial que por los sapos. Me dijo que para Navidad pedirá uno como animal de compañía, para darle un beso y ver qué pasa.

—No vamos a regalarle un sapo en Navidad. Pero si quiere ser Tiana en Halloween, le compraré el disfraz.

—Yo le coseré el disfraz —corrige mi madre—. Ninguna nieta mía saldrá a pedir caramelos con un disfraz barato de una tienda que seguro que se incendia cuando se acerque a una calabaza con una vela dentro. —Esto no se lo discuto. Yo no sé ni enhebrar una aguja. Tengo unos pantalones de trabajo en el armario con el dobladillo sujeto con pegamento.

—Estupendo. Me alegro de que seas capaz de vencer tus escrúpulos para que el sueño de Violet se haga realidad.

Mi madre levanta la barbilla un centímetro.

—No te lo he dicho para recibir reproches, Kennedy. Que me criara en el Sur no significa que tenga prejuicios.

—Mamá —señalo—. Tuviste una niñera negra.

—Y yo quería a Beattie como si fuera de la familia —replica.

—Pero… no lo era.

Se sirve más vino en el vaso.

—Kennedy —dice suspirando—. Es solo un maldito disfraz, no una causa.

De repente me siento increíblemente cansada. No me agota solo el ritmo de mi trabajo ni el aplastante número de casos que tengo. Es el hecho de preguntarme si algo de lo que hago tiene realmente alguna importancia.

—Una vez —cuenta mi madre con voz tranquila—, cuando tenía más o menos la edad de Violet, y Beattie no estaba mirando, quise beber de la fuente de colores que había en el parque. Me subí al murete de hormigón y abrí el grifo. Esperaba algo extraordinario. Esperaba el arco iris. Pero, ¿sabes…? Era un agua normal y corriente—. Me mira a los ojos—. Violet sería la Cenicienta más guapa del mundo.

—Mamá…

—Me limito a decirlo. ¿Cuánto tiempo tardó Disney en dar una princesa a todas las niñas negras? ¿Crees que está bien que Violet quiera algo que ellas llevan toda la vida esperando?

—¡Mamá!

Levanta las manos en son de paz.

—Está bien. Tiana. No se hable más.

Cojo la botella de vino y apuro hasta la última gota.

Cuando mi madre se marcha, me quedo dormida en el sofá con Violet, y cuando despierto están dando *El Rey León* en el canal Disney Junior. Abro los ojos en el momento exacto de ver la muerte de Mufasa en la pantalla. Lo está pisoteando el búfalo de agua cuando entra Micah, aflojándose el nudo de la corbata con una mano.

—Hola —digo—. No te he oído llegar.

—Porque soy un ninja disfrazado ingeniosamente de cirujano oftalmólogo. —Se inclina y me da un beso, sonríe a Violet, que ronca suavemente—. La jornada ha estado llena de glaucomas y humor vítreo. ¿Qué tal la tuya?

—Bastante menos desagradable —digo.

—¿Ha vuelto Sharon la Loca?

Sharon la Loca es una reincidente, una acosadora sexual que no deja en paz a Peter Salovey, el presidente de la Universidad de Yale. Le deja flores, mensajes de amor y, una vez, unas bragas. He hecho seis comparecencias con ella, y eso que Salovey lleva de presidente solo desde 2013.

—No —respondo, y le hablo de Ruth, y de Edison, y de los cabezas rapadas del juzgado.

—¿En serio? —Micah está más interesado por los últimos—. ¿Y llevaban tirantes, cazadoras de piloto, botas y todo eso?

—No. Por lo demás, ¿debería asustarme que sepas todos esos detalles? —Aparto los pies de la mesa de centro para que pueda sentarse frente a mí—. La verdad es que tienen el mismo aspecto que nosotros. Es aterrador. ¿Y si los vecinos de al lado son supremacistas blancos y no nos hemos enterado?

—Yo juraría que la señora Greenblatt no es una cabeza rapada —bromea Micah. Mientras habla, coge dulcemente a Violet en brazos.

—Todo eso está por ver. De todas formas, es un caso demasiado importante para que me lo asignen a mí —le informo, mientras

subimos para ir al dormitorio de nuestra hija. Entonces añado—:
Ruth Jefferson vive en East End.

—Ajá —responde Micah, metiendo a Violet en la cama, arropándola y depositando un beso en su frente.

—¿Qué se supone que significa eso? —pregunto con ganas de polémica, aunque yo tuve una reacción parecida.

—No tiene por qué significar nada —dice Micah—. Solo ha sido una respuesta.

—Lo que quieres decir, pero eres demasiado educado para decirlo, es que no hay familias negras en East End.

—Supongo. Quizá.

Lo sigo a nuestra habitación, me bajo la cremallera de la falda y me quito los pantis. Tras ponerme la camiseta y el pantalón corto con que suelo dormir, voy al cuarto de baño y me cepillo los dientes al lado de Micah. Escupo y me limpio la boca con el dorso de la mano.

—¿Sabías que, en *El Rey León*, las hienas, que son los malos, hablan con jerga de negros o de latinos? ¿Y que a los cachorros se les dice que no vayan donde viven las hienas?

Me mira como si le estuviera contando una gracia.

—¿Sabes que Scar, el villano, es más oscuro que Mufasa?

—Kennedy. —Micah me pone las manos en los hombros, se inclina y me da un beso—. Hay una ligera posibilidad de que le estés dando demasiadas vueltas a la cuestión.

En ese momento decido que removeré cielo y tierra para ser la defensora de Ruth.

Turk

Supongo que este abogado es decente, a juzgar por todo el perejil que hay en su despacho. Las paredes no están pintadas, sino revestidas de paneles. El vaso de agua que me ha traído su secretaria es de cristal macizo. Incluso el aire huele a riqueza, como el perfume de una señora que normalmente se apartaría de mí en la calle.

Hoy me he vuelto a poner la chaqueta que comparto con Francis y me he planchado los pantalones. Llevo un gorro de lana hundido hasta las cejas y no dejo de dar vueltas al anillo de boda que llevo en el dedo. Podría pasar por un tipo normal y corriente que quiere demandar a otro, no parezco de los que normalmente se saltan la ley y se toman la justicia por su mano.

De repente veo a Roarke Matthews delante mío. Sus pantalones están tan bien planchados que la raya resalta como el filo de una navaja, y lleva los zapatos lustrados y muy brillantes. Parecería el protagonista de una telecomedia si no fuera porque tiene la nariz medio ladeada, como si se la hubiera roto jugando al fútbol en el instituto. Alarga una mano para saludarme.

—Señor Bauer, venga conmigo, por favor.

Me conduce a un despacho aún más imponente, con mucho cromo y cuero negro, y me señala un sitio en el sofá doble.

—Permítame repetirle lo mucho que siento su pérdida —dice Matthews, como el resto del mundo estos días. Lo cierto es que esas palabras se han vuelto tan ordinarias que es como si oyera llover; apenas las noto ya.

—Hablamos por teléfono de la posibilidad de una demanda civil…

—No sé cómo se llamará —interrumpo—. Solo quiero que alguien pague por lo sucedido.

—Ah —replica Matthews—. Y por eso le he pedido que venga. Verá, es bastante complicado.

—¿Dónde está la complicación? Usted demande a la enfermera. Ella es quien lo hizo.

Matthews vacila.

—Puede demandar a Ruth Jefferson —admite—. Pero seamos realistas, esa mujer no tiene donde caerse muerta. Como usted sabe, hay en curso un enjuiciamiento incoado por la fiscalía. Eso significa que, si usted presenta una demanda civil simultáneamente, la señora Jefferson podría solicitar la suspensión del nuevo sumario, para no incriminarse a sí misma durante el enjuiciamiento en curso. Y el hecho de que usted presente una demanda civil contra ella podría ser utilizado contra usted en los interrogatorios del primer juicio.

—No lo entiendo.

—La defensa lo presentará como un cazafortunas con mala fe —explica Matthews sin rodeos.

Me retrepo en el sofá con las manos en las rodillas.

—¿Y eso es todo? ¿No tengo posibilidad de acusar?

—Yo no he dicho eso —replica el abogado—. Solo creo que se ha equivocado de objetivo. A diferencia de la señora Jefferson, el hospital está forrado. Además, tiene la obligación de supervisar a su personal y es responsable de lo que hace o deja de hacer una enfermera. Yo le recomendaría que presentara la demanda contra el centro. Ahora bien, seguiríamos implicando a Ruth Jefferson; nunca se sabe, ahora mismo no tiene nada, pero mañana podría ganar la lotería o recibir una herencia. —Enarca una ceja—. Y entonces, señor Bauer, no solo obtendría justicia…, también recibiría una compensación sustanciosa.

Asiento al imaginarlo. Pienso que podré decirle a Brit que voy a hacer las cosas bien por Davis.

—Entonces, ¿qué hacemos para poner esto en marcha?

—¿Ahora mismo? —pregunta Matthews—. Nada. Hasta que termine el juicio penal, nada. La demanda civil será viable cuando haya concluido, así no podrá ser utilizada en contra suya. —Se retrepa en el asiento y abre los brazos—. Venga a verme cuando haya terminado el juicio —dice Matthews—. No me voy a ir a ninguna parte.

Al principio no creí a Francis cuando dijo que la nueva ola de la supremacía angloamericana iba a protagonizar una guerra que se libraría, no con los puños, sino con las ideas, que se extendería subversiva y anónimamente por Internet. A pesar de todo, fui lo bastante listo para no decirle que era un viejo estúpido. Por la razón que fuese, seguía siendo una leyenda del Movimiento. Y algo más importante aún: era el padre de la chica que no podía quitarme de la cabeza.

Brit Mitchum era una belleza, pero de un estilo que me tiraba de espaldas. Tenía la piel más suave que había tocado nunca, y unos ojos azul pálido que perfilaba con un lápiz oscuro. A diferencia de otras *skins*, no se cardaba el pelo de la coronilla para enmarcarse la cara con mechas colgantes que llegaban a la nuca. Brit tenía una espesa cabellera que le caía hasta la mitad de la espalda. A veces se hacía una trenza, y la trenza era tan gruesa como mi muñeca. Pensaba mucho en lo que sería tener esos mechones colgando sobre mi cara, como una cortina, mientras me besaba.

Pero lo último que se me habría ocurrido era tontear con una chica cuyo padre podía hacer que me partieran la columna vertebral con una simple llamada de teléfono. Así que, en vez de eso, iba de visita a menudo. Fingía tener cosas que consultar con Francis, a quien le gustaba verme porque le daba la oportunidad de explicarme su idea de lo que debía ser una página web angloamericana. Yo le ayudaba a cambiar el aceite de su camión y a arreglar el triturador de basuras, que tenía una fuga. Me convertí en persona útil, pero, en lo referente a Brit, la adoraba a distancia.

Así que me quedé estupefacto cuando un día Brit vino donde estaba cortando leña para Francis.

—Bien —empieza—. ¿Son ciertos los rumores?

—¿Qué rumores? —pregunté.

—Dicen que descalabraste a toda una banda de moteros y mataste a tu propio padre.

—Pues no —dije.

—Entonces, ¿eres uno de esos mariquitas a los que les gusta fanfarronear con que son grandes y despiadados angloamericanos para poder arrimarse al ascua de mi padre?

La miré atónito y vi que torcía la boca. Levanté el hacha sobre mi cabeza, flexioné los músculos y la descargué sobre el tronco, que se partió limpiamente.

—Prefiero pensar que estoy entre los dos extremos —repuse.

—Puede que quiera verlo con mis propios ojos. —Se acercó un paso—. La próxima vez que tu cuadrilla salga de caza.

Me eché a reír.

—Ni de coña voy a llevar a la hija de Francis Mitchum con mis chicos.

—¿Por qué no?

—Porque eres la hija de Francis Mitchum.

—Eso no es una respuesta.

Diablos, sí que lo era, aunque ella no lo entendiese.

—Mi padre me ha llevado con su cuadrilla desde siempre.

No sé por qué, aquello me resultó difícil de creer. Más tarde descubrí que era cierto, pero es que dejaba a Brit atada en el asiento infantil, profundamente dormida, en la trasera del camión.

—No eres lo bastante dura como para salir con mi pandilla —dije para quitármela de encima.

Como no respondió, supuse que allí se acababa todo. Volví a levantar el hacha e iba ya a bajarla cuando Brit, como un relámpago, se me puso delante. Inmediatamente solté el mango y el hacha salió dando vueltas de mis manos para clavarse profundamente en la tierra, a unos quince centímetros de donde estaba ella.

—¡Me cago en la puta! —grité—. ¿Qué diablos te pasa?

—¿No soy lo bastante dura? —replicó.

—El jueves —le dije—. Cuando oscurezca.

Todas las noches oigo llorar a mi hijo.

El sonido me despierta y es cuando me doy cuenta de que es un fantasma. Brit nunca lo oye, pero es que ella flota todavía en una bruma de somníferos y la oxicodona que sobró cuando me rompí la rodilla. Bajo de la cama, echo una meada y sigo el ruido, que cada vez es más alto y crece sin parar, hasta que desaparece cuando llego a la salita. Allí no hay nadie, solo la verde pantalla del ordenador, que me mira.

Me siento en el sofá, me tomo un lote de seis cervezas y aun así sigo oyendo llorar a mi hijo.

Mi suegro me da casi dos semanas de duelo y luego se pone a tirar toda la cerveza que hay en la casa. Una noche, Francis me encuentra sentado en el sofá de la salita, con la cabeza en las manos, tratando de ahogar los sollozos infantiles. Durante unos segundos pienso que va a atizarme (será un viejo, pero aún puede conmigo), pero lo que hace es tirar del ordenador portátil hasta soltarlo del enchufe y me lo arroja encima.

—Véngate —se limita a decir, y se va a su lado de la vivienda.

Me quedo sentado allí un buen rato, con el ordenador abierto junto a mí, como una chica que estuviera esperando que la saquen a bailar.

No puedo decir que lo buscara. Más bien fue como si se hubiera abierto paso hacia mí.

Al pulsar una tecla, se carga una página web. No he entrado en ella desde antes del parto de Brit.

Cuando Francis y yo formamos equipo para crear la web, leí manuales sobre codificación y metadatos, y Francis aportó el material que queríamos colgar. Llamamos a nuestra página LOBOSOLITARIO, porque eso era lo que todos íbamos a ser.

Ya no estábamos en los años ochenta. Nuestros mejores hombres acababan en la cárcel. La vieja guardia era demasiado vieja para reventar bocas contra el bordillo de las aceras y llevar encima nunchakus. Los nuevos miembros estaban demasiado al día para emocionarse con las reuniones del KKK, en las que un puñado de ancianos aburridos se sentaba a beber y a hablar de los buenos tiempos de antaño. No querían oír cuentos de viejas, como que los negros apestan cuando se les moja el pelo. Querían estadísticas con que replicar a sus profesores y parientes de izquierdas, que se quedan confusos y hechos un lío cuando se les dice que nosotros somos las auténticas víctimas de la discriminación en este país.

Así que les dimos lo que pedían.

Publicamos la verdad: que el Instituto Nacional de Estadística decía que los Blancos seríamos una minoría en 2043. Que el 40 por ciento de los negros que vivían de la seguridad social *podía* trabajar y no trabajaba. Que la realidad de que el Gobierno de Ocupación

Sionista está invadiendo nuestra nación puede remontarse documentalmente hasta el momento en que Alan Greenspan fue presidente de la Reserva Federal.

Lobosolitario.org creció rápidamente hasta superar todas las expectativas. Éramos la alternativa más joven y moderna. La vanguardia innovadora de la rebelión.

Mis manos cabalgan sobre el teclado cuando introduzco la contraseña de administrador. Parte de los motivos de llevar esta página es el anonimato, la posibilidad de permanecer oculto detrás de lo que creo. Aquí todos somos anónimos, y también somos todos hermanos. Es mi ejército de amigos sin nombre ni cara.

Pero hoy va a cambiar todo.

«Muchos me conocéis por las noticias y las opiniones de mi blog, a las que habéis respondido con comentarios. Como yo, sois Auténticos Patriotas. Como yo, sois fieles a una idea, no a una persona. Pero hoy voy a revelar mi identidad, porque quiero que me conozcáis. Quiero que sepáis lo que me ha ocurrido.

»Me llamo Turk Bauer. Y voy a contaros la historia de mi hijo.»

Subo el texto para colgarlo en la página y me quedo mirando la historia de la breve y brava vida de mi hijo en la pantalla del ordenador. Quiero creer que si tuvo que morir, fue por una causa. Fue por nuestra causa.

Esta noche no bebo ni me quedo dormido. Me quedo mirando el contador numérico de la cabecera de la página, que indica la cantidad de personas que la leen.

1 lector.

6 lectores.

37 lectores.

409 lectores.

Cuando sale el sol, más de trece mil personas conocen el nombre de Davis.

Preparo café y me pongo a leer los comentarios mientras me tomo la primera taza.

«Siento muchísimo su pérdida.»

«Su hijo era un soldado de raza.»

«A ese asqueroso pedazo de carbón no deberían haberle permitido trabajar en un hospital para Blancos.»

«He hecho un donativo en nombre de su hijo al Partido Americano de la Libertad.»

Pero un comentario me deja pasmado:

«Romanos 12:19: No os venguéis por vuestra mano, amados míos, dejad que obre la ira de Dios, porque escrito está: mía es la Venganza; yo os resarciré, dice el Señor.»

El jueves siguiente al día en que Brit esquivó el hacha cené con ella y con su padre. Ya estábamos con el postre cuando Brit levantó la cabeza, como si acabara de recordar algo que quería contarnos.

—Hoy he atropellado a un negrazo con el coche —anunció.

Francis se retrepó en la silla.

—Vaya, ¿y qué estaba haciendo delante de tu coche?

—No tengo ni idea. Pasear, supongo. Pero me abolló el parachoques delantero.

—Le echaré un vistazo —dije—. He hecho trabajos de carrocería.

En la boca de Brit bailoteó una sonrisa.

—Apuesto a que sí.

Se me subió el pavo con treinta matices de rojo mientras Brit le contaba a su padre que me había convencido para que la llevara al cine después de cenar, a ver una película romántica. Francis me da una palmada en el hombro.

—Mejor tú que yo, hijo —exclamó, y al rato estábamos en mi vehículo, preparados para rematar la noche.

Brit era una polvorilla que no se estaba quieta en el asiento del copiloto. No paraba de hablar; no paraba de hacer preguntas: ¿adónde íbamos? ¿Quién era el objetivo? ¿Había estado allí antes?

Tal como lo había planeado, o todo salía bien y me ganaba el respeto eterno de Brit, o salía mal y su padre me rompería el cuello por ponerla en peligro.

La llevé a un aparcamiento abandonado, cercano a un puesto de perritos calientes muy frecuentado por maricones, que a veces se reunían allí para enrollarse entre los arbustos que había detrás. (Hablando en serio: ¿puede haber un tópico más socorrido que el que los gays se citen en un puesto de salchichas? Solo por eso ya se merecían una paliza.) Había pensado machacar a unos cuantos morenos, pero eran básicamente animales y podían resultar muy fuertes en una pelea, mientras que en el caso de los maricas, hasta Brit podía darles una manta de hostias.

—¿Los otros muchachos se reunirán aquí con nosotros? —preguntó.

—No habrá otros muchachos —confesé—. Antes tenía una cuadrilla, pero cuando uno se volvió contra mí, decidí que prefería trabajar solo. Así fue como se propaló el rumor de los moteros. La única razón de que no tenga una banda propia es que no puedo confiar en nadie más.

—Lo entiendo —dijo Brit—. Es una mierda que te abandone la gente que se supone que te tiene que apoyar.

La miré fijamente.

—No sé por qué, pero creo que has tenido una vida llena de privilegios.

—Sí, exceptuando el capítulo en que mi madre se largó y me abandonó de niña, como si fuera…, simple basura.

Sabía que Francis no tenía esposa, pero no sabía lo que había pasado.

—Qué mierda, chica. Lo siento.

Pero me sorprendió ver que Brit no estaba alterada. Estaba furiosa.

—Pues yo no. —Sus ojos ardían como ascuas en una hoguera—. Papá me dijo que se largó con un negro.

En aquel momento llegaron dos hombres al puesto de salchichas. Recogieron los perritos calientes y se acercaron a una mesa de pícnic medio rota.

—¿Estás preparada? —pregunté a Brit.

—Nací preparada.

Reprimí una sonrisa; ¿había sido yo alguna vez tan valiente? Bajamos del coche y anduvimos por la calle como si fuéramos a tomar un bocado. Pero, antes de llegar al puesto, me detuve en la mesa de pícnic y sonreí amablemente.

—Hola, palomos cojos, ¿tenéis un cigarrillo?

Cambiaron una mirada. Me encanta esa mirada. Es la misma que ves en un animal cuando se da cuenta de que está acorralado.

—Vámonos —dijo el rubio al otro tío, que era pequeño y flacucho.

—Verás, eso no sirve en mi caso —dije, acercándome un poco más—. Porque de todos modos sabré que estáis por aquí. —Cogí a Rubito por el cuello y le di un puñetazo que lo dejó seco.

Cayó al suelo como un saco de patatas. Me volví para mirar a Brit, que había saltado sobre la espalda del flacucho y lo zarandeaba como una pesadilla. Le clavó las uñas en la mejilla y, cuando cayó al suelo, empezó a darle patadas en los riñones, luego se puso a horcajadas sobre él, le levantó la cabeza y se la estrelló contra el pavimento.

Yo había peleado antes al lado de mujeres. Es un error habitual creer que las cabezas rapadas son serviles, que van descalzas y están embarazadas la mayor parte del tiempo. Pero si quieres ser una *skin*, tienes que ser una zorra despiadada. Puede que Brit no se hubiera manchado las manos de sangre hasta entonces, pero tenía un talento innato.

El cuerpo que golpeaba ya estaba laxo e inconsciente y la detuve para enderezarla.

—Vamos —apremié, y corrimos juntos al coche.

Fuimos a una colina desde la que había una vista panorámica de los aviones que despegaban y aterrizaban en el aeropuerto Tweed. Las luces de posición nos hacían guiños mientras permanecíamos sentados en la capota del coche, con Brit nadando en adrenalina.

—Hostia —gritaba, levantando el cuello al cielo nocturno—. Ha sido increíble, joder. Ha sido como…, como…

No encontraba la palabra, pero yo sí. Sabía que era como tener tanto embotellado dentro que tenías que explotar. Sabía lo que era causar dolor durante unos segundos, en lugar de sentirlo. La fuente de la inquietud de Brit podría ser diferente de la mía, pero le había dado rienda suelta igualmente, y acababa de encontrar la brecha en la valla.

—Ha sido la libertad —dije.

—Sí —sonrió, mirándome—. ¿Alguna vez te has sentido como si no estuvieras en tu propia piel? ¿Cómo si fueras a ser otra persona?

«Siempre», pensé. Pero en lugar de decirlo, me incliné sobre ella y la besé.

Se volvió para sentarse encima de mí, cara a cara. Me besó con fuerza, mordiéndome el labio, devorándome. Sus manos se introdujeron bajo mi camisa y me desabrocharon los botones de los vaqueros.

—Eh —dije, tratando de sujetarle las muñecas—. No hay prisa.

—Sí la hay —me susurró al oído.

Era puro fuego y, cuando te acercas demasiado al fuego, también tú acabas en llamas. Así que dejé que me metiera la mano en la bragueta, la ayudé a levantarse la falda y le rasgué las bragas. Brit descendió conmigo dentro y yo me introduje en ella como si fuera el comienzo de algo.

La mañana de la comparecencia me visto mientras Brit está dormida con el mismo pijama que ha llevado los últimos cuatro días. Desayuno un tazón de cereales y me preparo para la guerra.

En el juzgado hay unos veinte amigos que no sabía que tuviera.

Son fieles seguidores de LOBOSOLITARIO, personas que habitualmente suben comentarios a mi página, hombres y mujeres que han leído lo ocurrido a Davis y han querido hacer algo más que mostrarme su solidaridad por escrito. Como yo, no tienen el aspecto que la mayoría de la gente esperaría en un *skinhead*. Ninguno lleva la cabeza rapada, salvo yo. Todos llevan ropas normales. Algunos llevan en la solapa pequeñas insignias que representan una cruz solar. Muchos llevan una cinta celeste por Davis. Unos me dan palmadas en la espalda o me llaman por mi nombre. Otros se limitan a saludar con una ligera inclinación de cabeza, para que yo sepa que están aquí por mí, mientras avanzo por el pasillo.

Entonces me sale al paso una negraza. Casi le doy un empujón (como si dijéramos un reflejo rotuliano) cuando se pone a hablarme, y entonces me doy cuenta de que conozco su voz, y de que es la fiscal.

He hablado con Odette Lawton por teléfono, pero no tenía voz de negra. Me sienta como una bofetada, una especie de conspiración.

Quizá sea beneficioso. No es de extrañar que los liberales que gobiernan el sistema jurídico la tengan tomada con los angloamericanos, y no hay forma de conseguir nunca un juicio imparcial debido a ello. Me juzgarán a mí y no a la enfermera. Pero si el letrado que está de mi parte es negro, ¿puedo decir entonces que me discriminan?

No sabrán nunca lo que realmente pienso.

Alguien lee el nombre del juez, DuPont, que no suena a judío, lo que es un buen comienzo. Luego oigo llamar a otros cuatro acusados antes de oír el nombre de Ruth Jefferson.

La sala silba como una parrilla. El público se pone a abuchear y levanta pancartas con el rostro de mi hijo, una foto que subí a la página web, la única que tengo de él. Entonces introducen a la enfermera, que va en camisón y con grilletes en las muñecas. Mira al público. Me pregunto si me buscará a mí.

Decido ponérselo fácil.

Con un ágil movimiento, me pongo en pie y me inclino sobre la barandilla que nos separa de los letrados y el taquígrafo. Respiro hondo y lanzo un gargajo que le da a la zorra en toda la cara.

Inmediatamente me doy cuenta de que me reconoce.

Me rodean dos ujieres que me arrastran fuera de la sala, pero esto también es beneficioso. Porque, mientras me expulsan, la enfermera verá la esvástica tatuada en mi cabeza.

No pasa nada por perder una batalla cuando has ido a ganar la guerra.

Los dos ujieres de mierda me expulsan por entre las macizas puertas del juzgado.

—Ni se le ocurra volver a entrar —advierte uno, y los dos desaparecen dentro.

Apoyo las manos sobre las rodillas para recuperar el aliento. Puede que no tenga acceso a la sala, pero, que yo sepa, este es un país libre. No podrán impedir que me quede aquí y vea cómo se llevan a Ruth Jefferson a la cárcel.

Decidido ya, levanto los ojos y entonces las veo: las furgonetas con las antenas parabólicas. Las reporteras alisándose la falda y probando los micrófonos. Los medios de comunicación han venido a informar sobre el caso.

El abogado dijo que necesitaban un padre acongojado, no un padre furioso. Eso se lo puedo dar.

Pero antes saco el teléfono móvil y llamo a la casa de Francis.

—Saca a Brit de la cama y ponla frente al televisor. —Miro las furgonetas—. Canal Cuatro.

Entonces me saco el gorro del bolsillo, el que llevaba cuando entré esta mañana en el juzgado, para no llamar la atención sobre el tatuaje hasta que yo quisiera. Me lo encasqueto.

Pienso en Davis, que es lo único que necesito para que los ojos se me llenen de lágrimas.

—Lo ha visto, ¿verdad? —digo, acercándome a una reportera tendenciosa que he visto en la NBC—. ¿Ha visto cómo me arrojaban de ese edificio?

La mujer me mira.

—Ah, sí, bueno. Lo siento, pero estamos aquí para informar sobre otro asunto.

—Lo sé —digo—. Pero soy el padre del niño muerto.

Le cuento a la reportera lo emocionados que estábamos Brit y yo porque era nuestro primer hijo. Digo que nunca había visto nada tan perfecto como sus diminutas manos, su nariz, que era igual que la de mi esposa. Digo que mi mujer está todavía tan triste por lo que le pasó a Davis que no puede levantarse de la cama, ni siquiera ha podido venir hoy al juzgado.

Digo que es una tragedia que alguien que ha hecho el juramento de curar mate intencionadamente a un niño indefenso, solo porque está enfadada por haber sido apartada del cuidado de un paciente.

—Entiendo que tuviéramos puntos de vista diferentes —añado, mirando a la reportera—. Pero eso no significa que mi hijo mereciera morir.

—¿Cuál espera que sea el resultado, señor Bauer? —pregunta.

—Quisiera recuperar a mi hijo —sentencio—. Pero eso no ocurrirá.

Entonces me voy murmurando una disculpa. La verdad es que estoy empezando a atragantarme, pensando en Davis. Y no voy a salir en la tele lloriqueando como una hembra.

Esquivo a los demás reporteros, que han empezado a darse empujones para hablar conmigo, pero se distraen cuando se abren las puertas del juzgado y sale Odette Lawton. Explica que es un crimen abyecto y que el Estado hará justicia. Me deslizo por un lateral del edificio, dejo atrás a un conserje que fuma un cigarrillo y llego a un muelle de carga de la parte posterior. Sé que esto conduce a una puerta de un nivel inferior, por la que se va a los calabozos.

No puedo entrar; hay guardias apostados. Pero me quedo a cierta distancia, a resguardo del viento, hasta que sale un furgón con las palabras PENITENCIARÍA YORK impresas en el lateral. Es la única cárcel de mujeres del Estado y está en Niantic. Es donde llevan a la enfermera.

En el último minuto me pongo delante para que el conductor tenga que frenar.

Sé que dentro de ese furgón Ruth Jefferson sufrirá una sacudida a causa del frenazo. Mirará por la ventanilla para ver qué lo ha causado.

Que la última cosa que vea antes de ir a la cárcel sea yo.

Después de llevar a Brit a desahogar el espíritu salvaje, me convertí en un visitante habitual de su casa, y prácticamente llevaba la página web desde la salita de Francis. En LOBOSOLITARIO publicábamos polémicas: foros sobre impuestos que enfrentaban a Joe Legal, el trabajador Blanco, y a José, el Ladrón de Empleos Ilegal; argumentos sobre por qué Obama estaba destruyendo nuestra economía; un club literario *online*; una sección de escritura creativa y poesía, en la que había una historia alternativa de trescientas páginas sobre el desenlace de la Guerra de Secesión. Había una sección para que las mujeres angloamericanas se comunicaran entre sí, y otra para adolescentes, para ayudarlas a sortear situaciones como qué hacer cuando un amigo le revelaba que era gay (terminar inmediatamente con esa amistad o explicar que nadie nace así y que esa inclinación terminará por desaparecer). Había sondeos de opinión («¿Qué es peor: un gay Blanco o un negro heterosexual?» «¿Qué universidades son las más antiblancas?») El tema más concurrido era sobre fundar una Escuela Primaria Nacionalista Blanca. Habíamos recibido más de un millón de opiniones.

Pero también teníamos una sección donde dábamos consejos sobre lo que podía hacer la gente individualmente o dentro de sus células, si quería acción, sin promover la violencia directa. Sobre todo buscábamos formas de confundir a las minorías, para hacerles creer que había un ejército detrás de nosotros, cuando en realidad solo había un par de personas.

Francis y yo practicábamos lo que predicábamos. Elegimos un tramo de carretera en una zona de mayoría negra y pusimos un cartel que decía que la estaba costeando el KKK. Una noche fuimos al Centro de la Comunidad Judía de West Hartford. Durante los servicios nocturnos del viernes pusimos una octavilla bajo el limpiaparabrisas de todos los coches del aparcamiento: una foto de Adolf Hitler en pleno *sieg heil*, y debajo, en mayúsculas: EL HOLOCAUSTO FUE UNA PATRAÑA. Al dorso había una serie de verdades como puños:

El Zyklon B era un producto para despiojar; utilizarlo como gas habría requerido inmensas cantidades y cámaras herméticas, y nada de eso había en los campos.

No había restos de asesinatos masivos en los campos. ¿Dónde estaban los huesos y los dientes? ¿Dónde las montañas de ceniza?

Las incineradoras americanas tardan ocho horas en quemar un cadáver, ¿y dos crematorios de Auschwitz quemaban 25.000 cadáveres al día? Imposible.

La Cruz Roja inspeccionaba los campos cada tres meses y presentó multitud de quejas, ninguna de las cuales hablaba de gasear a millones de judíos.

Los medios de comunicación liberales judíos han perpetuado este mito porque les facilita el camino.

A la mañana siguiente, el *Hartford Courant* publicaría un artículo sobre los elementos neonazis infiltrados en esta comunidad. Los padres estarían preocupados por sus hijos. Todos estarían con los nervios a flor de piel.

Esto era exactamente lo que nos gustaba. No teníamos que atentar contra nadie mientras pudiéramos hacer que se cagaran de miedo.

—Bien —dijo Francis mientras volvíamos a la vivienda doble—. Fue un buen trabajo nocturno.

Asentí sin apartar los ojos de la calzada. Francis era un maniático en esto: por ejemplo, no me dejaba conducir con la radio puesta para que no me distrajera.

—Tengo que hacerte una pregunta, Turk —dijo. Esperaba que me preguntara cómo podíamos conseguir que LOBOSOLITARIO saliera en primer lugar cuando se hiciera una búsqueda en Google, o si podíamos transmitir *podcasts*, pero, lejos de ello, se volvió hacia mí y me espetó—: ¿Cuándo vas a hacer de mi hija una mujer decente?

Casi me tragué la lengua.

—Yo, bueno, para mmí sería un honor hacerlo.

Me miró con aire evaluador.

—Estupendo. Hazlo pronto.

La verdad es que tardé algún tiempo. Yo quería ser perfecto, así que pedí consejos en LOBOSOLITARIO. Un tipo se había puesto un uniforme completo de las SS para hacer una petición de mano. Otro llevó a su amada al lugar de su primera cita, pero no me parecía a mí que un puesto de perritos calientes con gays chupándose la polla entre los arbustos fuera un sitio muy apropiado. Varios blogueros se enzarzaron en una enconada pelea sobre si era necesario un anillo de compromiso o no, ya que los judíos controlaban la industria del diamante.

Al final decidí contarle sencillamente lo que sentía. Así que un día la recogí y la llevé a mi casa.

—¿En serio? —dijo—. ¿Vas a cocinar tú?

—Pensé que podíamos hacerlo juntos —sugerí cuando entramos en la cocina. Le di la espalda porque estaba seguro de que ella se daría cuenta de lo aterrorizado que estaba.

—¿Qué vamos a cenar?

—Tranquila, no te defraudaré. —Le alargué una tarrina de humus. En la tapa había escrito: «No hay palabras para expresar cuánto humus echo por ti».

Brit se echó a reír.

—Muy original.

Le alargué una mazorca de maíz e hice como que la chupaba. Le quitó la farfolla y cayó una nota: «Me gustas más que el mazorpán».

Sonriendo, alargó las manos pidiendo más.

Le di un frasco de salsa de tomate con una pegatina detrás: «Tómate mi amor como te lo entrego».

—Qué vehemente —comentó Brit sonriendo.

—Estaba limitado por la temporada. —Le alargué una mandarina. «Eres mi media naranja».

Entonces abrí el frigorífico.

En el estante superior había un plátano que figuraba una C, tres zanahorias que formaban una A, dos plátanos yuxtapuestos en sentido contrario para formar una S, otras tres zanahorias que formaban otra A y unos trozos de raíz de jengibre que formaban una T y una E.

En el estante del centro había un paquete de carne picada envuelta en plástico con el que había construido la palabra CONMIGO.

En el estante inferior había una calabaza en la que había grabado el nombre de Brit.

Brit se llevó la mano a la boca cuando me puse de rodillas. Le di una cajita. Dentro había un topacio azul, que era exactamente del color de sus ojos.

—Di que sí —supliqué.

Se puso el anillo en el dedo mientras yo me ponía en pie.

—Ya esperaba una cinta de atar bolsas de basura después de todo esto —bromeó Brit, echándome los brazos al cuello.

Nos besamos y la subí a la encimera de la cocina. Me rodeó con las piernas. Pensé en pasar el resto de mi vida con Brit. Pensé en nuestros hijos; en que se parecerían a ella; en que tendrían un padre que sería un millón de veces mejor de lo que había sido el mío.

Una hora después, mientras yacíamos el uno en brazos del otro en el suelo de la cocina, encima de nuestras ropas amontonadas, la estreché con más fuerza.

—Supongo que esto es un sí —dije.

Sus ojos se iluminaron y corrió a la nevera para volver unos segundos después.

—Sí —respondió—. Pero antes has de prometerme algo. Que nunca serás un... —y me puso un melón en las manos.

Cuando llego a casa del juzgado, la televisión sigue puesta. Francis me recibe en la puerta y lo miro con una pregunta en la punta de la lengua. Pero, antes de decir nada, veo que Brit está sentada en el suelo de la salita, con el rostro a unos centímetros de la pantalla. Están dando las noticias del mediodía, y allí está Odette Lawton hablando con los reporteros.

Brit se vuelve y, por primera vez desde que nació nuestro hijo, por primera vez en semanas, sonríe.

—Cariño —dice, radiante, hermosa y mía de nuevo—. Cariño, eres una estrella.

Ruth

Me cargaron de cadenas.

Me pusieron grilletes en las muñecas como si tal cosa, para que doscientos años de historia volvieran a correr por mis venas como una corriente eléctrica. Para volver a sentir a mi tatarabuela y a su madre, de pie en un tablado, en medio de una subasta. Me encadenan, y mi hijo, al que desde que nació he repetido cada día que «eres mucho más que el color de tu piel», mi hijo lo ve.

Es más humillante que estar en camisón en público, que tener que orinar sin intimidad en el calabozo, que recibir un escupitajo de Turk Bauer, que una extraña hable en mi favor delante de un juez.

Me había preguntado si toqué a la criatura, y mentí. No porque a estas alturas crea que tengo un trabajo que salvar, sino porque en ese momento no se me ocurrió cuál era la respuesta que debía dar, la que me devolvería la libertad. Y porque no confiaba en esa extraña sentada frente a mí, cuando para ella yo no era más que uno de los veinte comparecientes a los que vería ese día.

Escucho a la abogada —Kennedy no sé qué, ya he olvidado su apellido— y veo cómo se pasa la pelota con la otra letrada. La fiscal, que es una mujer de color, ni siquiera me ha mirado a los ojos. Me pregunto si será porque no siente más que desprecio por mí, presunta criminal…, o porque sabe que, si quiere ser tomada en serio, tiene que ensanchar el abismo que nos separa.

Fiel a su palabra, Kennedy me consigue una fianza. Instintivamente quiero abrazar a esta mujer, darle las gracias.

—¿Qué pasará ahora? —pregunto mientras el público de la sala escucha la decisión y se convierte en un ser vivo y que respira.

—Que saldrá de aquí —responde.

—Gracias a Dios. ¿Cuándo?

Espero oír que dentro de unos minutos. Una hora como máximo. Habrá que firmar papeles, y los guardaré bajo llave para demostrar que todo esto ha sido un malentendido.

—Dentro de un par de días —contesta Kennedy. Entonces un guardia corpulento me coge del brazo y me lleva otra vez con firmeza hacia la conejera donde están los calabozos, al sótano de este edificio dejado de la mano de Dios.

Espero en la misma celda a la que me llevaron durante el receso del tribunal. Cuento los bloques de piedra artificial de la pared: 360. Los vuelvo a contar. Pienso en el tatuaje arácnido de la cabeza de Turk Bauer y en que no creía que este sujeto pudiera ser peor de lo que ya era, pero estaba equivocada. No sé cuánto tiempo pasa hasta que llega Kennedy.

—¿Qué ocurre? —exploto—. ¡No puedo quedarme aquí días y días!

Habla de escrituras, de hipotecas y de porcentajes, números que flotan y rebotan en mi cabeza.

—Sé que está preocupada por su hijo. Estoy segura de que su hermana no lo perderá de vista.

Siento en la garganta un sollozo que crece como una canción. Pienso en la casa de mi hermana, donde sus hijos responden de malos modos al padre cuando les dice que saquen la basura. Donde la cena no es una conversación, sino comida china a domicilio con la televisión a todo volumen. Pienso en Edison enviándome mensajes al trabajo, cosas como «Leer *Lolita* para exmn lit ingl. Nabokov = k tío + cnfndido».

—¿Entonces me quedo aquí? —pregunto.

—La llevarán a la cárcel.

—¿A la cárcel? —Un escalofrío me recorre la espalda—. Pero creía que me ponían en libertad bajo fianza.

—Sí. Pero las cosas de palacio van despacio, y tendrá que quedarse hasta que la fianza se haya depositado.

De repente aparece en la puerta de la celda un guardia al que no había visto antes.

—La tertulia ha terminado, señoras —anuncia.

Kennedy me mira y me ametralla con palabras rápidas.

—No hable sobre sus cargos. Querrán negociar para sonsacarle información. No confíe en nadie.

«¿Ni siquiera en usted?», me pregunto.

El guardia abre la puerta de la celda y me dice que estire los brazos. Otra vez los grilletes con las cadenas.

—¿De verdad es necesario? —pregunta Kennedy.

—Yo no dicto las normas —replica el guardia.

Me conducen por otro pasillo hasta un muelle de carga, donde hay un furgón esperando. Dentro hay otra mujer encadenada. Lleva un vestido ajustado y lápiz de ojos brillante y la cabellera le llega hasta media espalda.

—¿Te gusta lo que ves? —pregunta, y desvío la mirada inmediatamente.

El *sheriff* sube al asiento delantero del furgón y pone el motor en marcha.

—Agente —dice la mujer—. Adoro la joyería, pero estas pulseras estropean mi estilo.

Como el *sheriff* no responde, la mujer pone los ojos en blanco.

—Soy Liza —se presenta—. Liza Lott.

No puedo evitarlo; me echo a reír.

—¿Es su nombre verdadero?

—Más vale que lo sea, ya que lo elegí yo. Me gustaba mucho más que… Bruce. —Frunce los labios mirándome, esperando mi reacción. Mis ojos van desde sus grandes manos con manicura hasta su deslumbrante cara. Si espera que me sorprenda, va lista. Soy enfermera. He visto de todo, literalmente, incluido un transexual que quiso quedarse embarazado porque resultó que su mujer era estéril; y una mujer con dos vaginas.

La miro a los ojos, negándome a ser intimidada.

—Soy Ruth.

—¿Ya te han dado tu bocadillo del Subway, Ruth?

—¿Qué?

—La comida, cielo. Es mucho mejor en el juzgado que en la cárcel, ¿verdad?

Niego con la cabeza.

—Es la primera vez que me pasa esto.

—Pues a mí deberían darme una tarjeta. Ya sabes, de esas con las que te dan gratis un café o un tubito para las pestañas cuando visitas el trullo por décima vez. —Sonríe—. ¿Por qué estás aquí?

—Ojalá lo supiera —respondo, antes de recordar que no debo decir nada.

—Pero ¿qué pasa, tía? Has estado en el juzgado, has comparecido —replica Liza—. ¿No oíste de qué te acusaban?

Me doy la vuelta y me concentro en el paisaje que se ve por la ventanilla.

—Mi abogada me dijo que no tenía que hablar con nadie de eso.

—Pues qué bien —aspira con fuerza por la nariz—. Disculpe su majestad.

En el espejo retrovisor aparecen los ojos del *sheriff*, penetrantes y azules.

—Está aquí por asesinato —dice, y nadie vuelve a hablar durante el resto del viaje.

Cuando presenté la solicitud para ingresar en la Escuela de Enfermería de Yale, mamá pidió a su pastor que rezara una oración por mí, con la esperanza de que Dios influyera en el comité de admisiones si mi expediente universitario resultaba insuficiente. Recuerdo que fue una tortura estar en la iglesia a su lado, mientras la congregación elevaba al cielo sus preces y sus voces por mí. Había gente que se moría de cáncer, parejas estériles que esperaban un hijo, guerra en países del Tercer Mundo; en otras palabras, cosas mucho más importantes en las que el Señor podía emplear su tiempo. Pero mamá dijo que yo era igual de importante, al menos para nuestra congregación. Yo representaba su éxito, tenía un título universitario y eso era lo decisivo.

El día anterior, al comienzo de las clases, mamá me llevó a cenar fuera.

—Estás destinada a hacer pequeñas grandes cosas —me dijo—. Como dijo el doctor King. —Se refería a una de sus citas favoritas: «Si no puedo hacer grandes cosas, puedo hacer cosas pequeñas a lo grande»—. Pero —añadió— no olvides de dónde vienes.

No entendí muy bien a qué se refería. Yo estaba entre los doce jóvenes de nuestro barrio que habían ido a la universidad, y solo un puñado estaba destinado a hacer cursos de posgrado. Sabía que estaba orgullosa de mí; sabía que estaba convencida de que había merecido la pena trabajar con ahínco para dar un rumbo diferente a mi vida. Si me había estado empujando fuera del nido desde pequeña, ¿por qué quería que me llevara las ramitas con las que lo había construido? ¿No podría volar más lejos sin ellas?

Hice cursos de anatomía y fisiología, de farmacología y principios de enfermería, pero planeaba la agenda de forma que siempre estaba en casa para cenar, para contarle el día a mi madre. No importaba que el trayecto a la ciudad fuera de dos horas para ida y dos para la vuelta. Sabía que, si mi madre no hubiera pasado treinta años barriendo los suelos de la casa de la señora Mina, ni siquiera habría subido a aquel tren.

—Cuéntamelo todo —decía mamá, sirviéndome en el plato lo que había cocinado. Yo le explicaba las cosas notables que había aprendido: que la mitad de la población tiene en la nariz unas bacterias resistentes a los antibióticos; que la nitroglicerina puede producir diarrea si entra en contacto con la piel; que por la mañana eres un centímetro más alta que al anochecer, a causa del fluido que hay entre los discos intervertebrales. Pero también había cosas que no le contaba.

Aunque estaba en una de las mejores escuelas de enfermería del país, eso solo importaba en el campus. En Yale había alumnas que querían ver mis meticulosos apuntes de clase o que me uniera a su grupo de trabajo. Durante las rotaciones clínicas en el hospital, los profesores elogiaban mi pericia. Pero al final del día, entraba en una tienda a buscar una Coca-cola y el propietario me seguía para comprobar que no le robaba nada. Me sentaba en el tren y ancianas blancas pasaban de largo sin mirarme, aunque hubiera un asiento vacío a mi lado.

Al cabo de un mes de estar en la escuela, compré un termo con el logotipo de Yale. Mi madre supuso que era porque salía antes del amanecer para abordar el tren de New Haven, y se levantaba a preparar café cada mañana para llenarlo. Pero no era cafeína lo que yo necesitaba; era un billete para un mundo diferente. Cada vez que subía al tren me ponía el termo en el regazo, con el logo de YALE hacia fuera para que los demás pasajeros pudieran verlo cuando se cruzaran conmigo. Era una bandera, una señal que decía: «Soy de los vuestros».

La cárcel de mujeres está a una hora de New Haven. Cuando llegamos, a Liza y a mí nos meten en una celda que es exactamente igual que la del juzgado, solo que con más gente. Hay otras quince mujeres dentro. No hay asientos, así que me deslizo con la espalda en la pared y me siento en el suelo entre dos mujeres. Una tiene las manos cruzadas delante y reza en español entre susurros. La otra se muerde las uñas.

Liza se apoya en los barrotes y empieza a formar una trenza con su larga cabellera.

—Disculpa —digo en voz baja—. ¿Sabes si me permitirán llamar por teléfono?

Me mira fijamente.

—Vaya, ahora quieres hablar conmigo.

—Lo siento, no quería ser maleducada. Para mí todo esto es una novedad.

Liza se pone una goma elástica en el extremo de la trenza.

—Claro que te lo permitirán. En cuanto te sirvan el caviar y te den un buen masaje.

Todo esto me escandaliza. ¿Una llamada de teléfono no es un derecho básico de los presos?

—Esto no se parece en nada a las películas —murmuro.

Liza se pone las manos bajo los pechos y se los sube.

—No te creas todo lo que ves.

Una guardiana abre la puerta de la celda. La mujer que reza se levanta con los ojos llenos de esperanza, pero la funcionaria señala a Liza.

—Vaya por Dios, Liza. ¿Otra vez aquí?

—¿No sabes nada de economía? Todo es oferta y demanda. No trabajo sola en este ramo del comercio, agente. Si no demandaran tanto mis servicios, la oferta se daría el bote.

La guardiana se echa a reír.

—Y aquí está el ejemplo —dice, cogiéndola por el brazo para sacarla.

Una por una nos van sacando de la celda. Ninguna de las que se va vuelve. Para entretenerme, empiezo a hacer listas de lo que le contaré a Adisa algún día, cuando pueda mirar atrás y reírme de todo esto: que la comida que nos dan durante la larguísima espera es tan difícil de identificar que no sé si es verdura o carne; que la interna que estaba fregando el suelo cuando nos introdujeron era exactamente igual que mi profesora de segundo curso; que, aunque me da vergüenza estar en camisón, en la celda hay otra que va disfrazada como una mascota de equipo de fútbol estudiantil. Por fin, la misma funcionaria que se llevó a Liza abre la puerta y pronuncia mi nombre.

Le sonrío y trato de ser lo más obediente posible. Leo el nombre en el marbete de su uniforme: Gates.

—Agente Gates —digo cuando las demás mujeres no nos oyen—. Sé que solo hace su trabajo, pero a mí me han dejado en libertad bajo fianza. El caso es que tengo que ponerme en contacto con mi hijo…

—Eso cuénteselo a su abogado, reclusa. —Vuelve a hacerme fotos y a tomarme las huellas. Rellena un formulario donde se pregunta de todo, desde mi nombre, dirección y sexo hasta si tengo el sida y cuántas drogas he tomado en mi vida. Luego me conduce a una sala un poco más grande que un armario en la que solo hay una silla.

—Desnúdese —dice—. Ponga sus ropas en la silla.

Me quedo mirándola.

—Desnúdese —repite.

Se cruza de brazos y se apoya en la puerta. Si la primera libertad que pierdes en la cárcel es la intimidad, la segunda es la dignidad. Le doy la espalda y me quito el camisón por la cabeza. Lo doblo con cuidado y lo pongo sobre la silla. Me quito las bragas y también las doblo. Pongo las zapatillas encima del montón.

Como enfermera, he aprendido a hacer que un paciente se sienta cómodo en circunstancias que podrían resultar humillantes… Por ejemplo, tapar las piernas abiertas de una mujer a punto de parir o estirar una bata debajo de un culo desnudo. Cuando una mujer defeca durante el parto por la presión de la cabeza del niño, hay que limpiarlo rápidamente y decir que le pasa a todo el mundo. En una situación embarazosa, haces lo que puedes para restarle importancia. Cuando me quedo desnuda y empiezo a tiritar, me pregunto si la misión de esta guardiana será diametralmente opuesta a la mía. Si solo quiere que sienta vergüenza.

Decido no darle esa satisfacción.

—Abra la boca —ordena la funcionaria, y saco la lengua como lo haría en la consulta del médico—. Inclínese y enséñeme lo que tenga detrás de las orejas.

Hago lo que me dice, aunque no se me ocurre qué podría esconder nadie detrás de las orejas. Me indica que me levante el pelo, que me abra de piernas y que levante los pies para verme las plantas.

—Agáchese —añade— y tosa tres veces.

Imagino lo que una mujer podría introducir de contrabando en la cárcel, dada la notable flexibilidad de la anatomía femenina. Recuerdo que, cuando era estudiante de enfermera, tuve que practicar para medir la anchura de un cuello de útero dilatado. Un centímetro venía a ser como la yema de un dedo. Dos centímetros y medio eran el corazón y el anular comprimidos en una abertura no más ancha que el gollete de un frasco de quitaesmaltes de uñas. Cuatro centímetros de dilatación eran esos mismos dedos, abiertos en el gollete de una botella de litro de salsa de barbacoa Sweet Baby Ray. Cinco centímetros eran la anchura de un frasco de litro y medio de kétchup Heinz. Siete centímetros: un bote de parmesano rallado de Kraft.

—Abra las nalgas.

En alguna ocasión he ayudado a parir a una víctima de violación. Es totalmente comprensible que, durante el parto, aparezcan recuerdos de la agresión. Un cuerpo que da a luz es un cuerpo en tensión y la situación puede estimular un reflejo vital de la víctima que psicológicamente retrase o detenga el proceso. En esos casos, es aún más importante que la sala de partos sea un espacio seguro. Para que se escuche a la mujer. Para que sepa que tiene una opinión sobre lo que le está ocurriendo.

Puede que yo no tenga aquí ni voz ni voto, pero puedo elegir no ser una víctima. El objetivo de esta inspección es hacer que me sienta inferior, como un animal. Que me avergüence de mi desnudez.

Pero he pasado veinte años viendo lo hermosas que son las mujeres, no por su aspecto, sino por lo que sus cuerpos son capaces de soportar.

Así que me enderezo y miro cara a cara a la funcionaria, desafiándola a que desvíe la vista de mi suave piel marrón, los oscuros cercos de mis pezones, la curva de mi estómago, la mata de pelo que tengo entre las piernas. Me alarga el uniforme naranja que me han destinado y la etiqueta de identificación con mi número de reclusa, cuya finalidad es definirme como parte de un grupo y no como una persona individual. La miro hasta que me devuelve la mirada.

—Mi nombre —le informo— es Ruth.

Quinto curso, desayuno. Yo tenía la nariz enterrada en un libro y estaba leyendo en voz alta.

—Ha habido gemelos que han nacido con ochenta y siete días de diferencia —leí.

Rachel estaba sentada delante de mí, comiéndose sus cereales.

—Entonces no eran gemelos, so boba.

—Mamá —grité automáticamente—. Rachel me ha llamado boba. —Vuelvo la página—. A Sigurd el Poderoso lo mató un muerto al que él mismo había decapitado. Ató la cabeza del muerto a la silla del caballo, se arañó con un diente, la herida se infectó y al final Sigurd el Poderoso murió.

Mi madre entró corriendo en la cocina.

—Rachel, no llames boba a tu hermana. Y tú, Ruth, deja de leer guarrerías cuando todos están comiendo.

Cerré el libro a regañadientes, pero no antes de leer un último párrafo. Había una familia en Kentucky cuyos miembros, durante generaciones, habían nacido con la piel azul. Fue una mala pasada genética por culpa de la endogamia. «Qué chulo», pensé, abriendo la mano y dándole la vuelta.

—¡Ruth! —exclamó mi madre con brusquedad, lo cual bastaba para saber que no era la primera vez que gritaba mi nombre—. Ve a cambiarte de camisa.

—¿Por qué? —pregunté, antes de recordar que no debía replicarle.

Mi madre tiró de la blusa de mi uniforme, que tenía a la altura de las costillas una mancha del tamaño de una moneda.

—Mamá, no la verá nadie cuando me ponga el jersey encima.

—¿Y si te quitas el jersey? —preguntó—. No vas a ir al colegio con una mancha en la camisa, porque si te la ven, la gente no te juzgará por ser descuidada. Te juzgará por ser Negra.

Sabía que no debía contradecir a mamá cuando se ponía así. De modo que cogí el libro y corrí a la habitación que compartía con Rachel para buscar una camisa limpia. Mientras me la abrochaba, mi mirada fue a dar en el libro de curiosidades que había caído abierto sobre la cama.

«La criatura más solitaria de la tierra es una ballena que pasó más de veinte años pidiendo compañía —leo—, pero su voz era tan diferente de la de las demás ballenas que ninguna le respondió.»

En el petate que me dan hay sábanas, una manta, champú, jabón, dentífrico y un cepillo de dientes. Me confían al cuidado de otra reclusa, que me explica las cosas importantes: que a partir de ahora, todos los objetos de mi higiene personal han de comprarse en el economato de la cárcel; que si quiero ver *Judge Judy* en la sala de recreo tengo que ir temprano para conseguir un buen sitio; que las únicas comidas comestibles son las que cumplen la ley islámica, así que a lo mejor quiero hacerme pasar por musulmana; que los mejores tatuajes son los que hace una tal Wig, que mezcla la tinta con orina para que sea más duradera.

Al pasar por delante de las celdas, veo que hay dos reclusas en cada una, que casi todas son Negras y que las funcionarias no lo son. Hay una parte de mí que se siente igual que cuando mi madre obligaba a mi hermana a llevarme con sus amigos del barrio. Las chicas se burlaban de mí porque era como las galletas Oreo, negra por fuera y blanca por dentro. Terminé por quedarme muy callada por miedo a hacer el ridículo. ¿Y si mi compañera de celda es una mujer como aquellas? ¿Qué podríamos tener en común?

En principio, que ambas estamos en la cárcel.

Doblo la esquina y la reclusa traza un arco con el brazo.

—Hogar, dulce hogar —anuncia. Cuando miro dentro, veo a una mujer blanca sentada en una litera.

Pongo el petate encima del colchón vacío y comienzo a sacar las sábanas y las mantas.

—¿He dicho yo que puedes dormir aquí? —pregunta la mujer.

Me quedo inmóvil.

—Yo…, eh, no.

—¿Sabes qué le ocurrió a mi última compañera de celda? —Tiene el pelo rojo y rizado, y unos ojos que no acaban de mirar en la misma dirección. Niego con la cabeza. La mujer se acerca hasta estar a un aliento de distancia—. Ni tú ni nadie —susurra. Entonces se echa a reír—. Perdona, estaba bromeando. Me llamo Wanda.

Tengo el corazón en la garganta.

—Ruth —consigo decir. Señalo el colchón vacío—. Así que este es…

—Sí, mujer. A mí me importa una mierda, siempre que no toques mis cosas.

Con un gesto de la cabeza le doy a entender que estoy de acuerdo y me pongo a hacer la cama.

—¿Eres de aquí?

—East End.

—Yo soy de Bantam. ¿Has estado allí alguna vez? —Niego con la cabeza—. Nadie ha estado nunca en Bantam. ¿Es tu primera vez?

La miro sin saber a qué se refiere.

—¿En Bantam?

—En el trullo.

—Sí, pero no estaré mucho tiempo. Estoy esperando la fianza para salir.

Wanda ríe.

—Entonces nada.

Me vuelvo lentamente.

—¿Qué?

—Yo espero lo mismo. Y ya llevo tres semanas.

Tres semanas. Se me aflojan las rodillas y me siento en el colchón. ¿Tres semanas? Me digo que mi situación no es la de Wanda. Pero es lo mismo: tres semanas.

—¿Y por qué estás aquí? —pregunta.

—Por nada.

—Es asombroso: nadie de aquí dentro ha hecho nunca nada ilegal. —Wanda se recuesta en su litera, apoyando la cabeza en las manos—. Dicen que yo maté a mi marido. Yo digo que él se tiró sobre mi cuchillo. —Me mira—. Fue un accidente. Ya sabes, como cuando me rompió el brazo, me puso un ojo a la funerala y me empujó escaleras abajo, también fueron accidentes.

Hay reproches en su voz. Me pregunto si, con el tiempo, la mía también sonará así. Pienso en Kennedy, diciéndome que no cuente nada.

Pienso en Turk Bauer y recuerdo el tatuaje que vi en la sala del juzgado, brillando en su cráneo afeitado. Me pregunto si habrá pasado algún tiempo en la cárcel. Si eso significa que también nosotros tenemos algo en común.

Luego recuerdo a su hijo, azul y frío como el granito cuando lo tuve en brazos en el depósito de cadáveres.

—Yo no creo en accidentes —digo, y lo dejo ahí.

El agente Ramirez, consejero de la cárcel, es un hombre con un rostro tan redondo y blando como un dónut. Toma la sopa sorbiendo con ruido, no deja de salpicarse la camisa y yo procuro no mirar cada vez que eso pasa.

—Ruth Jefferson —dice, leyendo mi ficha—. ¿Tiene alguna petición relativa a visitas?

—Sí —respondo—. Mi hijo Edison. Tengo que ponerme en contacto con él para que sepa cómo reunir los papeles que necesitamos para la fianza. Solo tiene diecisiete años.

Ramirez rebusca en su escritorio. Saca una revista —*Guns & Ammo*— y un paquete de folletos sobre la depresión, y me alarga un formulario.

—Escriba el nombre y la dirección de las personas que quiere que la visiten.

—¿Y luego qué?

—Luego lo enviaré por correo, y cuando lo firmen y lo devuelvan, el formulario será aprobado y usted estará autorizada para recibir a estas personas.

—Pero eso puede tardar semanas.

—Normalmente unos diez días —puntualiza Ramirez. *Zruuulp*.

Los ojos se me llenan de lágrimas. Esto es una pesadilla, de esas en las que te repites que esto es un sueño y otra persona te sacude por los hombros y te dice: «No, no lo es».

—No puedo dejarlo solo tanto tiempo.

—Puedo ponerme en contacto con los servicios de protección de menores…

—¡No! —exclamo—. No, por favor.

Algo lo obliga a dejar la cuchara y a mirarme con alguna amabilidad.

—Siempre queda el alcaide. Puede permitirle una visita de cortesía para dos adultos antes de que se apruebe la solicitud oficial. Pero, dado que su hijo tiene diecisiete años, tendría que venir en compañía de un adulto.

Pienso en Adisa. Y entonces, inmediatamente, recuerdo por qué nunca le permitirá el director que me visite: tiene antecedentes, por haber falsificado la firma de un cheque que entregó hace cinco años para pagar el alquiler de su casa.

Le doy el formulario deslizándolo por la superficie del escritorio. Siento las paredes como el diafragma cerrado de una cámara fotográfica.

—Gracias de todas formas —consigo decir, y vuelvo a mi celda.

Wanda está sentada en su litera, mordisqueando una barrita de Twix. Me echa un vistazo, parte un trocito y me lo ofrece.

Lo cojo con la mano y la cierro con fuerza. El chocolate empieza a derretirse.

—¿No has podido llamar por teléfono? —pregunta Wanda, y niego con la cabeza. Me siento en la litera, luego me doy la vuelta y me quedo de cara a la pared.

—Es la hora de *Judge Judy* —anuncia—. ¿Quieres verlo?

No respondo y la oigo salir de la celda, probablemente hacia la sala de recreo. Me lamo la mano para recoger los fragmentos de dulce y luego junto las palmas y me dirijo al único destello de esperanza que me queda. «Dios mío —rezo—, por favor, por favor, escúchame.»

Cuando era pequeña, a veces me quedaba a dormir con Christina en la casa de ladrillo rojo. Estirábamos los sacos de dormir en el salón y Sam Hallowell nos ponía en el proyector viejas películas de dibujos animados que seguramente consiguió cuando era directivo de la televisión. Por aquellas fechas era algo portentoso (no había vídeos, ni DVD, ni televisión a la carta); una proyección privada era un lujo reservado a las estrellas de cine y, supongo, también a sus hijos. Aunque me daba miedo estar lejos de casa por la noche, esta era la segunda mejor cosa: mamá nos preparaba el baño, me ponía el pijama y preparaba chocolate caliente y galletas antes de irse; y cuando nos levantábamos, ya estaba otra vez allí preparándonos crepes.

Las diferencias que tal vez había entre Christina y yo fueron agudizándose con la edad. Era difícil fingir que no importaba que mi madre trabajara para la suya; o que yo tuviera que trabajar después del colegio mientras ella jugaba de delantera en el equipo de fútbol; o que la ropa que me ponía los Viernes Informales había sido antes de Christina. No es que ella fuera antipática conmigo. La barrera se construyó con mis suspicacias, poco a poco, con ladrillos de vergüenza. Los amigos de Christina eran rubios, guapos, atléticos, y daban vueltas a su alrededor como los radios simétricos de los cristales de hielo; si yo no aprovechaba sus ventajas, me decía, era porque no quería que Christina se sintiera obligada a incluirme. Pero el auténtico motivo por el que me distancié fue que era menos doloroso alejarse que arriesgarse a que llegara el momento inevitable del rechazo.

El único problema de separarme de Christina fue que no tenía muchos amigos. Había un alumno de intercambio pakistaní y una chica con cataratas a la que di clases de matemáticas, pero lo único que teníamos en común es que no encajábamos en ninguna otra parte. Había un grupo de chicos Negros, pero se habían criado en un mundo muy alejado del mío…, con padres corredores de bolsa, lecciones de equitación y casas de verano en Nantucket. Estaba Rachel, que tenía dieciocho años y estaba embarazada de su primer hijo. Seguro que necesitaba una amiga, pero cuando estábamos sentadas a la mesa de la cocina no se me ocurría nada que decirle, porque las cosas que ella quería en su vida eran totalmente diferentes de las que yo quería en la mía, y porque, sinceramente, me asustaba un poco que, si empezaba a salir con ella, todos los estereotipos que barajaba se me pegaran como la clara de huevo y me impidieran encajar sin problemas en los pasillos de Dalton.

Así que, quizá por todo esto, cuando Christina me invitó a una fiesta de pijamas que iba a celebrar un viernes, dije que sí antes de recordar que debía contenerme. Dije que sí, y esperaba demostrarme a mí misma que estaba totalmente equivocada. En compañía de todas aquellas nuevas amigas suyas, yo quería compartir nuestras bromas privadas de la época en que Christina y yo confeccionábamos cascos con papel de aluminio y nos escondíamos en el montaplatos, fingiendo que era una nave espacial rumbo a la luna; o cuando el perro de la señora Mina, *Fergus*, se cagó en su cama y utilizamos pintura blanca para ocultar la mancha, seguras de que nadie lo notaría. Quería ser la única que supiera en qué armario de la cocina se guardaban los tentempiés o dónde estaba la ropa de cama y los nombres de los viejos animales de peluche de Christina. Quería que todas supieran que yo había sido amiga de Christina antes que ellas.

Christina había invitado a dos chicas más. Una era Misty, que aseguraba ser disléxica para que le pusieran deberes más fáciles, pero que no parecía tener problemas para leer en voz alta los números de la revista *Cosmo* que Christina había llevado al porche; la otra se llamaba Kiera y estaba obsesionada por Rob Lowe y por el grosor de sus muslos. Habíamos estirado toallas en el suelo de teca. Christina encendió la radio cuando sonaba una canción de los Dire Straits y se puso a cantar la letra de memoria. Recordé los tiempos en que poníamos los discos de la señora Mina, grabaciones originales de Broadway, y bailábamos fingiendo ser la Cenicienta, Eva Perón o Maria von Trapp.

Saqué de mi bolsa un frasco de protección solar. Las otras chicas se habían frotado con aceite infantil, como si fueran filetes en una parrilla, pero lo último que yo quería era oscurecerme más. Noté que Kiera me estaba mirando.

—¿Tú puedes broncearte?

—Pues claro —dije, y esperaba no dar más detalles cuando Misty comentó:

—Es impresionante —dijo—. La invasión británica. —Volvió la revista para que pudiéramos ver a las modelos, a cual más flaca, vestidas según la moda de la siguiente temporada, con banderas británicas y abrigos rojos con botones dorados que me recordaron a Michael Jackson.

Christina se sentó a mi lado.

—Linda Evangelista es como muy perfecta.

—Puaf, ¿de veras? Parece una nazi. Cindy Crawford es muy natural —contraatacó Kiera. Miré las fotografías—. Mi hermana se va a Londres este verano —añadió Kiera—. Va a ir de mochilera por Europa. Le hice prometer a mi padre, por escrito, que cuando tenga dieciocho años yo también podré ir.

—¿De mochilera? —Misty tuvo un escalofrío—. ¿Por qué?

—Porque es romántico, ¿no te fastidia? Piénsalo. Billetes del Eurail. Hostales. Conocer chicos guapos.

—Creo que el Savoy también es muy romántico —dijo Misty—. Y tiene duchas.

Kiera puso los ojos en blanco.

—Apóyame, Ruth. En una novela romántica nadie se conoce en el vestíbulo del Savoy. Se cruzan en el andén de una estación o cogen por casualidad la mochila del otro, ¿verdad?

—Es el destino —dije, aunque estaba pensando que para mí era imposible no trabajar un verano, si quería ir a la universidad.

Christina se puso boca abajo en la toalla.

—Me muero de hambre. Tenemos que comer algo. —Me miró—. Ruth, ¿puedes traernos algo para comer?

Mamá sonrió cuando entré en la cocina, que olía a gloria. Había una bandeja de galletas enfriándose y otra a punto de entrar en el horno. Levantó el cucharón y me dejó probar la masa.

—¿Qué tal va todo por Saint-Tropez?

—Tenemos hambre —le dije—. Christina quiere comida.

—Ah, ¿quiere comida? ¿La quiere? Entonces, ¿por qué no es ella la que está en mi cocina pidiéndola?

Intenté responder, pero no encontré respuesta. ¿Por qué me lo había pedido a mí? ¿Y por qué yo había obedecido?

Mi madre apretó los labios.

—¿Por qué estás aquí, pequeña?

Me miré los pies descalzos.

—Ya te lo he dicho…, tenemos hambre.

—Ruth —repitió—. ¿Por qué estás aquí?

Esta vez no pude fingir que no la entendía.

—Porque —dije, tan bajo que casi no podía oírlo, tan bajo que esperaba que mi madre tampoco lo oyera—, porque no tengo otro sitio donde ir.

—Eso no es cierto —dijo—. Cuando estés preparada para nosotros, te estaremos esperando.

Cogí una bandeja y empecé a llenarla de galletas. No sabía a qué se refería mi madre, y la verdad es que tampoco quería saberlo. La evité el resto de la tarde y, cuando se marchó, al caer la noche, estábamos encerradas en el dormitorio de Christina, escuchando a Depeche Mode y bailando en el colchón. Escuché a las otras chicas confesar sus enamoramientos y fingí que yo también lo estaba para poder tomar parte en la conversación. Cuando Kiera trajo un frasco lleno de vodka («Es el que menos calorías tiene, ya sabes, si te quieres emborrachar»), me porté como si fuera algo normal, aunque el corazón me iba a toda velocidad. Yo no bebí, porque mamá me habría matado, y porque sabía que tenía que mantener el control. Todas las noches, antes de irme a la cama, me ponía loción en la piel y me frotaba las rodillas, los tobillos y los codos con manteca de cacao para que no adquiriesen un color ceniciento; me cepillaba el pelo por toda la cabeza para estimular el crecimiento y lo envolvía con un pañuelo. Mamá hacía esto, y también Rachel, pero yo estaba segura de que estos rituales eran ajenos a las chicas de la fiesta, incluso a Christina. No quería responder preguntas, ni sobresalir más de lo necesario, así que mi plan era ser la última chica que entrara en el cuarto de baño, para quedarme allí hasta que se hubieran dormido todas… y luego despertar antes del amanecer y arreglarme el pelo antes de que empezaran a moverse.

Así que me quedé despierta mientras Misty contaba con todo detalle en qué consistía hacer una mamada y Kiera vomitaba en el baño. Dejé que se cepillaran los dientes antes que yo, y esperé el tiempo suficiente para oír ronquidos antes de levantarme en plena oscuridad.

Dormíamos apretadas como sardinas, las cuatro en la cama de Christina, que medía metro y medio por dos. Levanté la sábana y pasé por encima de Christina, percibiendo el olor a champú de melocotón que siempre había usado. Pensé que estaba dormida, pero dio media vuelta y me miró.

Yo llevaba el pañuelo en la cabeza, rojo como una herida, con las puntas colgándome por la espalda. Vi que la mirada de Christina se clavaba en él y luego en mí. No mencionó el pañuelo.

—Me alegro de que estés aquí —susurró, y por un breve y bendito momento, yo también.

Es de noche y sigo despierta mientras los ronquidos de Wanda se oyen al otro lado de la litera. Cada media hora pasa un vigilante con una linterna para comprobar que todo el mundo duerme. Cuando llega, cierro los ojos y finjo. Me pregunto si con el tiempo conseguiré dormir con los ruidos de cien mujeres a mi alrededor. Me pregunto si con el tiempo lo conseguiré, punto.

Durante uno de los recorridos, la linterna oscila al ritmo de los pasos del vigilante, que se detiene ante nuestra celda. Wanda se sienta con el entrecejo fruncido.

—Levanta —ordena el vigilante.

—¿Qué pasa? —protesta Wanda—. ¿Ahora entráis en las celdas por las noches? ¿Habéis oído hablar de los derechos de las presas...?

—Tú no. —El vigilante me señala con la cabeza—. Ella.

Al oír aquello, Wanda levanta las manos y retrocede. Puede que estuviera dispuesta a compartir un Twix conmigo, pero ahora estoy sola.

Me tiemblan las rodillas cuando me levanto y voy hacia la puerta abierta de la celda.

—¿Adónde me lleváis?

El hombre no responde, se limita a conducirme por la pasarela. Se detiene ante un vano, pulsa algo en el control y oigo un zumbido agudo mientras se abre una cerradura. Entramos en un recinto estanco y esperamos a que se cierre la puerta que tenemos detrás para que se abra la de delante por arte de magia.

Siempre en silencio, me conduce a una habitación pequeña que parece un vestidor. Me da una bolsa de papel.

Miro dentro y veo mi camisón y mis zapatillas. Me quito el uniforme naranja, lo doblo, fruto de la costumbre, y lo dejo en el suelo. Recupero las viejas ropas, la antigua vida.

El vigilante está aguardando cuando vuelvo a abrir la puerta. Pasamos delante de la celda en la que estuve esperando al llegar y en la que ahora solo hay dos mujeres, ambas tendidas en el suelo, dormidas, apestando a alcohol y vómitos. Y de repente estamos en el exterior del centro de detención.

Me vuelvo hacia el hombre, muerta de miedo.

—No tengo dinero —digo. Sé que estamos aproximadamente a una hora de New Haven y no tengo un bonobús ni un teléfono, ni siquiera ropa apropiada.

El vigilante señala a lo lejos con la cabeza y entonces es cuando me doy cuenta de que la oscuridad se mueve, una sombra perfilada sobre el telón de fondo de una noche sin luna. La sombra avanza hasta que distingo un coche, y una persona dentro que baja y echa a correr hacia mí.

—Mamá —dice Edison con el rostro enterrado en mi cuello—, vamos a casa.

Kennedy

Hay dos clases de personas que acaban ejerciendo la abogacía de oficio: las que creen que pueden salvar el mundo y las que saben a ciencia cierta que no pueden. Las primeras han salido de la Facultad de Derecho con la cabeza llena de sueños, convencidas de que podrán conseguir algo. Las segundas somos aquellas que hemos trabajado dentro del sistema y sabemos que los problemas son mucho mayores que nosotros o las personas que representamos. Cuando un corazón sangrante se endurece con realismo, las victorias se vuelven individuales: conseguir que una madre que ha pasado por una cura de desintoxicación vuelva a estar con su hijo, que ha estado con una familia de acogida; ganar una moción para eliminar las pruebas de una antigua adicción que podría perjudicar al cliente actual; ser capaz de hacer malabarismos con cientos de casos y decidir cuáles son los que necesitan algo más que un conocimiento somero en la vista preliminar. Al final, los abogados de oficio son menos Supermán y más Sísifo, y no son pocos los abogados que acaban aplastados por el peso de los infinitos casos, las horas de fastidio y la miseria de sueldo. Al final, aprendemos rápidamente que, si queremos conservar una pequeña parte de nuestras vidas sacrosantas, no debemos llevarnos el trabajo a casa.

Y por eso, cuando sueño con Ruth Jefferson dos noches seguidas, sé que tengo un problema.

En el primer sueño, Ruth y yo celebramos una reunión abogado-cliente. Le formulo las preguntas habituales que le haría a cualquier cliente, pero cada vez que habla, lo hace en un idioma que no entiendo. Ni siquiera lo identifico. Avergonzada, tengo que pedirle una y otra vez que repita lo que ha dicho. Y de la boca le sale una bandada de mariposas azules.

La segunda noche sueño que Ruth me ha invitado a cenar. Es una mesa muy suntuosa, con comida suficiente para saciar a un equipo de fútbol, y cada plato es más delicioso que el anterior. Bebo un vaso de agua, y luego otro, y luego un tercero, y la jarra se queda vacía. Pregunto si pueden volver a llenarla y Ruth parece horrorizada.

—Pensé que se había dado cuenta —dice, y cuando levanto la vista me doy cuenta de que estamos encerradas en la celda de una cárcel.

Despierto muerta de sed. Doy media vuelta para coger el vaso de agua que tengo en la mesita y tomo un largo y fresco trago. Noto el brazo de Micah rodeándome la cintura y atrayéndome hacia él. Me besa el cuello; me desliza la mano bajo el pijama.

—¿Qué harías si me metieran en la cárcel? —pregunto.

Micah abre los ojos.

—Estoy seguro de que, como eres mi esposa y mayor de edad, esto es legal.

—No —digo, volviéndome para mirarlo de frente—. ¿Y si hubiera hecho algo… y me condenaran?

—Esto se pone interesante —dice Micah sonriendo—. Abogado en prisión. Está bien, jugaré. ¿Qué hiciste? Di escándalo público. Por favor, di escándalo público. —Me atrae hacia sí.

—En serio. ¿Qué sería de Violet? ¿Cómo se lo explicarías?

—K, ¿es esta tu forma de decirme que realmente has matado a tu jefe? ¿Por fin?

—Es una hipótesis.

—En ese caso, ¿podríamos retomar el tema dentro de unos quince minutos? —Cierra los ojos y me besa.

Mientras Micah se afeita, trato de hacerme un moño con el pelo.

—¿Vas al juzgado hoy? —pregunta.

Aún tiene la cara enrojecida. También yo.

—Esta tarde. ¿Cómo lo sabes?

—No te clavas agujas en la cabeza a menos que vayas al juzgado.

—Son horquillas, y es porque trato de parecer profesional.

—Eres demasiado sexy para parecer profesional.

Me echo a reír.

—Esperemos que mis clientes no piensen lo mismo. —Remeto un mechón rebelde y apoyo la cadera en la pila—. Estoy pensando en pedir a Harry que me asigne un delito grave.

—Gran idea —opina Micah con sarcasmo—. Como tienes quinientos casos en el aire, quieres otro que requiera aún más tiempo y energía.

Es cierto. Ser abogada de oficio significa que tengo casi diez veces más casos de los que recomienda el Colegio Nacional de Abogados y que por término medio dispongo de menos de una hora para preparar las vistas. Cuando trabajo, casi nunca hago pausas para comer y ni siquiera me concedo tiempo para ir a los lavabos.

—Si te hace sentir mejor —reconozco—, lo más probable es que no me lo dé.

Micah sacude la navaja de afeitar sobre la pila. Al principio de casarnos, yo solía contemplar maravillada los diminutos pelos que caían sobre la superficie de loza, pensando que podría leer nuestro futuro en ellos, igual que una vidente lee las hojas de té.

—Esta repentina ambición ¿tiene algo que ver con la pregunta de qué pasaría si fueras a la cárcel?

—Quizá —admito.

—Bien, preferiría que aceptaras su caso a que acabaras con él entre rejas.

—Con ella —rectifico—. Es Ruth Jefferson, la enfermera. No puedo olvidarme de su historia.

Incluso cuando un cliente ha hecho algo ilegal, puedo solidarizarme. Puedo pensar que tomó una mala decisión y seguir creyendo en la justicia, siempre que todos tengan los mismos derechos ante el sistema…, que es exactamente el motivo por el que hago lo que hago.

Pero en el caso de Ruth hay algo que no me cuadra.

De repente entra Violet en el baño. De rondón. Micah se ajusta la toalla alrededor de la cintura y yo me abrocho la bata.

—Mami, papi —proclama—. Hoy me visto de Minnie.

Lleva abrazada una Minnie Mouse de peluche y, por supuesto, se ha hecho con una falda de lunares, zapatillas amarillas, la parte

superior de un bikini rojo y largos guantes blancos que ha sacado
del baúl de los disfraces. La miro, preguntándome cómo explicarle
que no puede ir en bikini a la escuela.

—Minnie es una perdularia —le recuerda Micah—. O sea, lo
fue hace setenta años. Mickey tendría que haberse casado con ella.

—¿Qué es una perdularia? —pregunta Violet.

Doy un beso a Micah.

—Te mataré —digo con satisfacción.

—Ah —responde—. Por eso vas a ir a la cárcel.

En el despacho tenemos un televisor, una pantalla diminuta empo-
trada entre la máquina de café y el abrelatas. Es una necesidad profesional, por la cobertura mediática que, a veces, reciben nuestros
defendidos. Pero por la mañana, antes de que empiecen los juicios,
suele estar sintonizado con *Good morning America*. A Ed le obsesiona el guardarropa de Lara Spencer. Y, en mi opinión, George
Stephanopoulos combina a la perfección ser un reportero duro y su
aspecto atractivo. Estamos viendo unos sondeos de intención de
voto para las elecciones presidenciales mientras Howard prepara
una cafetera y Ed habla de la cena que tuvo con sus suegros. Su
suegra aún lo llama por el nombre del exmarido de su hija, aunque
ya lleva casado con ella nueve años.

—En esta ocasión —comenta Ed— me preguntó cuánto papel
higiénico uso.

—¿Y qué le dijiste?

—El que necesito —responde Ed.

—¿Y para qué quería saberlo?

—Dijo que tratan de recortar sus gastos —responde Ed—. Porque tienen ingresos fijos. ¿Podéis creerlo?, ellos van al casino de
Foxwoods tres fines de semana al mes y nosotros tenemos que ra-
cionar el papel de baño.

—Qué mierda —digo sonriendo.

Robin Roberts está entrevistando a un cuarentón corpulento y
pelirrojo al que aceptaron un poema para que figurase en una anto-
logía de gran nivel literario…, pero tuvo que ponerse un seudóni-
mo japonés.

—Fue rechazado treinta y cinco veces —declara el hombre—. Por eso pensé que se fijarían más en mí si mi nombre fuera más...

—¿Vistoso? —le propone Roberts.

Ed da un bufido.

—Vaya noticias tenemos hoy.

Detrás de mí, Howard deja caer una cuchara que resuena en el fregadero.

—Pero ¿esto es realmente una noticia? —pregunta Ed.

—Es un montaje —sugiero—. El tipo es un evaluador de reclamaciones de una compañía de seguros y se ha apropiado de la cultura de otro para tener quince minutos de fama.

—Si solo hiciera falta eso, ¿cientos de poetas japoneses no verían su obra publicada todos los años? Lo que escribió era bueno, eso es evidente. ¿Cómo es que nadie más habla de eso?

Harry Blatt, mi jefe, irrumpe en la sala con el abrigo mojado.

—Detesto la lluvia —anuncia—. ¿Por qué no me iría a vivir a Arizona? —Tras saludarnos de esta guisa, coge una taza de café y se mete en su despacho.

Yo lo sigo y llamo suavemente a la puerta recién cerrada.

Cuando entro, Harry aún está colgando el abrigo mojado.

—¿Qué? —pregunta.

—¿Recuerda el caso por el que ayer comparecí en el juzgado..., el de Ruth Jefferson?

—¿Prostitución?

—No, es la enfermera de Mercy-West Haven. ¿Puedo quedármelo?

Toma asiento.

—El niño muerto.

Como no dice nada más, hablo yo para llenar el vacío.

—Llevo casi cinco años de prácticas. Y este caso me toca una fibra. Me gustaría tener la oportunidad de intentarlo.

—Es un asesinato —comenta Harry.

—Lo sé. Pero de veras, creo de verdad que soy la abogada de oficio ideal para este caso —propongo—. Y más pronto o más tarde tendrá que darme un delito grave. —Sonrío—. No estaría mal que fuera pronto.

Harry gruñe. Lo cual es mejor que una negativa.

—Bueno, sería interesante tener otro abogado competente para los casos importantes. Pero, como eres una novata, te pondré a Ed de ayudante.

Preferiría tener a un neandertal en la mesa de la defensa.

Pero no nos precipitemos.

—Puedo hacerlo sola —digo. Hasta que Harry, finalmente, no manifiesta su asentimiento no me doy cuenta de que he estado conteniendo la respiración.

Cuento las horas y las comparecencias que tengo que tramitar antes de quedar libre para ir la cárcel de mujeres. Mientras conduzco, invento conversaciones en las que convenzo a Ruth de que confíe en mí como abogada. Aunque no haya llevado nunca un caso de asesinato, he asistido a docenas de juicios por posesión de drogas, agresiones y asuntos familiares.

—Este no es mi primer baile —digo en voz alta al espejo retrovisor, y pongo los ojos en blanco—. Es un honor representarla —añado.

Ni hablar. Suena a publicista en una reunión con Meryl Streep.

Respiro hondo.

—Hola —pruebo otra vez—. Soy Kennedy.

Diez minutos después aparco el coche, me envuelvo en un manto de falsa seguridad y entro en el edificio con paso firme. Un funcionario me mira de arriba abajo. Tiene tanta barriga que parece embarazado de diez meses.

—No son horas de visita —me espeta.

—Vengo a ver a mi cliente, Ruth Jefferson.

El funcionario consulta su ordenador.

—Pues no ha tenido suerte.

—¿Perdón?

—Fue puesta en libertad hace dos días.

Me pongo colorada como un tomate. Imagino lo estúpida que debo de parecer. Es mi cliente y no sé dónde está.

—¡Eso es! ¡Naturalmente! —finjo que ya lo sabía y que solo estaba poniendo a prueba al buen hombre.

Aún lo oigo reír por lo bajo cuando la puerta de la cárcel se cierra a mis espaldas.

Dos días después de enviar una carta a casa de Ruth, cuya dirección he conseguido en los papeles de la fianza, se presenta en mi oficina. Me dirijo hacia la fotocopiadora cuando se abre la puerta y entra ella, nerviosa y vacilante, como si no creyera que este es el lugar que busca. Con las paredes limpias y los montones de cajas y papeles, parecemos más una empresa a punto de abrir o de cerrar sus puertas que un bufete de abogados.

—¡Ruth! ¡Hola! —exclamo, alargándole la mano—. Kennedy McQuarrie.

—Lo recuerdo.

Es más alta que yo y tiene un porte notable. Creo, y no sé por qué lo digo, que mi madre quedaría impresionada.

—Recibió mi carta —digo, aunque es algo que salta a la vista—. Me alegro de que haya venido, porque tenemos mucho de que hablar. —Miro a mi alrededor, preguntándome dónde ponerla. Mi cubículo apenas tiene espacio para mí. La sala de descanso es demasiado informal. Está la oficina de Harry, pero él está ocupándola. Ed está utilizando la única sala de reuniones que tenemos para tomar declaración a los clientes—. ¿Le gustaría comer algo? Hay un sitio a la vuelta de la esquina.

—¿Qué si me apetece comer? Sí.

La invito a una sopa y una ensalada y ocupamos un reservado del fondo. Hablamos de la lluvia, de lo mucho que la necesitamos y sobre cuándo cambiará el tiempo.

—Por favor —señalo su comida—. Adelante.

Cojo mi bocadillo y le doy un bocado en el instante exacto en que Ruth inclina la cabeza y dice:

—Señor, te damos gracias por estos alimentos que fortalecen nuestros cuerpos, por amor a Dios.

Tengo la boca llena cuando digo «Amén».

—¿Así que es usted creyente y practicante? —le pregunto al terminar de masticar el bocado.

Ruth me mira.

—¿Es un problema?

—En absoluto. En realidad, es bueno saberlo, porque es algo que la puede ayudar a caer en gracia a un jurado.

Por primera vez la miro con atención. La última vez que la vi llevaba el pelo cubierto e iba en camisón. Ahora va vestida muy clásica, con una camisa de rayas y una falda azul marino, con zapatos de charol planos, tan cepillados que se nota el sector descolorido de los talones. Tiene el pelo liso, con un moño a la altura de la nuca. Su piel es más clara de lo que recuerdo, casi del mismo color que el café con leche que mi madre me dejaba tomar cuando era pequeña.

El nerviosismo se manifiesta de un modo diferente en cada persona. Yo no paro de hablar. Micah se queda pensativo. Mi madre se hace la exquisita. Y Ruth, por lo visto, se pone rígida. Lo archivo mentalmente, porque los jurados lo pueden tomar equivocadamente por ira o altanería.

—Sé que es difícil —bajo la voz para que no me oigan los que nos rodean—, pero necesito que sea sincera conmigo al ciento por ciento. Aunque sea una extraña para usted. O sea, esperemos que no lo sea mucho tiempo. Pero es importante que sepa que nada de lo que me diga podrá ser utilizado contra usted. Es un privilegio del cliente.

Ruth deja el tenedor con cuidado y asiente.

—Muy bien.

Saco un cuaderno del bolso.

—Bien, en primer lugar, ¿qué término prefiere? ¿«Negra», «afroamericana» o «persona de color»?

Ruth se me queda mirando.

—Persona de color —responde al cabo de un momento.

Lo escribo. Lo subrayo.

—Quiero que se sienta cómoda. Francamente, para mi el color de la piel no significa nada. Es decir, la única raza que importa es la humana, ¿no?

Aprieta los labios con fuerza. Toso para romper el silencio.

—Recuérdeme de nuevo a qué universidad fue.

—A la Estatal de Nueva York en Plattsburgh, y luego a la Escuela de Enfermería de Yale.

—Impresionante —murmuro mientras tomo nota.

—Señora McQuarrie.

—Kennedy.

—Kennedy…, no puedo volver a la cárcel. —Ruth me mira a los ojos, y durante un momento veo directamente su corazón—. Tengo a mi hijo, y no hay nadie más que pueda educarlo para que sea el hombre que sé que será.

—Lo sé. Escuche, voy a hacer todo lo posible. Tengo mucha experiencia en casos con personas como usted.

La máscara de rigidez congela nuevamente sus rasgos.

—¿Personas como yo?

—Personas acusadas de delitos graves.

—Pero yo no hice nada.

—La creo. Pero aún tenemos que convencer a un jurado. Así que tendremos que volver a lo básico para averiguar por qué ha sido acusada.

—Creo que eso es obvio —responde Ruth con calma—. El padre de ese niño no me quería cerca de su hijo.

—¿El supremacista blanco? Él no tiene nada que ver con su caso.

Ruth parpadea.

—No entiendo por qué dice eso.

—Él no fue quien la acusó. Nada de eso importa.

Me mira como si me hubiera vuelto loca.

—Pero si soy la única enfermera de color de la sala de maternidad.

—Para la fiscalía no importa si es negra, blanca, azul o verde. Desde su punto de vista, usted tenía la obligación legal de cuidar de un niño que estaba a su cargo. Que su jefa dijera que no tocara al niño no significa que fuera usted libre de quedarse allí sin hacer nada. —Me inclino hacia ella—. La fiscalía ni siquiera tiene que especificar la clase de homicidio que se ha cometido. Puede aducir múltiples teorías…, teorías contradictorias. Si la fiscalía puede demostrar que hubo alevosía, porque estaba usted enfadada por haber sido apartada del cuidado del niño, y sugiere que la muerte fue premeditada, el jurado podría condenarla por asesinato. Aunque le digamos al jurado que fue un accidente, usted estaría admitiendo que descuidó su obligación y que obró con negligencia criminal y con imprudencia para la seguridad del niño y, básicamente, estaría sirviendo en bandeja el homicidio por negligencia. En cualquiera de esos supuestos, iría a la cárcel. Y en cualquiera de esos supuestos, no tendría ninguna importancia el color de su piel.

La mujer respira hondo.

—¿De veras cree que, si fuera blanca, estaría sentada aquí ahora?

No hay manera de enfocar un caso que gira alrededor de una enfermera que es la única empleada de color de la unidad, un padre supremacista y una decisión resultante de una reacción automática del administrador del hospital... y no dar por sentado que la raza ha tenido un papel.

Pero.

Cualquier abogado de oficio que diga que la justicia es ciega está contando una mentira como una casa. Solo hay que mirar las noticias de juicios con trasfondo racial. Lo que destaca inmediatamente es que los fiscales, los jueces y los jurados aseguran que no tiene nada que ver con la raza, aunque está claro que sí lo tiene. Todo abogado de oficio también dirá que, aunque casi todos nuestros clientes sean de color, no se puede jugar la carta de la raza durante un juicio.

Eso es porque es un suicidio seguro sacar el tema de la raza en un juzgado. No se puede saber lo que está pensando el jurado. Ni hay ninguna seguridad sobre las convicciones del juez. En realidad, la forma más fácil de perder un caso originado por un incidente racial es llamarlo por su nombre. Lo que se hace, por el contrario, es buscar otra cosa para que el jurado tenga donde apoyarse. Algún indicio, por ligero que sea, que pueda limpiar de culpa al cliente y permitir que los doce hombres y mujeres vuelvan a sus casas fingiendo que el mundo en que vivimos es igualitario.

—No —admito—. Creo que es muy arriesgado sacarlo a colación en el juzgado. —Me inclino hacia delante—. Yo no digo que no haya usted sufrido discriminación, Ruth. Digo que no es el momento ni el lugar para señalarlo.

—¿Cuál es entonces? —pregunta con voz airada—. Si nadie habla de razas en el juzgado, ¿qué hay que hacer para que cambie algo?

No tengo la respuesta a esa pregunta. Los engranajes de la justicia son lentos; pero, por fortuna, la maquinaria está un poco más engrasada para que haya algo de justicia personal, como cuando se indemniza económicamente a las víctimas para reducir parte de la indignidad.

—Tiene que presentar una demanda civil. Yo no lo puedo hacer en su nombre, pero puedo buscar a alguien que trabaje en derecho laboral y discriminación.

—Pero no puedo permitirme un abogado…

—Aceptarán su caso sobre una base contingente. Percibirán la tercera parte de la indemnización, sea cual sea —explico—. Hablando con franqueza, a causa de la nota que pegaron en la ficha del niño, creo que podrá recibir una cantidad equivalente al salario perdido, más una compensación por los daños y perjuicios resultantes de la estúpida decisión tomada por la empresa que la contrató.

Ruth se queda boquiabierta.

—¿Quiere decir que me darán dinero?

—No me sorprendería que fueran dos millones.

Ruth Jefferson se queda sin habla.

—Tiene ciento ochenta días para presentar una denuncia ante la EEOC, que es la agencia nacional que investiga los casos de discriminación laboral.

—¿Y luego qué?

—La EEOC retendrá la denuncia hasta que haya terminado el juicio penal.

—¿Por qué?

—Porque un veredicto de culpabilidad contra el demandante tiene su importancia —le expongo con sinceridad—. Cambiaría la forma en que su abogado civil presentara la denuncia. El veredicto de culpabilidad podría admitirse como prueba y perjudicar su caso civil.

Ruth parece meditar todo lo que le explico.

—Y ese es el motivo por el que no quiere hablar de discriminación durante *este* juicio —adivina Ruth—. Para que no haya un veredicto de culpabilidad. —Cruza las manos sobre el regazo, en silencio. Mueve la cabeza repetidas veces y cierra los ojos.

—A usted le impidieron hacer su trabajo —le digo en voz baja—. No impida que yo haga el mío.

Ruth respira hondo, abre los ojos y me mira directamente.

—Muy bien. ¿Qué quiere saber?

Ruth

Nada más despertar la mañana siguiente a mi salida de la cárcel, me quedo mirando la vieja grieta del techo que siempre he dicho que arreglaría y nunca he encontrado el momento de arreglar. Noto la arista del sofá cama clavándoseme en la espalda y doy gracias por ello. Cierro los ojos y escucho la dulce melodía de los camiones de basura que operan en la calle.

En camisón (otro; a la primera oportunidad donaré a la beneficencia el que llevaba durante la vista preliminar) preparo una cafetera y voy a la habitación de Edison. Mi muchacho duerme como un tronco; ni siquiera se mueve cuando abro la puerta, entro y me siento en el borde de la cama.

Cuando era pequeño, mi marido y yo lo mirábamos mientras dormía. A veces, Wesley le ponía la mano en la espalda y comprobábamos el movimiento de sus pulmones. La ciencia de crear otro ser humano es algo excepcional, y por mucho que aprenda sobre células, mitosis, tubos neurales y todo lo que interviene en la formación de una criatura, es inevitable pensar que también hay una chispa de milagro por medio.

Edison emite un ruido sordo y se frota los ojos.

—¿Mamá? —dice, irguiéndose de golpe, despierto del todo—. ¿Qué pasa?

—Nada —le digo—. Todo está bien en el mundo.

Expulsa el aire que retenía y luego mira el reloj.

—Tengo que prepararme para ir a clase.

Por la conversación que sostuvimos la noche anterior en el coche que nos trajo a casa, sé que Edison perdió un día entero de clases para tramitar mi fianza, y de ese modo aprendió más sobre hipotecas y propiedades de lo que yo sé.

—Llamaré a la secretaría del colegio. Para explicar lo de ayer.

Pero ambos sabemos que hay una diferencia entre «Por favor, disculpe a Edison por su ausencia; le dolía el estómago» y «Por favor, disculpe a Edison por su ausencia; tuvo que tramitar mi fianza para sacarme de la cárcel». Edison niega con la cabeza.

—Déjalo. Ya hablaré yo con los profesores.

No me mira a los ojos, y noto un movimiento sísmico entre nosotros.

—Gracias —digo con voz tranquila—, otra vez.

—No tienes que darme las gracias, mamá —susurra.

—Sí que tengo. —Ante mi sorpresa, todas las lágrimas que he conseguido contener durante las últimas veinticuatro horas están inundando mis ojos de repente.

—Oye —exclama Edison, y se acerca para abrazarme.

—Lo siento —digo, hipando sobre su hombro—. No sé por qué me pongo a llorar ahora.

—Todo irá bien.

Siento de nuevo el corrimiento de tierras bajo mis pies, la recolocación de mis huesos contra el telón de fondo de mi alma. Tardo un segundo en darme cuenta de que, por primera vez, Edison es quien me consuela a mí y no al revés.

Antes me preguntaba si una madre percibía el momento en que su hijo se hacía adulto. Me preguntaba si sería un fenómeno metabólico, como el comienzo de la pubertad; o emocional, como la primera vez que le rompieron el corazón; o dependiente del tiempo, como el momento en que dijo «Lo haré yo». Me preguntaba si habría una masa crítica de experiencias vitales: fin de los estudios, primer empleo, primer hijo, lo que equilibraba la balanza; si era la típica cosa que notas inmediatamente cuando la ves, como una marca de nacimiento que cambia de color, o si avanzaba lentamente, como el paso de los años ante un espejo.

Ahora lo sé: la madurez es una raya que se traza en la arena. Cuando te das cuenta, tu hijo está al otro lado de la misma.

Yo pensaba que daría vueltas a su alrededor. Pensaba que la raya podía desplazarse.

Nunca esperé que pasaría al otro lado por algo que yo hiciera.

Tardo un buen rato en decidir qué ponerme para ir al despacho de los abogados de oficio. Durante veinticinco años he llevado un uniforme; la ropa buena es para la iglesia. Pero, sin saber por qué, entiendo que lo más indicado para un encuentro profesional no puede ser un vestido estampado con cuello de encaje ni zapatos de tacón alto. En el fondo del armario encuentro una falda azul marino que me ponía para las noches de padres y profesores del colegio de Edison, y la conjunto con una blusa de rayas que mi madre me compró para Navidad en Talbots y que aún conserva la etiqueta. Repaso mi colección de zuecos Dansko, los salvadores de las enfermeras en todas partes, y encuentro unos zapatos planos que están en peor estado que la ropa, pero que pegan con ella.

Cuando llego a la dirección escrita en la cabecera de la carta, estoy segura de que no me he equivocado de lugar. No hay nadie en el mostrador de recepción, en realidad ni siquiera hay mostrador. Hay cubículos y torres de cajas que forman un laberinto, como si los empleados fueran ratones y todo esto formara parte de un gran experimento científico. Doy unos pasos y de repente oigo mi nombre.

—¡Ruth! ¡Hola! ¡Kennedy McQuarrie!

Como si pudiera haberla olvidado. Le estrecho la mano que me ha tendido. No acabo de entender por qué es ella mi abogado. Me dejó muy claro en la comparecencia que no iba a serlo.

Se pone a parlotear, tanto que no entiendo ni palabra de lo que dice. Pero está bien, porque estoy muy nerviosa por lo que sucede. No tengo dinero para costearme un abogado privado, a menos que invierta todo lo que he ahorrado para los estudios de Edison, y prefiero ir a la cárcel de por vida a permitir que eso ocurra. Además, que todo el mundo tenga derecho a un abogado en este país no significa que todos los abogados sean iguales. En televisión, la gente que tiene abogados privados sale absuelta, y la que tiene abogados de oficio hace como que no hay diferencia alguna.

La señora McQuarrie sugiere que vayamos a comer algo, aunque estoy demasiado nerviosa para comer. Voy a sacar la billetera después de pedir, pero insiste en pagar ella. Al principio me molesta: nunca me gustó recibir caridad de nadie, y así ha sido desde que era pequeña y empecé a ponerme la ropa que le sobraba a Christina. Pero antes de protestar, me contengo. ¿Y si esto es lo que hace con todos sus clientes, para empezar a comunicarse mejor? ¿Y si trata de gustarme tanto como yo quiero gustarle a ella?

Cuando nos sentamos con la bandeja respectiva, doy gracias a Dios, por costumbre. Estoy habituada a eso, del mismo modo que otras personas no lo están. Corinne es atea y, cada vez que me oye rezar o me ve inclinar la cabeza sobre el almuerzo, se pone a gastar bromas sobre el Monstruo de los Espaguetis que estás en los Cielos. Así que no me sorprende que, al terminar, levante la cabeza y vea a McQuarrie mirándome.

—¿Así que es usted creyente y practicante? —pregunta.

—¿Supone eso un problema? —Quizá sepa algo que yo no sé; por ejemplo, que los jurados sean más propensos a condenar a la gente que cree en Dios.

—En absoluto. En realidad, es bueno saberlo, porque es algo que la puede ayudar a caer en gracia a un jurado.

Al oírla decir eso, me miro el regazo. ¿Tan detestable soy que necesita encontrar cosas que inclinen a la gente a mi favor?

—Bien, en primer lugar —dice—, ¿qué término prefiere? ¿«Negra», «afroamericana» o «persona de color»?

Lo que prefiero, pienso, es Ruth. Pero me trago la respuesta y digo:

—Persona de color.

Un día, en el trabajo, un camillero llamado Dave se puso a despotricar contra esa expresión.

«Como si yo no tuviera color —exclamó, alargando los pálidos brazos—. No se me ve a través de ellos, ¿verdad? Pero supongo que la gente con más color no lo pilla.» Entonces se dio cuenta de que yo estaba en la sala de descanso y enrojeció hasta las cejas. «Lo siento, Ruth. Pero que sepas que yo no pienso en ti como Negra.»

Mi abogada sigue hablando.

—Para mi el color de la piel no significa nada —me dice—. Es decir, la única raza que importa es la humana, ¿no?

Es fácil creer que estamos juntas en esto cuando no eres la sacada a rastras de su casa por la policía. Pero sé que cuando la gente blanca dice cosas así es porque cree que es lo que debe decir, no porque se dé cuenta de lo insustancial que suena. Hace un par de años, Adisa se puso hecha una furia cuando *#alllivesmatter* se impuso en Twitter como respuesta a los activistas que llevaban pancartas que decían LAS VIDAS NEGRAS IMPORTAN.

«Lo que realmente quieren decir es que las vidas blancas importan —razonó Adisa—. Y que los Negros harán bien en recordarlo para no ser más atrevidos de lo que les conviene.»

La señora McQuarrie tose ligeramente y me doy cuenta de que mi mente se ha puesto a divagar. Hago un esfuerzo para mirarla y sonrío con rigidez.

—Recuérdeme de nuevo a qué universidad fue —dice.

Me siento como si estuviera en un examen.

—A la Estatal de Nueva York en Plattsburgh, y luego a la Escuela de Enfermería de Yale.

—Impresionante.

¿Qué es impresionante? ¿Que fuera a la universidad? ¿Que fuera a Yale? ¿Es a esto a lo que Edison tendrá que enfrentarse el resto de su vida?

Edison.

—Señora McQuarrie —digo.

—Kennedy.

—Kennedy. —La familiaridad le resulta incómoda a mi lengua—. No puedo volver a la cárcel. —Recuerdo que, cuando Edison era un bebé, se puso los zapatos de Wesley y anduvo con ellos. Edison tendrá toda una vida para ver que la magia en la que creía de pequeño se borra sistemáticamente, confrontación tras confrontación. No quiero que tenga que experimentarlo antes de lo necesario—. Tengo a mi hijo y no hay nadie más que pueda educarlo para que sea el hombre que sé que será.

La señora McQuarrie, Kennedy, se inclina hacia delante.

—Voy a hacer todo lo posible. Tengo mucha experiencia en casos de personas como usted.

Otra etiqueta.

—¿Personas como yo?

—Personas acusadas de delitos graves.

Inmediatamente me pongo a la defensiva.

—Pero yo no hice nada.

—La creo. Pero aún tenemos que convencer a un jurado. Así que tendremos que volver a lo básico para averiguar por qué ha sido acusada.

La miro fijamente, tratando de concederle el beneficio de la duda. Este es el único caso en mi radar, pero quizá ella esté tratando centenares como el mío. Tal vez ha olvidado realmente al *skin* del tatuaje que me escupió en el juzgado.

—Creo que eso es obvio. El padre de ese niño no me quería cerca de su hijo.

—¿El supremacista blanco? Él no tiene nada que ver con su caso.

Durante un momento no sé qué decir. Me apartaron del cuidado de un paciente por el color de mi piel y luego me castigaron por cumplir esas órdenes cuando el mismo paciente se puso enfermo. ¿Cómo es posible que ambas cosas no estén relacionadas?

—Pero si soy la única enfermera de color de la sala de maternidad.

—Para la fiscalía no importa si es Negra, blanca, azul o verde —explica Kennedy—. Desde su punto de vista, usted tenía la obligación legal de cuidar de un niño que estaba a su cargo. —Empieza a enumerar todos los enfoques posibles para que un jurado encuentre una razón para condenarme. Cada uno de ellos es como un ladrillo al que le estuvieran poniendo argamasa para colocarlo en un muro que me emparedará viva. Me doy cuenta de que he cometido un grave error: había dado por sentado que la justicia era realmente justa, que los jurados supondrían que yo era inocente hasta que se demostrara mi culpabilidad. Pero los prejuicios son exactamente lo contrario: juzgar antes de que haya pruebas.

No tengo ni la más remota posibilidad.

—¿De veras cree que, si fuera blanca —digo con calma—, estaría sentada aquí ahora?

McQuarrie niega con la cabeza.

—No. Creo que es demasiado arriesgado sacarlo a colación en el juzgado.

¿Se supone entonces que vamos a ganar el caso fingiendo que no existe lo que lo ha motivado? Parece falso, absurdo. Como decir que un paciente ha muerto por una cutícula infectada y omitir que tenía diabetes tipo I.

— Si nadie habla de razas en el juzgado —digo—, ¿qué hay que hacer para que cambie algo?

Cruza las manos sobre la mesa, entre ambas.

—Tiene que presentar una demanda civil. Yo no lo puedo hacer en su nombre, pero puedo buscar a alguien que trabaje en derecho laboral y discriminación. —Me explica, utlizando jerga legal, lo que eso significa para mí.

La indemnización que menciona es mucho más de lo que habría podido imaginar en mis sueños más salvajes.

Pero hay una pega, siempre hay una pega. La demanda que podría conseguirme ese dinero, que me ayudaría a contratar a un abogado privado que estuviera dispuesto a admitir que mi raza es la razón principal de este juicio, no puede presentarse hasta que termine el juicio actual. En otras palabras, si ahora me declaran culpable, ya puedo despedirme de ese dinero futuro.

De repente me doy cuenta de que la negativa de Kennedy a mencionar la raza en el juzgado podría no ser fruto de la ignorancia. Muy al contrario. Es porque es consciente de lo que tengo que hacer exactamente para conseguir lo que merezco.

Es posible que esté ciega y me haya perdido, y Kennedy McQuarrie sea la única persona que tiene un mapa. Así que la miro a los ojos.

—¿Qué quiere saber? —le pregunto.

Kennedy

Cuando llego a casa esa noche, tras mi primera reunión con Ruth, Micah está trabajando y mi madre cuida de Violet. La casa huele a orégano y a pizza.

—¿Es mi día de suerte? —exclamo, olvidándome de la pesadez del trabajo. Violet se levanta de la mesa donde está coloreando un dibujo y corre hacia mí—. ¿Hay pizza casera para cenar?

Balanceo a mi hija con los brazos. Lleva bien sujeta en la mano una cera de color rojo vivo.

—Te he hecho una pizza. Adivina qué es.

Mi madre sale de la cocina con una bandeja en la que hay una burbuja en forma de ameba.

—Oh, está claro que es un..., un alicní... —miro a mi madre a los ojos y veo que niega con la cabeza. A espaldas de Violet, levanta las manos y enseña los dientes—, un dinosaurio —rectifico—. Claro, salta a la vista.

Violet sonríe de oreja a oreja.

—Pero está enfermo. —Señala el orégano que salpica el queso—. Por eso tiene un sarpullido.

—¿Es varicela? —pregunto, probando un bocado.

—No —dictamina—. Es una disfunción reptiliana.

Casi escupo la pizza. Dejo a Violet en el suelo y vuelve corriendo a la mesa para seguir pintando. Enarco una ceja.

—¿Qué estabais viendo? —pregunto con calma a mi madre.

Ella sabe que lo único que dejamos ver a Violet es *Barrio Sésamo* o el canal Disney Junior. Pero, por el estudiado barniz de inocencia que advierto en el rostro de mi madre, sé que me oculta algo.

—Nada.

Me vuelvo para mirar la apagada pantalla del televisor. Movida por una corazonada, empuño el mando a distancia que veo en el sofá y lo enciendo.

Veo a Wallace Mercy en todo su esplendor, en la puerta del ayuntamiento, en pleno Manhattan. Tiene de punta el salvaje cabello blanco, como si lo hubieran electrocutado. Levanta el puño en señal de solidaridad con la causa contra la que se estará cometiendo la injusticia de turno.

«¡Hermanos y hermanas! Yo os pregunto: ¿desde cuándo llamamos *malentendido* a la *sospecha racial*? Exigimos una disculpa del jefe de la policía de Nueva York por la vergüenza y las molestias sufridas por este celebrado atleta…» Bajo el rostro vagamente conocido de un atractivo caballero de piel oscura se ve el logotipo del noticiario de la Fox.

Fox News. Un canal que Micah y yo no solemos ver. Un canal que podría tener multitud de anuncios sobre disfunción eréctil.

—¿Has dejado que Violet vea esto?

—Por supuesto que no —dice mi madre—. Lo he puesto mientras ella dormía la siesta.

Violet levanta la vista de sus dibujos.

—¡*The Five-o-Meter*!

Fulmino a mi madre con la Mirada de la Muerte.

—¿Has estado viendo este programa con mi hija de cuatro años?

Mi madre levanta las manos.

—Bueno, está bien, sí, a veces lo hago. Son noticias, por el amor de Dios. Ni que fuera porno. Además, ¿te has enterado? Es un simple malentendido y ese ridículo reverendo de pacotilla no deja de despotricar, solo porque la policía trataba de hacer su trabajo.

Miro a Violet.

—Cariño —sugiero—, ¿por qué no vas a buscar el pijama que quieres ponerte y dos cuentos para dormir?

La niña corre arriba y yo me vuelvo hacia el televisor.

—Si quieres ver a Wallace Mercy, al menos míralo en la MSNBC —digo.

—No quiero ver a Wallace. La verdad es que no creo que esté haciendo ningún bien a Malik Thaddon al apoyar su causa.

Malik Thaddon, por eso me resultaba familiar. Ganó el Abierto de Tenis de Estados Unidos hace unos años.

—¿Qué ha pasado?

—Salió de su hotel y fue detenido por cuatro policías. Al parecer, se confundieron de persona.

Ava se sienta a mi lado en el sofá mientras en la pantalla se ve un primer plano de la pataleta verbal de Wallace Mercy. Tiene tensos los tendones del cuello y en la sien le late una vena; a este hombre le va a dar algo.

—¿Sabes? —apostilla mi madre—. Si no estuvieran siempre tan enfadados, quizá los escucharía más gente.

No necesito preguntar a quiénes se refiere. Doy otro bocado a la pizza dinosaurio.

—¿Qué tal si volvemos a aquello de sintonizar solo canales que no tengan anuncios con efectos secundarios?

Mi madre se cruza de brazos.

—Yo creía que precisamente tú estarías deseando que tu hija aprendiera las cosas del mundo, Kennedy.

—Es una niña, mamá. Violet no necesita pensar que la policía podría detenerla un día.

—Ah, por favor. Violet estaba coloreando. Todo eso le entra por un oído y le sale por el otro. En lo único que se ha fijado es en los pelos de bruja de Wallace Mercy.

Me llevo una mano a la frente.

—Muy bien. Estoy cansada. Dejemos la conversación para otro día.

Mi madre recoge mi bandeja vacía y se pone en pie, claramente ofendida.

—Lejos de mí considerarme como una simple criada.

Desaparece en la cocina y yo subo a acostar a Vi. Ha elegido un cuento protagonizado por un ratón con un nombre que ninguno de sus amigos sabe pronunciar y *Ve, perro. ¡Ve!*, que es el título que más odio de toda su biblioteca. Me tiendo en la cama con ella y deposito un beso en su cabeza. Huele a gel de fresas y a champú Johnson's, exactamente igual que yo en mi infancia. Cuando empiezo a leer en voz alta, anoto mentalmente que he de dar las gracias a mi madre por bañar a Violet, prepararle la comida y quererla tanto como yo, aunque la someta a la santurrona indignación de Wallace Mercy.

En aquel momento me viene Ruth a la cabeza. «Violet no necesita pensar que la policía podría detenerla un día», le había dicho a mi madre.

Pero, hablando con sinceridad, las probabilidades de que mi hija sea víctima de un error de identificación son mucho menores que, por ejemplo, las de Ruth.

—¡Mami! —protesta Violet, y me doy cuenta de que inadvertidamente, perdida en mis pensamientos, he dejado de leer.

—«¿Te gusta mi sombrero? —leo en voz alta—. A mí no.»

Ruth

Adisa dice que necesito darme un gusto, así que me invita a almorzar. Vamos a una casa de comidas que hornea su propio pan y que sirve platos tan abundantes que siempre acabas llevándote la mitad a casa. Está lleno, así que nos sentamos a la barra.

Últimamente paso más tiempo con mi hermana, lo cual me resulta a la vez reconfortante y extraño. Antes, cuando no estaba con Edison, estaba trabajando; ahora, mi agenda está vacía.

—Por ahora estás bien —dice Adisa—, pero ¿has pensado en cómo te ganarás los garbanzos más adelante?

Pienso en lo que Kennedy dijo ayer sobre presentar una demanda civil. Es dinero, pero es un dinero con el que no puedo contar aún y quizá nunca.

—Me preocupan más los garbanzos de mi hijo —confieso.

Adisa entorna los ojos.

—¿Cuánto te durarán las reservas?

No tiene sentido mentirle.

—Unos tres meses.

—Sabes que si la cosa se pone fea puedes pedirme ayuda, ¿verdad?

Es inevitable sonreír cuando me dice esto.

—¿En serio? ¿No tuve que hacerte un préstamo el mes pasado?

Sonríe.

—He dicho que puedes pedirme ayuda. No que pueda dártela. —Se encoge de hombros—. Además, ya sabes que hay una respuesta.

Esta última semana he aprendido que estoy más que cualificada para ejercer casi todos los trabajos administrativos que haya en New Haven, incluidos los de secretaría y recepcionista. Mi hermana cree que debería pedir el subsidio de desempleo. Pero creo que es una falta de honradez, ya que, cuando todo esto termine, tengo intención de volver al trabajo. Conseguir un empleo de media jornada es otra alternativa, pero mis estudios son de enfermería y mi licencia está suspendida. Así que he preferido hablar de otra cosa.

—Lo único que sé es que, cuando el novio de Tyana fue detenido por robo y fue a juicio, se celebró ocho meses después —me cuenta Adisa—. Eso te deja cinco meses en el agujero. ¿Qué consejo te dio esa flacucha abogada blanca?

—Se llama Kennedy, y estuvimos demasiado ocupadas pensando en impedir que fuera a la cárcel para hablar del modo de sobrevivir mientras espero la fecha del juicio.

Adisa da un bufido.

—Sí, porque seguro que esos detalles no se le ocurren a alguien como ella.

—La has visto solamente una vez —señalo—. No sabes nada de ella.

—Sé que los abogados de oficio se dedican a eso porque les importa más la ética que el dinero, de lo contrario estarían trabajando para algún bufete de la gran ciudad. Lo que significa que la tal Kennedy tiene una herencia en perspectiva o un papi rico.

—Consiguió sacarme bajo fianza.

—Rectificación: tu hijo te sacó bajo fianza.

Lanzo una mirada helada a Adisa y me fijo en el camarero, que está limpiando vasos. Adisa pone los ojos en blanco.

—No quieres hablar, muy bien —añade. Mira el televisor que hay sobre la barra; están dando un anuncio—. Oiga —dice al camarero—. ¿Podemos ver otra cosa?

—Sírvase usted misma —responde el individuo, dándole el mando a distancia.

Adisa se pone a repasar los canales que emiten por cable. Se detiene al oír una conocida melodía góspel: «¡Señor, Señor, Señor, ten piedad!» En la pantalla se ve un plano de Wallace Mercy, el activista. Hoy arremete contra un distrito escolar de Texas donde detuvieron a un joven musulmán que llevó a clase un reloj de fabricación casera, para enseñárselo a su profesor de ciencias, y lo tomaron por una bomba.

«Ahmed —arenga Wallace—, si estás escuchando, quiero decirte algo. Quiero decir a todos los chicos negros y morenos que hay por ahí, y que también temen que los confundan a causa del color de su piel...»

Estoy casi segura de que Wallace Mercy fue predicador antes, aunque no creo que le pasaran nunca la nota que dice que no se necesita gritar cuando se está ante un micrófono en un estudio de televisión.

«Quiero deciros que a mí también me tomaron una vez por menos de lo que era, a causa de mi aspecto. Y no miento si os digo que a veces, cuando el Diablo me susurra dudas al oído, aún creo que aquellas personas tenían sus razones. Pero la mayor parte del tiempo, según creo, *he puesto en evidencia a esos matones*. He salido adelante a pesar de ellos. Y... *también vosotros saldréis*.»

Adisa ahoga una exclamación.

—Oh, Dios mío, Ruth, eso es lo que necesitas. A Wallace Mercy.

—Estoy segura al ciento por ciento de que Wallace Mercy es lo último que necesito.

—¿De qué hablas? Tu historia es exactamente la clase de historia para la que vive. ¿Discriminación laboral por motivos raciales? Será un festín para él. Hará que todo el país se entere de la injusticia que han cometido contigo.

Wallace agita el puño en la pantalla.

—¿Siempre está tan enfadado?

Adisa se echa a reír.

—Joder, tía. Yo estoy enfadada todo el tiempo. Estoy harta de ser Negra todo el día —dice—. Al menos él habla por las personas como nosotras.

—Más que hablar, grita.

—Exacto. Maldita sea, Ruth, pareces de Viva la Gente. Has estado nadando con tiburones tanto tiempo que has olvidado que eres una sardina.

—¿Qué?

—¿Los tiburones no comen sardinas?

—Comen personas.

—¡Eso es lo que te digo! —Da un suspiro—. Los Blancos han pasado años dando la libertad a los Negros sobre el papel, pero en el fondo siguen esperando que digamos: «sí, buana», y nos quedemos callados y agradecidos por lo que conseguimos. Si decimos lo que pensamos, podemos perder nuestro trabajo, nuestras casas, incluso nuestras vidas. Wallace es el hombre que puede enfadarse en nuestro nombre. Si no fuera por él, los blancos nunca sabrían que nos molestan sus memeces, y los Negros se enfadarían cada vez más porque no podrían arriesgarse a replicar. Wallace Mercy es el que impide que explote el barril de pólvora que es este país.

—De acuerdo, todo eso está muy bien, pero yo no voy a ir a juicio por ser Negra. Voy a juicio porque un niño murió cuando estaba a mi cargo.

Adisa sonríe con cara de enterada.

—¿Quién te ha dicho eso? ¿Tu abogada blanquita? Claro que no cree que esto sea por cuestiones raciales. Ella no piensa en la raza y punto. No tiene por qué.

—De acuerdo, está bien, cuando consigas el título de abogada, me aconsejarás sobre este caso. Hasta entonces, le haré caso a ella. —Vacilo—. ¿Sabes?, para ser alguien que odia que la tipifiquen, tipificas demasiado a los demás.

Mi hermana levanta las manos como quien se rinde.

—Está bien, Ruth. Tienes razón. Yo estoy equivocada.

—Yo solo digo que, hasta ahora, Kennedy McQuarrie está haciendo su trabajo.

—Su trabajo es rescatarte para poder sentirse bien consigo misma —dice Adisa—. Los caballeros andantes van de punta en blanco. —Me mira achicando los ojos—. Nunca se ha dicho que vayan de punta en negro, porque ya sabemos lo que el negro representa.

No le doy la satisfacción de responder. Pero ambas conocemos la respuesta.

El Negro es el color del villano de la historia.

Solo he estado una vez en la casa de Christina en Manhattan y fue poco después de casarse con Larry Sawyer. Fui para darle el regalo de boda y resultó una experiencia incómoda. Christina y Larry se habían casado en el archipiélago Turks y Caicos y Christina no había dejado de decir lo mucho que sentía no poder invitar a todos sus amigos a la ceremonia y tener que limitar la lista de invitados.

Cuando abrió mi regalo, un juego de servilletas de lino en las que habían estampado las recetas de las galletas, pasteles y tartas de mi madre, escritas con su propia caligrafía, rompió a llorar y me abrazó, diciendo que era el regalo más personal que había recibido, y que lo utilizaría todos los días.

Han transcurrido más de diez años desde entonces y me pregunto si alguna vez ha cocinado, e imagino que menos aún ha utilizado, las servilletas. Las encimeras de granito brillan y en un cuenco de cristal azul hay manzanas naturales que parecen lustradas. Por ninguna parte hay signos de que allí viva un niño de cuatro años. Siento el impulso de abrir el horno Viking, para ver si contiene una sola migaja o mancha de grasa.

—Por favor —dice Christina, señalando una de las sillas de la cocina—. Siéntate.

Obedezco y me sobresalto cuando oigo una música suave que sale de la pared que tengo detrás.

—Es un altavoz —revela, riéndose en mi cara—. Está empotrado.

Me pregunto qué será vivir en un lugar que parece el decorado de una sesión fotográfica. La Christina que yo conocía dejaba un rastro de destrucción entre el vestíbulo y la cocina desde el momento en que llegaba de la escuela, dejaba caer el abrigo y la cartera y se quitaba los zapatos dando puntapiés en el aire. En aquel momento aparece una mujer tan silenciosamente que podría haberse desprendido de la pared. Pone un plato de ensalada de pollo ante mí y otro delante de Christina.

—Gracias, Rosa —dice mi amiga, y caigo en la cuenta de que es muy probable que siga tirando el abrigo, las bolsas de la compra y los zapatos cuando llega a casa. Pero Rosa es su Lou. La única diferencia es que ahora hay una persona distinta para recoger lo que va dejando tras de sí.

La criada se retira en silencio y Christina se pone a hablar sobre recaudar fondos para un hospital y de que Bradley Cooper quería estar presente, pero había desistido en el último momento por culpa de una inflamación de garganta; y, mira por dónde, *US Weekly* lo fotografió aquella misma noche en un deplorable antro de Chelsea con su novia. Habla sin parar de un tema que me trae completamente sin cuidado, pero solo cuando termino la ensalada me doy cuenta de por qué me ha invitado.

—Entonces —interrumpo—, ¿te has enterado por mi madre?

Pone cara de circunstancias.

—No. Por Larry. Ahora que ha hecho los trámites para presentarse al cargo, tenemos a la prensa encima a todas horas. —Se muerde el labio—. ¿Ha sido muy horrible?

Un gorgoteo de risa me sube por la garganta.

—¿Qué parte?

—Bueno, todo. Ser despedida. Ser detenida. —Abre mucho los ojos—. ¿Tuviste que ir a la cárcel? ¿Era como en *Orange Is the New Black*?

—Sí, pero sin sexo. —La miro—. No fue culpa mía, Christina. Tienes que creerme.

Christina alarga la mano y coge la mía por encima de la mesa.

—Te creo. Te creo, Ruth. Espero que lo sepas. Quería ayudarte, ya sabes. Le dije a Larry que contratara a alguien de su antiguo bufete para que te representara.

Me quedo helada. Trato de verlo como un gesto de amistad, pero parece como si yo fuera un problema que hay que resolver.

—Yo…, yo no habría podido aceptar eso…

—Bueno, antes de que empieces a pensar que soy tu hada madrina, Larry me paró los pies. Se siente tan mal como yo, francamente, pero, con la candidatura por medio, no es el mejor momento para que lo vinculen con algo escandaloso.

Escandaloso. Saboreo la palabra, la muerdo como si fuera una mora, siento cómo revienta.

—Tuvimos una pelea sonada por eso. Incluso lo mandé a dormir al cuarto de invitados. No es que esté buscando el voto neonazi ni nada parecido. Pero supongo que no es tan sencillo. Los asuntos raciales están muy complicados ahora mismo, con el jefe de policía en el punto de mira y esas cosas, y Larry tiene que mantenerse tan lejos como pueda de todo eso si no quiere que le cueste las elecciones. —Mueve la cabeza—. Lo siento mucho, Ruth.

Me quedo de piedra.

—¿Para eso me has hecho venir? —pregunto—. ¿Para decirme que ya no quieres que te relacionen conmigo?

¿Qué había pensado yo, estúpida de mí? ¿Que era una visita social? ¿Que por primera vez, al cabo de un decenio, Christina había decidido de repente que fuera a almorzar con ella? ¿O había sabido desde el principio que, si iba allí, era porque esperaba un milagro llamado Hallowell…, aunque era demasiado orgullosa para admitirlo?

Nos miramos en silencio durante un largo momento.

—No —dice Christina—. Necesitaba verte con mis propios ojos. Quería asegurarme de que estabas…, ya sabes…, bien.

El orgullo es un dragón malvado; duerme encerrado en tu corazón y ruge cuando necesitas silencio.

—Pues ya puedes tachar esto en tu lista de buenas obras —digo con resentimiento—. Estoy bien y nada más.

—Ruth…

Levanto la mano.

—No, Christina, ¿estamos? No…, y no.

Repaso los eslabones que componen la cadena de nuestra historia para ver si hay alguna rotura o un mal engarce, desde que éramos dos niñas que lo sabían todo la una de la otra —helado favorito, miembro favorito de los New Kids on the Block, famoso del que estábamos enamoradas— hasta que fuimos dos adultas que no sabían nada la una sobre la vida de la otra. ¿Nos habían separado las circunstancias o la intimidad había sido un engaño? ¿Se debió nuestra familiaridad a la amistad o a la geografía?

—Lo siento —dice Christina con voz débil.

—Yo también —susurro.

De repente, se levanta de la mesa, vuelve al poco rato y se pone a vaciar el contenido de su bolso de mano. Gafas de sol, llaves, pintalabios y recibos caen sobre la superficie de la mesa; cápsulas de ibuprofeno, perdidas en el fondo, como si fueran caramelos. Abre la billetera y saca un grueso fajo de billetes y los aprieta sobre mi mano.

—Quédatelo —murmura—. Que quede entre nosotras.

Cuando nuestras manos se rozan, hay una descarga eléctrica. Me levanto de un salto, como si hubiera caído un rayo.

—No —digo retrocediendo. Si cruzo esta línea, cambiará todo entre Christina y yo. Quizá nunca hayamos sido iguales, pero al menos yo llegué a creérmelo. Si acepto este dinero, no podré seguir engañándome—. No puedo.

Christina insiste, me oprime los dedos alrededor del dinero.

—Quédatelo —dice. Luego me mira como si todo fuera bien en el mundo, como si nada hubiera cambiado, como si no me hubiera convertido en una mendiga a sus pies, una obra benéfica, una causa—. Hay postre —anuncia—. ¿Rosa?

Con las prisas por escapar, tropiezo con la silla.

—En realidad no tengo hambre. —Desvío la mirada—. Tengo que irme.

Cojo el abrigo y el bolso del armario del vestíbulo y salgo corriendo, dando un portazo tras de mí. Pulso el botón del ascensor una y otra vez, como si eso aumentara su velocidad.

Y cuento los billetes. Quinientos cincuenta y seis dólares.

El ascensor llega.

Me acerco al felpudo de la puerta de Christina y pongo todo el dinero debajo.

Esta mañana le he comentado a Edison que ya no podemos ir en coche. La matrícula ha caducado y no puedo permitirme el lujo de renovarla. Venderlo será mi último recurso, pero en el ínterin, mientras ahorro lo necesario para pagar las tasas locales y federales y la gasolina, iremos en autobús.

Entro en el ascensor y cierro los ojos hasta que llego a la planta baja. Voy corriendo por Central Park West hasta que me quedo sin aliento, hasta que sé que no cambiaré de opinión.

El edificio de Humphrey Street se parece a cualquier otro edificio del gobierno: un bloque de hormigón, cuadrado y burocrático. La oficina de empleo está atestada, con todos los asientos de plástico agrietado ocupados por personas inclinadas sobre un portapapeles. Adisa me acompaña hasta la ventanilla. Ahora tiene trabajo, gana el salario mínimo como cajera de media jornada, pero ha entrado y salido de este edificio una docena de veces y conoce su funcionamiento.

—Mi hermana necesita solicitar el subsidio —anuncia, como si esta declaración no me hiciera morir un poco por dentro.

La secretaria parece de la edad de Edison. Lleva unos pendientes largos en forma de empanadilla.

—Rellene esto —dice, dándome un portapapeles con una solicitud.

Como no hay sitios libres para sentarse, nos apoyamos en la pared. Mientras Adisa busca un bolígrafo en su profunda mochila, yo miro a las mujeres que apoyan portapapeles y niños en las rodillas, a los hombres que apestan a alcohol y sudor, a una mujer con una larga trenza gris que abraza una muñeca y canta para sí. Aproximadamente la mitad son blancos: madres que limpian la nariz de sus hijos con pañuelos y hombres nerviosos que tamborilean con el bolígrafo en las piernas mientras leen cada línea del formulario. Adisa se da cuenta de que los observo.

—Dos tercios de los subsididios son para los blancos —dice—. Figúrate.

Nunca había estado tan agradecida a mi hermana.

Relleno las primeras líneas: nombre, dirección, número de personas que dependen de mí.

«Ingresos», leo.

Empiezo a escribir mi sueldo anual, pero lo tacho.

—Pon cero dólares —aconseja Adisa.

—Recibo una pequeña pensión de Wesley...

—Escribe cero dólares —repite Adisa—. Sé de gente que ha sido rechazada del Programa de Ayudas Alimentarias por tener un coche que valía demasiado. Vas a explotar al sistema igual que el sistema te ha explotado a ti.

Como no escribo nada, coge el formulario, rellena las casillas correspondientes y lo entrega a la secretaria.

Transcurre una hora y no llaman a nadie de la sala de espera.

—¿Cuánto dura esto? —susurro a mi hermana.

—El tiempo que quieran tenerte esperando —responde Adisa—. La mitad de los motivos por los que estas personas no consiguen trabajo es porque están demasiado ocupados esperando aquí para buscar nada en otra parte.

Son casi las tres, han pasado cuatro horas desde que llegamos; entonces se acerca una asistente social a la puerta.

—Ruby Jefferson —dice.

Me pongo en pie.

—¿Ruth?

La joven mira los papeles.

—Quizá —admite.

Adisa y yo la seguimos por un pasillo hasta un cubículo y nos sentamos.

—Voy a hacerle unas preguntas —anuncia con voz monótona—. ¿La han despedido?

—Es complicado decirlo…, me suspendieron.

—¿Eso qué significa?

—Soy enfermera, pero me han suspendido la licencia hasta que termine un juicio que hay pendiente. —Digo estas palabras de carrerilla.

—Es igual —dice Adisa—. Yo se lo explicaré. No tiene trabajo y no tiene dinero. —Miro a mi hermana; yo había esperado que la asistente viese que tenía algo en común con ella, que me reconociera no como a la típica solicitante de ayuda gubernamental, sino como a una persona de clase media que ha tenido una mala racha. Pero Adisa se ha puesto a hablar en el inglés de los negros, alejándose de mi táctica todo lo posible.

La asistente se empuja las gafas sobre el puente de la nariz.

—¿Y el dinero para la universidad de su hijo?

—Es una cuenta de ahorros —informo—. Solo puede usarse para costear estudios.

—Ella necesita un seguro médico —interrumpe Adisa.

La mujer me mira fijamente.

—¿Cuánto paga ahora mismo por el seguro de asistencia sanitaria?

—Mil cien dólares al mes —respondo, ruborizándome—. Pero no podré pagarlo el mes que viene.

La mujer asiente sin definirse.

—Deje de pagar ese servicio. Tiene derecho a Obamacare.

—Oh, no, usted no lo entiende. No quiero quedarme sin el seguro; quiero que me lo financien temporalmente —explico—. Es mi seguro del hospital. Con el tiempo recuperaré el empleo…

Adisa se vuelve hacia mí.

—Y mientras tanto, ¿qué pasa si Edison se rompe una pierna?

—Adisa...

—¿Crees que eres O. J. Simpson? ¿Que te vas a librar y a salir andando? Últimas noticias, Ruth. No eres O. J. Tampoco eres Oprah. Ni eres Kerry Washington. Ellos han conseguido el visto bueno de los blancos porque son famosos. Tú no eres más que otra negraza que ha caído en desgracia.

Estoy segura de que la asistente puede ver el vapor que me sale del pelo. Tengo los puños tan apretados que corto la circulación de la sangre. No sé por qué mi hermana se ha vuelto de pronto una barriobajera, pero la mataré.

Joder, si ya estoy acusada de homicidio.

La asistente mira a Adisa, luego me mira y luego mitra los papeles. Carraspea.

—Bien —dice, contenta de poder librarse de nosotras—, usted tiene derecho a asistencia médica, a ayuda alimentaria y a un subsidio. Tendrá noticias nuestras.

Adisa enlaza mi brazo con el suyo y me levanta de la silla.

—Gracias —susurro mientras mi hermana me saca a rastras del cubículo.

—Bueno, no estuvo tan mal, ¿verdad? —dice cuando la joven ya no puede oírnos, al lado de una maceta que hay cerca de los ascensores. De repente es otra vez la de antes.

Me vuelvo hacia ella.

—¿Qué ha sido eso? Te has portado como una imbécil total.

—Una imbécil que te ha conseguido el dinero que necesitas —señala Adisa—. Puedes darme las gracias después.

Mi encargada es una chica llamada Nahndi y tengo edad para ser su madre.

—Así que, básicamente, hay cinco áreas —me dice—. Caja, menú completo, menú completo y café, entregas y recados. Es decir, también está la mesa, por supuesto, es donde están las personas que preparan la comida...

La sigo estirándome el uniforme, que tiene en el cuello una etiqueta que me pica. Tengo un turno de ocho horas, lo que significa que tengo un descanso de treinta minutos, una comida gratis y el salario mínimo. Tras agotar todas las posibilidades de la oficina de empleo temporal, pedí trabajo en McDonald's. Conté que me había tomado una temporada sabática para ser madre. Ni siquiera dije que era enfermera. Solo quería que me contrataran, para poder renunciar a algunas de las prestaciones que me habían dado en la oficina de empleo. Por mi propia cordura, necesitaba creer que aún podía ocuparme de mí y de mi hijo, al menos en parte.

Cuando el gerente me llamó para ofrecerme el empleo, preguntó si podía empezar de inmediato, ya que andaban cortos de personal. Así que dejé en la encimera de la cocina una nota para Edison, diciendo que tenía una sorpresa para él, y cogí el autobús al centro de la ciudad.

—Las patatas se cargan por la tolva de la freidora. Hay tres tamaños de cesta, que se usan según lo ocupados que estemos —dice Nahndi—. Cuando eches una cesta, pulsa el cronómetro. Pero a los dos minutos y cuarenta segundos tienes que agitar la cesta, para que las patatas no se peguen, ¿entiendes?

Asiento mirando a un universitario llamado Mike, que hace todo lo que ella dice.

—Cuando el cronómetro se para, pones la cesta sobre la cuba y dejas que escurra el aceite unos diez segundos. Y luego la vacías en el área de fritos, con cuidado que quema, y le pones sal.

—A menos que hayan pedido patatas fritas sin sal —puntualiza Mike.

—Ya nos ocuparemos de eso más tarde —replica Nahndi—. El salero echa la misma cantidad en cada tanda. Luego remueves con la rasera y pulsas el cronómetro. Las patatas tienen que despacharse en cinco minutos, si no, hay que tirarlas.

Asiento. Hay mucha información que procesar. Como enfermera tenía que recordar un millar de cosas, pero después de veinte años, la memoria trabajaba sola. Todo esto es nuevo.

Mike me deja probar en el área de fritos. Me sorprende lo mucho que pesa la cesta cuando está goteando. Como llevo guantes de plástico, las manos me resbalan. El aceite se me cuela hasta por la redecilla del pelo.

—¡Muy bien! —dice Nahndi.

Aprendo a embolsar correctamente, cuántos minutos puede estar cada artículo en una cesta calentadora antes de desecharse, qué detergentes hay que usar en cada superficie, cómo decir al gerente que necesitas más monedas, cómo pulsar el botón de tamaño medio de la caja registradora antes de pulsar el botón de menú Número 1, de lo contrario el cliente no recibirá patatas fritas con su pedido. Nahndi tiene la paciencia de una santa cuando se me olvida poner salsa ranchera o sirvo una McDouble en lugar de una hamburguesa con queso doble (son idénticas, pero una tiene una loncha de queso más que la otra). Al cabo de una hora le inspiro suficiente confianza para ponerme en la mesa a preparar pedidos.

Nunca me ha asustado el trabajo duro. Dios sabe que en enfermería también te hartas de sostener bateas con vómitos y de cambiar sábanas manchadas. Lo que siempre me decía a mí misma era que tras esta clase de episodios el paciente tiene que estar aún más incómodo que yo (físicamente, emocionalmente o en ambos sentidos). Mi trabajo era mejorar las cosas tan profesionalmente como fuera posible.

Así que no me supone ninguna molestia trabajar en un establecimiento de cómida rápida. No estoy aquí para buscar la gloria. Estoy aquí por la paga, por miserable que sea.

Respiro hondo, cojo el panecillo cortado en tres secciones y coloco cada una en la tostadora. Luego abro una caja de Big Mac. Esto es más fácil de decir que de hacer cuando llevas guantes de plástico. La parte superior del panecillo se pone boca abajo en la parte superior de la caja; la sección central se pone encima; la parte inferior se pone al revés en la mitad inferior de la caja. Se echa a ambos lados sendos chorros de salsa Big Mac de la gigantesca salsera de metal; encima de esto van unas tiras de lechuga y cebolla picada. En la parte central se ponen dos pepinillos en puntos estratégicos («se citan, no se aparean», dice Nahndi). Al fondo va una loncha de queso americano. Luego saco del calentador dos hamburguesas de 45 gramos y pongo una sobre la sección superior y otra sobre la inferior. Cojo la sección central y la pongo sobre la inferior, pongo la sección superior encima de todo eso; la caja se cierra y se entrega a un «recadero» para embolsarla o entregarla al servicio de mostrador.

No es como ayudar en un parto, pero siento la misma euforia del trabajo bien hecho.

Tras seis horas de trabajo me duelen los pies y apesto a aceite. He limpiado los lavabos dos veces, una después de que un niño de cuatro años llenara todo el suelo de vómito. Acabo de empezar a trabajar como recadera con Nahndi de cajera cuando una mujer pide un McNuggets de veinte piezas. Compruebo la caja yo misma antes de ponerla en una bandeja y, tal como me han enseñado, digo en voz alta el número de pedido y deseo a la clienta que pase un buen día cuando le entrego la caja. La mujer se sienta a unos metros de mí y se come hasta la última pieza de pollo. Inesperadamente, vuelve al mostrador.

—Esta caja estaba vacía —se queja a Nahndi—. He pagado por nada.

—Lo siento mucho —responde Nahndi—. Le daremos otra.

Me acerco a Nahndi y bajo la voz.

—Yo misma comprobé la caja. La he visto comerse los veinte *nuggets* seguidos.

—Lo sé —susurra Nahndi—. Siempre hace lo mismo.

El encargado de servicio, un hombre cadavérico con mosca en el labio inferior, se acerca a nosotras.

—¿Todo bien por aquí?

—Muy bien —dice Nahndi, que coge la nueva caja de *nuggets* que le tiendo y se la entrega a la clienta, que se la lleva al aparcamiento. El encargado vuelve al área de entregas, donde alarga los pedidos a los conductores que sacan la mano por la ventanilla.

—Tiene que ser una tomadura de pelo —susurro.

—Si dejas que te afecten estas cosas, no soportarás ni siquiera un turno. —Nahndi se vuelve hacia un grupo de adolescentes muy animados que entran riendo por la puerta—. La carga de la brigada escolar —advierte—. Pon cara de póker.

Me vuelvo a la pantalla, esperando a que aparezca mágicamente el siguiente pedido.

—Bienvenidos a McDonald's —dice Nahndi—. ¿Qué vais a tomar?

Espero que no sean batidos. Es la única máquina que todavía no manejo bien, y Nahndi ya me contó que, en su primera semana, se olvidó de poner las patillas y la leche la pringó y se esparció por el suelo.

—Mmm, yo quiero un menú Big Mac —oigo—. ¿Qué quieres tú, tío?

—Me he dejado el dinero en casa...

Giro en redondo, porque conozco esa voz. De pie frente al mostrador está Bryce, el amigo de Edison, y a su lado, con las manos metidas en los bolsillos de la cazadora, está mi hijo.

Veo pintado el horror en los ojos de Edison cuando ve mi redecilla del pelo, mi uniforme, mi nueva vida. Así que en lugar de sonreírle, o decirle hola, me pongo de espaldas antes de que Bryce me reconozca. Para no obligar a Edison a inventar una nueva excusa por la situación presente.

Edison no está en casa cuando vuelvo. Me quito el uniforme y me doy una ducha para quitarme el olor a grasa. Le mando un mensaje, pero no responde. Así que preparo la cena fingiendo que todo va bien. Cuando por fin llega a casa, acabo de poner una cazuela en la mesa.

—Está caliente —le digo, pero se va directamente a su cuarto. Creo que todavía está molesto por mi nuevo trabajo, pero aparece al poco rato con un bote de cristal lleno de monedas y con un talonario de cheques. Lo pone todo sobre la mesa.

—Dos mil trescientos ochenta y seis dólares —proclama—. Y debe de haber doscientos más en el bote.

—Es dinero para la universidad —replico.

—Lo necesitamos ahora. Tengo toda la primavera y el verano para trabajar; puedo ganar más.

Sé que Edison ha ahorrado concienzudamente lo que ha ganado en el supermercado en el que trabaja desde los dieciséis años. Siempre se dio por supuesto que él contribuiría a su educación, y entre becas, ayudas administrativas y el plan de ahorro al que nos acogimos cuando era bebé, yo podría hacerme cargo del resto de la matrícula. La idea de gastar dinero destinado a la universidad me pone enferma.

—Edison, no.

Arruga la cara.

—Mamá, no puedo. No puedo permitir que trabajes en McDonald's cuando tengo dinero que podemos utilizar. ¿Tienes idea de cómo me siento?

—En primer lugar, no es dinero, es tu futuro. En segundo lugar, no hay por qué avergonzarse de tener un trabajo honrado. Aunque sea friendo patatas. —Le aprieto la mano—. Y solo será por un tiempo, hasta que todo esto termine y pueda volver al hospital.

—Si dejo el atletismo puedo conseguir más turnos en el supermercado.

—No vas a dejar el atletismo.

—Es un deporte aburrido y no me importa.

—A mí solo me importas tú —replico. Me siento frente a él—. Hijo, déjame hacer esto, por favor. —Los ojos se me llenan de lágrimas—. Si me hubieras preguntado quién era Ruth Jefferson hace un mes, habría dicho que era una buena enfermera y una buena madre. Pero ahora hay gente que dice que no soy una buena enfermera. Y si no puedo alimentarte ni vestirte, entonces pondré en duda que soy una buena madre. Si no me dejas hacer esto…, si no me dejas cuidar de ti…, entonces ya no sé quién soy.

Cruza los brazos con energía y mira a otro lado.

—Todo el mundo lo sabe. Los he oído murmurar y callarse cuando me acerco.

—¿Tus compañeros de clase?

—Y también los profesores —confiesa.

—Eso es imperdonable —digo con indignación.

—No, no es lo que piensas. Se sacrifican, ¿sabes? Me dan tiempo de más para los deberes y dicen que se dan cuenta de que las cosas van mal en casa…, y siempre hay alguno que es muy bueno y comprensivo, y me dan ganas de emprenderla a golpes, porque es peor cuando la gente finge no saber que faltaste a clase porque tu madre estaba en la cárcel. —Hace una mueca—. ¿Sabes ese examen que suspendí? No fue porque no hubiera estudiado el tema. Fue porque me fui de clase, porque el señor Herman me acorraló a preguntas sobre si podía hacer algo para ayudarme.

—Oh, Edison…

—No quiero la ayuda de nadie —explota—. No quiero ser alguien que necesite ayuda. Quiero ser como todos los demás, entiéndeme, no un caso especial. Y luego me enfado conmigo mismo porque estoy gimoteando como si fuera el único que tiene problemas, cuando tú debes de..., cuando tú... —Se calla y se frota las rodillas con las manos.

—No continúes —digo abrazándolo—. Ni siquiera lo pienses. —Me aparto y le pongo las manos en las mejillas—. No necesitamos su ayuda. Superaremos esto. Me crees, ¿verdad?

Me mira, me mira de verdad, como un peregrino mira el cielo nocturno en busca de un significado.

—No lo sé.

—Bueno, yo sí —replico con firmeza—. Y ahora come lo que tienes en el plato. Porque tan segura como que dos y dos son cuatro que no iré al McDonald's si se enfría.

Edison empuña el tenedor, agradecido por la broma.* Y yo trato de no pensar en el hecho de que, por primera vez en mi vida, he mentido a mi hijo.

Una semana más tarde, estoy en casa revolviéndolo todo porque no encuentro la visera de mi uniforme cuando suena el timbre de la puerta. Me quedo estupefacta. En el porche está Wallace Mercy... Pelos blancos de punta, traje de tres piezas, reloj de bolsillo y toda la pesca.

—Ay de mí —murmuro. Las palabras son nubecillas de vaho que se secan en el desierto de mi incredulidad.

—Hermana —exclama con voz de trueno—. Me llamo Wallace Mercy.

Río como una tonta. Como una tonta, en serio. Porque, vamos a ver, ¿quién no lo sabe?

Miro a derecha e izquierda para ver si está con su séquito, el de las cámaras de televisión. Pero la única señal de su fama es un elegante coche negro que hay aparcado junto a la acera, con el intermitente puesto y un chófer al volante.

—Me preguntaba si podría robarle unos momentos de su tiempo.

---

* En Estados Unidos hay muchos chistes sobre la comida de McDonald's, en particular sobre el hecho de que fría es incomestible. *(N. del T.)*

Lo más cerca que he estado de la fama fue cuando la esposa embarazada del presentador de un programa nocturno de televisión tuvo un accidente de tráfico cerca del hospital y estuvo en observación durante veinticuatro horas. Aunque estaba completamente ilesa, pasé de los cuidados médicos a las relaciones públicas, ya que tuve que contener a la multitud de reporteros que amenazaban con invadir la sala. Y ahora, en la única otra ocasión de mi vida en que conozco un famoso, llevo un uniforme de poliéster.

—Naturalmente. —Le hago sitio para que pase y doy gracias a Dios en silencio por haber plegado ya el sofá cama—. ¿Le apetece beber algo?

—Un café sería una bendición —dice.

Mientras enciendo la cafetera, pienso que Adisa se moriría si estuviera aquí. Me pregunto si sería una grosería hacerme un *selfie* con Wallace Mercy y enviárselo.

—Tiene usted una casa encantadora —comenta, y mira las fotos de la chimenea—. ¿Es su hijo? He oído decir que es muy buen estudiante.

«¿A quién se lo habrá oído decir?», pienso.

—¿Le pongo leche? ¿Azúcar?

—Las dos cosas —pide Wallace Mercy. Coge la taza y señala el sofá—. ¿Me permite? —Asiento y él me indica con la mano que me siente en el sillón, a su lado—. Señora Jefferson, ¿sabe por qué estoy aquí?

—Sinceramente, casi no me creo que esté aquí y mucho menos imagino la razón.

Sonríe. Tiene los dientes más blancos que he visto nunca y contrastan con la oscuridad de su piel. Estoy tan cerca de él que me doy cuenta de que es más joven de lo que esperaba.

—He venido a decirle que no está sola.

Inclino la cabeza, confusa.

—Es usted muy amable, pero ya tengo un pastor…

—Pero su comunidad es mucho mayor que su iglesia. Hermana, no es la primera vez que nuestro pueblo ha sido objeto de agresiones. Puede que aún no tengamos el poder, pero nos tenemos unos a otros.

La boca se me frunce cuando junto las piezas. Es como dijo Adisa: para él, mi caso es solo otro cajón de fruta en el que subirse para llamar la atención.

—Es usted muy amable por venir, pero no creo que mi historia sea especialmente interesante para usted.

—Todo lo contrario. ¿Puedo tener la osadía de hacerle una pregunta? Cuando fue señalada y se le pidió que no interviniera en el cuidado de un niño blanco, ¿alguno de sus colegas acudió en su defensa?

Pienso en Corinne, que escurrió el bulto cuando me quejé sobre la injusta orden de Marie y luego defendió a Carla Luongo.

—Mi amiga sabía que yo estaba alterada.

—¿Y dio la cara por usted? ¿Arriesgaría su empleo por usted?

—Nunca le habría pedido que hiciera algo así —contesto, con un asomo de irritación.

—¿Qué color de piel tiene su colega? —pregunta Wallace con brusquedad.

—El hecho de ser Negra nunca fue un problema en las relaciones con mis colegas.

—No hasta que necesitaron un chivo expiatorio. Lo que intento decir, Ruth, ¿puedo llamarla así?, es que estamos con usted. Sus hermanos y hermanas Negros darán la cara por usted. Arriesgarán su empleo por usted. Se manifestarán por usted y gritarán tan fuerte que tendrán que oírlos.

Me pongo en pie.

—Gracias por su… interés en mi caso. Pero esto es algo que tengo que hablar con mi abogada, y no importa que…

—¿Qué color de piel tiene su abogada? —interrumpe Wallace.

—¿Y qué más da? —replico con actitud desafiante—. ¿Cómo puede esperar que los blancos lo traten bien si no deja de buscarles las vueltas?

Sonríe como si hubiera oído esto antes.

—Supongo que ha oído hablar de Trayvon Martin.

Por supuesto que sí. La muerte del muchacho me llegó a lo más hondo. No porque tuviera la misma edad que Edison, sino porque, como mi hijo, era un estudiante muy dotado cuyo único defecto era ser Negro.

—¿Sabe que durante el juicio la jueza, la jueza blanca, prohibió usar en la sala la expresión *sospechoso racial*? —inquiere Wallace—. Quería que el jurado supiera que no se juzgaba a las razas, sino un asesinato.

Sus palabras me traspasan como flechas. Está repitiendo casi literalmente lo que ya me dijo Kennedy en relación con mi caso.

—Trayvon era un buen muchacho, un chico inteligente. Usted es una enfermera respetada. La razón de que la jueza no quisiera hablar de razas, la misma razón por la que su abogada lo evita como a la peste, es porque se supone que las personas Negras como usted y Trayvon son excepciones. Es usted el ejemplo perfecto de que a la buena gente le ocurren cosas malas. Porque esa es la única forma de que los guardianes blancos tengan una coartada para su comportamiento. —Se inclina hacia mí, apretando la taza con las dos manos—. Pero ¿y si esa no es la verdad? ¿Y si Trayvon y usted no son la excepción… sino la norma? ¿Y si la injusticia es la norma?

—Lo único que yo quiero es hacer mi trabajo, vivir mi vida, criar a mi hijo. No necesito su ayuda.

—Puede que no la necesite —argumenta—, pero parece que hay mucha gente que quiere ayudarla de todas formas. La semana pasada mencioné brevemente su caso en mi programa. —Se endereza para buscar algo en el bolsillo interior de la chaqueta y saca un pequeño sobre comercial. Entonces se pone en pie y me lo da—. Buena suerte, hermana. Rezaré por usted.

En cuanto se cierra la puerta tras él, abro el sobre y saco el contenido. Son billetes: de diez, de veinte, de cincuenta dólares. También hay docenas de cheques a mi nombre, firmados por personas que no conozco. Leo las direcciones: Tulsa, Oklahoma. Chicago. South Bend. Olympia, Washington. Debajo de todo el fajo está la tarjeta de visita de Wallace Mercy.

Vuelvo a guardarlo todo en el sobre, lo introduzco en un jarrón vacío que hay en un estante de la salita y entonces la veo: la visera perdida, encima de la caja del cable.

Parece un cruce de caminos.

Me calo la visera, cojo la billetera y el abrigo y salgo para el trabajo.

En la repisa de la chimenea tengo mi foto favorita de Wesley y yo. Fue el día de nuestra boda y su primo nos la hizo cuando no estábamos mirando. En la foto estamos en el vestíbulo del elegante hotel en que dimos la recepción: el alquiler fue el regalo de boda de Sam Hallowell. Mis brazos rodean el cuello de Wesley y tengo la cabeza vuelta. Él está inclinado, con los ojos cerrados, susurrándome algo al oído.

He intentado con todas mis fuerzas recordar lo que dijo mi guapo marido, que estaba impresionante con el esmoquin. Me gustaría creer que era algo así como «Eres la cosa más bonita que he visto nunca» o «Ardo en deseos de vivir contigo». Pero eso son cosas de novelas y películas y, en realidad, estoy casi segura de que queríamos escapar de la sala llena de invitados para que yo pudiera mear.

La razón de que sepa esto es que, aunque no pueda recordar la conversación que Wesley y yo sosteníamos cuando se hizo la fotografía, sí recuerdo la que sostuvimos después. Había una cola esperando ante el lavabo de señoras del vestíbulo principal y Wesley se ofreció gallardamente a estar de guardia en el servicio de caballeros para que no entrara nadie mientras yo estuviera dentro. Tardé un buen rato en recoger el vestido de boda para hacer mis cosas y, cuando finalmente salí del servicio, habían transcurrido diez minutos largos. Wesley seguía en la puerta, de centinela, pero ahora llevaba en la mano un tique del aparcamiento, de los que dan los porteros de los hoteles.

—¿Qué es eso? —pregunté. No teníamos coche entonces; habíamos usado el transporte público para ir a nuestra propia boda.

Wesley sacudió la cabeza y se echó a reír.

—Un tío se me ha acercado y me ha dicho que le trajera su Mercedes.

Nos echamos a reír y dimos el tique al botones. Reíamos porque estábamos enamorados. Porque, cuando la vida está llena de cosas buenas, no parece importante que un blanco vea a un Negro en un hotel elegante y suponga, de la manera más natural, que trabaja allí.

Después de estar un mes trabajando en el McDonald's empiezo a ver lo paradójico que resulta llamar rápida a la comida rápida. Aunque se supone que todos los pedidos se preparan en menos de cincuenta segundos, la mayoría de los ingredientes del menú tardan más en ser cocinados. Los McNuggets y los Filet-O-Fish tardan casi cuatro minutos en freírse. Los Chicken Selects tardan seis, y lo que más tarda en freírse son las pechugas crujientes de pollo. Una hamburguesa de cuarenta y cinco gramos tarda treinta y nueve segundos en cocinarse; las de cien gramos tardan setenta y nueve segundos. El pollo a la parrilla se hace en realidad al vapor. La tarta de manzana se hornea durante doce minutos, y las galletas, durante dos. Y a pesar de todo eso, se supone que los empleados tenemos que ver salir al cliente por la puerta a los noventa segundos: cincuenta de preparación de la comida y cuarenta para un trato eficaz.

Los encargados me adoran, porque, a diferencia de la mayoría del personal, no tengo que conjugar horarios de clases y turnos. Tras haber trabajado por la noche durante decenios, no me importa llegar a las cuatro menos cuarto de la madrugada para encender la parrilla, que tarda un rato en calentarse, porque abrimos a las cinco. Debido a mi flexibilidad, suelen darme el puesto que prefiero: el de cajera. Me gusta hablar con los clientes. Considero un reto personal hacerles sonreír antes de que se alejen del mostrador. Y, después de haber tenido mujeres que me tiraban literalmente trastos a la cabeza en medio del parto, ser reprendida por haber puesto mahonesa en vez de mostaza no es algo que me preocupe gran cosa.

Casi todos los clientes habituales llegan por la mañana. Están Marge y Walt, que llevan idénticas sudaderas amarillas y caminan cinco kilómetros desde su casa, y luego piden el mismo trozo de pastel con zumo de naranja. Está Allegria, que tiene noventa y tres años y viene una vez por semana con su abrigo de pieles, por mucho calor que haga, y se come un Egg McMuffin, sin carne, sin queso y sin *muffin*. Está Consuela, que pide cuatro cafés largos con hielo para las chicas de su peluquería.

Esta mañana entra uno de los indigentes que circulan por las calles de New Haven. A veces mi encargado les da comida que está a punto de tirarse, como las patatas fritas que no se han vendido a los cinco minutos de prepararse. A veces entran para calentarse. Una vez, un hombre se meó en la pila del lavabo. Hoy, el hombre que entra tiene el pelo largo y enredado y una barba que le llega a la cintura. En su camiseta llena de manchas se lee NAMASTAY IN BED («No, me quedo en la cama»), y tiene suciedad incrustada en las uñas.

—Hola —digo—. Bienvenido a McDonald's. ¿Qué desea tomar?

Me mira fijamente con sus azules ojos legañosos.

—Quiero una canción.

—¿Disculpe?

—Una canción. —Su voz sube de volumen—. ¡Quiero una canción!

La encargada de servicio, una diminuta mujer llamada Patsy, se acerca al mostrador.

—Señor —dice—, tiene que marcharse.

—¡Quiero una puta canción!

Patsy se ruboriza.

—Voy a llamar a la policía.

—No, espera. —Miro al hombre a los ojos y empiezo a canturrear una canción de Bob Marley. Solía cantar «Three little birds» a Edison por la noche para que se durmiera; creo que recordaré la letra hasta el día de mi muerte.

El hombre deja de gritar y se va por la puerta. Pongo una sonrisa en mi cara para recibir al siguiente cliente.

—Bienvenido a McDonald's —recito, y veo ante mí a Kennedy McQuarrie.

Va vestida con un informe vestido gris marengo y lleva en brazos una niña con rizos rubios que le caen en cascada.

—Quiero las tortitas con el sándwich de huevo —dice la niña.

—Vaya, eso no es una opción —replica Kennedy firmemente, y entonces me reconoce—. Ah. Ruth. Trabaja usted aquí.

Sus palabras me dejan desnuda. ¿Qué esperaba que hiciera mientras ella prepara mi defensa? ¿Vivir de los millones que he ahorrado?

—Esta es mi hija, Violet —anuncia Kennedy—. Hoy es un día especial. Nosotras, la verdad…, no solemos venir a McDonald's.

—Sí venimos, mami —contradice Violet, y Kennedy se pone como un tomate.

Me doy cuenta de que no quiere que piense que es de las madres que alimentan a sus hijos con comida basura, igual que yo no quiero que piense que trabajo en este lugar por gusto. Me doy cuenta de que las dos queremos desesperadamente ser quienes no somos.

Me animo un poco.

—Si yo fuera tú —susurro a Violet—, elegiría las tortitas.

La niña aplaude y sonríe.

—Entonces quiero las tortitas.

—¿Algo más?

—Un café para mí —responde Kennedy—. Tengo yogur en el bufete.

—Mmmm —murmuro, tecleando en la pantalla—. Serán cinco dólares y siete centavos.

Kennedy abre la cremallera del monedero y cuenta unos billetes.

—Y bien —pregunto con aparente indiferencia—. ¿Alguna novedad? —Lo digo en el mismo tono que usaría para hablar del tiempo.

—Todavía no. Pero eso es normal.

Normal. Kennedy coge a la niña de la mano y se aparta del mostrador, con tanta prisa como yo por dar por concluido el momento. Fuerzo una sonrisa.

—No olvide el cambio —digo.

Cuando llevaba una semana estudiando en Dalton empecé a tener molestias estomacales. Aunque no tenía fiebre, mi madre me dejó saltarme la escuela y me llevó con ella a casa de los Hallowell. Cada vez que pensaba en cruzar las puertas de la escuela notaba una puñalada en las entrañas, o me entraban ganas de vomitar, o ambas cosas a la vez.

Con el permiso de la señora Mina, mi madre me envolvió en unas mantas y me instaló en el estudio del señor Hallowell, y luego me sirvió galletas saladas y *ginger ale* y me encendió el televisor para que me hiciese de niñera. Me dejó su pañuelo de la suerte, que decía que era casi tan bueno como estar con ella. Venía a verme cada media hora, y por eso me llevé una sorpresa cuando entró el señor Hallowell en persona. Gruñó un hola, fue a su escritorio y empezó a rebuscar entre sus papeles hasta que encontró lo que estaba buscando, una carpeta roja. Luego se volvió hacia mí.

—¿Es contagioso?

Negué con la cabeza.

—No, señor. —Quise decir que no creía que lo fuera.

—Tu madre dice que estás mal del estómago.

Asentí.

—Y que ha sido de repente, en cuanto has empezado a ir a la escuela…

¿Pensaba que estaba fingiendo? Porque no era así. El dolor era real.

—¿Qué tal es esa escuela? —preguntó—. ¿Te gusta la profesora?

—Sí, señor. —La señorita Thomas era pequeña y guapa, y saltaba del pupitre de un alumno de tercero a otro como un estornino en una terraza de verano. Siempre sonreía al decir mi nombre. A diferencia de la escuela de Harlem del año anterior, la escuela a la que aún iba mi hermana, esta tenía grandes ventanas y la luz del sol se derramaba por los pasillos; las pinturas que usábamos en clase de arte no estaban rotas ni desgastadas; los libros de texto no estaban garabateados y tenían todas las páginas. Era como las escuelas que se ven en la televisión, que yo creía que eran ficción hasta que puse los pies en una.

—Ya. —Sam Hallowell se sentó a mi lado en el sofá—. ¿Te sientes como si te hubieras comido un burrito en mal estado? ¿Las molestias son como oleadas?

Sí.

—¿Sobre todo cuando piensas en ir a la escuela?

Lo miré y me pregunté si era capaz de leer la mente.

—Creo que sé exactamente lo que te aqueja, Ruth, porque yo también tuve ese problema una vez. Fue inmediatamente después de aceptar el cargo de programador de la cadena. Tenía un bonito despacho y todo el mundo se esmeraba por hacerme feliz, ¿y sabes qué? Me puse enfermo. Estaba convencido de que, en cualquier momento, alguien me miraría y se daría cuenta de que aquel no era mi sitio.

Pensé en lo que sería sentarme en la bonita cafetería con paneles de madera y ser la única alumna que estaba allí con la fiambrera. Recordé que la señorita Thomas nos había enseñado fotos de héroes americanos, y aunque todo el mundo sabía quiénes eran George Washington y Elvis Presley, yo fui la única de la clase que reconoció a Rosa Parks, y aquello hizo que me sintiera orgullosa y avergonzada al mismo tiempo.

—No eres una impostora —explicó Sam Hallowell—. No estás ahí por un golpe de suerte, ni por haber estado en el sitio oportuno en el momento indicado, ni porque alguien como yo tenga contactos. Estás ahí porque tú eres tú, y eso por sí solo es ya una hazaña notable.

Recuerdo esta conversación mientras escucho al director del instituto de Edison, que me cuenta que mi hijo, que en su vida ha matado una mosca, le ha dado un puñetazo en la nariz a su mejor amigo en la pausa de la comida. ¿Cuándo? El primer día después de las vacaciones de Acción de Gracias.

—Aunque sabemos que han tenido algún problema en casa, señora Jefferson, no podemos tolerar esta clase de conducta —dice el director.

—Puedo asegurarle que no volverá a pasar. —De repente, estoy otra vez en Dalton, sintiéndome inferior, como si tuviera que dar gracias por estar en el despacho del director.

—Créame, soy indulgente porque sé que hay circunstancias atenuantes. Técnicamente, esto tendría que figurar en el expediente de Edison, pero me gustaría evitarlo. Aun así, no podrá venir a clase durante el resto de la semana. Aquí tenemos una política de tolerancia cero, y no podemos permitir que nuestros alumnos tengan que temer por su propia seguridad.

—Sí, por supuesto —susurro, y salgo del despacho del director encogida y humillada. Estoy acostumbrada a venir a este instituto envuelta en una nube virtual de triunfo: para ver a mi hijo recibir un premio por sus notas en el examen de francés; para aplaudirle cuando es coronado Deportista Escolar del Año. Pero ahora Edison no cruza un estrado con una amplia sonrisa para estrechar la mano del director. Está despatarrado en un banco, delante de la puerta del despacho, con actitud general de que nada le importa un comino. Me gustaría darle un sopapo.

Frunce el entrecejo al verme.

—¿Por qué has venido aquí así?

Me miro el uniforme.

—Porque estaba en mi turno de trabajo cuando me llamaron de la oficina del director para decirme que iban a expulsar a mi hijo.

—Suspender…

Me encaro con él.

—No tienes por qué hablar en este momento. Y, desde luego, no vas a corregirme. —Salimos del instituto a un día que muerde como el primer atisbo del invierno—. ¿Quieres decirme por qué golpeaste a Bryce?

—Creía que no tenía que hablar.

—No me contradigas. ¿En qué estabas pensando, Edison?

Edison mira a otro lado.

—¿Conoces a una chica llamada Tyla? Trabajas con ella.

Me viene la imagen de una chica delgada con muchos granos.

—¿Flaca?

—Sí. No había hablado nunca con ella. Hoy se nos ha acercado a la hora de comer y ha dicho que te conocía del McDonald's, y a Bryce le ha parecido divertidísimo que mi madre trabaje allí.

—No deberías haberle hecho caso —respondo—. Bryce no sabría desempeñar un trabajo honrado ni aunque le pusieras una pistola en la cabeza.

—Empezó a burlarse de ti.

—Te lo dije, no vale la pena que le prestes atención.

Edison aprieta la mandíbula.

—Bryce dijo: «¿En qué se parece tu madre a una Big Mac? En que las dos están llenas de grasa y solo valen un dólar».

Todo el aire que tengo en los pulmones desaparece de golpe. Echo a andar hacia la puerta del instituto.

—Voy a decirle cuatro cosas a ese director.

Mi hijo me coge del brazo.

—¡No! Por lo que más quieras, soy ya el hazmerreír de la clase. ¡No lo empeores! —Sacude la cabeza—. Estoy harto de todo esto. Odio esta puta escuela y las putas becas y su puta falsedad.

Ni siquiera le digo a Edison que tenga cuidado con el lenguaje. Me he quedado sin aliento.

Toda mi vida le he asegurado a Edison que, si trabajas duro y obras bien, tendrás tu recompensa. Que no somos impostores; que si nos esforzamos, mereceremos lo conseguido. Lo que me olvidé de decirle es que en cualquier momento pueden quitarte todo lo que tienes.

Es asombroso que puedas pasarte la vida mirándote en un espejo y creer que te estás viendo con claridad. Y de repente, un día, te quitas una capa transparente de hipocresía y te das cuenta de que nunca te habías visto como eres en realidad.

Me esfuerzo por encontrar la respuesta apropiada: decirle a Edison que ha obrado correctamente, pero que a la larga las cosas estarían igual aunque moliera a golpes a todos los chicos del instituto. Me esfuerzo por encontrar la forma de convencerlo de que, a pesar de todo esto, tenemos que poner un pie delante del otro cada día, y rezar para que todo vaya mejor la próxima vez que salga el sol. Que, aunque somos unos desheredados, debemos tener esperanzas.

Porque, si no es así, entonces seremos lo que los demás creen que somos: holgazanes, gente sin metas, gente conquistada.

Tomamos el autobús y volvemos a casa en silencio. Cuando doblamos la esquina de nuestra manzana, le digo que está castigado.

—¿Cuánto tiempo? —pregunta.

—Una semana —digo.

Arruga la frente.

—Ni siquiera va a figurar en mi expediente.

—¿Cuántas veces te he dicho que, si quieres que te tomen en serio, tienes que ser dos veces más bueno que los demás?

—También podría agredir a más blancos —sugiere Edison—. El director me ha tomado muy en serio por hacer eso.

Frunzo los labios

—Dos semanas —sentencio.

Se enfada y sube de un salto los peldaños del porche y cruza la puerta delantera empujando a una mujer que está allí con una caja grande de cartón.

Kennedy.

Estoy tan enfadada por la suspensión de Edison que he olvidado por completo que hemos elegido esta tarde para revisar las pruebas de la fiscalía.

—¿Es un mal momento? —pregunta Kennedy con delicadeza—. Podemos quedar otro...

Me ruborizo hasta las orejas.

—No. Está bien..., es que ha ocurrido algo... inesperado. Siento que haya tenido que oírlo. Mi hijo no suele ser tan maleducado. —Sujeto la puerta para que pueda entrar en mi casa—. Es más difícil cuando ya no se le puede dar un azote en el culo porque es muy grande.

Parece escandalizada, pero lo disimula con una educada sonrisa.

Cuando le recojo el abrigo para colgarlo, miro el sofá y el único sillón, la diminuta cocina, y trato de verlo a través de sus ojos.

—¿Quiere tomar algo?

—Un vaso de agua, por favor.

Voy a llenar un vaso a la cocina, que solo está a unos pasos de ella, separada por un mostrador. Kennedy, mientras tanto, mira las fotografías de la chimenea. La última foto escolar de Edison está allí, junto con otra en que estamos los dos en el Mall de Washington DC y la foto de Wesley conmigo, la del día de nuestra boda.

Comienza a sacar las carpetas de la caja mientras yo tomo asiento en el sofá. Edison está en su cuarto, reconcomiéndose.

—He echado un vistazo al sumario —dice Kennedy—, pero aquí es donde necesito su ayuda. Es la gráfica del niño. Entiendo la parte legal, pero no acabo de entender la parte médica.

Abro la carpeta y me preparo cuando vuelvo la página fotocopiada de la nota adhesiva de Marie.

—Todo es exacto: estatura, peso, test de Apgar, ojos y muslos...

—¿Qué?

—Una pomada ocular antibiótica y una inyección de vitamina K. Es la norma para los recién nacidos.

Kennedy alarga la mano y señala un número.

—¿Qué significa esto?

—El niño tenía poco nivel de glucosa en sangre. No había mamado. La madre tenía diabetes gestacional, así que no era de extrañar.

—¿Esta caligrafía es suya? —pregunta.

—No, yo no fui la enfermera que ayudó en el parto. Fue Lucille; yo la sustituí cuando terminó su turno. —Paso la página—. Esta es la evaluación del recién nacido, el formulario que yo rellené. Temperatura, treinta y siete grados —leo—, nada preocupante en los remolinos ni en las fontanelas; el Accu-Check marca cincuenta y dos: su nivel de glucosa estaba mejorando. Sus pulmones estaban despejados. Ni contusiones ni forma anormal del cráneo. Cuarenta y nueve coma cincuenta y tres centímetros de longitud, circunferencia de la cabeza, treinta y cuatro coma veintinueve. —Me encojo de hombros—. El examen indicaba que todo estaba bien, salvo un posible soplo en el corazón. Puede verse que lo anoté en el expediente y puse un aviso para el equipo pediátrico cardiólogo.

—¿Qué dijo el cardiólogo?

—No tuvo oportunidad de hacer un diagnóstico. El niño murió antes. —Arrugo la frente—. ¿Dónde están los resultados de la prueba el talón?

—¿Qué es eso?

—Un análisis rutinario.

—Lo solicitaré —dice Kennedy con aire ausente. Empieza a pasar papeles y fichas hasta que encuentra una etiquetada con el sello del forense—. Ah, mire esto… «Causa de la muerte: hipoglucemia causante de ataque hipoglucémico que produjo parada respiratoria y parada cardíaca» —dice Kennedy—. ¿Parada cardíaca? ¿Como si el corazón tuviera un defecto congénito?

Me pasa el informe.

—Bueno, yo tenía razón, por si sirve de algo —aclaro—. El niño tenía ductus persistente en fase uno.

—¿Eso puede ser mortal?

—No. Normalmente el conducto arterial se cierra por sí solo el primer año de vida.

—Normalmente —repite—. Pero no siempre.

Niego con la cabeza, algo confusa.

—No podemos decir que el niño estaba enfermo si no lo estaba.

—La defensa no tiene ninguna obligación de demostrar un argumento polémico. En este sentido, podemos decir cualquier cosa, que el niño estuvo expuesto al ébola, que un primo lejano murió del corazón, que era el primer niño que nació con una anomalidad cromosómica incompatible con la vida… Podemos llenar el juicio de migas de pan para el jurado y esperar que estén suficientemente hambrientos para seguirlas.

Vuelvo a repasar el expediente médico hasta que encuentro la fotocopia de la nota adhesiva.

—Siempre podemos enseñar esto.

—Eso no crea dudas —alega Kennedy—. Antes bien, el jurado podría creer que aquí hay una razón para que usted se enfadara. Olvídelo, Ruth. ¿Qué es lo que importa realmente en este caso? ¿El dolor que le causa una ligera contusión en su amor propio? ¿O la guillotina que pende sobre su cuello?

Aprieto los papeles con fuerza, tanto que el borde de uno me corta la piel.

—No fue una ligera contusión en mi amor propio.

—Estupendo. Entonces estamos de acuerdo. ¿Quiere ganar este caso? Ayúdeme a buscar la prueba médica que demuestre que el niño habría muerto igualmente, aunque hubiera tomado usted todas las medidas posibles para salvarlo.

Casi se lo dije en aquel momento. Casi le dije que había intentado reanimar al niño. Pero entonces tendría que admitir que le había mentido desde el principio, precisamente cuando le digo que no es procedente mentir acerca de una anomalía cardíaca. Así que me llevo el dedo a la boca y me lamo la herida. Voy a la cocina a buscar una caja de apósitos y la llevo a la mesa para ponerme uno en el dedo corazón.

No se trata de un caso sobre un soplo en el corazón. Ella lo sabe y yo lo sé.

Miro la mesa de la cocina y paso el pulgar por la superficie de madera.

—¿Siempre prepara a su hija emparedados de mantequilla de cacahuete y mermelada?

—¿Qué? —Kennedy levanta la cabeza—. Sí. Claro.

—De pequeño, Edison era muy quisquilloso con la comida. A veces no quería la mermelada y tenía que quitarla raspándola. Pero ya sabe, una vez que se ha puesto, ya no se puede separar totalmente la mermelada de la mantequilla de cacahuete. El sabor persiste.

—Mi abogada me mira como si estuviera desvariando—. Dijo usted que este juicio no tenía nada que ver con las razas —prosigo—. Pero fue eso lo que lo inició. Y aunque pudiera convencer al jurado de que soy la reencarnación de Florence Nightingale, no podrá negar el hecho de que soy Negra. La verdad es que, si tuviera el aspecto de usted, esto no me estaría pasando.

Algo se cierra en sus ojos.

—En primer lugar —arguye Kennedy con calma—, es muy posible que la hubieran acusado fuera de la raza que fuera. Los padres afectados y los hospitales que se resisten a pagar indeminizaciones elevadas buscan siempre un chivo expiatorio. En segundo lugar, estoy de acuerdo con usted. Hay aspectos raciales en este caso, eso es innegable. Pero, en mi opinión profesional, sacarlo a colación durante el proceso es más probable que cree dificultades y menos que ayude a conseguir la absolución, y no creo que sea un riesgo que deba correr solo para compensar el desprecio que usted percibe.

—El desprecio que yo percibo —repito. Doy vueltas a la expresión en la boca, paso la lengua por sus bordes cortantes—. El desprecio que *percibo*. —Levanto la barbilla y miro a Kennedy—. ¿Qué piensa usted del hecho de ser blanca?

Sacude la cabeza y me mira con rostro inexpresivo.

—No pienso en el hecho de ser blanca. Se lo dije la primera vez que hablamos: no me fijo en el color de la piel.

—No todos tenemos ese privilegio. —Cojo la caja de apósitos y saco todas las tiras—. «Color carne» —leo en la caja—. Dígame: ¿cuál de estas tiras es de color carne? ¿Del color de mi carne?

Kennedy se ruboriza.

—No puede culparme por eso.

—¿No puedo?

Kennedy está incómoda.

—No soy racista, Ruth. Y entiendo que esté molesta, pero es injusto que la tome conmigo cuando estoy intentando hacer todo lo posible, profesionalmente, por ayudarla. Por el amor de Dios, si voy andando por la calle y un hombre Negro viene hacia mí, y me doy cuenta de que me he equivocado de dirección, sigo andando en lugar de dar media vuelta, para que no piense que me ha asustado.

—Eso es crear un nuevo problema por querer corregir otro que ya existía, y es igual de absurdo —digo—. Dice que no se fija en el color... pero eso es lo único que ve. Es tan consciente de ello, y se esfuerza tanto por aparentar que no tiene prejuicios, que ni siquiera puede entender que, cuando dice «la raza no importa», lo único que yo oigo es que usted desestima lo que yo he sentido, lo que yo he vivido, lo que es ser despreciada por el color de mi piel.

No sé cuál de las dos está más sorprendida por mi salida de tono. Kennedy, por ser atacada por una clienta que ella pensaba que le estaría agradecida por recibir su consejo profesional, o yo, por dejar suelta una bestia que seguramente había estado oculta en mi interior todos estos años. Que seguramente había estado al acecho, esperando a que algo desequilibrase mi inamovible optimismo y la liberara.

Kennedy asiente apretando los labios.

—Tiene razón. No sé lo que es ser Negro. Pero sí sé lo que es estar en un juzgado. Si hablamos de la raza en el juicio, perderá. Los jurados quieren claridad. Les gusta poder decir: «Si A, entonces B». Eche racismo encima de esto y todo se volverá turbio. —Se pone a recoger carpetas e informes para meterlos en su maletín—. No quiero que crea que sus sentimientos no me importan, ni que yo crea que el racismo no es real. Solo quiero que salga absuelta.

La duda es como el frío, los bordes de mi mente tiritan.

—Quizá necesitemos calmarnos un poco —dice Kennedy con diplomacia. Se pone en pie y va hacia la puerta—. Se lo prometo, Ruth. Podemos ganar este caso si corremos un tupido velo sobre todo eso.

Cuando se cierra la puerta, me siento con las manos unidas en el regazo.

«¿Qué clase de victoria será?», me pregunto.

Tiro del borde del apósito que me he puesto en el dedo. Luego me acerco al jarrón que hay en el estante, al lado del televisor. Saco el sobre comercial y rebusco entre los cheques hasta que encuentro lo que busco.

La tarjeta de visita de Wallace Mercy.

Turk

A Francis le gusta abrir su casa a los chicos del Movimiento cada dos domingos por la tarde. Una vez que las cuadrillas dejaron de recorrer las calles en busca de gente a la que incordiar, apenas nos veíamos. Puedes llegar a muchísimas personas por Internet, pero es una comunidad fría e impersonal. Francis lo reconoce y por eso dos veces al mes la calle está atestada de coches con matrículas de lugares tan lejanos como Nueva Jersey y Nuevo Hampshire, disfrutando de una tarde de hospitalidad. Yo organizo el partido de fútbol americano para los muchachos, y las mujeres se reúnen en la cocina con Brit, disponen la comida que han llevado e intercambian cotilleos como si fueran cromos de béisbol. Francis se ocupa de entretener a los mayores con sermones vistosos. Si te quedas a cierta distancia casi ves las palabras inflamadas que le salen de la boca, como si fuera un dragón, mientras los muchachos se sientan a sus pies, totalmente hechizados.

Han pasado casi tres meses desde que tuvimos la última reunión dominical. No hemos visto a esta gente desde el funeral de Davis. Para ser sincero, ni siquiera había pensado en ello, ya que aún sigo moviéndome como un zombi. Pero cuando Francis me dice que ponga una invitación en Lobosolitario.org, obedezco. A Francis no se le dice que no.

Así que la casa está llena otra vez. Pero el tono es ligeramente diferente. Todo el mundo me busca, me pregunta qué tal estoy. Brit está en el dormitorio con dolor de cabeza; ni siquiera finge ser sociable.

Pero Francis es todavía el anfitrión feliz, destapa botellas de cerveza y felicita a las señoras por su peinado o por sus niños de ojos azules o por sus deliciosos pasteles. Me encuentra sentado solo cerca del garaje, donde he ido a tirar una bolsa de basura.

—Parece que la gente lo pasa bien —observa.

Asiento.

—A la gente le gusta la cerveza gratis.

—Solo es gratis porque no eres yo —responde Francis, y entonces me mira con astucia—. ¿Todo bien? —pregunta, y cuando dice «todo» se refiere a Brit. Como me encojo de hombros, frunce los labios—. ¿Sabes? Cuando la madre de Brit se largó, no entendí por qué yo seguía aquí. Pensé en irme al otro barrio, si sabes a qué me refiero. Aunque estaba cuidando a mi hija de seis meses, no encontraba la forma de seguir adelante. Hasta que un día lo entendí: la razón de perder personas a las que queremos es sentir más gratitud por las que aún tenemos. Es la única explicación posible. Si no, es que Dios es un despreciable hijo de puta.

Me da una palmada en el hombro y entra en el pequeño patio vallado. Los adolescentes que han venido arrastrados por sus padres se ponen alerta, se abren a su magnetismo. Se sienta en un tocón y empieza su versión de la Escuela Dominical.

—¿A quién le gustan los misterios? —Todos asienten con un murmullo—. Bien. ¿Quién sabe decirme quién es Israel?

—Ese es un misterio de mierda —murmura alguien, y recibe un codazo del chico que está a su lado.

Otro chico dice en voz alta:

—Un país lleno de judíos.

—Levanta la mano —dice Francis—. Y no he preguntado *qué* es Israel, sino *quién*.

Un chico con una sombra de bozo en el labio superior levanta la mano y Francis lo señala.

—Jacob. Empezaron a llamarlo así cuando luchó con el ángel en Peniel.

—Y tenemos un ganador —dice Francis—. Israel tuvo doce hijos… y de ellos proceden las doce tribus de Israel, sigue tú…

Me voy a la cocina, donde hay unas cuantas mujeres hablando. Una de ellas tiene en brazos una niña que no se está quieta.

—Lo único que sé es que ya no duerme por la noche, y estoy tan cansada que ayer mismo salí de casa para ir al trabajo y, cuando me di cuenta, iba en pijama.

—Un consejo —dice una joven—. Yo utilizaba whisky, se lo frotaba en las encías.

—Nunca es demasiado pronto para beber —dice una mujer de más edad, y todas se echan a reír.

Entonces me ven allí, como un estafermo, y la conversación desciende como una piedra por una colina.

—Turk —dice la mujer de más edad. No conozco su nombre, pero reconozco su rostro; ha estado aquí antes—. No te hemos visto llegar.

No respondo. Tengo la mirada fija en la niña, que tiene el rostro colorado y agita los puños. Está llorando con tanta fuerza que no puede respirar.

Cuando me doy cuenta, he estirado los brazos hacia ella.

—¿Puedo…?

Las mujeres se miran y la madre de la niña me la pone en brazos. Es increíble lo poco que pesa, tiene los brazos rígidos y patalea mientras chilla.

—Chito —digo acariciándola—. Tranquila, ya.

Le froto la espalda con la mano. Dejo que se curve como una coma sobre mi hombro. Su llanto se transforma en hipo.

—Fijaos, el Hombre que Susurraba a las Criaturas —dice la madre, sonriendo.

Así es como podría haber sido.

Así es como debería haber sido.

De repente me doy cuenta de que las mujeres ya no miran a la niña. Miran algo que hay detrás de mí. Me vuelvo, con la niña ya profundamente dormida y con diminutas burbujas de saliva en las comisuras de su boca.

—Por Dios… —murmura Brit con tono acusador. Da media vuelta y sale corriendo de la cocina. Oigo cerrarse de golpe la puerta del dormitorio.

—Disculpadme —digo, poniendo a la niña en brazos de su madre tan suave y rápidamente como me es posible. Luego corro en busca de Brit.

Está tendida en la cama, dándome la espalda.

—Joder, cómo las odio. Las odio por estar en mi casa.

—Brit. Solo quieren ser amables.

—Eso es lo que más odio —dice con tono cortante—. Odio la forma en que me miran.

—Eso no es…

—Lo único que quería es un puto trago de agua de mi propio grifo. ¿Es mucho pedir?

—Yo te la traeré…

—Esa no es la cuestión, Turk.

—¿Y cuál es? —susurro.

Brit se pone de costado. Tiene los ojos anegados en lágrimas.

—Exactamente —dice, y rompe a llorar, con tanta fuerza como la niña, pero no deja de llorar ni siquiera después de cogerla en brazos y estrecharla con fuerza y acariciarle la espalda.

Me resulta tan extraño consolar a Brit mientras solloza como extraño me resultó acunar a la niña. Esta no es la mujer con la que me casé. Me pregunto si no enterró su espíritu feroz con el cadáver de mi hijo.

Nos quedamos allí, en el refugio del dormitorio, hasta mucho después de que se ponga el sol, los coches se vayan y la casa se quede vacía de nuevo.

La noche siguiente estamos todos sentados en la salita, viendo la tele. Tengo el ordenador abierto; estoy escribiendo un mensaje para Lobosolitario.org, un comentario sobre algo que ocurrió en Cincinnati. Brit me trae una cerveza y se acurruca a mi lado, el primer contacto que busca por propia iniciativa desde que…, bueno, ni siquiera me acuerdo.

—¿En qué estás trabajando? —pregunta, estirando el cuello para poder leer lo que hay en la pantalla.

—Dos negros dieron una paliza a un chico Blanco en una escuela —le cuento—. Le rompieron la columna, pero no han sido acusados. Apuesto a que, si hubiera sido al revés, los chicos Blancos habrían sido detenidos por agresión.

Francis apunta a la televisión con el mando a distancia y gruñe.

—Eso es porque más del noventa y nueve por ciento de las escuelas de Cincinnati son pura mierda —informa—. Toda la administración es negra. ¿Qué queremos realmente para nuestros hijos?

—Bien dicho —comento, escribiendo sus palabras—. Voy a terminar con esa frase.

Francis se pone a zapear.

—¿Cómo es que hay un canal de televisión que se denomina Cultura Negra y ninguno que se llame Cultura Blanca? — pregunta—. Y la gente dice que no hay racismo al revés. —Apaga el televisor y se pone en pie—. Me voy a la cama.

Le da un beso a Brit en la frente y se va a su parte de la vivienda. Espero que ella se levante también, pero no se mueve.

—¿No te mata? —pregunta Brit—. La espera.

Levanto la vista.

—¿A qué te refieres?

—Es como si no hubiera nada inmediato ya. No sabes quién lee lo que escribes. —Se vuelve para mirarme y se sienta con las piernas cruzadas—. Antes las cosas eran más claras. Aprendí mis colores mirando los cordones de los zapatos de los tipos con que se reunía mi padre. Los de Poder Blanco y los neonazis llevaban cordones rojos o blancos. Los de los SHARP* eran azules o verdes.

Hago una mueca.

—Me cuesta mucho imaginar a tu padre reuniéndose con los SHARP. —Son los mayores traidores a la raza que puedas conocer; atacan a todos los que libramos la guerra justa contra las razas inferiores. Se creen que son el puto Batman, todos y cada uno.

—No he dicho que fuera... una reunión amistosa —responde Brit—. Pero la verdad es que a veces estuvo con ellos. Se hacía lo que había que hacer, aunque pareciera que fuera contra toda razón y toda justicia, porque había que ver el cuadro general. —Levanta la vista hacia mí—. ¿Conoces al tío Richard?

Yo no lo conozco en persona, pero Brit sí. Se trataba de Richard Butler, el cabecilla de Aryan Nations. Murió cuando Brit tenía diecisiete años.

—El tío Richard era amigo de Louis Farrakhan.

¿El jefe de Nation of Islam? Eso es una novedad para mí.

—Pero... ese hombre es...

—¿Negro? Sí. Pero odia a los judíos y al gobierno de la nación tanto como nosotros. Papá dice siempre que el enemigo de mi enemigo es mi amigo. —Brit se encoge de hombros—. Era una especie

---

* Iniciales de «Skinheads Against Racial Prejudice» (Cabezas Rapadas Contra el Prejuicio Racial) *(N. del T.)*

de entendimiento tácito: nos uniríamos para derrotar el sistema y después pelearíamos unos contra otros.

Y ganaríamos nosotros, de eso no me cabe la menor duda.

Brit me mira atentamente.

—¿Qué queremos realmente para nuestros hijos? —dice, repitiendo el anterior comentario de Francis—. Yo sé lo que quiero para mi hijo. Quiero que sea recordado.

—Cariño, sabes que no lo olvidaremos.

—Nosotros no —aduce Brit, con voz repentinamente endurecida—. Me refiero al resto del mundo.

La miro. Sé lo que quiere decir: que escribir un blog puede socavar los cimientos, pero es mucho más espectacular, y más rápido, reventar el edificio desde arriba.

En cierto modo he llegado demasiado tarde al Movimiento Skin, que alcanzó su apogeo años antes de que yo naciera. Yo imaginaba un mundo en el que la gente echaba a correr en cuanto me veía llegar. Pensaba en que Francis y yo habíamos pasado los últimos dos años tratando de convencer a las cuadrillas de que el anonimato era más insidioso y aterrador que la amenaza manifiesta.

—Tu padre no querrá saber nada de esto —digo.

Brit se inclina y me besa suavemente, apartándose para dejarme queriendo más. Madre mía, echaba esto de menos. La echaba de menos a ella.

—Lo que mi padre no sabe no puede herirle —responde.

Recibo una llamada de Raine. Han pasado dos años desde la última vez que lo vi; no vino a mi boda porque su mujer acababa de tener su segundo hijo. Cuando le digo que estoy pasando el día en Brattleboro, me invita a almorzar a su casa. Se ha mudado, así que anoto la dirección en una servilleta.

Al principio pienso que me he equivocado de sitio. Es un pequeño rancho en un callejón sin salida, con un buzón en forma de gato. En el jardín delantero hay un tobogán de plástico rojo brillante y un monigote de madera, que representa un muñeco de nieve, colgado al lado de la puerta principal. En el felpudo pone «¡HOLA! ¡SOMOS LOS TESCO!»

Sonrío con ganas. El muy bastardo. Qué listo. Se ha escondido delante de todo el mundo, en un nivel totalmente nuevo. Es decir, ¿quién esperaría que el papá que vive a tu lado, con el porche bien iluminado y que deja a sus hijos pasear por el camino de entrada con una bici con ruedecillas estabilizadoras, es en realidad un Supremacista Blanco?

Raine abre la puerta antes de que pulse el timbre. Lleva un robusto bebé en brazos, y entre sus largas piernas asoma una niña tímida que lleva un tutú y una corona de princesa. Sonríe y estira el brazo para darme un apretón. Se nota a un kilómetro que tiene las uñas pintadas de rosa.

—Hermano —digo, mirándole los dedos—. Bonita forma de llamar la atención.

—Deberías ver lo bueno que soy organizando tés. ¡Entra! Tío, me alegro de verte.

Entro y la niña se esconde detrás de las piernas de Raine.

—Mira —dice, agachándose—, este es Turk, un amigo de papá.

La niña se lleva el pulgar a la boca, como si me estuviera evaluando.

—No es muy cordial con los extraños —explica Raine, levantando al niño que lleva en brazos—. Y este muchachote es Isaac.

Lo sigo al interior, avanzo entre los juguetes que alfombran el suelo como confeti y entro en la salita. Raine me alarga una cerveza, pero no ha cogido otra para él.

—¿Voy a beber solo?

Se encoge de hombros.

—A Sal no le gusta que beba delante de los niños. Cree que no es un buen ejemplo y toda esa mierda.

—¿Dónde está Sally? —pregunto.

—¡Trabajando! Es radióloga en el Centro de Veteranos. Yo estoy entre un trabajo y otro, así que me quedo en casa con los *hobbits*.

—Cojonudo —opino, tomando un largo trago de cerveza.

Raine deja a Isaac en el suelo y el niño se pone a corretear como un borracho diminuto. Mira corre por el pasillo hasta su dormitorio, haciendo con los pies unos ruidos retumbantes que parecen descargas de artillería.

—¿Y qué tal lo llevas, tío? —pregunta Raine—. ¿Estás bien? Apoyo los codos en las rodillas.

—Podría estar mejor. Es parte de lo que me ha traído aquí.

—¿Problemas en el paraíso?

Me doy cuenta de que Raine no sabe que Brit y yo tuvimos un hijo. Que perdimos ese hijo. Empiezo a contarle toda la historia, desde la enfermera negra hasta el momento en que Davis dejó de respirar.

—Estoy llamando a los escuadrones. Desde los EMAN de Vermont hasta los Skinheads del Estado de Maryland. Quiero un día de venganza en honor de mi hijo.

Como Raine no responde, me inclino hacia delante.

—Estoy hablando de vandalismo. Peleas de las buenas, a la antigua usanza. Bombas incendiarias. De todo menos que haya bajas, supongo. Eso queda a la discreción de los escuadrones y sus líderes. Pero algo visible para hacernos notar. Y sé que eso va contra todo lo que hemos estado trabajando para ocultarnos, pero quizá ha llegado la hora de recordar nuestro poder, ¿entiendes? El número tiene fuerza. Si el espectáculo es suficientemente gordo, no podrán detenernos a todos. —Lo miro a los ojos—. Nos lo merecemos. Davis se lo merece.

En ese momento llega Mira bailando por el pasillo y pone la corona en la cabeza de su padre. Este se la quita y se queda mirando seriamente el aro de papel de plata barato.

—Cariño, ve a hacerme un dibujo. Buena chica. —La sigue con la mirada cuando la pequeña vuelve a su dormitorio—. Supongo que no te has enterado —dice Raine.

—¿Enterado de qué?

—Estoy fuera, tío. Ya no estoy en el Movimiento.

Lo miro fijamente. Estoy estupefacto. Raine fue el que me inició en el Poder Blanco. Cuando me uní a los EMAN, fuimos hermanos para siempre. No era como un trabajo del que puedes irte y ya está. Era una vocación.

Entonces recuerdo la línea de esvásticas que Raine tenía tatuadas en el brazo. Le miro los hombros, los bíceps. Las esvásticas se han transformado en una red de motivos vegetales. Imposible saber que los símbolos estuvieron ahí en otro tiempo.

—Fue hace un par de años. Sal y yo habíamos ido ese verano a una concentración, como hacíamos tú y yo de jóvenes, y todo fue genial salvo que había unos tíos haciendo cola para follarse a una *skin* en su tienda de campaña. A Sal casi le dio un ataque, no le gustó que lleváramos a nuestra hija a un lugar en el que ocurrían aquellas cosas. Así que empecé a ir solo a las concentraciones y dejaba a Sal con la niña. Entonces nos llamaron del parvulario, porque Mira trató de enterrar a una niña china en el arenero del patio, y dijo que estaba jugando a ser una gata y aquello era lo que los gatos hacían con su mierda. Me comporté como si estuviera escandalizado, pero en cuanto salimos de allí le dije a Mira lo buena chica que era. Luego, otro día, estaba en el supermercado con Mira. Acababa de cumplir tres años. Estábamos esperando en la cola de caja, con el carro de la compra lleno. La gente me miraba, ya sabes, por mis tatuajes y eso, yo ya estaba acostumbrado. El caso es que esperando detrás de nosotros había un tipo negro. Y Mira, con toda inocencia, dijo: «Papi, mira ese negrazo». —Raine levanta la cabeza—. No se me ocurrió que aquello mereciera ningún comentario. Pero la mujer que estaba delante de mí en la cola me dijo: «Debería darle vergüenza». Y la cajera dijo: «¿Cómo se atreve a enseñarle eso a una criatura inocente?» Cuando me di cuenta, todo el supermercado estaba gritando y Mira rompió a llorar. Así que la cogí, dejé el carrito con la compra y salí corriendo hacia el camión. En aquel momento empecé a pensar que quizá no estuviera obrando bien. Es decir, pensé que tenía la obligación de criar a mis hijos para que fueran soldados de la raza, pero a lo mejor no le estaba haciendo ningún favor a Mira. Tal vez lo único que estaba haciendo era prepararla para una vida en la que todo el mundo la odiaría.

Miro a Raine con fijeza.

—¿Qué más vas a contarme? ¿Que te has hecho voluntario de la iglesia local? ¿Que tu mejor amigo es un amarillo?

—Puede que no sea tan legal toda la mierda que nos hemos estado contando todos estos años. Es que nos vendieron la moto, tío. Nos prometieron que seríamos parte de algo más grande que nosotros. Que estaríamos orgullosos de nuestra herencia y nuestra raza. Y eso es el diez por ciento de la historia. El resto consiste en odiar a la gente por estar en este mundo. Cuando empecé a pensar así, ya no pude parar. Quizá por eso me sentía como una mierda todo el tiempo, como si quisiera ir por ahí rompiéndole la cara a alguien solo para recordarme que podía hacerlo. Eso está bien para mí. Pero no es lo que quiero para mis hijos. —Se encoge de hombros—. Cuando se corrió el rumor de que quería dejarlo, supe que era cuestión de tiempo. Uno de mis propios colegas saltó sobre mí en un aparcamiento un día en que Sal y yo salíamos del cine. Me dio tal paliza que tuvieron que ponerme puntos. Pero eso fue todo.

Miro a Raine, que era mi mejor amigo, y es como si cambiara la luz y me doy cuenta de que estoy mirando algo completamente diferente. Un cobarde. Un perdedor.

—Eso no cambia nada —dice Raine—. Seguimos siendo hermanos, ¿verdad?

—Claro —respondo—. Siempre.

—Quizá Brit y tú podáis venir por aquí este invierno, para ir a esquiar —sugiere.

—Eso sería estupendo. —Termino la cerveza y me pongo en pie, invento una excusa sobre que tengo que volver antes de oscurecer. Cuando me alejo en el coche, Raine me dice adiós con la mano e Isaac hace lo mismo.

Sé que no volveré a verlos nunca más.

Dos días después me he reunido con antiguos jefes de escuadrón de toda la costa atlántica. A excepción de Raine, todos son colaboradores activos de Lobosolitario.org y todos conocían a Davis antes incluso de que les contara lo sucedido. Todos tenían algo que contar de Francis: lo habían oído hablar una vez en una reunión; conocían a un tipo al que mató; fueron elegidos personalmente por él para dirigir una cuadrilla.

Agotado y hambriento, aparco en la calle, delante de casa. Cuando veo el parpadeo del televisor en la salita, aunque son casi las dos de la madrugada, respiro hondo. Esperaba poder entrar en casa sin llamar la atención, pero ahora tendré que inventar alguna excusa para Francis sobre por qué he estado moviéndome a sus espaldas.

Pero no es Francis el insomne, y la cosa me sorprende. Brit está sentada en el sofá, enfundada en una de mis sudaderas, que le llega hasta los muslos como un vestido. Cruzo la sala, me inclino y le doy un beso en la cabeza.

—Hola, cariño —digo—. ¿No podías dormir?

Niega con la cabeza. Miro la televisión, donde la Bruja Cruel del Oeste se inclina sobre Dorothy para amenazarla.

—¿Has visto esta película?

—Sí. ¿Quieres que te cuente cómo termina? —bromeo.

—No, me refiero a si la has visto de verdad. Es como un cuento de hadas sobre el Poder Blanco. El mago que mueve las cuerdas de todos es un pequeño judío. El malo es de un color raro y trabaja con monos.

Me arrodillo frente a ella para atraer su atención.

—He hecho lo que prometí. Me he reunido con todos los muchachos que han sido líderes de cuadrillas. Pero ninguno quiere arriesgarse. Supongo que tu padre supo convencerlos de que nuestra táctica actual consiste en infiltrarnos. Ahora no quieren correr el riesgo de ir a la cárcel.

—Pero tú y yo podríamos...

—Brit, si algo va mal, los primeros a quienes buscará la policía serán los relacionados con el Movimiento. Y a nosotros ya nos han nombrado en los medios de comunicación, gracias al juicio. —Vacilo—. Sabes que haría cualquier cosa por ti. Pero acabas de empezar a volver a mí. Si me envían a la cárcel, sería como perderte otra vez. —La rodeo con mis brazos—. Lo siento, cariño. Creí que podría hacer que funcionara.

Me da un beso.

—Lo sé. Merecía la pena intentarlo.

—¿Vamos a la cama?

Brit apaga la televisión, entra en el dormitorio conmigo. Lentamente, le quito la sudadera y dejo que ella me quite las botas y los pantalones. Cuando nos metemos en la cama, me acerco a ella. Pero cuando voy a moverme entre sus piernas, ya no estoy empalmado y se me sale de ella.

Brit me mira en la oscuridad con los ojos entornados, el brazo cruzado en su blando vientre.

—¿Soy yo? —pregunta, en voz tan baja que apenas la oigo.

—No —le juro—. Eres preciosa. Es esta estúpida mierda que tengo en la cabeza.

Se vuelve para darme la espalda. Incluso así, puedo sentir el calor que emana de su piel, roja de vergüenza.

—Lo siento —murmuro detrás de ella.

Brit no responde.

En mitad de la noche despierto y estiro la mano. No pienso en nada, por eso lo hago. Quizá, si lo hago a mi manera, encuentre consuelo. Deslizo la mano sobre las sábanas, la busco, pero Brit se ha ido.

Al principio éramos muchos y todos éramos diferentes. Podías ser de Aryan Nations y no ser un *skinhead*, dependiendo de si te identificabas o no con la teología de la Identidad Cristiana. Los Supremacistas Blancos eran más académicos y publicaban tratados, los *skinheads* eran más violentos y preferían dar lecciones con los puños. Los Separatistas Blancos compraban tierras en Dakota del Norte y trataban de dividir el país para que todo el que no fuera blanco fuera expulsado de las fronteras que habían creado. Los neonazis eran un cruce entre Aryan Nations y la Hermandad Aria de las cárceles; si el Movimiento tenía un componente criminal propio de bandas callejeras violentas, se debía a ellos. Había Odinistas, Creacionistas y acólitos de la Iglesia Mundial del Creador. Pero, a pesar de la ideología que nos dividía en facciones, había un día del año que todos celebrábamos: el 20 de abril, cumpleaños de Adolf Hitler.

Había celebraciones por todo el país, parecidas a las concentraciones del KKK a las que asistí de adolescente. Solían hacerse en el patio trasero de alguien, o en parcelas de tierra protegida que nadie vigilaba, o en cualquier lugar que pareciera un pueblo de montaña. Las direcciones se comunicaban verbalmente, las rutas se señalaban con diminutas banderas no mayores que las utilizadas en las vallas eléctricas para los perros, solo que estas no eran de plástico rosa, sino del rojo de las SS.

Yo había ido a unos cinco festivales arios desde que me uní al Movimiento del Poder Blanco, pero este era especial. En este iba a casarme.

Bueno, al menos en espíritu. Técnicamente, Brit y yo tendríamos que ir al ayuntamiento la semana siguiente, para firmar los papeles legales. Pero espiritualmente iba a ser aquella noche.

Yo tenía veintidós años y fue la culminación de mi vida.

Brit no me quería cerca mientras estaba ocupada con las chicas, así que vagué por el terreno del festival. En general, había mucha menos gente que en las concentraciones a las que asistía desde hacía cinco años, en parte porque el FBI había empezado a rastrear y desmantelar los sitios donde nos congregábamos. Pero, aun así, estaban los grupos habituales de borrachos, unos fanfarroneando, otros meando detrás de las tiendas portátiles donde los vendedores ofrecían de todo, desde perritos rebozados hasta chancletas con las palabras SKINHEAD LOVE impresas en ellas. Había una zona infantil con libros para colorear y un castillo hinchable que tenía una bandera de las SS colgada detrás, como en el Palacio de Deportes de Berlín donde Hitler pronunciaba sus discursos. Al final de la fila de vendedores de comida y objetos varios estaban los tatuadores, que eran muy solicitados durante los festivales como este.

Me cuelo en la cola, aunque sé que fastidio al tipo al que adelanto. Tenemos la inevitable pelea, le doy un soplamocos, cierra el pico y me deja pasar. Cuando me siento frente al tatuador, se me queda mirando.

—¿Qué va a ser?

Francis y yo llevábamos ya seis meses esforzándonos por convencer a los escuadrones para que dejaran de tatuarse cruces solares, de raparse la cabeza y ponerse tirantes, y empezaran a parecerse a personas normales y corrientes. Hasta cierto punto consistía en llevar mangas largas o hacerse tratamientos con ácido para ocultar la tinta de los tatuajes. Pero aquel día era especial. Aquel día quería que todo el mundo supiera lo que yo defendía.

Cuando salí de la tienda llevaba tatuadas ocho letras góticas, una en cada nudillo. En la mano derecha, cuando cerraba el puño, se leía O-D-I-O. En la izquierda, la más cercana a mi corazón, A-M-O-R.

La señal se dio al ponerse el sol. A lo lejos se oyó un amenazador rugido de motos y todos los que estaban en el festival abrieron un pasillo. Yo esperé, con las manos juntas ante mí y la piel todavía roja e hinchada por los tatuajes recién hechos.

De repente se apartó la multitud y vi a Brit, perfilada sobre el telón de fondo amarillo y anaranjado del final del día. Llevaba un vestido blanco de encaje que la asemejaba a una magdalena, y calzaba las Doc Martens. Sonreí. Y la sonrisa se me hizo tan amplia que creí que se me desencajaba la mandíbula.

Cuando estuvo al alcance de mi mano, enlacé su brazo con el mío. Si el mundo hubiera acabado en aquel momento, no me habría importado. Echamos a andar por el pasillo. Todos nos saludaron brazo en alto, gritando *Sieg heil!* Al final del pasillo estaba Francis. Nos sonrió con ojos brillantes y penetrantes. Había presidido docenas de bodas arias, pero esta era diferente.

—Bichito —dijo con voz ronca—. Estás preciosa. —Luego se volvió hacia mí—. Trátala mal y te mato.

—Sí, señor —conseguí decir.

—Brittany —comenzó Francis—, ¿prometes obedecer a Turk y continuar la herencia de la raza Blanca?

—Lo prometo —dijo Brit.

—Y tú, Turk, ¿honrarás a esta mujer en guerra en su condición de esposa aria tuya?

—La honraré —dije.

Nos volvimos el uno al otro. La miré a los ojos fijamente mientras recitamos las Catorce Palabras, la fórmula creada por David Lane cuando dirigía la Orden: «Perpetuemos la existencia de nuestro pueblo y de un futuro para los niños Blancos».

Besé a Brit y detrás de nosotros prendieron fuego a una esvástica de madera para celebrar este momento. Juro que aquel día sentí un cambio radical en mí. Como si realmente le hubiera entregado la mitad de mi corazón a aquella mujer y hubiera recibido el suyo, y como si la única forma de seguir viviendo fuera con aquella unión.

Apenas era consciente de que Francis estaba hablando y la gente aplaudiendo. Pero me empujaron hacia Brit como si fuéramos las dos últimas personas en la tierra.

Y bien podríamos haberlo sido.

Kennedy

—Mi cliente me odia —digo a Micah cuando estamos fregando los platos en la cocina.

—Estoy seguro de que no te odia.

Lo miro.

—Cree que soy racista.

—Algo de razón tiene —señala Micah con dulzura, y me vuelvo a él con las cejas tocándome casi el nacimiento del pelo—. Tú eres blanca y ella no, y resulta que ambas vivís en un mundo en que los blancos tienen todo el poder.

—Yo no digo que su vida no haya sido más dura que la mía —arguyo—. No soy de esas personas que creen que, como hemos elegido a un presidente negro, hemos superado el racismo por arte de magia. Trabajo todos los días con minorías jodidas por la seguridad social, por la justicia y por el sistema educativo. Quiero decir que las cárceles se dirigen como si fueran un negocio. *Alguien* se aprovecha de que haya un flujo constante de personas entrando en la cárcel.

Habíamos invitado a cenar a unos colegas de Micah. Había esperado servir una comida de calidad, pero al final preparé un bufé a la mexicana y una empanada de supermercado cuyos bordes rompí para fingir que la había hecho en casa. Durante toda la velada tuve la cabeza en otra parte. Y cuando la conversación derivó hacia la cantidad de estrato óptico que perdían los pacientes con glaucoma con progresión unilateral, nadie habría podido reprochármelo. Pero seguía obsesionada por la discusión que había tenido con Ruth. Si yo creía sinceramente en lo que había dicho, ¿por qué le daba tantas vueltas?

—Pero no se menciona la raza en un juicio penal —señalo—. Es como una ley tácita, ya sabes, como «No utilices las luces largas cuando tenemos tráfico de frente»… o «No te hagas la listilla yendo a la caja rápida con el carro lleno». Incluso los casos basados en defensa propia lo evitan, y el noventa y nueve por ciento de las veces es un blanco de Florida a quien un chico negro ha asustado y ha apretado el gatillo. Entiendo que Ruth se sintiera señalada por su jefa. Pero nada de eso tiene que ver con una acusación de asesinato.

Micah me pasa una bandeja para que la seque.

—No te lo tomes a mal, cariño —responde—, pero a veces, cuando intentas explicar algo y crees que estás lanzando una indirecta, en realidad te echas encima como un camión de treinta y seis ruedas.

Me vuelvo hacia él agitando el paño de cocina.

—¿Y si una de tus pacientes tuviera cáncer, y tú la estuvieras tratando en consecuencia, y ella no dejara de decirte que tiene urticaria? ¿No le dirías que primero hay que concentrarse en la curación del cáncer y luego ocuparse de los picores?

Micah medita lo que le he dicho.

—Bueno, no soy oncólogo. Pero a veces, cuando te pica algo, no dejas de rascarte sin darte cuenta de que lo estás haciendo.

Yo ya me he perdido.

—¿De qué hablas?

—Era tu metáfora.

Suspiro.

—Mi cliente me odia —insisto.

En ese momento suena el teléfono. Son casi las diez y media, la hora de las llamadas por ataques al corazón y accidentes varios. Cojo el teléfono con la mano húmeda.

—¿Sí?

—¿Kennedy McQuarrie? —brama una voz profunda, una voz que conozco, pero no identifico.

—Sí.

—¡Excelente! Señora McQuarrie, soy el reverendo Wallace Mercy.

¿El mismo que viste y calza?

Ni siquiera me doy cuenta de que lo he dicho en voz alta hasta que oigo que ríe por lo bajo.

—Los rumores de mi estrellato han sido muy exagerados —dice—. Llamo por una amiga que tenemos en común, Ruth Jefferson.

Inmediatamente saltan todas las alarmas.

—Reverendo Mercy, no puedo hablar sobre mis clientes.

—Yo diría que sí. Ruth me ha pedido que sea su asesor, o sea que…

Aprieto los dientes.

—Mi cliente no ha firmado nada que confirme eso.

—La cesión de representación, sí, por supuesto. Le he enviado a ella un correo hace una hora. Usted la tendrá en su despacho mañana por la mañana.

Pero ¿qué pasa? ¿Por qué iba a firmar Ruth una cosa así sin consultarme? ¿Por qué ni siquiera mencionó que había estado hablando con un individuo como Wallace Mercy?

Pero ya sabía la respuesta: porque le dije a Ruth que su caso no tenía nada que ver con la discriminación racial, por eso. Y Wallace Mercy se ocupa única y exclusivamente de eso.

—Escúcheme —digo, con el corazón latiendo tan deprisa que puedo oír las palpitaciones en cada palabra—. Conseguir la absolución de Ruth Jefferson es mi trabajo, no el suyo. ¿Quiere aumentar sus índices de audiencia? No lo conseguirá a mi costa.

Termino la llamada pulsando el botón con tanta vehemencia que el teléfono se me escurre de la mano y aterriza en el suelo de la cocina. Micah cierra el grifo.

—Malditos inalámbricos —dice—. Era mucho más satisfactorio cuando podías colgar descargando el auricular con energía, ¿verdad? —Se acerca a mí, con las manos en los bolsillos—. ¿Quieres contarme de qué va todo esto?

—Era Wallace Mercy. Ruth Jefferson quiere que la asesore.

Micah da un largo silbido.

—Tienes razón —dice—. Tu cliente te odia.

Ruth abre la puerta en camisón y albornoz.

—Por favor —digo—. Solo necesito cinco minutos de su tiempo.

—¿No es un poco tarde?

No sé si se refiere a que son casi las once de la noche o a que nos hayamos separado por la tarde con cierto malestar. Opto por creer lo primero.

—Sabía que, si llamaba, reconocería mi número y no respondería.

Reflexiona un momento.

—Probablemente.

Me ciño la rebeca. Tras la llamada de Wallace Mercy, subí al coche y conduje hasta su casa. Ni siquiera cogí un abrigo. En lo único en que pensaba era en que tenía que hablar con Ruth antes de que me enviara el documento de la cesión.

Respiro hondo.

—No es que no me preocupe cómo la han tratado... Sí que me importa. Es porque sé que implicar a Wallace Mercy va a pasarle factura a corto plazo, y a largo plazo también.

Ruth me ve tiritar.

—Pase —dice al cabo de un momento.

El sofá cama está preparado con almohadas, sábanas y una manta, así que me siento a la mesa de la cocina mientras su hijo asoma la cabeza por la puerta del dormitorio.

—¿Mamá? ¿Qué pasa?

—Estoy bien, Edison. Vuelve a la cama.

Parece vacilar, pero al final retrocede y cierra la puerta.

—Ruth —suplico—, no firme la cesión.

Se sienta también a la mesa.

—Él me prometió que no interferiría en lo que está haciendo usted en el juzgado...

—Se está saboteando a usted misma —le suelto con brusquedad—. Piénselo..., grupos airados en la calle, su cara en televisión todas las noches, expertos en derecho comentando su caso en los programas matutinos..., no querrá que ellos tomen el control de este caso antes de que tengamos la oportunidad de hacerlo nosotras. —Señalo la puerta cerrada del dormitorio de Edison—. ¿Y su hijo? ¿Está preparada para ponerlo ante el ojo público? Porque eso es lo que ocurre cuando una persona pasa a ser un símbolo. El mundo lo sabe todo de una, de su pasado y de su familia, y la crucifica. Su nombre será tan conocido como el de Trayvon Martin. Nunca volverá a recuperar su vida.

Ruth me mira a los ojos.

—Ni él tampoco.

La realidad de esa afirmación nos separa como un abismo. Escruto las profundidades y veo todas las razones por las que Ruth no debería hacer esto; ella también se asoma al abismo, y sin duda ve todas las razones por las que debería.

—Ruth, sé que no tiene motivos para confiar en mí, sobre todo si tenemos en cuenta la forma en que los blancos la han tratado últimamente. Pero si Wallace Mercy se hace con el control, no estará a salvo. Lo último que necesita es que su caso sea juzgado en los medios de comunicación. Por favor, hagámoslo a mi manera. Deme una oportunidad. —Vacilo—. Se lo ruego.

Se cruza de brazos.

—¿Y si le digo que quiero que el jurado sepa lo que me ocurrió? ¿Que escuchen mi versión de la historia?

Asiento como para cerrar el trato.

—Entonces la llamaremos a declarar —prometo.

Lo más destacado de Jack DeNardi es que tiene en su mesa una goma de borrar redonda del tamaño de la cabeza de un recién nacido. Aparte de eso, es exactamente lo que una esperaría encontrar en un lúgubre cubículo de las oficinas administrativas del hospital Mercy-West Haven: barriga, piel grisácea y cuatro pelos repeinados para tapar la calva. Es un chupatintas, y solo estoy aquí para ver qué pesco. Quiero saber si lo que podrían decir sobre Ruth la ayudará o la perjudicará.

—Veinte años —dice Jack DeNardi—. Es el tiempo que ha trabajado aquí.

—¿Cuántas veces ha ascendido Ruth en esos veinte años? —pregunto.

—Veamos. —Mira los archivos del ordenador—. Una.

—¿Una vez en veinte años? —digo con incredulidad—. ¿A usted no le parece muy poco?

Jack se encoge de hombros.

—No puedo comentar eso.

—¿Y por qué? —Le presiono—. Usted es funcionario del hospital. ¿No es su trabajo ayudar a la gente?

—A los pacientes —aclara—. No a los empleados.

Doy un bufido. A las instituciones se les permite investigar a su personal para encontrar y etiquetar toda clase de fallos…, pero nunca se investigan a sí mismas.

Consulta más archivos.

—El término utilizado la última vez que se estudió su comportamiento fue *quisquillosa*. —Con eso no puedo estar en desacuerdo—. Está claro que Ruth Jefferson está cualificada —añade—. Pero, por lo que he visto en su expediente, no se la ascendió porque a sus superiores les parecía que adoptaba… cierto aire de superioridad.

Frunzo el entrecejo.

—La superior de Ruth, Marie Malone…, ¿cuánto tiempo lleva trabajando aquí?

Pulsa unas cuantas teclas.

—Alrededor de diez años.

—Así que alguien que lleva aquí diez años le daba órdenes a Ruth, algunas discutibles, por lo que parece, ¿y dice que Ruth las cuestionaba de vez en cuando? ¿Le parece que eso es adoptar aires de superioridad…, o más bien tener un criterio firme?

Se vuelve hacia mí.

—No sabría decirle.

Me pongo en pie.

—Gracias por su tiempo, señor DeNardi. —Recojo el abrigo y el maletín, pero antes de salir por la puerta, me vuelvo—. Aires de superioridad… o criterio firme. ¿Es posible que el color del empleado cambie la calificación?

—Esa insinuación es ofensiva, señora McQuarrie —replica. Jack DeNardi aprieta los labios—. Mercy-West Haven no discrimina por cuestiones de raza, ideología, religión u orientación sexual.

—Sí, ya veo —digo—. Entonces solo fue mala suerte que Ruth Jefferson fuera la empleada que usted eligió para que fuera pasto de los lobos.

Cuando salgo del hospital, concluyo que nada de lo que hemos hablado puede ni debe ser usado en el juicio. Ni siquiera estoy segura de qué me impulsó a revolverme en el último minuto y hacer aquel último comentario al empleado de Recursos Humanos.

Salvo que, quizá, se me esté pegando la manera de actuar de Ruth.

Ese fin de semana, una lluvia fría azota las ventanas. Violet y yo estamos sentadas a la mesita de centro, coloreando figuras. Violet raya con el lápiz sin tener en cuenta el perfil del mapache de su cuaderno.

—A la abuela le gusta que coloree dentro del contorno —me informa mi hija—. Dice que es así como hay que hacerlo.

—No hay ninguna norma establecida —replico automáticamente. Señalo su explosión de rojos y amarillos—. Mira qué bonito queda el tuyo.

¿A quién se le habrá ocurrido que ha de haber normas? ¿Por qué tiene que haber incluso un contorno?

Cuando Micah y yo fuimos de viaje de novios a Australia, pasamos tres noches acampados en el llamado Centro Rojo del país, donde el terreno estaba agrietado como una garganta seca y el cielo nocturno parecía un cuenco de diamantes boca abajo. Conocimos a un nativo que nos enseñó el Emú del Cielo, la constelación cercana a la Cruz del Sur que no es una serie de puntos unidos por líneas imaginarias, como nuestras constelaciones, sino los espacios que hay entre los puntos, nebulosas que se arremolinan sobre la Vía Láctea y forman el largo cuello y las patas colgantes del ave. Al principio no lo veía. Pero, cuando lo vi, ya no podía ver otra cosa.

Cuando suena mi móvil y reconozco el número de Ruth, respondo inmediatamente.

—¿Va todo bien? —pregunto.

—Vamos tirando —dice Ruth con voz tensa—. Me preguntaba si tendría un rato libre esta tarde.

Miro a Micah, que acaba de entrar en la sala. «Ruth», le digo moviendo los labios.

Micah levanta a Violet y le hace cosquillas, para darme a entender que tengo todo el tiempo que necesite.

—Naturalmente —respondo—. ¿Quiere hablar de algún detalle del sumario?

—No exactamente. Tengo que ir a comprar un regalo de cumpleaños para mi madre y pensé que quizá querría venir conmigo.

Reconozco una mano tendida cuando la veo.

—Me encantaría —acepto.

Mientras voy de camino a casa de Ruth, pienso en todas las razones que hacen de esto un error tremendo. Cuando empecé a trabajar de abogada de oficio, el sueldo no me llegaba para la compra semanal, pero lo gastaba en mis clientes si veía que necesitaban ropa o una comida caliente. Tardé un tiempo en darme cuenta de que mi cuenta bancaria no podía incluirse en las ayudas que hacía a mis clientes. Pero Ruth parece orgullosa de llevarme a un centro comercial y de insinuarme que puede comprar un par de zapatos. También creo que lo que quiere es despejar el mal rollo entre nosotras.

Sin embargo, cuando vamos camino del centro comercial, solo hablamos del tiempo..., cuándo dejará de llover, si la lluvia se convertirá en aguanieve. Luego hablamos de dónde pasaremos las próximas vacaciones. Por sugerencia de Ruth, aparco cerca de T. J. Maxx.

—Bien —digo—. ¿Busca algo en concreto?

Niega con la cabeza.

—Lo sabré cuando lo vea. Hay artículos que gritan el nombre de mi madre, normalmente los cubiertos con lentejuelas. —Ruth sonríe—. Por la forma en que se viste para ir a la iglesia, se diría que va a una boda de alto copete. Siempre creí que era porque lleva uniforme toda la semana y que esta es su forma de soltarse el pelo.

—¿Se crió usted aquí, en Connecticut? —pregunto cuando bajamos del coche.

—No, en Harlem. Todos los días cogía el autobús para ir a Manhattan con ella, me dejaba en Dalton y se iba al trabajo.

—¿Su hermana y usted fueron a Dalton? —pregunto.

—Yo sí. Adisa no..., no tenía tantas ganas de estudiar. Si me instalé en Connecticut fue por Wesley.

—¿Cómo se conocieron?

—En un hospital —cuenta Ruth—. Yo era estudiante en prácticas en una sala de maternidad, y había una mujer dando a luz cuyo marido estaba en el ejército. Había intentado ponerse en contacto con él varias veces. Iba a dar a luz a sus gemelos un mes antes de tiempo y estaba asustada y convencida de que iba a tener a los niños ella sola. De repente, cuando estaba en medio del parto, entró un tipo corriendo, vestido de militar. La miró y se desplomó como una piedra. Como yo solo era estudiante, me encargaron ocuparme del desmayado.

—Espere un momento —digo—. ¿Wesley estaba casado con otra cuando lo conoció?

—Eso es lo que supuse. Cuando recuperó el conocimiento, se puso a coquetear conmigo, y estuvo encantador. Me pareció el mayor imbécil que había conocido en mi vida, flirteando mientras su mujer estaba dando a luz unos gemelos, y así se lo dije. Pero resultó que no eran sus hijos. El padre era su mejor amigo, pero estaba de maniobras y no podía estar presente, así que Wesley le había prometido ocupar su lugar y ayudar a su mujer durante el parto. —Ruth se echa a reír—. Entonces fue cuando empecé a pensar que quizá no fuera el mayor imbécil que había conocido. Wesley y yo tuvimos unos años muy buenos.

—¿Cuándo falleció?

—Cuando Edison tenía siete años.

No puedo imaginar que Micah fallece; no puedo imaginar que me quedo sola para criar a Violet. Lo que Ruth ha hecho con su vida es mucho más valiente que cualquier cosa que haya hecho yo.

—Lo siento.

—Yo también —suspira Ruth—. Pero, ¿sabe?, hay que seguir adelante. Porque no queda más remedio. —Se vuelve hacia mí—. De hecho, eso fue lo que me enseñó mi madre. Puede que lo encuentre bordado en un cojín.

—Con letras doradas —digo, y cruzamos la entrada de la tienda.

Ruth me habla de Sam Hallowell, cuyo nombre me suena ligeramente, y me cuenta que su madre ha trabajado de criada para él durante casi cincuenta años. Me habla de Christina, que le dio su primer sorbo ilícito de brandy cuando tenía doce años, del armario de licores de su padre, y que aprobó trigonometría comprando las respuestas del examen a un alumno de intercambio de Pekín. También me cuenta que Christina quiso darle dinero.

—Parece una mujer detestable —confieso.

Ruth medita mi comentario.

—No lo es. Es lo único que sabe. Nunca ha conocido otra forma de ser.

Recorremos los pasillos intercambiando anécdotas. Confiesa que quería ser antropóloga hasta que estudió a Lucy, la australopiteca: «¿Cuántas etíopes conocemos que se llamen Lucy?» Yo le conté que rompí aguas en medio de un juicio y el cabrón del juez no quiso concederme un aplazamiento. Ella me habla de Adisa, que con cinco años convenció a Ruth de que era más blanca en comparación con ella porque se había convertido en un fantasma, que había nacido negra como una zarzamora pero se estaba decolorando poco a poco. Yo le hablo de la clienta que escondí en mi sótano durante tres semanas porque estaba convencida de que su marido iba a matarla. Ella me habla de un hombre que, en medio de un parto, le dijo a su novia que necesitaba depilarse. Le confieso que no he visto a mi padre, que está en una clínica con Alzheimer, hace más de un año, porque la última vez me puse tan triste que no pude olvidar la visita durante meses. Ruth admite que caminar por el barrio de Adisa le da miedo.

Me muero de hambre, así que cojo una bolsa de palomitas caramelizadas de un estante y la abro mientras hablamos, y veo que Ruth me mira fijamente.

—¿Qué hace? —pregunta.

—Comer —digo con la boca llena de palomitas—. Tome. Es un regalo.

—Pero aún no lo ha pagado.

La miro como si estuviera loca.

—Ya la pagaré cuando pasemos por caja. ¿Cuál es el problema?

—Me refiero…

Pero, antes de que pueda responder, nos interrumpe una empleada.

—¿Puedo ayudarlas en algo? —pregunta, mirando directamente a Ruth.

—Solo estamos mirando —dice Ruth.

La mujer sonríe, pero no se va. Nos sigue a distancia, como el juguete que arrastra un niño con una cuerda. O Ruth no lo nota o hace como que no lo nota. Sugiero unos guantes o un bonito pañuelo, pero Ruth dice que su madre tiene un pañuelo de la suerte desde siempre, y que nunca lo cambiará. Ruth no deja de hablar hasta que encontramos una sección de DVD de oferta.

—Esto podría estar bien. Podría comprar algunos de sus programas preferidos, empaquetarlos con palomitas para el microondas y llamarlo sesión de noche. —Se pone a repasar las filas de DVD: *Salvados por la campana. Padres forzosos. Buffy Cazavampiros.*

—*Dawson's Creek* —sugiero—. Esa sí que me impresionó. Estaba convencida de que cuando fuera mayor me casaría con Pacey.

—¿Pacey? ¿Qué nombre es ese?

—¿No vio la serie?

Ruth niega con la cabeza.

—Tengo diez años más que usted. Y si alguna vez hubo un programa para chicas blancas, era este.

Miro más a fondo en el expositor y encuentro una temporada de *La hora de Bill Cosby.* Pienso en enseñárselo a Ruth, pero al final lo escondo debajo de una caja de *Expediente X,* porque ¿y si cree que solo lo he elegido por el color de su piel? Pero Ruth me lo quita de la mano.

—¿Lo veía cuando lo daban en la tele?

—Claro. ¿No lo veía todo el mundo? —digo.

—Supongo que esa era la idea. Si la familia más funcional de la tele es negra, quizá no den tanto miedo a los blancos.

—Ignoraba que estos días fuera a oír «Cosby» y «funcional» en la misma frase —reflexiono.

La empleada de T. J. Maxx se acerca de nuevo a nosotras.

—¿Todo bien?

—Sí —respondo, un poco molesta ahora—. Si necesitamos ayuda, se lo diremos.

Ruth se decide por *Urgencias,* porque su madre está loca por George Clooney, y por unos mitones que tienen auténtica piel de conejo en los bordes. Yo elijo un pijama para Violet y un paquete de calzoncillos para Micah. Cuando nos acercamos a la caja registradora, nos sigue la empleada. Yo pago primero, dándole la tarjeta de crédito a la cajera, y luego espero a que Ruth termine su transacción.

—¿Tiene alguna identificación? —pregunta la cajera. Ruth saca el permiso de conducir y la tarjeta de la seguridad social. La cajera la mira a ella, luego mira la foto del permiso de conducir y registra la compra en la caja.

Cuando salimos de la tienda, nos para un guardia de seguridad.

—Señora —dice a Ruth—. ¿Puedo ver su factura?

Empiezo a rebuscar en mi bolsa para enseñarle también la mía, pero me indica por señas que me aleje.

—Usted no —dice con displicencia, concentrando la atención en Ruth y comprobando el contenido de su bolsa con lo indicado en la factura.

Entonces me doy cuenta de que Ruth no quería que fuera con ella a la tienda porque necesitara ayuda para elegir un regalo para su madre.

Ruth quería que la acompañara para que entendiera lo que era ser como ella.

La dependienta rondando por si robábamos algo.

El recelo de la cajera.

El hecho de que hubiera salido de los almacenes una docena de personas al mismo tiempo que nosotras, pero solo quisieran comprobar la bolsa de Ruth.

Noto que las mejillas se me ponen coloradas, avergonzada por Ruth, avergonzada porque no me había dado cuenta de lo que ocurría ni siquiera cuando estaba ocurriendo. Cuando el guardia de seguridad devuelve la bolsa a Ruth, salimos de la tienda y corremos a mi coche bajo la lluvia.

Nos sentamos, sin aliento y empapadas. La lluvia es una sábana entre nosotras y el mundo.

—Ya lo entiendo —digo.

Ruth me mira.

—Ni siquiera ha empezado a entenderlo —replica, sin mala intención.

—Pero no dijo nada —señalo—. ¿Es porque se ha acostumbrado?

—No creo que nunca se acostumbre nadie a algo así. Pero al final se descubre cómo no hacer caso.

Sus palabras sobre Christina vuelven a mi mente: «Nunca ha conocido otra forma de ser».

Nuestras miradas se encuentran.

—¿Quiere que le confiese algo? La peor nota que saqué en la universidad fue en un curso de historia de los negros. Yo era la única chica blanca del seminario. Hice bien los exámenes, pero la mitad del curso consistía en participar, y no abrí la boca en todo el semestre, ni una sola vez. Creí que, si lo hacía, diría algo fuera de lugar, o algo estúpido que hiciera parecer que tenía prejuicios. Pero luego temí que los demás alumnos pensaran que me importaba un comino el tema porque nunca participaba en las discusiones.

Ruth se queda callada unos momentos.

—¿Le confieso yo algo? La razón de que no hablemos de raza es que no hablamos el mismo lenguaje.

Nos quedamos sentadas unos momentos, escuchando la lluvia.

—¿Le confieso yo otra cosa? Nunca me gustó *La hora de Bill Cosby*.

—¿Quiere otra confesión? —Ruth sonríe—. A mí tampoco.

Durante todo el mes de diciembre redoblo mis esfuerzos y me dedico a romperme los codos. Repaso todo el sumario y redacto mociones preliminares sin perder de vista los otros treinta casos que compiten con el de Ruth por unos momentos de mi atención. Después de comer tenía que llevar a declarar a una joven de veintitrés años a la que su novio había propinado una paliza cuando descubrió que se estaba acostando con su hermano. Pero la testigo ha sufrido un accidente de tráfico en el camino, así que nos han concedido un aplazamiento, lo que me deja dos horas libres. Veo las montañas de papel que rodean mi escritorio y tomo una decisión. Miro por encima del borde de mi cubículo, hacia donde está sentado Howard.

—Si preguntan por mí —le digo—, diles que he ido a comprar tampones.

—¿Y es verdad?

—No. Pero se sentirán cohibidos y se lo merecerán por querer vigilarme.

La temperatura es demasiado alta para la estación en que estamos, casi diez grados. Sé que, cuando hace buen tiempo, mi madre va a recoger a Violet a la escuela y la lleva al parque. Picotean alguna cosa —manzanas y frutos secos— y luego Violet juega en el parque infantil hasta que se van a casa. Seguro que Violet está en estos momentos colgada boca abajo en una barra, con la falda hasta la barbilla, y exactamente así es como está cuando me ve.

—¡Mami! —grita, y con una gracia y una agilidad que deben proceder de los genes de Micah, salta al suelo y corre hacia mí.

Cuando la levanto en brazos, mi madre se vuelve en el banco.

—¿Te han despedido? —pregunta.

—¿De verdad es eso lo primero que se te ocurre? —digo, enarcando una ceja.

—Bueno, la última vez que nos hiciste una visita sorpresa en pleno día creo que fue porque el padre de Micah se estaba muriendo.

—Mami —anuncia Violet—, te he preparado un regalo de Navidad en el colegio y es un collar y además se lo puede comer un pájaro. —Se agita en mis brazos, así que la dejo en el suelo y echa a correr de inmediato hacia los aparatos del parque.

Mi madre pone la mano en el banco, para que me siente a su lado. Va superabrigada a pesar de la temperatura, tiene el lector de libros electrónicos en el regazo y a su lado hay una fiambrera con rodajas de manzana y frutos secos.

—Y bien —dice—, si aún tienes trabajo, ¿a qué debemos esta excelente sorpresa?

—A un accidente de tráfico…, no mío. —Me llevo a la boca un puñado de frutos secos—. ¿Qué estás leyendo?

—Vamos, pequeña, nunca leo cuando mi nieta está en el parque infantil. No le quito los ojos de encima.

Pongo los ojos en blanco.

—¿Qué estás leyendo?

—No recuerdo el título. Algo sobre una duquesa con cáncer y el vampiro que se ofrece a hacerla inmortal. Creo que es de un género que llaman *chick lit*, literatura morbosa —explica—. Es para el club de lectura.

—¿Quién lo eligió?

—Yo no. Yo no elijo los libros. Yo elijo el vino.

—El último libro que leí se titulaba *Todo el mundo hace caca*
—le cuento—, así que supongo que no estoy en condiciones de
juzgar nada.

Me retrepo y levanto la cara para que me dé el sol vespertino.
Mi madre se da unos golpecitos en el regazo y me estiro en el banco. Me acaricia el pelo, como cuando yo tenía la edad de Violet.

—¿Sabes qué es lo más difícil de ser madre? —digo por decir
algo—. Que ya nunca tienes tiempo de volver a la infancia.

—Tú nunca tienes tiempo, punto —responde mi madre—. Y
antes de que te des cuenta, tu niña estará por ahí salvando el
mundo.

—Ahora mismo se conforma con engordar —digo, alargando
la mano para coger más frutos secos. Me pongo uno entre los labios
y lo escupo casi inmediatamente—. Puaf, por todos los santos, detesto las nueces del Brasil.

—¿Se llaman así? —pregunta mi madre—. Saben a pies. Son
las pobres hijas bastardas de las bolsas de frutos secos variados, las
que no le gustan a nadie.

De repente me recuerdo a mí misma con la edad de Violet,
yendo a casa de mi abuela a la cena de Acción de Gracias. Me em-
paredaban entre tías, tíos y primos. Me encantaba el pastel de boniato que hacía y los tapetes de sus muebles, que eran todos diferentes, como los cristales de hielo. Pero hacía todo lo posible por
evitar al tío Leon, el hermano de mi abuelo, que era el pariente
más ruidoso y más borracho y que siempre parecía besarte en los
labios cuando en principio apuntaba a la mejilla. Mi abuela solía
poner de aperitivo un gran cuenco de frutos secos con cáscara y el
tío Leon se ocupaba de partirlos con el cascanueces y los repartía
entre los niños: nueces, avellanas y pacanas, anacardos, almendras
y nueces del Brasil. Pero no las llamábamos nueces del Brasil. El
tío levantaba una cáscara marrón, larga y arrugada. «Se venden
dedos de pie de negrazo —decía—. ¿Quién quiere un dedo del pie
de un negrazo?»

—¿Recuerdas al tío Leon? —pregunto bruscamente, endere-
zándome—. ¿Cómo las llamaba?

Mi madre suspira.

—Sí. El tío Leon era todo un personaje.

En aquel entonces yo ni siquiera sabía el significado de esa palabra que empieza por N. Pero me reía como todos los demás.

—¿Cómo es que nunca le dijeron nada? ¿Cómo es que no le cerrasteis la boca?

Mi madre me mira exasperada.

—Como si Leon fuera a cambiar.

—No si tenía un público —digo. Señalo el arenero donde Violet está jugando con una niña negra, removiendo la arena con un palo—. ¿Y si ella repitiera lo que Leon solía decir porque no sabe que está mal? ¿Qué crees que pasaría?

—En aquella época Carolina del Norte no era como esto —evoca mi madre.

—Puede que las cosas hubieran cambiado si la gente como tú hubiera dejado de poner excusas.

Me siento mal en cuanto las palabras salen de mi boca, porque sé que estoy riñendo a mi madre, cuando lo que quiero en realidad es reprenderme a mí misma. En lo que respecta al juicio, sé que lo mejor para Ruth es evitar cualquier referencia a la raza, pero moralmente me está costando mucho hacerme a la idea. ¿Y si yo hubiera rechazado con tanta rapidez las implicaciones raciales del caso de Ruth, no porque nuestro sistema legal las considerase improcedentes, sino porque nací en una familia donde los chistes de negros formaban parte de la tradición de nuestras fiestas, tanto como la porcelana fina y las salchichas rellenas de mi abuela? Por el amor de Dios, hasta mi propia madre creció con personas como la madre de Ruth en casa, personas que cocinaban, limpiaban, las llevaban a la escuela y luego a parques infantiles como aquel en que estábamos ahora.

Mi madre se queda callada tanto rato que comprendo que la he ofendido.

—En 1954, cuando tenía diez años, un juez decretó que podían asistir a mi escuela cinco niños negros. Recuerdo a un chico de mi clase que decía que tenían cuernos escondidos entre la espesa mata de pelo. Y a mi maestra advirtiéndonos de que podían robarnos el dinero del almuerzo. —Se vuelve hacia mí—. La noche anterior al ingreso de estos niños en la escuela, mi padre celebró una reunión. El tío Leon estaba allí. La gente comentaba que los niños blancos seríamos acosados y que tendría que haber controles en clase, porque esos niños no sabían comportarse. El tío Leon estaba tan enfadado que tenía la cara enrojecida y sudorosa. Dijo que no quería que su hija fuera una cobaya. Estaban pensando formar un piquete en la puerta de la escuela al día siguiente, aunque sabían que iba a haber policía allí, para que los niños no pudieran entrar. Mi padre juró que nunca vendería más coches al juez Hawthorne.

Se pone a recoger los frutos secos y las manzanas para guardarlos.

—Beattie, nuestra criada, también estaba allí esa noche. Sirviendo limonada y pasteles que había preparado por la tarde. En medio de la reunión, me aburrí y fui a la cocina, y la encontré llorando. Nunca había visto llorar a Beattie. Me contó que su hijo pequeño era uno de los cinco niños que iban a ir a la escuela. —Mueve la cabeza con consternación—. Yo ni siquiera sabía que tenía un hijo pequeño. Beattie había estado con mi familia desde antes de que yo aprendiera a andar y a hablar, y ni siquiera se me había ocurrido que pudiera pertenecer a otra casa que la nuestra.

—¿Qué pasó? —pregunto.

—Los niños fueron a la escuela. La policía los escoltó hasta el interior. Otros niños los insultaron. A uno le escupieron. Lo recuerdo caminando a mi lado, con la saliva resbalándole por el cuello blanco de la camisa, y me pregunté si sería el hijo de Beattie. —Se encoge de hombros—. Finalmente, llegaron más. Se juntaban entre ellos, comían juntos el almuerzo y jugaban juntos en el recreo. Y los blancos nos juntábamos con los blancos. No puedo decir que aquello fuera integración racial, la verdad.

Mi madre señala a Violet y a su amiguita, que se están frotando con hierba las manchas de barro.

—Esto ha durado mucho más tiempo que cualquiera de nosotras, Kennedy. Has tomado cartas en el asunto y piensas que aún falta mucho camino por recorrer, pero ¿desde mi experiencia? —Sonríe en dirección a las niñas—. Miro eso y me sorprende lo lejos que hemos llegado.

Después de las Navidades y Año Nuevo, me encuentro haciendo el trabajo de dos abogados de oficio, así como suena, porque Ed está en Cozumel, de vacaciones con su familia. Estoy en el juzgado, representando a uno de los clientes de Ed, que infringió una orden de alejamiento, así que decido mirar la lista de casos para saber qué juez le han asignado a Ruth. Uno de los pasatiempos habituales de los abogados es almacenar los detalles de la vida personal de los jueces, con quién están casados, si son ricos, si van a la iglesia los domingos o solo en las grandes solemnidades, si son más tontos que el que asó la manteca, si les gustan los musicales, si se van de copas con los fiscales en su tiempo libre. Archivamos hechos y rumores como las ardillas guardan frutos secos para el invierno, para que, al ver quién ha sido asignado a nuestro caso, podamos fijarnos en los detalles y saber si tenemos alguna posibilidad de ganar.

Cuando veo quién nos ha tocado en suerte, se me para el corazón.

El juez Thunder hace honor a su apellido, que significa Trueno. Es un juez de la horca, prejuzga los casos, y si el veredicto es de culpabilidad, el reo estará fuera de circulación durante mucho, muchísimo tiempo. Y esto no lo sé por rumores, sino por experiencia propia.

Antes de ser abogada de oficio, cuando trabajaba en la oficina de un juez federal, uno de mis colegas se vio envuelto en un asunto de ética, un conflicto de intereses, porque anteriormente había trabajado en un bufete de abogados. Yo era parte del equipo que lo representaba y, tras pasar varios años preparando la defensa, fuimos a juicio con el juez Thunder. Este juez detestaba todo el circo mediático, y el hecho de que un letrado de la oficina de un juez federal fuera pillado en una infracción ética había convertido nuestro juicio exactamente en eso. Aunque teníamos el caso bien atado, Thunder quería sentar un precedente para otros letrados, y mi colega fue condenado y sentenciado a seis años. Por si eso no hubiera bastado, el juez se volvió hacia todos los que habíamos participado en su defensa.

«Deberían avergonzarse de sí mismos. El señor Dennehy los ha engañado a todos ustedes —nos recriminó el juez Thunder—. Pero no ha engañado a este tribunal.»

Para mí fue la gota que colmó el vaso. Había querido abarcar demasiado, trabajando durante toda una semana sin dormir. Tenía la salud por los suelos, tomaba medicación para el resfriado y fuertes dosis de prednisona, estaba agotada y desmoralizada por haber perdido el caso, así que es posible que no estuviera tan graciosa o lúcida como requería la situación.

También es posible que le dijera al juez Thunder que me chupara la polla.

A continuación hubo una conferencia a puerta cerrada en la que supliqué no ser inhabilitada y aseguré al juez que, en realidad, yo no tenía genitales masculinos y que en realidad había dicho «échamelo a la olla», porque su fallo me había impresionado mucho.

Desde entonces he defendido dos casos ante el juez Thunder. He perdido los dos.

Decidí no contarle a Ruth mi historial con el juez. Puede que a la tercera fuera la vencida.

Me abrocho el abrigo para salir del juzgado, sin dejar de darme ánimos en silencio. No voy a dejar que un pequeño contratiempo como este afecte todo el caso, sobre todo porque tenemos que seleccionar al jurado el mes siguiente.

Cuando salgo del edificio, oigo música góspel.

En New Haven Green se han concentrado centenares de negros. Han formado una gran cadena con los brazos enlazados. Sus voces son armónicas y llenan el cielo: «We shall overcome». *Venceremos*. Llevan pancartas con el nombre de Ruth y su retrato.

En el centro de la primera línea está Wallace Mercy, cantando a pleno pulmón. Y a su lado, cogida de su brazo, está la hermana de Ruth, Adisa.

Ruth

Estoy trabajando en la caja registradora, se aproxima el final de mi turno y ya me duelen los pies y la espalda. Aunque he hecho todos los turnos extra que he podido, ha sido una Navidad sombría y deprimente, y Edison ha estado la mayor parte del tiempo huraño y taciturno. Ha vuelto a las clases durante una semana, pero ha cambiado muchísimo: apenas me habla, gruñe para responder a mis preguntas, bordea peligrosamente la grosería hasta que lo llamo al orden; ha dejado de hacer los deberes en la mesa de la cocina y ahora se encierra en su cuarto y pone a Drake y Kendrick Lamar a todo volumen; su teléfono pita constantemente por los mensajes que recibe, y cuando le pregunto quién lo necesita con tanta urgencia, dice que nadie que yo conozca. Ya no he recibido más llamadas del director, ni correos de sus profesores diciéndome que su rendimiento está flaqueando, pero eso no significa que no los espere.

¿Y que haré entonces? ¿Cómo se supone que voy a animar a mi hijo a ser mejor de lo que la gente espera de él? ¿Cómo voy a decirle con total seriedad: «Puedes conseguir lo que quieras en este mundo», cuando yo luché, estudié y sobresalí en el trabajo, y aun así estoy a punto de ser juzgada por algo que no hice? Cada vez que Edison y yo nos cruzamos estos días, puedo ver ese desafío en su mirada: «Atrévete. Atrévete a decir que aún crees en esa mentira».

Las clases han terminado; lo sé por la abundancia de adolescentes que entran en tropel en el establecimiento como si estuvieran de vacaciones, y llenan el espacio de brillantes ráfagas de risas y bromas. Siempre conocen a algún camarero que sirve en las mesas y lo llaman por su nombre, y le piden McNuggets o helados gratis. Normalmente no me molestan; yo prefiero estar ocupada a no hacer nada. Pero hoy se acerca una chica agitando la cola de caballo, mirando el teléfono mientras sus amigas se ponen a su alrededor para leer el mensaje de texto que acaba de recibir.

—Bienvenidas a McDonald's —digo—. ¿Qué vais a tomar?

Aunque hay una cola de personas detrás, ella mira a su amiga.

—¿Qué le digo?

—Que no puedes hablar porque estás con otro —sugiere una de las chicas.

Otra chica niega con la cabeza.

—No, no le digas nada. Que espere.

Al igual que los clientes que hay a su espalda, empiezo a enfadarme.

—Disculpa —digo, sonriendo forzadamente—. ¿Vas a pedir ya?

La chica levanta la cabeza. Lleva colorete chillón en las mejillas; así parece extrañamente joven, y estoy segura de que no era eso lo que pretendía.

—¿Tienen aros de cebolla?

—No, eso es en el Burger King. Nuestro menú está ahí arriba —digo, señalándolo—. Si no te has decidido aún, deja paso, por favor.

Mira a sus dos amigas y enarca las cejas como si hubiera dicho algo ofensivo.

—No se sulfure, *mami blue*, solo estaba preguntando…

Me quedo pasmada. Esta chica no es Negra. La Negritud no tiene nada que ver con ella. ¿Por qué me habla así entonces?

Su amiga se pone delante de ella y pide patatas fritas; la otra amiga una Coca-cola *light* y un rollito. La chica pide una Happy Meal, y mientras meto irritada los artículos en la bolsa, no dejo de notar la ironía.

Tres clientes después, sigo mirándola con el rabillo del ojo mientras mastica la hamburguesa con queso.

Me vuelvo al «recadero» que trabaja en la caja conmigo.

—Vuelvo en seguida.

Me acerco a la mesa donde la chica sigue de cháchara con sus amigas.

—…eso le dije, en su propia cara: «¿Quién encendió la mecha de tu tampón?»

—Disculpe —interrumpo—. No me gustó su forma de dirigirse a mí en el mostrador.

Se ruboriza hasta las orejas.

—Vaya, está bien. Pues lo siento —farfulla con labios temblorosos.

Mi jefe aparece de pronto junto a mí. Jeff era antes gerente de un departamento en una fábrica de cojinetes de bolas que quebró con la crisis económica, y dirige el restaurante como si sirviéramos secretos de Estado en lugar de patatas fritas.

—¿Hay algún problema, Ruth?

Hay muchos problemas. Desde el hecho de que no soy la *mami blue* de esta chica hasta el hecho de que ella se olvidará de esta conversación en menos de una hora. Pero si eligiera este momento en particular para rebelarme, pagaría un precio.

—No, señor —digo a Jeff y, en silencio, vuelvo a la caja registradora.

Mi jornada empeora cuando salgo del trabajo y veo seis llamadas perdidas de Kennedy. La llamo de inmediato.

—Creía que estuviste de acuerdo en que trabajar con Wallace Mercy era una mala idea —me bombardea sin saludar siquiera.

—¿Qué? Lo estuve. Lo estoy.

—Entonces ¿no sabías que ha encabezado una manifestación en tu honor hoy mismo, delante de los juzgados?

Me quedo clavada en el suelo y los peatones se ven obligados a esquivarme.

—Tienes que estar de broma, Kennedy, yo no he hablado con Wallace.

—Tu hermana estaba con él, a su lado.

Bueno, misterio resuelto.

—Adisa suele hacer lo que le da la gana.

—¿Puedes controlarla?

—Lo llevo intentando cuarenta y cuatro años y aún no lo he conseguido.

—Inténtalo con más empeño —insiste Kennedy.

Y por eso termino en el autobús que va al apartamento de mi hermana en vez de ir directamente a mi casa. Cuando Donté me abre la puerta, Adisa está sentada en el sofá, jugando a Candy Crush en el teléfono, aunque es casi la hora de cenar.

—Vaya, mira lo que ha traído el gato —exclama—. ¿Dónde has estado?

—Llevo una marcha de locos desde Año Nuevo. Entre el trabajo y las cosas del juicio, no he tenido un minuto libre.

—Fui a tu casa el otro día, ¿te lo ha dicho Edison?

Le aparto los pies del sofá para tomar asiento.

—¿Fuiste a decirme que tu nuevo amigo del alma es Wallace Mercy?

A Adisa se le iluminan los ojos.

—¿Me has visto en las noticias de hoy? Solo se me veían el codo y el hombro, pero se sabía que era yo por el abrigo. Llevaba el de cuello de leopardo...

—Quiero que lo dejes —exijo—. No necesito a Wallace Mercy.

—¿Te lo ha dicho tu abogada blanca?

—Adisa —suspiro—. Nunca he querido ser un símbolo para nadie.

—Ni siquiera le diste una oportunidad al reverendo Mercy. ¿Sabes cuántos de los nuestros han tenido experiencias como la tuya? ¿Cuántas veces se les ha dicho que no por el color de su piel? Esto es más grande que tu historia, y si de lo que te ha pasado puede salir algo bueno, ¿por qué no permitirlo? —Se sienta derecha—. Lo único que quiere es la posibilidad de estar con nosotras, Ruth. En la televisión nacional.

Me suena un timbre de alarma en el cerebro.

—Con nosotras —repito.

Adisa desvía la mirada.

—Bueno —admite—. Le dije que podría hacerte cambiar de opinión.

—O sea que esto ni siquiera es para ayudarme a progresar. Es para que tú consigas reconocimiento. Por Dios, Adisa. Esto es una bajeza nueva, incluso para ti.

—¿Y eso qué quiere decir? —Se pone en pie y me mira desde arriba con las manos apoyadas en las caderas—. ¿De veras crees que utilizaría a mi hermana menor de este modo?

—¿Vas a dejar que el agua te cale hasta los huesos y decirme que no está lloviendo? —digo con actitud desafiante.

Antes de que pueda responder, se abre una puerta con violencia y golpea la pared con estrépito. Tabari sale de un dormitorio con un amigo.

—Robarle el sombrero a un camionero, ¿qué te parece? —Se echa a reír. Están llenos de energía, son ruidosos, llevan los pantalones tan caídos que no sé por qué se molestan en ponérselos. Lo único que se me ocurre es que yo nunca dejaría salir a Edison con aquella pinta, con aquel aire intimidador.

Entonces el amigo de Tabari se vuelve y veo que es mi hijo.

—¿Edison?

—¿No es bonito? —dice Adisa sonriendo—. ¿Los primos saliendo juntos?

—¿Qué haces aquí? —dice Edison, con una voz que me deja claro que no es una sorpresa agradable.

—¿No tienes que hacer deberes?

—Ya los hice.

—¿Solicitudes para universidades?

Me mira entornando los ojos.

—Aún queda una semana de plazo.

¿*Una semana?*

—¿Cuál es el problema? —añade—. Siempre estás diciéndome lo importante que es *la familia*. —Lo dice como si fuera una expresión malsonante.

—¿Dónde vais exactament Tabari y tú?

Tabari levanta los ojos.

—Al cine, tía —responde.

—Al cine. —«Y un jamón», pienso—. ¿Qué película vais a ver?

Edison y él se miran y se echan a reír.

—La elegiremos cuando lleguemos al cine —responde Tabari.

Adisa da un paso al frente con los brazos cruzados.

—¿Tienes un problema con eso, Ruth?

—Sí, sí lo tengo —exploto—. Porque creo que es más probable que tu hijo lleve a Edison a la cancha de baloncesto a fumar hierba que a ver el último nominado a los Oscar.

Mi hermana se queda boquiabierta.

—¿Estás juzgando a mi familia —dice con voz silbante—, cuando a ti van a juzgarte por asesinato?

Cojo a Edison del brazo.

—Te vienes conmigo —ordeno, y me vuelvo hacia Adisa—. Que te lo pases bien en tu entrevista con Wallace Mercy. Procura contarle, a él y a su público de mitómanos, que tu hermana y tú habéis dejado de hablaros.

Dicho esto, arrastro a mi hijo fuera de la casa. Le quito el sombrero de la cabeza cuando bajamos la escalera y le digo que se suba los pantalones. Nos falta poco para llegar a la parada del autobús, pero aún no ha dicho ni media palabra.

—Lo siento —murmura finalmente.

—Más te vale —respondo, rodeándolo con el brazo—. Maldita sea. ¿Es que has perdido la cabeza? Yo no te he criado para que seas así.

—Tabari no es tan malo como sus amigos.

Sigo andando sin mirar atrás.

—Tabari no es mi hijo —respondo.

Cuando estaba embarazada de Edison, lo único que sabía era que no quería que mi parto se pareciera al de Adisa, que aseguraba que la primera vez ni siquiera se había dado cuenta de que estaba embarazada hasta los seis meses, y que prácticamente tuvo el segundo parto en el metro. Yo quería los mejores cuidados posibles, los mejores médicos. Como Wesley estaba de servicio en el extranjero, alisté a mamá para que fuese mi ayudante. Cuando llegó la hora, cogimos un taxi hasta Mercy-West Haven, porque mamá no sabía conducir y yo no estaba en condiciones de hacerlo. Yo había planeado un parto natural, porque en mi condición de matrona había escrito ese momento en mi cabeza un millar de veces, pero como suele ocurrir con los planes mejor trazados, no salió según lo previsto. Mientras me llevaban en camilla para hacerme una cesárea de urgencia, mamá cantaba himnos baptistas, y cuando volví tras la operación, ella tenía a mi hijo en brazos.

—Ruth —me dijo, con unos ojos tan llenos de orgullo que brillaban con un color que no había visto hasta entonces—. Ruth, mira lo que ha hecho Dios para ti.

Me dio al niño y de súbito me di cuenta de que, aunque había planeado su nacimiento al detalle, no había pensado ni por un minuto lo que vendría a continuación. No tenía ni idea de cómo ser madre. Mi hijo estaba rígido en mis brazos, y entonces abrió la boca y se puso a aullar, como si este mundo fuera una afrenta para él.

Aterrorizada, miré a mi madre. Yo era una estudiante que sacaba matrículas; había conseguido de todo. Nunca había imaginado que esto, lo más natural en una relación humana, iba a hacer que me sintiera tan incompetente. Acuné al niño en mis brazos, pero eso solo hizo que chillara con más fuerza. Pataleaba como si fuera en una bicicleta imaginaria; agitaba los brazos, con todos y cada uno de los diminutos dedos flexionados y rígidos. Sus gritos eran cada vez más agudos, una hebra desigual de angustia jalonada por los diminutos nudos de los hipidos. Tenía las mejillas rojas por el esfuerzo mientras intentaba decirme algo que no estaba preparada para entender.

—Mamá —supliqué—. ¿Qué hago?

Alargué los brazos hacia ella, esperando que lo cogiera y lo calmara. Pero ella negó con la cabeza.

—Dile quién eres para él —aconsejó, dando un paso atrás para recordarme que estaba sola en esto.

Así que incliné mi rostro sobre el suyo. Le pegué la espalda a mi corazón, donde había estado durante tantos meses.

—Te llamas Edison Wesley Jefferson —susurré—. Soy tu madre y voy a darte la mejor vida que pueda.

Edison parpadeó. Me miró con sus ojos oscuros, como si yo fuera una sombra que tenía que diferenciar del resto del nuevo y extraño mundo. Sus gritos subieron dos octavas, un tren descarrilado, y luego se quedó en silencio.

Puedo decir con seguridad el minuto exacto en que mi hijo se relajó en su nuevo entorno. Conozco ese detalle porque fue el momento preciso en que yo hice lo mismo.

—¿Ves? —dijo mi madre detrás de mí, fuera del círculo que formábamos nosotros dos—. Ya te lo dije.

Kennedy y yo nos reunimos cada dos semanas aunque no haya información nueva. A veces me envía un mensaje, o pasa por el McDonald's a saludarme. En el curso de una de estas visitas, nos invita a cenar a Edison y a mí.

Antes de ir a casa de Kennedy, me cambio de ropa tres veces. Finalmente, Edison llama a la puerta del cuarto de baño.

—¿Vamos a casa de tu abogada —pregunta— o a conocer a la reina?

Tiene razón. No sé por qué estoy nerviosa. Pero es como cruzar una línea. Una cosa es que venga aquí, a repasar información sobre mi caso, y otra una invitación que no tiene nada que ver con el trabajo. Esta invitación es más bien un encuentro social.

Edison lleva una camisa con botones en el cuello y pantalón beis, y le he dicho que tiene que comportarse como el caballero que sé que es, bajo amenaza de pena de muerte, si no recibirá una regañina cuando volvamos a casa. Cuando llamamos al timbre, nos abre el marido, que se llama Micah y tiene una niña metida bajo el brazo como si fuera una muñeca de trapo.

—Debes de ser Ruth —dice, cogiendo el ramo de flores que le ofrezco y estrechándome la mano con calidez; luego estrecha la de Edison. Se vuelve a un lado y a otro—. Mi hija Violet debe de estar por alguna parte…, acabo de verla…, estoy seguro de que querrá saludaros. —Cada vez que se vuelve, la niña se mueve con él, su cabello vuela, las risas caen a mis pies como burbujas.

Se suelta de los brazos de su padre y me arrodillo. Violet McQuarrie es una versión diminuta de su madre, aunque vaya vestida de Princesa Tiana. Le enseño un tarro lleno de lucecitas blancas y acciono el interruptor para que se ilumine.

—Esto es para ti —digo—. Es un bote de hadas.

Abre unos ojos como platos.

—Anda —dice, coge el frasco y echa a correr.

Me pongo en pie.

—También sirve de luz nocturna —digo a Micah cuando Kennedy sale de la cocina con tejanos, un jersey y un delantal.

—¡Por fin! —dice sonriendo. Tiene salsa de espagueti en la barbilla.

—Sí —respondo—. Creo que he pasado delante de esta casa unas cien veces. Pero no sabía que vivías aquí.

Y seguiría sin saberlo si no me hubieran acusado de asesinato. Sé que ella también lo está pensando, pero Micah salva el momento.

—¿Una copa? ¿Te traigo algo, Ruth? Tenemos vino, cerveza, ginebra con tónica...

—Un vino estaría bien.

Nos sentamos en la salita. Hay un plato con queso en la mesa de centro.

—Mira eso —me susurra Edison—. Una cesta con galletas saladas.

Le lanzo una mirada que podría hacer caer a un pájaro del cielo.

—Has sido muy amable invitándonos a tu casa —digo con educación.

—Bueno, no me des las gracias todavía —responde Kennedy—. Cenar con una niña de cuatro años no es exactamente una experiencia gastronómica. —Sonríe a Violet, que está coloreando al otro lado de la mesa de centro—. No hace falta decir que últimamente no salimos mucho.

—Recuerdo cuando Edison tenía esa edad. Durante un año estuvimos comiendo variantes de macarrones con queso todas las noches.

Micah cruza las piernas.

—Edison, me ha dicho mi mujer que eres un estudiante de primera.

Sí. Porque olvidé mencionar a Kennedy que este mes lo han expulsado temporalmente del colegio.

—Gracias, señor —responde Edison—. Estoy enviando solicitudes a diversas universidades.

—Ah, ¿sí? Fantástico. ¿Qué quieres estudiar?

—Historia, quizás. O ciencias políticas.

Micah asiente, interesado.

—¿Admiras mucho a Obama?

¿Por qué los blancos siempre suponen eso?

—Yo era muy joven cuando se presentó —responde Edison—. Pero fui con mi madre a hacer campaña por Hillary cuando se enfrentaron. Supongo que, por mi padre, soy más sensible a las cuestiones militares, y la postura de ella ante la guerra de Irak tenía más sentido en aquella época; decía estar a favor de la invasión, y Obama se oponía desde el principio.

Me hincho de orgullo.

—Bien —responde Micah, impresionado—. Espero ver tu nombre en una papeleta algún día.

Violet, claramente aburrida por esta conversación, pasa sobre mis piernas para darle una pintura a Edison.

—¿Quieres colorear? —pregunta.

—Bueno, sí, claro —responde Edison. Se arrodilla junto a la niña de Kennedy, para llegar al libro de colorear y se pone a pintar de verde el vestido de Cenicienta.

—No —interrumpe Violet, un poco despótica—. Tiene que ser azul. —Señala el vestido de Cenicienta en el libro, medio sepultado bajo la ancha palma de Edison.

—Violet —dice Kennedy—. Dejamos que nuestros invitados tomen sus propias decisiones, ¿recuerdas?

—No pasa nada, señora McQuarrie. No me gustaría enemistarme con Cenicienta —responde Edison.

La niña le entrega orgullosamente la pintura que corresponde, la azul. Edison agacha la cabeza y se pone a pintar de nuevo.

—La semana que viene empieza la elección del jurado, ¿no? —digo—. ¿Debería estar preocupada?

—No, claro que no. Es solo…

—¿Edison? —pregunta Violet—. ¿Eso es una cadena?

Edison se toca el collar que lleva últimamente, desde que empezó a salir con su primo.

—Sí, supongo que sí.

—Pues eso significa que eres un esclavo —afirma la niña con convicción.

—¡Violet! —gritan al unísono Micah y Kennedy.

—Oh, Dios mío, Edison. Ruth. Lo siento mucho —dice Kennedy—. No sé dónde habrá oído eso…

—En la escuela —declara Violet—. Josiah le dijo a Taisha que la gente que es como ella solía llevar cadenas y su historia era que eran esclavos.

—Ya hablaremos de eso después —dice Micah—. ¿Estamos, Vi? No es un tema para discutir ahora.

—No pasa nada —intervengo, aunque puedo notar el ambiente incómodo de la habitación, como si alguien hubiera extraído todo el oxígeno—. ¿Sabes lo que es un esclavo?

Violet niega con la cabeza.

—Es cuando alguien es dueño de otra persona —digo.

Me doy cuenta de que la niña medita lo que acaba de oír.

—¿Como una mascota?

Kennedy me pone la mano en el brazo.

—No tienes por qué hacer esto —dice en voz baja.

—Lo he hecho antes. —Miro a su hija—. Es como una mascota, pero también es diferente. Hace mucho tiempo, la gente como tú y como tus padres encontró un lugar en el mundo donde había gente como yo, y como Edison, y como Taisha. Y estábamos haciendo cosas tan buenas allí, construyendo casas, y preparando comidas, y formando cosas de la nada, que quisieron que lo hiciéramos también en su país. Así que trajeron gente como yo sin pedirnos permiso. No tuvimos elección. Así que un esclavo… es alguien que no tiene elección para hacer lo que hace, ni para lo que le hacen a él.

Violet deja la pintura. Tiene el rostro contraído de tanto pensar.

—Nosotros no fuimos los primeros esclavos —le digo—. Hay historias en un libro que me gusta, y que es la Biblia. Los egipcios convirtieron en esclavos a los judíos que les construyeron templos que eran como triángulos muy grandes, y estaban hechos de ladrillo. Los egipcios pudieron hacer esclavos a los judíos porque eran los que tenían el poder.

Entonces, como cualquier otra criatura de cuatro años, Violet vuelve al sitio que ocupaba al lado de mi hijo.

—Vamos a colorear a Rapunzel —propone, y a continuación titubea—. Bueno —rectifica—, ¿quieres colorear a Rapunzel?

—De acuerdo —dice Edison.

Puede que yo fuera la única que lo notara, pero mientras estaba dando explicaciones, Edison se había quitado la cadena del cuello y se la había guardado en el bolsillo.

—Gracias —dice Micah con sinceridad—. Ha sido una lección perfecta de historia de los Negros.

—La esclavitud no es la historia de los Negros —señalo—. Es la historia de todos.

Suena un pitido y Kennedy se pone en pie. Cuando entra en la cocina, murmuro algo sobre ayudarla y la sigo. Ella se vuelve de inmediato con las mejillas encendidas.

—No sabes cuánto lo siento, Ruth.

—No te preocupes. Es una niña. Todavía no sabe nada.

—Bueno, se lo has explicado mucho mejor de lo que podría hacerlo yo.

La veo inclinarse hacia el horno para sacar la lasaña.

—Cuando Edison volvía del colegio y preguntaba si éramos esclavos, tenía la misma edad que Violet. Y lo último que yo quería era tener una charla así y permitir que se sintiera como una víctima.

—La semana pasada, Violet me dijo que quería ser como Taisha, porque puede llevar cuentas de colores en el pelo.

—¿Qué le dijiste?

Kennedy vacila.

—No lo sé. Creo que metí la pata. Le dije algo sobre que todos somos diferentes y que eso es lo que hace grande el mundo. Te juro que, cada vez que me pregunta algo sobre las razas, me vuelvo un asqueroso anuncio televisivo de la Coca-cola.

Me echo a reír.

—En tu defensa, diré que seguro que no hablas tanto del tema como yo. La práctica hace la perfección.

—Pero ¿sabes qué? Cuando yo tenía la edad de la niña, también tenía una Taisha en clase, solo que se llamaba Lesley. Y maldita sea, yo quería ser ella. Soñaba que me despertaba y era Negra. No es broma.

Enarqué las cejas para fingir horror.

—¿Y renunciar a tu número ganador de la lotería? Ni hablar.

Me mira y nos echamos a reír, y en ese instante solo somos dos mujeres con una lasaña que se cuentan verdades. En ese instante, con nuestros defectos y confesiones que asoman como una combinación bajo el vestido, tenemos más cosas en común que diferencias.

Sonrío y Kennedy sonríe, y, al menos en ese momento, nos vemos realmente la una a la otra. Es un comienzo.

De repente, Edison entra en la cocina con mi teléfono móvil.

—¿Qué pasa ahora? —le pincho—. No me digas que te han despedido por pintar morena a la sirenita.

—Mamá, es la señora Mina —dice—. Creo que es mejor que te pongas.

Una Navidad, cuando tenía diez años, me regalaron una Barbie Negra. Se llamaba Christie y era exactamente igual a las muñecas que tenía Christina, salvo por el color de la piel, y salvo por el hecho de que Christina tenía un cajón lleno de ropas de la Barbie y, como mamá no podía permitirse algo así, le hizo a Christie un guardarropa con calcetines viejos y paños de cocina. Me construyó una casa de ensueño con cajas de zapatos. Yo estaba en la luna. Lo mío era mucho mejor que la colección de Christina, y así se lo dije a mi madre, porque yo era la única persona en el mundo que lo tenía. Mi hermana Rachel, que tenía doce años, se burlaba de mí. «Llámalo como quieras —me dijo—, pero solo son imitaciones.»

Las amigas de Rachel eran en su mayoría de la misma edad que ella, pero se comportaban como si fueran adolescentes. Yo no salía mucho con ellas porque iban a la escuela de Harlem y yo tenía que viajar hasta Dalton. Pero los fines de semana, si aparecían por casa, se burlaban de mí porque tenía el pelo ondulado y no rizado como ellas, y porque mi piel era más clara.

«Te lo crees todo», decían, y luego se reían como tontas ocultando la cara, como si fuera la miga de un chiste que solo ellas conocían. Cuando mi madre obligaba a Rachel a cuidarme los fines de semana y cogíamos el autobús para ir a un centro comercial, yo me sentaba delante y todas ellas se sentaban detrás. Me llamaban afrosajona, y no por mi nombre. Cantaban a coro canciones que yo no conocía. Cuando le dije a Rachel que no me gustaba que sus amigas se burlaran de mí, me dijo que no fuera tan quisquillosa.

—Solo te toman el pelo —dijo—. Puede que les gustaras más si no les hicieras tanto caso.

Un día tropecé con sus amigas cuando volvía de la escuela. Pero esta vez Rachel no iba con ellas.

—Oooh, mira qué tenemos aquí —exclamó la más alta, que se llamaba Fantasee. Me tiró de la trenza que me colgaba por la espalda, que era como las chicas de mi escuela llevaban el pelo por entonces—. Te crees muy moderna —dijo, y me rodearon las tres—. ¿Qué? ¿No sabes hablar tú sola? ¿Lo tiene que hacer tu hermana por ti?

—Basta —protesté—. Dejadme en paz. Por favor.

—Creo que alguien necesita que le recuerden de dónde es. —Me cogieron la mochila, abrieron la cremallera y tiraron mis deberes en los charcos del suelo enlodado, y luego empezaron a darme empujones. Fantasee cogió mi muñeca Christie y la desmembró. Entonces, como un ángel vengador, apareció Rachel. Le dio un empujón a Fantasee y le cruzó la cara de un bofetón. Le puso una zancadilla a otra y le dio un par de cates a la tercera. Cuando las tres estuvieron en el suelo, se quedó de pie con el puño levantado. Las chicas se apartaron, como cangrejos en la cloaca, y luego se pusieron en pie y echaron a correr. Yo me agaché al lado de mi Christie rota y Rachel se arrodilló a mi lado.

—¿Estás bien?

—Sí —contesté—. Pero tú... has hecho daño a tus amigas.

—Tengo otras —respondió Rachel—. Y tú eres mi única hermana. —Me ayudó a ponerme en pie—. Vamos, vamos a limpiarte.

Volvimos a casa en silencio. Mamá se fijó en mi pelo y en mis muslos arañados y me preparó un baño. Luego puso hielo en los nudillos de Rachel.

Mamá remendó a Christie con pegamento, pero el brazo no encajó bien y le quedó una hendidura permanente en la cabeza. Aquella noche, Rachel vino a mi cama. Solo había venido cuando éramos pequeñas y había tormenta. Me regaló una silla que estaba hecha con una cajetilla de tabaco, un vaso de yogur y papel de periódico. Basura que había encolado y unido con cinta adhesiva.

—Pensé que Christie podría sentarse aquí —dijo.

Asentí, dándole vueltas en las manos. Seguro que se rompía en cuanto Christie se sentara en ella, pero eso no importaba. Levanté las frazadas y Rachel se acostó a mi lado y me abrazó por detrás. Pasamos la noche así, como si fuéramos siamesas que tuvieran un solo corazón que latía entre las dos.

Mi madre tuvo el primer ataque cuando estaba pasando la aspiradora. La señora Mina oyó el golpe de su cuerpo al caer y la encontró tendida al borde de la alfombra persa, con la cara sobre una borla, como si la estuviera inspeccionando. El segundo ataque lo tuvo en la ambulancia, camino del hospital. Ya había muerto cuando llegamos allí. Encuentro a la señora Mina esperándonos, sollozando y alterada. Edison se queda con ella mientras yo voy a ver a mi madre.

Una amable enfermera ha esperado con el cuerpo para que lo vea. Entro en el pequeño cubículo rodeado de cortinas y me siento a su lado. Le cojo la mano; todavía está caliente.

—¿Por qué no te llamé anoche? —susurro—. ¿Por qué no fui a visitarte este fin de semana?

Me siento al borde de la cama y durante un momento me acurruco bajo su brazo, apoyando la oreja en su pecho inmóvil. Es la última oportunidad que tendré de ser su niña.

Es algo extraño, eso de quedarse sin madre de repente. Es como perder el timón que me guiaba en la buena dirección, el timón al que nunca había hecho mucho caso hasta ahora. ¿Quién iba a enseñarme a ser madre, a lidiar con la grosería de los extraños, a ser humilde?

«Tú ya lo hiciste», comprendo.

Me acerco a la pila en silencio. Lleno una palangana con agua tibia y jabonosa y la pongo al lado de mi madre. Aparto la sábana con la que la cubrieron cuando fracasó la intervención de urgencia. No había visto a mi madre desnuda desde hacía años, pero es como mirarse en un espejo que distorsiona con el tiempo. Así serán mis pechos, mi vientre. Aquí están las estrías que dejé cuando pasé por ella. Aquí, la curva de una columna vertebral que tanto se ha esforzado para serle útil. Aquí, las arrugas sonrientes que irradian de sus ojos.

Empiezo a lavarla como si estuviera haciéndolo con un recién nacido. Paso el paño húmedo por sus brazos y sus piernas. Froto entre los dedos. La enderezo, apoyándola en mi pecho. Apenas pesa. Cuando el agua le gotea por la espalda, apoyo la cabeza en su hombro, como un abrazo unilateral. Ella me trajo a este mundo. Yo le ayudaré a salir de él.

Cuando he terminado, la cojo en brazos y la apoyo suavemente en la almohada. La cubro con la sábana hasta la barbilla.

—Te quiero, mamá —susurro.

La cortina se abre de golpe y aparece Adisa. En contraste con mi silenciosa pena, ella llora ruidosamente y solloza a gritos. Se arroja sobre mamá, cogiendo puñados de sábana.

Sé que se apagará, como todas las hogueras. Así que espero a que su llanto se convierta en hipidos. Se vuelve y me ve allí, y creo que hasta ese momento no se ha dado cuenta de que estoy en el cubículo.

No sé si es ella la que alarga los brazos hacia mí o yo hacia ella, pero nos damos un abrazo desesperado. Hablamos las dos a la vez.

—¿Te ha llamado Mina? ¿Se sentía mal? ¿Cuándo hablaste con ella por última vez?

La consternación y la angustia van y vienen de una a otra, formando un circuito cerrado.

Adisa me abraza con fuerza. Mi mano se enreda en su pelo.

—Le dije a Wallace Mercy que se buscara otro invitado al que entrevistar —susurra.

Me aparto lo suficiente para mirarla a los ojos. Se encoge de hombros, como si le hubiera hecho una pregunta.

—Eres mi única hermana —añade.

El funeral de mamá es una Celebración con mayúscula, exactamente lo que ella quería. Su iglesia de Harlem, la de toda la vida, está atestada de feligreses que la conocen desde hace años. Me siento en la primera fila, junto a Adisa, y miro la gigantesca cruz de madera que cuelga de la pared del presbiterio, entre dos inmensas vidrieras coloreadas, encima de una fuente. En el altar está el féretro de mamá (conseguimos el mejor que podía comprarse, en eso insistió la señora Mina, y es ella quien paga el funeral). Edison está al lado del pastor Harold, con expresión anonadada, con un traje negro que le queda corto en las muñecas y los tobillos, y calzado con zapatillas de baloncesto. Lleva gafas negras de espejo, aunque estamos en un interior. Al principio pensé que era poco respetuoso, pero entonces comprendí por qué lo hacía. Como enfermera, veo la llegada de la muerte a menudo, pero esta es su primera experiencia; era demasiado joven para recordar el día en que su padre llegó a casa en un ataúd envuelto en la bandera nacional.

Una larga hilera de personas discurre por el pasillo central de la nave, una danza de la muerte, para mirar el ataúd abierto de mamá, que lleva su vestido favorito, el morado con lentejuelas en los hombros, y los zapatos negros de charol que tanto daño le hacían en los pies, y los pendientes de brillantes que la señora Mina y el señor Sam le regalaron un año por Navidad y que nunca se ponía porque le daba miedo que se le cayeran y los perdiera. Yo quería enterrarla con su pañuelo de la suerte, pero, aunque revisamos su apartamento de arriba abajo, no conseguimos encontrarlo para llevarlo a la funeraria.

«Parece descansar en paz», oigo una y otra vez. O: «Está igual que siempre, ¿no te parece?» Nada de esto es verdad. Parece una ilustración de un libro, en dos dimensiones, cuando debería estar saltando de la página.

Cuando todo el mundo ha tenido la oportunidad de rendirle homenaje, el pastor Harold empieza el servicio.

—Señoras y señores, hermanos y hermanas…, hoy no es un día triste —dice. Sonríe amablemente a mi sobrina Tyana, que solloza sobre los diminutos nudos bantúes de Zhanice—. Es un día feliz, porque estamos aquí para recordar a nuestra querida amiga, madre y abuela Louanne Brooks, que por fin está en paz y camina al lado del Señor. Empecemos con una oración.

Inclino la cabeza. La iglesia está abarrotada de amigos y conocidos. Todos son negros, menos la señora Mina, Christina y, al fondo, Kennedy McQuarrie y una mujer mayor.

Me sorprende verla aquí, pero es que sabe lo de mi madre porque estaba en su casa cuando me enteré yo.

Aun así, es como si hubiera una frontera borrosa, como la que separaba el vino del queso en su casa. Como si quisiera ponerla en una casilla y no acabara de encajar.

—Nuestra amiga Louanne nació en 1940 —prosigue el pastor—, hija de Jermaine y Maddie Brooks, fue la más joven de cuatro hermanos. Tuvo dos hijas y las cuidó como mejor pudo tras la muerte de su padre, educándolas para ser buenas y fuertes. Dedicó su vida a servir a los demás, y creó un hogar feliz para la familia que la empleó durante más de cincuenta años. Ganó más escarapelas en la feria de nuestra iglesia por sus tartas y pasteles que ningún otro miembro de esta congregación, y creo firmemente que los cinco kilos de más que tengo en la cintura se deben a los dulces de Lou. Le gustaban la música góspel, *The View*, hacer pasteles y Jesús, y deja dos hijas y seis amados nietos.

El coro canta los himnos favoritos de mamá: «Take my hand», «Precious Lord» y «I'll fly away». Luego el pastor vuelve al púlpito. Mira a la congregación.

—¡Dios es bueno! —exclama.

—¡Siempre! —responden todos.

—¡Y Él ha llamado a Su ángel a la gloria!

Tras una ronda de amenes, invita a los más emocionados a ponerse en pie para dar testimonio de la influencia de mamá en sus vidas. Veo levantarse a algunas de sus amigas. Se mueven lentamente, como si supieran que podrían ser las siguientes. «Me ayudó cuando tuve cáncer de mama», dice una mujer. «Me enseñó a coser un dobladillo.» «Nunca perdió en el bingo.» Es un acto esclarecedor: yo conocía una parte de mamá, pero para estas personas era alguien diferente, una maestra, una confidente, una cómplice. Mientras sus historias matizan quién era, la gente llora, se mece, la elogia en voz alta.

Adisa me aprieta la mano y se acerca al facistol.

—Mamá —dice— era estricta. —La multitud ríe al oír esta verdad—. Era estricta con el comportamiento, con las obligaciones, cuando se trataba de salir con chicos, y con la cantidad de piel desnuda que podíamos enseñar en público, ¿verdad, Ruth? Su actitud cambiaba según la estación, pero me cortaba los vuelos todo el año. —Adisa sonríe débilmente, como si hablara para sí misma—. Recuerdo que una vez retiró un cubierto de la mesa, a causa de mi comportamiento, y me dijo: «Niña, cuando dejes la mesa, eso tiene que quedarse donde está».

—Sí, es verdad, era estricta —oigo detrás de mí.

—El caso es que yo era una hija rebelde —prosigue Adisa—. Quizá aún lo sea. Y mamá nos enseñaba cosas que no parecían preocupar a otros padres. En aquel tiempo me parecía muy injusto.

Le pregunté qué importancia tenía para Dios que yo llevara una minifalda plisada y dijo algo que nunca olvidaré. «Rachel —me dijo—, dentro de poco tiempo ya no seré la dueña de tu vida. Procuraré que ese tiempo no sea más corto de lo debido.» Yo era muy joven y muy revoltosa para entender lo que quería decir. Pero ahora lo entiendo. Veréis, lo que entonces no veía era el otro lado de la moneda: faltaba muy poco tiempo para que dejara de ser mi madre.

Se sienta deshecha en llanto y yo me pongo en pie. Para ser sinceros, no sabía que Adisa pudiera ser tan buena oradora, aunque ella siempre había sido la más valiente. Yo prefería quedarme en segundo plano. No quería hablar en el funeral, pero Adisa dijo que la gente esperaba que lo hiciera, así que lo hice. «Cuenta una anécdota», sugirió. Así que subo al presbiterio, me aclaro la voz y me apoyo en el borde del facistol, presa del pánico.

—Gracias —digo, y el micrófono chirría. Doy un paso atrás—. Gracias por venir a despedir a mamá. A ella le habría encantado saber que os importaba a todos vosotros, y si no hubieseis venido, habría llegado al cielo renegando de vuestros modales. —Miro a mi alrededor. Mi intención era hacer una broma, pero nadie se ríe.

Trago saliva y me lanzo de cabeza.

—Mamá siempre se ponía la última. Todos sabéis que daba de comer a todo el mundo… Dios nos librara si alguna vez se salía de su casa con hambre. Como el pastor Harold, apuesto a que todos probasteis esos pasteles y esas tartas que ganaron escarapelas azules. Una vez estaba preparando un pastel Selva Negra para un concurso de la iglesia, y yo insistí en ayudarla. Tenía esa edad en que no ayudas en nada, por supuesto. En un momento dado se me cayó en la masa la cuchara dosificadora y me dio vergüenza decírselo, así que se quedó dentro del pastel. Cuando el juez del concurso cortó el pastel y encontró la cuchara, mamá supo exactamente lo que había pasado. Pero, en lugar de enfadarse conmigo, dijo al juez que era un truco especial que usaba para que el pastel saliera más esponjoso. Es probable que recordéis que, al año siguiente, algunos pasteles que aspiraban al premio contenían cucharas metálicas de dosificar… Bien, ahora sabéis por qué. —Se produce una oleada de risas y exhalo, aliviada—. He oído decir a algunos que mamá estaba orgullosa de sus escarapelas, de sus pasteles, pero, ¿sabéis?, no es cierto. Trabajaba en eso con ahínco. Trabajaba con ahínco en todo. El orgullo, nos diría, es un pecado. Y la verdad es que de lo único que estaba orgullosa en su vida era de mi hermana y de mí.

Mientras hablo, recuerdo la cara que puso cuando le conté lo de la acusación. «Ruth —había dicho cuando salí de la cárcel y quiso verme para asegurarse de que estaba bien—, ¿cómo ha podido pasarte esto?» Sabía a qué se refería. Yo era la niña de sus ojos. Había roto el patrón. Lo había conseguido. Había roto el techo contra el que ella había estado dando cabezazos toda su vida.

—Estaba muy orgullosa de mí —repito, pero las palabras son viscosas, globos que explotan cuando llegan al aire y dejan un ligero hedor de decepción.

«Muy bien, cariño», oigo decir a la multitud. Y: «Sí, sí, tienes razón».

Mi madre nunca dijo tanto, pero ¿seguía estando orgullosa de mí? ¿Bastaba con ser su hija? ¿O el hecho de ser acusada de un asesinato que no cometí era como una de esas manchas que se esforzaba en limpiar con tanto empeño?

Tengo más cosas que decir, pero se me olvidan. Las notas que he apuntado en la tarjeta son ya como un jeroglífico. Las miro, pero no tienen ningún sentido. No puedo imaginar un mundo en el que podría ir a la cárcel durante años. Soy incapaz de imaginar un mundo en el que no esté mi madre.

Entonces recuerdo algo que ella me dijo la noche que fui a la fiesta de pijamas de Christina. «Cuando estés preparada para nosotros, te estaremos esperando.» En aquel momento siento una presencia que no he sentido antes. O que quizá no he sentido nunca. Es sólida como un muro y cálida para la piel. Es una comunidad de personas que conocen mi nombre, aunque yo no siempre recuerdo el de todas ellas. Es una congregación que nunca ha dejado de rezar por mí, ni siquiera cuando volé del nido. Son amigos que no sabía que tenía, que tienen recuerdos míos que yo he hundido tanto en el fondo de mi mente que he acabado por olvidarlos.

Oigo brotar el agua de la fuente que hay detrás de mí y pienso en el agua, en cómo se eleva, como si fuera niebla, coquetea con ser una nube y vuelve como la lluvia. ¿Llamarías a eso caer? ¿O es regresar?

No sé cuánto tiempo me quedo allí, con los ojos anegados en lágrimas. Adisa viene a mi lado con el chal abierto, como las grandes alas negras de una garza real. Me envuelve en plumas de amor incondicional. Y me lleva consigo.

El coro canta «Soon and very soon» mientras transportan el ataúd fuera de la iglesia con nosotros detrás formando una columna; acabada la ceremonia ante la fosa, donde el pastor vuelve a hablar, nos reunimos en el apartamento de mi madre, el pequeño espacio en el que crecí. Las feligresas han hecho su trabajo; hay cuencos gigantes con ensalada de patata y col, bandejas de pollo frito sobre bonitos manteles rosa. Hay flores de seda en casi todos los espacios libres, y alguien ha pensado en llevar sillas plegables, aunque casi no haya sitio para que se siente todo el mundo.

Me refugio en la cocina. Miro las bandejas de bizcocho de chocolate y rodajas de limón y me acerco al diminuto estante que hay sobre el fregadero. Hay allí un pequeño cuaderno. Lo abro y casi me desmayo al ver los picos y los valles de la caligrafía de mi madre. «Pastel de boniato», leo. «Sueños de coco. Pastel de chocolate para conquistar a un hombre.» Sonrío ante esta última receta…, fue el pastel que le preparé a Wesley antes de que se me declarara; mamá solo comentó: «Ya te lo dije».

—Ruth —oigo, me vuelvo y veo a Kennedy y a la otra mujer blanca que le acompaña, una señora con aspecto raro y fuera de lugar en la cocina de mi madre.

Buceo en el abismo y encuentro mis modales.

—Gracias por venir. Significa mucho.

Kennedy da un paso adelante.

—Me gustaría que conocieras a mi madre, Ava.

La señora me alarga la mano al estilo del sur, como si la tuviera muerta, tocando solo con sus yemas las mías.

—La acompaño en el sentimiento. Ha sido un servicio precioso.

Asiento. En realidad, ¿qué más puede decirse?

—¿Qué tal te encuentras? —pregunta Kennedy.

—No dejo de pensar que mamá va a decirme que le diga al pastor Harold que utilice un posavasos en su mesa de centro. —No tengo palabras para decirle qué se siente al verla con su madre, sabiendo que yo no tengo esa posibilidad. Qué se siente al ser un globo cuando alguien suelta el cordel.

Kennedy mira el cuaderno que tengo abierto en las manos.

—¿Qué es?

—Un libro de recetas. Solo está escrito hasta la mitad. Mamá siempre me decía que iba a escribir sus mejores recetas para mí, pero siempre estaba demasiado ocupada cocinando para alguien. —Percibo el resentimiento de mi propia voz—. Malgastó su vida siendo la esclava de otros. Puliendo plata, preparando tres comidas al día y fregando retretes, así que siempre tenía la piel escocida. Cuidando de hijos ajenos.

La voz se me quiebra cuando digo esto último. Cae por el acantilado.

La madre de Kennedy, Ava, busca algo en su bolso de mano.

—Pedí a Kennedy que me trajera aquí hoy —dice—. Yo no conocía a su madre, pero sí conocí a alguien como ella. Alguien que me importaba mucho.

Saca una vieja foto, de esas que tienen los bordes dentados. Es la foto de una Negra con uniforme de criada, con una niña pequeña en brazos. La niña tiene el pelo tan claro como la nieve, y apoya la mano en la mejilla de su cuidadora, creando un marcado contraste. Hay algo más que obligación entre ellas. Hay orgullo. Hay amor.

—Yo no conocía a su madre, Ruth. Pero… no malgastó su vida.

Los ojos se me llenan de lágrimas. Devuelvo la foto a Ava y Kennedy me da un abrazo. A diferencia de los abrazos rígidos que recuerdo me han dado mujeres blancas como la señora Mina o la directora de mi instituto, este no parece forzado, condescendiente, insincero.

Me suelta y nos miramos a los ojos.

—Lo siento mucho —murmura, y algo chisporrotea entre nosotras: una promesa, la esperanza de que, cuando vayamos a juicio, esas mismas palabras no salgan de sus labios.

Kennedy

Para nuestro sexto aniversario de boda, Micah me regala una gastroenteritis.

Empezó la semana pasada con Violet, como la mayoría de enfermedades contagiosas que entran en casa. Luego, Micah empezó a vomitar. Me dije que yo no tenía tiempo para ponerme enferma, y pensé que estaba a salvo hasta que desperté de repente en mitad de la noche, bañada en sudor, y fui haciendo eses al cuarto de baño.

Despierto con la mejilla pegada a las baldosas del suelo y Micah a mi lado.

—No pongas esa cara —digo—. No te hagas el chulo porque ya hayas pasado por esto.

—Mejorará —promete Micah.

—Maravilloso —respondo con un gemido.

—Iba a llevarte el desayuno a la cama, pero he optado por un *ginger ale*.

—Eres un príncipe. —Quiero levantarme. La habitación me da vueltas.

—Eh, eh. Quieta, mujer. —Micah se agacha a mi lado y me ayuda a ponerme en pie. Luego me coge en brazos y me lleva al dormitorio.

—En otras circunstancias, esto sería muy romántico —recuerdo.

Se echa a reír.

—Aplazado a causa del mal tiempo.

—Estoy intentando con todas mis fuerzas no vomitarte encima.

—No sabes cuánto te lo agradezco —dice con seriedad, cruzándose de brazos—. ¿Te gustaría tener una pelea ahora porque no vas a ir a trabajar hoy? ¿O prefieres terminar antes el *ginger ale*?

—Estás usando contra mí mi propia táctica. Esa es la que utilizo con Violet...

—¿Te das cuenta?, y luego dices que nunca escucho.

—Voy a ir a trabajar —decido, y trato de ponerme en pie, pero me desmayo. Cuando parpadeo unos momentos después, el rostro de Micah está a unos centímetros del mío—. No voy a ir a trabajar —concluyo.

—Buena respuesta. Ya he llamado a Ava. Va a venir a hacer de enfermera.

Gruño.

—¿Y no podrías matarme? No creo que pueda soportar a mi madre. Ella cree que un trago de whisky lo cura todo.

—Cerraré con llave el armario de los licores. ¿Necesitas algo más?

—¿Mi maletín? —suplico.

Micah es lo bastante inteligente para no decir que no a eso. Cuando baja la escalera para recogerlo, me incorporo sobre las almohadas. Tengo demasiadas cosas pendientes para permitirme el lujo de no ir a trabajar, pero mi cuerpo no quiere cooperar.

Me quedo dormida los pocos minutos que tarda Micah en volver al dormitorio. Va a dejar el maletín en el suelo sin hacer ruido, para no molestarme, pero alargo la mano para cogerlo, sobreestimando mis fuerzas. El contenido del portafolios de piel se desparrama sobre la colcha y en el suelo, y Micah se agacha a recogerlo.

—Ja —exclama, levantando un papel—. ¿Qué estás haciendo con el informe de un laboratorio?

Está arrugado porque se ha deslizado entre las carpetas y se ha quedado en el fondo del maletín. Entorno los ojos y consigo distinguir una serie de gráficas. Son los resultados de la analítica que le hicieron al recién nacido y que yo solicité al hospital Mercy-West Haven, los que desaparecieron del expediente de Davis Bauer. Han llegado esta semana y, dado lo poco que sé de química, apenas eché un vistazo a las gráficas, pensando que se las enseñaría a Ruth en algún momento después del funeral de su madre.

—Es solo un análisis rutinario —digo.

—Pues no lo parece —responde Micah—. Hay una anormalidad en el análisis de sangre.

Le quito el papel de la mano.

—¿Cómo lo sabes?

—Porque —dice Micah, señalando la letra pequeña que yo no me había molestado en leer— aquí pone que hay «una anormalidad en el análisis de sangre».

Busco la carta, dirigida a la doctora Marlise Atkins.

—¿Podría ser mortal?

—No tengo ni idea.

—Eres médico.

—Estudio ojos, no enzimas.

Levanto la cabeza para mirarlo.

—¿Qué me has comprado por nuestro aniversario?

—Iba a llevarte a cenar fuera —confiesa Micah.

—Pues en vez de eso —sugiero—, llévame a ver a un neonatólogo.

Cuando en Estados Unidos se dice que tenemos derecho a ser juzgados por un jurado compuesto por ciudadanos como nosotros, no estamos diciendo exactamente la verdad. Los miembros del jurado no se eligen tan al azar como se cree, gracias al cuidadoso escrutinio que hacen la defensa y la fiscalía con el fin de eliminar los dos extremos del espectro; es decir, a las personas con más probabilidades de votar contra los intereses que defendemos. Eliminamos a aquellos que creen que las personas son culpables hasta que se demuestra su inocencia, o que dicen que ven burros volando, o que reniegan del aparato jurídico porque fueron detenidos una vez. Pero también los cribamos según la naturaleza concreta del caso. Si mi cliente es un desertor, trato de evitar a las personas que hayan estado en el ejército. Si mi cliente es drogadicto, no quiero un jurado que haya perdido algún familiar por una sobredosis. Todo el mundo tiene prejuicios. Mi misión es asegurarme de que trabajan a favor de la persona a la que represento.

Así que, aunque no vaya a jugar la carta de la raza cuando empiece el juicio, como vengo explicando a Ruth desde hace meses, voy a hacer todo lo posible para tener a favor todas las opciones posibles.

Y ese es el motivo de que, antes de empezar a elegir los jurados, entre en el despacho de mi jefe a decirle que estaba equivocada.

—Me siento un poco desbordada —digo a Harry—. He pensado que quizá necesite un ayudante.

Harry coge una piruleta de un tarro que tiene en el escritorio.

—Ed comienza esta semana con un juicio por un niño con síndrome del bebé zarandeado…

—No hablaba de Ed. Estaba pensando en Howard.

—Howard —repite, mirándome con expresión confusa—. ¿El muchacho que todavía trae la comida en una fiambrera?

Es cierto que Howard acaba de salir de la Facultad de Derecho y que hasta ahora, en los pocos meses que lleva en el despacho, solo se ha encargado de asuntos menores…, temas domésticos y desórdenes públicos. Esbozo mi sonrisa más dulce.

—Sí, ya sabes, será una pequeña ayuda extra. Un recadero. Y además, le vendrá bien algo de experiencia en tribunales.

Harry quita el envoltorio de la piruleta y se la mete en la boca.

—Como quieras —concede, sujetando el palo con los dientes.

Con su bendición, o lo más cerca que voy a estar de tenerla, vuelvo a mi cubículo y me asomo por encima de la pared divisoria que me separa de Howard.

—Adivina —digo—. Vas a ser mi ayudante en el caso Jefferson. Esta semana toca revisión de jurados.

Howard levanta la cabeza.

—Espera. ¿Qué? ¿De veras?

Es un gran reto para un novato que solo hace recados en el bufete.

—Nos vamos —anuncio cogiendo el abrigo, sabiendo que vendrá detrás.

Necesito un ayudante.

Y también necesito que sea negro.

Howard corretea a mi altura mientras recorremos los pasillos del juzgado.

—No hables al juez a menos que yo te lo diga —instruyo—. No muestres tus sentimientos, por muy teatral que se ponga Odette

Lawton; los fiscales lo hacen para sentirse como Gregory Peck en *Matar un ruiseñor*.

—¿Quién?

—Madre mía. No importa —prosigo, echándole un vistazo—. ¿Cuántos años tienes?

—Veinticuatro.

—Tengo rebecas más viejas que tú —murmuro—. Te pasaré el sumario para que lo leas esta noche. Esta tarde te necesito para que hagas un trabajo de campo.

—¿Trabajo de campo?

—Sí. Tienes coche, ¿no? —Asiente y continúo—: Después, cuando tengamos a los jurados dentro, serás mi videocámara. Registrarás cada tic, cada mueca y cada comentario que cada jurado potencial haga en respuesta a mis preguntas, luego lo repasaremos y determinaremos qué candidatos pueden fastidiarnos. No se trata de quién ha de estar en el jurado, sino de quién no puede estar. ¿Tienes alguna pregunta?

Howard vacila.

—¿Es cierto que una vez te ofreciste al juez Thunder para hacerle una mamada?

Dejo de andar y lo miro, con las manos en las caderas.

—¿Todavía no sabes cómo limpiar la cafetera, pero ya sabes eso?

Howard se sube las gafas por el puente de la nariz.

—Me acojo a la Quinta Enmienda.

—Bueno, no sé qué habrás oído, pero está sacado de contexto y fue inducido por la prednisona. Ahora cállate y pon cara de tener más de doce años, por el amor de Dios. —Abro la puerta del despacho de Thunder y lo veo sentado tras su escritorio, junto al fiscal, que ya ha llegado.

—Señoría. Buenas.

El juez mira a Howard.

—¿Quién es este?

—Mi ayudante —respondo.

Odette se cruza de brazos.

—¿Desde cuándo?

—Desde hace una media hora.

Nos quedamos todos mirando a Howard, esperando que se presente. Él me mira con los labios firmemente apretados. *No hables al juez a menos que yo te lo diga.*

—Habla —susurro.

Howard alarga una mano.

—Howard Moore. Es un señor, digo, un honor... Señoría.

Pongo los ojos en blanco.

El juez Thunder saca un fajo de cuestionarios rellenados por las personas que han sido convocadas para ser jurados. Están llenos de información práctica, como dónde viven o dónde trabajan. Pero también incluyen preguntas intencionadas: «¿Tiene algún problema con la presunción de inocencia?» «Si un acusado no testifica, ¿presupone que está ocultando algo?» «¿Entiende que la Constitución da al acusado el derecho a no decir nada?» «Si la fiscalía demuestra la culpabilidad del acusado más allá de toda duda razonable, ¿tiene algún problema moral que le impida condenarlo?»

Divide el fajo en dos.

—Señora Lawton, estudie los cuestionarios de estos candidatos durante cuatro horas; y señora McQuarrie, quédese usted con los demás. Nos volveremos a reunir a la una en punto, intercambiaremos los lotes y dentro de dos días empezará la elección del jurado.

Ya en el coche, camino del bufete, explico a Howard qué estamos buscando.

—Un jurado favorable para la defensa es, por ejemplo, una mujer madura. Son las que tienen más empatía, más experiencia, y son menos críticas, y son muy intransigentes con jóvenes gamberros como Turk Bauer. Y cuidado con la generación Y.

—¿Por qué? —pregunta Howard, sorprendido—. ¿Los *milenials* no suelen ser menos racistas?

—¿Te refieres a Turk? —señalo—. La generación Y es la generación del Yo. Creen que todo gira a su alrededor, y toman decisiones basadas en lo que está ocurriendo en sus vidas y en cómo afectará a sus vidas. En otras palabras, son campos minados de egocentrismo.

—Entendido.

—El jurado ideal que queremos es de clase social alta, porque esas personas suelen influir en las demás en el momento de la deliberación.

—Así que estamos buscando un unicornio —dice Howard—. Varón, blanco, supersensible, con conciencia racial y heterosexual.

—Podría ser homo —respondo con seriedad—. Mujer, judía, homosexual…, cualquier cosa que les haga sentir la discriminación en cualquiera de sus formas será un extra para Ruth.

—Pero no conocemos a ninguno de los candidatos. No podemos hacernos videntes de la noche a la mañana, ¿verdad?

—No necesitamos ser videntes. Seremos detectives —respondo—. Te quedarás con la mitad de los cuestionarios e irás a las direcciones que figuran en ellas. Averiguarás todo lo que puedas. ¿Tienen creencias religiosas? ¿Son ricos? ¿Son pobres? ¿Tienen en el jardín de su casa carteles de alguna campaña electoral? ¿Viven por encima de sus posibilidades? ¿Ondea una bandera colocada en un mástil delante de la casa?

—¿Y qué tiene eso que ver con…, con lo que sea?

—A menudo, indica que la persona es muy conservadora —respondo.

—¿Y tú que harás? —pregunta.

—Lo mismo.

Veo a Howard teclear la primera dirección en el GPS de su teléfono y luego se marcha. Recorro los pasillos del bufete preguntando a otros abogados de oficio si tienen a alguna de estas personas en sus propias listas de jurados, ya que muchos repiten. Ed está a punto de dirigirse al juzgado, pero mira mis papeles.

—Recuerdo a este tipo —dice, cogiendo uno de los cuestionarios—. Formó parte de mi jurado el lunes, en un caso de robo. Levantó la mano durante mi exposición preliminar y me preguntó si tenía tarjeta de visita.

—¿Bromeas?

—Por desgracia, no —responde Ed—. Buena suerte, pequeña.

Diez minutos después, he introducido una dirección en mi GPS y circulo por Newhallville. Cierro las puertas del coche por seguridad. Presidential Gardens, un edificio de viviendas situado entre las avenidas Shelton y Dixwell, está en una zona pobre de la ciudad.

La cuarta parte de sus habitantes vive por debajo del umbral de la pobreza, y en las calles que rodean el complejo abundan los traficantes de drogas. Nevaeh Jones vive en este edificio. Veo a un niño sin abrigo salir por una puerta y echa a correr cuando siente el frío que hace. Se limpia la nariz con la manga mientras corre.

¿Una mujer de esta zona verá a Ruth y pensará que ha sido condenada injustamente? ¿O verá las diferencias socioeconómicas que hay entre ellas y se resentirá?

Es una cuestión difícil. En el caso de Ruth, el mejor jurado no tiene por qué ser quien tenga el mismo color de piel.

Pongo un signo de interrogación en el cuestionario; tendré que pensarlo más a fondo. Salgo lentamente de la zona, espero hasta que veo a unos niños jugando y aparco junto a la acera para llamar a Howard.

—¿Sí? —digo cuando lo coge—. ¿Qué tal va?

—No sé —responde—. Estoy atascado.

—¿Dónde?

—En East Shore.

—¿Cuál es el problema?

—Es una comunidad cerrada. Hay una valla y podría mirar por encima, pero tendría que bajar del coche —explica Howard.

—Pues baja del coche.

—No puedo. Verás, cuando iba a la universidad me fijé una especie de norma: no bajes del coche a menos que veas a un negro vivo y contento. —Expulsa el aire—. Llevo cuarenta y cinco minutos esperando, pero todos los que veo en esta parte de New Haven son blancos.

Eso no tiene por qué ser malo para Ruth.

—¿No puedes asomarte por encima de la valla? Asegúrate antes de que no haya un cartel de Trump en el césped.

—Kennedy…, hay rótulos de advertencia por todo el lugar. ¿Qué crees que pasará si ven a un negro mirando por encima de una tapia?

—Ah —respondo avergonzada—. Ya lo entiendo. —Miro por la ventanilla a tres niños que saltan sobre montones de hojas secas; pienso en el niño negro que vi salir de Presidential Gardens. Ed me contó la semana pasada que había defendido a un niño de doce años implicado en un tiroteo entre bandas con dos muchachos de diecisiete, y que la fiscalía había insistido en tratar a los tres juzgados como si fueran adultos—. Dame una hora y reúnete conmigo en el 560 de Theodore Street, en East End. Y una cosa, Howard. Cuando llegues, no pasará nada porque bajes del coche —digo—. Yo vivo allí.

Dejo la bolsa con comida china encima del escritorio de mi despacho de casa.

—Tengo provisiones —anuncio, sacando los fideos con pollo.

—Yo también —replica Howard, y señala unos papeles que ha impreso.

Son las diez de la noche y hemos acampado en mi casa. He dejado a Howard allí toda la tarde para que investigue por Internet mientras Odette y yo intercambiábamos los cuestionarios. Durante horas he batallado con el tráfico, he estudiado los barrios de más jurados y he repasado en los juzgados las listas de demandantes y demandados para ver si alguno de los jurados potenciales ha sido acusado de algún delito o tiene parientes que lo hayan sido.

—He encontrado tres acusados de violencia doméstica, una mujer cuya madre fue acusada de piromanía y una adorable ancianita con un nieto que tenía un laboratorio de metanfetamina descubierto el año pasado —anuncia Howard.

El resplandor de la pantalla pinta de verde brillante el rostro de Howard mientras mira la página.

—Está bien —dice, abriendo un recipiente de sopa y bebiendo directamente del vaso de plástico, sin utilizar la cuchara—. Me muero de hambre. Bien, he aquí la cuestión: hay mucho material en Facebook, pero los usuarios controlan la información que se da.

—¿Has probado en LinkedIn?

—Sí —responde—. Es una mina de oro.

Me indica con un gesto que me siente en el suelo, donde ha extendido los cuestionarios, a los que ha adjuntado con un clip las páginas que ha impreso.

—Este tipo me encanta —señala Howard—. Enseña justicia social en Yale. Y mejor aún…, su madre es enfermera. —Levanto la mano abierta y le digo a Howard que choque esos cinco—. Esta es mi segunda favorita.

Me pasa el cuestionario. Candace White. Tiene cuarenta y ocho años, es afroamericana, bibliotecaria, madre de tres hijos. Por su aspecto, podría no solo fallar a favor de la defensa, sino además ser amiga de Ruth.

Su programa favorito de televisión es *Wallace Mercy*.

Puede que yo no quiera al reverendo Mercy en el caso de Ruth, pero la gente que lo ve seguro que sentirá simpatía por mi cliente.

Howard sigue enumerando sus descubrimientos.

—Tengo tres miembros de la Unión por las Libertades Civiles. Y esta chica rindió en su blog un gran homenaje a Eric Garner. Una página serial titulada *Yo tampoco puedo respirar*.

—Bonito.

—En el otro extremo del espectro —prosigue Howard— está este adorable caballero que es diácono de su iglesia, apoya a Rand Paul y aboga por la revocación de todas las leyes de derechos civiles.

Cojo el cuestionario y marco con una X roja el nombre que figura al principio.

—Hay dos que publicaron entradas en Internet sobre reducir los fondos de las prestaciones sociales —dice Howard—. No sé qué querrás hacer con ellos.

—Ponlos en el montón del centro —propongo.

—Esta chica ha actualizado su ideario hace tres horas: «Me cago en la puta, un jodido chino acaba de arañarme el coche».

Pongo el formulario encima del del defensor de Rand Paul, junto con el de otro cuya foto de usuario en Twitter es la cara de Glenn Beck. Hay dos candidatos que Howard ha rechazado porque les gustan las páginas de Facebook de Skullhead y Day of the Sword.

—¿Son como *Juego de Tronos*? —pregunto, confusa.

—Son grupos musicales de supremacistas blancos —me informa Howard, y tengo la impresión de que se ruboriza—. Encontré otro grupo que se llama Vaginal Jesus. Pero ninguno de nuestros jurados potenciales lo escucha.

—La sangre, por lo menos, no ha llegado al río. ¿Qué es ese abultado fajo del centro?

—Son los indeterminados —explica Howard—. Tengo fotos de individuos haciendo señas identitarias de bandas armadas, de unos cuantos drogados, de un idiota que se filmó chutándose heroína, y treinta *selfies* de sujetos con un pedo de campeonato.

—¿No te enternece saber que ponemos la justicia en manos de gente así?

Lo digo en broma, pero Howard me mira muy serio.

—Si te digo la verdad, hoy ha sido un día sorprendente. Es decir, no tenía ni idea de cómo viven las personas, ni de lo que hacen cuando creen que nadie las ve... —Mira la foto de una mujer empinando el codo—. O cuando saben que las están viendo.

Cojo una empanadilla con los palillos.

—Cuando empiezas a ver las sórdidas entrañas de Estados Unidos —sentencio—, te dan ganas de irte a vivir a Canadá.

—Ah, y luego está esto —dice Howard, señalando la pantalla del ordenador—. Haz con ello lo que quieras. —Se estira delante de mí para coger una empanadilla.

Frunzo el entrecejo al ver un nombre de usuario de Twitter: @WhiteMight.*

—¿Qué jurado es?

—No es un jurado —aclara—. Y estoy seguro de que Miles Standup es un nombre falso**. —Clica dos veces sobre la foto de usuario: un recién nacido.

—¿Por qué he visto antes esa foto...?

—Porque es la misma foto de Davis Bauer que la gente enarbolaba en la puerta del juzgado antes de la comparecencia. Comprobé el clip del noticiario. Creo que la cuenta es de Turk Bauer.

—Internet es un invento maravilloso. —Miro a Howard con orgullo—. Buen trabajo.

Me mira esperanzado.

—¿Entonces hemos terminado por esta noche?

—Ay, Howard —exclamo echándome a reír—. Acabamos de empezar.

---

* «Poder Blanco.»
** *Miles* es soldado en latín. *Standup* significa «en pie» en inglés. *(N. del T.)*

Odette y yo nos reunimos al día siguiente para comer y cotejar el número de los jurados potenciales que quiere rechazar cada una. En la rara ocasión en que coincidimos en un número (el joven de veinticinco años que acaba de salir del psiquiátrico; el hombre detenido la semana anterior), lo eliminamos sin discutir.

No conozco muy bien a Odette. Es dura y práctica. En los congresos de asuntos jurídicos, cuando todo el mundo se emborracha y va al karaoke, ella es la que se queda en un rincón tomando agua de seltz con lima y acumulando datos que pueda aprovechar después contra nosotros. Siempre he pensado en ella como en una persona nerviosa y difícil. Pero ahora me pregunto qué pasaría si al salir de los comercios le pidieran, como a Ruth, que enseñara los recibos. ¿Los enseñaría sin decir ni pío? ¿O replicará que es ella quien lleva a los ladrones ante el juez?

Así que, en un intento por fumar la pipa de la paz, le sonrío.

—Va a ser un juicio complicado, ¿verdad?

Guarda la carpeta de los cuestionarios en su maletín.

—Todos los juicios son complicados.

—Pero este en concreto… —vacilo, tratando de encontrar las palabras.

Odette me mira a la cara. Sus ojos son como esquirlas de pedernal.

—Mi interés en este caso es el mismo que tu interés en este caso. Yo soy la fiscal porque todos los de mi oficina están demasiado ocupados y hasta arriba de trabajo, y aterrizó en mi escritorio. Y no me importa si tu cliente es negra, blanca o con lunares. El asesinato es monocromo. —Tras decir esto, se levanta—. Te veo mañana —y se aleja.

—Yo también me he alegrado de hablar contigo —murmuro.

En ese momento entra Howard. Lleva las gafas torcidas, la camisa le cuelga por detrás y parece que se haya tomado al menos diez tazas de café.

—He estado investigando más cosas —anuncia, sentándose en la silla que acaba de desocupar Odette.

—¿Dónde? ¿En la ducha? —Sé exactamente a qué hora dejamos de trabajar la noche anterior, o sea que ha dispuesto de muy poco tiempo.

—Empiezo: hay un estudio de 1991 que hizo la Universidad de Nueva York – Stony Brook, y otro de 1992 de Nayda Terkildsen, ambos sobre cómo evalúan los votantes blancos a los políticos negros que se presentan a cargos, y sobre cómo los prejuicios influyen en esta evaluación, y cómo cambia esto en el caso de la gente que procura conscientemente no dejarse influir por prejuicios…

—En primer lugar —replico—, no vamos a utilizar la raza en la defensa, sino que vamos a basarnos en la ciencia. En segundo lugar, Ruth no se presenta a ningún cargo.

—Sí, pero hay importantes consecuencias en el estudio que creo que podrían decirnos bastante sobre los jurados potenciales —concreta Howard—. Escúchame, ¿quieres? Terkildsen hizo un muestreo aleatorio con unas trescientas cincuenta personas blancas que habían sido jurados en Jefferson County, Kentucky. Inventó tres series de datos sobre un candidato imaginario a gobernador con la misma biografía, el mismo currículo y la misma plataforma política. La única diferencia era que, en unas fotos, el candidato era blanco. En las otras, gracias a Photoshop, se le había oscurecido la piel para que pareciese un negro de piel clara o un negro de piel oscura. A los votantes se les pidió que dijeran si tenían tendencias racistas y si eran conscientes de esa tendencia.

Muevo la mano para que vaya más deprisa.

—El político blanco recibió más adhesiones —concluye Howard.

—Qué sorpresa.

—Sí, pero esa no es la parte interesante. Conforme crecía el prejuicio, el índice de aceptación del candidato negro de piel clara descendía más aprisa que el del candidato negro de piel oscura. Pero cuando se dividió a los votantes con prejuicios en votantes conscientes de su racismo y votantes que no lo eran, el resultado cambiaba. Las personas a las que les daba igual parecer racistas votaron en mayor proporción por el negro de piel oscura que por el de piel clara. Los votantes preocupados por el qué dirán si eran racistas dieron más puntos al de piel más oscura que al de piel clara. Lo pillas, ¿verdad? Si un blanco intenta no parecer racista, compensará sus prejuicios reprimiendo lo que siente realmente por la persona de piel más oscura.

Lo miro fijamente.

—¿Por qué me cuentas todo esto?

—Porque Ruth es negra. De piel clara, pero negra. Y en la selección de jurados no tienes por qué confiar en las personas blancas que te dicen que no tienen prejuicios. Puede que sean más racistas de lo que dan a entender y eso los convierte en jueces ambiguos.

Bajo la mirada hacia la mesa. Odette está equivocada. El asesinato no es monocromo. Eso lo sabemos por toda la cadena de acontecimientos que lleva de la escuela a la cárcel. Hay muchas, muchas razones por las que cuesta romper el circuito…, y una de ellas es que los jurados blancos llegan a un juicio con sobreentendidos y prejuicios. Están mucho más dispuestos a ser comprensivos con un acusado que se les parece que con otro que no.

—Muy bien —digo a Howard—. ¿Cuál es tu plan?

Cuando me acuesto esa noche, Micah ya está dormido. De todos modos, se da la vuelta y me rodea con el brazo.

—No —digo—. Estoy demasiado cansada para hacer nada ahora.

—¿Incluso para darme las gracias? —pregunta.

Me vuelvo a mirarlo.

—¿Por qué?

—Porque te he encontrado un neonatólogo —responde.

Me incorporo inmediatamente y que me quedo sentada.

—¿Y?

—Y vamos a ir a verlo este fin de semana. Es un tipo que conozco de la Facultad de Medicina.

—¿Qué le has contado?

—Que la loca de mi esposa abogada se comportará conmigo como una Lisístrata hasta que le encuentre un experto en la materia.

Me echo a reír y le aprieto las mejillas con las manos para darle un beso largo y lento.

—Mira por dónde —digo—, he recuperado las energías.

Con un rápido movimiento, me da la vuelta y se pone encima de mí. Su sonrisa brilla a la luz de la luna.

—Si haces esto por un neonatólogo —susurra—, ¿qué me darás si encuentro algo realmente impresionante, como un parasitólogo? ¿O un leprólogo?

—Me mimas demasiado —digo, y me pongo encima de él.

Me reúno con Ruth en la entrada trasera del juzgado, por si Wallace Mercy ha llegado a la conclusión de que la elección de jurados vale un poco de su tiempo y su energía. Lleva un vestido color ciruela que compramos juntas en T. J. Maxx la semana pasada, y una camisa blanca recién planchada. Se ha recogido el pelo en un moño. Parece una profesional de pies a cabeza, y habría jurado que está en el juzgado porque es una letrada, si no fuera porque le tiemblan las rodillas tan incontrolablemente que chocan entre sí.

La cojo del brazo.

—Relájate. Sinceramente, no merece la pena que te pongas nerviosa por esto.

—Es que de repente —me dice mirándome— todo se ha vuelto muy real.

Le presento a Howard, y cuando se estrechan la mano veo que entre ellos chisporrotea algo casi imperceptible…, el reconocimiento de que a ambos les sorprende estar en el juzgado, aunque por diferentes razones. Howard y yo flanqueamos a Ruth cuando entramos en el edificio y ocupamos la mesa de la defensa.

A pesar de que el juez Thunder es un cretino con los abogados defensores, los jurados lo devoran con los ojos. Parece lo que es, con su cabello plateado y las profundas arrugas de experiencia que le enmarcan la boca, como una serie de paréntesis que encerraran las perlas de sabiduría que aún tiene que escupir. Cuando nuestros cien jurados potenciales han llenado la sala, da las instrucciones preliminares.

—Recuérdalo —susurro a Howard, inclinándome tras la espalda de Ruth—. Tu trabajo es tomar notas. Hasta que tengas calambres en la mano. Si uno de esos jurados da un respingo al oír cierta palabra, tengo que saber qué palabra es. Si se quedan dormidos, quiero saber cuándo.

El muchacho asiente mientras escruto la cara de los jurados potenciales. Reconozco a algunos por las fotos de Facebook. Pero incluso los que no recuerdo tienen expresiones que estoy acostumbrada a ver: están los que privadamente llamo Boy Scouts, los encantados de cumplir con su deber para con su país. Están los Morgan Stanley, empresarios que no dejan de mirar el reloj porque está claro que su tiempo es más importante que pasar el día en un juicio. Y están los Reincidentes, que han pasado ya por estas ceremonias y se preguntan por qué han vuelto a convocarlos.

—Damas y caballeros, soy el juez Thunder y me gustaría darles la bienvenida a mi juzgado.

Oh, por favor.

—En el presente caso, el Estado está representado por nuestra fiscal Odette Lawton. Su misión es demostrar con pruebas la veracidad de la acusación, por encima de toda duda razonable. La persona acusada está representada por Kennedy McQuarrie. —Cuando empieza a enumerar los cargos de que se acusa a Ruth, asesinato y homicidio involuntario, la rodilla empieza a temblarle con tanta fuerza que deslizo la mano bajo la mesa y se la aprieto.

—Más tarde les explicaré qué significan estos cargos —dice el juez Thunder—. Pero ahora mismo, ¿hay algún convocado que conozca a alguna de las partes implicadas en este caso?

Un jurado levanta la mano.

—¿Puede acercarse al estrado? —pregunta el juez.

Odette y yo nos acercamos para conferenciar mientras ponen en marcha una máquina de emitir ruido para que el resto del jurado no oiga lo que dice. El hombre señala a Odette.

—Encerró a mi hermano por un asunto de drogas y es una puta embustera.

Huelga decir que se prescinde de sus servicios.

Tras unas cuantas preguntas rutinarias, el juez sonríe al grupo.

—Muy bien, señores. Ahora permitiré que se vayan y el ujier los conducirá a la sala del jurado. Los iremos llamando de uno en uno para que los asesores puedan formularles preguntas concretas. Por favor, no hablen de sus experiencias con los demás jurados. Como les dije, el Estado tiene que demostrar sus acusaciones. Todavía no hemos empezado a presentar pruebas, así que los invito a tener la mente abierta y a ser sinceros cuando respondan a las preguntas. Queremos que se sientan cómodos si son elegidos jurados de este caso, del mismo modo que las partes implicadas deben quedar convencidas de que su proceso va a ser juzgado por personas justas e imparciales.

«Ojalá también lo fuera el juez», pienso.

La selección de jurados es como un cóctel, pero sin bebidas alcohólicas. Quieres cotillear con tus jurados y quieres gustarles. Quieres fingir interés por su trabajo, aunque se trate de un controlador de calidad de una fábrica de vaselina. Conforme van desfilando los individuos, los calificas. Un jurado perfecto es un cinco. Un mal jurado es un uno.

Howard hace una lista con las razones por que un jurado no es aceptable, para elegirlos bien. Al final acabaremos por aceptar jurados calificados con 3, 4 y 5, porque solo tenemos siete posibilidades de descartar a un jurado sin dar una razón. Y no queremos utilizarlas todas, porque ¿y si aún queda por aparecer un jurado con un inconveniente mayor?

El primer hombre en subir al estrado es Derrick Welsh. Tiene cincuenta y ocho años y una dentadura penosa y lleva la camisa de cuadros por fuera del pantalón. Odette lo saluda con una sonrisa.

—Señor Welsh, ¿qué tal le va hoy?

—Muy bien, supongo. Tengo un poco de hambre.

—Yo también —responde Odette, sin dejar de sonreír—. Dígame, ¿alguna vez hemos trabajado juntos en un caso?

—No.

—¿Cómo se gana la vida, señor Welsh?

—Tengo una ferretería.

Le pregunta por sus hijos y sus edades. Howard me da un golpecito en el hombro. Está mirando los cuestionarios a toda velocidad.

—Este es el que tiene un hermano policía —susurra.

—Leo el *Wall Street Journal* —está diciendo Welsh cuando me vuelvo—. Y novelas de Harlan Coben.

—¿Ha oído hablar de este caso?

—Un poco. En las noticias —admite—. Sé que la enfermera está acusada de matar a un recién nacido.

Ruth da un respingo a mi lado.

—¿Se ha formado alguna opinión sobre la culpabilidad de la acusada en ese delito? —pregunta Odette.

—Por lo que yo sé, en nuestro país todo el mundo es inocente hasta que se demuestre lo contrario.

—¿Cómo entiende su papel como jurado?

Se encoge de hombros.

—Supongo que consiste en escuchar las declaraciones… y hacer lo que diga el juez.

—Gracias, Señoría —dice Odette, que toma asiento a continuación.

Me levanto de mi silla.

—Qué tal, señor Welsh —digo—. Tiene usted un pariente en las fuerzas del orden, ¿verdad?

—Mi hermano es agente de policía.

—¿Trabaja en esta comunidad?

—Desde hace quince años —responde.

—¿Le habla alguna vez de su trabajo? ¿Con qué clase de gente trata?

—A veces…

—¿Alguna vez han atacado su tienda?

—Nos robaron una vez.

—¿Cree que el aumento de delitos se debe a la llegada de minorías a esta comunidad?

Se queda pensando.

—Creo que tiene más que ver con la economía. La gente pierde el empleo y se desespera.

—¿Quién cree que tiene derecho a ordenar un tratamiento médico…, la famila del paciente o el profesional de la medicina? —pregunto.

—Eso es algo que depende de cada caso…

—¿Ha tenido usted, o alguien de su familia, alguna mala experiencia en un hospital?

Walsh aprieta los labios.

—Mi madre murió en la mesa de operaciones durante una endoscopia de rutina.

—¿Culpó al médico?

—Llegamos a un acuerdo —dice tras titubear un momento.

Y se enciende una luz roja.

—Gracias —digo, y mientras me siento miro a Howard y niego con la cabeza.

El segundo jurado en potencia es un hombre negro de casi setenta años. Odette le pregunta hasta qué edad estudió, si está casado, con quién vive y cuáles son sus aficiones. Casi todas estas preguntas están en el cuestionario, pero a veces hay que hacerlas de nuevo para mirar a la persona a los ojos mientras explica que le gusta recrear la Guerra de Secesión, por ejemplo, para ver si es por motivos históricos o porque es un fanático de las armas.

—Veo que es usted guardia de seguridad en un centro comercial —apunta la fiscal—. ¿Se considera usted miembro de las fuerzas del orden?

—Supongo que, en cierto sentido, sí —responde.

—Señor Jordan, sabe que estamos buscando un jurado imparcial —dice Odette—. Seguro que no ha dejado usted de observar que tanto la acusada como usted son personas de color. ¿Podría eso influir en su capacidad de tomar una decisión justa?

Parpadea. Al cabo de un momento, responde a Odette:

—¿Hay algo en el color de la piel de usted que la haga injusta?

Creo que el señor Jordan puede llegar a ser mi persona favorita en este momento. Me pongo en pie cuando Odette termina su interrogatorio.

—¿Cree que los negros están más predispuestos a cometer delitos que los blancos? —pregunto.

Ya conozco la respuesta, así que no hago la pregunta de forma gratuita. Quiero ver cómo reacciona ante mí, ante una mujer blanca que le hace una pregunta como esa.

—Creo —dice lentamente— que los negros tienen más probabilidades de acabar en la cárcel que los blancos.

—Gracias, señor —digo, y me vuelvo hacia Howard, asintiendo con disimulo, como diciéndole: «Es un diez».

Hay varios testigos que están entre los horribles y los perfectos, y luego sube al estrado el jurado número 12. Lila Fairclough tiene la edad perfecta para ser jurado, es rubia y dinámica. Da clases en el centro de la ciudad, en una institución racialmente integrada. Es muy educada y profesional con Odette, pero me sonríe en el momento en que me pongo en pie.

—Mi hija va a ir al distrito escolar donde usted trabaja —le digo—. Es el motivo de que nos mudáramos allí.

—Le encantará —dice la mujer.

—Bien, pues aquí estoy, señora Fairclough, una mujer blanca representando a una mujer negra que se enfrenta a una de las acusaciones más graves que pueden hacerse contra una persona. Tengo algunos temores y me gustaría hablar de ellos, porque tan crítico es para usted sentirse cómoda en este jurado como para mí sentirme cómoda representando a mi cliente. ¿Sabe?, todos decimos que los prejuicios son algo malo, pero son una realidad. Por ejemplo, hay algunos casos en los que nunca podría hacer de jurado. Por ejemplo, me encantan los animales. Si veo a alguien tratarlos con crueldad, no puedo ser objetiva…, me da tanta rabia que mi ira se sobrepone a cualquier pensamiento racional. Si ese fuera el caso, me costaría mucho creer cualquier cosa que me dijera la defensa.

—La entiendo perfectamente, pero no tengo prejuicios —asegura la señora Fairclough.

—Si subiera al autobús y hubiera dos asientos libres, uno al lado de un hombre afroamericano y el otro al lado de una anciana blanca, ¿en cuál se sentaría usted?

—En el que estuviera más cerca. —Sacude la cabeza—. Sé dónde quiere ir a parar, señora McQuarrie. Pero, sinceramente, no tengo problemas con los negros.

En ese momento, Howard deja caer el bolígrafo al suelo.

Lo oigo como si fuera un disparo. Me vuelvo, lo miro a los ojos y finjo un ataque de tos merecedor de un Oscar. Era nuestra señal. Toso como si se me estuviera saliendo un pulmón y bebo un trago de agua del vaso de la mesa de la defensa, y digo al juez con voz cascada:

—Mi colega seguirá, Señoría.

Cuando Howard se pone en pie, empieza a tragar saliva convulsivamente. Estoy segura de que el juez va a pensar que todo el equipo de la defensa tiene la peste, pero entonces veo la reacción en la cara de Lila Fairclough.

Se queda helada en cuanto Howard se pone delante de ella.

Entre esto y la rápida sonrisa que asoma a sus labios transcurre una fracción de segundo. Pero lo he percibido.

—Lo siento mucho, señora Fairclough —dice Howard—. Solo un par de preguntas más. ¿Qué porcentaje de niños negros hay en su clase?

—Bueno, tengo treinta alumnos en clase y ocho son afroamericanos este año.

—¿Cree que debe castigar a los niños afroamericanos más a menudo que a los blancos?

La mujer empieza a darle vueltas al anillo que tiene en el dedo.

—Trato a todos mis alumnos por igual.

—Salgamos de su clase un momento. En general, ¿cree que los niños afroamericanos han de ser castigados más a menudo que los blancos?

—Bueno, no he leído estudios sobre el tema. —Vueltas y más vueltas—. Pero puedo asegurarle que yo no soy parte del problema.

Lo que, por supuesto, significa que cree que existe un problema.

Cuando terminamos los interrogatorios individuales y el primer grupo de catorce jurados es conducido a la sala de espera, Howard y yo hacemos corrillo y buscamos a quién vamos a echar del caso, si es que procede echar a alguno.

—¿Estamos listos para proponer las recusaciones? —pregunta el juez Thunder.

—Me gustaría eliminar al jurado número diez —dice Odette—, el que dijo que una persona negra no puede conseguir un trabajo justo, y mucho menos un juicio justo.

—Sin objeciones —respondo—. Me gustaría eliminar al jurado número ocho, cuya hija fue violada por un hombre negro.

—Sin objeciones —dice Odette.

Eliminamos a otro cuya esposa está agonizando y a una madre con un hijo enfermo, y a un hombre que mantiene a una familia de seis miembros y cuyo jefe le ha dicho que no puede faltar una semana al trabajo sin arriesgarse a perderlo.

—Me gustaría eliminar al jurado número doce —propongo.

—Ni hablar —dice Odette.

El juez Thunder me mira con la frente fruncida.

—No ha dado ningún argumento, abogada.

—¿No es racista? —replico, pero la explicación me parece ridícula incluso a mí. La mujer da clases a alumnos negros y jura que no tiene prejuicios. Puede que yo sepa que tiene prejuicios basándome en su reacción ante Howard y el tic nervioso de dar vueltas al anillo, pero si explico nuestro pequeño experimento a Odette o al juez, tendré problemas.

Sé que, si la llamo para hacerle más preguntas, no llegaremos a ninguna parte. Lo que significa que o tengo que aceptarla como jurado o utilizar una de mis recusaciones sin justificación.

Odette ha utilizado una contra una enfermera y otra contra un organizador comunitario que admitió que puede encontrar injusticias en todas partes. Yo he recusado a una mujer que perdió un hijo, a un hombre que demandó al hospital por negligencia y a un joven que, gracias a Howard y a Facebook, sé que fue a un festival musical del poder blanco.

Howard se inclina por detrás de Ruth para susurrarme algo al oído.

—Utilízala —dice—. Tendrá problemas, aunque no se dé cuenta.

—Abogada —exige el juez—, ¿querría invitarnos a todos a su pequeña tertulia?

—Lo siento, Señoría…, ¿me concede un momento para consultar con mi colega? —Me vuelvo a Howard—. No puedo. Tengo otros ochenta y seis jurados que examinar y solo me quedan cuatro recusaciones sin justificación. Por lo que sabemos, Satanás podría estar en el siguiente grupo. —Lo miro a los ojos—. Tenías razón. Esta mujer tiene prejuicios. Pero ella cree que no y no quiere que la vean de esa forma. Así que es posible, pero solo posible, que eso juegue a nuestro favor.

Howard me mira durante un largo segundo. Juraría que quiere decirme lo que piensa, pero se limita a asentir con un gesto.

—Tú eres la jefa —aduce.

—Aceptamos al jurado número doce —digo al juez.

—Me gustaría descartar al jurado número dos —prosigue Odette.

Ese es mi guardia de seguridad negro, mi diez perfecto. Odette lo sabe y por eso está dispuesta a usar contra él una de sus recusaciones sin justificación. Pero yo me levanto como un cohete antes de que termine de pronunciar la frase.

—Señoría, ¿podemos acercarnos al estrado? —Nos acercamos a él—. Señoría —digo—, esto es una clara violación de la objeción Batson.

James Batson fue un afroamericano que fue juzgado por robo en Kentucky por un jurado compuesto únicamente por blancos. Durante la fase de selección de jurados, el fiscal utilizó recusaciones sin justificación contra seis jurados potenciales, cuatro de los cuales eran negros. La defensa trató de rechazar aquel jurado basándose en que Batson no iba a ser juzgado por un grupo representativo de la comunidad, pero el juez lo denegó, y Batson terminó siendo condenado. En 1986, el Tribunal Supremo falló en favor de Batson, estableciendo que la fiscalía no podría hacer recusaciones sin justificación en un caso criminal basándose únicamente en la raza.

Desde entonces, cada vez que una persona negra es eliminada de un jurado, cualquier defensor que se precie apelará a la «objeción Batson».

—Señoría —prosigo—, la Sexta Enmienda garantiza el derecho del acusado a ser juzgado por un jurado de iguales.

—Gracias, señora McQuarrie, sé muy bien lo que dice la Sexta Enmienda.

—Ni yo he pretendido dar a entender lo contrario. New Haven es un condado de gran diversidad y el jurado tiene que reflejar esa diversidad, y ahora mismo, este caballero es el único jurado negro de este grupo de catorce.

—Tienes que estar bromeando —dice Odette—. ¿Estás diciendo que soy racista?

—No, estoy diciendo que para ti es mucho más fácil reunir un jurado favorable a la acusación sin ser acusada de ser racista, precisamente a causa de tu raza.

El juez se vuelve a Odette.

—¿Qué motivos tiene para hacer esta recusación, letrada?

—Lo encuentro discutible —dice.

—Es verdad que todavía estamos con el primer grupo de jurados —me advierte el juez Thunder—. Pero no creo que la hayan pillado en bragas.

Puede que sea porque se ha puesto tan descaradamente de parte de la fiscalía. O tal vez porque quiero demostrarle a Ruth que estoy dispuesta a pelear por ella. O tal vez solo porque ha utilizado la palabra «bragas» y me he acordado del arranque hormonal que tuve contra él. Por la razón que sea, aunque quizá sea por todas ellas, me pongo tiesa y aprovecho la oportunidad para dar un empujón a Odette antes incluso de empezar.

—Pido audiencia para tratarlo —solicito. Quiero que Odette enseñe sus notas. Había otras personas discutibles en esta ronda de jurados, y quiero saber si ella ha consignado esa característica en los demás casos.

Odette sube al estrado de los testigos poniendo los ojos en blanco. He de confesar que ser abogada de oficio me llena de orgullo suficiente para que me encante ver a una fiscal enjaulada allí. Me fulmina con la mirada cuando me acerco.

—Has dicho que el jurado número dos era discutible. ¿Has oído las respuestas del jurado número siete?

—Por supuesto.

—¿Qué te ha parecido su actitud? —pregunto.

—Me ha parecido cordial.

Miro las excelentes notas de Howard.

—¿Incluso cuando le preguntaste sobre los afroamericanos y la delincuencia, y se levantó del asiento y dijo que lo estabas llamando racista? ¿Eso no es discutible?

Odette se encoge de hombros.

—Su voz no era la misma que la del número dos.

—Da la casualidad de que tampoco lo era el color de su piel —arguyo—. Dime, ¿anotaste que el jurado número once era discutible?

Mira su lista.

—Íbamos muy aprisa. No escribí todo lo que pensaba porque no era importante.

—¿Porque no era importante —insisto— o porque ese jurado era blanco? —Me vuelvo hacia el juez—. Gracias, Señoría.

El juez Thunder se vuelve hacia la fiscal.

—No permitiré la recusación sin justificación. No quiero que me involucre usted en un problema Batson en una fase tan temprana del juicio, señora Lawton. El jurado número dos queda seleccionado.

Me siento al lado de Ruth, hinchada como un pavo. Howard me mira como si fuera una diosa. No todos los días das una lección a la fiscalía. De repente, Ruth me pasa una nota. La desdoblo y leo dos únicas palabras: «Muchas gracias».

Cuando el juez da por terminada la sesión, le digo a Howard que se vaya a casa a dormir un rato. Ruth y yo salimos juntas del juzgado; me asomo para comprobar que no hay medios de comunicación en la puerta. No los hay, pero sé que eso cambiará en cuanto comience el juicio.

Cuando llegamos al aparcamiento, ninguna de las dos parece tener mucha prisa por irse. Ruth tiene la cabeza gacha y la conozco lo suficiente para saber que se propone algo.

—¿Quieres que tomemos un vino? ¿O tienes que volver con Edison?

Niega con la cabeza.

—Estos días pasa más tiempo fuera que yo.

—No parece que eso te emocione mucho.

—Ahora mismo, no soy exactamente un modelo a seguir —dice.

Doblamos la esquina y entramos en un bar en el que he estado varias veces, celebrando victorias o ahogando derrotas. Está lleno de abogados que conozco, así que nos sentamos en un reservado del fondo. Pedimos sendos tintos y, cuando llegan las copas, propongo un brindis.

—Por la absolución.

Ruth no levanta su copa.

—Ruth —digo amablemente—, sé que es la primera vez que estás en un juzgado. Pero confía en mí…, hoy ha ido muy, muy bien.

Da vueltas al vino moviendo la copa.

—Mi madre solía contarme algo que ocurrió cuando yo era muy pequeña: una vez me sacó a pasear con el cochecito por nuestro barrio de Harlem y se cruzó con dos señoras negras. Una dijo a la otra: «La exhibe como si fuera su hija. Pero no lo es. Detesto que las niñeras hagan eso». Yo tenía la piel muy clara, comparada con la de mi madre. Se echó a reír porque sabía la verdad..., que yo era suya y de nadie más. El caso es que, al crecer, no eran los niños blancos los que hacían que me sintiera mal conmigo misma. Eran los niños negros. —Ruth levanta la cabeza para mirarme—. Esa fiscal ha hecho que volviera todo aquello. Como si quisiera atraparme.

—No creo que esto sea nada personal para Odette. Sencillamente, le gusta ganar.

Caigo en la cuenta de que nunca he tenido una conversación de esta naturaleza con una persona afroamericana. Normalmente, estoy tan preocupada por que no me consideren racista que me obsesiona el miedo a decir algo que pudiera ser ofensivo. He tenido clientes afroamericanos antes, pero en esos casos me presentaba como profesional que tiene todas las respuestas. Ruth ha visto caer esa máscara.

Con Ruth sé que puedo hacer preguntas de estúpida niña blanca y que ella responderá sin juzgar mi ignorancia. De igual manera, si le piso el pie, se quejará. Recuerdo el día que me explicó la diferencia entre trenzas y extensiones; y cuando me preguntó por los bronceadores y cuánto tiempo tarda una piel quemada en empezar a pelarse. Es la diferencia entre bailar con una persona conocida y sumergirse en el enigmático centro de una relación. No siempre es algo perfecto; no siempre es agradable..., pero como se basa en el respeto, es inquebrantable.

—Hoy me has sorprendido —confiesa Ruth.

Me echo a reír.

—¿Porque soy muy buena en mi trabajo?

—No. Porque la mitad de las preguntas que hiciste estaban basadas en la raza. —Me mira a los ojos—. Después de haberte pasado todo el tiempo diciéndome que eso no ocurre en un juzgado.

—Y no ocurre —digo de manera tajante—. El lunes, cuando empiece el juicio, cambiará todo.

—¿Aún me dejarás hablar? —pregunta—. Porque necesito dar mi versión.

—Te lo prometo. —Dejo la copa sobre la mesa—. Mira, Ruth, el hecho de que finjamos que el racismo no tiene nada que ver con un caso no quiere decir que no seamos conscientes de él.

—Entonces, ¿por qué fingir?

—Porque es lo que hacen los abogados. Miento para ganarme la vida. Si creyera que te iban a absolver con cualquier ocurrencia, le contaría al jurado que Davis Bauer era un hombre lobo. Y si se lo creen, pues allá ellos.

Ruth me mira a los ojos.

—Es una maniobra de distracción. Es el payaso que agita una mano ante tu cara para que no veas lo que hace con la otra.

Es raro oír descrito mi trabajo de esa forma, aunque no esté totalmente equivocada.

—En consecuencia, supongo que lo único que podemos hacer es beber para olvidar —digo, levantando la copa.

Ruth toma finalmente un sorbo de vino.

—No hay suficiente tinto en el mundo.

Recorro el borde de mi servilleta con el pulgar.

—¿Crees que llegará el día en que el racismo no exista?

—No, porque eso significaría que los blancos tendrían que conformarse con ser iguales. ¿Quién quiere desmantelar un sistema que los hace especiales?

El cuello me arde. ¿Está hablando de mí? ¿Está sugiriendo que la razón de que no me rebele contra el sistema es que yo, personalmente, tengo algo que perder?

—Pero claro —musita Ruth—. Puedo estar equivocada.

Levanto la copa y la choco contra la suya.

—Por los primeros pasos —brindo.

Tras otra jornada eligiendo jurados, conseguimos los doce más dos suplentes. Paso el fin de semana encerrada en mi despacho de casa, preparando los alegatos preliminares que pronunciaré el lunes, cuando empiece el juicio, y solo salgo el domingo por la tarde, para conocer al neonatólogo. Micah conoció a Ivan Kelly-Garcia en un examen de química orgánica, cuando, a falta de media hora para el final, Ivan entró corriendo, vestido como un perrito caliente gigante, cogió los papeles del examen y sacó sobresaliente. La noche anterior había sido Halloween y la había pasado borracho en una hermandad, y al despertar se dio cuenta de que estaba a punto de echar a perder todo su futuro como médico. Ivan no solo fue compañero de estudios de Micah en química orgánica, sino que también fue a Harvard y se convirtió en uno de los mejores neonatólogos de toda la región.

Está muy contento de hablar con Micah después de tantos años, e incluso está muy contento de recibir a la loca abogada de su mujer y a una gruñona niña de cuatro años a la que no le gustó que la despertaran de la siesta que estaba durmiendo en el coche. Ivan vive en una sobria casa colonial de Westport, Connecticut, con su esposa, una mujer capaz de preparar guacamole y salsa casera para todos, después de haber hecho una carrera matutina de veintitantos kilómetros, porque se está preparando para una maratón. Todavía no tienen hijos, pero sí un gigantesco boyero de Berna, un perro de montaña suizo, que ahora mismo está o cuidando de Violet o matándola a lengüetazos.

—Mira en qué nos hemos convertido, hermano —dice Ivan—. Casados. Asalariados. *Sobrios*. ¿Recuerdas aquella vez que tomamos un ácido y me dio por subir a un árbol, pero olvidé que me daban miedo las alturas?

Miro a Micah.

—¿Tú tomabas ácido?

—Y seguro que tampoco le has hablado de Suecia —susurra Ivan.

—¿Suecia? —digo, clavando la mirada entre los dos.

—Cúpula de silencio del Superagente 86 —dice Ivan—. Una clave entre hermanos.

La idea de que Micah, al que le gustan los calzoncillos *planchados*, sea un «hermano» me obliga a contener la risa.

—Mi mujer está trabajando en su primer caso de asesinato —dice mi marido—, así que te pido disculpas por adelantado si te hace un millar de preguntas.

—Ya hablaremos de tus aventuras más tarde —digo entre dientes a Micah, y luego sonrío a Ivan—. Esperaba que pudieras explicarme los chequeos que se hacen a los recién nacidos.

—Bueno, básicamente marcaron un antes y un después en la mortalidad infantil. Gracias a un procedimiento llamado espectrometría de masas en tándem, que se hace en el laboratorio, podemos identificar un puñado de problemas congénitos que pueden ser tratados o curados. Estoy seguro de que a tu hija se lo hicieron y probablemente ni te enteraste.

—¿Qué clase de problemas? —pregunto.

—Bueno, todo un diccionario científico —dice Ivan—: deficiencia de biotinidasa, que es cuando el cuerpo no es capaz de reutilizar y reciclar suficiente biotina. Hiperplasia suprarrenal congénita e hipotiroidismo congénito, que son deficiencias hormonales. Galactosemia, que impide que un recién nacido procese un azúcar que se encuentra en la leche, la leche materna y la leche de fórmula. Hemoglobinopatías, que son problemas en los glóbulos rojos de la sangre. Trastornos del metabolismo de los aminoácidos, que hacen que los aminoácidos se acumulen en la sangre o en la orina; trastornos de la oxidación de ácidos grasos, que impiden que el cuerpo convierta la grasa en energía; y las acidemias orgánicas, que son una especie de híbrido de los dos trastornos anteriores. Es probable que hayas oído hablar de algunos, como la anemia drepanocítica o falciforme, que afecta a muchos afroamericanos. O la PKU, la fenilcetonuria. Los niños que la padecen no pueden metabolizar ciertos tipos de aminoácidos, que se les acumulan en la sangre o en la orina. Si no sabes que tu hijo tiene esa enfermedad, puede causar problemas cognitivos y ataques. Pero si se detecta nada más nacer, puede ser tratada con una dieta especial y el pronóstico es excelente.

Le enseño los resultados del laboratorio.

—El laboratorio dice que había una anormalidad en la analítica de este paciente recién nacido.

Ivan mira las primeras páginas.

—Bingo, este niño tiene MCADD. Puedo asegurarlo por los picos de la gráfica del espectrómetro de masas, aquí, en C-seis y C-ocho; es el perfil de la acilcarnitina. —Ivan levanta la cabeza para mirarnos—. Sí, está bien. En cristiano. Bien, las iniciales MCADD significan deficiencia de acil-CoA deshidrogenasa de cadena media. Es un trastorno recesivo autosómico en la oxidación de los ácidos grasos. El cuerpo necesita energía para hacer cosas…, moverse, funcionar, digerir, incluso respirar. Sacamos el combustible de la comida y lo almacenamos en nuestros tejidos como ácidos grasos hasta que lo necesitamos. Entonces oxidamos esos ácidos grasos para crear energía destinada a las funciones corporales. Pero un niño con un trastorno en la oxidación de los ácidos grasos no puede hacer eso, porque le falta una enzima clave, y en ese caso tiene MCADD. Eso significa que, cuando sus almacenes de energía se vacíen, tendrá problemas.

—¿Y eso significa…?

Me devuelve el informe.

—Que la glucosa en sangre bajará en picado y estará cansado e inactivo.

Esas palabras disparan una alarma en mi mente. Echaron la culpa del bajo nivel de glucosa en la sangre de Davis Bauer a la diabetes gestacional de la madre. Pero ¿y si no fue ese el caso?

—¿Podría causar la muerte?

—Si no se diagnostica en seguida, sí. Muchos de estos niños no tienen síntomas hasta que aparece un detonante. Una infección, una vacuna o simple falta de alimentación. Entonces, el niño empeora muy rápidamente y se parece mucho al síndrome de la muerte súbita infantil. Básicamente, es un cese total de actividad.

—¿Puede ser salvado un niño con MCADD que ha sufrido ese cese de actividad?

—Depende de la situación. Quizá sí. Quizá no.

«Quizá sí», pienso, es una expresión excelente para decirla ante un jurado.

Ivan me mira.

—Imagino que el paciente no lo consiguió, ¿verdad? Si hay un juicio por medio…

Niego con la cabeza.

—Murió a los tres días de nacer.

—¿Qué día nació el niño?

—Un jueves. El pinchazo en el talón se lo dieron un viernes.

—¿A qué hora fue enviado al laboratorio? —pregunta Ivan.

—No lo sé —admito—. ¿Tiene eso algo que ver?

—Sí. —Se echa hacia atrás en la silla, mirando a Violet, que está tratando de cabalgar sobre el perro—. El laboratorio de Connecticut está cerrado los sábados y domingos. Si la muestra de la analítica se envió desde el hospital, digamos, a mediodía del viernes, no llegaría al laboratorio hasta el lunes. —Ivan me mira—. Lo que significa que, si este niño hubiera nacido un lunes, podría haber tenido una oportunidad de salvarse.

SEGUNDA FASE

Empujar

«Ella hubiese querido entrar en el interior de aquel odio,
y examinarlo hasta descubrir una grieta, una falla.
Entonces podría sacar un guijarro o una piedra,
o un ladrillo, y luego parte de una pared,
y pronto todo el edificio se vendría abajo.»

RAY BRADBURY, *El hombre ilustrado*

Ruth

Todos lo hacemos, ya saben. Distraernos para no sentir que pasa el tiempo. Nos concentramos en nuestro trabajo. Nos concentramos en impedir que las plagas destruyan nuestras tomateras. Llenamos el depósito de gasolina, agotamos el abono del metro y vamos a la compra para que las semanas parezcan iguales en la superficie. Hasta que un día te das la vuelta y tu hijo es un hombre. Un día te miras al espejo y ves que tienes canas en el pelo. Un día te das cuenta de que te queda menos vida de la que has vivido. Y piensas: «¿Cómo ha pasado tan rápido? Si fue ayer cuando tomé la primera copa con edad legal para tomarla, cuando le cambié los pañales, cuando yo era joven».

Cuando te das cuenta, empiezas a hacer cálculos. «¿Cuánto tiempo me queda? ¿Cuántas cosas puedo hacer en este pequeño tramo?»

Supongo que algunos dejamos que nos guíe esta toma de conciencia. Hacemos viajes al Tíbet, aprendemos a esculpir, a esquiar. Intentamos fingir que no ha acabado todo.

Pero otros nos limitamos a llenar el depósito de gasolina y a agotar el abono del metro y a hacer la compra, porque si solo ves el camino que tienes delante de ti, no te obsesionas por la posibilidad de que el risco se venga abajo en cualquier momento.

Algunos nunca aprendemos.

Y otros aprendemos antes que los demás.

La mañana del juicio llamo suavemente a la puerta de Edison.

—¿Estás listo? —pregunto, y al no recibir respuesta, giro el pomo y entro. Edison está enterrado bajo los edredones, con un brazo sobre los ojos.

—Edison —digo más alto—. ¡Vamos! ¡No podemos llegar tarde! No está dormido. Lo sé por su respiración.

—No voy a ir —murmura.

Kennedy ha sugerido que Edison no vaya a la escuela y asista al juicio. No le he contado que ir a la escuela no ha sido una prioridad para él estos días, como lo demuestra el número de veces que me han llamado para decirme que ha faltado a clase. He suplicado, he discutido, pero conseguir que me escuche se ha convertido en un trabajo hercúleo. Mi aplicado, mi serio y dulce niño es ahora un rebelde..., encerrado en su habitación, escuchando música a un volumen tan alto que tiemblan las paredes, o cambiando mensajes con amigos que no sabía que tuviera; llegando a casa tarde con olor a alcohol y a hierba. He peleado, he llorado y ahora no sé qué más hacer. El tren de nuestras vidas está a punto de descarrilar; este es solo uno de los vagones que se salen de las vías.

—Ya lo hemos hablado —le digo.

—No, no es cierto —replica mirándome de reojo—. Tú me has hablado.

—Kennedy dice que cuesta ver a una madre como a un criminal. Dice que la imagen que presentes al jurado es a veces más importante que las pruebas.

—Kennedy dice. Kennedy dice. Hablas como si ella fuera Jesucristo...

—Lo es —Le interrumpo—. Al menos lo es ahora mismo. Todas mis oraciones son para ella, porque es lo único que se interpone entre una condena y yo. Edison, por eso te pido... No, te suplico que hagas esto por mí.

—Tengo cosas que hacer.

Arqueo una ceja.

—¿Como qué? ¿Como faltar a clase?

Se aleja de mí rodando sobre la cama.

—¿Por qué no te largas?

—Dentro de una semana —digo— puede que tu deseo se haga realidad.

La verdad duele. Me llevo la mano a la boca, como si pudiera tragarme las palabras que acabo de decir. Edison se esfuerza por contener las lágrimas.

—No me refería a eso —murmura.

—Lo sé.

—No quiero ir al juicio porque creo que no podría soportar lo que dijeran de ti —reconoce.

Le cojo la cara con ambas manos.

—Edison, tú me conoces. Ellos no. No importa lo que oigas en el juzgado, no importa las mentiras que quieran decir…, recuerda que todo lo que he hecho ha sido por ti. —Le acaricio la mejilla y le borro el rastro de una lágrima con la yema del pulgar—. Serás alguien. La gente conocerá tu nombre.

Oigo a mi madre diciéndome lo mismo. «Ten cuidado con lo que deseas», pienso. Después de hoy, la gente conocerá mi nombre. Pero no por las razones que creía mi madre.

—Lo que te pase a ti importa —digo a Edison—. Pero lo que me pase a mí, no.

Levanta la mano y me rodea la muñeca.

—A mí sí me importa.

«Ah, ya te veo», pienso mirando a Edison a los ojos. Este es el chico que conozco. El muchacho al que he unido mi estrella.

—Si he de ir a mi propio juicio —digo con ligereza—, me hace falta un galán.

Edison me suelta la muñeca. Me ofrece el brazo doblado, con cortesía pasada de moda, aunque aún está en pijama, aunque yo llevo un pañuelo en la cabeza, aunque no vamos a un baile, sino a recibir baquetazos.

—Será un placer —dice.

Kennedy apareció anoche por casa, inesperadamente. Su marido y su hija estaban con ella; venían directamente de una ciudad que está a unas dos horas de viaje y se moría por compartir la buena nueva conmigo: en la analítica de Davis Bauer figuraba la presencia de MCADD.

Me quedé mirando los resultados que me enseñaba, los mismos que un médico amigo de su marido le había descifrado.

—Pero eso…, eso es…

—Suerte —terminó ella—. Para ti al menos. No sé si estos resultados desaparecieron accidentalmente del expediente o si alguien los escondió a propósito porque sabía que reducirían tu responsabilidad. Pero lo importante es que ahora tenemos la información, y vamos a conseguirte la absolución.

La MCADD es una afección mucho más peligrosa que el ductus persistente en grado uno, la dolencia cardíaca que Kennedy había planeado esgrimir. Ya no es una mentira decir que el niño de los Bauer tenía un problema que amenazaba su vida.

Ella no tendrá que mentir en el juzgado. Solo yo.

He intentado una docena de veces contárselo a Kennedy, sobre todo cuando nuestra relación profesional pasó a ser personal. Pero, por lo que parece, era más difícil así. Al principio no podía contarle que había intervenido y tocado a Davis Bauer cuando le dio el ataque, porque no sabía si podía confiar en ella, ni cómo iba a reflejarse la verdad en la defensa. Pero ya no podía decírselo porque me daba vergüenza haberle mentido al principio.

Me echo a llorar.

—Espero que sean lágrimas de felicidad —dijo—. O de gratitud por mi notable talento jurídico.

—Ese pobre niño —conseguí decir—. Es todo tan… arbitrario.

Pero no lloraba por Davis Bauer, ni lloraba por mi falta de sinceridad. Lloraba porque Kennedy había tenido razón todo el tiempo…, no importaba que la enfermera que atendía a Davis Bauer fuera Negra, blanca o morada. No importaba que yo intentara reanimar al niño o no. Nada de eso habría supuesto una diferencia.

Me puso la mano en el brazo.

—Ruth —me recordó Kennedy—. A la gente buena le ocurren cosas malas todos los días.

Mi teléfono suena en el mismo momento en que el autobús se detiene en nuestra parada del centro urbano. Edison y yo bajamos mientras la voz de Adisa resuena en mis oídos.

—Chica, no vas a creértelo. ¿Dónde estás?

Miro un rótulo.

—En College Street.

—Bien, camina hacia el parque.

Me oriento girando en redondo junto con Edison. El juzgado está a una manzana del parque público y Kennedy me ha dado instrucciones muy claras de que no vaya en esa dirección, porque sufriría el acoso de la prensa.

Pero seguro que no pasa nada por ver de lejos lo que ocurre.

Los oigo antes de verlos, sus potentes voces combinadas con armonía suben hacia las nubes, como las habichuelas mágicas de Jack, buscando el Reino de los Cielos. Es un mar de rostros, un oleaje de matices castaños, y cantan «Oh, libertad». Al frente, encaramado en una pequeña tarima improvisada y con el logotipo de una cadena de televisión a sus espaldas, se encuentra Wallace Mercy. La policía ha formado un cordón humano con los brazos abiertos, como si tratara de hacer un encantamiento para impedir la violencia. Elm Street está llena de furgonetas de informativos, con las antenas parabólicas orientadas hacia el sol, mientras los reporteros empuñan los micrófonos de espaldas al parque y los operadores de las cámaras filman sin parar.

—Dios mío —murmuro.

—Yo no he tenido nada que ver en esto, pero es por ti —dice Adisa con orgullo—. Deberías subir los escalones de la entrada con la cabeza bien alta.

—No puedo. —Kennedy y yo ya habíamos quedado en otro punto.

—Como quieras —replica Adisa, aunque detecto la decepción en su voz.

—Te veré dentro —digo—. Y otra cosa, Adisa. Gracias por venir.

Adisa chasquea la lengua.

—¿Y adónde iba a ir, si no? —dice, y corta la comunicación.

Edison y yo nos cruzamos con absortos estudiantes de Yale, cargados con mochilas que parecen caparazones de tortuga; dejamos atrás los edificios neogóticos de las residencias universitarias, puestos a buen recaudo tras unas puertas negras; dejamos atrás a Doña Poesía, la indigente que recita unos versos por unas monedas. Cuando llegamos a la casa parroquial de Wall Street, nos colamos

en el edificio por la parte de atrás, sin que nadie nos vea, y accede-
mos a un espacio vacío.

—¿Y ahora qué? —pregunta Edison. Lleva el traje que se puso
para el funeral de mamá. Cualquier otro día podría ser un chico que
va a una entrevista en la universidad.

—Ahora esperaremos —digo. Kennedy ha planeado colarme
por la entrada trasera, donde no atraeré la atención de los medios
de comunicación. Me dijo que confiara en ella.

Y, tonta de mí, confío.

Turk

Anoche, como no podía dormir, estuve viendo un programa de televisión que daban a las tres de la madrugada, sobre cómo vivían los indios. Era una dramatización en que un tipo con taparrabos quemaba las hojas de un árbol que había cortado en sentido longitudinal. Luego, cuando se habían quemado, rascaba la parte carbonizada con algo que parecía una concha y repetía la operación hasta ahuecar el tronco y hacer una canoa. Así es como me siento hoy. Como si me hubieran rascado las entrañas hasta dejarme vacío.

Me resulta sorprendente, porque llevo mucho tiempo esperando esto. Estaba seguro de que tendría la resistencia de Supermán. Iba a luchar por mi hijo, y nada me detendría.

Pero, extrañamente, tengo la sensación de que he llegado a la zona de combate y la he encontrado desierta.

Estoy cansado. Tengo veinticinco años y he vivido más que diez hombres.

Brit sale del cuarto de baño.

—Todo tuyo —dice. Se ha puesto sujetador y pantis, la fiscal le dijo que se los pusiera para tener un aspecto más conservador.

«Y usted —había sugerido—, debería llevar sombrero».

A la mierda con eso.

Por lo que a mí respecta, este es el homenaje que mi hijo merece: ya que no puedo recuperarlo, me aseguraré de que los responsables sean castigados, y de que otros como ellos tiemblen de miedo.

Abro el agua caliente y pongo las manos debajo del grifo. Luego me las lleno de crema de afeitar y me unto toda la cabeza. Utilizo la navaja barbera para dejarla bien rapada.

Quizá sea el hecho de no haber podido dormir; o tal vez que el cráter que se ha instalado en mi interior me hace temblar; sea cual sea la razón, me hago un corte encima de la oreja izquierda. Escuece como un hijoputa cuando el jabón me entra en la herida.

Me aprieto la cabeza con un paño, pero los cortes del cuero cabelludo tardan un tiempo en coagular. Al cabo de un minuto retiro el paño y veo el reguero de sangre que tengo en la garganta, por debajo del cuello de la camisa.

Parece una bandera roja que haya brotado del tatuaje de la esvástica. Me quedo hipnotizado por la combinación: el jabón blanco, la piel pálida, la mancha de color vivo.

Primero vamos en dirección opuesta al juzgado. Hay escarcha en el parabrisas del camión y hace sol. Es uno de esos días que parecen perfectos hasta que sales de casa y te das cuenta del frío que hace. Vamos bien vestidos, yo con la chaqueta del traje que compartimos Francis y yo, y Brit con un vestido negro que antes le ceñía los hombros y el talle y ahora le cuelga.

No hay más vehículos en la zona de estacionamiento. Aparco, bajo y voy a la portezuela de Brit. No porque sea un caballero, sino porque ella no quiere bajar. Me arrodillo a su lado y le pongo una mano en la rodilla.

—No pasa nada —digo—. Podemos apoyarnos el uno en el otro.

Levanta la barbilla como le he visto hacer cientos de veces cuando cree que alguien la desprecia por débil o inútil. Entonces se despega del asiento. Lleva zapatos planos, tal como Odette Lawton le dijo, pero el abrigo le queda corto y solo le llega a la cadera, y estoy seguro de que el viento le cala la tela del vestido. Trato de ponerme entre ella y las ráfagas de viento, como si pudiera cambiar el clima.

Cuando llegamos, el sol da de lleno en la lápida, de tal modo que parece despedir chispas. Es blanca. De un blanco cegador. Brit se agacha y recorre con el dedo las letras del nombre de Davis. Se pasa del día de su nacimiento al de su muerte como si se estuviera jugando al tejo. Y una única palabra debajo: «AMOR».

Brit había querido poner «AMADO». Fueron las instrucciones que me dio para el marmolista. Pero en el último momento cambié

de idea. No pensaba detenerme, así que ¿por qué ponerlo en preté-
rito?

Le dije a Brit que fue el marmolista el que se equivocó. No confesé que había sido idea mía.

Me gusta que la palabra que hay en la tumba de mi hijo sea la
misma que llevo tatuada en los nudillos de la mano izquierda. Es
como si lo llevara conmigo.

Nos quedamos ante la tumba hasta que Brit tiene demasiado
frío. Hay un lindo espacio de hierba que se plantó después del funeral y que ya se está secando. Una segunda muerte.

Lo primero que veo en el juzgado es a los negrazos.

Es como si todo el parque del centro de New Haven estuviera
lleno de ellos. Agitan banderas y cantan himnos.

Es ese imbécil de la televisión, Wallace Nosequé. Ese que se
cree cura y que seguro que se ordenó *online* a cambio de cinco pa-
vos. Está dando una especie de clase de historia de los negrazos, y
ahora habla de la Rebelión de Bacon.

—La reacción, hermanas y hermanos —vocifera—, fue que los
blancos y los negros fueron separados. Se creía que, si se unían,
podían hacer mucho daño juntos. Y en 1705 se dio tierras, armas,
comida y dinero a los siervos contratados que eran cristianos y
Blancos. Los que no lo eran fueron esclavizados. Nos arrebataron
la tierra y el ganado. Nos confiscaron las armas. Si levantábamos
una mano contra un hombre Blanco, nos podían quitar incluso la
vida. —Levanta los brazos—. La historia oficial es la que han contado los americanos de ascendencia anglosajona.

El cabrón va al grano. Miro la cantidad de gente que hay escu-
chándolo. Pienso en El Álamo, donde un puñado de texanos tuvo
a raya a un ejército de mexicanos durante doce días.

Al final fueron derrotados, pero aun así.

De repente, en medio del mar de negros veo un puño Blanco
levantado. Un símbolo.

La multitud se vuelve mientras el hombre avanza hacia mí. Un
tío corpulento, con la cabeza rapada y una larga barba roja. Se detiene ante nosotros y alarga la mano.

—Carl Thorheldson —dice, presentándose—. Pero me conoces como Odin45.

Es uno de los que más comentarios sube a Lobosolitario.org.

Su compañero también me estrecha la mano.

—Erich Duval. DiabloBlanco.

Se les une una mujer con gemelos, dos bebés de cabello plateado,
cada uno en una cadera. Luego, otro tipo con uniforme militar de
camuflaje. Tres chicas con los ojos cargados de rímel. Un hombre alto
con botas de combate y un palillo apretado entre los dientes. Un joven ejecutivo con gafas de montura de concha y un ordenador portátil en los brazos.

Un río incesante cierra filas a mi alrededor, gente que conozco
a través de Lobosolitario.org. Hay sastres, contables y profesores,
hay *minutemen* que patrullan las fronteras de Arizona para impedir
la entrada de inmigrantes ilegales y hay milicianos de las colinas de
Nuevo Hampshire. Hay neonazis que nunca se han dado a conocer
como tales. Han mantenido el anonimato, han estado escondidos
tras la pantalla del nombre de usuario, hasta ahora.

Por mi hijo, están dispuestos a dar la cara.

Kennedy

La mañana del juicio me quedo dormida. Salto de la cama como una bala de cañón, me echo agua en la cara, me hago un nudo en el pelo y me embuto en los pantis y en mi mejor traje de tribunales, que es de color azul marino. Tres minutos exactos para acicalarme y entro en la cocina, donde veo a Micah delante de los fogones.

—¿Por qué no me has despertado? —pregunto.

Sonríe y me da un rápido beso.

—Yo también te quiero, luz de mi vida —dice—. Siéntate con Violet.

Nuestra hija está a la mesa, mirándome.

—¿Mami? Llevas un zapato de cada color.

—Ay, recórcholis —susurro, dando media vuelta para volver a mi cuarto, pero Micah me coge del hombro y me obliga a sentarme.

—Vas a comerte esto mientras esté caliente. Necesitas energía para derrotar a un *skinhead* y a su mujer. Si no, te quedarás sin vapor, y sé por experiencia propia que lo único que podrás ingerir en ese juzgado es un brebaje marrón que llaman café y unas barritas de cereales del Jurásico que salen de unas máquinas expendedoras. —Me pone delante un plato con dos huevos fritos, una tostada con mermelada y lonchas de patata rebozada. Tengo tanta hambre que devoro los huevos antes de que me sirva la última parte del desayuno, un humeante café con leche en su vieja taza de la Harvard Med School—. Mira —añade en son de broma—, incluso te he servido el café en la taza del Privilegio Blanco.

Se me escapa la risa.

—Entonces me la llevaré en el coche para que me dé suerte. O sentimiento de culpa. O algo por el estilo.

Doy un beso a Violet en la cabeza, cojo del armario el zapato que me falta, junto con el teléfono, el cargador, el ordenador y el maletín. Micah me está esperando en la puerta con la taza de café.

—¿Te lo digo en serio? Estoy orgulloso de ti.

Me dejo dominar por este momento inigualable.

—Gracias.

—Adelante, y sé Marcia Clark.

Hago una mueca.

—Esa es fiscal. ¿Puedo ser Gloria Allred?

Se encoge de hombros.

—Machácalos.

Echo a andar hacia el camino de entrada.

—Seguro que es lo último que le dirías a alguien que está a punto de tener su primer caso de asesinato —respondo, y subo al coche sin derramar ni una gota de café.

Eso tiene que significar algo, ¿no?

Paso por delante del juzgado para ver qué ocurre, aunque he quedado en reunirme con Ruth en un lugar donde sé que no la acosarán. Un circo, esa es la única manera de describirlo. En un extremo del parque, Wallace Mercy Cretino emite en directo, predicando a una multitud con un megáfono.

—En 1691 se utilizó por primera vez en un juzgado la palabra «blanco». En aquellla época, la nación se regía por una ley que llamaban «ley de una sola gota» —le oigo decir—. Bastaba tener una sola gota de sangre negra para ser considerado negro en este país…

En el otro extremo hay un puñado de individuos blancos. Al principio me da la impresión de que observan las chiquilladas de Wallace, pero entonces veo que uno enarbola la foto del niño muerto.

Empiezan a desfilar por entre el grupo que escucha a Wallace. Hay maldiciones, empujones, un puñetazo. La policía interviene inmediatamente y separa a los negros de los blancos.

Esto me recuerda un truco de magia que hice el año pasado para impresionar a Violet. Eché agua en un molde de pasteles y luego pimienta por encima. Luego le dije que a la pimienta le daba miedo el jabón Ivory y, cuando puse la pastilla de jabón en el recipiente, la pimienta corrió hacia los bordes.

Para Violet fue cosa de magia. Pero claro, yo sabía que la causa de que la pimienta se alejara del jabón era lo que en física se llama tensión superficial.

Que es más o menos lo que está ocurriendo aquí.

Rodeo el edificio hasta que llego a la casa parroquial de Wall Street. En seguida veo a Edison, que mira a todas partes menos a Ruth. Bajo del coche y el corazón me da un vuelco.

—¿Ella está…?

Edison señala el otro lado del espacio vacío, donde está Ruth, mirando a los peatones que pasan por la calle. Hasta el momento, nadie se ha fijado en ella, pero es un riesgo. Voy a llevármela de allí y le toco el brazo, pero me aleja con la mano.

—Me gustaría estar un momento a solas —dice.

Retrocedo.

Pasan alumnos y profesores con el cuello levantado para protegerse del viento. Luego pasa una bicicleta y un autobús paquidérmico suspira junto al bordillo, vomitando a unos cuantos pasajeros antes de seguir su camino.

—No he dejado de pensar en esto —dice Ruth—. Todo el fin de semana. ¿Cuántos viajes en autobús me quedan? ¿Cuántos desayunos que preparar? ¿Es esta la última vez que firmo un cheque para pagar la luz? ¿Habría prestado más atención a los narcisos en abril si hubiera sabido que no iba a verlos más?

Da un paso hacia la pulcra línea de árboles jóvenes. Rodea un estrecho tronco con la mano como si fuera a estrangularlo y levanta los ojos hacia las ramas peladas de la copa.

—Mira ese cielo —dice—. Es el matiz de azul que se encuentra en los tubos de pintura al óleo. Es el color reducido a su esencia. —Entonces se vuelve hacia mí—. ¿Cuánto se tarda en olvidar esto?

Le rodeo los hombros con el brazo. Está tiritando, pero sé que no es a causa del frío.

—Aunque tuviera la respuesta —digo—, nunca la sabrías.

Ruth

Cuando Edison era pequeño yo siempre sabía cuándo estaba haciendo alguna diablura. Lo intuía aunque no lo viera. «Tengo ojos en el cogote», le decía cuando trataba de llevarse a la boca alguna chuchería antes de comer. Yo me daba cuenta aunque estuviera de espaldas, y él se asombraba de mi clarividencia.

Tal vez por eso, aunque esté mirando al frente, siguiendo las instrucciones de Kennedy, siento clavados en mí los ojos de todos los miembros del público que están sentados detrás en la sala.

Los noto como alfilerazos, como flechazos, como picaduras de insecto. Tengo que hacer un esfuerzo para no darme un manotazo en el cuello y espantar las miradas.

¿A quién quiero engañar? Tengo que hacer un esfuerzo para no levantarme y echar a correr por el pasillo, hacia la puerta del juzgado.

Kennedy y Howard tienen las cabezas juntas, urdiendo una estrategia; no tienen tiempo de decirme nada desde su sanctasanctórum. El juez ha dejado claro que no permitirá interrupciones del público y que su política es de tolerancia cero: al primer chistido, a la calle. Es para contener a los supremacistas blancos. Pero estos no son los únicos que me traspasan con los ojos.

Hay muchos Negros, muchos rostros que reconozco del funeral de mi madre; han venido para animarme con sus plegarias. Inmediatamente detrás de mí se encuentran Edison y Adisa. Se cogen la mano sobre el brazo de la silla. Puedo sentir la fortaleza de ese vínculo como un campo de fuerza. Escucho sus respiraciones.

De repente estoy otra vez en el hospital, haciendo lo que mejor sé hacer, con la mano en el hombro de una mujer que da a luz y los ojos en la pantalla que monitoriza sus constantes vitales.

«Aspire —ordeno—. Espire. Aspire profundamente..., espire.» Y efectivamente, la tensión la abandona. Liberada la tensión, podemos seguir adelante.

Es hora de aplicarme el cuento.

Aspiro todo el aire que puedo, con las ventanas de la nariz dilatadas, tan profundamente que imagino el vacío que creo ante mí, incluso las paredes se pandean. Los pulmones me hinchan el pecho, se llenan hasta rebosar. Durante un segundo, el tiempo se detiene.

Y luego, dejo salir el aire.

Odette Lawton no me mira a los ojos. Está totalmente centrada en el jurado. Es uno de ellos. Incluso la distancia que pone entre su persona y la mesa de la defensa es una forma de recordar a la gente que va a decidir mi destino que ella y yo no tenemos nada en común. Y no importa lo que vean cuando miran nuestra piel.

—Damas y caballeros del jurado —dice—, el caso que están a punto de conocer es horrible y trágico. Turk y Brittany Bauer estaban, como la mayoría de nosotros, emocionados por ser padres. De hecho, el mejor día de sus vidas fue el 2 de octubre de 2015. Aquel día nació su hijo Davis. —Apoya la mano en la barandilla de la tribuna del jurado—. Pero, a diferencia de todos los padres, los Bauer tienen inclinaciones personales por las que se sintieron incómodos cuando vieron que una enfermera afroamericana iba a cuidar de su hijo. Puede que no les gusten a ustedes sus creencias, puede que no estén de acuerdo con ellos, pero no pueden negarles su justo derecho, como pacientes del hospital, a tomar decisiones sobre el cuidado médico de su hijo. En el ejercicio de ese derecho, Turk Bauer exigió que solo ciertas enfermeras atendieran a su hijo. La acusada no era una de ellas y, damas y caballeros, ese fue un desprecio que ella no pudo soportar.

Si no hubiera estado tan aterrorizada, me habría echado a reír. ¿Eso es todo? ¿Es así como Odette le quita importancia a la actitud racista que tuvo como resultado la maldita nota adhesiva del expediente? Es impresionante la facilidad con que pasa tan limpiamente por encima del asunto, para que el jurado, antes de entender lo realmente desagradable, se fije en algo totalmente distinto: los derechos de los pacientes. Miro a Kennedy, que se encoge de hombros muy ligeramente. «Ya te lo dije.»

—El sábado por la mañana llevaron al pequeño Davis Bauer a la sala de neonatos para practicarle la circuncisión. La acusada estaba sola en ese cuarto cuando el niño sufrió un ataque. ¿Y qué hizo ella? —Odette vacila—. Nada. Esta enfermera con veinte años de experiencia, esta mujer que había jurado administrar cuidados lo mejor que pudiera, se quedó allí inmóvil. —Da media vuelta y me señala—. La acusada se quedó allí, mirando cómo el niño se esforzaba por respirar, y dejó morir al niño.

Siento al jurado mirándome de arriba abajo, chacales ante la carroña. Unos parecen curiosos, otros me miran con repulsión. Me dan ganas de meterme debajo de la mesa de la defensa. De darme una ducha. Pero entonces noto que Kennedy me aprieta la mano que tengo en el regazo y levanto la barbilla. «No permitas que te vean sudar», había dicho.

—La conducta de Ruth Jefferson fue negligente, irresponsable e intencionada. Ruth Jefferson es una asesina.

Oír que se refieren a mí con esta palabra, aunque ya lo esperaba, me pilla por sorpresa. Trato de levantar un dique frente a la conmoción que me produce y evoco en rápida sucesión a todos los niños que he tenido en brazos, el primer contacto de consuelo que han tenido en este mundo.

—Las pruebas demostrarán que la acusada se quedó allí sin hacer nada, mientras el niño se esforzaba por sobrevivir. Cuando entraron otros profesionales de la medicina y la obligaron a intervenir, utilizó más fuerza de la necesaria e infringió todas las normas profesionales de la atención médica. Fue tan violenta con aquel niño que verán las contusiones en las fotos de la autopsia. —Vuelve a mirar al jurado—. Todos hemos sentido heridos nuestros sentimientos alguna vez, damas y caballeros —dice Odette—. Pero no tomamos represalias, aunque pensemos que no se tomó una decisión correcta, aunque nos hayamos sentido víctimas de una afrenta moral. Para perjudicar a la persona que nos hirió no causamos daño a un inocente. Y, sin embargo, esto es exactamente lo que hizo la acusada. Si hubiera obrado de acuerdo con su experiencia como profesional de la medicina y no motivada por la ira y el rencor, Davis Bauer estaría vivo. Pero, con Ruth Jefferson en escena —me mira directamente a los ojos—, ese niño no tenía ninguna oportunidad.

Kennedy se levanta despacio. Camina hacia el jurado, taconeando sobre las baldosas del suelo.

—La fiscalía —dice— intentará convencerlos de que este caso es blanco y negro. Pero no de la forma que ustedes creen. Yo represento a Ruth Jefferson. Una mujer que estudió en la Universidad de Nueva York en Plattsburgh y que luego hizo un curso de enfermería en Yale. Ha trabajado de matrona durante más de veinte años en el estado de Connecticut. Estuvo casada con Wesley Jefferson, que murió en ultramar sirviendo en nuestro ejército. Ha criado ella sola a un hijo, Edison, un destacado estudiante que está preparando su ingreso en la universidad. Ruth Jefferson no es un monstruo, damas y caballeros. Es una buena madre, fue una buena esposa y es una enfermera ejemplar.

Kennedy retrocede hasta la mesa de la defensa y me pone una mano en el hombro.

—Las pruebas demostrarán que un niño falleció cierto día, durante el turno de Ruth. Pero no era un niño cualquiera. El pequeño era hijo de Turk Bauer, un hombre que la odiaba por el color de su piel. ¿Y qué pasó? Cuando el niño murió, el padre se presentó en comisaría y culpó a Ruth. Esto, a pesar de que la pediatra, que testificará más tarde, elogió a Ruth por la forma en que se esforzó por salvar al niño durante su parada respiratoria; esto, a pesar de que la jefa de Ruth, a la que oirán más adelante, le ordenó que no tocara al niño, cuando el hospital no tenía ningún derecho a obligarla a descuidar su deber como enfermera.

Kennedy se acerca de nuevo al jurado.

—Esto es lo que demostrarán las pruebas: Ruth se enfrentó a una situación imposible. ¿Debía seguir las órdenes de su supervisora y de los insensatos deseos de los padres del niño? ¿O debía hacer todo lo posible por salvarle la vida? La fiscal Lawton dice que este caso fue trágico, y tiene razón. Pero no por las razones que ustedes creen. Porque nada de lo que Ruth Jefferson hiciera o dejara de hacer habría supuesto ninguna diferencia para el pequeño Davis Bauer. Lo que los Bauer y el hospital no sabían aquel día es que el niño tenía una enfermedad congénita mortal que aún no se había diagnosticado. Y no habría importado que hubieran estado con él Ruth o Florence Nightingale. Es imposible que Davis Bauer hubiera sobrevivido.

Extiende las manos, una concesión.

—La fiscal querría hacerles creer que la razón de que estemos hoy aquí es la negligencia. Pero no fue Ruth la negligente, sino el hospital y el laboratorio estatal, que no diagnosticaron en su debido momento el grave problema que padecía la criatura, un problema que, de haber sido diagnosticado antes, podría haberle salvado la vida. La fiscal querrá hacerles creer que la razón de que estemos hoy aquí es la ira y el rencor. Eso es cierto. Pero no era Ruth la consumida por la ira. Eran Turk y Brittany Bauer, quienes, desesperados por el sufrimiento y el dolor, quisieron tener un chivo expiatorio. Como no podían tener a su hijo vivo y sano, querían que alguien más sufriera. Así que eligieron a Ruth Jefferson. —Mira al jurado—. En este caso ya ha habido una víctima inocente. Los invito a impedir que haya otra.

No he visto a Corinne desde hace meses. Parece más vieja y tiene bolsas bajo los ojos. Me pregunto si seguirá con el mismo novio, si ha estado enferma, qué crisis habrá sacudido su vida últimamente. Recuerdo que, cuando cogíamos ensaladas en el autoservicio y nos las comíamos en la sala de descanso, ella me daba los tomates y yo le daba las aceitunas.

Si los últimos meses me han enseñado algo, es que la amistad es una cortina de humo. Las personas que pensabas que eran sólidas se convierten en espejos y formas ligeras; y luego bajas los ojos y te das cuenta de que hay otros que dabas por seguros, que son tu base de apoyo. Hace un año habría jurado que Corinne y yo éramos buenas amigas, pero resultó que solo había proximidad, pero no conexión. Éramos conocidas sin más, nos hacíamos regalos por Navidad y salíamos de tapas los jueves por la noche, no porque tuviéramos mucho en común, sino porque trabajábamos tanto y tan duro que era más fácil seguir con nuestras charlas de trabajo que buscar otra compañía a quien enseñar nuestro lenguaje.

Odette pide a Corinne que dé su nombre y dirección. Luego le pregunta:

—¿Trabaja usted?

Desde el estrado de los testigos, Corinne me mira a los ojos y luego desvía la mirada.

—Sí. En el hospital Mercy-West Haven.

—¿Conoce a la acusada en este caso?

—Sí —reconoce Corinne—. La conozco.

La verdad es que no, no me conoce. Nunca me ha conocido. Supongo que, si he de ser justa, he de confesar que yo tampoco la conozco a ella.

—¿Cuánto tiempo hace que la conoce? —pregunta Odette.

—Siete años. Trabajábamos juntas como enfermeras en la sala de maternidad.

—Entiendo —dice la fiscal—. ¿Trabajaron ambas el dos de octubre de 2015?

—Sí. Comenzamos el turno a las siete de la mañana.

—¿Cuidó usted de Davis Bauer esa mañana?

—Sí —dice Corinne—. Pero le pasé el paciente a Ruth.

—¿Por qué?

—Porque me lo pidió la supervisora, Marie Malone.

Odette hace mucho aparato para enseñar una copia certificada de la ficha médica.

—Me gustaría preguntarle sobre la prueba número veinticuatro, que tiene delante de usted. ¿Puede decirle al jurado qué es?

—Es un expediente médico —explica Corinne—. Davis Bauer era el paciente.

—¿Hay una nota en la cabecera del expediente?

—Sí —dice Corinne, y la lee en voz alta—: «CUALQUIER MIEMBRO AFROAMERICANO DEL PERSONAL ABSTE-NERSE DE TRATAR A ESTE PACIENTE».

Cada palabra es un balazo.

—A consecuencia de esto, el paciente fue apartado de la acusada y reasignado a usted, ¿correcto?

—Sí.

—¿Observó usted la reacción de Ruth ante esta nota? —pregunta Odette.

—Sí. Estaba enfadada y alterada. Me dijo que Marie la había apartado del caso porque es Negra, y yo le dije que eso no parecía propio de Marie. Ya sabe, como que debía de haber algún otro motivo. Ella no quiso escucharme. Dijo: «Ese niño no significa nada para mí». Y se marchó violentamente.

¿Violentamente? Bajé por la escalera en lugar de coger el ascensor. Es notable cómo pueden cambiarse los sucesos y la verdad, como cera que ha pasado mucho tiempo al sol. No existen los hechos. Solo existe la interpretación del hecho en un momento dado. Cómo se cuenta. Cómo procesa el cerebro el hecho en cuestión. No hay manera de hacer que el que cuenta lo ocurrido se desligue de su versión.

—¿Gozaba Davis Bauer de buena salud? —prosigue la fiscal.

—Eso parecía —reconoce Corinne—. O sea, no mamaba mucho, pero eso no era especialmente significativo. Muchos niños se muestran apáticos al principio.

—¿Trabajó usted el tres de octubre de 2015?

—Sí —dice Corinne.

—¿Y Ruth?

—No. Ella no tenía que venir, pero faltaba personal y tuvo que hacer un turno doble, desde las siete de la tarde hasta el sábado.

—Entonces ¿fue usted la enfermera de Davis Bauer durante todo el viernes?

—Sí.

—¿Realizó algún procedimiento rutinario con el niño?

Corinne asiente.

—A eso de las dos y media, le di el pinchazo en el talón. Es un análisis de sangre habitual, que no se hace porque un niño esté enfermo ni nada de eso. Se les hace a todos los recién nacidos, y la muestra se envía al laboratorio estatal para que la analice.

—¿Tenía aquel día alguna preocupación por su paciente?

—Seguía teniendo problemas para engancharse al pecho, pero repito que eso no es extraño cuando la criatura acaba de nacer y la madre es primeriza. —Sonríe al jurado—. El ciego guía al ciego y todo eso.

—¿Habló usted con la acusada sobre Davis Bauer cuando terminó su turno?

—No. La verdad es que no parecía prestarle la menor atención.

Es como una experiencia extracorpórea, estar sentada allí, a plena vista, y oír a estas personas hablar de mí como si yo no estuviera presente.

—¿Cuándo volvió a ver a Ruth?

—Bueno, aún estaba trabajando cuando volví a las siete de la mañana para empezar mi turno. Ella había trabajado toda la noche y tenía que salir a las once.

—¿Qué pasó esa mañana? —pregunta Odette.

—Al niño lo iban a circuncidar. Normalmente, a los padres no les gusta estar presentes, así que llevamos al niño a la sala de neonatos. Les damos algo dulce, básicamente agua con azúcar, para calmarlos un poco, y el pediatra realiza la operación. Cuando entré con la cuna de ruedas, Ruth estaba esperando en la sala de neonatos. Había sido una mañana muy ajetreada y estaba tomándose un respiro.

—¿La circuncisión salió como estaba planeado?

—Sí, sin complicaciones. El protocolo es controlar al niño durante noventa minutos para asegurarnos de que no sangra ni hay nada extraño.

—¿Es lo que hizo usted?

—No —confiesa Corinne—. Me llamaron porque había que practicar una cesárea de urgencia a una de mis pacientes. Nuestra enfermera jefe, Marie, me acompañó al paritorio, ya que eso forma parte de su trabajo. Lo que significaba que Ruth era la única enfermera disponible en la planta. Así que le pedí que vigilara a Davis. —Vacila—. Tiene que entender que es un hospital pequeño. Tenemos el personal justo. Y cuando hay una urgencia médica, hay que tomar decisiones con rapidez.

Howard escribe una nota.

—Una cesárea normal dura veinte minutos a lo sumo. Supuse que estaría de vuelta en la sala de neonatos antes de que el niño despertara.

—¿Le preocupó dejar a Davis al cuidado de Ruth?

—No —responde Corinne con firmeza—. Ruth es la mejor enfermera que conozco.

—¿Cuánto tiempo estuvo usted fuera? —pregunta Odette.

—Demasiado —dice Corinne—. Cuando regresé, el niño había muerto.

La fiscal se vuelve hacia Kennedy.

—No hay más preguntas.

Kennedy sonríe a Corinne al acercarse al estrado de los testigos.

—Dice que ha trabajado con Ruth durante siete años. ¿Se considera amiga suya?

Corinne me mira.

—Sí.

—¿Ha dudado alguna vez de su responsabilidad en el trabajo?

—No. Para mí ha sido un modelo a seguir.

—¿Estuvo usted en la sala de neonatos durante las intervenciones que se hicieron a Davis Bauer?

—No —responde Corinne—. Estaba con la otra paciente.

—En consecuencia, no vio a Ruth en acción.

—No.

—Y por lo tanto —añade Kennedy—, tampoco pudo ver que Ruth *no* entrara en acción.

—Así es.

Levanta el papel que le ha entregado Howard.

—Ha dicho usted, y cito textualmente: «Cuando hay una urgencia médica, hay que tomar decisiones con rapidez». ¿Recuerda haberlo dicho?

—Sí.

—Su asistencia a la cesárea de urgencia fue una urgencia médica, ¿cierto?

—Sí.

—¿Calificaría usted también de urgencia médica que un recién nacido sufriera una parada respiratoria?

—Mmmm, sí, naturalmente.

—¿Era consciente de que había una nota en el expediente que decía que Ruth no podía atender a ese niño?

—¡Protesto! —dice Odette—. Eso no es lo que decía la nota.

—Se admite —dice el juez—. Señora McQuarrie, haga la pregunta de otro modo.

—¿Era consciente de que había una nota en el expediente que decía que ninguna persona afroamericana podía cuidar de ese niño?

—Sí.

—¿Cuántas enfermeras Negras trabajan en su departamento?

—Solo Ruth.

—¿Era usted consciente, cuando recurrió a Ruth para que la sustituyera, de que los padres del niño habían expresado el deseo de prohibirle cuidar de su hijo recién nacido?

Corinne se agita en el asiento de madera.

—No creía que fuera a pasar nada. El niño estaba bien cuando me fui.

—La razón de que se controle a un niño durante noventa minutos después de una circuncisión es porque, con los neonatos, las cosas pueden cambiar en una décima de segundo, ¿es eso correcto?

—Sí.

—Y el hecho es, Corinne, que dejó a ese niño con una enfermera a la que le habían prohibido atenderlo, ¿exacto?

—No tuve más remedio —alega Corinne a la defensiva.

—Pero ¿dejó el niño al cuidado de Ruth?

—Sí.

—¿Y sabía que ella no podía tocar a ese niño?

—Sí.

—Así que, básicamente, usted metió la pata dos veces, ¿no?

—Bueno…

—Es curioso —interrumpe Kennedy—. Nadie la ha acusado a usted de haber matado a ese niño.

Anoche soñé con el funeral de mamá. Los bancos de la iglesia estaban llenos y no era invierno, sino verano. A pesar del aire acondicionado y de que la gente agitaba abanicos y programas, todos estábamos brillantes de sudor. La iglesia no era una iglesia, sino un almacén que parecía haber sido dedicado a otra cosa a raíz de un incendio. La cruz del altar estaba hecha con dos vigas carbonizadas, ensambladas como en un puzle.

Yo quería llorar, pero no me quedaban lágrimas. Toda la humedad de mi cuerpo se había convertido en sudor. Quería abanicarme, pero no tenía un programa.

Entonces la persona que estaba a mi lado me dio uno.

—Toma el mío —dijo.

La miré para darle las gracias y me di cuenta de que mamá estaba sentada a mi lado.

Incapaz de decirle nada, me puse en pie como pude.

Miré en el ataúd, para ver quién estaba allí.

Estaba lleno de niños muertos.

Marie fue contratada diez años después que yo. Antes había sido matrona, igual que yo. Ambas soportamos turnos dobles, nos quejamos de los malos sueldos y sobrevivimos a la remodelación del hospital. Cuando la enfermera jefe se jubiló, Marie y yo competimos por el ascenso. El hospital se decidió por Marie y la ganadora vino a verme, muy desolada. Dijo que esperaba que me dieran el puesto a mí, aunque solo fuera para no tener que disculparse por haber sido ella la elegida. Pero la verdad es que a mí no me importó. En primer lugar, tenía que cuidar de Edison. Y ser enfermera jefe significaba mucho más trabajo administrativo y menos trato personal con los pacientes. Mientras veía a Marie adaptarse a su nuevo empleo, di las gracias a mis estrellas porque todo hubiera salido como salió.

—El padre del niño, Turk Bauer, solicitó hablar con una persona encargada —dice Marie, respondiendo a la pregunta de la fiscal—. Estaba preocupado por el cuidado de su hijo.

—¿De qué hablaron?

Marie baja los ojos hasta su regazo.

—No quería que ninguna persona Negra tocara a su hijo. Me dijo eso mientras me enseñaba la bandera confederada que tenía tatuada en el brazo.

Un miembro del jurado ahoga una exclamación.

—¿Había recibido alguna vez una petición semejante por parte de un progenitor?

Marie vacila.

—Los pacientes piden cosas todo el tiempo. Algunas mujeres prefieren que las atienda en el parto una mujer, o no les gusta ser atendidas por un estudiante en prácticas. Hacemos lo que podemos para que nuestros pacientes se sientan cómodos, cueste lo que cueste.

—¿Qué hizo usted en este caso?

—Escribí una nota y la puse en el expediente.

Odette le pide que examine la prueba del expediente médico y que lea la nota en voz alta.

—¿Habló con su personal sobre la petición de este paciente?

—Lo hice. Le expliqué a Ruth que me habían pedido que la apartase, a causa de las creencias filosóficas del padre.

—¿Cuál fue su reacción?

—Se lo tomó como una ofensa personal —responde Marie—. Mi intención no había sido esa. Le dije que solo era una formalidad. Pero ella se fue de mi despacho dando un portazo.

—¿Cuándo volvió a ver a la acusada? —pregunta Odette.

—El sábado por la mañana. Yo estaba en urgencias con otra paciente que había tenido complicaciones durante el parto. Como supervisora, se me exige que realice el traslado con la enfermera que la atiende, en este caso con Corinne. Corinne había dejado a Ruth vigilando a su otro paciente, Davis Bauer, durante la poscircuncisión. Así que, en cuanto pude, volví corriendo a la sala de neonatos.

—Cuéntenos lo que vio, Marie.

—Ruth estaba al lado de la cuna —dice—. Le pregunté qué estaba haciendo y dijo: «Nada».

La sala se comba sobre mí y noto que se me ponen rígidos los músculos del cuello y los brazos. Me quedo petrificada de nuevo, hipnotizada por el azul marmóreo de las mejillas del niño, la inmovilidad de su pecho. Oigo las instrucciones de Marie.

«Tráeme un ambú». Y luego: «Marca el código». Estoy nadando, caigo en un pozo sin fondo, estoy agarrotada. «Empieza las compresiones», añade.

Apretando con dos dedos la delicada y elástica caja torácica, acoplando los electrodos con la otra mano. La sala de neonatos se llena de gente, se abarrota. La aguja subcutánea en el cuero cabelludo, las crispadas maldiciones que suenan mientras la aguja resbala sin encontrar una vena. Una sonda cae de la mesa. La atropina se inyecta en los pulmones, manchando por dentro el tubo de plástico. La pediatra llega a toda prisa a la sala de neonatos. El silbido de la bolsa del ambú cuando se arroja a la basura.

«¿Hora?» «Diez horas, cuatro minutos.»

—¿Ruth? —susurra Kennedy—. ¿Te encuentras bien?

No consigo mover los labios. Estoy en un pozo sin fondo. Estoy agarrotada. Me estoy ahogando.

—El paciente tuvo un episodio de bradicardia con complejo QRS ancho —dice Marie.

«Lápidas.»

—Fuimos incapaces de darle oxígeno. Finalmente, la pediatra declaró la hora de la muerte. No nos dimos cuenta de que los padres estaban en la sala de neonatos. Había tanto en juego... y... —titubea—. El padre, el señor Bauer, corrió a la basura y sacó el ambú. Trató de conectar la bolsa con el tubo que aún estaba en la garganta del niño, nos suplicó que le dijéramos qué hacer. —Se limpia una lágrima—. Yo no quería..., yo..., lo siento.

Consigo mover la cabeza unos grados y ver que hay varias mujeres en el jurado que están haciendo lo mismo. Yo no, ya no me quedan lágrimas.

Me estoy ahogando con las lágrimas de los demás.

Odette se acerca a Marie y le alarga una caja de pañuelos de papel. El suave rumor de sollozos que me rodea es como una batalla de pelotas de algodón.

—¿Qué ocurrió después? —pregunta la fiscal.

Marie se limpia los ojos.

—Envolví a Davis Bauer en una manta. Le puse el gorro. Y se lo entregué a sus padres.

Estoy agarrotada.

Cierro los ojos. Y me hundo, me hundo.

Tardo unos minutos en ver con claridad a Kennedy, que ya ha empezado a interrogar a Marie cuando se me despeja la cabeza.

—Antes de Turk Bauer, ¿alguna vez se había quejado un paciente sobre la experiencia de Ruth como enfermera?

—No.

—¿Los cuidados de Ruth estaban por debajo del nivel de calidad?

—No.

—Cuando escribió esa nota en el expediente del niño, ¿sabía que solo habría dos enfermeras trabajando en un periodo concreto, y que cabía la posibilidad de que el paciente pudiera quedarse sin supervisión en algún momento durante su estancia en el hospital?

—Eso no es exacto. La otra enfermera de servicio se habría hecho cargo.

—¿Y si esa enfermera estaba ocupada? —pregunta Kennedy—. ¿Y si la llamaban para atender una cesárea de urgencia, por ejemplo, y la única enfermera que quedaba en planta era afroamericana?

Marie abre y cierra la boca, pero no emite ningún sonido.

—Lo siento, señora Malone…, no la he oído —dice Kennedy.

—Davis Bauer no se quedó solo en ningún momento —insiste—. Ruth estaba allí.

—Pero usted, su supervisora, le había prohibido que atendiera a este paciente en particular, ¿no es cierto?

—No, yo…

—Su nota le prohibía atender a este paciente en particular…

—En general —explica Marie—. No en caso de emergencia, como es lógico.

Los ojos de Kennedy relampaguean.

—¿Estaba eso escrito en el expediente del paciente?

—No, pero…

—¿Estaba eso escrito en su nota adhesiva?

—No.

—¿Advirtió a Ruth que, en ciertas circunstancias, su juramento Nightingale como enfermera prevalecía sobre lo que usted le había ordenado?

—No —susurra Marie.

Kennedy cruza los brazos.

—Entonces —dice—, ¿cómo se supone que iba a saberlo Ruth?

Cuando el juez hace un receso para comer, Kennedy se ofrece a traernos algo de comida para que Edison y yo no tengamos que soportar el acoso de la prensa. Le digo que no tengo hambre.

—Ya sé que no lo parece —anuncia—. Pero ha sido un buen comienzo.

Le lanzo una mirada que le dice exactamente en qué estoy pensando: es imposible que el juzgado no esté pensando en Turk Bauer tratando de reanimar a su hijo.

Cuando Kennedy se va, Edison se sienta a mi lado. Se afloja la corbata.

—¿Estás bien? —le pregunto, apretándole la mano.

—No puedo creer que tú me lo preguntes a mí.

Una señora se acerca y se sienta al lado de Edison, en el banco que hay fuera de la sala. Está profundamente concentrada en cruzar mensajes de texto por teléfono. Se ríe, frunce el entrecejo y chasquea la lengua, una ópera con un solo intérprete. Finalmente, levanta la cabeza como si acabara de caer en la cuenta de dónde está.

Ve a Edison a su lado y se aparta un milímetro, lo justo para que quepa un pelo entre ellos. Luego sonríe, como si eso lo arreglara todo.

—¿Sabes? —digo—, tengo algo de hambre.

Edison sonríe.

—Yo siempre tengo hambre.

Nos levantamos a la vez y salimos por la parte posterior del juzgado. A estas alturas, no me importa si tropiezo con todos los medios de comunicación, o con el mismísimo Wallace Mercy. Voy por la calle cogida del brazo de Edison hasta que encontramos una pizzería.

Pedimos unas porciones, nos sentamos en un reservado y esperamos a que nos llamen. Edison se inclina sobre su Coca-cola, aspira con fuerza por la pajita hasta que apura el contenido del vaso y sorbe las últimas gotas entre gorgoteos. Yo también estoy perdida en mis pensamientos y recuerdos.

Creo que hasta ahora no me había dado cuenta de que un juicio no es solo la destrucción oficial y legalizada de una reputación. Es un juego mental en el que la armadura del acusado cae pieza a pieza, una cada vez, hasta que no puedes dejar de preguntarte si será cierto lo que está diciendo la fiscalía.

¿Y si lo hice a propósito?

¿Y si vacilé, no por la nota de Marie, sino porque, en el fondo, quería hacerlo?

Me distrae la voz de Edison. Vuelvo a la tierra parpadeando.

—¿Han dicho nuestro nombre?

Niega con la cabeza.

—Todavía no. Mamá, ¿puedo…, puedo preguntarte algo?

—Siempre.

Se queda pensativo un momento, como si estuviera eligiendo las palabras.

—¿Fue…, fue realmente así?

Suena un timbre en el mostrador. Nuestro pedido está listo.

No hago ningún movimiento para ir a buscarlo. Miro a mi hijo a los ojos.

—Fue peor —respondo.

El anestesista citado esa tarde como testigo de la acusación es un hombre al que no conozco bien. Isaac Hager no trabaja en mi planta, salvo cuando hay una urgencia. En ese caso, acude con el resto del equipo. Cuando llegó para atender a Davis Bauer, yo ni siquiera sabía su nombre.

—Antes de responder a la llamada —pregunta Odette—, ¿había visto alguna vez al paciente?

—No —dice el doctor Hager.

—¿Conocía a sus padres?

—No.

—¿Puede explicarnos qué hizo cuando llegó a la sala de neonatos?

—Entubé al paciente —responde el doctor Hager—. Y cuando vi que mis colegas no conseguían ponerle el catéter, traté de ayudar.

—¿Hizo algún comentario a Ruth durante esta operación? —pregunta Odette.

—Sí. Ella estaba haciendo compresiones y le dije varias veces que se detuviera para ver si el paciente estaba respondiendo. En un momento dado en que me pareció que hacía las compresiones de un modo demasiado enérgico, se lo dije.

—¿Puede describir lo que estaba haciendo?

—Las compresiones en el pecho de un niño se hacen presionando el esternón un centímetro, unas doscientas veces por minuto. Las lecturas del monitor eran demasiado altas; pensé que Ruth estaba apretando con demasiada fuerza.

—¿Puede explicar a un lego en la materia qué significa eso?

El doctor Hager mira al jurado.

—Las compresiones son para hacer manualmente que funcione un corazón que no late por sí solo. El objetivo es conseguir por medios físicos que haya gasto cardíaco… y hay que detener el movimiento el tiempo suficiente para que la sangre llene el corazón. Es parecido a vaciar la cisterna del inodoro. Hay que pulsar el botón o tirar de la cadena, pero si no se aparta la mano para que se cierre la válvula, la cisterna no se llenará de agua. Del mismo modo, si las compresiones son demasiado rápidas o demasiado enérgicas, se bombea continuamente, pero la sangre no circula.

—¿Recuerda qué le dijo a Ruth exactamente?

El anestesista se aclara la garganta.

—Le dije que aflojara.

—¿Es inusual que un anestesista sugiera un cambio de ritmo a alguien que está haciendo compresiones?

—De ningún modo —responde el doctor Hager—. Es un sistema de control y equilibrio. Todos nos vigilamos a todos durante una urgencia. También habría podido estar vigilando si ambos lados del pecho se elevaban, y de no ser así, le habría dicho a Marie Malone que apretara la bolsa con más fuerza.

—¿Durante cuánto tiempo obró Ruth con demasiada energía?

—¡Protesto! —exclama Kennedy—. La fiscal está poniendo palabras en la boca del testigo.

—Reformularé la pregunta. ¿Cuánto tiempo duraron las compresiones enérgicas?

—Las compresiones fueron solo un poco enérgicas y duraron menos de un minuto.

—En su experta opinión médica, doctor —pregunta Odette—, ¿pudieron los actos de la acusada haber causado daños al paciente?

—Salvar una vida puede parecer una operación muy violenta, señora Lawton. Cortamos la piel, rompemos costillas, aplicamos descargas eléctricas de alto voltaje. —Se vuelve hacia mí—. Hacemos lo que tenemos que hacer y, si tenemos suerte, funciona.

—No hay más preguntas —dice la fiscal.

Kennedy se acerca al doctor Hager.

—Había mucha tensión en la sala de neonatos, ¿no es cierto?

—Sí.

—Las compresiones que estaba haciendo Ruth... ¿tenían un efecto negativo en la vida del niño?

—Al contrario. Lo mentenían con vida mientras nosotros intentábamos intervenir médicamente.

—¿Contribuyeron a la muerte del niño?

—No.

Kennedy se apoya en la barandilla de la tribuna del jurado.

—¿Sería justo decir que todos, en aquella sala de neonatos, intentaban salvar la vida del niño?

—Totalmente.

—¿Incluso Ruth?

El doctor Hager me mira directamente.

—Sí.

Hay un receso tras la declaración del anestesista. El juez abandona la sala y el jurado sale de la tribuna. Kennedy me lleva a una sala de reuniones, donde se supone que tengo que quedarme para estar segura y aislada de la prensa.

Quiero hablar con Edison. Quiero que Adisa me abrace. Lejos de eso, estoy sentada ante una pequeña mesa, en una sala con tubos fluorescentes que zumban, esforzándome por entender la partida de ajedrez que se juega en mi cabeza.

—¿Te has preguntado alguna vez qué harías si no fueras abogada? —pregunto.

Kennedy me mira.

—¿Es tu forma de decirme que estoy haciendo un trabajo de mierda?

—No, sólo estaba pensando. Pensando en empezar de nuevo.

Kennedy deslía un chicle y me alarga el paquete.

—No te rías, pero en cierto momento quise ser repostera.

—¿En serio?

—Fui a una escuela de hostelería durante tres semanas. Al final me derrotó el hojaldre. No tengo paciencia para prepararlo.

Esbozo una sonrisa.

—Me lo figuro.

—¿Y tú? —pregunta Kennedy.

La miro a la cara.

—No sé —confieso—. Quería ser enfermera desde los cinco años. Creo que soy demasiado vieja para empezar de nuevo, y si tuviera que hacerlo, no sabría adónde ir.

—Ese es el problema de tener una vocación —dice Kennedy—. Apenas sirve para pagar el alquiler.

Vocación. ¿Por eso le quité la manta a Davis Bauer cuando dejó de respirar?

—Kennedy —comienzo a decir—, hay algo que...

Pero me interrumpe.

—Podrías volver a estudiar. Licenciarte en medicina o hacerte auxiliar médico —sugiere—. O trabajar de cuidadora privada.

Ninguna de las dos dice la verdad que pende sobre mí en la pequeña sala: «expresidiaria» no queda bien en un currículo.

Cuando ve la cara que he puesto, sus ojos se suavizan.

—Todo irá bien, Ruth. Nuestro enfoque es excelente.

—¿Y si...? —pregunto en voz baja—. ¿Y si el excelente enfoque no da resultado?

Aprieta las mandíbulas.

—Entonces haré todo lo que pueda para que la sentencia sea leve.

—¿Tendría que ir a la cárcel?

—La fiscalía tiene varios cargos contra ti. Si en un momento dado llega a la conclusión de que no hay pruebas suficientes para apoyarlos, podría desestimar la acusación mayor y concentrarse en la más leve. Así que si no puede demostrar que hubo asesinato, pero cree que tiene probado el homicidio por negligencia, Odette podría jugar la baza más segura. —Me mira a los ojos—. La sentencia mínima por asesinato es de veinticinco años. Pero el homicidio por negligencia no llega a un año. Y, para ser sincera, les va a costar mucho demostrar que hubo mala intención. Odette tendrá que ir pisando huevos cuando interrogue a Turk Bauer si no quiere que caiga mal al jurado.

—¿Quieres decir tan mal como me cae a mí?

Kennedy me traspasa con la mirada.

—Ruth —advierte—. No quiero volver a oírte decir esas palabras en voz alta. ¿Entendido?

De pronto me doy cuenta de que Kennedy no es la única que juega esta partida previendo los seis movimientos siguientes. Odette también los prevé. Ella quiere que el jurado odie a Turk Bauer. Quiere ver al jurado indignado, ofendido, moralmente asqueado.

Y así demostrará que hubo un móvil.

Siempre he admirado a la doctora Atkins, la pediatra, pero después de oír su lista de credenciales y su currículo, aún estoy más impresionada. Es una de esas escasas personas que tienen más premios y honores de los que podríamos esperar, porque son demasiado modestas para mencionarlos. También es la primera testigo en subir al estrado que me mira directamente y me sonríe antes de volverse hacia la fiscal.

—Ruth ya había hecho el primer reconocimiento del recién nacido —dice la doctora Atkins—. Estaba preocupada porque había detectado un posible soplo en el corazón.

—¿Era una preocupación significativa? —pregunta Odette.

—No. Hay muchos niños que nacen con el conducto arterioso abierto. Una diminuta abertura en el corazón. Normalmente se cierra por sí sola durante el primer año de vida. Pero, para estar seguros, programé una consulta cardiológica pediátrica previa al alta del paciente.

Sé por Kennedy que Odette supone que el trastorno médico al que Kennedy se refirió en su exposición inicial es este soplo en el corazón. Y que le está quitando importancia ante el jurado.

—Doctora Atkins, ¿trabajó usted el sábado, tres de octubre, día de la muerte de Davis Bauer?

—Sí. Fui a hacerle la circuncisión al paciente a las nueve de la mañana.

—¿Puede explicar ese procedimiento?

—Por supuesto, es una operación muy simple en la que se quita el prepucio al pene de un niño. Operé aprisa porque se me hacía tarde y tenía otro paciente con una urgencia.

—¿Había alguien más presente?

—Sí, dos enfermeras. Corinne y Ruth. Pregunté a Ruth si el paciente estaba listo y me dijo que ella ya no era su enfermera. Corinne confirmó que el paciente estaba listo para la intervención y la realicé sin incidentes.

—¿Le dijo algo Ruth a propósito de la circuncisión?

La doctora Atkins hace una pausa.

—Dijo que quizá habría que esterilizar al niño.

Detrás de mí alguien susurra: «Zorra».

—¿Qué respondió usted?

—No respondí. Tenía trabajo.

—¿Cómo fue la operación?

La pediatra se encoge de hombros.

—Al terminar estaba llorando, como todos los niños. Lo envolvimos en una manta y se durmió. —Levanta la cabeza—. Cuando me fui, dormía, bueno, como un bendito.

—No hay más preguntas —dice Odette.

—Doctora, ¿lleva ocho años trabajando en el hospital? —comienza Kennedy.

—Sí. —Ríe levemente—. Caramba. El tiempo vuela.

—En ese tiempo, ¿había trabajado antes con Ruth?

—Frecuente y felizmente —dice la doctora Atkins—. Es una enfermera excepcional que se desvive por sus pacientes.

—Cuando Ruth hizo el comentario de esterilizar al niño, ¿cómo percibió usted la frase?

—Como una broma —dice la doctora Atkins—. Sabía que estaba bromeando. Ruth no es malintencionada con los pacientes.

—Tras la circuncisión de Davis Bauer, ¿siguió usted en el hospital?

—Sí, en otra planta, en la clínica pediátrica.

—¿Se enteró de la emergencia declarada en la sala de neonatos?

—Sí. Marie había dado la alarma. Cuando llegué, Ruth estaba haciendo compresiones en el pecho del niño.

—¿Hizo Ruth todo lo posible, de acuerdo con el máximo nivel requerido?

—Por lo que yo vi, sí.

—¿Daba muestras de tener algún tipo de animosidad o prejuicio contra este niño? —pregunta Kennedy.

—No.

—Me gustaría retroceder un poco —dice Kennedy—. ¿Pidió usted algún análisis de sangre de Davis Bauer cuando nació?

—Sí, el análisis de sangre del recién nacido que pide el estado de Connecticut.

—¿Adónde envían la muestra?

—Al laboratorio estatal de Rocky Hill. No la analizamos en el hospital.

—¿Cómo se transporta hasta el laboratorio estatal?

—Por mensajero —responde la doctora Atkins.

—¿Cuándo le extrajeron sangre a Davis Bauer para efectuar ese análisis?

—A las dos y media de la tarde del viernes tres de octubre.

—¿Llegó a recibir los resultados de la analítica del laboratorio estatal de Connecticut?

La doctora Atkins frunce el entrecejo, como si meditara.

—En realidad, no recuerdo haberlos visto. Claro que entonces ya no tenía la menor importancia.

—¿Cuál es la finalidad de esa analítica?

La doctora enumera una serie de enfermedades raras. Unas, causadas por mutación genética. Otras, por carecer el organismo de cantidad suficiente de una enzima o una proteína. Otras son consecuencia de no poder metabolizar enzimas o proteínas.

—Pocos de ustedes habrán oído hablar de estas afecciones —dice la doctora Atkins—, porque la mayoría de niños no las tiene. Pero aquellos que sí, bueno, algunos se pueden tratar si se detectan a tiempo. Si intervenimos inmediatamente y aplicamos una dieta, un medicamento o una terapia hormonal, a menudo evitamos retrasos significativos en el desarrollo y deterioros cognitivos.

—¿Es mortal alguna de estas afecciones?

—Si no se tratan, sí.

—Usted no tenía los resultados de la analítica cuando Davis Bauer sufrió el ataque, ¿verdad? —pregunta Kennedy.

—No. El laboratorio estatal está cerrado los fines de semana. Normalmente no recibimos hasta el martes los resultados de los análisis del viernes.

—Lo que dice usted —explica Kennedy— es que los resultados tardan en llegar casi el doble de tiempo si el niño tiene la desgracia de nacer al final de la semana.

—Por desgracia, es cierto.

Veo que los jurados estiran el cuello, toman notas, escuchan atentamente. Edison se remueve detrás de mí. Quizá Kennedy tenga razón. Quizá lo único que necesiten todos sea información científica.

—¿Conoce usted una afección que se llama MCADD? —pregunta Kennedy.

—Sí, es una deficiencia en la oxidación de los ácidos grasos. Básicamente, un niño que padece esa afección tendrá problemas para metabolizar las grasas, y eso significa que su nivel de glucosa en sangre caerá a niveles peligrosamente bajos. Si se detecta pronto, puede tratarse con una dieta estricta y comidas frecuentes.

—Supongamos que no se detecta. ¿Qué ocurre entonces?

—Bueno, los niños con MCADD corren un gran riesgo de morir durante el primer episodio clínico de hipoglucemia, cuando el nivel de glucosa en sangre cae en picado.

—¿Qué síntomas presenta?

—Pueden estar adormilados, como aletargados. Irritables. No maman bien.

—Digamos que, hipotéticamente, a un niño que padeciera MCADD sin diagnosticar se le hiciera una circuncisión. ¿Hay algo en esa operación que pueda agravar el problema?

La pediatra asiente.

—Normalmente, tienen que ayunar desde las seis de la madrugada, para estar preparados para la operación. En un niño con MCADD, eso produciría un nivel bajo de glucosa en sangre, o sea, un posible episodio de hipoglucemia. En un caso así, al niño habría que haberle dado un diez por ciento de dextrosa antes y después.

—Usted le extrajo sangre a Davis Bauer durante la emergencia, ¿no es cierto?

—Sí.

—¿Puede decirle al jurado cuál era su nivel de glucosa en sangre en ese momento? —pregunta Kennedy.

—Veinte.

—¿A qué nivel se considera que un niño tiene hipoglucemia?

—A cuarenta.

—O sea que el nivel de glucosa de Davis Bauer era peligrosamente bajo, ¿no es así?

—Sí.

—¿Habría sido suficiente para que un niño con MCADD sin diagnosticar y sin tratar sufriera una parada respiratoria?

—No puedo afirmarlo con seguridad. Pero es posible, sí.

Kennedy coge una carpeta.

—Me gustaría presentar esto como prueba cuarenta y dos —dice—. Es el resultado de la analítica que se hizo a Davis Bauer y que fue solicitado por la defensa.

Odette se levanta como un rayo.

—Señoría, ¿qué maniobra es esta? La defensa no lo ha notificado a la fiscalía.

—Eso es porque he recibido los resultados hace apenas unos días. Desparecieron *oportunamente* del sumario hace *meses* —responde Kennedy—. Lo cual podría presentarse como obstrucción a la justicia...

—Acérquense. —El juez llama a las dos letradas. Se pone en marcha la máquina que emite un zumbido para que no podamos oír lo que dicen, ni yo ni el jurado. Terminan la conferencia después de mucha gesticulación y con la cara de Kennedy del color de la grana. Pero el resultado de la analítica se entrega al secretario para que conste como prueba.

—Doctora Atkins, ¿puede decirnos qué tiene usted en la mano? —pregunta Kennedy.

—Los resultados de la analítica de un recién nacido —responde la pediatra, pasando las páginas. Entonces se detiene—. Oh, Dios mío.

—¿Hay algún punto de particular interés entre los resultados, doctora Atkins? ¿Los resultados que no pudieron tenerse en cuenta porque el laboratorio del Estado estuvo cerrado todo el fin de semana? ¿Los resultados que usted no recibió hasta después de la muerte de Davis Bauer?

La pediatra levanta la mirada.

—Sí. Davis Bauer dio positivo en MCADD.

Kennedy está eufórica cuando termina la sesión del primer día. Habla rápido, como si se hubiera tomado cuatro cafés cargados, y parece pensar que ya hemos ganado el caso, aunque la fiscalía solo acaba de empezar y nosotros no hemos comenzado con la defensa. Me dice que debería tomarme un buen vaso de vino para celebrar un día fenomenal de declaraciones favorables, pero, si he de ser franca, lo único que me apetece es irme a casa y meterme en la cama.

La cabeza me duele. La tengo llena de imágenes de Davis Bauer, y no dejo de pensar en la expresión de la doctora Atkins cuando se dio cuenta de lo que decían los resultados del análisis. Es verdad que Kennedy me los ha enseñado dos noches antes, pero esto ha sido aún más desolador. Ver a una especialista del hospital, alguien a quien aprecio y en quien confío, verla reflexionar y decir mentalmente: «Si por lo menos…». Eso me recentró un poco.

Sí, es un juicio contra mí.

Sí, me han culpado de algo de lo que no deberían haberme culpado.

Pero, al final del día, sigue habiendo un niño muerto. Sigue habiendo una madre que no lo verá crecer. Puede que me absuelvan; puede que me convierta en una luminaria del mensaje de Wallace Mercy; podría presentar una demanda civil por daños y recibir una compensación que desvanecería mi temor por el futuro universitario de Edison… y, aun así, sabría que nadie habría ganado realmente este caso.

Porque no se puede borrar la colosal tragedia que representa perder una vida en sus mismísimos comienzos.

Eso es lo que me corre por la cabeza mientras espero que se despejen los pasillos, para poder irme a casa con Edison sin llamar la atención. Me está esperando en un banco, fuera de la sala de reuniones.

—¿Dónde está tu tía?

Edison se encoge de hombros.

—Dijo que quería llegar a casa antes de que empezara a nevar.

Miro por la ventana y veo caer los copos. He estado tan concentrada que ni siquiera había visto que se acercaba una tormenta.

—Espera un momento que voy a los lavabos —digo, y me alejo por el pasillo vacío.

Entro en el cubículo a hacer mis cosas, tiro de la cadena y salgo para lavarme las manos. Odette Lawton está delante de la pila y me mira por el espejo mientras enrosca el lápiz de labios.

—Su abogada ha tenido un buen comienzo —admite. No sé qué decir, así que dejo que el agua caliente me caiga sobre las muñecas—. Pero, si yo estuviera en su lugar —añade—, no cantaría victoria. Puede que sea capaz de convencer a Kennedy McQuarrie de que es usted Clara Barton*, pero yo sé lo que estaba pensando cuando ese racista la puso en su sitio. Y no eran ideas relacionadas con la enfermería.

Es demasiado. Algo empieza a bullir dentro de mí, un géiser, una conciencia. Cierro el grifo, me seco las manos y me encaro con ella.

—¿Sabe? Me he pasado toda la vida haciendo lo que creo justo. He estudiado duro, sonreído mucho y obedecido las normas para llegar donde he llegado. Y sé que usted también lo ha hecho. Así que me resulta muy difícil entender por qué una afroamericana inteligente y profesional está haciendo todo lo posible para destruir a otra afroamericana inteligente y profesional.

Hay un leve temblor en los ojos de Odette, como cuando se sopla ligeramente una llama. Desaparece inmediatamente, y en su lugar se instala una mirada fría como el acero.

—Esto no tiene nada que ver con la raza. Solo hago mi trabajo.

Tiro la toalla de papel a la basura y pongo la mano en el pomo de la puerta.

---

* Enfermera estadounidense, recordada, en particular, por organizar la Cruz Roja de EE. UU. (*N. del T.*).

—Qué suerte tiene —digo—. Nadie le ha dicho que no pudiera.

Por la noche estoy sentada a la mesa de la cocina, perdida en mis pensamientos, cuando Edison me trae una taza de té.

—¿Y esto por qué, pequeño? —inquiero con una sonrisa.

—Pensé que te vendría bien —responde—. Pareces cansada.

—Lo estoy —confieso—. Estoy hecha polvo.

Ambos sabemos que no estoy hablando de los dos primeros días de declaraciones.

Edison se sienta a mi lado y le aprieto la mano.

—Es agotador, ¿verdad? Tratar de demostrar que eres mejor persona de lo que esperaban.

Asiente y sé que entiende lo que estoy diciendo.

—El juicio es diferente de lo que había visto en televisión.

—Más largo —apostillo, y nuestras voces se superponen cuando replica:

—Aburrido.

Nos echamos a reír.

—Estuve hablando un rato con ese tal Howard, en uno de los recesos —dice Edison—. Su trabajo es bastante chulo. Y el de Kennedy. ¿Sabes?, la mera idea de que todo el mundo tenga derecho a un buen abogado, aunque no puedan pagarlo. —Me mira con una pregunta flotando en sus rasgos—. ¿Crees que yo sería un buen abogado, mamá?

—Bueno, eres más inteligente que yo, y Dios sabe que se te da muy bien discutir —Bromeo—. De modo, Edison, que, hagas lo que hagas, serás un campeón.

—Es curioso —dice—. Me gustaría hacer lo que hacen ellos, trabajar para personas que no pueden permitirse un representante legal. Pero es como si toda mi vida me hubiera preparado para estar en el otro lado, para acusar.

—¿A qué te refieres?

Se encoge de hombros.

—El Estado tiene que demostrar las acusaciones —dice Edison—. Se parece a lo que hacemos nosotros, todos los días.

Nieva mucho esa noche, los quitanieves no dan abasto y el mundo queda completamente blanco. Me pongo las botas de invierno con la misma falda que he llevado toda la semana (me he ido cambiando la blusa) y guardo los zapatos de vestir en una bolsa de Stop&Shop. La radio habla de escuelas cerradas y el autobús que Edison y yo tomamos habitualmente se ha averiado, así que tenemos que correr a una línea diferente y hacer dos trasbordos. Como resultado, llegamos al juzgado con cinco minutos de retraso. He enviado un mensaje a Kennedy y ahora no tenemos tiempo de colarnos por detrás. Así que se reúne conmigo en la escalinata de la entrada principal, donde inmediatamente me ponen micrófonos en la cara y la gente me llama asesina. Edison me rodea con el brazo y yo me escondo en su pecho, dejando que él haga de barrera.

—Con un poco de suerte —murmura Kennedy—, el juez Thunder tendrá problemas para mover hoy su coche.

—La culpa ha sido del autobús…

—No importa. Nunca des al tribunal ninguna razón extra para disgustarlo.

Entramos corriendo en la sala, donde Odette está sentada con aire de suficiencia ante la mesa de la acusación, con aspecto de haber llegado a las seis de la madrugada. Tengo la impresión de que duerme aquí. El juez Thunder entra, doblado por la cintura, y todos nos ponemos en pie.

—Un imbécil me ha dado un golpe por detrás cuando venía y, como resultado, tengo la espalda oficialmente fuera de combate —aduce—. Pido disculpas por el retraso.

—¿Se encuentra bien, Señoría? —dice Kennedy—. ¿Quiere que llamemos al médico?

—Aunque aprecio su solidaridad, señora McQuarrie, imagino que preferiría que estuviera incapacitado en un hospital. Preferiblemente, sin analgésicos al alcance de la mano. Señora Lawton, llame a su testigo antes de que renuncie a tanta valentía judicial y me tome un Vicodin.

El primer testigo de cargo de la jornada es el policía que me interrogó a raíz de mi detención.

—Detective MacDougall —comienza Odette tras preguntarle su nombre y dirección—. ¿Dónde trabaja?

—En el municipio de East End, Connecticut.

—¿Cómo se vio envuelto en el caso que estamos investigando hoy?

Se echa hacia atrás. Parece salirse de la silla y llenar todo el estrado de los testigos.

—Recibí una llamada del señor Bauer y le dije que pasara por la comisaría para presentar su queja. Estaba muy alterado. Creía que la enfermera que atendió a su hijo había descuidado intencionadamente los cuidados de urgencia, lo cual causó la muerte del niño. Entrevisté al personal médico que participó en el caso y tuve varias reuniones con el forense…, y con usted, señora.

—¿Interrogó a la acusada?

—Sí. Tras conseguir una orden de detención, fuimos a casa de la señora Jefferson y llamamos a la puerta, con fuertes golpes, pero no abrió.

Casi me levanto de la silla al oír esto. Howard y Kennedy me ponen una mano en cada hombro para impedirlo. Eran las tres de la madrugada. No llamaron a la puerta, la aporrearon hasta desencajar la jamba. Me detuvieron a punta de pistola.

Me inclino sobre Kennedy con las ventanas de la nariz dilatadas.

—Eso es mentira. Está prestando falso testimonio —susurro.

—Chitón —replica.

—¿Qué ocurrió después? —pregunta la fiscal.

—Nadie respondió a las llamadas.

Kennedy me aprieta el hombro con más fuerza.

—Temimos que pudiera huir por la puerta trasera. Así que aconsejé a mi equipo que utilizara el ariete para entrar en la casa.

—¿Y consiguió entrar en la casa y detener a la señora Jefferson?

—Sí —dice el detective—, pero antes se enfrentó con nosotros un Negro corpulento…

«No», digo entre dientes, y Howard me da un puntapié por debajo de la mesa.

—… que más tarde supimos que era el hijo de la señora Jefferson. También nos preocupaba la seguridad de los agentes, así que realizamos un rápido registro del dormitorio, mientras esposábamos a la señora Jefferson.

Tiraron los muebles al suelo. Me rompieron los platos. Arrancaron mi ropa de las perchas. Inmovilizaron a mi hijo.

—Le comuniqué sus derechos —prosigue el agente MacDougall— y le leí los cargos.

—¿Cómo reaccionó?

—No cooperó —responde el agente con una mueca.

—¿Qué pasó después?

—La llevamos a la comisaría de East End. Le tomaron las huellas dactilares, la fotografiaron y la encerraron en una celda. Luego, mi colega, la agente Leong, y yo la llevamos a una sala de interrogatorios y volvimos a decirle que tenía derecho a llamar a un abogado, a no decir nada, y que, si no quería responder a las preguntas, tenía libertad para ello. Le dijimos que sus respuestas podían y serían utilizadas en un juicio. Y luego le pregunté si lo había entendido todo. A lo que respondió que sí.

—¿Pidió la acusada un abogado?

—En aquel momento no. Tenía muchas ganas de explicar su versión de los hechos. Sostenía que no tocó al niño hasta que se activó el código de urgencia. También admitió que el señor Bauer y ella no…, ¿cómo lo dijo…, que *no tenían el mismo punto de vista*.

—¿Qué pasó luego?

—Bueno, queríamos que supiese que estábamos preocupados por ella. Que, si fue un accidente, nos lo dijera y así el juez sería benévolo, podríamos arreglar todo el lío organizado y ella podría seguir educando a su hijo. Pero entonces se cerró en banda y dijo que no quería seguir hablando. —Se encoge de hombros—. Supongo que no fue un accidente.

—Protesto —interviene Kennedy.

El juez Thunder hace una mueca al volverse hacia la taquígrafa.

—Se admite. Que no conste en acta el último comentario del testigo.

Pero queda suspendido en el espacio que media entre nosotros, como el resplandor de un rótulo de neón cuando se apaga.

Siento una liberación en el hombro y me doy cuenta de que Kennedy ha dejado de apretármelo y está ya delante del policía.

—¿Tenía orden de detención?

—Sí.

—¿Llamó a Ruth para decirle que iba a ir a su casa? ¿Le pidió que fuera voluntariamente a comisaría?

—Eso no es lo que solemos hacer con las órdenes de detención por asesinato —dice MacDougall.

—¿A qué hora les entregaron la orden?

—A eso de las cinco de la tarde.

—¿Y a qué hora fueron a casa de Ruth?

—A las tres de la madrugada.

Kennedy mira al jurado como diciendo: «¿Pueden creerlo?»

—¿Alguna razón en particular para ese retraso?

—Fue intencionado. Uno de los principios básicos de las fuerzas del orden es acudir cuando menos se nos espera. Eso desarma al sospechoso y acelera los trámites.

—Cuando llamó a la puerta de Ruth y ella no le dio la bienvenida de inmediato con un pastel de moca y un fuerte abrazo, ¿es posible que fuera porque a las tres de la madrugada estaba profundamente dormida?

—No sé nada de las horas de sueño de la acusada.

—A propósito del rápido registro que hizo…, ¿no vaciaron todos los cajones y armarios, derribaron todos los muebles y además destruyeron la casa de la señora Jefferson mientras ella estaba esposada y no estaba en condiciones de acceder a ningún arma?

—Nunca se sabe cuándo puede haber un arma al alcance de alguien, señora.

—¿Y no es cierto que tiraron a su hijo al suelo y le pusieron los brazos en la espalda para reducirlo?

—Es un procedimiento normal para la seguridad de los agentes. No sabíamos que era el hijo de la señora Jefferson. Vimos a un joven Negro corpulento y furioso que estaba visiblemente alterado.

—¿De veras? —dice Kennedy—. ¿Y además llevaba capucha?

El juez Thunder elimina este último comentario del acta y, cuando Kennedy se sienta, parece tan sorprendida por su arrebato como yo.

—Lo siento —murmura—. Se me escapó.

Pero el juez está furioso y llama a las letradas a la tribuna. Se pone en marcha la máquina de ruido que impide que se oiga lo que dicen, pero, por el color de las mejillas del juez y la cólera con que se dirige a mi abogada, sé que no la ha llamado para echarle piropos.

—Esa es la razón —me dice una Kennedy ligeramente pálida cuando regresa— de que no hablemos de razas en un juzgado.

El juez Thunder decide que el dolor de su espalda merece un aplazamiento hasta el día siguiente.

Debido a la nieve, tardamos más en volver a casa. Cuando Edison y yo doblamos la esquina de nuestra manzana, estamos empapados y agotados. Un hombre está tratando de desenterrar su coche solo con sus manos enguantadas. Dos chicos del barrio se arrojan bolas de nieve; una se estrella en la espalda de Edison.

Hay un coche aparcado delante de nuestra casa. Es un vehículo negro con chófer, algo que no se ve a menudo por aquí, al menos cuando se sale del campus de Yale. Al acercarme, se abre la portezuela trasera y baja una mujer. Viste anorak, calza botas de cuero y lleva gorro y bufanda de lana. Tardo unos momentos en darme cuenta de que es Christina.

—¿Qué haces aquí? —pregunto, realmente sorprendida. En todos los años que llevo en East End, Christina no ha venido nunca de visita. En todos esos años, yo no la he invitado.

No es que me avergüence de mi casa. Me encanta el lugar en que vivo y me gusta cómo vivo. Es que creo que no soportaría la exageración con que diría qué mono es el espacio, qué acogedor, qué propio de mí.

—He estado en el juzgado estos dos últimos días —confiesa, y me quedo atónita. He mirado la sección del público de arriba abajo. Y no la he visto allí, y Christina no suele pasar inadvertida.

Se baja la cremallera del anorak y deja al descubierto una raída camisa de franela y unos vaqueros que le quedan grandes, todo muy alejado de su indumentaria habitual.

—Voy de incógnito —nos confía, sonriendo tímidamente. Mira a Edison, que está detrás de mí—. ¡Edison! Dios mío, no te veía desde que eras más bajo que tu madre...

Edison levanta bruscamente la barbilla, un saludo torpe.

—Edison, ¿por qué no entras? —sugiero y, cuando se aleja, miro a Christina a los ojos—. No lo entiendo. Si la prensa descubre que has estado aquí...

—Entonces los mandaría a tomar por culo —dice con firmeza—. A la mierda el Congreso. Le dije a Larry que iba a venir y que no era negociable. Si alguien de la prensa pregunta, le diré la verdad: que tú yo nos conocemos desde hace mucho.

—Christina —vuelvo a preguntar—. ¿Qué haces aquí?

Podría haberme enviado un mensaje. Podría haber llamado. Podría haberse limitado a estar en el juzgado para darme apoyo moral. Pero, en lugar de eso, ha estado esperándome delante de mi puerta Dios sabe cuánto tiempo.

—Soy tu amiga —dice con calma—. Lo creas o no, Ruth, esto es lo que hacen las amigas. —Me mira a la cara y me doy cuenta de que tiene los ojos llenos de lágrimas—. Lo que han contado que te pasó..., la policía irrumpiendo en tu casa. Las esposas. Y cómo agredieron a Edison. Nunca imaginé... —Titubea, y luego reanuda el hilo de sus pensamientos y me ofrece el lazo más triste y sincero—. No lo sabía.

—¿Cómo ibas a saberlo? —respondo, no colérica ni herida, sino constatando un hecho—. No tenías por qué.

Se enjuga las lágrimas y deja una mancha de rímel alrededor de los ojos.

—No sé si te he contado esta historia alguna vez —dice—. Es sobre tu madre. Fue hace mucho tiempo, cuando yo iba a la universidad. Volvía de Vassar para pasar en casa el Día de Acción de Gracias, y había un autoestopista al borde de la carretera, a la altura de Taconic Parkway. Era un Negro y tenía una pierna mal. La verdad es que iba con muletas. Así que paré y le pregunté si quería que lo llevara. Lo llevé hasta Penn Station, donde iba a coger un tren para ir a visitar a su familia en DC. —Se abraza cerrando el anorak para abrigarse—. Cuando llegué a casa y Lou vino a mi habitación para ayudarme a deshacer el equipaje, le dije lo que había hecho. Pensé que estaría orgullosa de mí, por ser una buena samaritana y todo eso. ¡Pero se puso hecha una furia, Ruth! Te lo juro, nunca la había visto así. Me cogió por los brazos y me zarandeó; al principio no podía ni hablar. «Nunca, nunca más vuelvas a hacer algo parecido», me dijo, y yo estaba tan atónita que le prometí que no lo repetiría. —Me mira a la cara—. Hoy estaba sentada en la sala, oyendo a ese policía contar que habían destrozado tu puerta a media noche y te habían empujado, y habían tirado a Edison al suelo, y no dejaba de oír la voz de Lou en mi cabeza cuando le conté lo del autoestopista Negro. Sabía que tu madre reaccionó así conmigo porque estaba asustada. Pero todo este tiempo he creído que lo había hecho pensando en mi seguridad. Ahora sé que lo hizo pensando en la seguridad de aquel hombre.

En ese momento me doy cuenta de que durante años he dado por sentado que Christina me ve como a alguien de su pasado a quien tiene que tolerar, una desgraciada a la que ayudar. De niñas, yo pensaba que éramos iguales. Pero conforme crecíamos y aumentaba la conciencia de nuestras diferencias y no de nuestras semejanzas, sentía que se introducía una cuña entre nosotras. En secreto, yo la criticaba por emitir opiniones sobre mí y mi vida sin preguntarme directamente. Ella era la diva y yo la actriz secundaria de su historia. Pero muy oportunamente olvidé recordar que yo era la que le había adjudicado ese papel. Había culpado a Christina de levantar ese muro invisible sin admitir que yo había añadido unos cuantos ladrillos personalmente.

—Dejé el dinero debajo de tu felpudo —barboto.

—Lo sé —responde Christina—. Debería habértelo pegado a la mano con cola de carpintero.

Hay medio metro de distancia entre nosotras y un mundo de contrastes. Además, yo sé lo difícil que es rascar el barniz de la propia vida y dejar la realidad al desnudo. Es como despertarse en una habitación, salir de la cama y ver que los muebles han sido cambiados de sitio. Al final encontrarás la forma de orientarte, aunque sea un proceso lento, y es posible que te des algunos golpes en el ínterin.

Alargo la mano y aprieto la de Christina.

—¿Por qué no entras? —invito.

Al día siguiente luce el sol pero hace un frío que pela. El recuerdo de la nevada de la víspera ha desaparecido de las carreteras y la temperatura aleja a parte de la multitud de la escalinata del juzgado. Incluso el juez Thunder parece calmado y complaciente, quizá a consecuencia de los medicamentos que toma para el dolor de espalda, o porque estamos terminando con los testigos de la acusación. Hoy, la primera persona en subir al estrado es el forense estatal, el doctor Bill Binnie, que estudió con el famoso Henry Lee. Es más joven de lo que yo creía y tiene unas manos delicadas que aletean mientras habla, como si fueran pájaros adiestrados que apoya en los muslos; y parece una estrella de cine, así que las señoras del jurado están pendientes de todo lo que sale de su boca, aunque sea la aburrida letanía de los méritos que llenan su currículo.

—¿Cuándo oyó hablar por primera vez de Davis Bauer, Doctor? —pregunta la fiscal.

—Mi despacho recibió un mensaje telefónico de Corinne McAvoy, enfermera del hospital Mercy-West Haven.

—¿Respondió usted?

—Sí. Tras recoger el cadáver del niño, le hicimos la autopsia.

—¿Puede explicarle al jurado en qué consiste eso?

—Desde luego —responde, volviéndose hacia el jurado—. Realizo un examen externo y otro interno. Durante el examen externo, reviso el cuerpo en busca de contusiones y para ver si tiene alguna marca. Tomo medidas del cuerpo y de la circunferencia de la cabeza, y fotografío el cadáver. Tomo muestras de sangre y de bilis. Luego, para hacer el examen interno, hago una incisión en el pecho en forma de Y, retiro la piel y examino los pulmones, el corazón, el hígado y varios órganos más en busca de roturas o anomalías graves. Pesamos y medimos los órganos. Tomamos muestras de tejidos. Y luego enviamos las muestras a toxicología y esperamos el resultado para poder llegar a una conclusión razonable sobre la causa de la muerte, basada en los hechos.

—¿Hubo hallazgos importantes durante la autopsia? —pregunta Odette.

—El hígado estaba ligeramente dilatado. Había una ligera cardiomegalia y un ductus persistente de nivel uno, pero no había otros defectos congénitos… No había anomalías valvulares ni tubulares.

—¿Qué significa eso?

—El órgano era un poco grande, y había un pequeño agujero en el corazón. Pero los vasos sanguíneos no estaban mal acoplados. Y no había defectos en los septos.

—¿Había entre estos hallazgos algo que sugiriese la causa de la muerte?

—La verdad es que no —dice el forense—. Había buenas razones para que los hubiera. Según el expediente médico del paciente, la madre había tenido diabetes gestacional durante el embarazo.

—¿Qué es eso?

—Una enfermedad que produce altos niveles de glucosa en sangre durante el embarazo. Por desgracia, ese nivel de glucosa en las madres tiene efectos en los hijos.

—¿Cómo?

—Los hijos de madres diabéticas son a menudo más grandes que otros niños. Su hígado, su corazón y sus glándulas suprarrenales pueden ser más grandes de lo normal. Estos niños son a menudo hipoglucémicos cuando nacen debido a los altos niveles de insulina en sangre. Además, basándome en los registros médicos que estudié, el análisis posnatal del laboratorio indicaba bajo nivel de glucosa en sangre, al igual que la punción femoral que se hizo durante la intervención de urgencia. Todos los hallazgos de la autopsia, así como el bajo nivel de glucosa, son compatibles con un niño nacido de madre diabética.

—¿Y el agujero en el corazón del niño? Eso parece grave…

—Parece peor de lo que es. En la mayoría de casos, el ductus arterioso se cierra solo —afirma el doctor Binnie, mirando al juzgado. La jurada número doce, que es profesora, empieza a abanicarse.

—Entonces, ¿puede determinar cómo murió el niño?

—La verdad —confiesa el forense— es que es más complicado de lo que la gente cree. Nosotros, los obsesos de la medicina, distinguimos entre la forma en que muere una persona y el cambio real que se produce en el cuerpo y que causa la extinción de la vida. Por ejemplo, digamos que hay un tiroteo y muere alguien. La causa de la muerte es la herida de bala. Pero el mecanismo de la muerte, el fenómeno físico real que terminó con su vida, podría ser la hemorragia, el desangramiento. —Deja de prestar atención a Odette para mirar al jurado—. Y además está la forma de morir…, cómo se llegó a eso. ¿Fue la herida de bala un accidente? ¿Un suicidio? ¿Una agresión deliberada? Eso se vuelve importante, bueno, quiero decir cuando estamos en un juzgado como este.

La fiscal presenta otra prueba.

—Lo que van a ver ahora —advierte al jurado— podría ser muy turbador.

Pone sobre un caballete una foto del cadáver de Davis Bauer.

Siento que se me corta la respiración. Esos diminutos dedos, el arco de las piernas. La breve bellota del pene, todavía ensangrentado a consecuencia de la circuncisión. Si no fuera por las contusiones y el tinte azul de la piel, podría estar dormido.

Yo había cogido a ese niño en el depósito de cadáveres. Lo había tenido en mis brazos, lo había mecido hacia al cielo.

—Doctor —comienza Odette—, ¿podría decirnos…? —Pero, antes de que pueda terminar, hay un alboroto entre el público. Nos volvemos todos y vemos a Brittany Bauer de pie, con expresión salvaje. Su marido está ante ella, sujetándola por los hombros. No sabría decir si trata de contenerla o de tenerla en pie.

—Déjame —chilla la mujer—. ¡Es mi hijo!

El juez Thunder da golpes con el mazo.

—¡Orden! —exige, y luego, más amablemente—. Señora, por favor, siéntese…

Pero Brittany me señala directamente con un dedo tembloroso. Por la descarga eléctrica que me recorre los huesos, podría ser perfectamente una táser.

—Tú mataste a mi hijo, so puta. —Avanza trastabillando por el pasillo, se acerca, y yo estoy petrificada por el hechizo de su odio—. Te haré pagar por esto, aunque sea lo último que haga.

Kennedy pide la intervención del juez, que ha vuelto a dar golpes con el mazo y llama al ujier. El padre de Brittany Bauer trata también de calmarla, pero es inútil. Hay consternación y murmullos cuando sale escoltada de la sala. Su marido está inmóvil, indeciso entre ir a consolarla o quedarse para seguir oyendo al testigo. Al cabo de un momento, se vuelve y echa a correr hacia la doble puerta.

Cuando el juez llama al orden, todos lo miramos de nuevo, fascinados por la gigantesca foto del niño muerto. Una jurada rompe a llorar, otros dos la calman y el juez Thunder pide un receso.

Kennedy exclama a mi lado:

—Ay, mierda.

Quince minutos después, hemos vuelto todos a la sala menos Turk y Brittany Bauer. Y, no obstante, su ausencia es casi más notable, como si los dos asientos vacíos nos recordaran por qué hemos tenido que hacer un receso. Odette enseña al forense una serie de fotografías del cuerpo del niño, desde todos los ángulos posibles. Lo invita a explicar los resultados de los diferentes análisis, los que eran normales, los que se desviaban de la normalidad. Finalmente, pregunta:

—¿Fue usted capaz de determinar la causa de la muerte de Davis Bauer?

El doctor Binnie asiente.

—La causa de la muerte de Davis Bauer fue la hipoglucemia, que produjo un ataque hipoglucémico, que produjo a su vez una parada respiratoria y luego cardíaca. En otras palabras, el bajo nivel de glucosa hizo que el niño se paralizara, dejara de respirar y eso, a su vez, detuvo su corazón. La muerte fue por asfixia. El modo fue indeterminado.

—¿Indeterminado? ¿Eso significa que las acciones de la acusada no tuvieron nada que ver con la muerte del niño? —pregunta Odette.

—Al contrario. Significa que no quedó claro si fue una muerte violenta o natural.

—¿Cómo pudo averiguar eso?

—Leí el historial médico, por supuesto, así como el atestado policial que daba información.

—¿Qué información?

—El señor Bauer le dijo a la policía que Ruth Jefferson estaba golpeando con violencia el pecho de su hijo. La contusión que encontramos en el esternón podría confirmar esa acusación.

—¿Había algo más en el atestado policial que influyera en la redacción de su informe?

—Según diversas declaraciones, parece que la acusada no hizo nada para reanimarlo hasta que llegó más personal a la sala.

—¿Por qué era eso importante para los resultados de la autopsia?

—Tiene que ver con el modo de morir —explica el doctor Binnie—. No sé cuánto tiempo estuvo el niño con parada respiratoria. Si esa parada se hubiera tratado antes, es posible que no se hubiera producido la parada cardíaca. —Mira al jurado—. Si la acusada hubiera intervenido, es posible que ninguno de nosotros estuviera aquí.

—No hay más preguntas —dice Odette.

Kennedy se pone en pie.

—Doctor, ¿había algo en el atestado policial que indicara juego sucio o violencia intencionada contra este niño?

—Ya he mencionado la contusión del esternón...

—Sí, lo ha mencionado. Pero ¿no es posible que la contusión fuera resultado de una reanimación cardiopulmonar vigorosa, médicamente necesaria?

—Es posible —admite.

—¿Es posible que haya otras explicaciones que den cuenta de la muerte de este niño, aparte del juego sucio?

—Es posible.

Kennedy le pide que revise los resultados del análisis neonatal que había presentado como prueba.

—Doctor, ¿le importaría echar un vistazo a la prueba cuarenta y dos?

El testigo coge el informe y pasa las hojas.

—¿Puede decirle al jurado qué tiene ante usted?

—Los resultados del análisis neonatal de Davis Bauer —dice, levantando la cabeza.

—¿Tuvo acceso a esta información mientras estaba realizando la autopsia?

—No.

—Usted trabaja en el laboratorio estatal que realiza estos análisis, ¿no es cierto?

—Sí.

—¿Puede explicar la sección subrayada en la página uno?

—Es el análisis de una deficiencia en la oxidación de los ácidos grasos, lo que se denomina MCADD. Los resultados son anómalos.

—¿Y eso qué significa?

—Si el Estado enviara unos resultados así al hospital, el médico sería avisado inmediatamente.

—¿Los niños con MCADD tienen síntomas desde el nacimiento?

—No —responde el forense—. No. Es una de las razones por las que el estado de Connecticut hace este análisis.

—Doctor Binnie —dice Kennedy—, usted era consciente del hecho de que la madre del niño tuvo diabetes gestacional y de que el niño tenía bajo nivel de glucosa en sangre, ¿correcto?

—Sí.

—Antes afirmó que fue la diabetes lo que causó la hipoglucemia en el recién nacido, ¿cierto?

—Sí, esa fue mi conclusión cuando hice la autopsia.

—¿No es también posible que la hipoglucemia fuera causada por la MCADD?

—Sí —afirma.

—¿Y no es posible que la apatía, la letargia y la falta de apetito de un recién nacido puedan deberse a la MCADD? —pregunta Kennedy.

—Sí —admite.

—Y un corazón mayor de lo normal… ¿es potencialmente un efecto secundario, no solo de la diabetes gestacional materna…, sino también de este trastorno metabólico en particular?

—Sí.

—Doctor Binnie, ¿supo usted por el expediente del hospital que Davis Bauer tenía MCADD?

—No.

—Si estos resultados hubieran llegado a tiempo, ¿los habría usado para determinar la causa de la muerte y el modo de la muerte en los resultados de su autopsia?

—Por supuesto —dice.

—¿Qué le ocurre a un niño que tiene ese trastorno y que no ha sido diagnosticado?

—A menudo no muestran síntomas clínicos hasta que ocurre algo que causa una descompensación metabólica.

—¿Cómo qué?

—Una enfermedad. Una infección. —Se aclara la garganta—. El ayuno.

—¿El ayuno? —repite Kennedy—. ¿Como el que precede a una circuncisión en un niño?

—Sí.

—¿Qué le ocurre a un niño con MCADD sin diagnosticar, cuando sufre uno de estos episodios agudos?

—Podría haber ataques, vómitos, letargia, hipoglucemia…, coma —aclara el doctor—. En un veinte por ciento de los casos, el niño puede morir.

Kennedy avanza hacia el jurado y se vuelve para darle la espalda, de manera que mira al testigo junto con ellos.

—Doctor, si Davis Bauer tenía MCADD, y nadie del hospital lo sabía, y si el protocolo médico decía que tenía que ayunar tres horas antes de hacerle la circuncisión, como cualquier otro niño que no tuviera ese trastorno, y si en su pequeño cuerpo se daba un episodio agudo metabólico…, ¿no existe la posibilidad de que Davis Bauer hubiera muerto, aunque Ruth Jefferson hubiera llevado a cabo todas las intervenciones médicas imaginables?

El forense me mira, sus ojos grises se endulzan con una disculpa.

—Sí —admite.

Oh, Dios mío. Oh, Dios mío. La carga eléctrica de la sala ha cambiado. El público está tan callado que oigo el susurro de la ropa, el murmullo de las posibilidades. Turk y Brittany siguen fuera y, en su ausencia, florece la esperanza.

A mi lado, Howard dice una sola palabra.

—Bieeen.

—No hay más preguntas, Señoría —dice Kennedy, que vuelve a la mesa de la defensa y me guiña el ojo.

«Ya te lo dije.»

Mi alegría dura poco.

—Quisiera hacer otra pregunta —dice Odette, levantándose antes de que el doctor Binnie abandone el estrado—. Doctor, digamos que estos resultados anómalos hubieran llegado a la sala de neonatos a tiempo. ¿Qué habría ocurrido?

—Hay resultados anómalos que exigen que se envíe una carta a los padres en su momento, para sugerirles una asesoría genética —responde el forense—. Pero estos son una señal de alarma, algo que cualquier neonatólogo consideraría una urgencia. El niño tendría que ser monitorizado y analizado para confirmar el diagnóstico. A veces enviamos a la familia a un centro de tratamiento metabólico.

—¿No es cierto, doctor, que muchos niños con MCADD no son diagnosticados durante semanas? ¿O meses?

—Sí. Depende de la rapidez con que podamos traer a los padres para confirmarlo.

—Para confirmarlo —repite la fiscal—. Entonces, un resultado anómalo del anállisis del recién nacido no es un diagnóstico definitivo.

—No.

—¿Acudió el señor Bauer para hacer más pruebas?

—No —responde el doctor Binnie—. No tuvo la oportunidad.

—Entonces no se puede afirmar, por encima de toda duda médica razonable, que Davis Bauer tuviera MCADD.

El forense vacila.

—No.

—Y no se puede decir, por encima de toda duda médica razonable, que Davis Bauer muriera a consecuencia de un trastorno metabólico.

—No al ciento por ciento.

—Y en este sentido, ¿la acusada y su equipo legal podrían estar aferrándose a esa esperanza para arrojar cierta sombra en otra dirección, cualquier dirección que no acuse a Ruth Jefferson de hacer daño intencionadamente a un recién nacido inocente, primero negándole el tratamiento y luego reaccionando con tanta energía que produjo contusiones en su diminuto cuerpo?

—¡Protesto! —ruge Kennedy.

—Retiro la pregunta —dice Odette, pero el daño está hecho. Porque las últimas palabras que el jurado ha oído bien podrían ser balas, balas capaces de abatir mi optimismo, que ya surcaba los cielos.

Edison está callado cuando volvemos a casa por la noche. Me ha dicho que le duele la cabeza, y en cuanto cruzamos la puerta y me pongo a hacer la cena, da media vuelta en la salita y me dice que se va a dar un paseo, para despejarse. No lo detengo. ¿Cómo podría? ¿Acaso puedo decirle algo capaz de borrar lo que está sufriendo, sentado detrás de mí todo el día como una sombra, oyendo cómo intentan transformarme en una persona que nunca ha creído que yo pueda ser?

Ceno sola, aunque la verdad es que solo picoteo la comida. Tapo el resto con papel de aluminio y me siento en la cocina a esperar a Edison. Me digo que ya cenaré cuando vuelva.

Pero transcurre una hora. Dos. Cuando pasa la medianoche y no ha aparecido ni respondido a mis mensajes, apoyo la cabeza en los brazos.

Pienso en la Habitación del Canguro del hospital. Es un cuarto que se llama así extraoficialmente y donde hay un mural con una foto del marsupial en cuestión. Es donde llevamos a las madres que han perdido a sus hijos.

Para ser sincera, siempre he detestado ese verbo, «perder». Esas madres saben perfectamente dónde están sus hijos. En realidad, harían cualquier cosa, darían cualquier cosa, incluso sus propias vidas, para recuperarlos.

En la Habitación del Canguro dejamos que los padres pasen todo el tiempo que quieran con un niño que ha muerto. Estoy segura de que Turk y Brittany Bauer estuvieron allí con Davis. Es una habitación que hace esquina, está al lado del despacho de la enfermera jefe, apartada intencionadamente de otras salas de parto, como si el dolor fuera una enfermedad contagiosa.

El aislamiento es para que los padres no tengan que pasar por delante de todas las habitaciones donde hay madres y niños sanos. No tienen que oír el llanto de los recién nacidos que llegan al mundo cuando su propio hijo lo ha abandonado.

En la Habitación del Canguro dejamos a las parturientas que saben, gracias a las ecografías, que sus hijos no nacerán vivos. O a las madres que han tenido que abortar tarde a consecuencia de alguna anomalía grave. O a las que dan a luz normalmente y que, llenas de estupor, viven el mejor y el peor momento de sus vidas con pocas horas de diferencia.

Si yo fuera la enfermera asignada a una paciente cuyo hijo ha muerto, imprimiría en yeso las huellas de las manos del niño. O conseguiría muestras de su pelo. Tendría a mano fotógrafos profesionales que sabrían hacer una foto del fallecido y retocarla para que pareciera hermoso, vibrante y vivo. Reuniría una caja de recuerdos para que, cuando los padres dejaran el hospital, no se fueran con las manos vacías.

La última de mis pacientes que estuvo en la Habitación del Canguro fue una mujer llamada Jiao. Su marido estaba haciendo un máster en Yale y ella era arquitecta. Durante todo el embarazo había tenido demasiado líquido amniótico, y venía semanalmente a hacerse una amniocentesis para comprobar el estado del niño y eliminar líquido. Una noche le saqué cuatro litros, para que se hagan una idea. Y, obviamente, eso no es normal; no es sano. Pregunté a la doctora qué creía que era…, si cabía la posibilidad de que el niño estuviera perdiendo el esófago. Un niño dentro del útero ingiere líquido amniótico; por lo tanto, si se estaba acumulando, era posible que el niño no lo tragara. Pero la ecografía era normal y nadie pudo convencer a Jiao de que aquello era un problema. Estaba convencida de que el niño estaba bien.

Un día vino y el niño tenía hidropesía fetal: acumulación de líquido bajo la piel. La mujer se quedó en el hospital una semana y el médico trató de inducir el parto, pero el feto no habría resistido. Se sometió a la madre a una cesárea de urgencia. El niño tenía hipoplasia pulmonar, o sea que no le funcionaban los pulmones. Murió en brazos de la madre al poco de nacer, hinchado, esponjoso, como una masa de algodones dulces.

Pusimos a Jiao en la Habitación del Canguro. Como muchas otras madres que tenían que acostumbrarse al hecho de que sus hijos no habían sobrevivido, estaba aturdida y parecía un autómata. Pero, a diferencia de otras madres, no lloraba, y se negó a ver al niño. Era como si en su interior tuviera la imagen de un niño perfecto y no fuera capaz de admitir nada de menor calidad. Su marido le rogó que tuviera al niño en brazos; su madre le suplicó lo mismo; su médico lo intentó igualmente. Al final, cuando llevaba ocho horas catatónica, envolví al niño en mantas calientes y le puse un diminuto gorro en la cabeza. Y volví a llevarlo a la habitación de Jiao.

—Jiao —dije—, ¿podrías ayudarme a darle un baño?

Jiao no respondió. Miré a su marido, su pobre marido, que con un gesto dio su consentimiento.

Llené una palangana con agua caliente y cogí un puñado de toallitas. Destapé al pequeño con toda delicadeza, a los pies de la cama de Jiao. Empapé una toalla con agua caliente y la pasé por las amorcilladas piernas del niño y por los azulados brazos. Limpié su rostro hinchado, sus dedos rígidos.

Luego le di a Jiao una toalla humedecida. Se la puse en la palma de la mano.

No sé si el agua la sacó de su estupor o si fue el niño, pero, con mi mano haciendo de guía, limpió cada pliegue y cada curva de su niño. Lo envolvió en la manta. Se lo apoyó en el pecho. Finalmente, con un sollozo que sonó como si se estuviera arrancando un trozo de sí misma, me devolvió el cadáver.

Conseguí contener las emociones mientras salía con el niño de la Habitación del Canguro. Entonces, mientras ella se derrumbaba en brazos de su marido, se me escaparon. Se me escaparon a chorros. Lloré por aquel niño mientras lo llevaba al depósito de cadáveres y, cuando llegué, me dolió desprenderme de él tanto como a su madre.

Oigo la llave en la cerradura y entra Edison. Sus ojos se adaptan a la oscuridad; va de puntillas porque espera que yo esté dormida. Pero, con voz clara, pronuncio su nombre en la cocina.

—¿Por qué no estás durmiendo? —pregunta.

—¿Por qué no has venido a casa?

No puedo verlo con claridad, sombra entre las sombras.

—He estado solo. Paseando.

—¿Durante seis horas?

—Sí, durante seis horas —dice Edison con aire retador—. ¿Por qué no me pones un localizador, si no confías en mí?

—Confío en ti —replico con calma—. Es en el resto del mundo en quien no confío.

Me levanto y quedamos a unos centímetros de distancia. Todas las madres se preocupan, pero las madres Negras tenemos que preocuparnos un poco más.

—Incluso pasear puede ser peligroso. El mero hecho de estar puede ser peligroso, si estás en el lugar indebido en el momento menos oportuno.

—No soy estúpido —dice Edison.

—Eso lo sé mejor que nadie. Ese es el problema. Eres lo bastante inteligente para buscar excusas para gente que no lo es. Tú das el beneficio de la duda donde otras personas no. Eso es lo que te hace ser tú, y lo que te hace notable. Pero tienes que empezar a tener más cuidado. Porque quizá no esté aquí mucho más tiempo para... —Las palabras se me rompen, se me deshacen—. Puede que tenga que dejarte.

Veo subir y bajar su nuez de Adán y sé que ha estado pensando en eso todo este tiempo. Lo imagino paseando por las calles de New Haven, tratando de distanciarse del hecho de que el juicio está llegando a su fin. Y que, cuando termine, todo será diferente.

—Mamá —dice sin apenas voz—. ¿Qué puedo hacer?

Durante unos momentos busco la forma de resumir en mi respuesta una lección vital. Entonces lo miro con ojos relampagueantes.

—Prospera.

Edison se aleja de mí. Al poco rato, oigo cerrarse la puerta de su cuarto. La música eclipsa todos los demás sonidos que trato en vano de identificar.

Creo que ahora sé por qué la llaman Habitación del Canguro. Es porque, aunque ya no tengas un hijo, lo llevas contigo siempre.

Es lo mismo cuando la criatura se queda sin un progenitor, porque la habitación tiene el tamaño del mundo. En el funeral de mamá, me guardé un puñado de tierra de su tumba en el bolsillo del abrigo de lana buena. Algunos días me pongo ese abrigo dentro de casa, sin ninguna razón. Meto la mano en el bolsillo y aprieto la tierra con el puño.

Me pregunto qué guardará Edison de mí.

Turk

Rodeo con las manos el rostro de Brittany y apoyo la frente en la suya.

—Respira —le digo—. Piensa en Viena.

Aunque ninguno de los dos ha estado en Viena, Brit encontró una vieja foto en una tienda de antigüedades que colgó en la pared de nuestro dormitorio. En ella se ve el fantástico edificio del ayuntamiento de la ciudad, la plaza llena de peatones y madres con niños de la mano…, todos blancos. Siempre pensamos que podríamos ahorrar para ir a pasar unas vacaciones allí algún día. Mientras Brit se preparaba para dar a luz, Viena era una de las palabras que yo tenía que pronunciar para ayudarla a concentrarse.

Me doy cuenta de que le susurro la misma palabra que utilizaba para calmarla cuando estaba dando a luz a Davis, aunque ahora la repito para ayudarla a que deje de ver la imagen de nuestro difunto hijo.

De repente se abre la puerta de la sala de reuniones y entra la fiscal.

—Ha sido un buen detalle. Al jurado le encanta ver a una madre trastornada e incapaz de contenerse. Pero eso de amenazar en voz alta… Ese no ha sido un movimiento inteligente.

Brit se encrespa. Se aparta de mí y se encara con la fiscal.

—No es teatro —dice con voz peligrosamente baja—. Y usted no vas a decirme qué es una buena idea y qué no, so zorra.

La cojo del brazo.

—Cariño, ¿por qué no vas a remojarte la cara? Yo me ocuparé de esto.

Brit ni siquiera parpadea. Es como un muro delante de Odette Lawton, como una perra alfa que se plantara delante de un chucho hasta que este tenga el sentido común de acobardarse. Entonces, bruscamente, se va y sale dando un portazo.

Sé que es una gran suerte que a Brit y a mí nos permitan estar en el juzgado, aunque vayamos a testificar. Hubo una reunión entre letrados sobre el particular antes del comienzo del juicio. Esa maldita abogada de oficio pensaba que podría alejarnos solicitando el aislamiento de todos los testigos, pero el juez dijo que merecíamos estar allí porque éramos los padres de Davis. Estoy seguro de que la fiscal no querrá darle motivos para arrepentirse de su decisión.

—Señor Bauer —dice la fiscal—, tenemos que hablar.

Me cruzo de brazos.

—¿Por qué no se limita a cumplir con su obligación, que es ganar el caso?

—Es un poco difícil si su mujer se comporta como una matona intimidadora y no como una madre apenada. —Me mira fijamente—. No puedo llamarla como testigo.

—¿Qué? —protesto—. Pero hemos estado ensayando…

—Sí, pero no confío en Brittany —replica con voz neutra—. Su esposa es un comodín. Y no ponemos comodines en el estrado de los testigos.

—El jurado tiene que oír a la madre de Davis.

—No si no estoy segura de que no va a hacer comentarios racistas sobre la acusada. —Me mira fríamente—. Puede que usted y su esposa me detesten a mí y a todo el que tiene mi aspecto, señor Bauer. Y, francamente, no me importa. Pero soy la mejor oportunidad, la única que tienen para que hagan justicia a su hijo. Así que no solo voy a decirle qué es buena idea y qué no lo es, también voy a tener la última palabra. Y eso significa que su esposa no va a testificar.

—El juez y el jurado pensarán que pasa algo si no testifica.

—El juez y el jurado pensarán que está consternada. Y usted será un testigo sólido por derecho propio.

¿Significa eso que yo quería menos a Davis? ¿Que el dolor no me impide contenerme, como le pasa a Brit?

—¿Oyó ayer a la defensa cuando presentó la teoría de que su hijo tenía un trastorno metabólico sin diagnosticar?

Fue cuando declaró la pediatra. Hubo mucha jerga médica que no entendí, pero capté el significado.

—Sí, sí. Lo entendí —respondo—. Fue un tiro a puerta desde muy lejos.

—No exactamente. Cuando salieron ustedes, el forense verificó los resultados. Davis dio positivo en MCADD. Hice lo que pude para que el jurado no tuviera en cuenta su declaración, pero el caso es que la defensa plantó una semilla que ha echado raíces: que los análisis de su hijo mostraban un trastorno potencialmente mortal y los resultados llegaron demasiado tarde. Y que, si eso no hubiera ocurrido, podría estar vivo aún.

Las rodillas se me doblan y me siento pesadamente encima de la mesa. ¿Mi hijo tenía una enfermedad y no lo sabíamos? ¿Cómo puede ser que un hospital no vea una cosa así?

Es muy…, muy arbitrario. Sin el menor sentido.

La fiscal me toca el brazo y doy un respingo sin poder evitarlo.

—No haga eso. No se pierda en sus pensamientos. Le cuento esto para que no se sorprenda durante mi turno de preguntas. Lo único que ha hecho Kennedy McQuarrie es encontrar un *posible* diagnóstico. Nunca fue confirmado. Davis no fue tratado. Es como si hubiera dicho que su hijo habría podido tener de adulto una enfermedad cardíaca porque su predisposición genética lo sugiere. Eso no significa que tenga que ocurrir. —Pienso en mi abuelo, que murió de un ataque al corazón—. Le cuento esto porque, cuando volvamos a entrar —prosigue la fiscal—, voy a llamarlo al estrado. Y usted responderá como ensayamos en mi despacho. Lo único que necesita recordar es que en este juicio no hay lugar para los «quizás». No hay lugar para «habría podido pasar tal o cual cosa». *Pasó* de verdad. Su hijo está muerto.

Afirmo con la cabeza. Hay un cadáver. Y alguien tiene que pagar.

—¿Jura decir la verdad?

Mi mano está sobre una Biblia encuadernada en piel. Ya no la consulto mucho. Pero jurar sobre ella me hace recordar a Big Ike, la época en que estuve en la cárcel. Y a Twinkie.

Para ser sincero, pienso mucho en él. Imagino que ya estará fuera. Quizá comiendo las latas de Chef Boyardee que tanto ansiaba. ¿Qué pasaría si me cruzara con él por la calle? ¿O en un Starbucks? ¿Nos daríamos un abrazo viril? ¿O fingiríamos que no nos conocemos? Él sabía lo que era yo fuera de la trena, igual que yo sabía qué era él. Pero en la cárcel las cosas eran diferentes, y lo que me enseñaron a creer ha resultado no ser verdad. Si nuestros caminos se cruzaran ahora, ¿seguiría siendo Twinkie para mí? ¿O sería simplemente otro negrazo?

Brit ha vuelto por fin a la sala, está clavada al lado de Francis. Cuando volvió de los lavabos, con la cara todavía húmeda y con la nariz y las mejillas sonrosadas, le comenté que le había dicho a la fiscal que nadie le decía a mi mujer cómo llevar su duelo. Y que, como no soportaba la idea de que tuviera otra crisis nerviosa, le había dicho a la señora Odette Lawton que de ninguna manera iba a permitir que mi mujer subiera al estrado. Le dije a Brit que la amaba y que me dolía verla sufrir.

Se lo creyó.

¿Jura decir la verdad?

—Señor Bauer —pregunta la fiscal—, ¿era este el primer hijo que tenía con su esposa Brittany?

El sudor me corre por la espalda. Noto las miradas de los jurados fijas en la cruz gamada de mi cabeza. Incluso los que fingen no mirar echan miradas de reojo. Cierro las manos alrededor del asiento de la silla. La madera sosiega. Es sólida. Es un arma.

—Sí. Estábamos muy emocionados.

—¿Sabía que iba a ser un varón?

—No —respondo—. Queríamos que fuera una sorpresa.

—¿Hubo alguna complicación durante el embarazo?

—Mi esposa tuvo diabetes gestacional. El doctor nos dijo que eso no era muy importante, siempre que ella vigilara la dieta. Y lo hizo. Quería una criatura sana, tanto como yo.

—¿Y el parto, señor Bauer? ¿Fue un parto normal?

—Todo fue como la seda —digo—. Claro que yo no era exactamente el que levantaba las pesas más pesadas. —Las señoras del jurado sonríen, tal como la fiscal me había asegurado, si me portaba como cualquier otro padre.

—¿Y dónde tuvieron al niño?

—En el hospital Mercy-West Haven.

—¿Llegó a coger en brazos a su hijo Davis después de su nacimiento, señor Bauer?

—Sí —digo. Cuando ensayamos esto en el despacho de la fiscal, como si fuéramos actores que aprenden un papel, me dijo lo efectivo que sería que rompiera a llorar. Dije que no podía llorar a petición del público, qué cojones, pero ahora, pensando en el momento en que nació Davis, se me rompe la voz. ¿Verdad que es lo máximo que puedas amar tanto a una chica, tanto como para crear otro ser humano? Es como frotar dos palos y hacer fuego, de repente hay algo vivo e intenso que no existía un minuto antes. Recuerdo los golpecitos que me daba Davis con los pies. Su cabeza en la palma de mi mano. Aquellos ojos furiosos y desenfocados que me desconcertaban—. Nunca me había sentido así —confieso. Me he salido del guion, y no me importa—. Creía que era mentira eso que dice la gente, que te enamoras de una criatura a primera vista. Pero es verdad. Era como si pudiera ver todo mi futuro allí mismo, en su cara.

—¿Conocía a algún empleado del hospital antes de ir?

—No. El tocólogo de Brit trabajaba alllí, así que era cosa hecha.

—¿Tuvo una buena experiencia en ese hospital, señor Bauer?

—No —respondo con firmeza—. No la tuve.

—¿Fue así desde el momento en que su mujer fue ingresada?

—No. Eso estuvo bien. Y el parto también.

La fiscal se acerca al jurado.

—¿Y cuándo cambiaron las cosas?

—Cuando otra enfermera vino a sustituir a la primera. Y era negra.

La fiscal se aclara la garganta.

—¿Por qué era eso un problema, señor Bauer?

Sin darme cuenta, levanto la mano y me rasco el tatuaje de la cabeza.

—Porque creo en la superioridad de la raza Blanca.

Unos jurados me miran con más atención, llenos de curiosidad. Otros niegan con la cabeza. Otros se miran las rodillas.

—Así que es usted un Supremacista Blanco —resume la fiscal—. Cree que las personas negras, las personas como yo, deberíamos estar sometidas.

—No soy antinegro —aclaro—. Soy problanco.

—Usted se da cuenta de que muchas personas en el mundo, muchas personas que están aquí, si vamos a ello, podrían considerar ofensivas sus ideas.

—Pero los hospitales tienen que tratar a todos los pacientes —digo—, incluso a los pacientes con ideas que no les gustan. Si un chico que se lía a tiros en una escuela resulta herido cuando los polis intentan apresarlo, y lo llevan a urgencias, los médicos lo operan para salvar su vida aunque haya matado a una docena de personas. Ya sé que mi mujer y yo vivimos de acuerdo con normas que no comparten otros. Pero la grandeza de mi país consiste en que todos tenemos derecho a creer lo que queramos.

—¿Qué hizo usted al ver que la enfermera encargada de su hijo recién nacido era negra?

—Hice una solicitud. Pedí que no tocara a mi hijo.

—¿Está ahora en la sala la enfermera afroamericana a quien se refiere?

—Sí. —Señalo a Ruth Jefferson. Me da la sensación de que se encoge en la silla. Al menos, eso quiero creer.

—¿A quién se lo pidió? —pregunta la fiscal.

—A la jefa de las enfermeras —respondo—. Marie Malone.

—¿Qué ocurrió como resultado de esa conversación?

—No lo sé, pero la pusieron en otra parte.

—¿En algún momento volvió la acusada a tocar a su hijo? Asiento.

—Davis iba a ser circuncidado. Se suponía que no era grave. Iban a llevarlo a la sala de neonatos y traerlo en cuanto le hubieran hecho la operación. Pero, cuando me di cuenta, se habían abierto las puertas del infierno. Gente gritando, pidiendo ayuda a gritos, una camilla empujada por el pasillo, todo el mundo corría hacia la sala de neonatos. Mi hijo estaba allí y yo…, supongo que Brit y yo *lo supimos*. Fuimos a la sala de neonatos y había mucha gente rodeando a mi hijo, y esa mujer, esa mujer tenía las manos sobre mi hijo otra vez. —Trago saliva—. Le estaba haciendo daño. Estaba golpeando su pecho con tanta fuerza que prácticamente lo estaba partiendo por la mitad.

—¡Protesto! —interviene la abogada de la defensa.

El juez frunce los labios.

—Se acepta la objeción.

—¿Cómo reaccionó usted, señor Bauer?

—No dije nada. Tanto Brit como yo estábamos conmocionados. O sea, nos habían dicho que la intervención iba a ser una minucia. Se suponía que esa misma tarde nos iríamos a casa. Fue como si mi cerebro no pudiera procesar lo que tenía delante de los ojos.

—¿Y qué pasó entonces?

Me doy cuenta de que el jurado está en tensión, pendiente de mis palabras. Todos los rostros están vueltos hacia mí.

—Los médicos y las enfermeras se movían tan rápido que no podía distinguir unas manos de otras. Entonces llegó la pediatra, la doctora Atkins. Trabajó un rato con mi hijo y luego dijo que no podían hacer nada más. —Las palabras se vuelven tridimensionales, es como una película que no pudiese dejar de mirar. La pediatra mirando el reloj. Todos los demás retrocediendo con las manos en el aire, como si alguien les estuviera apuntando con una pistola. Mi hijo, totalmente inmóvil. Se me escapa un sollozo. Me sujeto con fuerza a la silla. Si me suelto, mis puños entrarán en acción. Encontraré a alguien a quien castigar. Levanto los ojos y, durante un segundo, dejo que vean lo vacío que estoy por dentro—. Dijo que mi hijo había muerto —concluyo.

Odette Lawton se acerca a mí con una caja de pañuelos. Los pone en el barandal, pero no hago ningún ademán de usarlos. Ahora mismo me alegro de que Brit no tenga que pasar por esto. No quiero que tenga que revivir aquel momento.

—¿Qué hizo usted a continuación?

—No podía permitir que se detuvieran. —Las palabras me saben a cristal—. Si ellos no lo salvaban, lo salvaría yo. Así que fui al cubo de la basura y saqué la bolsa que estaban utilizando para ayudar a Davis a respirar. Me esforcé por averiguar cómo se ponía. No iba a rendirme con mi propio hijo.

Oigo un sonido, un gemido agudo que reconozco porque se lo he oído a Brit durante las semanas que ha estado en cama, unos gemidos que sacudían toda la casa con la fuerza de su dolor. Está encogida en el asiento de la parte del público, formando una especie de signo de interrogación, como si todo su cuerpo estuviera preguntando por qué nos ha pasado esto a nosotros.

—Señor Bauer —dice amablemente la fiscal, atrayendo de nuevo mi atención—. Algunas personas aquí presentes lo llamarían Supremacista Blanco y dirían que fue usted quien echó a rodar esta bola de nieve al pedir que una enfermera afroamericana fuese apartada del cuidado de su hijo. Incluso lo culparían de su propia desgracia. ¿Qué respondería?

Respiro hondo.

—Lo único que quería era darle a mi hijo las mejores oportunidades que pudiera tener en esta vida. ¿Eso me convierte en un Supremacista Blanco? —pregunto—. ¿O simplemente en un padre?

Durante el receso, la fiscal me alecciona en la sala de reuniones.

—La misión de la abogada es hacer todo lo que pueda para que el jurado lo odie a usted. Está bien que veamos un poco de eso, porque de ese modo el jurado entenderá el móvil de la enfermera. Pero hay que procurar que sea solo un poco. La misión de usted, en cambio, es hacer todo lo que pueda para que vean lo que tienen en común con usted, no lo que los diferencia. Hemos de enfocarlo como un caso sobre lo mucho que amaba usted a su hijo. No la cague centrándose en las personas a las que odia.

Nos deja solos a Brit y a mí durante unos minutos, antes de que nos llamen otra vez a la sala.

—Esa tía —murmura Brit en cuanto se cierra la puerta—. La odio.

Me vuelvo hacia mi esposa.

—¿Crees que tiene razón? ¿Crees que esto lo empezamos nosotros?

He estado pensando en lo que dijo la señora Odette Lawton: si yo no hubiera hablado en contra de la enfermera negra, ¿habría terminado todo de forma diferente? ¿Habría intentado salvar a Davis nada más darse cuenta de que no respiraba? ¿Lo habría tratado como a cualquier otro niño enfermo, en lugar de querer herirme como yo la herí a ella?

Mi hijo tendría ahora cinco meses. ¿Se sentaría solo ya? ¿Sonreiría al verme?

Creo en Dios. Creo en un Dios que reconoce la obra que hacemos por Él en la Tierra. Así pues, ¿por qué iba Él a castigar a Sus soldados?

Brit se pone en pie con una expresión de asco que le arruga las facciones.

—¿Cuándo te has vuelto mariquita? —pregunta, y se aleja de mí.

Durante las últimas semanas del embarazo de Brit, nuestros vecinos, unos putos guatemaltecos que seguramente saltaron una alambrada para entrar en este país, compraron una mascota. Era una de esas pequeñas cosas peludas que parece una maligna bola de algodón con dientes, y nunca dejaba de ladrar. *Frida*, así se llamaba la perra, y solía entrar en nuestro patio y cagarse en nuestro césped, y cuando no estaba haciendo eso, se pasaba las horas dando ladridos agudos. Cada vez que Brit se echaba a dormir una siesta, aquella perra imbécil con cabeza de fregona se ponía a ladrar y la despertaba. Al final se cabreó, y entonces yo también me cabreé, y fui a la casa, llamé a la puerta y les dije que, si no le ponían un bozal a la maldita perra, me encargaría de ella.

Y un día que volví de enlucir una vivienda, encontré al puto guatemalteco cavando un hoyo al pie de una azalea, y a su histérica mujer con una caja de zapatos en los brazos. Cuando llegué a casa, Brit estaba sentada en el sofá.

—Creo que se les ha muerto la perra —anunció.

—Eso he visto.

Se volvió para coger un frasco de anticogelante que tenía detrás.

—Tiene un sabor dulce, ¿sabes? Cuando era pequeña, papá me dijo que lo tuviera lejos de nuesto cachorrillo.

Me quedé mirándola unos momentos.

—¿Has envenenado a *Frida*?

Brit me miró a los ojos con tanto coraje que vi a Francis en ella.

—No podía dormir —explicó—. Tenía que elegir entre nuestro hijo y esa puta perra.

Seguro que a Kennedy McQuarrie le gusta el café con leche a la calabaza. Apuesto a que votó por Obama y que da donativos después de ver anuncios sobre perros melancólicos, y cree que el mundo podría ser un lugar maravilloso si todos *nos lleváramos bien*.

Es exactamente la clase de liberal de gran corazón que no soporto.

Lo tengo bien presente cuando se acerca a mí.

—Ha oído decir a la doctora Atkins que su hijo tenía una afección llamada MCADD, ¿cierto?

—Bueno —digo—. La oí decir que dio positivo en los análisis.

La fiscal ya me había dado instrucciones sobre eso en concreto.

—¿Entiende usted, señor Bauer, que un niño con MCADD sin diagnosticar, cuyo nivel de glucosa en sangre desciende, puede sufrir un colapso respiratorio?

—Sí.

—¿Y entiende que un niño que sufre un colapso respiratorio puede tener una parada cardíaca?

—Sí.

—¿Y que ese niño podría morir?

—Claro.

—¿Entiende también, señor Bauer, que en cualquiera de esos casos es indiferente lo que haga una enfermera para salvar la vida de ese niño? ¿Que posiblemente el niño moriría a pesar de todo?

—Posiblemente.

—¿Se da cuenta de que, en ese caso, si su hijo fuera el niño de nuestro ejemplo, ni la Madre Teresa habría podido salvarlo?

Me cruzo de brazos.

—Pero el niño de su ejemplo no era mi hijo.

La abogada ladea la cabeza.

—Ha oído el testimonio médico de la doctora Atkins, corroborado por el doctor Binnie. Su hijo tenía MCADD, señor Bauer, ¿no es eso cierto?

—No lo sé —digo, mirando a Ruth Jefferson—. Ella lo mató antes de que pudiera confirmarse.

—¿De veras cree usted eso? —pregunta—. ¿Después de ver todas las pruebas científicas?

—Lo creo —contesto rechinando los dientes.

Los ojos de la abogada echan chispas.

—¿Lo cree —repite— o tiene que creerlo?

—¿Qué?

—Usted cree en Dios, señor Bauer, ¿no es cierto?

—Sí.

—¿Y cree que las cosas ocurren por una razón?

—Sí.

—Señor Bauer, ¿utiliza usted en Twitter el nombre @White-Might?

—Sí —respondo, aunque no sé qué tendrá que ver eso con sus preguntas. Son como ráfagas de viento que llegaran de diferentes puntos todo el rato.

Presenta una página impresa como prueba.

—¿Es esto un mensaje de su cuenta de Twitter, subido el pasado mes de julio? —Respondo afirmativamente con la cabeza—. ¿Puede leerlo en voz alta?

—«Todos recibimos lo que merecemos» —recito.

—Entonces supongo que su hijo recibió lo que merecía, ¿no es así?

Mis dedos se clavan en el barandal del estrado de los testigos.

—¿Qué ha dicho? —Hablo con voz baja y llena de fuego.

—He dicho que su hijo debió de recibir lo que se merecía —repite.

—Mi hijo era inocente. Un soldado ario.

No hace caso de mi respuesta.

—Ya que estamos en ello, supongo que también usted recibió lo que merecía...

—Cierre la boca.

—Por eso acusa a una mujer inocente de una muerte que fue total y completamente casual, ¿no es cierto? Porque si aceptara la auténtica verdad, que su hijo tenía un trastorno genético...

Me pongo en pie, lleno de furia.

—Cierre el pico.

La fiscal grita y la puta de la abogada defensora grita aún más fuerte.

—No puede aceptar que la muerte de su hijo careció de sentido, que se debió únicamente a la mala suerte. Tiene que culpar a Ruth Jefferson, porque, si no lo hace, entonces el culpable será usted, porque de alguna forma usted y su mujer crearon un hijo ario con un defecto en su ADN. ¿No es eso cierto, señor Bauer?

Con el rabillo del ojo veo que Odette Lawton se dirige hacia el juez. Pero yo ya me he levantado de la silla y me apoyo en la barandilla del estrado. El monstruo que ha estado dormido dentro de mí ha despertado de repente y respira fuego.

—So puta —bramo, alargando las manos hacia el cuello de Kennedy McQuarrie. Tengo ya medio cuerpo fuera del estrado cuando un ujier, un bruto, un falso poli me inmoviliza—. ¡Eres un traidor a la raza, cabrón!

A lo lejos oigo que el juez da golpes con el mazo, exigiendo que saquen al testigo de la sala. Me sacan a rastras, mis zapatos raspan el suelo. Oigo que Brit grita mi nombre, oigo el grito de batalla de Francis y el atronador aplauso de los colaboradores de Lobosolitario.org.

Tengo pocos recuerdos sobre lo que pasó después. Solo sé que, cuando me di cuenta, ya no estaba en la sala. Estaba en una celda de paredes de hormigón, con un camastro y un lavabo.

Parece que ha sido una eternidad, pero solo ha transcurrido media hora cuando Odette Lawton aparece. Casi me echo a reír cuando el agente abre la puerta de la celda y la veo allí. Es una negra quien viene a salvarme. Hay que joderse.

—Eso —asevera— ha sido una solemne estupidez. Muchas veces he tenido ganas de matar a la defensora, pero no se me ha ocurrido intentarlo ni una sola vez.

—Ni siquiera la toqué —me excuso con el entrecejo fruncido.

—Al jurado le da igual. Tengo que decirle, señor Bauer, que su arrebato ha echado por tierra cualquier ventaja que tuviera el Estado en este caso. No puedo hacer nada más.

—¿Qué quiere decir con eso?

Me mira a los ojos.

—La fiscalía desiste.

Pero yo no. Jamás.

Kennedy

Si pudiera entrar dando volteretas en el despacho del juez Thunder, lo haría.

Dejo a Howard con Ruth en la sala de reuniones. Hay muchas posibilidades de que el caso sea sobreseído. He presentado la moción para un veredicto de absolución, y en cuanto entro en el despacho del juez me doy cuenta de que Odette ya sabe que está hundida.

—Señoría —comienzo—, sabemos que ese niño murió, lo cual es trágico, pero no hay absolutamente ninguna prueba de que hubiera una conducta deliberada, negligente o temeraria por parte de Ruth Jefferson. La acusación de asesinato presentada por la fiscalía no tiene base, y legalmente debe desestimarse.

El juez se vuelve a Odette.

—¿Letrada? ¿Dónde está la prueba de premeditación? ¿O de alevosía?

Odette aventura una respuesta.

—El comentario público sobre esterilizar a un niño podría considerarse un indicio importante.

—Señoría, esa fue la réplica despechada de una mujer que había sido víctima de discriminación —arguyo—. Se ha convertido en algo relevante a la luz de los sucesos posteriores. Pero eso no indica un plan de asesinato.

—Tengo que dar la razón a la señora McQuarrie —dice el juez Thunder—. Despectiva, sí; asesina, no según la letra de la ley. Si los letrados tuvieran que dar cuenta de los comentarios vengativos que hacen sobre los jueces después de un juicio, todos podrían ser acusados de asesinato. La acusación número uno queda descartada, de modo, señora McQuarrie, que se admite su moción para que la acusada sea absuelta de la acusación de asesinato.

Mientras recorro el pasillo camino de la sala de reuniones para contarle a mi cliente la excelente noticia, miro atrás para asegurarme de que no hay nadie mirando. No todos los días avanza en tu favor la marea de un juicio por asesinato; y, desde luego, no todos los días ocurre eso en tu primer juicio por asesinato. Imagino a Harry llamándome a su despacho y, con sus modales gruñones, decirme que lo he sorprendido. Lo imagino permitiéndome participar en casos importantes a partir de ahora y ascendiendo a Howard para que ocupe mi puesto actual.

Entro con expresión radiante en la sala de reuniones. Howard y Ruth se vuelven hacia mí con expresión esperanzada.

—Han desestimado la acusación de asesinato —anuncio con una sonrisa.

—¡Síííí! —exclama Howard, levantando el puño.

Ruth es más cauta.

—Sé que es una buena noticia, pero ¿hasta qué punto?

—Excelente —afirmo—. Homicidio por negligencia es harina de otro costal, legalmente hablando. En el peor de los casos, es decir, si hay condena, pasará en la cárcel un tiempo mínimo y, sinceramente, nuestra prueba médica es tan contundente que me sorprendería que el jurado no dictara un veredicto de absolución

Ruth me echa los brazos al cuello.

—Gracias.

—Este fin de semana podría acabar todo. Mañana entraré en la sala y declararé que la defensa ha concluido sus alegaciones y, si el jurado acuerda un veredicto tan rápidamente como espero…

—Un momento —me interrumpe Ruth—. ¿Qué es todo esto?

Doy un paso atrás.

—Hemos creado una duda razonable. Es todo lo que teníamos que hacer para ganar.

—Pero yo no he testificado —dice Ruth.

—No creo que haga falta. Ahora mismo, las cosas nos están yendo muy bien. Si lo último que recuerda el jurado es la actitud agresiva de esa bestia de Turk Bauer, ya tiene todo su apoyo.

Ruth se ha puesto muy rígida.

—Lo prometió.

—Prometí que haría todo lo posible para que fuera absuelta, y lo he hecho.

Ruth niega con la cabeza.

—Prometió que podría contar mi versión.

—Pero lo bueno de la nueva situación es que no tiene por qué hacerlo. El jurado pronuncia su veredicto y usted recupera su trabajo. Y hace como que todo esto no ha pasado.

La voz de Ruth es suave pero firme.

—¿Cree que puedo fingir que nada de esto ha pasado? —pregunta—. Lo veo todos los días, vaya donde vaya. ¿Cree que de verdad voy a volver tranquilamente para recuperar mi trabajo? ¿Cree que no seré siempre la enfermera negra que causó problemas?

—Ruth —replico con incredulidad—. Estoy segura al noventa y nueve por ciento de que el jurado la declarará no culpable. ¿Qué más quiere?

Ladea la cabeza.

—¿De verdad tiene que preguntarlo?

Sé a qué se refiere.

Se refiere a todo lo que me he negado a decir en el juzgado: qué se siente al saber que te valoran por el color de tu piel. Qué significa trabajar duro, ser una empleada impecable, y que nada de eso importe ante los prejuicios.

Cierto que le dije que tendría la ocasión de contarle al jurado su versión de la historia. Pero ¿con qué objeto, si ya les hemos dado un punto de apoyo para el veredicto exculpatorio?

—Piense en Edison —digo.

—¡Estoy pensando en mi hijo! —responde Ruth con vehemencia—. Estoy pensando en lo que opinará de una madre que no puede hablar por sí misma. —Entorna los ojos—. Sé cómo funciona la ley, Kennedy. Sé que el Estado debe demostrar sus acusaciones. También sé que tiene que llamarme a declarar si yo lo pido. Así que supongo que la pregunta es: ¿hará su trabajo o se limitará a ser otra blanca que me ha mentido?

Me vuelvo hacia Howard, que observa nuestro intercambio de golpes como si estuviéramos en la final individual femenina del Abierto de Tenis de Estados Unidos.

—Howard —sugiero sin cambiar la voz—, ¿podrías salir un momento para que pueda hablar a solas con nuestra cliente?

Howard levanta la barbilla y sale. Me vuelvo hacia Ruth y me dirijo a ella instándola a tutearnos.

—Pero ¿qué pasa? No es el momento de hablar de principios. Tienes que confiar en mí. Si subes al estrado y empiezas a hablar sobre la raza, destruirás la ventaja que hemos conseguido ante el jurado. Hablarás de temas que despertarán la hostilidad de sus miembros y los pondrán incómodos. Además, se notará que estás alterada y furiosa y eso echará por tierra toda la simpatía que tengan por ti ahora mismo. Yo ya he dicho todo lo que el jurado necesita oír.

—Menos la verdad —señala Ruth.

—¿De qué hablas?

—Traté de reanimar a ese niño. Al principio te dije que no lo había tocado. Eso dije a todos. Pero lo toqué.

Siento un tirón en el estómago.

—¿Por qué no me lo dijiste antes?

—Al principio mentí porque pensaba que iba a perder el empleo. Luego mentí porque no sabía si podía confiar en ti. Y luego, cada vez que intentaba decirte la verdad, estaba tan avergonzada por habértelo ocultado tanto tiempo que aún me costaba más. —Respira hondo—. Esto es lo que debería haberte contado el día que nos conocimos: se suponía que no podía tocar a ese niño; estaba en el expediente médico. Pero cuando se puso azul, lo destapé. Le di la vuelta. Le golpeé los pies y lo puse de costado, todo lo que se hace cuando quieres que la criatura reaccione. Entonces oí pasos y lo volví a envolver en la manta. No quería que nadie me viera hacer lo que se suponía que no podía hacer.

—¿Y por qué quieres reescribir la historia, Ruth? —pregunté tras reflexionar un momento—. Puede que el jurado piense que hiciste todo lo que estaba en tu mano. Pero también podría pensar que metiste la pata y que fuiste la causante de su muerte.

—Quiero que sepan que cumplí con mi obligación —aduce—. No dejas de decirme que esto no tiene nada que ver con el color de mi piel, sino con mi competencia. Pues, además de todo lo que se ha dicho, quiero que sepan que soy una buena enfermera. Que traté de salvar a ese niño.

—Estás convencida de que si subes al estrado contarás tu versión y todo saldrá a pedir de boca y no es así como funciona. Odette te hará pedazos. Hará todo lo posible por dejar claro que mentiste.

Ruth me mira.

—Prefiero que piensen que soy una embustera a que piensen que soy una asesina.

—Si subes al estrado y das una versión diferente de la que ya hemos presentado —argumento cuidadosamente—, perderás tu credibilidad y yo perderé la mía. Sé lo que es mejor para ti. Si nos llaman consejeros y asesores es por algo: se supone que tienes que escucharme.

—Estoy cansada de obedecer órdenes. La última vez que obedecí una orden fue cuando se organizó todo este lío. —Ruth se cruza de brazos—. Mañana me llamarás al estrado —dice—. Si no, le diré al juez que no me dejas testificar.

O sea que voy a perder este caso.

Una noche en que Ruth y yo estábamos en la cocina de mi casa preparando el juicio, Violet corría por la casa en ropa interior, diciendo que era un unicornio. Sus gritos contrapunteaban nuestra conversación y, de repente, los gritos de entusiasmo se convirtieron en gritos de dolor. Segundos después la oímos llorar y ambas corrimos a la sala, donde vimos a Violet tendida en el suelo, sangrando profusamente por la sien.

Sentí que se me doblaban las rodillas, pero, antes de que me diera tiempo a agacharme, Ruth ya tenía a la niña en brazos y le apretaba la herida con el faldón de la camisa.

—Eh, eh —le susurró para tranquilizarla—. ¿Qué te ha pasado?

—Resbalé —respondió Vi entre hipidos, mientras la sangre empapaba la camisa de Ruth.

—Y veo que te has hecho un cortecito aquí —dijo Ruth con calma—. Y me voy a ocupar de él. —Empezó a darme órdenes en mi propia casa y consiguió con gran eficiencia que le llevara un paño húmedo, pomada antibiótica y esparadrapo de un botiquín de primeros auxilios. En ningún momento soltó a Violet ni dejó de hablarle. Incluso cuando sugirió que fuéramos a Yale-New Haven para ver si hacía falta darle puntos, se comportó con absoluto dominio de la situación, mientras yo era presa del nerviosismo y me preguntaba si le quedaría una cicatriz, y si me condenarían a prestar servicios públicos por no vigilar mejor a mi hija o por dejarla correr en calcetines sobre un resbaladizo suelo de madera. Cuando supimos que había que ponerle un par de puntos, Violet no se aferró a mí, sino a Ruth, que le prometió que, si cantábamos muy fuerte, no sentiría nada. Así que las tres nos pusimos a cantar a pleno pulmón «Let it go», de la película *Frozen*, y Violet no lloró en ningún momento. Aquella noche, cuando estuvo dormida en su cama y con un esparadrapo nuevo en la frente, di las gracias a Ruth por ser tan buena enfermera.

«Lo sé», respondió.

Es lo único que quiere. Que la gente sepa que fue tratada injustamente debido a su raza, y que su reputación de cuidadora quede intacta, aunque la consecuencia sea cargar con un veredicto de culpabilidad.

—Beber sola —dice Micah cuando llega a casa del hospital y me encuentra a oscuras en la cocina, con una botella de vino tinto—. Es la primera señal, ¿sabes?

Levanto el vaso y tomo un buen trago.

—¿De qué?

—De que eres adulta, probablemente —admite—. ¿Un día difícil en el trabajo?

—Empezó genial. Con ribetes legendarios incluso. Pero se fue al carajo en seguida.

Micah se sienta a mi lado y se afloja la corbata.

—¿Quieres hablar de eso? ¿O abro mi propia botella?

Empujo la botella hacia él.

—Pensé que tenía la absolución en el bolsillo —reconozco con un suspiro—. Y va Ruth y decide estropearlo todo.

Mientras se sirve un vaso, se lo cuento todo. Desde la retórica del odio de Turk Bauer hasta la expresión de su cara cuando alargó los brazos hacia mí; desde el entusiasmo que sentí cuando se admitió mi moción para pedir el veredicto de absolución hasta la confesión de Ruth de que había tratado de reanimar al niño, pasando por la inevitable certeza de que tenía que llamar a Ruth al estrado si ella lo solicitaba. Aunque aquello destruyese todas mis posibilidades de ganar mi primer caso de asesinato.

—¿Qué se supone que debo hacer mañana? —inquiero—. Pregunte lo que le pregunte a Ruth en el estrado, se incriminará ella sola. Por no mencionar lo que la fiscal hará con ella en su turno de preguntas. —Siento un escalofrío al pensar en Odette, que ni siquiera sabe que va a tener esta ayuda—. No puedo creer que haya estado tan cerca —añado en voz baja—. No puedo creer que vaya a cargárselo todo.

Micah se aclara la garganta.

—Pensamiento radical número uno: quizá necesites salir de esta ecuación.

He bebido lo bastante para verlo un poco borroso, así que tal vez haya oído mal.

—¿Perdona?

—Tú no estabas cerca. Ruth sí.

Doy un bufido.

—Eso es semántica. Ambas ganamos o ambas perdemos.

—Pero ella se juega más que tú —me recuerda Micah amablemente—. Su reputación. Su profesión. Su vida. Este es el primer juicio que te importa de veras, Kennedy. Pero es el único que importa a Ruth.

Me paso la mano por el pelo.

—¿Cuál es el pensamiento radical número dos?

—¿Y si lo mejor para Ruth no es ganar este caso? —propone Micah—. ¿Y si la razón de que esto sea tan importante para ella no sea lo que vaya a decir, sino el hecho de que por fin le den la oportunidad de decir algo?

¿Merece la pena poder decir lo que necesitas si eso significa que acabas en prisión? ¿Si equivale a una condena? Eso va contra todo lo que me han enseñado siempre, contra todo aquello en lo que he creído.

Pero yo no soy quien está en el banquillo.

Me aprieto las sienes con los dedos. Las palabras de Micah me dan vueltas en la cabeza.

Micah coge su vaso y vacía el contenido en el mío.

—Lo necesitas más que yo —concluye, y me da un beso en la frente—. No te quedes despierta hasta muy tarde.

El viernes por la mañana, cuando corro a reunirme con Ruth en el aparcamiento, paso junto al monumento conmemorativo que hay en el espacio verde que rodea el Ayuntamiento. Es una escultura dedicada a Sengbe Pieh, que fue uno de los esclavos que participó en el motín del *Amistad*. En 1839 llegó un barco con un grupo de africanos secuestrados de sus hogares para trabajar como esclavos en el Caribe. Los africanos se amotinaron, mataron al capitán y al cocinero y obligaron a los demás marineros a dar media vuelta y poner rumbo a África. Pero los marineros engañaron a los africanos y se dirigieron hacia el norte, donde el barco terminó abordado por las autoridades estadounidenses. Los africanos fueron encarcelados en un almacén de New Haven y sometidos a juicio.

Los africanos se habían amotinado porque un cocinero mulato había oído que la tripulación blanca planeaba matar a los negros para comerse su carne. Y los blancos de a bordo creían que los africanos eran caníbales.

Ninguno de los dos bandos estaba en lo cierto.

Cuando llegué al aparcamiento, Ruth ni siquiera me miró a los ojos. Echó a andar rápidamente hacia el juzgado, con Edison a su lado, hasta que la cogí del brazo.

—¿Sigues dispuesta a hacerlo?

—¿Crees que consultarlo con la almohada iba a hacerme cambiar de opinión? —pregunta.

—Eso esperaba —confieso—. Te lo suplico, Ruth.

—¿Mamá? —Edison la mira a la cara y luego me mira a mí, lleno de confusión.

Enarco las cejas, como diciéndole: «Piensa en lo que le estás haciendo a él».

Ruth coge del brazo a su hijo.

—Vamos —responde, y empieza a andar de nuevo.

Delante del juzgado ha aumentado la multitud; ahora que los medios de comunicación han informado de que la fiscalía se ha retirado del caso, ha crecido la sed de sangre. Veo con el rabillo del ojo a Wallace Mercy y a los suyos, que siguen con sus rezos. Tal vez debiera haberle echado encima a Wallace; puede que él la hubiera convencido de que debía agachar la cabeza para dejar que la justicia actuara en su favor. Pero, conociendo a Wallace, no creo que desaprovechara la oportunidad de dar su opinión. Probablemente se habría ofrecido a aconsejar a Ruth sobre lo que esta quería decir.

Howard se pasea delante de la puerta de la sala.

—Y bien —dice hecho un manojo de nervios—. ¿Lo dejamos aquí...? ¿O?

—Eso mismo —digo bruscamente—. O...

—Por si os interesa, los Bauer han vuelto. Están entre el público.

—Gracias, Howard —digo con sarcasmo—. Ahora me siento mejor.

Hablo una vez más con Ruth antes de que nos levantemos porque llega el juez.

—Solo te voy a dar un pequeño consejo —susurro—. Muéstrate con toda la frialdad y toda la calma que puedas. En cuanto levantes la voz, la fiscal se te echará encima. Y cuando respondas a las preguntas de Odette, háblale igual que a mí.

Ruth se vuelve. Nuestras miradas se encuentran con rapidez, pero es suficiente para ver en sus ojos un leve tic, fruto del miedo. Al advertir su debilidad, me dispongo a convencerla de que desista, pero entonces recuerdo lo que dijo Micah.

—Buena suerte —le deseo.

Me levanto y llamo a Ruth Jefferson al estrado.

Sin saber por qué, parece más pequeña sentada allí. Lleva el pelo recogido en un moño bajo, como de costumbre. ¿He notado antes lo seria que parece? Tiene las manos unidas con fuerza sobre el regazo. Yo sé que es para que no tiemblen, pero los jurados no están al tanto. Para ellos tiene un aspecto excesivamente formal, remilgado. Repite con calma el juramento, sin traslucir ninguna emoción. Sé que es porque sabe que está a la vista de todos. Pero la timidez puede tomarse por altanería, y eso sería un error fatal.

—Ruth —comienzo—, ¿cuántos años tiene?

—Cuarenta y cuatro —responde.

—¿Dónde nació?

—En Harlem, Nueva York.

—¿Fue a la escuela allí?

—Solo durante un par de años. Luego me trasladé a Dalton gracias a una beca.

—¿Cursó estudios superiores?

—Sí, fui a la Universidad de Nueva York en Plattsburgh y luego obtuve un título de enfermera en Yale.

—¿Puede decirnos la duración de los estudios de enfermería?

—Tres años.

—Cuando se graduó como enfermera, ¿hizo un juramento? Asiente.

—Se llama juramento de Florence Nightingale —nos informa Ruth.

Saco un papel como prueba y se la enseño.

—¿Es este el texto del juramento?

—Sí.

—¿Puede leerlo en voz alta?

—«Juro solemnemente ante Dios y en presencia de esta asamblea cumplir con el código ético de la profesión de enfermera; cooperar fielmente con los demás miembros del equipo de cuidadores y cumplir fielmente y lo mejor que sepa las instrucciones del médico o la enfermera —aquí titubea unos segundos— a cuyas órdenes trabaje. —Respira hondo y prosigue—. No haré nada que sea nocivo o dañino, no administraré a sabiendas ninguna sustancia perjudicial para la salud y no obraré con negligencia. No revelaré ninguna información confidencial de que tenga noticia en el ejercicio de mi profesión. Y juro que haré cuanto esté en mi mano por elevar la categoría y el prestigio de la enfermería. Dedicaré mi vida al servicio y a los elevados ideales de la profesión de enfermera.» —Levanta los ojos para mirarme.

—¿Es importante para usted este juramento como enfermera?

—Nos lo tomamos muy en serio —confirma Ruth—. Equivale al juramento hipocrático de los médicos.

—¿Cuánto tiempo ha trabajado en el hospital Mercy-West Haven?

—Algo más de veinte años —responde—. Toda mi vida laboral.

—¿Cuáles son sus obligaciones?

—Soy enfermera neonatal. Ayudo a traer niños al mundo, estoy en el paritorio durante las cesáreas, cuido de las madres y, una vez que han dado a luz, de los recién nacidos.

—¿Cuántas horas a la semana trabajaba?

—Más de cuarenta —responde—. A menudo nos pedían que nos quedáramos más tiempo.

—Y dígame, Ruth, ¿está usted casada?

—Soy viuda. Mi marido era militar y murió en Afganistán. Eso fue hace diez años.

—¿Tiene hijos?

—Sí, un varón, Edison. Tiene diecisiete años. —Sus ojos brillan y busca a Edison entre el público.

—¿Recuerda cuándo llegó al trabajo el dos de octubre de 2015?

—Sí. Llegué a las siete de la mañana para realizar un turno de doce horas.

—¿Le asignaron cuidar de Davis Bauer?

—Sí. Su madre había dado a luz aquella madrugada. Me asignaron la habitual asistencia postparto de Brittany Bauer y el reconocimiento del recién nacido que suelen hacer las enfermeras.

Describe el reconocimiento y dice que lo realizó en la sala del hospital.

—¿Y Brittany Bauer estaba presente?

—Sí —responde—. Y también su marido.

—¿Descubrió algo significativo durante el reconocimiento?

—Anoté en el expediente la presencia de un soplo en el corazón. No me pareció alarmante, ya que es algo muy normal en los recién nacidos. Pero, definitivamente, era algo que la pediatra tenía que investigar cuando volviera, y por eso lo anoté.

—¿Conocía a los señores Bauer antes del nacimiento de su hijo?

—No —afirma—. Los conocí cuando entré en la habitación. Los felicité por su hermoso hijo, y les expliqué que estaba allí para hacer un chequeo de rutina.

—¿Cuánto tiempo estuvo con ellos en la habitación?

—Entre diez y quince minutos.

—¿Tuvo algún intercambio verbal con los padres en ese rato?

—Mencioné el soplo y que no había razones para preocuparse. Y les dije que el nivel de glucosa había mejorado desde el nacimiento. Luego, tras limpiar al niño, les sugerí que intentáramos darle de mamar.

—¿Qué respuesta le dieron?

—El señor Bauer me dijo que me apartara de su esposa. Luego dijo que quería hablar con mi superiora.

—¿Cómo se sintió usted al oírlo, Ruth?

—Me sorprendió —confiesa—. No sabía qué había hecho para incomodarlos.

—¿Qué pasó después?

—Mi jefa, Marie Malone, puso una nota en el expediente del niño, indicando que cualquier miembro afroamericano del personal se abstuviera de tratar al pequeño. Le pregunté por el motivo y dijo que lo había hecho a requerimiento de los padres, y que me darían otros pacientes.

—¿Cuándo volvió a ver al niño?

—El sábado por la mañana. Yo estaba en la sala de neonatos cuando Corinne, la nueva enfermera del niño, lo trajo para que le practicaran la circuncisión.

—¿Cuáles fueron sus obligaciones esa mañana?

Ruth frunce el entrecejo.

—Tuve dos, no, tres pacientes. Había sido una noche de locos; yo había hecho un turno que no me correspondía porque otra enfermera se había indispuesto. Había entrado en la sala de neonatos para coger sábanas limpias, y para comerme una PowerBar, porque no había comido nada durante mi turno.

—¿Qué pasó después de que el niño fuera circuncidado?

—Yo no estuve presente, pero supuse que todo había ido bien. Entonces me abordó Corinne y me pidió que vigilara al niño porque una de sus pacientes tuvo que ser llevada al quirófano y el protocolo exige que un niño, después de una circuncisión, esté bajo observación.

—¿Estuvo usted de acuerdo?

—No tenía elección. No había nadie más para hacerlo, literalmente. Sabía que Corinne o Marie, mi enfermera jefe, estarían de regreso enseguida para hacerse cargo.

—Cuando vio al niño por primera vez, ¿qué aspecto tenía?

—Estaba precioso —dice—. Estaba envuelto y dormía profundamente. Pero pocos momentos después, lo miré y vi que tenía la piel cenicienta. Y emitía una especie de gruñidos. Vi que tenía problemas para respirar.

Me acerco al estrado de los testigos y apoyo la mano en la barandilla.

—¿Qué hizo usted en aquel momento, Ruth?

Ruth respira hondo.

—Le aparté la manta. Me puse a tocar al niño, le di palmadas en los pies, con objeto de que respondiera.

El jurado parece desconcertado. Odette se retrepa en la silla, con los brazos cruzados, y en su rostro se dibuja una sonrisa.

—¿Por qué hizo eso cuando su supervisora le había dicho que no tocara al niño?

—Tenía que hacerlo —confiesa Ruth. Percibo su liberación, como cuando una mariposa rompe el esqueleto externo de la crisálida. Su voz es más ligera, las arrugas que enmarcan su boca se suavizan—. Es lo que cualquier buena enfermera habría hecho en esa situación.

—¿Y qué pasó luego?

—El siguiente paso habría sido dar la voz de alarma para que viniera un equipo entero a reanimarlo. Pero oí pasos. Comprendí que venía alguien y no supe qué hacer. Creí que tendría problemas si alguien me veía tocando al niño cuando me habían ordenado que no lo hiciera. Así que tapé al niño, di un paso atrás y entró Marie en la sala de neonatos. —Ruth se mira el regazo—. Me preguntó qué hacía.

—¿Qué respondió usted?

Cuando levanta la cabeza, sus ojos están muy abiertos a causa de la vergüenza.

—Dije que no hacía nada.

—¿Mintió?

—Sí.

—Y, según parece, más de una vez. Cuando más tarde fue interrogada por la policía, afirmó que no había hecho ningún intento de reanimar al niño. ¿Por qué?

—Porque temía perder mi trabajo. —Se vuelve hacia el jurado para defender su postura—. Todas las fibras de mi cuerpo me decían que tenía que ayudar a ese niño, pero también sabía que recibiría una reprimenda si no obedecía las órdenes de mi supervisora. Y si perdía mi trabajo, ¿cómo iba a ocuparme de mi hijo?

—Así que, básicamente, tenía que optar usted o por obrar con negligencia o por desobedecer la orden de su supervisora.

Asiente.

—Las dos soluciones eran malas.

—¿Qué pasó entonces?

—Se dio la voz de alarma para que viniera el equipo de urgencias. Mi trabajo era hacer compresiones. Hice lo que pude, todos lo hicimos, pero al final no fue suficiente. —Levanta la vista—. Cuando se hizo constar la hora de la muerte, y cuando el señor Bauer cogió el ambú de la basura y trató de continuar las operaciones por su cuenta, apenas podía tenerme en pie. —Como una flecha que busca la diana, sus ojos se dirigen a Turk Bauer—. Pensé: «¿En qué he fallado? ¿Pude haber hecho algo diferente?» —Titubea—. Y luego pensé: «¿Se me habría permitido hacerlo?».

—Dos semanas después recibió usted una carta —declaro—. ¿Puede hablarnos de ella?

—Era del Departamento de Sanidad. Suspendían mi licencia de enfermera.

—¿Qué pensó al recibirla?

—Me di cuenta de que me hacían responsable de la muerte de Davis Bauer. Supe que iba a quedarme sin trabajo, y eso es lo que ocurrió.

—¿Ha trabajado desde entonces?

—Durante unas semanas recibí ayuda de la seguridad social —asevera—. Luego conseguí trabajo en un MacDonald's.

—Ruth, ¿cómo ha cambiado su vida después de este incidente?

Aspira una profunda bocanada de aire.

—Ya no tengo ahorros. Vivimos al día. Me preocupa el futuro de mi hijo. No puedo usar el coche porque no tengo para pagar la renovación de la matrícula. —Le doy la espalda, pero Ruth no ha terminado de hablar—. Es curioso —añade con voz suave—. Crees que eres un miembro respetable de una comunidad, el hospital en que trabajas, la ciudad en que vives. Tenía un trabajo maravilloso. Tenía colegas que además eran amigas. Vivía en una casa de la que me sentía orgullosa. Pero solo era un espejismo. Nunca fui miembro de ninguna de esas comunidades. Era tolerada, pero no bien recibida. Era, y siempre seré, diferente de ellos. —Levanta los ojos—. Y, debido al color de mi piel, será a mí a quien echen la culpa.

«Maldita sea —pienso—. Por Dios, cállate, Ruth. No vayas por ahí.»

—No hay más preguntas —intervengo, tratando de cortar por lo sano.

Porque Ruth ya no es una testigo. Es una bomba de relojería.

Cuando vuelvo a la mesa de la defensa, veo a Howard boquiabierto. Me alarga un papel: «¿¿¿QUÉ PASA AQUÍ???»

Escribo debajo: «Un ejemplo de lo que NUNCA quieres que haga un testigo».

Odette se acerca al estrado.

—¿Le habían ordenado que no tocara al niño?

—Sí —admite Ruth.

—Y hasta el día de hoy, usted ha mantenido que no lo tocó hasta que la enfermera jefe se lo ordenó.

—Sí.

—Y, sin embargo, ha declarado usted en el primer interrogatorio que en realidad sí lo tocó cuando lo vio en peligro.

Ruth asiente.

—Eso es cierto.

—Entonces, ¿en qué quedamos? —presiona Odette—. ¿Tocó usted o no a Davis Bauer cuando comprobó que ya no respiraba?

—Lo toqué.

—Permítame decirlo con todas sus letras. ¿Mintió usted a la supervisora?

—Sí.

—¿Y mintió a su compañera Corinne?

—Sí.

—Y mintió también al personal de Gestión de Riesgos de Mercy-West Haven, ¿no es así?

—Sí —responde.

—¿Mintió a la policía?

—Sí, mentí.

—¿Aunque usted era consciente de que estas personas tienen el deber y la obligación moral de averiguar qué le había pasado al niño fallecido?

—Lo sé, pero...

—Pero usted estaba pensando en salvar su empleo. —La ataja Odette—. Porque en el fondo usted sabía que estaba haciendo algo turbio. ¿No es eso cierto?

—Verá...

—Si mintió a todas estas personas —ataca Odette—, ¿por qué narices ha de creer el jurado lo que dice ahora?

Ruth se vuelve a los hombres y las mujeres de la tribuna del jurado.

—Porque estoy contando la verdad.

—Bien —arguye Odette—. Pero esa no es la única confesión secreta que tiene, ¿verdad?

¿Adónde querrá llegar con esta pregunta?

—En el momento en que murió el niño, cuando la pediatra dio la hora de la muerte, en el fondo a usted le importó un comino, ¿no es cierto, Ruth?

—¡Pues claro que me importó! —Ruth se pone recta en la silla—. Estábamos trabajando con tesón, tanto como con cualquier otro paciente...

—Ah, pero este no era un paciente cualquiera. Era el hijo de un supremacista blanco. El hijo de un hombre que había despreciado sus años de experiencia y su pericia como enfermera.

—Se equivoca.

—Un hombre que puso en duda su capacidad para hacer su trabajo simplemente por el color de su piel. Usted sentía animadversión hacia Turk Bauer y animadversión hacia su hijo, ¿no es así?

Odette está a un paso de Ruth, gritándole en la cara. Ruth cierra los ojos ante cada embestida, como si estuviera frente a un huracán.

—No —susurra—. En ningún momento sentí eso.

—Pero oyó que su compañera Corinne decía que estaba enfadada cuando le dijeron que no podía ocuparse de Davis Bauer, ¿exacto?

—Sí.

—¿Ha trabajado veinte años en Mercy-West Haven?

—Sí.

—Usted testificó que era una enfermera experta y competente y que le encantaba su trabajo, ¿es eso exacto?

—Lo es —reconoce Ruth.

—Sin embargo, el hospital no tuvo ningún inconveniente en aceptar el deseo del paciente, desestimando los sentimientos de su empleada y la profesionalidad de que ha dado muestras todos estos años.

—Eso parece.

—Eso tuvo que ponerla furiosa, ¿no?

—Estaba alterada —admite.

«Aguanta, Ruth», pienso.

—¿Alterada? Usted dijo, y cito textualmente: «Ese niño no significa nada para mí».

—Eso me salió sin querer.

Los ojos de Odette resplandecen.

—¡Sin querer! ¿Fue eso también lo que ocurrió cuando le dijo a la doctora Atkins que esterilizara al niño durante la circuncisión?

—Fue una broma —confiesa Ruth—. No debería haberlo dicho. Fue un error.

—¿Y qué más fue un error? —Se lanza Odette—. ¿El hecho de que dejara de atender al niño mientras forcejeaba por respirar, solo porque tenía miedo de las repercusiones que pudiera tener sobre usted?

—Me habían ordenado que no hiciera nada.

—Así que conscientemente tomó la decisión de quedarse al lado de ese pobre niño que se estaba poniendo azul, mientras pensaba: «¿Y si pierdo mi empleo?»

—No.

—O quizás estuviera usted pensando: «Este niño no merece mi ayuda. Sus padres no quieren que lo toque porque soy negra, y voy a darles satisfacción».

—Eso no es verdad...

—Entiendo. ¿Pensaba entonces: «Odio a sus padres racistas»?

—¡No! —Ruth se lleva las manos a la cabeza, tratando de amortiguar la voz de Odette.

—O quizá fuera: «Odio a este niño porque odio a sus padres racistas».

—No —explota Ruth, con tanta fuerza que casi tiemblan las paredes de la sala—. Pensaba que ese niño estaría mejor muerto que criado por él.

Señala con el dedo a Turk Bauer mientras una cortina de silencio cae sobre el jurado y el público, y también sobre mí. Ruth se lleva la mano a la boca. «Demasiado tarde, joder», pienso.

—¡Pro..., protesto! —barbota Howard—. ¡Pido que no conste en acta!

En ese preciso momento, Edison sale corriendo de la sala.

Cojo a Ruth por la muñeca en cuanto terminamos y la arrastro hasta la sala de reuniones. Howard es lo bastante listo para quedarse fuera. Cuando la puerta se ha cerrado, me vuelvo hacia ella.

—Enhorabuena. Has hecho *exactamente* lo que no tenías que hacer, Ruth. —Sin decir nada, se acerca a la ventana, dándome la espalda—. ¿Te has quedado a gusto? ¿Estás contenta por haber subido al estrado a testificar? Lo único que verá ahora el jurado es a una negra furiosa. Tan encolerizada y vengativa que no me sorprendería que el juez lamentara haber desestimado la acusación de asesinato. Acabas de darle a esos miembros del jurado razones suficientes para creer que estabas tan furiosa como para dejar morir a ese niño delante de tus narices.

Ruth se vuelve muy despacio. El sol vespertino la envuelve en una especie de halo. Vista a contraluz, tiene un aspecto ultraterreno.

—No estaba furiosa. Estoy furiosa. Llevo furiosa varios años. Lo que pasa es que no lo manifestaba. Lo que tú no entiendes es que trescientos sesenta y cinco días al año tengo que esforzarme por no parecer *demasiado negra*, así que interpreto un papel. Pongo cara neutral, como si fuera una capa de yeso. Es agotador. Es agotador, maldita sea. Pero lo hago, porque no tengo dinero para la fianza. Lo hago porque tengo un hijo. Lo hago porque, si no lo hiciera, podría perder el empleo. Mi casa. A mí misma. Así que trabajo, sonrío, digo que sí a todo, pago las facturas, guardo silencio y finjo estar satisfecha, porque es lo que vosotros queréis, ¿no?, porque necesitáis que me comporte así. Y la grandísima y triste vergüenza es que durante demasiados años de mi penosa vida me he creído esa farsa. Creía que si hacía todas esas cosas podía ser una de vosotros. —Avanza hacia mí—. Mírate —añade con desdén—. Estás muy orgullosa de ser abogada de oficio, de trabajar con gente de color que necesita ayuda. Pero ¿alguna vez has pensado que nuestras desgracias están directamente relacionadas con tu suerte? Puede que la casa que compraron tus padres estuviera en venta porque los vendedores no querían que mi madre estuviese en el barrio. Puede que las buenas notas que finalmente te llevaron a la Facultad de Derecho se debieran a que tu madre no tuvo que trabajar dieciocho horas al día, y estaba allí para leerte por la noche o para obligarte a hacer los deberes. ¿Cuántas veces recuerdas lo afortunada que eres por tener casa propia, por haber podido acumular un patrimonio a lo largo de generaciones, cosa que no pueden hacer las familias de color? ¿Cuántas veces abres la boca en el trabajo y piensas en lo asombroso que es que nadie piense que solo hablas para los que tienen el mismo color de piel que tú? En el cumpleaños de tu hija, ¿encuentras muchas tarjetas de felicitación con imágenes de criaturas que tienen su mismo color de piel? ¿Cuántas veces has visto una imagen de Jesucristo que se parece a ti? —Calla medio jadeando, con las mejillas encendidas—. Los prejuicios funcionan en ambas direcciones, ¿lo sabías? Hay gente que los sufre y gente que se aprovecha. ¿Quién murió y te convirtió en Robin Hood? ¿Quién dijo que yo necesitaba salvarme? Ahí estás tú, montada en tu caballo blanco, diciéndome que he jodido este caso en el que has trabajado tan duramente; dándote palmaditas en la espalda por ser una abogada de los pobres que lucha por una negra como yo. Pero, en principio, tú eres parte del motivo de que me arrojaran a la cuneta.

Estamos a unos centímetros de distancia. Siento el calor de su piel; me veo reflejada en sus pupilas cuando sigue hablando.

—Me dijiste que podías representarme, Kennedy. No puedes representarme. No me conoces. Ni siquiera lo intentaste. —Me mira fijamente—. Estás despedida —dice, y abandona la sala de reuniones.

Durante unos minutos me quedo sola en aquel recinto, luchando contra un tropel de emociones. Por algo llaman *juicio* a esto. Nunca me había sentido tan furiosa, avegonzada y humillada. En todos los años que llevo dedicada a la abogacía, he tenido clientes que me odiaron, pero ninguno me había despedido.

Así es como se siente Ruth.

Está bien, lo capto: ha sido despreciada por un montón de personas blancas. Pero eso no significa que tenga derecho a meterme en el mismo saco ni a juzgar a un individuo por el resto.

Así es como se siente Ruth.

¿Cómo se atreve a acusarme de no ser capaz de representarla, solo porque no soy negra? ¿Cómo se atreve a decir que no he intentado conocerla? ¿Cómo se atreve a poner palabras en mi boca? ¿Cómo se atreve a decirme a mí lo que estoy pensando yo?

Así es como se siente Ruth.

Voy hacia la salida rezongando. El juez nos espera en su despacho.

Howard aparece bajo el dintel en cuanto abro la puerta. Válgame Dios, me había olvidado de él.

—¿Te ha despedido? —pregunta, y añade tímidamente—: Lo he oído sin querer.

Echo a andar a zancadas por el pasillo.

—No puede despedirme. El juez no se lo permitirá a estas alturas del proceso. —Ruth podría presentar una queja alegando asesoría inefectiva, pero la única parte que aquí ha resultado inefectiva es el cliente. Ella ha reventado su propia absolución.

—¿Y qué ocurrirá ahora?

Me detengo y me vuelvo hacia él.

—Tus suposiciones son tan buenas como las mías —digo.

Hacia el final de un caso, el abogado defensor hace una petición de absolución. Pero esta vez, cuando llego al despacho de Thunder con Odette, el juez me mira como desafiándome a mencionar el asunto.

—No hay ninguna prueba de que la muerte de Davis Bauer fuera consecuencia de la actividad de Ruth. O de su pasividad —añado débilmente, porque en este punto, ni siquiera yo estoy segura de qué creer.

—Señoría —dice Odette—, está claro que es un último intento de la desesperada defensa, habida cuenta de lo que hemos oído decir a la acusada. De hecho, pediría humildemente que cambiara la decisión de descartar la acusación de asesinato. Está claro que Ruth Jefferson ha dado pruebas de dolo.

Se me congela la sangre. Sabía que Odette iba a cambiar de opinión, pero no había previsto esto.

—Señoría, la resolución ha de mantenerse. Ya ha descartado la acusación de asesinato. Sería un caso de doble incriminación; Ruth no puede ser acusada dos veces del mismo delito.

—En este caso —gruñe el juez Thunder—, la señora McQuarrie tiene razón. Ya ha tenido usted su ración de pastel, señora Lawton, y yo ya he desestimado la acusación de asesinato. Sin embargo, me reservaré el derecho de fallar sobre la petición de absolución que ha vuelto a hacer la defensa. —Nos mira por turno a las dos—. Los alegatos finales comenzarán el lunes por la mañana, letradas. Intentemos no dar un espectáculo más sonado, ¿de acuerdo?

Le digo a Howard que se tome el día libre y me voy a casa. Tengo la cabeza espesa, la mente demasiado congestionada en el cráneo, como si tuviera un resfriado. Cuando llego a casa, percibo olor a vainilla. Entro en la cocina y veo a mi madre con un delantal de Wonder Woman y a Violet arrodillada en uno de los taburetes, con la mano en un cuenco de masa de galletas.

—¡Mami! —grita, levantando las pringosas manos—. Te estamos preparando una sorpresa, así que haz como si no lo vieras.

Hay algo en su frase que se me pega en la garganta. *Haz como si no lo vieras.*

Y lo ha dicho una criatura.

Mi madre me mira por encima de Violet y frunce el entrecejo. «¿Estás bien?», pregunta moviendo los labios.

Por toda respuesta, me siento al lado de Violet, cojo un puñado de masa con la mano y me la llevo a la boca.

Mi hija es zurda, auque ni Micah ni yo lo somos. Incluso tenemos una ecografía en la que sale chupándose el pulgar izquierdo dentro del útero.

—¿Y si es así de sencillo? —murmuro.

—¿Qué es así de sencillo?

Miro a mi madre.

—¿Crees que el mundo tiene tendencia a valorar más a los diestros?

—Mmm, creo que nunca se me ha ocurrido pensarlo.

—Eso es —señalo— porque tú eres diestra. Pero piénsalo. Abrelatas, tijeras, incluso los pupitres del colegio que se abren lateralmente…, todo está pensado para personas diestras.

Violet levanta la mano con la que sujeta la cuchara y arruga la frente.

—Nena —dice mi madre—, ¿por qué no vas a lavarte? Así podrás probar la primera hornada.

Violet se baja del taburete, con las manos levantadas como Micah cuando va a entrar en el quirófano.

—¿Quieres que la niña tenga pesadillas? —me riñe mi madre—. ¡La verdad, Kennedy! ¿A qué viene todo esto? ¿Tiene que ver con tu caso?

—He leído que los zurdos mueren jóvenes porque son más propensos a tener accidentes. Cuando tú eras niña, ¿no pegaban las monjas a los niños que escribían con la mano izquierda?

Mi madre apoya una mano en la cadera.

—Lo que es malo para unos es bueno para otros, ya lo sabes. Se cree que los zurdos son más creativos. ¿No eran zurdos Miguel Ángel, Leonardo y Bach? Y en la época medieval tenías suerte de ser zurdo, porque la mayoría de los hombres luchaban empuñando la espada con la derecha y el escudo con la izquierda, lo que significaba que podías atacarlos por donde menos esperaban —se acerca a mí con una espátula y me da un golpe en la parte derecha del pecho—, así.

Me echo a reír.

—¿Cómo es que sabes todo eso?

—Porque leía novelas de aventuras, cariño —asegura—. No te preocupes por Violet. Si de veras lo desea, sabrás que puede aprender a ser ambidextra. Tu padre era tan bueno con la mano derecha como con la izquierda, escribiendo, dando martillazos e incluso llegando a la segunda base. —Sonríe—. Y no estoy hablando de béisbol.

—Eh, eh —protesto—. Para.

Pero no hago más que dar vueltas a la idea en la cabeza: ¿y si en el rompecabezas del mundo las piezas no encajaban a la perfección? ¿Y la única forma de sobrevivir era mutilarse, lijar las puntas, pulirse, adaptarse para encajar?

¿Y por qué, en vez de eso, no hemos cambiado el dibujo general del rompecabezas?

—¿Mamá? —digo—. ¿Puedes quedarte con Vi unas horas?

Recuerdo haber leído una novela que decía que los nativos de Alaska que entraron en contacto con misioneros blancos creyeron, al principio, que eran fantasmas. ¿Y por qué no iban a pensarlo? Al igual que los fantasmas, los blancos cruzan sin esfuerzo toda clase de puertas y fronteras. Al igual que los fantasmas, podemos ir a cualquier sitio que nos apetezca.

Llego a la conclusión de que es hora de palpar los muros que me rodean.

Lo primero que hago es dejar el coche en la entrada de mi casa e ir andando hasta la parada del autobús, que está a kilómetro y medio. Aterida de frío, entro para calentarme en una parafarmacia de la cadena CVS. Me detengo ante un expositor en el que nunca me había fijado y cojo una caja morada. Es un alisador de pelo, Dark and Lovely Healthy-Gloss. Miro la hermosa mujer de la foto.

«Para texturas medianas», leo. Cabello liso, suave y brillante. Miro las instrucciones, los múltiples pasos que hay que dar para tener un pelo como el que me queda a mí después de aplicarme el secador.

Luego cojo un frasco de loción hidratante Luster's Pink. Un envase negro de Ampro Pro Styl. Y un gorro de raso que garantiza la reducción del encrespamiento y las roturas por la noche.

Estos productos me son extraños. No sé para qué sirven, por qué los necesitan los negros, ni cómo se usan. Pero apuesto a que Ruth podría nombrar cinco champús que utilizan los blancos, sin apenas pensarlo, gracias a los omnipresentes anuncios de televisión.

Voy andando al centro de la ciudad, me siento un rato en un banco para esperar otro autobús y veo a dos mendigos que piden a los desconocidos que pasan por la calle. Se dirigen sobre todo a gente blanca, bien vestida, con traje, o a universitarios con auriculares, y quizá uno de cada seis o siete mete la mano en el bolsillo para buscar unas monedas. Un mendigo consigue más limosnas que el otro. Es una anciana blanca. El otro, un joven negro, solo consigue que lo rehúyan.

El barrio The Hill, de New Haven, figura entre los más famosos de la ciudad. Tengo docenas de clientes de ese barrio, casi todos relacionados con la venta de drogas cerca de las casas pobres de Church Street South. Ahí es donde vive la hermana de Ruth, Adisa.

Recorro las calles. Hay niños jugando, persiguiéndose unos a otros. Las chicas van en grupos, hablan español a ráfagas. Hay hombres en las esquinas, cruzados de brazos, centinelas silenciosos. Soy el único rostro blanco del lugar. Ya está empezando a oscurecer cuando entro en una tienda de comestibles. El cajero del mostrador me observa mientras camino por los pasillos. Siento su mirada como un rayo entre los omóplatos.

—¿Desea algo? —pregunta al fin, niego con la cabeza y me voy.

Es inquietante no ver a nadie como yo. La gente con la que me cruzo no me mira a la cara. Soy una extraña en medio de ellos, el elemento que destaca, que no es como los demás. Y sin embargo, al mismo tiempo, me vuelvo invisible.

Cuando llego a Church Street South, camino entre los edificios. Algunos apartamentos, lo sé, han sido tapiados por tener moho o daños estructurales. Es como una ciudad fantasma: persianas echadas, residentes encerrados. Al pie de una escalera veo a dos jóvenes intercambiando dinero. Una anciana tira de una bombona de oxígeno escaleras arriba, por encima de ellos.

—Disculpe —digo—. ¿Quiere que le eche una mano?

Los tres se me quedan mirando, paralizados. Los jóvenes levantan la cabeza y uno se lleva la mano a la cintura de los pantalones, donde me parece que asoma la culata de una pistola. Mis piernas son de gelatina. Antes de poder retroceder, la anciana dice en español: «No hablo inglés», y sube los peldaños con más premura que antes.

Yo había querido vivir como Ruth durante una tarde, pero no si eso significaba estar en peligro. Aunque el peligro es relativo. Tengo un marido con un buen trabajo y una casa pagada, y no tengo que temer que lo que diga o haga vaya a impedirme poner un plato en la mesa o pagar las facturas. Para mí, el peligro es diferente: es cualquier cosa que pueda separarme de Violet, de Micah. Pero le pongas a tu monstruo personal la cara que le pongas, aparecerá igualmente en tus pesadillas. Tiene el poder de aterrorizar, y de impulsarte a hacer cosas que normalmente no creerías que pudieras hacer, todo para sentirte a salvo.

Para mí, eso significa correr por una noche cuyos muros se estrechan, hasta que estoy segura de que no me sigue nadie. A unas manzanas de distancia, me detengo en un cruce. Ahora mi pulso ya no está acelerado, el sudor se ha enfriado bajo mis brazos. Un hombre de mi edad se acerca, aprieta el mismo botón del semáforo y espera. La piel oscura de sus mejillas está picada de viruela, es el mapa de carreteras de su vida. En las manos lleva un grueso libro, pero no distingo el título.

Decido intentarlo una vez más. Señalo el libro con la cabeza.

—¿Es bueno? Estoy buscando algo que leer.

Me mira, pero su mirada se aleja. No responde.

Siento que me ruborizo cuando el semáforo se pone verde. Cruzamos la calle juntos y en silencio, y entonces dobla por una travesía y desaparece.

Me pregunto si tenía realmente la intención de irse por esa calle o si solo quería poner distancia entre los dos. Me duelen los pies, tirito de frío de pies a cabeza, y me siento totalmente derrotada. Me doy cuenta de que ha sido un experimento breve, pero al menos he intentado entender lo que Ruth decía. Lo he intentado.

Yo.

Mientras me dirijo al hospital donde trabaja Micah, medito ese pronombre. Pienso que durante siglos un hombre negro ha podido tener problemas por hablar con una mujer blanca. En algunas zonas de este país sigue siendo una realidad, y el resultado es la justicia de los linchadores.

Para mí, el atroz efecto del encuentro en el semáforo ha sido sentirme rechazada. Para él ha sido algo completamente distinto. Por medio hay dos siglos de historia.

El despacho de Micah está en el segundo piso. Es notable que, en el momento en que pongo los pies en el hospital, vuelva a encontrarme en mi elemento. Conozco el medio sanitario; sé cómo van a tratarme; conozco el ritual y las respuestas. Puedo pasar por delante del mostrador de información sin que nadie me pregunte adónde voy ni por qué estoy allí. Puedo saludar al personal del departamento de Micah y entrar en su despacho tranquilamente.

Hoy es día de quirófano para él. Me siento en la silla de su escritorio, con el abrigo desabrochado y descalza. Miro una reproducción del ojo humano que tiene sobre la mesa, un puzzle tridimensional, mientras mis pensamientos giran como un torbellino. Cada vez que cierro los ojos veo a la anciana de Church Street South, retrocediendo al oír mi oferta de ayuda. Oigo la voz de Ruth, diciéndome que estoy despedida.

Quizá me lo merezca.

Quizá la equivocada sea yo.

He pasado meses centrada en conseguir la absolución de Ruth, pero, si voy a ser totalmente sincera, la absolución era para mí. Para mi primer juicio por asesinato.

He pasado meses diciéndole a Ruth que un juicio penal no es lugar para hablar de la raza. Si lo haces, no puedes ganar. Pero si no lo haces también pagas un precio, porque en vez de cambiar un sistema defectuoso, lo estás perpetuando.

Eso es lo que Ruth ha intentado decir, pero yo no he escuchado. Es lo bastante valiente para arriesgarse a perder el empleo, su modo de vida, su libertad para decir la verdad, mientras que yo soy la embustera. Le dije que el tema de las razas no es bien acogido en el juzgado, cuando en el fondo sé que ya está allí. Siempre lo ha estado. Y que yo cierre los ojos no significa que vaya a desaparecer.

Los testigos juran sobre la Biblia que dirán la verdad, toda la verdad y nada más que la verdad. Pero las mentiras por omisión son tan perjudiciales como cualquier otra falsedad. Y terminar el caso de Ruth Jefferson sin decir claramente que lo que le ha ocurrido a ella se ha debido al color de su piel podría representar una pérdida mayor que una condena.

Quizá, si hubiera abogados más valientes que yo, no tendríamos tanto miedo a hablar sobre la raza en los lugares que más importa.

Quizá, si hubiera abogados más valientes que yo, no habría otra Ruth procesada a raíz de un incidente motivado por el racismo que nadie quiere admitir que es un incidente motivado por el racismo.

Quizá, si hubiera abogados más valientes que yo, mejorar el sistema sería tan importante como conseguir la libertad del cliente.

Quizá debería ser más valiente.

Ruth me acusó de querer salvarla, y quizá fue una afirmación exacta. Pero ella no necesita ser salvada. No necesita mi consejo, porque, hablando sinceramente, ¿quién soy yo para dárselo sin haber vivido su vida? Solo necesita la oportunidad de hablar. De ser escuchada.

No sé cuánto tiempo transcurre hasta que llega Micah. Lleva la bata de hospital, que siempre me ha parecido muy sexy, y zuecos marca Crocs, que no lo son ni por asomo. Su rostro se ilumina al verme.

—Qué agradable sorpresa.

—Pasaba por aquí —digo—. ¿Puedes llevarme a casa?

—¿Dónde está tu coche?

—Es una larga historia —respondo con una sacudida de la cabeza.

Junta unas fichas, mira unos mensajes y coge el abrigo.

—¿Va todo bien? Estabas a un millón de kilómetros cuando entré.

Cojo la reproducción del ojo y le doy vueltas en las manos.

—Me siento como si hubiera estado debajo de una ventana abierta en el momento en que arrojaban a un niño por ella. Recojo al niño, claro, ¿quién no lo haría? Pero entonces tiran a otro niño, así que paso el primero a otra persona y lo recojo igualmente. La escena se repite. Y cuando te das cuenta, hay una hilera de personas que han adquirido gran habilidad para pasarse los niños, al igual que yo para recogerlos, pero nadie se pregunta quién está tirando a los niños por la ventana.

—Vaya —ladea la cabeza—. ¿De qué niño estamos hablando?

—No es un niño, es una metáfora —respondo con irritación—. Yo he estado haciendo mi trabajo, pero ¿a quién le importa, si el sistema sigue creando situaciones en que mi trabajo es necesario? ¿No deberíamos fijarnos en el cuadro general, en lugar de limitarnos a recoger lo que cae por la ventana en un momento dado?

Micah me mira como si hubiera perdido la cabeza. A su espalda hay un cartel en la pared: LA ANATOMÍA DEL OJO HUMANO. Está el nervio óptico, el humor acuoso, la conjuntiva. El cuerpo ciliar, la retina, la coroides.

—Tú haces que la gente vea —murmuro—, para ganarte la vida.

—Pues sí —responde.

Lo miro a los ojos.

—Eso es lo que tengo que hacer yo.

Ruth

Edison no está en casa, y mi coche tampoco.

Lo espero, le envío mensajes, lo llamo, rezo, pero no hay respuesta. Lo imagino paseando por las calles, con mi voz resonando en sus oídos. Se está preguntando si él también tiene dentro esa capacidad de ponerse furioso. Si importa más la naturaleza o la educación; si está condenado por partida doble.

Sí, odié a ese padre racista por ofenderme. Sí, odié al hospital por ponerse de su lado. No sé si esto influyó en mi capacidad de cuidar al paciente. Por el momento no sabría decirlo, no me pasó por la cabeza. No podría asegurar que no miré a aquel niño inocente y pensé en el monstruo en el que iba a convertirse.

¿Me convierte eso en la malvada de la historia? ¿O, simplemente, me hace humana?

Y Kennedy. Lo que le dije no estaba en mi mente, sino en mi corazón. No me arrepiento de ninguna sílaba. Cada vez que pienso en lo que debe de sentirse cuando se sale de esa sala, en lo que debe de ser tener ese privilegio al menos una vez, siento vértigo, como si estuviera volando.

Oigo pasos fuera y corro a abrir la puerta, pero no es mi hijo, es solo mi hermana. Adisa está con los brazos cruzados.

—Supuse que estarías en casa —saluda, abriéndose paso hasta la salita—. Después de lo que pasó, no te imaginaba cerca del juzgado.

Se pone cómoda, deja el abrigo en una silla de la cocina y se sienta en el sofá, apoyando los pies en la mesa de centro.

—¿Has visto a Edison? ¿Está con Tabari? —pregunto.

Niega con la cabeza.

—Tabari está en casa, haciendo de canguro.

—Estoy preocupada, A.

—¿Por Edison?

—Entre otras cosas.

Da unos golpecitos en el sofá, a su lado. Me siento donde me indica, me coge la mano y la aprieta.

—Edison es un chico inteligente. Ya volverá.

Trago saliva.

—¿Tú… podrías cuidar de él? Asegurarte de que…, ya sabes, de que no se rinde.

—Si estás haciendo testamento, siempre me han gustado esas botas de cuero negro. —Sacude la cabeza—. Ruth, relájate.

—No puedo relajarme. No puedo quedarme aquí sentada y pensar que mi hijo va a tirar por la borda todo su futuro por culpa mía.

Adisa me mira a los ojos.

—Entonces tendrás que hacer lo posible por estar aquí para controlarlo.

Pero ambas sabemos que no depende de mí. Antes de darme cuenta, estoy doblada por la cintura, golpeada en la barriga por una verdad tan cruda y tan aterradora que no puedo respirar: he perdido el control de mi futuro. Y es por mi puta culpa.

No he obedecido las reglas del juego. Hice lo que Kennedy me dijo que no hiciera. Y ahora estoy pagando el precio de haber empleado mi voz.

Adisa me rodea con el brazo y me aprieta la cara contra su hombro. Hasta ese momento no me doy cuenta de que estoy llorando.

—Tengo miedo —digo.

—Lo sé. Pero a mí me tendrás siempre —promete Adisa—. Te llevaré un pastel con una lima dentro.

El comentario me da tanta risa que me entra hipo.

—No, no harás eso.

—Tienes razón —rectifica—. No hago pasteles gratis. —De repente se levanta del sofá y busca en el bolsillo de su abrigo—. Pensé que deberías quedártelo.

Sé por el olor —un rastro de perfume con el agudo aroma del jabón de lavar— lo que va a darme. Me pone en el regazo el pañuelo de la suerte de mi madre, está hecho una pelota y se abre como una rosa.

—¿Lo cogiste tú? Lo busqué por todas partes.

—Sí, porque supuse que o te lo quedabas tú o enterrabas a mamá con él, y ella ya no necesita suerte, pero Dios sabe que yo sí. —Se enconge de hombros—. Y tú también.

Vuelve a sentarse a mi lado. Esta semana lleva las uñas de un amarillo brillante. Las mías están mordisqueadas hasta las raíces. Coge el pañuelo y me lo pone al cuello, tirando de los picos, como yo suelo hacer con Edison, y deja las manos en mis hombros.

—Ya está —dice, como si estuviera lista para enfrentarse a la tormenta.

Edison vuelve después de medianoche. Tiene una expresión salvaje, está nervioso y con la ropa empapada de sudor.

—¿Dónde has estado? —pregunto.

—Corriendo. —¿Corriendo? ¿Quién corre con una mochila en la espalda?

—Tenemos que hablar…

—No tengo nada que decirte —replica, cerrando su habitación de un portazo.

Sé que está disgustado por lo que ha visto hoy en mí: mi furia, el reconocimiento de que soy una embustera. Voy hacia la puerta, apoyo las palmas en ella, aprieto los puños para llamar, para forzar esta conversación, pero no puedo. No me queda nada dentro.

No me hago la cama; lejos de ello, me quedo dormida de cualquier manera en el sofá. Sueño otra vez con el funeral de mi madre. Esta vez está sentada a mi lado en la iglesia y somos las únicas presentes. Hay un ataúd en el altar. «Es una pena, ¿verdad?», dice.

La miro y luego miro el ataúd. No puedo ver lo que hay dentro. Así que me pongo en pie trabajosamente y me doy cuenta de que estoy clavada al suelo de la iglesia. Han crecido sarmientos alrededor de mis tobillos, salen por las ranuras de las tablas del suelo. Intento moverme, pero estoy inmovilizada.

Estirando el cuello consigo mirar por encima del borde del ataúd abierto, para ver a la persona que reposa en él.

De cuello para abajo es un esqueleto, con carne que cuelga de los huesos.

De cuello para arriba, soy yo.

Despierto con el corazón dando golpes y me doy cuenta de que los golpes tienen otro origen. *Déjà vu*, pienso mientras me vuelvo hacia la puerta, que tiembla bajo el impacto de los golpes. Alargo la mano para asir el pomo y, en el momento en que lo hago, la puerta se abre de golpe y casi me tira al suelo. Pero los policías que invaden mi casa me apartan de un empujón. Sacan cajones, derriban sillas.

—¿Edison Jefferson? —grita uno y aparece mi hijo, soñoliento y despeinado.

Inmediatamente lo sujetan, le ponen las esposas y lo arrastran hacia la puerta.

—Está detenido por un delito de odio de Clase C —dice el agente.

¿Qué?

—Edison —grito—. ¡Esperen! ¡Esto es un error!

Otro policía sale del cuarto de Edison con su mochila abierta en una mano y un atomizador de pintura en la otra.

—Bingo —dice.

Edison se vuelve hacia mí como puede.

—Lo siento, mamá, tuve que hacerlo —se disculpa, y se lo llevan por la puerta de un tirón.

—Tiene derecho a permanecer en silencio… —oigo, y los agentes desaparecen con la misma rapidez con que llegaron.

El silencio me paraliza, me oprime las sienes, la garganta. Me estoy ahogando, me aplastan. Consigo encontrar con manos temblorosas el teléfono móvil, que está cargándose. Lo cojo, marco un número, aunque sea medianoche.

—Necesito tu ayuda.

La voz de Kennedy es segura y fuerte, como si hubiera esperado mi llamada.

—¿Qué ha ocurrido? —pregunta.

Kennedy

Acaban de dar las dos de la madrugada cuando suena el teléfono y veo parpadear en la minipantalla el nombre de Ruth. Me despierto de golpe. Micah se sienta en la cama, alerta como es habitual entre los médicos, y le hago una seña con la cabeza. «Es para mí».

Quince minutos después aparco delante de la comisaría de East End.

Me dirijo al sargento de servicio como si tuviera todo el derecho del mundo a estar allí.

—¿Han detenido a un chico llamado Edison Jefferson? —pregunto—. ¿De qué lo acusan?

—¿Quién es usted?

—La abogada de la familia.

«Que ha sido despedida hace unas horas», me digo en silencio. El sargento entorna los ojos.

—El chico no habló de abogados.

—Tiene diecisiete años —observo—. Seguro que está demasiado asustado incluso para recordar su propio nombre. Mire, no hagamos esto más difícil de lo que ya es, ¿quiere?

—Lo vimos en las cámaras de seguridad del hospital, pintando las paredes con un aerosol.

¿Edison? ¿Un acto vandálico?

—¿Está seguro de que es el verdadero culpable? Es un estudiante modélico. Va a ir a la universidad.

—Los guardias de seguridad lo han identificado. Y también lo tenemos conduciendo un coche con la matrícula caducada, a nombre de Ruth Jefferson. Y se detuvo en la puerta de su casa.

Vaya. Mierda.

—Pintaba cruces gamadas y escribía «Mueran los negrazos».

—¿Qué? —Estoy atónita.

Eso significa que no es solo vandalismo. Es un delito de odio. Pero no tiene sentido. Abro la cartera para ver cuánto dinero llevo encima.

—Está bien, escuche. ¿Puede conseguirle una comparecencia especial? Pagaré los gastos de desplazamiento del juez, para sacarlo de aquí esta noche.

Me conducen a la celda. Edison está sentado en el suelo, con la espalda apoyada en la pared, las rodillas bajo la barbilla. Tiene las mejillas surcadas de lágrimas. En cuanto me ve, se pone en pie y se acerca a los barrotes.

—¿En qué estabas pensando? —pregunto.

Se limpia la nariz con la manga.

—Quería ayudar a mamá.

—¿Y qué ayuda recibe tu madre con tu culo en una celda?

—Quería crear problemas a Turk Bauer. Si no hubiera sido por él, nada de esto habría pasado. Y después de hoy, todo el mundo la culpaba a ella, y deberían echarle la culpa a él... —Levanta la cabeza, tiene los ojos enrojecidos—. Ella es la víctima. ¿Por qué nadie se da cuenta?

—Voy a ayudarte —digo—. Pero lo que hablemos tú y yo es información confidencial, lo que significa que no deberás contar nada a tu madre. —Pero en lo que estoy pensando es en que Ruth lo descubrirá en seguida. Probablemente cuando lea la primera página de la puta prensa. Sí, es demasiado bueno: HIJO DE ENFERMERA ASESINA DETENIDO POR DELITO DE ODIO—. Y por el amor de Dios, no digas ni una palabra delante del juez.

Quince minutos después, llega el juez a los calabozos. Las comparecencias especiales son como trucos de magia: puedes saltarte todas las normas si pagas un dinero extra. Estamos un funcionario que hace de fiscal, Edison, yo y el juez contratado. Se leen los cargos contra Edison y se le leen sus derechos.

—Pero ¿qué pasa aquí? —pregunta el juez.

—Señoría, se trata de una circunstancia excepcional, un incidente aislado. Edison es un deportista notable y un colegial modélico que nunca se ha metido en problemas; su madre está siendo juzgada por homicidio negligente y esto ha sido un torpe intento de apoyar su causa.

El juez mira a Edison.

—¿Es eso cierto, joven?

Edison me mira sin saber si tiene que responder. Asiento.

—Sí, señor —dice en voz baja.

—Edison Jefferson —dice el juez—, ha sido acusado de un delito de odio por causas raciales. Es un delito grave y tendrá que presentarse en el juzgado el lunes. No tendrá que responder a ninguna pregunta y tiene derecho a un abogado. Si no puede permitirse un abogado, se le asignará uno de oficio. Veo que ya tiene a la señora McQuarrie en su defensa, y el caso será remitido formalmente a la oficina de la abogacía de oficio de un tribunal superior. No podrá salir del estado de Connecticut y tengo la obligación de advertirle de que, si es arrestado por cualquier otra falta mientras este caso está pendiente, podrá ser enviado a la cárcel del Estado. —Mira fijamente a Edison—. No te metas en líos, muchacho.

Todo el proceso dura una hora. Ambos estamos totalmente despiertos cuando subimos a mi coche para llevar a Edison a casa. El destello del espejo retrovisor me enmarca los ojos cada vez que los desvío hacia el asiento del copiloto. Edison tiene en la mano un juguete de Violet, un hada con alas rosa. Tiene un aspecto increíblemente diminuto en sus grandes manos.

—Joder, Edison —digo en voz baja—. La gente como Turk Bauer es horrible. ¿Por qué te has rebajado a ese nivel?

—¿Por qué se rebaja usted? —pregunta, volviéndose hacia mí—. Finge que lo que hacen ellos no importa. He presenciado todo el juicio; ni siquiera ha salido a relucir.

—¿Qué es lo que no ha salido?

—El racismo —responde.

Aspiro una profunda bocanada de aire.

—Puede que no se haya hablado explícitamente de eso durante el juicio, pero Turk Bauer se desnudó delante de todos: fue una exhibición digna de un *strip-tease*.

Me mira enarcando una ceja.

—¿De veras cree que Turk Bauer es el único racista que hay en el juzgado?

Aparcamos delante de la casa de Ruth. Las luces interiores están encendidas y despiden una calidez de mantequilla. Ruth abre la puerta principal y baja los peldaños del porche ciñéndose la rebeca.

—Gracias a Dios —murmura, envolviendo a Edison en un abrazo—. ¿Qué ha pasado?

Edison me mira.

—Me ha dicho que no te lo diga.

—Sí, es buena en eso —replica Ruth con un bufido.

—Pinté una cruz gamada en el hospital. Y... otras cosas. —La madre se aparta del hijo y espera—. Escribí «Mueran los negrazos» —añade Edison.

Ruth le propina una bofetada. El chico retrocede con la mano en la mejilla.

—¿Eres tonto? ¿Por qué has hecho eso?

—Pensé que le echarían la culpa a Turk Bauer. Quería que la gente dejara de decir cosas horribles de ti.

Ruth cierra los ojos un momento, como si estuviera forcejeando por conservar la calma.

—¿Y qué pasará ahora?

—Tendrá que ir a juicio el lunes. Es probable que la prensa esté allí —aviso.

—¿Qué tengo que hacer yo? —pregunta.

—Tú —ordeno— no harás nada. Ya me ocupo yo de esto.

La veo bregar, hacer de tripas corazón ante el inesperado regalo.

—Está bien —concede.

Me doy cuenta de que en todo momento ha mantenido el contacto físico con su hijo. Incluso después de cruzarle la cara, tiene la mano en su brazo, en su hombro, en su espalda. Cuando me voy en el coche, siguen juntos en el porche, compartiendo uno el sufrimiento del otro.

Cuando llego a casa son las cuatro de la madrugada. Parece una tontería meterme en la cama y, además, estoy demasiado despierta. Decido limpiar un poco y luego preparar un desayuno a base de crepes para cuando se levanten Violet y Micah.

Es inevitable que en el transcurso de un juicio se vayan acumulando papeles en el despacho de mi casa. Pero el caso de Ruth está terminado. Así que entro de puntillas en el dormitorio independiente que utilizo y me pongo a guardar en cajas los documentos del sumario. Ordeno los expedientes, las carpetas y las notas que tomé en relación con las pruebas. Trato de encontrar el punto de partida.

Sin darme cuenta, tiro al suelo un montón de papeles que hay en el escritorio. Al recogerlos veo la declaración de Brittany Bauer, de la que no se hizo el menor uso, y la fotocopia de los resultados del laboratorio que demostraban el trastorno metabólico de Davis Bauer. Es una larga lista de afecciones posibles. En la mayoría de las casillas ponía «normal», pero no, naturalmente, en la correspondiente a la MCADD.

Echo un vistazo al resto de la lista, en la que no me he fijado antes porque en su momento recogí la muñeca del premio y eché a correr. Davis Bauer parecía un niño normal en todos los demás aspectos, y sus resultados eran normales.

Le doy la vuelta a la hoja y veo que el dorso también está impreso.

Allí, entre un mar de resultados «normales» veo otra vez la palabra «anormal». Está mucho más abajo en la lista de resultados totales, ¿quizá porque es menos importante, menos peligroso? Comparo los resultados con las pruebas del laboratorio incluidas en la citación, una serie de listas de proteínas que no sé pronunciar y gráficos de espectrometría que no sé interpretar.

Me detengo en una página que parece tener la tinta corrida. Leo *Electroforesis* y *Hemoglobinopatía*. Y al final de la página, los resultados: *HbAS/heterocigota*.

Me siento ante el ordenador y busco la expresión en Google. Si significa que había alguna otra deficiencia en David Bauer, puedo presentarlo, incluso ahora. Puedo pedir un nuevo juicio basándome en la aparición de nuevas pruebas.

Puedo empezar de cero con otro jurado.

Leo: «Estado del portador generalmente benigno», y mi esperanza se desploma. Adiós a otra causa potencial de una muerte natural.

«Se recomienda hacer análisis a la familia.»

«Hemoglobinas listadas en el orden de hemoglobina presente (F>A>S). FA = normal. FAS = portador con rasgo de células falciformes. FSA = beta talasemia intermedia.»

Entonces recuerdo algo que dijo Ivan.

Me siento en el suelo para buscar las transcripciones de las declaraciones y empiezo a leer.

Entonces, aunque aún son las cuatro y media de la madrugada, cojo el teléfono y repaso la lista de llamadas entrantes hasta que encuentro la que estoy buscando.

—Soy Kennedy McQuarrie —digo cuando Wallace Mercy responde con voz espesa—. Y lo necesito.

El lunes por la mañana, la escalinata está llena de cámaras y reporteros, muchos ya de otro estado, que han recogido la noticia del chico negro que escribió una difamación racista contra los de su propia raza, el hijo de una enfermera a la que están juzgando en otra sala por matar al hijo de un supremacista blanco. He preparado un rollo patatero para Howard por si no me permitieran estar presente, pero el juez Thunder me sorprende una vez más cuando acepta posponer los alegatos finales hasta las diez de la mañana para que pueda ejercer de abogada de Edison antes de volver a serlo de Ruth, aunque solo sea para que me despidan formalmente.

Las cámaras nos siguen por el pasillo, aunque llevo la cabeza de Ruth en la axila y he dicho a Howard que proteja a Edison. La comparecencia dura menos de cinco minutos. Edison es puesto en libertad sin fianza y se fija una fecha para la audiencia preliminar. Volvemos a esquivar a la prensa cuando regresamos.

Nunca he estado tan encantada de volver a la sala del juez Thunder, en la que no se permiten cámaras ni periodistas.

Entramos y me dirijo a la mesa de la defensa, mientras Edison se sienta en silencio en la fila de detrás. Pero en cuanto llegamos a nuestro sitio, Ruth me mira cejijunta.

—¿Qué haces?

—¿Qué? —replico parpadeando.

—Que estés representando a Edison no significa que haya cambiado nada —responde.

Antes de poder explicarme, llega el juez al estrado. Me mira, aunque está claro que sostengo un encendido debate con mi defendida, y luego mira a Odette.

—¿Están las partes listas para proceder? —pregunta.

—Señoría —dice Ruth—. Me gustaría prescindir de mi abogada.

Estoy casi segura de que el juez Thunder pensaba que el juicio ya no podía depararle más sorpresas, hasta este momento.

—¿Señora Jefferson? ¿Por qué diantres quiere usted despedir a su abogada cuando la defensa casi ha terminado? Lo único que queda es el alegato final.

Ruth mueve la mandíbula.

—Es un asunto personal, Señoría.

—Le recomendaría enérgicamente que no lo hiciera, señora Jefferson. Ella conoce el caso y, contra todo pronóstico, estaba muy bien preparada. Sabe qué es lo mejor para usted. Mi trabajo es dirigir este juicio y procurar que no se retrase más. Tenemos en la tribuna un jurado que ha oído todas las pruebas; no tenemos tiempo para buscar otro abogado, y usted no está capacitada para representarse a sí misma. —Clava sus ojos en mí—. Por increíble que parezca, le concedo otra media hora de receso, señora McQuarrie, para que su cliente y usted puedan hacer las paces.

Encargo a Howard que se quede con Edison para que la prensa no se acerque a él. Llegar a la habitual sala de reuniones requerirá pasar corriendo entre la prensa, así que me llevo a Ruth por la puerta trasera y entramos en los lavabos de señoras.

—Usted disculpe —le digo a una mujer que nos sigue, y cierro la puerta a mis espaldas. Ruth se apoya en las pilas y se cruza de brazos.

—Sé que crees que nada ha cambiado, y quizá sea cierto para ti. Pero para mí sí han cambiado cosas —le comunico—. Te escucho, alto y claro. Puede que no lo merezca, pero te ruego que me concedas otra oportunidad.

—¿Por qué tengo que hacerlo? —pregunta Ruth con aire desafiante.

—Porque una vez te dije que no me importaba el color… y ahora es lo único que veo.

—No necesito tu compasión —retruca, echando a andar hacia la puerta.

—Tienes razón —señalo—. Necesitas equidad.

Ruth deja de andar, pero sigue sin mirarme.

—Querrás decir igualdad —corrige.

—No, quiero decir equidad. La igualdad es tratar a todo el mundo igual. Pero la equidad es tener en cuenta las diferencias, para que todo el mundo tenga la oportunidad de triunfar. —La miro—. La igualdad parece justa. La equidad *es* justa. Dar el mismo examen escrito a dos niños es igualdad. Pero si uno es ciego y el otro vidente, ya no hay igualdad. Deberías dar a uno el examen en Braille y al otro el examen escrito, para que ambos tengan el mismo material. Todo este tiempo he estado dando al jurado un examen escrito, porque no me había dado cuenta de que están todos ciegos. De que yo estaba ciega. Por favor, Ruth. Creo que te gustará escuchar lo que tengo que decir.

Lentamente, Ruth da media vuelta.

—La última oportunidad —accede.

Cuando me pongo en pie, no estoy sola.

Sí, hay una sala que espera mi alegato final, pero estoy rodeada por noticias que han venido difundiendo los medios de comunicación y que los tribunales, en términos generales, no han asimilado. Noticias relativas a Tamir Rice, a Michael Brown, a Trayvon Martin. A Eric Garner, Walter Scott y Freddie Gray. A Sandra Bland y John Crawford III. A las militares afroamericanas que querían lucir su pelo natural y a los niños del distrito escolar de Seattle a los que el Tribunal Supremo dijo que seleccionar a los mejores estudiantes para mantener la diversidad racial era anticonstitucional. A las minorías del sur que no cuentan con la protección del gobierno nacional cuando los estados sureños han aplicado leyes que limitan su derecho a votar. A los millones de afroamericanos que han sido víctimas de discriminación cuando buscan casa y trabajo. Al mendigo negro de Chapel Street cuyo vaso nunca estará tan lleno como el de la mendiga blanca.

Me vuelvo hacia el jurado.

—¿Qué pasaría, damas y caballeros, si hoy les dijera que todo aquel que haya nacido en lunes, martes o miércoles puede salir libremente del juzgado ahora mismo? Y que tendrán los mejores aparcamientos del centro de la ciudad y las casas más grandes. Que conseguirán entrevistas de trabajo antes que los nacidos otros días de la semana, y que serán admitidos antes en los consultorios médicos, por muchos pacientes que haya esperando. Si hubieran nacido entre el jueves y el domingo, intentarían igualarse a ellos, pero como siempre llegarían después, la prensa diría que son unos ineptos. Y si se quejaran, serían despedidos por recurrir a la coartada del día de nacimiento. —Me encojo de hombros—. Parece una estupidez, ¿verdad? Pero ¿qué pasaría si, encima de todo este sistema arbitrario que obstaculiza sus oportunidades para triunfar, todo el mundo les dijera que en el fondo todos somos iguales?

Avanzo hacia la tribuna y prosigo:

—Cuando empezó este caso, les dije que Ruth Jefferson tuvo que enfrentarse a una alternativa intolerable: cumplir con su deber de enfermera o desobedecer las órdenes de su supervisora. Les dije que las pruebas demostrarían que Davis Bauer sufría una enfermedad sin diagnosticar que fue causa de su muerte. Y eso es cierto, damas y caballeros. Pero este caso va mucho más allá de lo que les dije.

»Entre todas las personas que atendieron a Davis Bauer en el hospital Mercy-West Haven durante su breve vida, solo una de ellas está sentada en el banquillo de los acusados: Ruth Jefferson. Solo a una persona se ha acusado de asesinato: a Ruth Jefferson. Me he pasado todo el juicio eludiendo una pregunta muy importante: *¿Por qué?*

»Ruth es negra —digo sin hacer hincapié en la palabra—. Esta circunstancia sentó mal a Turk Bauer, un supremacista blanco. No soporta a los negros, ni a los asiáticos, ni a los homosexuales, ni a nadie que no sea como él. Y como resultado, inició una serie de acontecimientos cuyo resultado fue que Ruth pasó a ser la cabeza de turco de la trágica muerte de su hijo. Pero se supone que no debemos hablar de la raza en el sistema de justicia penal. Se supone que tenemos que fingir que es simplemente el glaseado del pastel acusador que se ha puesto sobre la mesa, y no su miga. Se supone que somos los guardianes legales de una sociedad que ya no tiene en cuenta la raza. Pero ¿saben una cosa?, «ignorar» no significa solo desconocer: significa también pasar por alto, hacer caso omiso. Y no creo que sea justo ignorar la verdad más tiempo.

Miro directamente a la jurado número doce, la profesora.

—Terminen esta frase —invito—. «Yo soy...» —hago una breve pausa—. Quizá respondan ustedes: «Persona tímida». O «rubia. Cordial. Nerviosa, inteligente, de Irlanda». Pero muy pocos dirán «de raza blanca». ¿Por qué? Porque se da por hecho. Es una identidad que se da por supuesta. Los que tenemos la suerte de haber nacido blancos no nos damos cuenta de esa buena fortuna. Y alegremente ignoramos muchas cosas. Probablemente, nunca den las gracias por haberse duchado esta mañana, o por haber tenido anoche un techo sobre sus cabezas. Por poder desayunar y tener ropa interior limpia. Eso es porque damos por sentados todos estos privilegios invisibles.

»Lógicamente, es mucho más fácil ver el racismo cuando el viento sopla de cara, cuando vemos la discriminación que sufre la gente de color. Lo vemos ahora cuando un hombre negro recibe accidentalmente un disparo de la policía y una chica de piel oscura es acosada por sus compañeros de clase por llevar el velo típico de las musulmanas. Cuesta un poco más ver o reconocer el racismo cuando el viento sopla por detrás, cuando disfrutamos de las ventajas que tenemos por el hecho de ser blancos. Podemos ir al cine y estar seguros de que la mayoría de los actores tendrá nuestro aspecto. Podemos llegar tarde a una reunión porque sabemos que no echarán la culpa a nuestra piel. Puedo ir al despacho del juez Thunder a presentar una protesta y no me responderá que estoy explotando la coartada de la raza. —Hago una pausa—. La gran mayoría de nosotros no llega a casa del trabajo y exclama: «¡Hurra! ¡Hoy no me han detenido ni cacheado!» La gran mayoría de nosotros no llegó a la universidad y pensó: «He podido matricularme en la facultad que quería porque el sistema educativo me favorece». No pensamos en estas cosas porque no nos hace falta.

El jurado está algo incómodo. Los miembros se agitan y remueven, y con el rabillo del ojo percibo que el juez Thunder me mira fijamente, aunque el alegato final es exclusivamente mío y, en teoría, si me diera por leer en voz alta *Grandes esperanzas*, tendría libertad para ello.

—Sé que están pensando: «¡Ah, pero yo no soy racista!». Bueno, es que incluso tenemos aquí una muestra de lo que creemos que es el racismo de verdad, y me refiero al señor Turk Bauer. Dudo que haya muchos miembros del jurado que, al igual que Turk, crean que sus hijos son soldados arios o que los negros son tan inferiores que no hay que permitirles que toquen a un niño blanco. Pero aunque cogiéramos a todos los supremacistas blancos del planeta y los enviáramos a Marte, seguiría habiendo racismo. Eso es porque el racismo no es solo una cuestión de odio. Todos tenemos prejuicios, aunque creamos que no. Es porque el racismo también tiene que ver con quién tiene el poder y con quién tiene acceso a él.

»Cuando empecé a trabajar en este caso, damas y caballeros, no me consideraba racista. Ahora me doy cuenta de que lo soy. No porque odie a las personas de raza diferente, sino porque, intencionadamente o no, me ha animado el color de mi piel, del mismo modo que Ruth Jefferson sufrió un revés por el color de la suya.

Odette está cabizbaja en la mesa de la fiscalía. No sabría decir si grita de alegría por dentro porque me esté construyendo mi propio ataúd con mis palabras o si está estupefacta porque en la recta final del proceso tengo los ovarios de herir la sensibilidad del jurado.

—Hay una diferencia entre el racismo activo y el pasivo. Es como cuando vas por la pasarela deslizante del aeropuerto. Si caminas llegarás al otro extremo antes que si te quedas inmóvil. Pero al final vas a acabar en el mismo sitio. El racismo activo es tatuarse una cruz gamada en la cabeza. El racismo activo es decirle a la jefa de enfermeras que una enfermera afroamericana no puede tocar a tu hijo. Es reírse de un chiste de negros. ¿Y el racismo pasivo? Es ver que solo hay una persona de color en tu despacho y no preguntar a tu jefe por qué. Es leer los libros de texto de cuarto curso de tu hijo y ver que lo único que menciona de la historia de los negros es la esclavitud y no preguntar por qué. Es defender en un juicio a una mujer a quien han acusado únicamente por su raza… y minimizar el hecho, como si apenas importara.

»Apuesto a que ahora mismo se sienten incómodos. ¿Saben? Yo también. Es difícil hablar de este tema sin ofender a nadie, o sin sentirse ofendido. Ese es el motivo por el que abogados como yo no deben decir estas cosas a jurados como ustedes. Pero en el fondo, si se han preguntado por la finalidad de este juicio, sabrán que trata de algo más que de saber si Ruth tuvo algo que ver con la muerte de uno de sus pacientes. En realidad, tiene poco que ver con Ruth. Tiene que ver con el sistema que está en marcha desde hace alrededor de cuatrocientos años, un sistema hecho para asegurarse de que gente como Turk pueda expresar un deseo abyecto como paciente y se le conceda. Un sistema hecho para asegurarse de que personas como Ruth no se muevan de su sitio.

Me vuelvo hacia el jurado con actitud suplicante.

—Si no quieren pensar en esto, no tienen por qué hacerlo y pueden condenar a Ruth. Les he dado suficientes indicios médicos para que surjan muchas dudas sobre lo que causó la muerte del niño. Han oído decir al forense que, si los resultados del análisis del recién nacido hubieran llegado antes, Davis Bauer podría estar vivo. Sí, también han oído a Ruth enfadarse en el estrado…, y eso es porque, cuando esperas cuarenta y cuatro años para que te den la oportunidad de hablar, las cosas no siempre salen como querías. Ruth Jefferson solo quería hacer su trabajo. Cuidar de ese niño como le habían enseñado.

Finalmente, me vuelvo hacia Ruth. Traga aire, y lo noto en mi propio pecho.

—¿Qué pasaría si las personas que nacieron en lunes, martes o miércoles nunca fueran investigadas a fondo cuando piden un préstamo? ¿Y si pudieran ir de compras sin miedo a que las sigan los guardias de seguridad? —Hago una pausa—. ¿Y si los resultados del análisis del recién nacido hubieran llegado a tiempo a la pediatra, permitiendo una intervención médica que hubiera evitado su muerte? En un abrir y cerrar de ojos, esa clase de discriminación arbitraria no parece tan estúpida, ¿verdad?

Ruth

Después de todo aquello.

Después de decirme durante meses que no era conveniente sacar a colación temas raciales en una sala de lo penal, Kennedy McQuarrie metió el elefante en la cacharrería y desfiló con él ante el juez. Lo empotró en la tribuna del jurado, para que a aquellos hombres y aquellas mujeres no les quedara más remedio que empezar a pasar apuros.

Miro a los miembros del jurado, todos absortos en sus pensamientos y silenciosos. Kennedy se sienta a mi lado y, por un momento, me quedo mirándola. Mi garganta se esfuerza por expresar con palabras todo lo que siento. Lo que Kennedy ha dicho a todos esos extraños ha sido un resumen de mi vida, un bosquejo de todo lo que he vivido. Yo podría haberlo gritado desde los tejados y no habría servido para nada. Para que los jurados lo oyeran, lo oyeran realmente, tenía que ser dicho por uno de los suyos.

Kennedy se vuelve hacia mí antes de que pueda decirle nada.

—Gracias —dice, como si el favor se lo hubiera hecho yo.

Quizá sea así, si te paras a pensarlo.

El juez se aclara la garganta, ambas alzamos la cabeza y vemos su desconcierto. Odette Lawton se ha levantado y está en el lugar que Kennedy acaba de dejar. Cuando empieza a hablar acaricio el pañuelo de la suerte de mi madre, que llevo alrededor del cuello.

—Saben, admiro a la señora McQuarrie y su entusiasmada petición de justicia social. Pero hoy no estamos aquí para eso. Estamos aquí porque la acusada, Ruth Jefferson, descuidó el código ético de su profesión como enfermera de partos y no respondió debidamente al estado crítico de un niño.

La fiscal se acerca al jurado.

—Lo que ha dicho la señora McQuarrie es cierto. La gente tiene prejuicios y, a veces, toma decisiones que para nosotros no tienen sentido. Cuando yo iba al instituto, trabajé en un McDonald's.

Eso me sorprende; trato de imaginar a Odette friendo patatas en la freidora, pero soy incapaz.

—Yo era la única Negra que trabajaba allí. Había veces que estaba en la caja registradora y veía entrar a un cliente, mirarme y luego dirigirse a otro empleado para hacer el pedido. ¿Cómo me hacía sentir eso? —Se encoge de hombros—. No muy bien. Pero ¿le escupía en la comida? No. ¿Tiraba la hamburguesa al suelo y luego la ponía entre el pan? No. Hacía mi trabajo. Hacía lo que tenía que hacer.

»Ahora fíjense en Ruth Jefferson, ¿quieren? Tuvo un cliente que se puso en otra cola, por decirlo de alguna manera, pero ¿siguió haciendo lo que tenía que hacer? No. No aceptó la orden de no cuidar a Davis Bauer como la sencilla petición de un paciente…, la convirtió en un incidente racial. No cumplió el juramento Nightingale que la obligaba a ayudar a sus pacientes fueran quienes fuesen. Obró con total desprecio por el bienestar del niño porque estaba enfadada, y volcó su cólera sobre aquel pobre niño.

»Es cierto, damas y caballeros, que la orden de Marie Malone de apartar a Ruth del cuidado de Davis Bauer fue una decisión racista, pero no es Marie quien está aquí para responder de sus actos. Es Ruth por no cumplir el juramento que hizo como enfermera. También es cierto que muchos de ustedes se habrán sentido disgustados con el señor Bauer y sus creencias, porque son radicales. En este país se le permite expresar esas ideas, aunque no gusten a los demás. Pero si van a decir que les intranquiliza el odio de Turk Bauer, deben admitir que Ruth también está llena de odio. Ustedes lo oyeron cuando les dijo que para ese niño era mejor morir que acabar siendo como su padre. Quizá ese fue el único momento en que fue sincera con nosotros. Al menos Turk Bauer es consecuente con sus ideas por muy desagradables que nos parezcan. Porque sabemos que Ruth es una embustera. Ella misma confesó que intervino y tocó al niño en la sala de neonatos, a pesar de haber dicho a su supervisora, a Gestión de Riesgos y a la policía que no lo había tocado. Ruth Jefferson empezó a salvar a aquel niño, pero ¿por qué se detuvo? Por miedo a perder su empleo. Puso sus intereses por delante de los del paciente, que es exactamente lo que una profesional de la medicina nunca debería hacer.

La fiscal hace una pausa.

—Ruth Jefferson y su defensora pueden organizar un vistoso espectáculo por la tardanza de los resultados del laboratorio, o por el estado de las relaciones entre razas en este país, o por cualquier otra cosa —prosigue—. Pero eso no cambia los hechos de este caso. Y no le devolverá la vida a ese niño.

Una vez que el juez ha dado al jurado las instrucciones pertinentes, los doce miembros son conducidos fuera de la sala. El juez Thunder también se va. Howard se levanta de un salto.

—Nunca he visto nada parecido.

—Sí, y lo más seguro es que no vuelvas a verlo —susurra Kennedy.

—O sea, fue como ver a Tom Cruise en aquella película: «¡No soportan la verdad!» Como…

—Como pegarme un tiro en el pie. —Remacha Kennedy—. A propósito.

Le pongo la mano en el brazo.

—Sé que lo que has dicho tendrá consecuencias para ti —reconozco.

Kennedy me mira con seriedad.

—Ruth, es más probable que tenga consecuencias para ti.

Me ha explicado que, como se desestimó la acusación de asesinato antes de mi declaración, el jurado solo tiene que decidir sobre la acusación de homicidio por negligencia. Aunque las pruebas médicas han creado una duda razonable, un arrebato de furia es como un atizador al rojo vivo en la mente del jurado. Aunque ya no tengan que decidir sobre el asesinato con premeditación, podrían pensar que no cuidé de ese niño como debía. Y si eso fue así o no, ni siquiera yo lo sé, dadas las circunstancias.

Pienso en la noche que pasé en la cárcel. Me imagino pasando allí muchas noches. Semanas. Meses. Pienso en Liza Lott, en que la conversación que tendría ahora con ella sería muy diferente de la que tuve entonces. Empezaría por decirle que ya no soy una novata. Me han forjado en un crisol, como el acero. Y el milagro del acero es que puedes golpearlo con un martillo y laminarlo hasta donde dé de sí, pero eso no significa que vaya a romperse.

—Mereció la pena escucharte —confieso a Kennedy.

—Mereció la pena decirlo —responde con una ligera sonrisa.

De repente, Odette Lawton está delante de nosotras. Siento un escalofrío. Kennedy también dijo que había otra opción a la que la fiscalía podía recurrir: rechazar todas las acusaciones y comenzar de nuevo con el gran jurado inicial, utilizando mi testimonio para demostrar que hubo dolo en el calor del momento, e incoar un nuevo proceso, esta vez acusada de asesinato en segundo grado.

—He desestimado la acusación contra Edison Jefferson —informa Odette bruscamente—. Pensé que querríais saberlo.

Me quedo boquiabierta. De todo lo que creía que iba a decir, era lo que menos esperaba.

Me mira a la cara y, por primera vez en el juicio, a los ojos. Exceptuando nuestro encuentro en los servicios, no me había mirado directamente a los ojos durante todo el tiempo que he estado sentada en el banquillo; siempre miraba por encima de mi cabeza. Kennedy dice que es lo habitual; es la forma en que los fiscales recuerdan a los acusados que no son humanos.

Funciona.

—Tengo una hija de quince años —añade Odette, un hecho y una explicación. Luego se vuelve hacia Kennedy—. Buen alegato final, letrada —y se aleja.

—¿Y ahora qué? —pregunto.

Kennedy respira hondo.

—Ahora, a esperar —responde.

Pero antes tenemos que lidiar con la prensa. Howard y Kennedy idean un plan para sacarme del juzgado sin que nos aborde el personal de los medios.

—Si no somos capaces de evitarlos del todo —explica Kennedy—, la respuesta de rigor será: «Sin comentarios». Estamos esperando la decisión del jurado. Punto.

Asiento.

—Puede que no lo hayas entendido, Ruth —añade—. Han salido a buscar sangre; van a pincharte y a hacerte rabiar para que explotes y ellos puedan grabarlo. Durante los próximos cinco minutos, hasta que salgas de este edificio, eres ciega, sorda y muda. ¿Entendido?

—Sí —respondo.

Mi corazón es un tambor cuando cruzamos las puertas dobles de la sala. Inmediatamente hay fogonazos y micrófonos en mi cara. Howard va en vanguardia, empujándolos como un ariete, mientras Kennedy y yo avanzamos entre el circo que se ha organizado: reporteros acróbatas que tratan de saltar sobre las cabezas de los demás para conseguir una declaración; payasos haciendo gansadas (los Bauer en una acalorada entrevista con una cadena de noticias conservadora) y yo misma, tratando de transitar por la cuerda floja sin caerme.

Wallace Mercy avanza a nuestro encuentro. Él y sus seguidores forman una barrera humana, cogidos del brazo, lo que significa que tendremos que aceptarlo. En el centro están Wallace y una mujer, que se adelantan para conducir al resto. La mujer lleva un traje de lana rosa, el cabello muy corto, teñido de un rojo vivo. Está tiesa como una flecha, con el brazo firmemente enlazado con el de Wallace.

Miro a Kennedy y le formulo una pregunta en silencio: «¿Qué hacemos?»

Pero mi pregunta se responde sola. Wallace y la mujer no vienen hacia nosotros, sino que viran hacia el extremo más alejado del pasillo, donde Turk Bauer sigue hablando con un reportero, flanqueado por su mujer y su suegro.

—Brittany —dice la mujer del pelo rojo, con los ojos llenos de lágrimas—. Dios mío, qué hermosa eres.

Alarga la mano hacia Brittany Bauer mientras las cámaras filman. Pero no estamos en la sala del juez Thunder y puede decir o hacer lo que le plazca. Veo que la mano de la mujer se acerca a Brittany como a cámara lenta y sé, antes de que ocurra, que Brittany Bauer le dará un empujón.

—¡Aléjate de mí, joder!

Wallace Mercy da un paso adelante.

—Creo que le gustaría conocerla, señora Bauer.

—No necesitamos presentaciones, Wallace —murmura la mujer—. Nos conocimos hace veintiséis años, cuando la parí. Brit, cariño, ¿verdad que me recuerdas?

Brittany Bauer se pone roja como un tomate: es vergüenza, cólera o ambas cosas.

—Embustera. ¡Embustera repugnante! —Brittany se lanza sobre la mujer, que cae al suelo con excesiva facilidad.

La gente se apresura a apartar a Brittany, a levantar a la mujer para ponerla a salvo. Oigo gritos: «¡Ayudadla!» Y: «¿Lo estás grabando?»

Entonces oigo un grito:

—¡Alto!

La voz es profunda, potente y autoritaria, y en ese momento Brit se echa atrás. Se vuelve salvaje, mirando fijamente a su padre.

—¿Vas a permitir que esa negraza diga esas cosas de mí? ¿De nosotros?

Pero su padre ya no mira a la hija. Su cara se ha vuelto de un color ceniciento y mira a la mujer que está con el grupo de Wallace Mercy, con el pañuelo de Wallace apretado contra un labio que le sangra.

—Hola, Adele —saluda.

—Esto sí que es una sorpresa —susurro, mirando a Kennedy.

Y entonces me doy cuenta de que para ella no lo es.

Turk

Las cámaras están filmando cuando se desata el infierno. Brit y Francis están a mi lado, escuchando mientras le digo a una personalidad derechista de la radio que la lucha solo acaba de empezar y la cosa es que mi declaración se convierte inmediatamente en un hecho consumado. Una negra se acerca a Brit y le toca el brazo. Como es natural, Brit retrocede y entonces la mujer le lanza una grosera mentira: que Brittany Bauer, la princesa del Movimiento del Poder Blanco, es en realidad una mulata.

Miro a Francis como, en fin, como lo he mirado durante años. Él me enseñó todo lo que sé sobre el odio; iría a la guerra a su lado; en realidad, ya he ido. Doy un paso atrás, esperando que Francis dé rienda suelta a su famosa retórica, machaque a esa zorra y la deje como una oportunista que quiere sus quince minutos de fama, pero no dice nada.

Se limita a pronunciar el nombre de la madre de Brittany.

Yo no sé mucho de Adele, porque Brit tampoco sabe nada. Solo su nombre y el hecho de que engañó a Francis con un negro y que él se puso tan furioso que le dio un ultimátum: o le dejaba la niña y desaparecía de su vida para siempre o se iría al otro barrio mientras dormía. Adele fue prudente y eligió lo primero, y eso era todo lo que Brittany necesitaba saber de ella.

Pero ahora miro el largo cabello negro de Brit.

Vemos lo que nos enseñan a ver.

Ella también mira a Francis.

—¿Papá?

De repente no puedo respirar. No sé quién es mi mujer. No sé quién soy yo. Durante años, no habría tenido problemas para decir que apuñalaría a un negro antes que sentarme a tomar un café con él, y todo ese tiempo he estado viviendo con una negra.

Creé un niño con una negra.

Lo que significa que mi propio hijo también era mulato.

Los oídos me zumban como si hubiera saltado de un avión sin paracaídas. La tierra viene a toda velocidad hacia mí.

Brittany da vueltas con una expresión tan acongojada que me rompe el corazón.

—Cariño —dice Francis, y de lo más profundo de su garganta brota un gemido gutural.

—No —dice ella—. No.

Y echa a correr.

Es pequeña y es rápida. Brit puede entrar y salir de las sombras, ¿por qué no iba a ser capaz? Aprendió del mejor, lo mismo que yo.

Francis trata de reunir a los miembros de Lobosolitario.org que han acudido al juzgado por solidaridad con nosotros para que nos ayuden a buscar a Brit, pero ahora se ha alzado una pared entre nosotros. Algunos ya se han marchado. No me cabe la menor duda de que anularán sus cuentas de usuario, a menos que Francis sea capaz de detenerlos subsanando de algún modo lo ocurrido.

No estoy muy seguro de que me importe en el fondo.

Solo quiero encontrar a mi mujer.

La buscamos con el coche por todas partes. Nuestra organización, invisible pero amplia, ya no está disponible. Estamos solos en esto, totalmente aislados.

Hay que tener cuidado con lo que se desea, supongo.

Mientras empuño el volante, buscando en los rincones más lejanos de la ciudad, me vuelvo a mirar a Francis.

—¿Qué tal si me cuentas la verdad?

—Fue hace mucho tiempo —responde con calma—. Antes de que me uniera al Movimiento. Conocí a Adele en una cena. Me sirvió pastel. Puso su nombre y su teléfono en la factura. La llamé. —Se encoge de hombros—. Tres meses después estaba embarazada.

El estómago se me revuelve cuando pienso en dormir con una tipeja. Pero es que ya lo he hecho, joder.

—Que Dios me ayude, Turk, porque la quería. No importaba si pasábamos la noche bailando por ahí o sentados en casa viendo la tele. Llegué a un punto en que no me sentía completo si ella no estaba conmigo. Y entonces tuvimos a Brit y empecé a asustarme. Era perfecto, ¿sabes? Y la perfección significa que algo tiene que salir mal.

Se frota la frente.

—Ella iba a la iglesia los domingos, a la misma que visitaba de pequeña. Una iglesia de negros, con toda esa mierda de cantos y aleluyas…, yo no lo soportaba. Yo me iba a pescar y le decía que aquel era mi lugar sagrado. Pero el director del coro empezó a interesarse por Adele. Le dijo que tenía una voz de ángel. Empezaron a pasar tiempo juntos, practicando a todas horas del día y de la noche. —Sacude la cabeza—. No sé, quizá me volví un poco loco. La acusé de engañarme. Tal vez era verdad, a lo mejor no. La hice sufrir y eso fue un error, lo sé. Pero no podía evitarlo, me estaba destrozando, y tenía que hacer algo con todo ese dolor. Ya sabes qué se siente, ¿verdad?

Asiento.

—Ella corrió hacia aquel otro tipo en busca de consuelo y él la aceptó. Joder, Turk, la arrojé en sus brazos. Al poco tiempo la tenía delante diciéndome que me dejaba. Le dije que, si se iba, sería con las manos vacías. No iba a permitirle que me quitara a mi hija. Si lo intentaba, sería lo último que haría en la vida. —Me mira con cara inexpresiva—. No volví a verla.

—¿Y nunca se lo contaste a Brit?

Niega con la cabeza.

—¿Qué iba a decirle? ¿Que amenacé a su madre con matarla? No. Empecé a ir de bares con Brit, bueno, la dejaba dormida en el asiento del coche mientras yo entraba a emborracharme. Fue entonces cuando conocí a Tom Metzger.

Me resulta difícil imaginar al líder del Ejército de la Alianza Blanca bebiendo cerveza, pero cosas más raras han pasado.

—Estaba con algunos de sus chicos. Me vio subir al coche y, al advertir que Brit iba detrás, no me dejó conducir. Me llevó él a casa y dijo que necesitaba organizar mi vida, por el bien de mi hija. Yo estaba muy borracho entonces; le conté que Adele me había dejado por un negrazo. Supongo que nunca mencioné que ella también era de la tribu. El caso es que Tom me dio algo para leer, un folleto. —Francis frunce los labios—. Ese fue el comienzo. Era mucho más fácil odiarlos a ellos que odiarme a mí mismo.

Los faros del coche iluminan una vía férrea, un lugar que el escuadrón de Francis utilizaba para reunirse cuando estaba en activo.

—Y ahora —dice Francis— voy a perderla también a ella. Brit sabe ocultar su rastro, cómo desaparecer. Yo le enseñé.

Está en el límite del dolor y la conmoción y, francamente, no tengo tiempo para soportar una crisis nerviosa de Francis. Tengo algo más importante que hacer, como encontrar a mi mujer.

Y se me ha ocurrido otra idea.

Tenemos que entrar en el cementerio; ha oscurecido y las puertas están cerradas con llave. Escalo la tapia y para que Francis también pueda entrar rompo la cerradura con un martillo que llevaba en el camión. Esperamos a que nuestros ojos se adapten a la oscuridad, porque sabemos que Brit echaría a correr si viera la luz de una linterna.

Al principio no puedo verla; es de noche y ella lleva un vestido azul marino. Pero al acercarme a la tumba de Dave oigo un movimiento. Las nubes que cubren la luna se apartan un momento y la lápida de piedra reluce. También veo un brillo de metal.

—No os acerquéis —dice Brit.

Levanto las manos en señal de paz. Muy lentamente, doy otro paso. Ella mueve la mano. Lleva una pequeña navaja, la misma que suele llevar en el bolso. Recuerdo el día que la compró, en una concentración de Poder Blanco. Había mirado varios modelos, una con empuñadura de ónice, otra de madreperla. Me había puesto una en el cuello como si me atacara. «¿Cuál me pega mejor?», había preguntado.

—Vamos, cariño —digo amablemente—. Es hora de ir a casa.

—No puedo. Me siento fatal —murmura.

—No pasa nada. —Me agacho, moviéndome como si me acercara a un perro salvaje. Busco su mano, pero mi palma resbala en la suya.

Bajo los ojos y veo sangre.

—¡Joder! —grito en el momento en que Francis, que está detrás de mí, enciende la linterna del teléfono, enfoca a Brit y deja escapar un grito. Está sentada con la espalda apoyada en la lápida de Davis. Tiene los ojos muy abiertos, con una expresión salvaje, como de cristal. Tiene seis o siete cortes profundos en el brazo.

—No la encuentro —dice—. He intentado sacármela.

—¿Sacar qué, cariño? —digo, alargando otra vez la mano hacia la navaja.

Pero se encoge para apartarse de mí.

—La sangre de ella. —Levanta la navaja y se corta en la muñeca.

La navaja se le cae de la mano y pone los ojos en blanco. La cojo en brazos y echo a correr hacia el camión.

Pasa un rato hasta que Brit vuelve a estabilizarse, por decirlo suavemente. Estamos en Yale-New Haven, que no es el mismo hospital en el que tuvo a Davis. Le han suturado las heridas y le han vendado la muñeca; le han limpiado la sangre. La han ingresado en la sala de psiquiatría y he de decir que lo agradezco. Yo no puedo deshacer los nudos de su mente.

Apenas puedo deshacer los nudos de la mía.

Le digo a Francis que se vaya a casa a descansar un rato. Yo me quedo toda la noche en la sala de visitas, para que, si Brit despierta y me necesita, sepa que allí hay alguien que vela por ella. Pero ahora mismo está inconsciente, sedada con calmantes.

Un hospital es un lugar fantasmagórico después de medianoche. Amortiguan las luces y los ruidos tienen algo misterioso: el rumor de los zuecos de una enfermera, el gemido de un paciente, los pitidos y los suspiros de los monitores de presión sanguínea. Compro un gorro de lana en la tienda de regalos, de los tejidos para pacientes de la quimioterapia, pero no me importa. Me oculta el tatuaje, y ahora mismo quiero camuflarme.

Me siento en la cafetería con una taza de café y trato de desen-
redar la maraña de mis pensamientos. Hay muchas cosas que puedes odiar. Hay mucha gente a la que puedes golpear, muchas noches para emborracharse, muchas ocasiones para culpar a otras
personas de tu propia mierda. Es una droga y, como cualquier droga, deja de ser efectiva. ¿Y luego qué?

La cabeza me duele de tanto barajar tres verdades incompatibles entre sí: 1. Los Negros son inferiores. 2. Brit es mulata. 3.
Quiero a Brit con todo mi corazón.

¿No deberían imposibilitar el tres los números uno y dos? ¿O
será ella la excepción de la regla? ¿Y Adele también?

Pienso en Twinkie y en mí cuando soñábamos con la comida
que ansiábamos entre rejas.

¿Cuántas excepciones tiene que haber para que empieces a darte cuenta de que quizá las verdades que te han contado no son
realmente verdad?

Cuando termino el café, camino por los pasillos del hospital.
Leo un periódico que alguien ha dejado en el vestíbulo. Veo las luces de la ambulancia a través de las puertas de cristal de Urgencias.

Tropiezo por casualidad con la sala de prematuros. Creedme,
no quiero estar cerca de una sala de maternidad; aún tengo abierta
la herida, aunque esté en un hospital diferente. Pero me pongo ante
el cristal junto a otro hombre.

—Es mía —dice, señalando a una niña pequeña que está tapada
con una manta rosa—. Se llama Cora.

Me asusto un poco; ¿qué mierda haces en una sala de incuba-
doras si no tienes nada que ver con ninguna de las criaturas? Así
que señalo un bulto envuelto en una manta azul. Apenas se ve dentro de la incubadora, pero, incluso desde donde estoy, advierto que
tiene la piel oscura.

—Davis —miento.

Mi hijo era tan blanco como yo, al menos por fuera. No se parecía en nada a este prematuro. Pero, aunque se hubiera parecido,
me doy cuenta de que lo habría querido. La verdad es que, si ese
niño fuera Davis, no me habría importado que su piel fuera más
oscura que la mía.

Solo me importaría que estuviera vivo.

Las manos me tiemblan y las hundo en los bolsillos del abrigo, pensando en Francis y en Brit. Es posible que, cuanto más amas a alguien, más puedes odiarlo después. Es como darle la vuelta a un bolsillo.

Es razonable creer que lo contrario también debería ser verdad.

Kennedy

Mientras el jurado decide el veredicto, tengo tiempo de acudir a cuarenta comparecencias, treinta y ocho de hombres negros. Micah hace seis operaciones. Violet va a una fiesta de cumpleaños. Leo un artículo en la primera página de un periódico sobre una manifestación de estudiantes de color de Yale que quieren, entre otras cosas, cambiar el nombre de una residencia universitaria que ahora se llama John C. Calhoun, un vicepresidente de Estados Unidos que apoyaba la esclavitud y la secesión.

Durante dos días, Ruth y yo nos sentamos en el juzgado y esperamos. Edison vuelve a la escuela, impulsado por un entusiasmo renovado. Es sorprendente lo que un pequeño roce con la ley puede hacer por un muchacho que ha estado flirteando con la delincuencia. Además, Ruth, con mi bendición y conmigo a su lado, ha aparecido en el programa de televisión de Wallace Mercy, mediante cámara remota. El entrevistador alabó su valentía y le dio un cheque para cubrir parte del dinero que había perdido tras varios meses de desempleo; procedía de personas que vivían tan cerca como East End y tan lejos como Johannesburgo. Después leímos las notas que acompañaban algunas de las contribuciones.

PIENSO EN USTED Y EN SU HIJO.

NO TENGO MUCHO, PERO QUIERO QUE SEPA
QUE NO ESTÁ SOLA.

GRACIAS POR TENER EL VALOR DE LEVANTARSE,
CUANDO YO NO LO TUVE.

Nos hemos enterado de que Brittany Bauer sufre lo que la fiscal llama estrés y Ruth califica sin ambages de locura. Nadie ha visto el pelo a Turk Bauer ni a Francis Mitchum.

—¿Cómo lo supiste? —me había preguntado Ruth cuando cesó el alboroto que se formó cuando Wallace llevó a Adele Adams al juzgado para que se cruzara «casualmente» con Francis y su hija.

—Tuve un presentimiento —le había respondido yo—. Estaba mirando el análisis neonatal y vi algo en lo que nadie se había fijado hasta entonces, porque estábamos centrados en la MCADD: me refiero a la anemia falciforme. Recordé lo que dijo el neonatólogo sobre que esa enfermedad afectaba a la comunidad afroamericana más que a las demás. Y también recordé que Brit había declarado que no había conocido a su madre.

—Eso fue como buscar una aguja en un pajar —había respondido Ruth.

—Sí, por eso tuve que hacer indagaciones. La anemia falciforme la sufre uno de cada doce afroamericanos, por uno de cada diez mil blancos. De repente, ya no parecía un comodín. Así que llamé a Wallace. El resto ha sido cosa suya. Encontró el nombre de la madre en la partida de nacimiento de Brit y la buscó.

Los ojos de Ruth se habían posado sobre mí.

—Pero, en el fondo, eso no tenía nada que ver con el caso.

—No —había admitido yo—. Fue un regalo que me hiciste. Supuse que era imposible dar un toque más sutil a toda esta hipocresía.

Ahora, mientras llegamos al final del segundo día y el jurado sigue deliberando a puerta cerrada, todos estamos un poco nerviosos.

—¿Qué haces? —pregunto a Howard, que ha estado de vigilia con nosotras todo el tiempo. Está tecleando furiosamente en su teléfono—. ¿Un ligue?

—He estado consultando las diferentes sentencias que se han dictado por posesión de crack para compararlas con las relacionadas con la cocaína —informa—. Hasta el año 2010, una persona acusada de poseer cincuenta gramos o más de crack, y de intentar distribuirlo recibía una sentencia de diez años de prisión como mínimo. Para recibir la misma sentencia en el caso de la cocaína, tenías que distribuir cinco kilos. Incluso ahora, la proporción diferencial entre las sentencias es de dieciocho a uno.

—¿Y para qué quieres saber eso? —pregunto, sacudiendo la cabeza.

—Estoy pensando en la apelación —responde animadamente—. Es claramente un precedente de prejuicio en una sentencia, ya que el ochenta por ciento de las personas condenadas por delitos de crack son negros, y los que han delinquido con droga negra tienen un veinte por ciento más de probabilidades de ser encarcelados que los blancos que delinquen con droga.

—Howard —le digo, frotándome las sienes—. Apaga ese maldito teléfono.

—Es una mala señal, ¿verdad? —musita Ruth. Se frota los brazos, aunque el radiador está encendido y hace calor en la habitación—. Si fueran a absolverme, apuesto a que habrían sido más rápidos.

—Que no haya noticias es una buena noticia —miento.

Al final del día, el juez llama al jurado a la sala.

—¿Han llegado a un veredicto?

La portavoz se pone en pie.

—No, señoría. Estamos divididos.

Sé que el juez va a presionarlos con una perorata legal llena de pretensiones. Se vuelve al jurado, majestuoso él, para conminarlos a que adopten una resolución.

—Saben, el Estado ha gastado una gran cantidad de dinero para llevar a cabo este juicio y nadie conoce los hechos tan bien como ustedes. Hablen entre ustedes. Permítanse escuchar el punto de vista del otro. Les animo a que alcancen un veredicto, para que no tengamos que volver a repetir todo el proceso.

El jurado desaparece otra vez y miro a Ruth.

—Tal vez te convenga volver a casa.

Ruth mira su reloj.

—Tengo algo de tiempo —admite.

Así que vamos andando al centro de la ciudad, hombro con hombro, encogidas a causa del frío, para tomar una taza de café. Nos abrigamos del viento metiéndonos en un animado establecimiento local.

—Cuando comprendí que no podía ser chef pastelera, soñaba con abrir una cafetería —digo—. Quería llamarla Motivos para Rechazar.

Nos toca pedir; pregunto a Ruth cómo le gusta el café.

—Negro —dice, y de repente nos echamos a reír con tanta fuerza que el camarero nos mira como si estuviéramos locas, como si estuviéramos hablando en un idioma que no entiende.

Lo cual, supongo, no está muy lejos de la verdad.

A la mañana siguiente, el juez Thunder nos llama a Odette y a mí a su despacho.

—Tengo una nota de la portavoz. Veredicto inconcluso. El jurado está estancado. Once a uno. —Cabecea—. Lo siento mucho, señoras.

Después de despedirnos, encuentro a Howard paseando fuera.

—¿Y bien?

—Juicio nulo. No hay unanimidad. Once a uno.

—¿Quién discrepa? —pregunta Howard, pero es una pregunta retórica; sabe que no tengo esa información.

De repente, dejamos de andar y nos miramos.

—El jurado número doce —decimos a la vez.

—¿Diez dólares? —pregunta Howard.

—Hecho.

—Sabía que tendríamos que haber utilizado contra ella una de las recusaciones sin justificación.

—Todavía no has ganado la apuesta —señalo. Pero en el fondo creo que tiene razón. La profesora que no quería admitir que tenía cierta tendencia racista seguro que se había sentido profundamente ofendida por mi alegato final.

Ruth me está esperando en la sala de reuniones. Levanta la cabeza, esperanzada.

—No consiguen ponerse de acuerdo en el veredicto —informo.

—¿Y ahora qué?

—Eso depende —explico—. Puede repetirse el caso con un nuevo jurado. O bien Odette se rinde y no quiere ir más allá.

—¿Crees que ella...?

—Aprendí hace mucho tiempo a no fingir que puedo pensar como un fiscal —confieso—. Tendremos que esperar a ver.

Los miembros del juzgado entran en la sala con cara de cansancio.

—Señora Portavoz —dice el juez—. Entiendo que el jurado ha sido incapaz de alcanzar un veredicto. ¿Es exacto?

La portavoz se pone en pie.

—Exacto, Señoría.

—¿Cree que con más tiempo serían capaces de resolver este caso entre el Estado y la señora Jefferson?

—Por desgracia, Señoría, es imposible que lleguemos a coincidir todos.

—Gracias por sus servicios —dice el juez Thunder—. Disuelvo este jurado.

Los hombres y las mujeres que lo componen se marchan. Oigo susurros entre el público, que trata de comprender qué significa esto. Intento imaginar las probabilidades de que Odette pida un gran jurado para la acusación de homicidio involuntario.

—Hay una última cosa que es necesario hacer en este juicio —añade el juez Thunder—. Estoy dispuesto a fallar sobre la renovada petición de la defensa de un veredicto de absolución.

Howard me mira por encima de la cabeza de Ruth. ¿Qué?

Madre mía. El juez Thunder va a utilizar la escotilla de escape que le señalé por pura rutina. Contengo la respiración.

—He repasado la ley y he revisado las pruebas de este caso exhaustivamente. No hay ninguna prueba creíble de que la causa de la muerte de este niño estuviera relacionada con cualquier acción o inacción de la acusada. —Mira a Ruth de frente—. Siento mucho que haya tenido que recordar todo lo que hizo en su lugar de trabajo, señora. —Golpea con el mazo—. Admito la moción de la defensa.

Con esta lección de humildad aprendo que no solo no puedo pensar como un fiscal, también estoy lamentablemente lejos de las

maquinaciones mentales de un juez. Me vuelvo con la risa burbu-
jeando dentro de mí. Ruth tiene la frente fruncida.

—No lo entiendo.

No ha declarado nulo el juicio. Ha absuelto a la acusada.

—Ruth —digo sonriendo—. Eres libre.

Ruth

La libertad es el frágil tallo de un narciso después del invierno más largo de todos. Es oír tu propia voz sin que nadie te haga callar. Es tener el privilegio de decir sí y, lo más importante, el derecho a decir no. En el corazón de la libertad late la esperanza: la palpitación de la posibilidad.

Soy la misma mujer que era hace cinco minutos. Estoy clavada a la misma silla. Tengo las manos sobre la misma mesa. Tengo a mis abogados flanqueándome. El fluorescente del techo chisporrotea. No ha cambiado nada, y todo es diferente.

Salgo del juzgado totalmente mareada. Delante de mí se levanta una pared de micrófonos. Kennedy dice a todo el mundo que, aunque su cliente está obviamente encantada con el veredicto, no haremos ninguna declaración hasta la rueda de prensa que daremos mañana.

Que, ahora mismo, su cliente tiene que volver a casa con su hijo.

Hay algunos rezagados que esperan pillar algo, pero finalmente se van. Al fondo del pasillo ha de comparecer un profesor acusado de poseer pornografía infantil.

El mundo gira y hay otra víctima, otro acosado. Ahora toca la historia de otro.

Envío un mensaje a Edison, que me llama, aunque tiene que salir de clase para ello, y escucho el alivio trenzado en sus palabras. Llamo a Adisa al trabajo y tengo que apartarme el teléfono del oído por los gritos de alegría que profiere. Me interrumpe un mensaje de texto de Christina: una línea llena de emoticonos sonrientes, y luego una hamburguesa, un vaso de vino y un signo de interrogatorio.

«¿Otro día?», respondo.

—Ruth —dice Kennedy cuando me ve con el teléfono en la mano, mirando al vacío—. ¿Estás bien?

—No lo sé —respondo con total sinceridad—. ¿De veras se ha acabado?

Howard sonríe.

—Total, absoluta y definitivamente.

—Gracias —digo. Le doy un abrazo y luego miro a Kennedy—. Y tú... —sacudo la cabeza—. Ni siquiera sé qué decirte.

—Medítalo —replica abrazándome—. Ya me lo dirás la semana que viene, cuando quedemos para comer.

Retrocedo y la miro a los ojos.

—Eso me gustaría —opino, y algo pasa entre nosotras. Entiendo que es electricidad y ya estamos al mismo nivel.

De repente me doy cuenta de que, con el pasmo del veredicto, me he dejado en la sala el pañuelo de la suerte de mi madre.

—He olvidado algo. Nos vemos abajo.

Cuando llego a las puertas dobles, hay un ujier apostado fuera.

—¿Señora?

—Lo siento..., ¿había un pañuelo...? ¿Puedo...?

—Claro —concede, moviendo el brazo para que entre.

Estoy sola en el juzgado. Avanzo por el pasillo, cruzo la barandilla y llego al lugar en que estaba sentada. El pañuelo de mi madre está hecho un ovillo bajo la mesa. Lo recojo y lo acaricio con delicadeza, como si fuera una zona sensible.

Miro la sala vacía. Puede que un día Edison esté defendiendo aquí un caso y no sentado en el banquillo, al lado de un abogado, como he estado yo. Puede que un día incluso esté sentado en el estrado del juez.

Cierro los ojos para atesorar este minuto. Escucho el silencio.

Parece que han pasado años luz desde que me llevaron a otra sala para celebrar la primera comparecencia, con grilletes en las muñecas y un camisón, y sin permiso para hablar. Parece una eternidad desde que me dijeron lo que no podía hacer.

—Sí —murmuro, porque es lo contrario de las prohibiciones. Porque rompe cadenas. Porque puedo.

Aprieto los puños, echo la cabeza atrás y dejo que la palabra me suba por la garganta. *Sí.*

Sí.

Sí.

TERCERA FASE

Después de nacer

SEIS AÑOS DESPUÉS

«La gente debe aprender a odiar, y si puede aprender
a odiar, se le puede enseñar a amar.»

NELSON MANDELA, *Un largo camino hacia la libertad*

Turk

En el departamento de la clínica donde hacen análisis, cojo un guante de plástico del dispensador, lo inflo soplando y lo cierro haciendo un nudo. Cojo un bolígrafo y le dibujo unos ojos y un pico.

—Papi —dice mi hija—. Me has hecho un pollo.

—¿Un pollo? —me quejo—. No puedo creer que pienses que es un pollo. Está claro que es un gallo.

La niña frunce la frente.

—¿Cuál es la diferencia?

Vaya por Dios, yo solo me he metido en esto, ¿verdad? Pero de ninguna manera voy a describirle los pájaros y las abejas a mi hija de tres años, mientras esperamos que le hagan la prueba para ver si tiene faringitis. Ya lo hará Deborah cuando vuelva del trabajo.

Deborah, mi esposa, es agente de bolsa. Adopté su apellido cuando nos casamos, con la esperanza de empezar de nuevo como una persona distinta y mejor. Ella es la que trabaja de nueve a cinco, mientras yo me quedo en casa con Carys y reservo mis peroratas para el tiempo en que juega con otros niños y cuando está en la guardería. Trabajo con la sección local de la Liga Antidifamación. Voy a institutos, cárceles, templos e iglesias para hablar sobre el odio.

Cuento a estos grupos que antes me dedicaba a dar palizas porque me sentía muy mal y hacía daño a los demás para no hacérmelo a mí mismo. Explico que de ese modo creía tener un objetivo en la vida. Les hablo de los festivales a los que iba, donde los músicos cantaban sobre la supremacía blanca y los niños jugaban a juegos racistas con juguetes racistas. Describo el tiempo que pasé en la cárcel y el trabajo que hice como administrador de una página web sobre el odio. Hablo de mi primera esposa. Cuento que el odio la devoró por dentro, aunque lo que pasó fue mucho más vulgar: un frasco de pastillas que engulló con una botella de vodka. Nunca pudo ver el mundo tal como es, y finalmente encontró la manera de cerrar los ojos para siempre.

Les cuento que no hay nada más egoísta que querer cambiar la mente de alguien porque no piensa como uno. Que algo sea diferente no significa que no deba ser respetado.

También les explico que, fisiológicamente, la parte del cerebro que nos permite echar la culpa de todo a personas que realmente no conocemos es la misma parte del cerebro que nos permite tener compasión por los extraños. Sí, los nazis convirtieron en cabeza de turco a los judíos, hasta el punto de que casi los exterminaron. Pero ese mismo tejido de la mente es el que impulsa a otros a enviar dinero, provisiones y alivio, aunque estén a medio mundo de distancia.

En mis charlas describo el largo camino hacia la liberación. Empezó con una visita a media noche: individuos encapuchados, sin rostro, enviados por otros más poderosos que rompieron nuestra puerta y nos dieron una paliza. Francis fue arrojado por las escaleras; a mí me rompieron tres costillas. Supongo que fue nuestra fiesta de despedida. Al día siguiente cerré Lobosolitario.org. Luego llegaron los papeles del divorcio, que estaba tramitando cuando Brit se suicidó.

Incluso ahora cometo errores. Aún siento la necesidad de golpear algo o a alguien de vez en cuando, pero ahora lo hago en una pista de hielo, en un campeonato de hockey. Probablemente soy más cauto de lo que debería con los tíos negros. Pero aún lo soy más con los blancos de las camionetas que llevan banderas confederadas en las ventanillas traseras. Porque yo era antes como ellos, y sé de lo que son capaces.

Muchos grupos con los que me reúno no se creen que haya podido cambiar tan espectacularmente. Entonces les hablo de mi esposa. Deborah lo sabe todo de mí, de mi pasado. Y se las ha arreglado para perdonarme. Y si ella puede perdonarme, ¿por qué no puedo intentarlo yo?

Hago penitencia. Tres o cuatro veces por semana, revivo mis errores frente a un público. Percibo que me odian. Creo que me lo merezco.

—Papi —me llama Carys—, me duele la garganta.

—Lo sé, cariño —le respondo. La siento en mis rodillas, y en ese momento se abre la puerta.

La enfermera entra mirando el formulario de Carys que he rellenado en este consultorio.

—Hola. Me llamo Ruth Walker.

Me mira sonriendo.

—Walker —repito cuando me estrecha la mano.

—Sí, igual que la Clínica Walker. Soy la propietaria..., pero también trabajo aquí. —Sonríe—. No se preocupe. Soy mucho mejor enfermera que contable.

No me reconoce. Al menos, eso creo.

Para ser justos, en el cuestionario solo figura el apellido de Deborah. Además, ahora tengo un aspecto muy diferente. Me he borrado todos los tatuajes menos uno. El pelo me ha crecido y lo llevo cortado a la antigua. He perdido unos quince kilos de chicha y músculo, aunque sigo corriendo. Y quizá lo que hay ahora dentro de mí presenta una imagen diferente al mundo exterior.

La enfermera se vuelve hacia Carys.

—Así que algo no va bien, ¿eh? ¿Puedo echar un vistazo?

Deja que Carys siga sentada en mis rodillas mientras recorre con manos amables los inflamados ganglios de mi hija, le toma la temperatura y le incita a abrir la boca fingiendo un concurso de canto que gana Carys, por supuesto. Recorro la sala con los ojos y me fijo en cosas que no había visto antes: el diploma de la pared con el nombre de Ruth Jefferson escrito a mano. La foto enmarcada de un atractivo muchacho negro, con un bonete de graduación y una toga en el campus de Yale.

Se quita los guantes y miro sus manos. Veo que lleva una sortija con un pequeño diamante y un anillo de boda en la mano izquierda.

—Estoy al noventa y nueve por ciento segura de que son anginas —me dice—. ¿Es alérgica a algún medicamento?

Niego con la cabeza. He perdido la voz.

—Puedo tomarle una muestra de saliva —añade—, hacer un rápido cultivo de estreptococos y, basándome en el resultado, empezar un tratamiento con antibióticos. —Tira de la trenza de

Carys—. Te encontrarás perfectamente antes de que te des cuenta —promete.

Murmura una disculpa y va hacia la puerta para buscar el instrumental que necesita para tomar la muestra.

—Ruth —digo en voz alta cuando pone la mano en el pomo.

Se vuelve. Durante un momento, entorna los ojos y yo dudo. Dudo. Pero ella no pregunta si nos conocemos; no reconoce nuestra historia. Se queda esperando a que le diga lo que tenga que decirle.

—Gracias —musito.

Asiente y sale de la habitación. Carys se remueve en mis rodillas.

—Todavía me duele, papi.

—La enfermera te curará.

Satisfecha con esto, Carys señala los nudillos de mi mano izquierda, el único tatuaje que conservo.

—¿Es mi nombre? —pregunta.

—Algo así —respondo—. Tu nombre significa esto en un idioma llamado galés.

Está aprendiendo el abecedario. Así que señala los nudillos uno por uno:

—A, Eme, O, Erre.

—Exacto —digo con orgullo. Esperamos a que Ruth vuelva. Tengo a mi hija cogida de la mano, o quizá es ella la que tiene cogida la mía, como si estuviéramos en un cruce de calles, y mi trabajo es llevarla sana y salva a la otra acera.

Nota de la autora

Después de cuatro años de cultivar la literatura, he querido escribir un libro sobre el racismo en Estados Unidos. Me llamó la atención un episodio ocurrido en la ciudad de Nueva York, cuando a un policía Negro de paisano le dispararon por la espalda varias veces sus colegas blancos, a pesar de que el policía de paisano llevaba lo que se denominaba «color del día» (una pulsera que permitía a los agentes identificar a los policías de paisano). Empecé la novela, zozobré y la dejé. Por la razón que fuese, no estaba a la altura del tema. No sabía lo que era crecer como un Negro en este país, y tuve problemas para crear un personaje ficticio que pareciera auténtico.

Pasaron veinte años. De nuevo sentí un ardiente deseo de escribir sobre el racismo. Era dolorosamente consciente de que cuando los autores blancos hablaban de racismo en la ficción era, por lo general, en un contexto histórico. Y de nuevo me pregunté qué derecho tenía yo a escribir sobre una experiencia que no había vivido. Sin embargo, si escribiera solo de lo que sé, mi trayectoria habría sido corta y aburrida. Crecí blanca y en el seno de una clase privilegiada. Durante años había hecho los deberes y las consiguientes investigaciones, y había recurrido a largas entrevistas personales para canalizar las voces de personas que no eran yo: varones, adolescentes, suicidas, esposas maltratadas, víctimas de violaciones. Lo que me impulsó a escribir aquellas historias era mi indignación y mi deseo de hacer públicos aquellos casos para que los que no los habían vivido fueran más conscientes de su existencia. ¿Por qué iba a ser diferente escribir sobre una persona de color?

Porque la raza es diferente. El racismo es diferente. Es turbador y difícil de verbalizar, así que, en consecuencia, no solemos hablar del tema.

Entonces leí una noticia sobre una enfermera afroamericana de Flint, Michigan. Había trabajado en la sala de partos durante más de veinte años y, un día, el padre de un recién nacido solicitó ver a su superiora. Exigió que ni aquella enfermera ni otras con su mismo aspecto tocaran a su hijo. El hombre resultó ser un supremacista blanco. La superiora puso la petición del padre en el expediente, varios empleados afroamericanos presentaron una demanda por discriminación y ganaron. Pero me hizo pensar y empecé a urdir una historia.

Sabía que quería escribir desde el punto de vista de una enfermera Negra, un padre «cabeza rapada» y una abogada de oficio, una mujer que, como yo y muchos de mis lectores, fuera una bienintencionada persona de raza blanca que nunca se había considerado racista. De repente supe que podía, y quería, terminar esa novela. A diferencia de lo ocurrido con mi primer intento abortado, no escribía para decir a la gente de color cómo eran sus vidas. Escribía para mi propia comunidad, los blancos, que tan fácilmente señalan a un neonazi de cabeza rapada para decir que es racista, pero que no son capaces de reconocer el racismo en ellos mismos.

A decir verdad, podía haber sido yo misma poco tiempo antes. A menudo me dicen los lectores lo mucho que aprenden de mis libros. Pero, cuando escribo una novela, yo también aprendo mucho. Sin embargo, esta vez estaba aprendiendo sobre mí misma. Exploré mi pasado, mi educación, mis tendencias, y descubrí que no era tan inocente y progresista como había imaginado.

Muchos creemos que *racismo* es sinónimo de *prejuicio*. Pero el racismo es algo más que discriminar a otros por el color de su piel. También se refiere a las personas que tienen el poder institucional. Así como el racismo crea a la gente de color desventajas que les dificultan el éxito, también da a los blancos ventajas que les facilitan su consecución. Es difícil ver esas ventajas, y mucho más reconocerlas. Y caí en la cuenta de que ese era el motivo por el que *debía* escribir este libro. Cuando se trata de justicia social, el papel del aliado blanco no es ser un salvador ni una ayuda: el papel de un aliado es buscar a otros blancos y hablar con ellos para que comprendan que los muchos beneficios que han disfrutado en su vida son resultado directo del hecho de que alguien no los tuvo.

Comencé mi investigación sentándome con mujeres de color. Aunque sabía que acribillar con preguntas a gente de color no es la mejor manera de aprender, esperaba invitar a esas mujeres a entrar en una dinámica, y a cambio me dieron un regalo: me contaron sus experiencias sobre lo que se siente realmente al ser Negra. Quedé muy agradecida a estas mujeres, no solo por tolerar mi ignorancia sino por estar dispuestas a enseñarme. Luego tuve el placer de hablar con Beverly Daniel Tatum, antigua presidenta del Spelman College y renombrada educadora racial. Leí libros de la doctora Tatum, Debby Irving, Michelle Alexander y David Shipler. Me inscribí en un programa de estudios sobre justicia social llamado «Undoing Racism», del que salía bañada en lágrimas todas las noches, cuando me ponía a raspar el barniz de quien yo creía que era para dejar al descubierto quién era realmente.

Luego me reuní con dos antiguos «cabezas rapadas» con objeto de establecer un vocabulario del odio para mi personaje supremacista blanco. Mi hija Sammy fue la que encontró a Tim Zaal, un antiguo *skinhead* que había hablado por Skype con su clase del instituto. Hace años, Tim había propinado una paliza a un joven homosexual hasta darlo por muerto. Cuando abandonó el movimiento, empezó a trabajar en el Simon Wiesenthal Center dando charlas sobre delitos de odio, y un día se dio cuenta de que el tipo al que casi había matado también trabajaba allí. Hubo disculpas y perdón, y ahora son amigos que todas las semanas dan charlas a grupos sobre aquella experiencia excepcional. También está felizmente casado con una mujer judía. Frankie Meeink, otro antiguo *skinhead*, trabaja con la Liga Antidifamación. Aunque antaño había reclutado en Philby a gente que se integrara en estos grupos agresivos, ahora dirige el Harmony Through Hockey («A la armonía por el hockey»), un programa que defiende la diversidad racial entre los niños.

Estos hombres me enseñaron que hay grupos de poder blanco que creen en la separación de las razas y se consideran soldados de una guerra santa racista. Me explicaron que los reclutadores de estos grupos belicosos buscaban chicos acosados, marginados o procedentes de hogares donde los habían maltratado. Repartían panfletos antiblancos en un barrio blanco para ver quién respondía diciendo que los blancos estaban siendo agredidos. Luego se acercaban y les decían: «No estás solo». El objetivo era orientar la ira del recluta hacia un objetivo racista. La violencia se convertía en una vía de escape, en una autorización. También me enseñaron que, actualmente, los grupos de cabezas rapadas no suelen ser pandillas en busca de camorra, sino individuos que pertenecen a organizaciones clandestinas. Actualmente, los supremacistas blancos se visten como personas normales y corrientes. Se camuflan, lo que es una clase de terrorismo totalmente diferente.

Cuando llegó el momento de ponerle título al libro, me vi de nuevo en un lío. Muchos de mis lectores saben que este no era el título original de la novela. *Pequeñas grandes cosas* es una referencia a una cita atribuida al reverendo Martin Luther King Jr.: «Si no puedo hacer grandes cosas, puedo hacer pequeñas cosas a lo grande». Pero, como mujer blanca, ¿tengo derecho a parafrasear esos sentimientos? A muchos miembros de la comunidad afroamericana les molesta que la gente blanca utilice las palabras de Martin Luther King para reflejar su propia experiencia, y por una buena razón. Sin embargo, también sabía que tanto Ruth como Kennedy tienen momentos, en la novela, en que hacen una cosa pequeña que tiene una gran y duradera repercusión en otros. Además, para muchos blancos que acaban de empezar a recorrer el camino de la conciencia de su propio racismo, las palabras del doctor King son a menudo el primer paso del viaje. Su claridad, a propósito de un tema que a muchos de nosotros nos parece inadecuado poner sobre la mesa, es una fuente de inspiración y una lección de humildad. Es más, aunque los cambios individuales no pueden erradicar por completo el racismo (también hay sistemas e instituciones que hay que revisar), el racismo se perpetúa con los pequeños actos, pero también se desmantela en parte gracias a ellos. Por todas estas razones, y porque espero animar a la gente a saber más del doctor King, he elegido este título.

De todas mis novelas, esta destacará siempre para mí por el inmenso cambio que ha supuesto en el concepto que tenía sobre mí misma, y porque me hizo consciente de la distancia que aún tengo que recorrer en lo que se refiere a ser consciente del racismo. En Estados Unidos nos gusta pensar que la razón de que hayamos triunfado es que trabajamos mucho o que somos inteligentes. Admitir que el racismo ha desempeñado un papel en nuestro éxito significa admitir que el sueño americano no es tan accesible para todos. Una educadora de justicia social llamada Peggy McIntosh ha señalado algunas de estas ventajas: tener acceso a trabajos y alojamiento, por ejemplo. Entrar en una peluquería al azar y encontrar a alguien que te sepa cortar el pelo. Comprar muñecas, juguetes y libros infantiles con rasgos propios de tu raza. Conseguir una promoción sin que alguien sospeche que se debe al color de tu piel. Pedir hablar con un jefe y que te dirijan a alguien de tu raza.

Cuando estaba investigando para este libro, pregunté a madres blancas si hablaban a menudo de racismo con sus hijos. Algunas dijeron que de vez en cuando; otras admitieron que nunca. Cuando hice la misma pregunta a madres Negras, todas dijeron: «cada día».

Me he dado cuenta de que la ignorancia también es un privilegio.

¿Y qué he aprendido que resulte útil? Bueno, si tienes la piel blanca, como yo, no puedes borrar tu privilegio, pero puedes usarlo bien. No digas: «¡Para mí el color de la piel no significa nada!», como si fuera algo positivo. Es mejor que reconozcas que las diferencias entre las personas hacen que para algunas sea más difícil cruzar la línea de meta y encontrar senderos justos hacia el éxito en los que encajen todas las diferencias. Edúcate. Si crees que se está ignorando lo que alguien dice, di a los demás que escuchen. Si tu amigo hace un chiste racista, repróchaselo en lugar de seguirle la corriente. Si los dos antiguos «cabezas rapadas» que conocí han cambiado tan completamente, es de esperar que la gente normal y corriente también pueda cambiar.

Espero levantar polémica con este libro. Habrá personas de color cuestionándome por elegir un tema que no me pertenece. Habrá personas blancas cuestionándome por reprocharles su racismo. Creedme, no escribí esta novela porque pensara que fuera a ser divertido o fácil. La escribí porque creía que tenía el derecho a hacerlo, y porque las cosas que más nos turban son las que nos enseñan lo que todos necesitamos saber. Como dijo Roxana Robinson: «La persona que escribe es como un diapasón: respondemos cuando algo nos golpea. Si tenemos suerte, transimitiremos una nota pura y fuerte, que, aunque no sea nuestra, pasará a través de nosotros». A las personas Negras que lean *Pequeñas grandes cosas* les digo que espero haber escuchado bien a aquellos de su comunidad que me abrieron su corazón y haber sido capaz de describir sus experiencias con exactitud. Y a las personas blancas que lo lean les digo que nunca dejamos de formarnos. Personalmente, no tengo las respuestas, y sigo evolucionando día tras día.

Ante un incendio tenemos dos posibilidades: darle la espalda o tratar de apagarlo. Sí, hablar de racismo es difícil, y sí, nos trabamos con las palabras, pero los que somos blancos necesitamos hablar de este tema entre nosotros. Porque así nos escuchará más gente y, espero, la conversación se generalizará.

JODI PICOULT
Marzo de 2016

Agradecimientos

Si no fuera por un sinnúmero de personas y recursos, este libro nunca se habría escrito.

Gracias a Peggy McIntosh por el concepto de «mochila invisible». La doctora Beverly Daniel Tatum se enfrentó literalmente a una tormenta de hielo en Atlanta para reunirse conmigo, y es una de mis heroínas. Espero que no le importe que haya utilizado la explicación que dio su propio hijo sobre que el color de su piel era algo *más*, y no algo *menos*. También he de dar las gracias a Debby Irving por su experiencia como educadora en justicia social, por estar disponible a todas horas del día y la noche para examinar mis palabras y por permitirme tan generosamente que le robara sus metáforas y sus mejores frases, incluidos los conceptos de viento de frente y viento de cola en lo tocante a privilegios (tan brillantemente descritos por Verna Myers) y a que *ignorancia* viene de *ignorar*. Gracias también a Malcolm Gladwell, que en *Q&A*, en C-SPAN, el 8 de diciembre de 2009, utilizó un ejemplo de su libro *Outliers* para repasar la fecha límite de nacimiento de jóvenes jugadores de hockey canadienses y ver cómo eso se traduce en éxitos en la Liga Nacional de Hockey, una premisa que utilicé en el alegato final de Kennedy. Doy asimismo las gracias al People's Institute for Survival and Beyond, que dirige el estudio «Undoing Racism», patrocinado por la fundación Haymarket People's de Boston, que me impulsó a reconocer mis propios privilegios; ellos son los autores de la metáfora de Kennedy sobre desaprovechar a los niños.

Tengo una deuda de gratitud con la profesora Abigail Baird, por la investigación sobre prejuicios que realizó (así como la introducción de la notable Sienna Brown). Con Betty Martin, la mujer que a la que siempre llamaría antes si quisiera matar una obra de ficción recién nacida. Con Jennifer Twitchell, de la Liga Antidifamación; y con Sindy Ravell, Hope Morris, Rebecca Thompson, Karen Bradley y Ruth Goshen. Doy las gracias también a Bill Binnie, por su nombre y la donación que hizo a Families in Transition, que da seguridad, alojamiento barato y servicios sociales generales a individuos sin hogar o en peligro de convertirse en indigentes en el sur de Nuevo Hampshire. Por los consejos de McDonalds: a Natalie Hall, Rachel Daling, Rachel Patrick, Autumn Cooper, Kayla Ayling, Billie Short, Jessica Hollis, M. M., Naomi Dawson, Joy Klink, Kimberly Wright, Emily Bradt y Sukana Al-Hassani.

Gracias a todos los médicos y las enfermeras que han me han explicado su experiencia, su lenguaje y sus mejores anécdotas: Maureen Littlefield, Shauna Pearse, Elizabeth Joseph, Mindy Dube, Cecelia Brelsford, Meaghan Smith, la doctora Joan Barthold, Irit Librot y el doctor Dan Kelly.

A mi excepcional equipo jurídico, que juró que la raza nunca se saca a relucir en un juicio: espero haberos hecho cambiar de opinión. Lise Iwon, Lise Gescheidt, Maureen McBrien-Benjamin y Janet Gilligan, sois demasiado divertidas para ser consideradas simplemente colegas de trabajo. Jennifer Sargent, muchas gracias por venir en el último momento a revisar las escenas del juzgado, para darles más verosimilitud.

Gracias a Jane Picoult y Laura Gross por sentirse ofendidas, emocionadas y humilladas en los momentos justos al leer los primeros borradores. Auriol Bishop es quien encontró el título. Y gracias al mejor equipo editorial del planeta: Gina Centrello, Kara Welsh, Kim Hovey, Debbie Aroff, Sanyu Dillon, Rachel Kind, Denise Cronin, Scott Shannon, Matthew Schwartz, Anne Speyer, Porscha Burke, Theresa Zoro, Paolo Pepe, Catherine Mikula («yo dirijo en secreto la vida de Jodi»), Christine Mykityshyn y Kaley Baron. Especial agradecimiento merece la incomparable editora Jennifer Hershey, que me desafió para que cada palabra de estas páginas valiera la pena y fuera correcta. También estoy en deuda con la jefa de personal Susan Corcoran (principal animadora de ruta y auténtica guerrera sin escándalos), tan indispensable que de veras no sé si habría sobrevivido todo este tiempo sin ella.

Gracias igualmente a Frank Meeink y Tim Zaal; vuestro valor y vuestra solidaridad me han inspirado mucho por lo lejos que habéis llegado. Gracias por introducirme en el mundo del odio y por presentarme a tantos que lo han abandonado.

A Evelyn Carrington, mi superamiga, y a Shaina; y a Sienna Brown: una de las mayores alegrías de escribir este libro ha sido conocerte. Gracias por tu sinceridad, tu valentía y tu corazón abierto. A Nic Stone: ¿quién iba a saber que cuando me quedé atrapada en Atlanta haría un amigo de por vida? No habría podido escribir este libro sin que tú me cogieras de la mano y me dijeras que no tenía que justificarme. Todos esos frenéticos mensajes a media noche han desembocado en esta versión. Gracias por darme confianza, por sacarme de mis errores de mujer blanca y por creer que podía y debía escribir esto. Deseo tanto que tu novela llegue a las librerías.

A Kyle y Kevin Ferreira van Leer: cuando sea mayor quiero ser como vosotros, modelos de justicia social. Gracias por ser los que me abrieron los ojos a los vientos de cola. A Sammy: gracias por volver del colegio y decir: «Sabes, creo que tengo algo de lo que podrías hablar en tu libro». A Jake: gracias por saber qué aparcamiento hay detrás del juzgado del Condado de New Haven y por explicarme las decisiones del Tribunal Supremo; sé que algún día serás de esa clase de abogados que cambian el mundo. Y a Tim: gracias por servirme el café en la taza «privilegio blanco» de Harvard. Te quiero por eso y por todo lo demás.

Bibliografía

Los siguientes libros y artículos me han servido como fuente de información o de inspiración:

Alexander, Michelle, *The new Jim Crow: Mass incarceration in the age of colorblindness*, New Press, 2010.

Coates, Ta-Nehesi, *Between the world and me*, Spiegel & Grau, 2015.

Colby, Tanner, *Some of my best friends are black: The strange story of integration in America*, Viking, 2012.

Harris-Perry, Melissa V., *Sister citizen: Shame, stereotypes, and black women in America*, Yale University Press, 2011.

Hurwin, Davida Wills, *Freaks and revelations,* Little, Brown, 2009.

Irving, Debby, *Waking up white: And finding myself in the story of race*, Elephant Room Press, 2014.

McIntosh, Peggy, «White privilege: Unpacking the invisible knapsack», *Independent School 49*, no. 2 (invierno de 1990), 31. Tomado de: «White privilege and male privilege: A personal account of coming to see correspondences through work in women's studies» (Working Paper 189, Wellesley Center for the Study of Women, 1988).

Meeink, Frank, y Jody M. Roy, *Autobiography of a recovering skinhead*, Hawthorne Books, 2009.

Phillips, Tom, «Forty-two incredibly weird facts you'll want to tell all your friends», http://www.buzzfeed.com/tomphillips/42-incredibly-weird-facts-youll-want-to-tell-people-down-the#.kuYgj5yGd.

Shipler, David K., *A country of strangers: Blacks and whites in America*, Vintage Books, 1998.

Tatum, Beverly Daniel, *Assimilation blues: Black families in white communities: Who succeeds and why?*, Basic Books, 2000.

— *Can we talk about race? And other conversations in an era of school resegregation*, Beacon Press, 2008.

— *«Why are all the black kids sitting together in the cafeteria?» And other conversations about race*, Basic Books, 1997.

Tochluk, Shelly, *Witnessing whiteness: The need to talk about race and how to do it*, Rowman & Littlefield Education, 2010.

Sobre la autora

Jodi Picoult es una autora superventas que ha escrito veinticinco novelas, entre ellas *Hora de partir, The storyteller, Lone Wolf, Sing you home, Las normas de la casa, Handle with care, Charge of heart, Diecinueve minutos, My sister's keeper* y, en colaboración con su hija Samantha van Leer, dos novelas para jóvenes: *Between the lines* y *Off the page*. Vive en Nuevo Hampshire con su marido y tres hijos.

JodiPicoult.com
Facebook.com/JodiPicoult
Twitter: @jodipicoult
Instagram: @jodipicoult